Mason & Dixon
Thomas Pynchon

Shinchosha

Thomas Pynchon Complete Collection
1997

Mason & Dixon I

Thomas Pynchon

『メイスン＆ディクスン』［上］

トマス・ピンチョン

柴田元幸 訳

新潮社

目次

Mason & Dixon
by Thomas Pynchon

Etching by Mitsushige Nishiwaki
Design by Shinchosha Book Design Division

メラニー
&ジャクソンに

メイスン&ディクスン　〔上〕

第一部　緯度と出発《たびだち》

I

雪玉がすうっと弧を描いて飛び、納屋の壁に雪の星を鏤《ちりば》め、いとこ達の体も雪塗《まみ》れ、帽子はデラウェアの川から吹付ける風の中へと飛ばされる、——橇《そり》を家に入れて、滑走部《ランナー》は丹念に拭いて脂を塗り、靴を奥の廊下に仕舞ってから、靴下を履いた足で広々とした台所へ下りてゆけば、朝からざわざわ忙《せわ》しないことこの上なく、各種各様の釜や煮込鍋《シチュー》の蓋がコトコト鳴る音も合間に挟まって、薄皮焼菓《パイ》の香料、皮を剝《む》いた果物、牛脂《スエット》、熱した砂糖等々の香りが振り撒《ま》かれる、——子供等は一瞬たりともじっとしておらず、捏《こ》ね物を入れた鍋に匙《スプーン》を突っ込みぴしゃぴしゃ調子好《よ》く叩く隙《すき》にこっそり味見してから、この雪深い待降節《アドヴェント》*のあいだ毎日午後そうしてきたように、家の裏手の心地好い部屋へ向う。もう何年も前から、彼等の過激な攻撃に耐える任を帯びてきたこの部屋には、余生を送るべくランカスター州側の家系から辿り着いた傷だらけの細長いX脚の食卓、これに不揃いの小型長椅子《サイドベンチ》が二つ伴っている、——その他、二番通で仕入れたチッペンデール数点の中には彼《か》の有名な中国風寝椅子《チャイニーズ・ソファ》の模造品などもあり、紫の生地を何碼《ヤード》も用いて高い天蓋《キャノピー》を設《しつら》え、これをぐるっと引けば快く薄暗い天幕《テント》に早変り、更には戦前に英国から送らせた半端な椅子数脚、大抵は松か桜で桃花心木《マホガニー》は少く、例外と云え

＊ 待降節：クリスマス前の約四週間。

ば禍々《まがまが》しいほど見事な遊戯札卓《カード・テーブル》で、安手の波状の木目は業界筋では「彷徨《さまよ》える心」の名で通り、覗くと何故か深さの錯覚が引起こされるゆえ子供等《ら》も書物の挿絵入頁《ページ》を覗く様にしてもう何年も覗き込んできた……これに加えて数多《あまた》の蝶番《ちょうつがい》、可動柄穴《ほぞあな》、隠し留金、秘密の小部屋等《とう》があるものだから、双子もその姉も到底まだ全部見尽したとは云えぬ。壁に掛った、忘れてしまった方が身の為な日々の形見とばかり、猿《ましら》の如く飛回る子等の巣窟《そうくつ》に追い遣《や》られ、部屋の大方を映し出しているのは、――絨毯と窓幕《カーテン》は幾分擦切れ、猫の髭造《ウイスカーズ》は家具の下をこそこそ歩き、少しでも食べ物かと思える物を見れば精緻に目を光らせている――、物々しく字を刻んだ額縁に収まった鏡、当時この費府《フィラデルフィア》を占領していた英国軍が町から撤退する直前の七七年に催されたあの忘れ難き別れの舞踏会「混曲宴《ミスキアンツァ》」を記念する鏡に他ならない。

一七八六年のこの降誕祭期《クリスマス》、戦争は終結したものの国家は内輪揉めで屋台骨も揺らぎ、身の傷、心の傷、大なるも小なるも依然痛みは続き、その全てが記念され讃えられる筈もなく、そもそも物語られすらせぬことも余りに多い。雪は費府一帯に河から河まで降り積り、向う岸は氷霧《こおりぎり》の幕の向うに今やすっかり消滅し、今日《きょう》の都市はさながら大海に浮ぶ島のよう。池も小川も凍り付き、ごく細い小枝に至るまでギラギラ輝く木々は差詰《さしず》め光の集《つど》う神経索。槌《つち》も鋸《のこぎり》もひっそり静まり返って、煉瓦は雪に包《くる》まれた山となって横たわり、都市の雀どもは風避《よ》けにも怪しい程のささやかな隠れ処《が》から斑《まだら》の身を迸《ほとばし》らせぴょんぴょんと出たり入ったり。夜へ向う空は、吹散らされて白墨《はくぼく》の汚れと化した雲を従え、街北部の特別行政区《リバティーズ》、行楽庭園《スプリング・ガーデン》、独逸《ドイツ》人街の上に広がり、早くも顔を出した月は雪の吹寄せの如く青白い。煙突から煙が立ち昇り、橇の一行は屋内に引っ込み、酒場は客でごった返す、――淹れ立ての珈琲《コーヒー》が至る所で注がれ、前の部屋後《しりえ》の部屋へと運ばれ、この地にあって常に交際の熱源となってきたマディラ葡萄酒は昨今、政治という名の煮え滾《たぎ》る鍋の中へ古代の不老不死薬の如くに投入れられる、

――何せこの待降節、時代の動向は、空の星までの距離ほどに測り難い。

双子とその姉、更にはこの家に足を運んで来る老いた友等にとっては、世界を旅してきた双子等の伯父ウィックス・チェリコーク牧師を囲んでその話に耳を傾けるのが午後の慣《なら》わし、――旧友の葬儀に参列せんと十月にやって来た伯父であったが結局埋葬には間に合わず、そのまま妹エリザベスの家に食客《しょっかく》として留まっている。エリザベスが長年連添ってきた夫J・ウェイド・ルスパーク氏は町政にも携わってきた立派な商人、我が家でもそれなりの専制君主にして、チェリコーク牧師に対してもはっきり言葉にした訳ではないが、子供等を愉しませてくれる限りは好きなだけ居候を続けて結構、とそれとなく伝えている、――が、子等の時宜《じぎ》を弁《わきま》えぬ暴れ騒ぎが度を超そうものなら、ボッポ！　牧師も即座に、冬の刃《やいば》と肉切台の待つ屋外への追放を覚悟せねばならぬ。

かくして一同は、小人族《ホッテントット》の国からの脱走譚、モゴクの地の呪われた紅玉《ルビー》を巡る奇談、東印度《インド》・西印度に於ける難破の物語等々に耳を欹《そばだ》ててきた。冒険と珍奇の織成すこれら見聞譚の網は、牧師の言から察するに、専《もっぱ》ら道徳的な有用性ゆえに選ばれた話から成り、幼少の者に相応《ふさわ》しからぬ物語は予《あらかじ》め排除されているらしい。例によって、当の幼少の者等には何の相談もなし。

双子の姉テネブレーは椅子に腰掛け、刺繍仕事を手に取っている。その刺繍の大きさ複雑さたるや既に家中の話題となっているものの、刺繍者本人は、少なくともこの件に関しては沈黙を守っている。鼻声の電報によってその登場が告げられた双子が、湯気をパフパフ吐出す古い白鑞《しろめ》製の珈琲具《コーヒー・マシーン》と、甘味《かんみ》欲に捧げられた大きな籠、――砂糖をたっぷり塗《まぶ》した揚立て輪菓子《ドーナツ》、砂糖衣で包んだ栗の実、丸麵麭《パン》、薄衣揚《フリッター》、捻輪菓子《クルーラー》、焼菓子《タルト》等々が山と載っている――、を抱えて入って来る《くる》。「何だねこれは？　うぅむ、お前達、儂《わし》の心が読めると見えるな。」

「珈琲は伯父さんにだよ、――」「――此間《こないだ》伯父さん、寝ながら喋ってたからね、」と二人は講釈し、菓子の山は寧《むし》ろ自分等の傍《そば》に置き、室内の誰もが摑むなり注ぐなり好き勝手にするに任せる。どちらが先に生れたのか、一向に意見が一致しなかった為、ピット、プリニーと命名された二人である。これなら日々、銘々《めいめい》が好きなように、或いは相棒を嫌がらせるように、自ら「年上《ジ・エルダー》」「年下《ザ・ヤンガー》」を名乗れるという訳。*

「どうして亜米利加《アメリカ》の話は一つもないの？」とピットが、胸の上等の襞《ひだ》飾りに落ちた費府風蒸菓子《フィラデルフィア・プディング》の欠片《かけら》を舌で掬《すく》い取る。

「米蕃《インディアン》とか、仏蘭西《フランス》人の出て来る奴、」ほんの少し動くだけで煎菓《クッキー》の屑を四方八方に飛散らしつつプリニーが付足す。

「仏蘭西女とかも、」ピットがこっそり。

「大変なんだぞ、お前の分まで信心深くするの、」プリニーが諫《いさ》める。

「もう二十年前になる、」牧師は思い起す、「儂等みんなで、アルゲニー山脈を登り詰め、オハイオの地を見《み》霽《はる》かしておった、——実に美しい眺めであった、ありゃあ神の啓示と云っていい、遥か地平線までずうっと草原が続いておるのだ——メイスンとディクスン、それとマクレーン一家、ダービーとコープ、いやダービーは六六年には居《お》らんな、——だがバーンズ爺さんも居ったし、あの悪党の若僧トム・ハインズも……みんな何処《どこ》へ行ってしまったのか、——戦争に行った者も、断固戦いを拒んだ者もおるし、儲けた奴もおれば一切合財失くしてしまった奴もおる。何人かはケンタッキーに行ったし、何人かは、——哀れメイスンも今やそうだが、——塵《ちり》に返った。

戦争のほんの数年前のことだ、——儂等があの地でやっておったのは、勇敢な、儂には理解出来ようもない科学を巡る、鯔《とど》の詰《つま》りは無意味な営みであった、——儂等は荒野のど真ん中に真っ直ぐな線を引いておったのだ、幅八碼《ヤード》の線を、真西に向って、二つの領主権を分ける為にな、世がまだ封建制であった頃に下賜《かし》された、僅《わず》か八年後には独立戦争によって無効となってしまう権利を分ける為に。」

そしてメイスンは最早この世になく、単に葬儀に参列する為に費府へ来た筈であったチェリコーク牧師は、そのままずるずる、寒気が訪れ、皆が炉端《ろばた》へ引寄せられ、収穫期の最初の食事が二番目に上等な皿の上に現れてもなお居残っている。もう何週間も前に暇《いとま》を告げる積りだったのに、何故か去り難い。毎日果す勤めの一つとして、短くともメイスンの墓には必ず参る。聖堂番からも会釈されるようになった。つい先日、真夜中にハッと目覚めて、自分こそがメイスンに取憑いているのであってその逆ではないと合点した。黄泉《よみ》の国へ着いたばかりのメイスンが何らかの形で自分を助けてくれるのではと、牧師はこの世に悔いを残す亡霊のように期待している。

「何年も空しく、」牧師は話し出す、「牧師の振りに熟達せんと努め、――実のところ役者どもの使う一握りの芸で事足りる芝居に励む中、いつしか年老い、――進んで危険を求める思いも最早忘れ、そうなるべきであった、だがそうなる望みは少しもなかった全てを忘れた身で、儂はこの共和国の地に流れ着いたのであった、――今ではもう船体に穴が空き、帆柱《マスト》も折れ、老齢に頭も曇って、――当てにならぬ思い出を抱えて生き、その壊れた記憶の裡《うち》でかたかた鳴っている一握りの出来事のみが唯一の慰め、――」

「伯父様、」テネブレーがハッと息を呑んだ振りを装う、「――つい今朝がたはずっとお若くお見えでいらしたのに、――何故かは存じませんけど。」

「優しいブレーよ。そりゃあ無論、秘密の日誌の御陰さ。君等の前でそういう云方《いいかた》が相応《ふさわ》しいものか、

＊ ピット、プリニーはどちらも、the Elder/Younger Pitt, the Elder/Younger Pliny と、二人ずつ有名な人物がいる名。両ピットは十八世紀イギリスの政治家父子。両プリニウス（「プリニー」は英語読み）は一世紀ローマの作家で、おじとおいの関係。

よく判らんがな。」

「それじゃあ……?」伯父の瞬《まばた》きに応えて、テネブレーもいつも通り睫毛をはためかす。

「先《ま》ず首吊りから始まるんじゃ。」

「最高!」双子が叫ぶ。

安手の革表紙が付いた傷だらけの古い帳面《ノート=ブック》を取出し、牧師は読み始める。「仮にこの儂が、絞首台からぶら下がった現代最初の聖職者となり、——かくして死んだと思われたものの、実は最後の一鉢《ボウル》の淡麦酒《エール》の所為《せい》で生じた失神の作り出す、何事も起らぬ夢幻の回廊で束の間憩《いこ》っておるに過ぎず、——医学生どもの騒々しい一団が、儂の死体と見做したものを大学の陰気なる穹窿《きゅうりゅう》の下へ運んで行った末、——やがて『蘇生』されて存在を巡る全く新しい知を授《さず》けられ、その知にあっては我等が救世主も、——ウェズリーとホイットフィールド[*1]が幅を利かす時代にしては妙な話ながら、——無論御座《おわ》しはすれ大方の宗派が考えるほど顕著に御座しはなさらぬとしても、——それでも矢張り、——この儂は、諸君が今日目にしておる流離《さすらい》の牧師とさして変らぬ姿をしておることであろう……。」

「母上がね、伯父さんは一家の面汚《つらよご》しだって、」ピットが云う。

「金を遣《や》るから寄付くなって云われてるんでしょ、」とプリニー。

「お前達のお祖父《じい》さんはな、これ迄ずっと約束通り、幾つかの特許会社[*2]を通して、一文《ファージング》も違《たが》わぬ額を、月の満ち欠けの如くきっちり期日通り儂に送って下すった、——英国の住所でない限り、世界中いかなる住所にもである。英国はお祖父さん自身の世界であって、祖父さんときたらいまだに、儂の遠い若き日の犯罪のことを、英国に申訳《もうしわけ》が立たぬと仰有《おっしゃ》る。」

「犯罪!」男の子二人が同時に叫ぶ。

「さよう、邪《よこしま》な連中にそう宣告されたのだ……神の御前《みまえ》でな、だがまあそれは別の話……。」

「何の罪と云われたんです?」アイヴズ叔父が口を挟む、「無論飽くまで職業上の興味から伺うのですが。」緑の書類鞄を片方の肩に掛けた、珈琲館《コーヒー・ハウス》での集会から今し方《がた》帰って来たばかりのこの叔父、今夕には又同様の、だがも少し改まった会合に出席する予定、——こうして子供等と一緒に居《い》ると、日暮れ時に見知らぬ人びとの只中に降ろされ独りぽつんと立って次なる馬車を待つ馬車旅行者の心持ちになってきて、儲けが上がるのは無理としてもせめて何かの得になる過ごし方はないものかと思案している。

「軽い訴因も幾つかあったが、」牧師はいつの間にか答え始めている、「あの時代あれは最も許し難い罪の一つであった、あれに較べればディック・ターピン[*3]最大の悪事も若気の至りと見える程だった、——そう、『匿名』罪というやつである。即ち儂は、或る情報《メッセージ》を街じゅうに貼って回ったのだが、自分の名は署名しなかったのだ。地元の夜勤の若い衆に何人か知合いが居《お》って、印刷機を使わして貰ったのだ。どういう因果か、儂が印刷した内容は、この目で見届けた、強者が弱者に対して為した犯罪の内実であった、——囲込《エンクロージャー》、追立て、巡回裁判評決、軍隊活動、——そして紛《まご》う方なき犯罪人の名は片っ端から挙げたものの、愚かにも自分の名と思っておった名は伏せておいたのだが、そんな甘い思いも、密告されて夜中に鎖に繋《つな》がれ都にしょっ引かれ倫敦塔《ロンドン》に幽閉されて吹っ飛んだ。」

「倫敦塔!」

「伯父様ったら、この子達を揶揄《からか》っちゃいけませんわ、」テネブレーが乞う。

＊1　ウェズリーとホイットフィールド：十八世紀前半、メソジスト派を興した人物たちで、メソジスト派は当時アメリカでの伝道活動で目ざましい成果を挙げていた。

＊2　特許会社：東インド会社など、国王の特許状により設立されたイギリス最古の会社。

＊3　ディック・ターピン：ロンドン近郊に出没した伝説的な追いはぎ（一七〇六—三九）。

「ではラドゲート*1にしておくか？　どちらにしても、要するに牢獄である。鼠や壁蝨《ダニ》どもと一緒に、先の見えぬ未来の凍て付く端に横たわる破目になってやっと、儂の名前は儂のものでないと思い知ったのだ、――今までもずっとお上のものだったのだ、で、そのお上は儂がその名を変えることを禁じ、使用を控えることも禁じた、云うなれば、引き紐が繋がれるのを待っておる獣の首輪に嵌《は》めた小さな輪のようなもの……。印度教徒《ヒンズー》や中国人がよく云うじゃろう、「己が一切消滅し、全《ぜん》との全《まった》き融合が云々《うんぬん》かんぬん。見たこともない光、炎、聞取り難い声、――そうなのだ、子供等よ、物語此処《ここ》に至り、お前達の伯父さんは正気を失うのだ、――とゆうか、まあそういうことにすれば皆それぞれ好都合だった訳だ。当時、狂気を治す一番普通のやり方は海の旅。我が流浪は医学上の理由から始まったのである。」

儂としては願わくは東印度貿易船に乗りたかった（と、牧師は続ける）。東行きの航路と云えば賑やかにして若々しいことで悪名高く、船上では男も女も恋愛遊戯に興じ、疾風の如く野放図な集いが催され、陸《おか》に上がれば上がったで決闘だの、更には仏蘭西艦隊に出遭うだの、人によっては浪漫的《ロマンチック》と思いもする危険も常にあり、――「海賊みたいだけど、もっと礼儀正しいのよ、」と御婦人方は云っておったものじゃ、――だが噫《ああ》、儂の運命を握っておった連中が、土壇場に此方《こっち》の望みを聞付けて、即刻儂を、ちっぽけな英国海軍武装帆船《フリゲート》に配置替えしたのじゃ、戦《いくさ》の只中に一隻きりで長旅に出る船にな、――海馬《シー＝ホース》号、砲数二十四門、スミス船長。儂は慌ててレドゥンホール通*2へ問い合せに行った。
「つまり不服だという訳か？」と向うは返してきた、「六等艦では貴様に相応しくないというのか？　では陸に留まり、ベドラム*3に住むか？　貴様のような身から、彼所《あすこ》で一人前になった奴は大勢居《お》るぞ。

それなりに意味ある生活を享受するに至った者も少くない。それとも異国調《エキゾチック》がお望みなら、仏蘭西の病院を世話してやってもいい……。」

「閣下、わたくしのような立場の者がどうして不服など申せましょう？　今わたくしがこうして在るのも偏《ひとえ》に閣下の御陰。」

「記憶は狂気に損なわれておらぬようだな。結構。体に有害な物質に手を付けんようにな、特に珈琲、煙草、印度麻《タイマ》はいかん。どうしても印度麻を使うなら、吸込むでないぞ。記憶を大切にな！　旅の無事を祈る。」

かくして、疑いなく善意から発せられたこの忠告が夜半直[*4]の波の音に入り込み我が塒《ねぐら》を過ぎてゆく中、儂は破壊を事とする船に乗込み、東へ行けばまだ何処かで、英国文明が西へ拡張してゆく中でいつの間にか失った平和と神とに出会えるのではと念じつつ旅立った、――故に儂は少しも驚きはせんかった、待受けておったのが時そのものの如く老いた喇嘛《ラマ》僧の与えてくれる神々しき導き等《など》ではなく、ぐんぐん迫って来るジャン・クラポー号であるのを見ても、――砲数三十四門、掛値なしの災難、その唯一説くところは、死のみ。

＊1　ラドゲート：かつて債務者専用の牢獄があった地域。
＊2　レドゥンホール通：イギリス東インド会社の本拠があった通り。
＊3　ベドラム：ロンドンにあった精神病院。
＊4　夜半直：午前零時から四時までの当直。

2

グリニッジ
王立天文台長助手、メイスン殿

拝啓——
金星の日面通過観測を目的として予定されて居《お》ります蘇門答剌《スマトラ》行に於て貴殿の補佐に任命される栄誉を得た者と致しまして、斯様《かよう》に自己紹介させて戴いても失礼には当らぬかと存じます。小生の適性に関しましては、バード氏、エマスン氏を初めとする方々が保証して下すったものと存じますが、とは申しましても、何しろ貴殿は王国の天文学長の片腕たる御方、小生の資格並びに能力に関し、職業的疑念の一つも、或いは二つも抱かれぬ方が、寧《むし》ろ奇妙とは申さぬまでも些《いささ》か意外なことでありましょう。

小生自身の携わって居ります仕事に於きましては、確かに星々より磁針に頼る方が遥かに多いことは事実でありますが、天文に関する体験の乏しさにつきましては、勤勉と迅速なる理解力とを以て補う所存でありますし、貴殿の熟練の高みには凡そ達し得ぬまでも、小生の技術を向上させる上で何か御提案など御座いましたら是非伺いたく、喜んで耳を傾け最大限に活用させて戴く所存であります。

――この件に関し、また他のあらゆる件に関し、

敬具

貴殿の忠実なる僕《しもべ》たる
ジェレマイア・ディクスン。――

数か月後、案じていたほど互いに外面を繕う必要もなくなった今、この手紙を認《したた》めている最中は酒を断っていたことをディクスンは打明ける。「二十回書直す間ずうっと、〈陽気な坑夫《ジョリー・ピットマン》〉でわしを待ってる一杯《パイント》のことを夢見ておりましたよ。無論次の一杯のことも、その次も……。線を引いて語句を消す毎に、益々恋しくなってくるんですよねえ、――」

メイスンはメイスンで、手紙の投函先がダラム州となっているのを見て危うく捨ててしまうところであったことを白状する、――これもきっと、田舎から山と寄せられる忠告の類に違いないが、でもまあ天文台長に代って通読し然るべく対応するのが己の務めかと思い留まり、「読んで吃驚《びっくり》、心底誠実な文面、途端に我が身を恥じ、面目ない思いで一杯になりましたよ、――この純朴なる田舎の御仁《ごじん》は私を博識と考えて下すっておる。――噫《ああ》！　何と酷《むご》い思い違い……。」

ダラム州ビショップ・オークランド
ジェレマイア・ディクスン殿。

前略、――

前月二十六日付の御手紙拝受、当方の能力に関し過分の御評価を戴き誠に忝《かたじけな》く存じます。とは申すものの、当方如何《いか》なる分野に関しましても他人様《ひとさま》に御教示差上げた経験は皆無ゆえ、又いざ御教示を企てましても決して有能とはなり得なさそう故、懸念を抱かれて然るべきは寧ろ貴殿の方かと存じます。然しながら、お訊ねになりたきことあれば何なりとお訊ね戴きたく、私と致しましても、十全な回答は恐らく叶わぬまでも、誠意を以てお答えする所存であります。

今回の調査旅行に際しましては、私ども各々がドロンド氏の手になる最新の色収差補正透鏡《レンズ》を備えた望遠鏡を携帯し、――時計はエリコット氏の作、――そして天頂儀は無論、貴殿も御存知のバード氏の作、――と、我等が調査団の装備は全て最高の道具と申上げて宜《よろ》しいでしょう！

北の国からお出《い》でになる旅が、神の為される人知及ばぬ御業《みわざ》が許す限り最大限安全なものとなることを念じ、貴殿が万人の認める有徳の士である御陰で当方が疑念の天邪鬼とも無縁で居られることを喜びつつ、到着をお待ち申上げます、――斯《か》くも安らかなる気分は、不安と憂慮が常となって居る当方の日々にあっては誠に歓迎すべき例外と云わねばなりません。

草々

貴殿の忠実な僕《しもべ》、
チャールズ・メイスン

3

二人が出会った時、儂《わし》は其処《そこ》に居らなかった、——少なくとも普通の意味ではな。出会いの時を二人が回顧するのを後から聞かされたのだ。当時儂は、一種『信仰日誌』の如きものを綴ろうと考えておって、二人の言葉も思い出せる限り其処に書き留《とど》めようとしたのだ、——只まあ一日の疲れ故、それも短くなってしまい勝ちであったが。

（「寝ながら書きもしたんだ！」と双子が叫ぶ。）

おお子供達よ、あの頃は儂も人並に夢すら見たものだ、尤《もっと》もそれは、目覚めた最中《さなか》の道行きが済んだずっと後のこと。

ともかく、——メイスンが泊っておったポーツマスの宿の酒場で二人が顔を合せた途端、メイスンは、見るからに倫敦《ロンドン》の街に怖気付いておるディクスンの目に、自分がこの都市《まち》を知り尽した身と映ることを悟ったのだ。

「うぅ！　誰かがわしの靴に唾を引っ掛けるんですよね……？　もう一人は誰彼構わず溝《どぶ》に突き落とすし、突き落されるい方の連中にも結構剣呑《けんのん》そうなのが混じってますしね……？　あんな風に毎日体くっつけて暮して、どうしてみんな殺意の塊にならずに済むんです？」

「いやまあ、そりゃあね、その気になればだ、立腹《むかつき》の種は幾らでも見付からぁね、——無礼な目付きに始まって、命取りの暴行に至るまで、切れ目なしに侮辱の大宴会さ、——と云って、不届き者一人一人にどうやって挑んだらいいのか、或いは其奴等《そいつ》の中から誰を選び出せばいいのか、如何なる掟に則《のっと》って？　かくして、じきに見えてくることだが、これもまた都市と己との契約条件と割切るに若《し》くはない、——要は単純な密度の産物、かくも狂おしく多種多様な不届きを一々認知することなど、況《ま》してや憤ることなど、始めから無理な相談に出来てる訳で。」

「仰有《おっしゃ》る通り、——何せビショップじゃあ誰かの顔をぶん殴る口実を探し出すのに下手すりゃ一晩の半分掛りますけど、その点、うぅ！　倫敦は喧嘩好きには天国ですよね……？」

「では是非ウォッピング本通《ハイ・ストリート》に行ってみられるとよい、——それと勿論タイバーンも！　しっかり一覧表に加えておきなさい。」

「其処、誘惑的ってことですね*？」

　ここ一年余り、彼《か》の陰鬱なる場で毎週金曜日に行われる絞首刑に通っていたことを、但《ただ》しその真の理由を明かしはせずにメイスンは述べる。じきに死刑執行人やその弟子達に声を掛けるようになったこと、連中の溜り場〈ブリッドポートの短剣〉で酒を奢《おご》ったりもして縛り首の技術に関する空恐しい知識をそれなりに蓄えてきたことを彼は語る。陸《おか》で最期を遂げた仲間の亡骸《なきがら》を、「安全無事な海から遠過ぎる」と云って医学生の集団から奪い取ろうと企てた船乗り等の暴動にも巻込まれて、彼方《あっち》へ押され此方《こっち》へ引かれもし、——それに又、公《おおやけ》の役人やら私《わたくし》の代理人やらに財布を、更には我が身を襲われたことも一再ならずあったが、——それでも尚メイスンは、「彼所《あすこ》に優る場所はないよ、あれこそ倫敦ってものさ、」と断じる。「一遍《いっぺん》、暇が出来たら一緒に行こう。」

　当然冗談と決めて、ディクスンは笑う。「は、は、は！　いやあ、面白いことを仰有る、ほんとに。」

両の掌《てのひら》を上にして、メイスンは肩を竦《すく》め、「本気だとも。しかも今は当方、素面《しらふ》ときておる。倫敦《まち》に初めて来て、絞首刑を見逃す手はない。考えてもみ給え、君がダラム州に戻ったら、みんな真っ先に何と訊く？　え？　『お前《め》、タァバアンの縛りっ首は見たけ？』」

　グリニッジの名高い丘の頂で、余りに多くの夜を独りで過ごした所為《せい》か？　基督《キリスト》教世界最大級の都市に住んでいながら、人前での振舞い方を知らぬ、なんてことがあり得ようか？――ディクスンは一先《ま》ず、迷惑げな顔を浮べるに留《とど》める。「いやいや、連中が先ず訊くのはですね、『彼方《あっち》の連中の妙な喋り方、何と云うとるか、お前《め》判ったけ……？』」

「あ、いや、別にその、――」

　かくしてディクスンは、二分間にして既に二度、本心からの歓喜の基盤なしに笑い声を上げる破目になる、――今回は、いやあミスタ・メイスン大概《たいがい》にして下さいよぉ式の、斜《しゃ》に構えた、寛大な、引立て役の笑い。とは云え、ここは場を和ませるのが己の務めと踏んで切出す、「さて。ここに耶蘇《イエズス》会士が一人、コルシカ島人が一人、中国人が一人、皆で大きな乗合馬車に乗ってバースの町に向っておるんですね……？　そして四番目の乗客、きちんとした態《なり》の英国の御婦人が、憮然とした顔で三人にちらちら目を遣っておるんですね……？　とうとう、我慢し切れなくなって、三人のうち一番性急《せっかち》なコルシカ島人が口走ります、――わしの下手なコルシカ島訛りは一つ御容赦を、――こう云うんです、『よう、奥さん、何見てんかね？』すると御婦人答えて曰《いわ》く、――」

　メイスンはさっきからじりじり後退《あとずさ》りしている。「気でも狂ったか？」と押し殺した声で云う、「――みんな見てるじゃないか。船乗り連中が見てるぞ。」

「うぅ！」ディクスンの鼻が赤く疼く。「じゃ御存知なんですねこの冗談《ジョーク》。そりゃどうも失礼、」そう

＊　当時のウォッピング・ハイストリートは人口の密集した騒々しい地域だった。タイバーンには死刑執行場があった。

云ってメイスンの腕を取ろうと手を伸ばし、メイスンは嚔《くしゃみ》のようにさっと反射的に身を縮めてそれを躱《かわ》す。ディクスンも身を引き、どっと汗をかいて、「いやあ、わしは何週間も考えてやっと判ったんですけどねえ、やっぱしあんたは脳味噌の出来が違う、あんたみたいな方と一緒に仕事出来て嬉しいですよ……？」顔には断固歓喜の色を浮べ、「あんた《ユー》」の様々な形態を、別の言語から借りてきた如くにディクスンは発音する[*1]。

呆然と顔を見合せながら、二人はどちらも大いに相手を誤解している。かつ又、自分達の力関係を如何ように築くべきか、今一つ決めかねている。ディクスンの方が背は二吋《インチ》ばかり高く、聳《そび》えるというより傾いているといった趣、軍隊仕立の、錦織《ブロケード》地に銀釦《ボタン》の付いた赤い外套を着て、それに合せた赤の三角帽には何やら派手派手しい北街道《ノース・ロード》風花形帽章が刺してある。人目を先ず惹くのはディクスンであろうし、故に今後出会う他人はしばしば二人を「ディクスンとメイスン」として記憶することになる。だがその軍服は、彼の教友会《クエーカー》の信仰に似《そぐ》わぬし、目下の姿勢にも似合わない、――軍人とは程遠い背の丸まり、しかもそれが左右歪《いびつ》になっていて、遺憾ながら、酒場の常連に余りに多く見られ勝ちな様《さま》。

ディクスンの方も、メイスンに些《いささ》か失望していると見える、――少くとも、常に疑心暗鬼に襲われる性格《たち》の天文学者本人にはそう見えてしまう。「どうした？　何を見てる？　私の鬘《かつら》だな、そうだろ。」

「え、それ、鬘じゃないですよね……？」

「鬘だとも！　気付いたんだな、――あんたさっきから私のこと、妙な、――とは云え意味深長な、と云わざるを得ない、――目で見てたものな。」

「そうですかね……？　いやわしはまた、もう少しその……風変りな方《かた》かと……？」

メイスンは眉間に皺寄せ相手を見据え、「私じゃ風変りさが足りんってか？」

「いやまあ、結構珍しい御身分ですよね？　王室付き天文学者なんて、一体何人います？　王室付き天文学者助手は何人くらいですかねえ？　そもそも一晩中星と睨めっこしてるなんて、変り者じゃなきゃ出来んでしょう……？　それに較べて測量士なんてのは、床蝨《とこじらみ》みたいに其処ら中に転がってますしね、床蝨の半値くらいで手に入ります、仕事だって少くともダラムの測量士全員分は十分あります、何しろ州の隅から隅まで囲込《エンクロージャー》だからね、それに北ヨークシャーも、――うぅ！　柵、生垣、当り前の溝もありゃ隠垣《ハ＝ハ》*2もある、みんなちゃんと地取《じど》りしなきゃならん……わし、田舎に居《お》るまでしっかり食ってけたんですよね……？」

「そう云や土地測量の経歴がどうとか云ってたっけな、」メイスンはやや驚いた様子、「でも、でもそういうことなのかね？　生垣？　隠垣？」

「ま、ダラムの隠垣流行《ばや》りはですね、ラムトン卿が御自分の隠垣に落っこらて悪態吐《つ》いて石炭滓《かす》で埋めちまって以来、幾分下火ではあるんですがね。すると何ですか、わしのこと、透鏡屋《レンズ》仲間と思われた訳で？　いえいえ違いますよ、――そりゃまあ一通り教わりはしましたよ、天体力学、お偉方も一通り、ラプラスにケプラー、アリスタルコス、それにあとお一人何て仰有いましたっけ、――けど要するにみんな三角法ってことですよね……？」

「でも君、とは云っても、――」どう云えば角が立たないか？「見たことはある訳だよね……つまりその……」

ディクスンは励ますようにメイスンに笑顔を向ける。「ええそりゃもう、――わしの恩師がですね、

*1　ディクスンはクエーカー教徒であり、クエーカーは相手をthou（汝）と呼ぶのが習わしであるため。
*2　ハ＝ハ：庭園の景観を損ねぬよう、境界に溝を掘ってそのなかに造った垣。

ミスタ・エマスンって仰有る方ですが、立派な望遠鏡《テレスコープ》、――って云うんですよね、――を持ってらして、外箱《ケース》は樽板なんですが品は立派でして、わしも幾晩にも亘《わた》って金星の色んな相を楽しませて戴きましたよ、それと木星の月とか、我等が地球の月の諸々の山とか窪地《クレーター》とかも、――此間《こないだ》の月食は御覧になりました？……綺麗でしたよねぇ、――うぅ……ミスタ・バードもね、矢《や》っ張《ば》り道具を使わせて下すって、――実際、この二週間、御親切にも観測や計算の練習を手伝って下すったですよ、――只あんまり教え方が厳しいもんですから、あの方と友人として別れたのかどうか、何日か首を捻《ひね》っちまいましたけどね……？」

よたよただらしない田舎者の阿呆を予想していたメイスンは、こうして現れた一応小綺麗なディクスンを前にして快い当惑を感じ続け、――一方ディクスンもディクスンで、変人だという話は聞いていたもののどうせ矢鱈《やたら》と着飾った出世志向の倫敦人だろうと決めていたものだから、メイスンの殆ど目に付かぬ、黄褐色《スナフ》と淡褐色《バフ》と灰色に限定された装いを気持好く眺めている。

メイスンは厳《いか》めしく頷《うなず》いている。「私、さぞ盆暗《ぼんくら》に見えるだろうなあ。」

「これで最悪ってことでしたら、なぁに、どうってことありませんや。火酒《ウイスキー》がなくならん限りね。」

「それと葡萄酒《ワイン》も。」

「葡萄酒。」今度はディクスンが眉間に皺を寄せる番。今回は何をしくじったかとメイスンは自問する。「『葡萄か麦か、掛持ちは御法度《ごはっと》』って、大叔父のジョージに一度ならず云われましたよ、――『蔓《つる》と穀《こく》、両方やったら翌朝は御用心。』要するに酒飲みってのは二種類、葡萄人と麦人がいるって訳ですが、あんたはそうすると、うぅ、葡萄仲間の一員であられると、そういうことで……？　で、その、淡麦酒《エール》だの火酒だのには、滅多に、若《も》しくは全然手を付けられぬと？」

「その通り、これ幸いと云うべきだろうね、何せ備えは限られておる訳で、これならお互い喧嘩にならぬ、ジャック・スプラットのようなもの。*」

「いやまあ、いざとなったらわしも飲みますよ葡萄酒……?――で、折角《せっかく》お話も出たことですし、

――」

「――それに何と云っても此処《ここ》はポーツマス、――きっとさほど遠くない所に、蔓なり穀なり、各々《おのおの》好みの元植物を味見出来る宿があるに違いない。」

　ディクスンは外の、刻々衰えていく冬の陽光を見遣る。「まだ早過ぎる、なんてことないですよね……?」

「我々は印度諸島に行くのですぞ、――船の上でも、彼方《あちら》でも、一体何が手に入るやら。文明の酒はこれが最後の機会かも知れん。」

「なら、善は急げ、ってことで……?」

　日が暮れて方々に明りが灯り出し、それが時に窓硝子《ガラス》にも映るようになるにつれ、馬小屋や路地裏が次第に賑やかになって、煙突の煙は曲り拗《くね》って降誕祭期《クリスマス》の空に消えてゆく。部屋は夜会外套《イヴニング・クローク》宜《よろ》しく、絶えず形を変える琥珀色の光を纏《まと》い、更に、嫋《しな》やかに揺らめく影の襞《ひだ》を着る。さわさわと期待のさざめきをメイスンとディクスンは感じ取る。

　出し抜けに、薄闇の中から、反射鏡付き角燈《ランタン》が一打《ダース》、一斉に眩《まぶ》しく躍り出て、その目映《まばゆ》い光の中へ、毛は些《いささ》かぼさぼさ気味のノーフォーク地犬《テリア》が、目に悪戯っぽい光を浮べ悠然と歩んで来る、――一方、も少し暗い一角からは、金管角笛《ホルン》、木管竪笛《クラリネット》、大提琴《チェロ》による陽気な序曲が流れて来て、犬はそれに合せて光の中、前に後ろに歩踊《ステップ》してみせる。

＊　ジャック・スプラット：マザーグースに出てくる人物で、肉の脂身が嫌い。奥さんは赤身が嫌いなので、二人で「お皿を綺麗になめつくした」。

どんな問いにもお答えします、
我こそ博学英国犬、
蚤《フリー》に始まり　王の単婚《モノガミー》まで
私が知らぬことはない、

波斯《ペルシャ》の王子《プリンス》に　波蘭《ポーランド》風包揚《プリンツ》、
中国人の土占い、——
跳豆《ジャンピング・ビーンズ》に飛行機械《フライング・マシーンズ》、
何でもお好きにお訊ねを。

希臘羅甸《ギリシャラテン》の古典とくれば
耳が疼くまで唱えてみせましょう、
対数正矢《せいし》の計算だって
全部暗算　お手のもの、
——但し政治は御勘弁、
博学英国犬　折角の職を
即刻失ってしまいまする！

在《あ》り来《きた》りの訊ねごとが発せられる。犬君は「蜜蜂の吸う蜜」は御存知か？[*1]（Book）分のd（Book）

を積分すると？[*2] 犬君には細君が居《お》られるか？ 仕事仲間となる予定の人物が、催眠術信奉者《メズメライツ》云うところの動物磁気恍惚《マグネティカル・ステューパ》に陥ったらしきことをディクスンは目に留める。メイスンときたら、一度ならず、今にも飛び上がって、夜がもう少し更けるまで口にせずにおいた方が身の為の科白を口走ってしまいそうに見えるのだ。やっとのことで犬が気付いてくれるものの、本人はもうすっかり興奮しており、筋道立てて話すなど土台無理な相談。丸一分間、脈絡のない話に耐えた末に犬は大きく溜息《ためいき》を吐《つ》く。

「後でお話ししましょう、裏で。」

「すぐ戻るから、」とメイスンはディクスンに云う。「一人で大丈夫だから、君、何か他にやりたいことがあったら……。」

目の前で冷めつつある巨大な羊骨付肉《マトン・チョップ》にも食欲をそそられず、メイスンは陰気な顔でそれを紙で包《くる》み、上着に仕舞い込む。顔を上げると、嬉々として口一杯に肉を頬張ったディクスンが、やけに鷹揚な笑みを浮べていて、メイスンはどうも愉快でない。

「いやいや、――自分で食べるんじゃないさ、――君、私がこれ、自分用に取っておくと思ったか？ ――そうじゃない、博学英国犬にやるのさ、――まあ何と云うか、入れ込んだ女優に花束を贈るようなもんじゃないかね、美味《うま》そうな骨付肉《チョップ》ならまあ間違いなかろうて。」

一拍遅れてディクスン、「いやぁそりゃあ、何てっ……たって世間は広いですからねえ……？ 所変れば習慣《しきたり》変る、他人様の為さることにあれこれ口出し――」

＊1 「蜜蜂の吸う蜜」：シェークスピア『テンペスト』五幕一場の科白への言及。「蜜蜂の吸う蜜吸って、／九輪桜の花に寝て、／夜、フクロウの声聞いて、／コウモリの背に飛び乗って、／楽しく、夏のあと追って、／楽しく、時をすごしましょう、／花を仰いで暮らしましょう」（小田島雄志訳）

＊2 logに「対数」と「日誌」の意味があることに引っかけたジョーク。"logbook"（航海日誌）が答えとなる。

「何の……話かね？」

西班牙金貨《ピストール》の如く目をまん丸くして、ディクスンは無邪気に骨付肉を振回す。「いえ別に、悪気は。」メイスンが凝視を逸《そ》らした途端、その目をくるりと剝《む》いてみせるが、相手は一瞬後《のち》に視線を戻し、目の端でそれを捉える。

「ディクスン。何故今日《こんにち》、我々現代人にも神託があってはならんのかね？　未来への出入口、のようなものが？　そういうのが、古代民族と共に全て滅びた訳じゃなかろう。そりゃあ滑稽に見えるかも知れん、だがあの英国犬、滑稽を覚悟で調べてみる値打ちがあると思わんか、何はともあれ輪廻転《りんねてん》生《しょう》には明らかに繫がっておるのだから、――」

これはどうやら、何か別の話が隠れているらしい、――ディクスンにはまだ打明けられぬ話が。ひょっとして近しい人を亡くしたのか？　それもごく最近に、――何しろこの御仁《ごじん》、時おり周りのことも忘れて己の思いに沈み込んでゆく。ディクスン自身、父親を亡くした時はそうだった……「よかったら、わしもご一緒に……？」

「医学生がよく云う通り、自分を縫合したまえ。」*

二人は裏口から宿屋の中庭に出る。遊戯札《トランプ》に打込む男どもの張詰めた輪の上に、ぽつんと一つ吊された角燈《ランタン》の光を受けて、葉の落ちた木が一本その身を反《そ》返らせている。男達の秘密の息は白く浮んで互いがその解読に努め、屋根板に積った雪の如く白い鬘は上下に揺れて影から出入りを繰返す。

口を心持ち開けた船乗り達が、足取りも軽く路地を過ぎてゆく。縁の垂れた鍔広帽《つばびろ》の船乗り達、髪を一本に結った船乗り達、煙管《パイプ》を燻《くゆ》らし、馬鈴薯《ジャガイモ》を喰《くら》い、船に戻る者もおれば戻らぬ者もおり、これ迄の人生で余りに多くの爆発を耳にしてきた老水夫から、まだ一度も耳にしていない幼い見習将校迄、――みな居酒屋、海軍仕立屋、菓子屋、賭博窟、出来たばかりの教会堂から出たり入ったり、互いに呼掛け、些《ち》と品のない輪唱曲を歌い、風というものの訪れを受けたことがないかの如くに口笛を吹き、海ではやったことがないほど派手にゲーゲーやっている。

「あの犬の楽屋、この辺じゃないですかね、」とディクスンは云ってみる。「ひょっとして厩《うまや》の中かも……？」

「喋る犬を馬と一緒にする奴はおらんよ、一分とせん内に馬の頭がおかしくなっちまうさ。」

「こういうこと、あんたの地元じゃよくあるんですね？」

「お二人さん、」と、暗い片隅から囁く声。「声を落して下すったら、直《す》ぐ様《さま》そちらに合流致します。」

二人が手にした角燈からゆらゆら零《こぼ》れる光の中に、ゆっくりと、舌をだらんと垂らした犬が入って来て、立ち止って欠伸《あくび》し、「今晩は、」と会釈して、早足で先頭に立って二人を厩から、更には中庭から連出し、そのまま通りを下っていきながら、時折立ち止っては鼻による調査に携わる。

「何処《どこ》へ行くのかね？」とメイスンが訊ねる。

「此処《ここ》で好さそうだな。」博学英国犬は立ち止って小便をする。

「この犬、」メイスンが脇科白《ソット・ヴォーチェ》で歌う、「どうも解《げ》せん、不安だ、心配だ、――だって奇跡の生き物だろう、何だってその……空飛ぶ馬が、するか？　聞いたことも――」

「女頭獅子胴《スフィンクス》だって……？」ディクスンが云添える。

「正にその通り。」

「よう、旦那方！」出し抜けに、海神《ネプトゥーヌス》の息子もかくやという大男、その背後には幾人とも知れぬ、相当に酒の回った船員ども。「旦那方、この犬に興味がおありかね？」

「いや単に一寸《ちょっと》話してみたかっただけで、」メイスンが素早く応じる。

＊　Suture Self : "Suit yourself"（好きにしたまえ）と掛けた駄洒落。

「おお！　あんた等かあ、——妙ちくりんな機械どっさり持って、海馬号に乗る方々だろ。こいつぁいい、——あんた等ツイてますぜ、俺達みんな海馬号さ、俺は防舷材腹《フェンダー＝ベリー》ボーディーン、前檣楼《ぜんしょうろう》長です。此奴《こいつ》等みんな俺の部下でしてね、——」歓声。「——でも俺のことはフェンダーって呼んで下すって結構。さて、——俺達の計画はだ、此奴を掠《さら》ったげますから、後はあんた等、しっかり船荷の中に隠しとけばいい、警備長に見付からんようにね、で、そのうち良さげな島に着いたら、——」

「島……」「掠ったげます……」測量士は二人とも些か呆然としている。

「俺ね、印度諸島には何度も行ってるんです、——彼所《あすこ》には島がゴマンとあって、良さそうなのが一杯あるから目移りしちまいますよ。でね、頭《おつむ》のしっかりした船乗りが一握りいて、あの喋る犬で野蛮人どもを楽しませてやりゃあ、俺達王様になれますぜ。」

「王様万歳！」船乗り数人が叫ぶ。

「そう、それと女郎達も！」

「——椰子実酒《ココナッツ》も！」

「待て待て、」とメイスンが注意を促す。「彼方《あっち》じゃ犬を食べるって聞いたぞ。」

「椰子の葉で包《くる》んで、」ディクスンも物々しく、「浜辺で焼いて喰うって……？」

「背中を見せたら最後、」メイスンが嚇《おど》かす、「あの犬、どっかの野蛮人の昼飯になっちまうぞ。」

「グルルルルルル！　失礼？」と博学犬、「どうやら小生が話題になっておるようですから、僭越ながら一言申上げて宜しいか？」

「おうおういいとも犬《ワン》ちゃんよ、」とボーディーンが漠然と撫でるような仕種《しぐさ》、「——いい子だ、俺達のこと信用してくれていいぜ……。」

賑やかな小集団が、——洒落者《フォップ》か、欧州気触《かぶ》れか、月距派《ルーナリアンズ》*か、何とも決め難い、——後ろからやって来て、今や此方《こっち》の会話が聞えるくらい近付いている。幾つかの窓の向うに、揺れ動く蠟燭の光が見えてくる。餌袋の枕兼寝床に横たわる馬丁どもが、不機嫌そうに寝返りを打つ。雇い手のない松明《たいまつ》持ちが、文字通り事態に光を照らせぬかと中を覗き込む。

犬が頭でメイスンの脚を押す。「話す機会はこれが最後かも、歩きながらでもね。」

「是非とも知りたいんだ、」メイスンの上ずった囁きは、疑念に苛まれた恋人の口調。「——君には魂があるのかね、——つまり、君は人間精神なのか、人間精神が犬として生れ変ったのか？」

博学英国犬、the Learnèd English Dog、略してＬＥＤは目をぱちくりさせ、ぶるっと身震いし、諦めたように頷く。「そのことは今までにもさんざ訊かれましたよ。日本列島から帰ってきた旅人達によれば、彼方《あちら》には公案《こうあん》とかいう宗教的難問があるそうで、うち一番有名なのが、正に今お訊ねになった奴ですよ、——犬には聖なる仏陀《ブッダ》の本性があるのか否か。一人のこの上なく賢い師による答えは、『ム！』だそうで。」

「『ム、』」メイスンが考え深げに繰返す。

「道を求める者は、この公案を考えに考えて、聖なる狂気の状態に己を追込まねばなりません、——貴方には特にお勧めしたいですね。宗教的な慰めを求めて博学英国犬の所に来られても困ります。そりゃ小生、自然から逸脱してるかも知れませんが、別に超自然じゃありません。今は理性の時代でしょう、グルル？　説明は常にあるのです、そして喋る犬なんてものは存在しません、——喋る犬なんて竜やら一角獣やらと同類です。存在するのはですね、夢想や酔狂の薄れた世界で生残る為の能力なのです。

即ち。——かつて人が犬を飼った唯一の理由は、食糧にする為でありました。人間同士では人が人

＊　月距派：経度を定めるのに、月と星の位置を使うことの有効性を唱えた人びと。

の肉を喰う罪ほど恐しく思われていることはないことに着目するや、犬達は大急ぎで、極力人間のように振舞うことを覚え、その能力を親犬から仔犬へと伝えていったのです。という訳で、我々犬類は、貴方がた人間の胸に、一日、更に又一日の生を我々に許すだけの慈悲心を喚起する術《すべ》を知っているのです。とは云え、如何にしっかりこの能力を身に付けようとも、万事安泰とはなりません、――我々は云わば、尻尾を振るシェヘラザードとして、悍《おぞ》ましい椰子の葉から決して一歩以上隔たることなく日々を過ごしているのです、御主人に向って夜ごと己の人間らしさを巡る物語を語ることによって、降り掛る刃を遅らせつつ。小生も所詮、こうした過程の極端な表れに過ぎぬのであり、――」

「おやおや、犬の椰子の葉包みときたか、何と馬鹿な話を、」月距派の一人が口を挟む、「――ほんとに、何をそんなに神経尖らせておるのかね、犬よ？　椰子の葉包み？　犬の椰子の葉包み求めて涎《よだれ》を垂らして回る、なんて暇は文明人にはないぜ、そうだろアルジャーノン？」

「済みませんが、貴方、」地犬《テリア》は些か苛立たし気に首を曲げて呼掛ける、「その言葉、止《や》めて貰えませんかね？　私は言いませんよ、『欧州気触伊太利風《マカロニ・イタリアン・スタイル》』とか、『洒落者白醬煮《フォップ・フリカッセ》』なんて、――」

「何だと、この生意気な――」

「グルルル！　それにあんた、『涎を垂らして回る』だなんて、悪質ですぞ。」

月距派は短剣に手を伸ばす。「君、ここは一つこの場で片を付けようじゃないか。」

「デレク？　お前さ、い、ぬ、と話してるんだろ？」

「其方《そちら》は武器をお持ち、此方《こちら》は不利《ハンディキャップ》を負っておるとは云え、」と犬は指摘する、「矢張りここは、このところ小生、水を嫌悪するようになっていることはお知らせしておくべきでしょうね。御存知の通り、恐水病《ハイドロフォービア》の始まりの徴候かも知れぬ訳で。そう！　彼《か》の恐しいH。万一そちらの剣をくぐり抜け、二三度戯れに咬みまして、まあその、皮膚を破るところまで行けばですね、――そしたらもうアレですよ、貴方もじき同じものに罹《かか》る訳ですよ、ね？」忽ち犬の周りに不在の輪が広がる、その半径凡《およ》そ一尋《ひろ》＊、後に二人の天文観測士が回想したところによればその形たるや見事な迄に幾何学的であった。「よしよし、咬むなよ！」「ようこれ、——お袋が遥々《はるばる》バースから送ってくれた砂糖菓子の最後の一切れだよ。お前に遣るよ。」「諸君、どう思う？　洒落者の血が先に出る方に、二倍でどうだ。」「そんなところだな、」と防舷材ボーディーンが云う。「俺は犬に賭ける、——他は？」「飼い主を呼んで来るのがいいんじゃないでしょうかね？……」ディクスン氏が云ってみる。犬はせかせか前後に歩き始めている。「貴方、小生は英国の犬ですぞ。誰にも所有などされん。」「集会室で一緒だった男女は誰だね？」メイスンが問う。「華麗なる《ファビュラス・》ジェロー《ジェローズ》夫妻のことかね？　噂をすれば影、丁度来ましたよ。」「あんたを船乗りから護る？」とジェロー夫人が、油断ならぬ舗道の丸石の上を駆けて来ながら愚痴を叫ぶ、「お断りよ、そんなの契約に入ってなかったわよ。」夫は鬘も垂れ下がり、膝丈股袴《ブリーチズ》を引っ張り上げながら、眠た気にのそのそついて来る。「何を仕出かしたか知らないけどとにかく謝んなさい、そうしてさっさと厩に戻って、綺麗な藁の寝床に入んなさい。」「奥さん、手前ども考えておったのですが、」ボーディーンが帽子を脱いで、無邪気に声を震わせ、「この犬《ワン》ちゃん、売り物でしょうかねえ？」「幾ら積んだって無駄よ檣楼《しょうろう》員さん、とっとと消えなさい、あんたの騒々しい手下どもも一緒に連れて帰んな。」その声に、臨機応変、酒の危険も巧みに切抜ける船乗りどもがさっと凍り付く。「逆らわん方が身の為だ、」とジェローが忠告する、「うちの女房は大砲百門備えた一等艦、あんた等なぞ一溜りもありませんぞ。」

＊　a fathom：約一・八三メートル。

「ありがとジェロー、——もうちょっと早く云ってくれればねえ、いつものことだけど。」

「こ、こりゃ参った、」ボーディーンが帽子を戻し溜息を吐《つ》く、「どうも相済みませんこって旦那さん奥さん、精々犬《ワン》ちゃんと楽しく過ごされますよう。」

「あんた方、この驚異の犬の飼主ですか?」メイスンが問う。

「『公開者』の方が有難いですね、」とジェロー氏。

「当然だろ、ったく、」犬が独り言のように呻《うめ》く。

「おう、〈蘇門答剌《スマトラ》の真珠〉かあ!」暫《しば》く前から酒が飲みたくて堪《たま》らなくなっていたディクスンが声を上げる、「良さそうな店だなあ。」

「防舷材腹《フェンダー=ベリー》の奢《おご》りだぜ!」誰か悪戯者《いたずら》の船乗りが叫び、岬で悪名高い方から数えて五番目か六番目に位置するこの船乗りの溜まり場の入口に皆が我先に殺到する中、誰が叫んだかは永遠の謎と化す。そもそもこの岬、何処《どこ》も彼処《かしこ》も悪が蔓延しているが、取分けこの〈真珠〉、正に南海の牡蠣《かき》の頽廃せる肉の中で輝く真珠の如く、その名に恥じず一際《ひときわ》光を放っている。

「腹に一杯入れんかね、忠犬《ファイドー》?」

「どうせなら牙犬《ファング》と呼んで欲しいね……。そうだな、偶《たま》には一杯引っ掛けるのも悪くない……。」

店内ではあらゆる階級・等級の海の男達が、煙管《パイプ》の煙と安物蠟燭の煤《すす》から成る薄闇の中をのろのろ動き、それと逆の渦を巻いて、縞や花柄の長上衣《ガウン》で着飾ったポーツマスの一流娼婦達が練歩いているが、それら上衣の鮮やかな赤、橙、紫もこの薄暗がりではどこか色褪せ、傷付き、油で汚れ、古び、其処ら中に黒が混じっていて、全ての色が夜に向っている。紳士二人は共に、集団全体の動きが出入口から店の奥へ向っていることを程なく看取する、——その奥の、何世代もの雄の家禽《かきん》の血と糞を肥料代りに育った長方形の芝生の上、常に揺らぎ続ける煙の結び目が角燈の光の明るい逆円錐形に青々と染められ、土俵《リング》では、闘鶏作法の限界を超えて活気付いて退場させられた鶏が籠に吊されている下、南西部式《ウェールズ》闘鶏が進行中。その向うには賭博卓の列がうっすらと見え、更にその向うには、眠りと放蕩を用途とするぞんざいな造りの部屋が幾つも迷路の様に並び、岬が靄《もや》に消えてゆく如く視界から遠退いていく。

博学なるDは、闘鶏場の血の匂いに惹かれながら飽くまで平静を装うが、とは云え矢張り性《さが》は性。血を愛するこの純な疼きをどうして無視出来よう？　まあ欠伸《あくび》なんぞしてみて、いやあこんなの今までにもさんざ見てますしねえ、鶏が滅多矢鱈《めったやたら》に切付け合い殺し合って、入ってったのは十六羽で生きて出てくるのは一羽とか、いやいや全く、で、そこに辿《たど》り着くまでが中々のお愉しみって訳で、みんな知らぬ振りすることになってる液体が至る所に滴《したた》り、飛び散り……。「ちょいと博学、」ジェロー夫人がぶっきら棒に呼掛ける、「駄目よ鶏にちょっかい出しちゃ、放っときなさい。」威勢の好い賭博師に仕切られて、部屋全体の動きは金儲けに打って付けの狂おしさ。奥の迷路からも、大きな恍惚小さな恍惚が混じり合った音が届き、加えて肉体を叩く響き、作り物の笑い声にそれほど作り物でもない笑い声、家具がどすんと鳴り、六弦提琴《ヴィオル》と中国風横笛《フルート》の二重奏も何処からともなく流れて来て、出番を待つ闘鶏達の叫喚《きょうかん》、此処からは聞える由《よし》もないが何か出た札なり如何様《いかさま》骰子《さいころ》なりの音に皆が一斉に挙げる叫び。苦麦酒《ビター》、三本酒《スリー＝スレッズ》*を注文する、常に希望の籠った声が、幾多の部屋から成る影深き、明りも乏しい暗き荒野にあって小詠唱《アリエッタ》のように立ち昇り、思いの丈《たけ》に合せて律動感も益々高まっていく……漸《ようや》く犬が立ち止り、一同、此処は何処かと見てみれば、半ば野外同然の、太索《ふとづな》で縛った、ずっと昔の難破で打上げられた船材を骨格とする、空からの様々な脅威を遮るものといっても磨《す》り減り裂けた年代物の吊板に支えられた古い天幕《テント》のみの掘っ建て小屋。此処こそは、岬の女予言者「黒髪ヘプシ

＊　スリー＝スレッズ：普通のエール、黒ビール、タペニーエールを混ぜたビール。十八世紀に飲まれた。

ー」が鎮座せる場。

「この人です。」犬は頭でメイスンを突っ突く。「貴方が話すべきはこの人です。」

メイスンは即座に、（何か月も後にディクスンに告白する通り）合点する、——これは全て、今度の二月で亡くなって丸二年になる妻レベッカと繋がっているのだと。亡き妻が忘れられぬものの、その反面、船に乗りたい、何処かどうしようもない所へ向う船に乗りたいとメイスンは願っている。過剰服喪《ハイパースリーニア》と診断された彼の病状には、長い船旅が効くというのだ。博学犬と接している内に、何故かメイスンは、安全通行権を得て死の国へ赴くやり方がある筈だという気になっている、——犬に教えられたこの皺くちゃ婆さんを通して、遂に黄泉《よみ》の河を渡り、愛しい妻の居所を突止め、訪ねてゆき、信念も蘇った心で帰って来られる筈だという気になっている。憂鬱症の心がここまで飛躍出来れば上等。と同時にメイスンは、博学英国Dが、——或いは本人が呼ばれたがっているらしい名を使えば牙犬《ファング》が、——彼をおバアに引き合せてくれたのには、何か全然別の、犬なりの目的があってのことと気取《けど》る。

「僕宛ての包みがあるってアンジェロが言ってたぜ？」

「フフン！　あたしゃ夕方の郵便馬車かい？」両者、闇の中で何やらごそごそやっている。「アンジェロなら又会うからさ、ちゃんと訊いとくよ、——」

「此間《こないだ》もそう云ったぞ。」と犬は責めるように頭《かぶり》を振る。

「じゃあ、これ、——あたしの乏しい食糧から供出するよ、雌鶏《めんどり》の煮込《シチュー》さ、今日はこれが精一杯だよ。」

「まあまあおバア、——その残飯取っときなって。博学なる者、そこまで零落《おちぶ》れちゃおらんぜ。」頭をひょいと雄弁に振って堂々退場、一歩につき尻尾を一回より多く振りはしない。

「あんた等の船、いずれかの金曜日に港を出る、」ヘプシーは挨拶代りにメイスンとディクスンに云う。「――それってあんた等旦那の耳には、甲板長の快き呼び笛かね？」

「いやあれですよね、石炭船の連中なんか、それって縁起が悪いって云いますよね……？」ディクスンはウリッジに戻って再び試験官達を前にしたかのように答える。「基督《キリスト》処刑の曜日ですからねえ。」

「仰有る通り。即ちあんた等の船のスミス船長は、基督を、運命を、聖ペテロを、海神ネプトゥーヌスを愚弄《ぐろう》しておる、――御陰で王国中どの保険会社も、ロイズから始まって全て、あんた等天文学者には到底出せぬ額を積まんことには、あんた方の保険を引受けはせん。」

「けどわし等が死んだら、」ディクスンが指摘する、「水葬の費用は英国海軍が持つ訳だし、他にどんな出費があるってのかね？」

「旦那、あんた家族はおらんのだね。」

「どうして判る！　どうやらお前、本物の占い師だなぁ……？」ディクスンは既に、この女、丹念に老い曝《さらば》えを装っているものの（と、後にメイスンにも語る）、その奥には実はばりばりの、恐しく若い女が隠れていることを看破しており、――となると堅物とは凡《およ》そ云難いディクスン、少しは戯れずにおれぬ。

だがメイスンは不安を募らせつつある。「では私等の身に、危険が迫っているのか？　なあ、どんなお告げが聞えた？」

女は黙って、薄汚れた大判の紙を一枚メイスンに手渡す。紙には様々な奉仕《サービス》の内容、それぞれの料金が記してある。「何だこりゃ？　お前、呪《のろ》いはやらんのか？」

「あたしの保険はどうなるね？　べらぼうな額だよ、」と云って女はくっくっと、年寄りはこう笑うだろうなと如何にも若い人間が考えそうな笑い方で笑う。「あんたがお探しのは、『情報、海洋』のとこだと思うね。」

「半冠《クラウン》？」

「どうしてもってならね。」

「ううむ……ディクスン、どうだ？」

「え？　半分出せってことスか？」

「これはちょっと……王立協会に……請求って訳にも行かんだろ？」

「あたいと関わったって云うの、恥ずかしいのかい？」とヘプシー、何十歳分も小生意気に過ぎる。

「判ったよ、仕方ない、」メイスンは財布にがさごそ手を突っ込み、硬貨を選び出しながらぶつぶつ額を呟く。

　ディクスンが賛意の表情で見守る。「天晴《あっぱれ》、北東人《ジョーディー》*1に負けん金離れだねえ。お嬢さん、この人別に悪気はないんだよ……？」そう云ってディクスンが目を輝かせ、爪先でメイスンをさんざ突っ突く頃、破落戸《ごろつき》どもは闇の中をこそこそ動き回る。櫂《オール》に布も巻終えて居並ぶ小舟《ボート》は、二度と戻って来れぬかも知れぬ別人生へと、当人達の意志に反して二人を渡すべく待つ。大きな停泊地の匂い、——煙、瀝青《ピッチ》、塩、腐朽物、——が切れ切れに流れて来る。

「旦那方、よぉくお聞き、」——硬貨は既に音もなく消えた、——「驚異の年たる昨年、ホークがキブロン沖でコンフランを破って以来、ブレスト艦隊の生残りの意気《エラン》だか覇気《エスプリ》だか、彼方《あちら》で何と呼ぶか知らんが、当然ながらその手のものは今や甚だしく低い*2、——但し時折、小振りの武装帆船《フリゲート》の船長なぞで、お国の兵法なぞどうでも好くて、自前の戦術を試したくて仕方ない御仁は居《お》る。モルマン、ル・チズル、サン＝フゥ、——何奴《どいつ》も命知らずの輩《やから》よ、他にもまだ居って、みんな契機《きっかけ》さえありゃいつでもブレストから船を出す気でおる。危険なぞ頭にない、世界の果てと昵懇《じっこん》の間柄、汲めども尽きぬ怨恨の、新たなる相手を探しておる奴等よ。」

「そりゃ参った、」メイスンは頭を抱える。「例えば若し……別の日に船出したら？」

「ねえメイスン、――今は理性の時代ですよ、」ディクスンが窘《たしな》める、「我等は科学に携わる者。我等にはどの日も皆同じこと、均一の秒が同数あって、それぞれ一方向にのみ、逆転不能に進行してゆく……？ どうせ縁起を担《かつ》ぐなら、天文学者にとって金曜の象徴は金星《ヴィーナス》その女《ひと》であることも思い起そうじゃありませんか、――こりゃ間違いなく吉兆じゃないですか……？」

「いいかいあんた等、」若き詐称女は快活に指を一本掲げる、「仏蘭西の武装帆船は何曜日だろうと行きたい所に行くよ、――特に上海女《ラ・シャンガイエンヌ》号のサン＝フゥはね。トゥーロンにある海賊学校《エコール・ド・ピラトゥリー》は知ってるかい？ 有名なんだよ。最近サン＝フゥはね、其処のキッド講座教授に任命されたんだ。[*3]」

メイスンとディクスン、一方はもっと訊きたくて、一方は戯れたくて、いずれももう少し長居したいところだが、気が付けば背後にはかなりの行列が出来ている。その顔触れを見れば、

厄介な身の賭博師、不実な恋人、
誰にもさよならを云って貰えぬ船乗り、
浮れ騒ぐ洒落者に 帆柱《マスト》置場の連中、みんな
占い娘とお喋りしたい、さあ歌おう、

*1 ジョーディー：タイン川（イングランド北部を東流して北海に注ぐ）沿岸地方の人ひとをいい、ディクスン自身はその一人。炭坑夫などが多いというイメージ。

*2 七年戦争のさなかの一七五九年、ホーク率いるイギリス軍はフランス北西部キブロンの半島沖でコンノフラン率いるフランス軍を破った。ブレストはフランス海軍の拠点。

*3 キッド講座：欧米では講座名・教授のポスト名に過去の名教授の名などが使われる。これは有名な海賊ウィリアム・キッド（一六四五頃―一七〇一）への言及。

いざ繰出さん、今宵ヘプシーに会いに、
今宵こそ　天の光を貰えるかも、――
くっくと笑うか、おいおい泣くか、とにかくヘプシー、
半冠《クラウン》払えば　目に唾　引っ掛けたりはせん。

ラミイの水夫にも云ってくれた、稲妻には用心しなよって、
コルシカに行く連中には　パオリの反乱に気を付けなと、――
宝籤《たからくじ》から　歴史の果てに至るまで、
ヘプシーはしがない　虫に喰われた水夫の味方、さあ歌おう、
いざ繰出さん、……。

「ありがとよ旦那方、またいつかね、」と、ディクスンに向けて愛想の好い会釈。闘鶏場に戻ると、防舷材腹《フェンダー＝ベリー》ボーディーンがひょこひょこと、興味津々《しんしん》、二人の前方を横切って行く。

「で、何て云いましたあの女?」

気のふれた武装帆船の船長がブレストから船を出すとか何とか、最早二人ともそれしか思い出せぬ。

「おいらのモーヴにも同じこと云いましたよ、それも無料《ただ》でね。結構。戦《いくさ》になりますよ、旦那方。ル・チズルだったら、真後ろから追っ掛ける。我が英国海軍　不　便《インコンヴィニエンス》*1 号で俺達、あの船の尻《ケツ》がじわじわ小さくなってくのを眺めて何日も何晩も無駄にしましたよ。で、もう十分に離れたと見たら、『モウオシマイ、オネムノ時間ネ、』って感じで船長室の角燈消しやがってね。此方《こっち》の船長もね、あれ

が消えるのを見る度にいつもブツブツおんなじこと云うんですよ、――『闇に喰われちまえル・チズル、わしの人生から消えちまえ、』――で俺達も帆を緩めて、向きを変えて、そこからほんとの仕事が始まるんです、――満たされぬ思いを抱え、風に逆らって、ひたすら作業に勤《いそ》しむって寸法ですよ。」前檣楼長ボーディーンはそこで、息吐《つ》いて、阿片の夢からゆらゆらと漂い出てきた若い娼婦の、一番近い丸みをぎゅっと摑む。ヘプシー同様、モーヴも見掛けとは凡そ違う女である。大抵の男は、愁い顔の宿無し子をそこに見てしまうが、実はこれ程陽気な娘もそうざらには居らぬという明るさで、貫禄が付いてしまうのを避けられたのも、水夫達と過ごす所為《せい》で強いられる絶えざる体操の御陰。このモーヴとヘプシー、一緒にポートシーで暮しており、捺染《なっせん》した織地の奔放な使用量でこの岬じゅう知れ渡った衣装箪笥を共有する仲である。

「凄い人よぉ、ヘプシーって、」モーヴは言う。「あの人の忠告聞いて大儲けした人も、聞かなくて大損した人も一杯いるのよ。気を付けなってあの人に云われたら、もう覚悟するっきゃないわね……。ポーツマスのロイズよあの人は。[*2] ちゃんと云うこと聞くのよ。」

　夜も明ける頃になって、ヘプシーと、若《も》しくは犬と、更に話す必要を切実に感じてメイスンは両者を捜して回るが、どちらも如何《いっか》な見当らない。そして誰一人、両者の居場所は疎《おろ》か、彼等を知っていることすら認めない。メイスンが尚も訊ねて回り浜辺を虱潰《しらみつぶ》しに捜し続ける中、海馬号が遂に海へ乗り出さんとする、――時は一七六一年一月九日、金曜日。

＊1　H. M. S. *Inconvenience*：当時実在した『無敵号』（H. M. S. *Invincible*）をもじった名。
＊2　ロイズは四一ページでも言及された、当時最大の保険引受人の団体。このころは保険といえば海上保険が主だった。

4

エピクテトゥスの教えに従って、死、流浪、喪失を日々眼前に置くよう努めることこそ世界との霊的契約の一条項と信じて刻苦勉励《こっくべんれい》してきたチェリコーク牧師であったが、果してその努力の甲斐はあったか？　仏蘭西の船がきらきら瞬《まばた》く姿を見せた時、——船首から船尾まで死の影は船上至る所に見え隠れし、安全な場は何処にもなく、逃場《にげば》といっても助けにならぬ大海があるのみ、弾薬運びの小僧どもは高音部《ソプラノ》の喚声を上げ、焦げた木の匂いや銃口の鉄の息の匂いが立ち籠める中、——これら日々の信仰は、と牧師は自らに問うた、海馬号の云わば心地よき修羅場にあってどれほど役に立ったのであろうか、立ったとすれば如何なる形で？

　子供達に向っては、声に出してチェリコークは云う、「無論、儂等《わし》が助かったのはお祈りの御陰であった。」

「僕も祈るんだったな、」といとこのエセルマーが呟いて、テネブレーはやや意表を衝かれる。二日前、ジャージーの大学から帰って来て、二重返し余白埋縫《フィリング》に些か難儀していたテネブレーの部屋の戸口に現れて以来、ずうっと不遜の塊であったエセルマーがいきなりこの科白とは。

「導火線を摑むんじゃなくて？　大声で喚《わめ》きながら甲板を駆巡って大砲に火を点けて回るんじゃなく

て？　ねえエセルマーったら。」これを聞いて双子は愕然とした振りを装って顔を見合せる。

　エセルマーはにっこり微笑み、牧師に向けて親指を振ってみせ、自らの叔父ルスパーク氏に向けても、も少しあやふやながらも矢張り親指を振る、「我々は信心深い、血を躍らせる事どもを決して聞きたがらぬ習慣の連中に囲まれているのですよねえ、」と云わんばかりに。

　ブレーは顔を背《そむ》けるが、目の隅ではいまだいとこを捉え、「何よ、血はひっそり静かに『躍り』もするのよ、」とでも云いたげな表情。

　ルスパーク氏は戦争勃発の何年も前、仏蘭西軍にも英国軍にも、植民者にも米蕃《インディアン》にも無差別に武器を売って富を築いた人物である。短剣《ナイフ》、戦斧《トマホーク》、施条銃《ライフル》、古式和蘭陀《オランダ》携帯砲、手榴弾、小型爆弾。「口径など気になさるな、」と氏は好んで顧客に請合った。死傷者が交換の単位だとすれば我が叔父は大幅に債を負うことになろう、とエセルマーは考える。過去の犯罪の話もあれこれ聞いているけれど、此方《こっち》は居候の身、主人《あるじ》を責立てる訳にも行かぬ。誰もが「知っている」、――即ち、ウェイド叔父を家族の物語の集大成の如き存在と見て、誰もが覚えている。幾つかの冒険譚は今や一つに溶合って一個の叙事詩《サーガ》と化しており、その壮大さがどうも叔父本人とは上手く結び付かぬ。不可解なる気紛れに則《のっと》って甥エセルマーに銀行為替を送って寄こし、――送られた方は何回送られてもその度に改めて驚いてしまう、――メリーランドの競馬場に足繁く通い、一度など名馬セリームに林檎を食べさせたことすらあり、最近ではエセルマーが厩舎《きゅうしゃ》に訪ねて行っても意に介さぬ模様。晩秋の競走《レース》の折には、目を疑うほど艶《あで》やかに着飾った若い女達が手を振り笑顔を見せ、エセルマーを会話に誘おうと都会の猫の如く大胆に寄って来た。が、若いながらエセルマーとて初心《うぶ》ではない。女達の求めているのが自分の見掛けの素朴さ、就中《なかんずく》自分の純潔であることはしっかり勘付いている。女達の方こそ、彼の純潔が疾《と》っくの昔、それなりに楽しく失われたことを見抜けずにいるのであった。

「何を出せって？」

メイスンが苦々し気に笑いながら頷いている。

「私等の費用から？　そんなもの出して、蠟燭と石鹼の分は残りますかねえ？」

「確かなことは判らんのだ、スミス船長本人は評議会に現れず、弟とやらが来て、船長の手紙を読上げたのだ。」

「百磅《ポンド》——一人百磅……？」

「百英国金貨《ギニー》。」*

「うぅ……てえことは、誰かが代案を出すべしってことですよねえ……？　で、私等が出さなきゃ誰が出します？」

「王立協会か英国海軍の仕業だな。」メイスンが聞いたところによれば、評議会の面々はさながら困惑した家禽《かきん》の如くにそわそわ落着かず、憤懣やる方ない口調で「比例配分だと！」と繰返したという。

「比、例？　配、分？」

「この大佐船長に、本人云うところの『出費』を好き放題やらせるというのか。」

「呆れた船長ではないか！——私掠《しりゃく》船と五十歩百歩ですぞ。」憤りの声が広い階段吹抜けに響き渡り、銀器が銀器に当って鳴り、円錐形の砂糖の塊、種々の堅麵麭《ビスケット》、仏蘭西焼酒《ブランデー》入りの珈琲——、杖《ステッキ》が振回され、鬘の髪粉が蠟燭の光の中で濛々《もうもう》と舞う。

「即座に不信の念が持ち上りますな、——あの船長らしくない、云うまでもないが、だが然し、——」

「——ケチな集《たか》りと変りやせん。」

「こういう狼藉《ろうぜき》は撲滅せねばならん、とアンスン提督が年中云立てておられる類の振舞いですよ……。」

「……等々の声が上がった訳だ、」メイスンが伝える。「やっとのことで、二人から成る審議会が設けられてアンスン提督の許《もと》に赴いたところ、提督は彼等に、英国海軍に於て戦艦の長は自分の食費を負担することを求められていると答えたのだ。」

「そうなのでありますか、」ミード氏は言った、「それは存じませんでした、――本当にたし――いやその、もちろん確かでありましょう、只その――」

「ミスタ・ミードはつまり、」相棒ホソイト氏が修復を図る、「私どもこれ迄ずっと、海軍ではてっきり――」

「噫《ああ》諸君、これも又、『指揮権』と呼ばれておる彼《か》の奇妙な苦役に伴う多くの犠牲の一つなのです、」とアンスン第一卿は答えた。「とは云え、それも船長がどれくらい酒を嗜《たしな》む積りか、またどれくらいの家畜に囲まれるのに耐えられるか次第ではあるのです、――大砲を十門、十二門と順に並べようというのに山羊の糞に足を滑らしたりしては上手くありませんからな。然《さ》りとて他方、我等が戦艦の長に、街の破落戸《ごろつき》の真似をしろとも云えぬ訳で、今回の客人の持て成し方についてもやや奇異という感は免れんのです。スティーヴンズか誰かに、スミス船長への書状を持たせるということで如何《いかが》でしょう、――無論、我が怒りの稲妻が控えておることもそれとなく匂わせつつ。」

「こりゃ参った、」冬が渋々差出す陽光の中、後甲板《こうかんぱん》に立つスミス船長の手中で書状は微風にはためく、――倫敦《ロンドン》の方角、雲の船団の頂上辺りから、天の不興の如きゴロゴロが絶間《たえま》なく聞えてくる、「まあでも見当は付いておったよな。そうとも。噫、――誤解された!」

＊　一ポンドは二十シリング、一ギニーは二十一シリング。

集《たか》りなどとんでもない、狡猾さとは凡そ無縁の心の持主たるこの船長、長い船旅の毎日、当然三人揃って船長室で食事を楽しむものと、マディラ葡萄酒を味わい、些か下卑た輪唱曲を歌い、気の利いた科白を交わし、星々を巡る諸説を語り合うものと決めていたのである、――当然ではないか？　かくも科学する心を持ちながらかくも話し相手に飢えている身としては、他のやり方など思いも寄らなかった……。

「愚かにも小生、三人割勘《わりかん》で行くものと決めて掛り、自分の財布から一先ず立替えるお二人の分を請求しただけの積りだったのです、――まあ店によっては三人分買えば割引にもなりますし、――噫！　でももう良いのです。悪気はなかったのです、そこはお二人とも御理解戴きたい、提督のお気持を害するなど滅相もない、――我が国きっての航海者、我が少年時代の英雄ですからな……。」

「どうも失礼しまして、」ディクスンが謝意を示す、「つい早合点しちまいまして。」

メイスンも驚いた表情の顔を上げる。「何と御立派な、ワイト島の向うまでその怒号が届くお方にして斯様《かよう》なお計らい。してこの私めに、予め打診もなしに、この酒宴に加われと？」

ディクスンと船長、恰《あたか》も共謀しているかの如くに心優しい笑顔を返し、終《しま》いにはメイスンももう耐え切れぬ。「ようござんす、――とは云え船長殿、誰かが貴殿に、望遠鏡使いを等しく苛《か》む彼の蕪葉牡丹貧血症《ルタバガ》＊について一言お知らせして然るべきでした、――さすればこんな誤解も起きずに済んだものを。」

「よくぞ仰有《おっしゃ》った、ミスタ・メイスン、」ディクスンが心から叫ぶ。

「実に心優しいお言葉、」船長も云添える。

結局二人は中堅将校用の、船の経理によって、即ち海軍によって賄《まかな》われる食堂に回され、他の主要将校同様、順番で交代に船長と食事を共にすることと相成り、恙無《つつがな》き長い船旅の間たっぷり科学的会話に浸るという船長の夢は、仮に水平線の彼方にルグラン号が姿を見せなかったとしても、部分的に実現するのみであっただろう。

　十二月八日、船長は海軍本部から、出帆を見合せよとの急信を受取る。「しかも、」船長はメイスンとディクスンに伝える、「ベンクーレンは仏蘭西軍の手に陥《お》ちており、奪還を試みるという話は何処にも出ておりません。面目ございません。」

「やっぱりねえ……？」とディクスンは首を振り振り立去る。

「それでも喜望岬《ケープ・オブ・グッド・ホープ》までは、遅れずに行けるかも知れません、」スミス船長は云う。「通達が届くとすれば、恐らく彼所《あすこ》が目的地となりましょうから。」

「彼所へ観測に行く人間は他におりませんよね、」とメイスン。「妙じゃありませんか？　どっかの観測隊が来てもよさそうなものを。」

　些か気まず気に、スミス船長は目を逸らし、「ひょっとして来るのでは？」と極力柔らかに言葉を返す。


英国海峡を下ってゆく中、「左様、あれが稲妻の尻尾、」水夫が二人に教える、「つい去年の二月ラミリーズ号が沈み、七百の命が失われた場所です。南西からの嵐が迫っておったのに、航海長は気付かなかったのです、——あれがどの岬か、賭けに出て、稲妻をレイム岬と取違え、何もかも擦《す》っちまった訳で。」

＊　Rutabagaeous Anemia：文字どおりには「カブ的貧血症」。「カブから血を搾《しぼ》れはせぬ」という寓意で、要するに貧困のこと。

「此処は一里一里《リーグ》*1、この世で何処より剣呑《けんのん》な水域でして、」と別の水夫が愚痴る。「砂州に潮流、浅瀬に早瀬、旅立岬《スタート・ポイント》*2を過ぎて海に向うまでは気が抜けやしません。」

「あの方、任しておいて大丈夫ですかね？」

「スミス兄ぃですかい、あの人ぁ昔からずっと乗ってますからねぇ。石炭船から叩き上げたんです。まだ生きてるってこたぁ、まあ一応学んだってことでしょうよ。」

やっとのことで旅立岬を過ぎ、鶏冠《とさか》の如き丘の頂を右舷に見据えながら、船は海峡を上る風に傾きつつ進み、夕べの陽は方々の頂を照らす、——船乗りならざる二人には初めて目にする艶《あで》やかな金と青、——迫り来る夜の寒気は何処かしら鋭さを帯び、朝が訪れる頃には天気も相当に爽快になるものと予感させる……「蘇《ス》・門《マ》・答《ト》・刺《ラ》」海馬号の水夫等は歌う、

「女子《おなご》はみんなク・レ・オ・
パ・ト・ラばり、
ことが終りゃあ次のと
交換、
今度は二倍も
熱々《ホット》だぜ、
ラ・ララ・ララ・ララ・ララ・ラ、
ラ・ラ・ラ、ラ……」

海馬号の指揮官となった日からずっと、スミス船長は、これまで凡そ縁のなかった、地獄の辺土の

如き場で過ごしてきた。風雨に晒《さら》された埠頭を離れ、スピットヘッド*3に赴いて、帆柱《マスト》と円材《スパー》の作る、揺れる濡れた木立の中へ小舟《ボート》で運ばれてゆく中、下水と瀝油《タール》と風の息に囲まれつつ、己が新たに指揮官となった船の頼もしき姿を求めて辺りを見回した彼であったが、暗い想いがじわじわと募ると共に、彼方《かなた》に見ゆるむさ苦しい、縄に繋がれた牛馬の如く自らの錨索《びょうさく》に身を打付けている六等艦を遂に我が船と認めざるを得なかった。それでも、それでも、……水晶《クリスタル》の如き水煙の向うから、滑る様に船はやって来る、——聖エルモの炎*4に包まれ、粘り強き、おお、比類なく輝かしい光を浴び……そう、私はこの船を知っている、これは夢から来た船だ、どうしてそれ以外であり得よう？　痛みも挫折も恐れも、全て白くしてしまう光……。

後甲板で彼を出迎えたのは、粗野にして調和を欠く態《なり》の、ウォッピングの水兵強制徴募で先日補充されたばかりの若造。彼を目にするや、「こりゃ魂消《たまげ》た！　よう見ろよ、みんな！　雨から逃げて来るだけの知恵が働く将校さんだぜ！」

声が上ずらぬよう留意しつつ、スミス船長は応えた、「貴様、名前は？」

『ブリンキー』なんて呼ぶ奴もいるよ。で、あんたはどなた？」

「よく聞け、ブリンキー、——私はこの船の船長だ。」

「そいつぁ悪くない仕事だぜ、」と若造水夫は忠告口調、「——しっかりやんな、ヘマすんなよ。」

堅実なる進言。この小ぶりの船に彼は、殆ど感知されぬ幽霊の如くに取憑き、後甲板の定位置に黙っ

＊1　一リーグは約五キロメートル。
＊2　スタート・ポイント：英国南西の岬。
＊3　スピットヘッド：英国南岸の停泊地。
＊4　聖エルモの炎：嵐の晩などに現われる放電現象。

て立っているかと思えば、月距表の上に夜遅く律儀に屈み込んでいたり。「科学者と思われたいらしいのだよ、」と牧師は、天文観測士二人と初めて顔を合せた際に云う、「――ひょっとしたらあんた方の意見も聴きたいと思っておるのではないかな。王立協会への報告書に名前を挙げて貰いたいとか？そういうことってどうやるのか存じませんが。」海軍軍人稼業の、昔ながらの残忍なる一派よりは、寧《むし》ろ独創的にして知を愛する一派に加わりたいという訳であり、いざ戦うとなれば無論名誉を賭して戦う所存ではあるが、戦争が己の最良の仕事とはスミス船長、思っておらぬ。

尤も船自体は剛勇を以《もっ》て知られ、貴壁《ケベック》に於てボーポールの仏蘭西軍が浴びせる砲弾を物ともしなかったことで既にその豪胆ぶりは証明済みであるが、実はその攻撃、仏軍の仕掛けた陽動作戦に他ならず、真の攻撃は全く反対側、既に貴壁の街を通過していた軍隊輸送船によってもっと上流で展開されたのだったが、まあとにかくこうして船の栄光は不動のものとなった。あの奇跡の年たる一七五九年、その三月十五日に彼《か》のジョンスン博士が*偶々《たまたま》「自分を牢獄に入れるだけの才気がある人間は船乗りになどならぬ。船に乗ることは牢獄に入ることとである上に、溺れる危険も伴うからである、」と述べたあの年、船は自らの任を果し、奇跡に一役買ったのである。

武装帆船《フリゲート》と呼ぶ者もいるが、公式にはそれには少し大砲が足らず、それで「驢馬《ジャッカス》、」――歴《れっき》とした海洋用語である、――なる接頭辞を付けて呼ぶ者もいる。名前にも負《め》げず、砲弾の軽さにも臆せず、もっと大きな艦とも進んで付合っている。気概に於ては亜刺比亜《アラビヤ》の種馬として生れようとも、そこは海馬の身、時には驢馬の職分も果さねばならぬことは、スミス船長とて疾《と》っくに承知している。即ち驢馬とは、議論にあっては頑迷で通る一方、後ろ足をひょいと回して武器とする機敏も人びとのよく知るところ。「故に、船尾の大砲に一番腕のいい砲手を置きたい。この驢馬の必殺蹴《キック》を見せてやろうではないか。」

とは云え、いざルグラン号が姿を現すと、船長は小さからぬ驚きを禁じ得ない。ムッシューよ、何をわざわざ?——そう問いながらも答えは判っている、「それが武装帆船の務め、」元より命令に組込まれているのだ。大洋を我が物顔で彷徨《さまよ》う自由の見返りに、古《いにしえ》の騎士の掟に劣らず厳しい掟が武装帆船を縛っている。南洋の或るお針子が愛情を込めて刺繍してくれた、船長室の寝台《ベッド》の上に釘で止めた海馬号の座右銘《モットー》は、Eques Sit Æquus。

「先ず、Eques とは」気の利く若きウイックス・チェリコーク牧師によれば、「『武装した騎士』のことでござる。」

「武装帆船の水夫は海を彷徨い、騎士は地を彷徨うと、」ディクスンが受ける。

「古代羅馬《ローマ》では後に、一種の騎士を意味するようにもなりました、——平民と元老の間に位置する一種の紳士階級ですな。Sit は『斯《か》くあれかし、』そして Æquus は『正義の、』——加えて、『冷静なる、』の意もあるやも知れません。という訳で、皆さんの船の座右銘は、『この海馬を指揮する海の騎士が、冷静沈着にして、』——」

「——部下は揃っておでき同然の脳味噌でも、平常心を保つべし?」と船長が押し殺した声で、傍《かたわ》らで彼の気を引こうと恐る恐る合図を送っているアンチリー大尉を睨みつつ云う。

「あのぉ、帆船と思《おぼ》しきものが、南南西に、——但しこの件につきましては異論もございまして、ありゃぁ雲だぜと云張る連中も……。」

「馬鹿者、何を呑気なことを、」とスミス船長は低い声で、望遠鏡に手を伸ばしながら云う。「えらいことではないか。仏蘭西船だとしたら、もう既にこっちを見付けて、帆を目一杯揚げてやって来るぞ。」

「それは承知しております、」と大尉。

* ジョンスン博士：有名なイギリスの文人（一七〇九—八四）。

「そら、これを。落すなよ。帆柱を上って、其奴《そいっ》が何であり、何処に居るか、しっかり報告しろ。ボーディーンも連れて行け、時計と羅針儀《コンパス》を持たせてな、——本当に帆船だったら、大尉よ、然るべく間隔を置いて方位の二つ三つも測ってくれ。お二方、御覧の通り我々は極めて科学的に事を行うのです。とは云え、」と今度は、甲板を石で磨いている水夫の一団の方を向く、「古《いにしえ》の信仰も捨てはしません。さあ、ボンゴ！　そうだ！　そうだ、船長よりお願いするぞ、有能なるボンゴよ、風を嗅いでくれ！」

　こう声を掛けられた印度人水夫は、「アイアイ、船長《キャプテン》！」と喚《わめ》いて風上の側に飛んでゆき、欄干に飛乗り、船首寄りの横静索《よこせいさく》を腕一杯抱え込んで、頭に巻いた手拭《てぬぐい》をはためかせつつ風の中へ我が身を押出す、——そして殆ど直ぐ様此方《こっち》へ向き直り、野蛮なる歓喜の色を顔に浮べて叫ぶ、——「仏蘭西野郎！」

「取り舵一杯！」船長が叫ぶと共に、大檣楼《だいしょうろう》からも報告が届く、どうやら彼《か》の物体は矢張り帆船のようであります、少くとも今のところ護衛は居らぬ模様でありますが、にも拘らず全速で疾走し海馬号の行く手を遮る意図と思われます。「お二方、下で何かお手伝い戴ければ忝《かたじけな》く存じます。」太鼓が拍子を打つ。みんな海からさほど遠くない地から出た英国の若者であるからして、海戦やら海賊やら、楽園海岸から目と鼻の先の島々の話は散々聞いて育っている。「下」で何が待受けているか、誰もが承知している。

　当初は玩具の船、玩具の運命としか見えぬ……。やがて下三帆《トガンスル》や三角縦帆《ステースル》が見る見る形を成してゆくが、風は執拗に南南西、海馬号はとことん向い風、しかも水域には油断ならぬ潮流がどう隠れているとも知れず、——一方ブレストから出立てのルグランは、風もたっぷり左舷後方から受けている。

「儂らに追付くのは訳ないことじゃった、風下に回るのは、――仏蘭西人という奴はいつも風下から戦《いくさ》をやりたがるんじゃ、――そうして一斉射撃の始まりだ、無論海馬号もやり返す、一時間半に亘ってバン！　ドカン！　帆柱がドサッ！」

「血が排水口をどくどく流れる！」ピットが叫ぶ。

「伯父さん、短剣を咥《くわ》えて縄に捕《つか》まって飛んだ？」プリニーが訊く。

「勿論だとも。深靴《ブーツ》には短銃《ピストル》を入れてな。」

「伯父様。」ブレーが窘《たしな》める。

牧師は和《にこ》やかに微笑むばかり。他の動物と較べ、人間がかくも永きに亘って若さを保てるのは、若い人間が多くの点で有用であるからに他ならず、その効用の一つが、彼等若者の愛する邪悪な獣やら虐殺やらを通して、死すべき運命を打消してくれることである。かくも騒々しい否定があれば、年長者達も、束の間とは云え、死の運命が呼ぶ声から解放されるという塩梅《あんばい》。「残念ながら子供達よ、儂はずっと下に居ってな、海上医療に携わっておったのだ、出たとこ勝負で必要な知識を身に付けながらな。戦闘が終った頃にはもう、儂と、底なしの黒い恐怖とを遮るものとて、我が信仰のみとなっておった。後になって、神に見放されたあの海で起きた出来事から、より深い教訓を引出しはしたがな。接近して来るルグランを為す術《すべ》もなく見ていると、一秒の数分の一が経つ毎《ごと》に、死が更に新たなやり方で己の存在を誇示しておるように思えた……。何しろ彼方《あちら》の滑車《ガン゠テークル》が軋んだり鳴ったり、転子《ローラー》が甲板を転がったりするのまで聞える程近い訳で、その内に、込め矢の端っこが砲門から突出ておるのまで見えてきたが、弾薬と詰綿が押込まれると共にそれも見えなくなり、更にもっと近付くにつれ、今度は甲高い外国語のぺちゃくちゃが聞えてくる……。

何度も何度も一斉砲撃、その合間《まぎ》に船は間切る、即ち反対側の砲を向ける為に風を斜めに受けて進む訳だ、——轟音が止むと弾を詰め直すゴン、ゴンという音、怪我した者や瀕死の者の叫び、嘔吐《おうと》、言葉も出ぬ有様、汗が迸《ほとばし》り出る、——そうして又再び一斉砲撃が始まるのだ。発砲が止む度、束の間望みが訪れる、これで逃げ果《おお》せた、これで終りだ、……だがじきに滑車を動かす音が聞えて、又も闇の中で甲板が儂等をひっくり返そうとしている気になってくる、がくんと下に揺れたその直後、大砲が来る、儂等にも今や予想が付くようになった或る種の振動を伴って来る、——やがてそれももう来なくなると、次は一体何なのかと、みんな怖くて息も出来ずに突っ立っておったよ。

その間ずっと、天文観測士二人も儂も、人前で真っ先に股袴《ズボン》を汚す奴にはなるまいと、腑《はらわた》の悶えに必死に耐えておる中、円材《スパー》は上からがしゃんと落ちてくるわ、砲弾が船の横腹にぐさっと突刺さるわ、さながら無慈悲な拳骨《げんこつ》に耳を叩《はた》かれた如き有様で、剰《あまつさ》えその衝撃で天井から蜚蠊《ゴキブリ》が降って来る、——衝撃も凄かったがそこに籠った悪意はもっと恐しかった、——そうして船全体が嗄《しゃが》れ声の悲鳴を上げる、大きな海の獣が苦痛に喘ぐ、その叫びの肌理《きめ》たるや、非常な苦しみを負わされた人間のそれと変らなかった。」

英国国教会の、ディクスンに云わせれば「厄介事の生みの親」の一員と共にディクスンは蘇門答剌《スマトラ》へ向っている、——しかもその赤の他人と一緒に、つい今しがた、まるっきり船乗り並に浮れ騒いでいた、——何たる恥、が、人付合いが良すぎて害はあるまいと、ここはフォックスの教え[*1]に従い、メイスンの中の「神なるもの」に応えようと決め、やがて戦闘が四方で展開され二人とも迫り来る死の機会を同等に得た中で「神なるもの」はしっかり見出された。[*2]

崩壊、爆音、恐怖。船内に在って、天文観測士二人はすっかり怖気《おじけ》付き、見えないながらも大いなる重量と速度を備えた力達の営みに巻込まれている。二人が不運にも迷い込んだ何処か幻の領域でそれ等の力が戦いを繰広げるのにどうにか耐え、己を空《むな》しうしながらも体だけは動かし続ける。医務室に負傷者が集まり出して、楢《ナラ》の破片や鎖や榴散弾《りゅうさんだん》で受けた想像を絶する傷を訴え、夕暮れが領土を覆うが如くに血は床一面に広がってゆき、降参してしまうことの容易《たやす》さも狂おしい恐怖に変っていく。達観を以て振舞うのは生易しいことではなく、「何かお手伝い」する術を見付けるのすら難儀、——だが束の間頭を冷やせばとにかく邪魔にならぬ術くらいは見えてきて、そこから段々、船医助手の歩数を減らしてやったり、船の他の場所へ伝言を届けたり持帰ったりも出来るようになってくる。

最後の発砲が終り、船が追跡を開始すると共に楢の梁がぶるっと震え、船尾の貯蔵室は血塗《まみ》れの男達でごった返し、その中には大きな破片が片脚に刺さったスミス船長の姿も見受けられて、その憤懣《ふんまん》たるや取分け凄まじい、「失くした部下は三十人に上るでしょうよ。貴方がたお二人、ほんとにそんなにお偉いんですかね？」甲板に上がってみれば、死体どもが湯気を立て、至る所に破壊の跡、焦げた帆や索の切れ端が、仏蘭西船を連去《つれさ》る風にかたかた鳴っている。

英船長と仏司令官の間で、如何なる会話が交わされたのか？ 敵は聖霊勲章を着けていた、白い鳩が望遠鏡越しにも見えた、——サン＝フゥだ、いつもとは違った船だがまず間違いない。どうなっているのか？ 仏蘭西人は本当に、「仏蘭西は科学とは戦わぬ」と合図を送ったのか？ 何とも度量ある言葉、だが然《しか》し……「ふふん、鼻を鳴らしただけさ。手袋をひらひら振って。『こんなの時間の無駄ね、』とか云いよって、『お前等小《ち》っちゃな雑魚《ざこ》ね、——水に投げて返すよ。いつか又、お前等も私

＊1 フォックスの教え：クエーカー教の創立者で友愛を説いたジョージ・フォックス（一六二四—九一）への言及。
＊2 「神なるもの」（that of God）はジョージ・フォックスの教えにくり返し現われるフレーズで、人間のなかにある神性を指す。

みたいに大きな魚になったら会う日が来るかもね。でも今は、もう行くよ。ふふん！　さらば《アデュー》！』」

「だが此方《こっち》は、」スミス船長は応じたのだった、「追跡せぬ訳には行かん。」

よくある仏蘭西流の、肩をひょいと竦める仕種《しぐさ》。「まあそうだろうね、勿論ご自由に。」

だが船は余りに深く傷手《いたで》を負っている。ルグランの船尾の完璧な卵形が闇の中に呑込まれてゆくのを、彼等は茫然と見守る。とうとう、夜半直が始まる相当前に、スミス船長は追跡の中止を命じ、船は再び上手回し[*1]となり、風は依然同じ向きに吹いていて、残った帆を何とか駆使して彼等はプリマスの海軍工廠《こうしょう》に帰る。

当時、此処《ここ》にもう一隻の船が絡んでいたと云う者もおり、彼等によれば、仏蘭西船はそれを英国の軍艦と見て慌ててブレストへ逃帰ったということであった。海馬号に乗っていた者の中にもそれを見た気がすると云う者がいたが、大半はそうは云わなかった。（「きっと儂等の守護天使だよ、」と牧師は評する、「翼の代りに下三帆《トガンスル》が付いておったのさ。」）

この一年前、ルグラン船上の士気は、元々決して高くなかったところへ持ってきて、キブロン湾でのブレスト艦隊惨敗の報せに殆ど致命的な打撃を被っていた。海馬号に対する勝算を計る上で、商業と政治の営みを巡って日々賭けている見えざる賭事師達も、砲門数、舷側砲の重量等は有利であっても、かくも憂い顔の乗組員達とあっては海軍同士の諍《いさか》いに勝利を収める最良の保証とは云いかねると踏んだに違いない。とは云え、この仏蘭西船を、一個の知覚を有する存在として見るなら、それは云わば、酒場に居る小柄ながら好戦的な水夫の態度を終始示しており、喧嘩の機会《チャンス》に常時抜かりなく目を光らせつつも、己が望む高さの栄誉までは一向に辿り着き得ぬのだった。常に戦隊の殿《しんがり》に置かれ、回って来る任務は如何にも望みないものばかりで、赤道直下の湯気立つ赤い夜明けの沿岸で禁輸巡視《パトロール》に携ったかと思えば、大西洋の冬の嵐が巻起こす山の如き波の陰で救援活動に努める、――誰からも感謝されず、軽んじられ、黙々と働き、今も独り夜の海をブレストに帰ってゆく、新たな円材と索具と人命を補給しに。

「オォ、

ラ、

フラン……

スーューー！〔「ューー」に小粋な装飾音《モルデント》〕、

セン

ソウ

セヌヨ、カガ

ーク－アイ

テーニューー！」

——と、船が港に着くまで船乗り達は絶えず歌い、埠頭では今度は作業班が、全面的に肉体のものではない労苦を抱えた船乗り特有の陰気な律動《リズム》と共に歌う、——栄誉には凡そ遠く、歌なぞ止《や》めておけばよいと知りつつも、つい気軽《キャッチー》な断片を口遊《くちずさ》んでしまう。その歌詞は忽《たちま》ち「お惚《とぼ》け海軍引用句」の殿堂に、——やがては「私はまだ戦いを始めていない、*2」「チャットフィールド、我が軍の船は今日はど

＊1　上手回し：「帆船の操船法。帆船が風上にジグザグの針路で切り上がるとき、風を受ける側を変えるために、船首を風上側にまわすこと」（大辞林）

＊2　“I have not yet begun to fight”：船が大きなダメージを受け、敵軍から降伏を迫られたアメリカの軍人ジョン・ポール・ジョーンズ（一七四七—九二）が言ったとされる言葉。

うも変だぞ、[*1]」等も加わることになる殿堂に、——仲間入りを果す。

日も暮れて大分経ってから、医療義務から公に解放されたメイスンとディクスンは、未《いま》だ一人になる気になれず、よたよたと甲板に上っていく、疲れ果て、何を笑うともなく笑いながら、——或いは全てを笑いながら、死んでいても少しもおかしくもないのに生きていることの不思議を熟《つくづく》感じながら。風が潮の香りを投付けはしても、損なわれた帆の緞帳《カーテン》に包まれた彼等は、船内同様に此処でも逃れられはしない、過ぎ去った戦闘の残した悪臭から、——帆柱の腑《はらわた》、人間の……。どちらかが何か寄り掛れるものを見付ける迄、二人は互いに支《つっか》え棒の役を果し合う他ない。「で、これは、どういうことなのかな?」とメイスンが問う。

「寧ろ火星の通過かな……?[*2]」

「私等が火星の表面を通過するんだな。」

「これでわしがもう少し根の暗い男だったら、実際、考えちゃうでしょうねえ……」

「私もそれは考えた。」

「仏蘭西がベンクーレンを押えてるのは判ってた訳ですよね、——他には何が判ってたのかな? そこは知りたいですよね。」

「君、その壜を、私が聞いたら喜ばぬであろう理由によって私物化せんとしておるのかね、それとも、——あ。ありがと。」二人は壜を回し合い、空《から》になると、海に投捨て、もう一本開ける。

＊1 "There's something wrong with our damn'd ships today, Chatfield": イギリス海軍軍人デイヴィッド・ベイティが一九一六年に言ったとされる。

＊2 火星（Mars）はローマ神話の軍神マールスに通じる。

5

若《も》し彼等に二人組《コンビ》を解消する気があったなら、今こそその時であったろう。「何から何まで普通じゃなかったからなあ、」メイスンは顧みる、「きっとこれも御心《みこころ》に違いない、——誠に御業《みわざ》は不可思議、意図は不可知。」

「うぅ、——あの、誰のことですかねぇ。」

メイスンは途端に眉を顰《ひそ》める。「そりゃあ決って——ああ。あ、そうか。ええと……君の故郷ではみんな、其方《そっち》の方も信じておるのかね？*」

「年中炭坑に居りますしねぇ。」

危機に於ては、メイスンもディクスンも、相手を見捨てはしなかった。どちらも相手の凝視に暫《しば》し応え、やがて又、為すべき仕事が生じ、——瀕死の船乗り達の傷口から立ち昇る湯気によって、別段判らなくても差支えない事柄は一先ず棚上げされた。

目下のところは双方、兎にも角にも一致団結すべき時と承知している。尤も、どう団結したらよいかとなると、常に承知とは限らない。プリマスの工廠《こうしょう》に着き、王立協会への書簡を共同で認《したた》めている

＊ そっちの方：悪魔のこと。

今も、互いに相手の意見を繰返し却下している。二人の発する言葉の烈しさに、蠟燭の炎も揺れる。もうどちらも、疲労などという域は疾《と》っくに超えて、相手に対し、己の防御の砦に兵を配置したりもしておらぬ。ここ暫《しばら》く二人で潜《くぐ》り抜けてきた日々を思えば、そんな手間を掛けるのも詮無いことに思えるのだ。少くとも、そういう段階は二人とも最早過ぎている。即《すなわ》ちどちらも、いざとなったら相手がどのように勇敢たり得、どのように臆病風を吹かすか知り尽している。

「こう書いちゃどうです、『私共それぞれに一連隊を手配して下さりますれば、――武装帆船《フリゲート》は現実的ではございません、私ども船の動かし方を存じませんし、況《ま》して海戦となるともっと知りませんから、――この地球上何処であれ、国王陛下が望まれる地域に赴き、如何なる民が相手であれ喜んで戦う所存であります、――』」

「おいディクスン、ちょっとは考えろ、――了解、なんて云われた日にはどうする？　君、連隊の指揮なぞ執りたいか？」

「いやまぁ、……わし、その線も除外しませんよ、人生ここまで来ちまえばね、――」

「君、教友会《クエーカー》だろう、戦争なんか認めちゃならん筈だろうが。」

「厳密にはもう教友会じゃありません、倫敦に行く直前、十月末のレイビー集会から締出し喰っちまいましたからね、――だから誰殺したって勝手な訳で……？」

メイスンは関心を装うが、実はその話、既に王立協会から知らされている。「で、その所為《せい》で何某《なにがし》かの個人的困難が伴うと思うかね？」

「わし等みんな、――教友会の一族は皆、中でもディクスン、ハンター、レールトンの家系は、何度も何度も、――ダラムで昔っから何かにつけて締出し喰ってきたんですよ、酒飲んだとか、司祭に結婚式やって貰ったとか、王立協会の仕事をしたとか、何であれあちらがお気に召さないことをやる度《たんび》にです。基督教徒の中には、何しろ会衆《えしゅ》同士の付合いしか許されてませんから教会から村八分にされるとひどく辛い人達もいるみたいですけど、教友会はもうちょっと友好的って云いますかね、万人の中に神を探すってのが座右銘《モットー》ですから……？　宗派とかはそんなに大事じゃないんです。わしにしてもですね、今迄にも聖公会《アングリカン》の知合いとか居りましたし……？」

「君、どうして私をじろじろ見たりしないのかね。」

「うぅ、わし、ダラムの聖公会の司教にだって会ったことあるんですよ。ダラムの司教って云ったら、そちらじゃ一番偉い部類でしょう？　押しも押されもせぬ大御所です。いえいえ、――上手くやってますよわし、聖公会の皆様とも。」

「それは結構。有難いことにこれで、毎晩少くとも一時間余計に悩まずに眠れる。私だってね、偶《たま》さか教友会徒には出会ってきたんだよ、――ミスタ・バードが勿論直ぐに思い付くし、――皆さん揃って、一人一人話してみると実に穏やかな人達だね、公の場では相当我《が》が強いが。」

「確かに世間ではそう云われとります。」

　かくして二人、酒の割当て量を飲み尽しながらも、それで気持ちは些《いささ》かも和らがず、海峡に於て一体何が起きたのか、何とか理解しようとあれこれ喋っている。どちらも余り実のあることは云っていない。半時間ばかり、まるきり愚にも付かぬことを二人して大真面目に話し込んでいたかと思えば、どちらかが機嫌を損ねて黙り込むか、睡眠を取りに何処かへ消えてゆくかする。廊下では、さながら寝間着を着た生霊《いきりょう》同士の如くに始終鉢合せしている。

「じゃあこう書いたらどうかね、」メイスンが或る程度考え抜いた様子で云う、「『名立たる紳士の方々が、私を危険に陥らせせんと明白に意図され――』

「『私どもを。』」

「お望みなら。『――兵員不足の軍艦を、避け難き敗北に追い遣らんと為さったことに鑑《かんが》みて、当方としては疑念を抱かざるを得ません。何故《なにゆえ》、仏蘭西海軍大将に、ボスコヴィッチ神父なり誰か手の空いた使者なりを遣《つか》わして、海馬号の大凡《おおよそ》の航路、行先と目的をお知らせにならなかったのでありましょう？』」

「うぅ、ねえねえメイスン、無理ですってば。どのみちあちらは攻撃しましたよ。英国人の云うことなんか信じる訳ないでしょう、ルイ王その人が使者だって。」

「ちっぽけな六等艦だぞ！　どんな悪さが出来ると云うのだ？　仏蘭西軍にとって何の脅威だと？」

「あちらの通り言葉じゃぁ、ユヌ・アフェール・デ・フレガートって云いますものねえ、――武装帆船問題。」

「見え難い力の問題ということかね。」

「さ、――まだその辺にありますかね、黄金《ゴールデン》ヴァージニアン？　一服すりゃぁ気も鎮まります。」双方とも驚いたことに、和やかな沈黙と初めて認めたところの沈黙が生じ、二人は共に煙管《パイプ》を設《しつら》え、食器棚から皿を探し出し、暖炉から火の点いた石炭を持って来て、煙草に火を点ける。

真空の半球に閉じ込められたるが如くにきっちりと包まれて、語られざるものがその場に横たわる、――僅か二日前の午後、一言もなしに、風力と質量、叫びと血以外の全ての言語を乱暴に侮って出現した恐怖と死の濃縮体。計り知れぬその塊が喚《よ》び起す問いの答えを知る術《すべ》はどうやら何一つなさそうだと天文観測士二人が次第に思い知る中、気まずさは益々深まってゆく。

「船長は信号を送ったのだろうか？　相手はそれを解読し、尚且《なおか》つ攻撃したのだろうか？」

「或いは解読したからこそ……？」

二人いずれの人生に属すとも思われぬ事態。「当日の計画に手違いがあったのだろうか？　我々は、誰か他人の歴史の欠片《かけら》を、何らかの偉大なる瞬間から剝げ落ちた断片を与えられたのだろうか、——例えば先年のキブロン湾での戦闘とか、——そうした重大な事件が時折、さして劇的でない人生の日常に紛れ込んだりするのではなかろうか？　かくして我々は、鬘も歪む醜態に陥ることと相成る。」

「ひょっとして、」ディクスンも彼なりに付足す、「わし等、元々ベンクーレンに着く予定なんかなかったのでは、——誰かが殉教者を二人ばかし必要としておったのに、わし等塩梅《あんばい》悪く生残ってしまったのでは……？」

「何と、恐しいことを云うなあ。」

「『恐しい、』ですか……、『恐しい、』と云えば……。」そして、二人が口に出来ぬことども、未《いま》だ出来ぬというだけであったり今後も絶対出来ぬものであったりもするそれ等ことどもが、蠟燭に照らされた部屋の中、息もせぬ君臨を再開する。

　間髪を容れず、王立協会から非難と警告の返信が届く。メイスンとディクスンの二人としても、仏蘭西軍との戦闘の夢はさほど見なくなる時がいずれ訪れるであろうが、——この手紙はいつまでも脳裡から追払えず、何度も何度も思いを巡らせることになる。

「無礼千万、個人名で返信する礼すら尽さぬとは！——貌《かお》なき委員会の纏《まと》めた最終稿、といった趣ではないか。我が衷心《ちゅうしん》からの叫び、我が師ブラドリーに助言を求めた訴え、師の分別を信じて不安を率直に打明けたというのに、——四年に亘って助手を務め、被後見人としては更に長かったというのに、——激励や忠告を与えてくれるどころか、我が告白を頭文字《イニシャル》のみの卑劣漢どもに伝え、我等の恐怖心を煽る作業を連中に任せたのだ、これだけ怯えさせておけばあの船に戻らざるを得まい、とばかりに。」

「でもまあ、」と用心深く、「読み様によっては、はっきり人の声が聞えなくもないかと……実際、相当に熱の入った、一個人の声が。」

　メイスンは肩を竦める。「では、誰の？　署名は事務局長のモートンだ、――」メイスンの眉が、もうこの話は止《や》めにしよう、と伝えているとしか思えぬ高さまで吊り上る。

「普通なら、こういうのは運命の流れに任せておきますが……？」とディクスン、「――只まあ今回はわしも一緒に臆病者呼ばわりされておる訳で、もし仰有る通り汝とドクタ・ブラドリーとの確執が裏にあるんでしたら、少しお聞かせ願えませんかね……？」

「これがブラドリーの声だというのか？　それは違うと思うぞ、あの方なら私はよく知っておる、――こんな風に書ける人じゃない、簡単な時候の挨拶だって一苦労するお方だ。『……現今に於ては不確定であり可能性の領域に留まる斯様《かよう》な状況が、確実性に縮約された暁《あかつき》には。』考え難い。」

「うぅ、深いですよね……？　『縮約。』」

「まるで……運命とは一つではないかのような物云い、」メイスンは首を傾《かし》げる、「寧《むし》ろ多くの可能な運命の中から選択の余地があって、一つの選択が為される度《たび》にそれら運命の数がじわじわ減ってゆき、遂《つい》には、事実我等の身に起きる出来事へと『縮約』され、我等はそれら出来事を、時間という、取返しようなきものを経て通過してゆく、――さながら透鏡《レンズ》が、巨大な天空視界からやって来る光を全て受止めた末に、それを一個の点に縮約するかのように。とすると光学の関係者かな、――例えば、君の師匠のミスタ・バードとか。」

「だとすれば汝は心安らかでいられるじゃありませんか、今回ばかりはわしが師匠に叱られておるんだとすれば……？」

　かように、眠りも忘れて、二人は止処《とめど》なく喋り続け、周囲ではプリマス全体が陽気な千鳥足、街じゅうに煌々《こうこう》と明りが灯り、皆彼方《あっち》へうろうろ此方《こっち》へうろうろ、夜通し浮れ騒いでいる。

「稲妻は二度落ちない、」とディクスンが云ってみる。

「如何にも。落ちるのは一度だけ、つい此間《こないだ》彼処で私に落ちたように。今度は君の番だ。」

「ちょっと待って、待って……？　汝、ほんとにそう思われます……？」

6

「海に届いた非難の書簡は、」と牧師は推量《おしはか》る、「未知なるものが天文観測士二人に送って寄こした歴然たる警告であった。それに先立って、二人とも科学に携わる身とは云え、今は一先《ひとま》ず、より古風な、より現世的なる確信に従い、今ここでベンクーレンは諦めます、日面通過はまだ到達可能な他の測点から行うということで如何でしょう、——と、スキャンダルーンという地名も挙げて書き送った訳だが、王立協会からの返事はこの上なく高圧的、義に悖《もと》る言動である云々、不可抗力であれ何であれ二人が契約を破った場合は法的措置も辞さぬと強く脅してくる始末、ベンクーレンはどのみちもう仏蘭西軍の手に陥ちているのですと再び指摘しても一向に埒《らち》が明かない。正しいのは自分達、間違っているのは協会、——それでも二人は従わざるを得なかった。」

「でも、何故?」ブレーが苛立ちの笑いを発し、針と釜糸《かまいと》を振回しつつ問う。「どうして倫敦《ロンドン》の方でもっと柔軟に対応してくれなかったの? 海馬号を何処か他所《よそ》へ遣《や》るとか?」

「遣ったともさ、その次に我等が観測士二人が海へ出た時にはな。」

「ちゃんと大檣転桁索《メーンブレース》も修繕したんだろうな、——やあ、御機嫌よう皆の衆。」音もなく入って来たのはローマックス叔父、石鹸工場での一日を終えた身からは製品の臭気を立ち昇らせ、物腰からは酒飲みの陽気さを撒き散らして、流行らぬ職業に携わる人間に有り勝ちな内気さを追払っている、――何しろ「費府石鹸《フィラデルフィア・ソープ》」といえば亜米利加の植民地中で安物の代名詞。水が触れた途端、否、湿った空気が触れただけで何とも不快な粘液と化し、そっと握ろうががっちり握ろうが如何なる握りにも捕えられることを拒み、使用前より物が汚くなることもしばしばで、――石鹸と云うより、正しくは反石鹸。そんな叔父が、すっと航程線を描いて、非禁酒を奉ずる客の為に強い酒を各種揃えてある戸棚へ向い、選択を熟考する振りを装う。

かくして我等は再び帆を揚げた（と牧師は続ける）、今回はもう一隻の、もっと大きい武装帆船が護衛に付いておる、――その心はだな、子供達よ、汝を危うく殺しかけた馬には常に仕返しせよ、ということであるぞ。特に、相手が海馬なら尚更《なおさら》。儂《わし》はアンチリー大尉と相部屋になったが、此奴《こいつ》がまた極め付きの大馬鹿者であった。「滅相もない、貴方――本だなんて！　直ぐ閉じて下さい。」

「然し貴方、これは聖書ですぞ。」

「同じこってす、印刷は印刷、――印刷は民の不穏を引起こします、――航海中の船にあって、民の不穏は容赦なりません。珈琲も同断です。新聞は何処で見掛けます？　あれ等忌々《いまいま》しい自由派《ホイッグ》の珈琲館《コーヒー＝ハウス》に於てではありませんか。印刷物は反乱と、節度を欠く欲求とを煽る毒なのです。」

儂は胃の辺《あた》りに暗澹たる感触を得る。この男、こんな有様で、陸《おか》での気晴しに何をするのか？　まあ珈琲とは関係ないことであろう、――印度へのこの道は珈琲涅《カフェイン》愛好者の夢と云われておるというのに。此奴、他には何を弾劾するだろう？　儂の部屋は牢獄であった、相方は凡そ船乗りらしからぬ振舞い、船全体が死の船であった。こんなことでどうやって普通の「世間」に戻れよう？――儂はまだ若造でその答えも判らなかったが、実はこういう状況こそ、正《まさ》しく普通の「世間」であるのだ。その時には、儂の内なる嘆きは、かような按配であった、——

　東印度の貿易風に乗って旅する
邪《よこしま》な若き後家さん達、今宵《こよい》は何処《いずこ》？
上では船長と、下では水兵どもと、
いつにも増して艶《あで》やかに。
噫《ああ》、何の因果でこの俺は
こんな所に閉じ込められたのか、
此処《ここ》に在るのは惑《まど》いと痛みばかり、——
連帰《つれかえ》っておくれよ、皆が居《い》る所へ、
行かせてくれよ、もう一度、
憧れの東印度航路に。

　武装帆船の船長達は、隊列を組んで走ることに慣れておらぬ。位置をきちんと保つことに関し一家言ある、無闇に几帳面な偉いさんが口を出し、船首三角帆《ジブ》をどうしろ三角縦帆《ステースル》をこうしろ、五月蝿《うるさ》いことこの上ない。海馬号の新船長が、集団行動に対して抱く嫌悪たるや、たった一隻の仲間と航行することすら厭《いと》わしい。三十六歳の絢爛《ブリリアント》号船長は、英国海峡も出ぬ内からそのことを思い知らされる。爽やかな天気に鈍々《のろのろ》していても仕方ないとばかり、グラント船長はつい性急《せっかち》に前の船との距離を詰めてしまい、両船の水兵同士が普通の声で世間話に興じられるほど近付くこともしばしばで、やがて絢爛号も堪忍袋の緒を切らし、「標準の間隔を維持せよ、――命令に応じよ、」と海馬号に合図を送って寄こす。暫《しば》し熟考の末、グラントは合図を返す、――「あ、はい《オー》。」風上に向うよう指示を出した後、船長室に赴き、収納箱から、奇妙な装飾を施した、バルバドス産との触込みの海賊旗を引っ張り出す。瑞典札遊戯《スウィディッシュ・ラミー》で古参英国海軍船 浅墓《アンリフレクティヴ》号の航海長からせしめた品である。そして十分に沖へ出た今、船長は上機嫌に船を上手回しさせ、件《くだん》の黒旗を掲げ、微風を背に全速力で走って、恰も絢爛号を刺さんとするが如き勢いで大波を突進んでゆく。かくなる悪巫山戯《わるふざけ》に、相手の船長は戦闘態勢を採ることで応じる。あれでブレストの方角に偶々《たまたま》帆が見えたから良かったものの、あのままやっていたら何処まで過熱していたことやら。

「狂っておる、」とメイスンが、ほんの少し誇張しているに過ぎぬ恐怖を露《あらわ》にして身震いする。「何だってまた海軍は、ああいう輩を海に野放しにしておくのか、こんな殺人兵器に乗せて？」

「まぁ教友会に云わせりゃ、狂ってるのは戦争の方で、船長はそれを素直に認めてるだけってことかも……？」

「何だと、――戦争は全部、――例外なく狂っておると？　而《しこう》して君はその、――こう云っちゃ何だが、――その外套、帽子、股袴《ズボン》、どれを取っても見るからに軍隊風の色と仕立てで、――」

「それはですね、権威の表象を見せときゃあ、実はどの程度偉い権威かなんて誰も判りゃしませんから、襲われる危険が減るって理屈でして。」

「――おまけに、君の体内には淡麦酒《エール》が海の如く、毎日毎日、日曜も例外ではなく流れ込んでおる、淡麦酒と云えば獰猛を引起すことで知られる酒、――」

「ちょっと待った、――じゃあ何ですか、葡萄酒《ワイン》飲みは地を嗣《つ》がん柔和《にゅうわ》なる者だと？＊」

＊　地を嗣がん柔和なる者：マタイ福音書「柔和なるものは地を嗣がん」への言及。

「どうせ嗣ぐなら陽の当る坂がある所に願いたいね、それに水捌《は》けも良くて、——だったらどうだと云うのかね、芥子《からし》挽《ひ》きさんよ？[*1]」

「私ゃ淡麦酒の所為で凶暴になるんじゃありません、」とディクスンが弁明する、「——生れ付き乱暴なんです。寧ろ飲んだらおっとりする位です、暴れる前に大概寝ちまいますしね。何なら、証言してくれる人連れて来ましょうか……？」

　この時点で船は既にすっかり沖へ出ており、水と葡萄酒を積込むべく（故に話題もその手の事柄に傾く訳で）テネリフェ[*2]へと向っており、テネリフェから先、何処まで東へ行くかは、船出の直前にプリマスで船長が手渡された謎の封印文書の指示次第。「いやいや、それには及びません、」とメイスンは鷹揚に手を振る、「貴方の言葉を信じますよ。」そして右舷の舳《へさき》の彼方に陽が沈む中、二人は共に歌う——

手下共々モートンが
陸《おか》でぬくぬくしてるのに
仏蘭西野郎の蔓延《はびこ》る海なぞ
お断りだと思っていたが
昼でも闇でも鮫は鮫
大臣、魚、職人を問わず
ムシャムシャバリバリ　無料飯《タダメシ》食えりゃ！
いざさらば　王立協会
〔反復句《リフレイン》〕

サァ行かん印度へ、東の地へ
御伽《おとぎ》の国よ、宴《うたげ》の里よ、
土耳古《トルコ》人の住む地で　奴隷の如く這い蹲《つくば》って
我ら天文観測士　仕事と云われりゃ何でもやりまっせ！

リザード半島[*3]を越えた辺りからグラント船長も口を開き、キブロン湾以後の侘しい日々を己が何処でどう過ごしていたか、包み隠さず打明ける。要するに、順番を待って漂泊民《ジプシー》の如く野営していたのである、——心を空《くう》にせんと日々努め、紙の上の艶やかにして純粋なる墨水《インキ》に己を還元せんと努め、かくも惨めな凪《なぎ》にあっても大いなる運命がいずれは自分に船を、どんな船でもいい、もたらしてくれるものと信じていたのだった、——だがそれも海馬号を見る迄のこと、見た途端、殆どどんな船でもいい、と願いを修正し……。

満身創痍《まんしんそうい》の船を目にして船長の気持ちは沈んだが、船というものが不死身であることは彼とて承知している、——新たな帆柱が据えられて帆桁が組まれ、其処ら中で職人が索具を装着し、新しい車地《しゃち》小索、補助支索《スウィフター》、中間肋材《ハトック》、等々を一穴一穴鈍々《のろのろ》と通し、結んでゆく、——時計の針の如く緩慢ながら木、麻、布の再生は進む。三週間が過ぎて船は五体満足の身に戻り、サットン港《プール》で待機する。グラントの許に届いた指示は、——絢爛号に出発の命が下り次第同船に随行し、更なる命令を待つべし。

＊1　芥子挽き：ディクスンの出身地ダラムは芥子の産地として知られた。
＊2　テネリフェ：大西洋のカナリア諸島中最大の島。
＊3　リザード半島：英国南西部、イギリス海峡に突き出た半島。

この指示を持参したのが、軽艇《ギグ》に乗ってやって来たフォプリングなる士官、*1 其奴が軽艇から立ち上りつつ、封印された文書を振回していた。「あんた等、南へ行って、テネリフェでこれを開封なさるよう、」頬髯《ほおひげ》も碌に生え揃っておらぬ若い顔に薄笑いが拡がる。「して、此方《こちら》が受領の文書、――」

何やらぶつぶつ呟きながら、グラント船長は鵞尖筆《ガベン》をこっそり打振って、訪問者の雪の様に白い網目編《レース》入り襟巻に墨水《インキ》を飛散らそうと企てつつ、「とは云え貴方、これを誰かに打明けずにはおれんのです、真実を申しますれば、――」

「『真実』……?」尋常ならぬ驚愕の表情。「いや、当方なぞでは、その、打明け相手として如何《いかが》なものかと、」と気取り屋が口籠る。「――双方に忠義を尽すというのも中々……。」

グラント船長は熱っぽい口調を尚も続ける、「――考えまいと思いましても、頭はベンクーレンの一件へと、既に彼《か》の地が仏蘭西軍の手中に陥ちていることを十分承知の上で我が前任者が彼所《あすこ》へ行かされたという噂へと、どうしても向ってしまうのであります、――あの航海が従ってからきし無意味であったと思うにつけ、勢い手前としてもつい自問してしまう訳であります、即ち、我が目的地も何処か同様にきつい冗談たる地であったとしたら?と。まあ尤も、テネリフェに着く迄は何とも云えぬということのようですが。」

「いやあそういうのはねえ、僕の領分じゃあないんですよ、済いませんねえ、」と再び軽艇に降立ちながら相手は叫び返す、「でもまあ元気をお出しなさい、きっと何処か英国領の港ですとも、或いは貴殿が着かれる頃にはそうなっておりますよ、――近頃じゃあ外交の風って奴は貿易風よりずっと速く吹きますからなあ。」

「あんた、あんたは私をしょうもない無駄骨の航海に発たせようとしてるんだぞ。」

「ほほう、――無駄骨はこれが初めてだと?」

こんな若造に決闘を挑む訳にも行かぬ、――取分け、かつて自分がそうであった生意気な若造が余りに明白に透けて見えてしまうとなれば尚更《なおさら》無理な話、昔は自分も只そこに居《い》るだけで他人の心情を害したもの、――粋に合せた胴着《チョッキ》と細襟紐《タイ》、柑橘類風の黄色を選ぶところまでそっくりである。という訳で、ここは一先ず、短銃《ピストル》に弾を込めて火薬を詰め、水を挟んだ此方《こちら》側から狙いを澄ますに留め、若造が舟の中に縮こまるか海に飛込むかは本人に任せることにする。

　人生ここに至り、グラント船長は、かつての己の軽薄なる若さの中に、一種文明以前とも云うべき情念の源を見出している。そしてこれが、現在自分が時折実践する狂気を装う習慣にも役立っているのである。この習慣の効用は、此奴《こいつ》は一体正気の側、狂気の側どちらに立っているのか、と他人を戸惑わせることが出来る点。すっかり海に出て、テネリフェの岬が見える迄まだ二週間あるという時点で初めて、メイスンも目下同じ技芸に勤《いそ》しんでいることを船長は知る。陰気に黙りこくって、甲虫の如く背を丸めて風に向うメイスンは、二月十三日、妻レベッカの二度目の命日に当る日に丸一昼夜喪に服して一切何も飲み食いせず、――グラント船長を始め船上の誰一人傍《そば》に寄付かなかった、――最後の八点鐘[*2]に至って漸《ようや》く麺麭《パン》と酒壜に手を伸ばし、と同時に一気に、いつになく陽気に振舞い出したのだった。

　この二人がかくもコロコロ変るのを見て、こいつは用心が肝腎と船乗り達は心得る、――尤も、海での狂気というものは、火事や泥棒ほど大きな心配の種ではなく、寧ろ武装帆船の乗組員の中にあっては「海での麻」「海での材木」というのと同じ位当り前の要素に他ならない。結局のところ武装帆船も一つの村である、――ならば村の与太郎なき村などあり得ようか？　どいつが狂っているかは

＊1　an Admiralty Fopling：fopling は普通名詞で「気取り屋」の意がある。
＊2　八点鐘：四、八、十二時を知らせる鐘。

船上の誰もが承知なのであって、この狂人達は、云わば闇の力に対する防護物として帆柱に縛り付けられているのだ、——「仏蘭西野郎どもに大事な友《ダチ》を傷つけられちゃ困るからな。一日の半分、自分がホーク提督[*1]だと思い込んでるからって、——」

「判った、判った。さあ、余から手を放せ！」

「まあまあ、閣下。」

「——士官の分際で。」

とは云えこの船の歴史を見るに、軍楽隊にとっては些か狂乱が過ぎると思《おぼ》しい。武装帆船暮しは誰にでもという訳には行かぬ、それは皆承知とは云え、これまでどの町に寄港しても、誰か陸《おか》に揚がって帰って来ない奴がいたら、決まって其奴《そいつ》は海馬号楽隊員なのだった。一人又一人と、仏蘭西との拮抗が続く中、ささやかな楽団は益々ささやかになっていった、——北亜米利加の駐屯地で内声部を、西印度諸島を半ば抜けた辺りで通奏低音を失くし、——やがて本国に戻って来ると、或る夜双簧木管《オーボエ》奏者が、ウォッピングをその控えの間とするところの彼《か》の別世界へと呑込まれていき[*2]、とうとう海馬号に残る楽士は横笛《ファイフ》吹き一人となってしまい、仏蘭西軍が出没した正午、皆を鼓舞して戦いに向わしめる任は彼とその一本の銀笛が担ったのだった。

由々しき事態であったのは確かとは云え、船と船がじわじわ互いに近付いてゆくにつれ腑《はらわた》の恐怖も次第に深まり、ルグラン号の姿がどんどん大きくなってその細部までくっきり見えるようになると、最早《もはや》消え去ってはくれぬと海馬号の乗組員達も肚を決め、決定的な砲撃は今や不可避でありその砲撃が殺人機械の延長物となって現れるものと覚悟しておったのだ、——そうやって誰もの魂が抑え難く揺らいでおった中、一体何の御陰で儂等にはあんなに生々しく音楽が聞えたのか、後で振返っても誰にも判らなかった、——横笛は軍隊支給の規格品、最も勇ましい音階たる変ロ長調、それがあの音を耳にした全ての者の胸に、諦念に染まった連中の胸にすら、憎《にっく》き敵を打負かさんという欲求を掻き立てたのだった、――皆の記憶ではその演奏たるや「さながら管弦楽団《オーケストラ》の様」であった。爆風、敵弾の舞う重い音、死にゆく者の悲鳴、それらが轟き渡る最中《さなか》、楽の音は一時《いっとき》も途切れず聞えてきたのである、――「樫の心《ハーツ・オブ・オーク》」、「支配せよブリタニア」、――最早船上にはない幽霊の多声《ポリフォニー》に焦がれつつ、仲間達の声を埋め合せんと、手足の動きにも増して困難な唇の動きを駆使して、滑車《ガン＝テークル》の間を縫うように進んでいったのである。

スローカムが徴用されたのはウォッピングの酒場でのこと、大体そんな所に顔を出すのが悪いのだが何しろ悪たれ小僧なので仕方ない、――笛の技芸は先の戦争の後ベドフォード公が連隊の吹奏楽隊に伝授させるべくハノーファーから連れて来た著名な横笛吹きヨハン・ウルリッヒに習った。「英国陸軍の砲兵が船乗りの溜り場なぞで何をしておったか？　そうお訊ねになることでしょう。噫《ああ》、卑しい、泥に包まれた砲手に過ぎぬ身が、砲手にしてかつ水夫でもある方々に混じって、その一人を装えれば、と念じておったのです。現代は変身の時代ではありませんでしょうか、運命の如何なる転変にも大いなる可能性が秘められてはおりませんでしょうか？　という訳であの夜、かく申す私めも兵士から水夫へと、安物の阿片を混ぜた一杯《パイント》を飲干す間もなく変容を遂げたのでありまして、まあ若干の厄介はあるにせよ、夢が叶ったと喜んだのです、――即ち、兵士には兵士好みの娘達がおり、水夫には水夫好みの娘達がおる。そして、水夫好みの中で、皆が承知の理由ゆえ誰も寄付かぬ娘の値打ちを解する者達の友愛も、又ひっそりと存在するのです。さて、こちらこそ聞かせて頂きたい、何せ自分じゃ到底話せませんからな、短身《チビ》で逸《はぐ》れ者の笛吹きが、厄介事を求めて街に繰出し、ちょろちょろ辺

＊1　ホーク提督：一七五九年にフランス軍を破って、イギリス侵攻計画を挫折させた海将（一七〇五―八一）。
＊2　ウォッピング：ロンドン東部の、当時は下品で貧しかった界隈。「彼の別世界」は酒浸りの世界ということ。

りを這い回り、ニタニタ笑いを浮べつつ女袴《スカート》の中を覗き込む話を、――あ、いや、とは云え大抵は、横笛をちょいと取出し若干の旋律《メロディ》を奏でりゃそれで十分、――クヴァンツの練習曲《エチュード》を八小節も聞かせりゃあ、娘は大概靡《なび》いてきます。」

「豚ブッ刺して鳴かした方がマシだぜぃ、」とジャック・「指男《フィンガーズ》」・ソームズが論評する。その渾名《あだな》の示す通り、儀礼的であれ日常的であれ何か声を掛けられれば必ず卑猥に指を立ててみせる喧嘩腰の若者であるが、その言葉に不思議と棘《とげ》が感じられぬのは、言葉の背後に、六等艦の船上という環境の許す限り一人でありたいという深い欲求が感じられるからであろう。水兵仲間も、断固友好的であらねば気の済まぬ一部の者を除けば、大方その願いに合せてくれる。一瞬たりとも怠惰には過ごさず、外なる命令内なる命令に従い、船乗りとしての諸技能を熟練させつつ、指男は孤高を享受する、――仲間達も又それぞれ、彼には介入する気など更々《さらさら》ない生活を等しく生きている、浮ぶ村に於て村の中に在りながら村に従属せぬことから生じる孤高を。「じゃああんた所帯持ちかい、だったら千摺《せんず》りのやり方忘れた？」『いい天気』だと？　脳味噌持ってんのかよこの金玉野郎、――上行って稲妻に打たれて来やがれぃ。」

　指男がこれまで唯一礼儀正しく接した船乗り仲間は、ヴィーヴルなる、英国海軍では知らぬ者なき伝説的人物である。何しろこの男、一旦眠ったら、当直に立たせようとしても絶対に起きぬ。この多眠症の水夫を目覚めさせようと、無数の船乗り仲間が空しく努力を重ねてきた。これに成功した者に一千磅《ポンド》の褒美を出そうと、提督も密かに金を用意したという噂。当初は、例えば金切り声を上げるなど聴覚に訴える方法が採られたが、これは眠りを必要とする他の連中の抗議に遭って放棄され、その後は縄の端で足の裏を叩く、鼻に蜚蠊《ゴキブリ》を挿入する、体を転がし料理人ルーカスが淹れた悪名高き珈琲で浣腸を施す、――これで正真正銘の死体が生き返ったという確かな事例も一つならずあるという、

――等々あれこれ苦心したものの全て無駄骨。隅々まで行届いた約束を囁いてみる。火縄に火を点し、足指の間に入れてみる。吊床《ハンモック》に包《くる》んで船外に垂らしたところで、波に触れてもそわそわ身を捩《よじ》らせ、ぐうぐう鼾《いびき》をかき始めるのみ。これはもう、起きている最中に捕まえ、上手く誤魔化して誰か他人の番の当直に立たせるしかない、という見方がじきに広まる。そうしさえすれば、これ程賢い、これ程立派な水夫はいないという位賢く立派な水夫となるのである。


「さぁ頑張ろう。諸君、頑張ろう……。」

「済いません船長、また天幕吊板《ユーフロー》の具合が悪くて。」

「じゃあオブライアンを連れて来い、天幕吊板のことだったら奴に任せろ。」

「ようパット。また書いてるのか？　例によって海の物語か？」天幕吊板のことなら、更にはもっと細かい索具のことまで一から十まで知り尽しているのみならず、艦隊中で随一の物語達者と評判のオブライアンである。*1「また天幕吊板の仕事だぜ。」

　船は漸《ようや》く南緯に入っており、故に天幕も必要となってくる。船上に於けるお決りの仕事も一先ず軌道に乗った今、甲板長ヒッグズ氏は皆を、プリマスの索具工連中の杜撰《ずさん》な仕事の尻拭いに掛らせる。この甲板の暴君に云わせれば、連中の仕事ときたら何処《どこ》も彼処《かしこ》も全く以《もっ》て好い加減、――何せこの甲板長、乙女座の星の下に生まれ、綺麗に結ぶことと縛ることには殆ど病的と云ってよいほど執心で、船長にとっては甚だ愉快。狂気を装う習慣を実践したければ、理想の相手だからである。『なぁんてこった！　これでは困る！　呑気な口笛より尚《なお》悪い！』当直に当っていない班をヒッグズ氏は、後宮《ハレム》の

*1　「パット」・オブライアンは後代の海洋冒険作家パトリック・オブライアン（一九一四―二〇〇〇）を踏まえたジョーク。

娘も騙せる程の土耳古《トルコ》人の頭*を作る技を学ばせるべく、結び合せと括り付けの講習に参加させる。
「誰もそこまで細かく見やしまい、とお前どもは思うかも知れんが、こうした一つ一つは殆ど目に見えぬ細部が百と重なり千と集まると、それが皆一緒になって、異国の港によたよた曳《ひ》かれて入ってゆく船と、堂々と入港を果す船との違いを生み得るのだ。そのどちらの船に、与太者どもは先ずちょっかいを出そうと思うであろう？　さあ、お前ども一人一人、ぴんと張った、英国が誇れる取手結びを俺に投げて欲しい、」——何だかまるで何処かに王立撚り継ぎ・掛け縛り・結び目博物館の如き場があって、いつの日か彼等の仕事も其処に陳列されるかのような口振り。長い微睡《まどろ》みにも似た船旅の中、ぞんざいな縛りや結びに対するヒッグズ氏の拘泥《こだわり》を嬉々として見習う者も一人や二人ではなく、相当数の者が一端《いっぱし》の喧《やかま》し屋となって索具を仔細に吟味し、索を五十呎《フィート》昇った最中《さなか》にもストックホルム瀝油《タール》の見苦しい滴《したた》りはないか、粗雑に括り合せた鉤はないか、三つ目滑車の中に擦切れた「寝取られ男の結び目」は隠れていないか、と、目を凝らすのであった。

　倦怠解消に、更にもっと極端な手段を求める輩もいる。

「ボーディーンは何処だ？」

「さっき見た時は、船首の上檣帆桁《トギャラント》の端っこで、陰茎《ムスコ》を玉滑車に突っ込んでましたがね、——相当に摩擦が具合好《い》いようで。」

「お前ども、そこまで慰みに飢えておるのか？」

「甲板長、俺等気楽な連中に見えますか？　そいつは誤解ってもんです。ボーディーンはですね、仲間内では、好みが五月蠅《うるさ》いことで通ってるんです、——退屈から不満を経て愚かしい習慣に至る道は、長い航海に出た六等艦の船上にあっては、他の如何なる場に於けるより短いのです。」象棋《チェス》を嗜《たしな》む者一人二人は、ひょっとしたら一週間ばかり他の連中より長く持ち堪《こた》えられもしよう、——だがいずれは皆「逃げられるもんなら逃げてみな《サル・シ・プエデス》」状態に陥り、足指の爪を嚙み切り、頬髯を生やし、耳に穴を開け、虚構の海獣を金を取って人に見せるようになる。即ち、屈《かが》み込んだ他人に尻の穴を見せ、後方から襲われかねぬ事態に進んで身を置くのである。

かように娯楽の乏しい状態にあっては、赤道線を越えることの展望は、或る種の蜃気楼や海上の幻影に於て見える物体の如く、いつしか異様に肥大し、何週間も前から準備を積む一大行事と化す。上方の大横帆《コース》に昇った恐れを知らぬ軽業師達や、針で黒い粉を埋め込んで刺青した百戦錬磨の砲手達が、俄《にわか》にそわそわばたばた、村の女房連もかくやとばかり、この赤道越えを初めて体験する者達の為の入門儀式の些細な点を巡ってぺちゃらくちゃらやり出し、それ等「赤道越え初体験者《オタマジャクシ》」、——即ちメイスン、ディクスン、そしてチェリコーク牧師、——が近くに来る度《たび》に声を落す。乗組員達はネプトゥーヌス王とその人魚女王、更には彼等の廷臣を演じるが、取分け人気のある王の赤子の役は、その太鼓腹から赤道の汗が滲み出る、初体験者が這い蹲《つくば》って接吻するに最も悍《おそ》ましい者（賭けでは防舷材腹ボーディーンが目下一番人気）に与えられることになっている、——〈屈辱の式〉次第の中で、これはまだ気持ち好い方の営み。

「どうして？」と双子が問う。「何だか罰みたいじゃん。誰かが決めたの。赤道を越えるのは罪だって？」

「水夫の悪戯さ、子供達よ、無視するに若《し》くはない、」と息も荒くアイヴズ叔父が言う。「何処ぞの幾何学者が勝手に作った、目に見えもしない抽象を巡って、馬鹿みたいに大騒ぎするとは。」

＊　トルコ人の頭：「ターバン結び」と呼ばれる結び方のこと。

「然《しか》し、その一瞬、」牧師は指摘する、「我等の影は、体の完全に真っ直ぐ下に来るのである。別半球へ移ることは、決して抽象的な転換ではない、――王の赤子やら何やらにあれこれ手を掛けるのは、一瞬の影なき瞬間の門を潜《くぐ》って、新たな星座の広がる空と、凡そ予測の付かぬ生き方死に方を備えた南半球とに入ってゆく際の、欠くべからざる通行料なのだ。だからこそ、〈通行の儀〉なしでは済まされぬ。初体験者一人一人の気持ちを、今まさに彼等が経過しつつある段階《ステップ》にしっかり向けさせねばならんのだ。」

「面白い遊びだと思ったのにぃ、」プリニーが膨れる。

「伯父さんが打《ぶ》ちのめされるとか、」ピットが例を挙げる。

「子供等よ、お前達は今までに、」牧師が問う、「干葡萄入り蒸菓子《プディング》を顔に叩きつけられたことはあるか？」現実にその脅威が迫っている訳ではないと見定めて、双子はその行為に対する賛意を発する。

「そうとも、子供等よ、確かに楽しげじゃろう、――だがまだ一つ、誰もお前達に話していないことがあってだな、――」

「話してよ！」ピットが叫ぶ。

「話していいものかのぉ……実は他の蒸菓子でも、もっと乳酪《クリーム》っぽい薄皮焼菓《パイ》でも同じなんだが、――」

「話してよ、じゃなきゃ伯父さんは塩漬の豚肉だよ、」プリニーが請合う。

「そうか、ではよいか、子供等よ、――それが鼻の中を上っていくのだよ。池の水が鼻に入ったらどんな感じかは、お前達もきっと知っておるだろうが、想像してみなさい……どろどろの、冷たい、一昨日《おととい》の干葡萄入り蒸菓子が……固まりかけて、黴《かび》があちこち浮んで、むくつけき葡萄の欠片《かけら》は砂利のように硬く、――」

「で、それが鼻の十分奥まで上って行けば、」とローマックス叔父も諭すような震え声、「そうすれば。脳味噌に入ってゆく、そうだろう？」

子供達が暫《しば》し考え込む小康状態の中、牧師は話を再開する。

南西に向って海馬号は疾駆《しっく》する、怠惰な日々が奏でる温かにして佳調《メロディアス》な舟歌《バルカローレ》に確《しか》と永遠に包まれたかの如くに、だが実は緯度を後ほんの何度か進んだら船は貿易風に乗り、その砂漠の口笛の中に、幽霊どもがしばしば届ける伝言が聞えることになるであろう、――左様、今やまた仕事に掛かる時なのだという伝言が。そして、儂等の生半可な知識を嘲笑《あざわら》うかのように、背後からやって来る風に乗って、儂等が目ざす陸の匂い、緑の肥沃な大陸の匂いが漂って来るのである。

何かを与えて貰えなかった子供が自らを慰めんとするかのように、「蘇門答剌《スマトラ》」なる遊戯《ゲーム》に天文観測士が二人で興じているのを牧師は度々目にしている、――その遊戯盤は云わば語られる地図、彼等が行くことを禁じられ、決して目にせぬであろう土地の地図。「ベンクーレンへの航路を辿るとなると、何か要るものは？」「沿岸を軽くモコ＝モコかパダン辺りまで上って、どんな感じか見てみようかと思ったんだがな。」「肉豆蔻《ナツメグ》の収穫もじきだな、匂いがするよ！」「蘇門答剌」にあっては女性は一人残らず容姿端麗にして友好的、とは云え厄介な点が伴っておらぬ訳ではなく、ディクスンとしてはなるべく話をややこしくせぬよう努めているものの、忽ちの内に、女それぞれの意志やら嗜好やらを彼は創り出してしまう、――一方メイスンが些《いささ》かなりとも想像し得る女は全て、各々幾分違って見えても実のところ、彼《か》の高貴なる美女の写しに他ならぬ、――愛しいレベッカは彼にとって蘇門答剌と同じく禁じられ、留置された存在、それを云えば彼自身も矢張りこの世に留置された身、――彼が解放され二人が再会を果す迄は。かくして女達、メイスンの女達ディクスンの女達は、どちらの天文観測士にも知り得ぬほど実は相通じるところ多なのである。幻影だって個人的な生を享受し得るのだから、——影の如く、ひそひそ囁きつつ、いつの日か剝がさるるべき面紗《ベール》を纏《まと》い、時の侮辱を決して受けぬ者として。

7

どうやってこの場所に行着いたかを思い出そうとする中で、二人とも口にするのは、テネリフェを出て以来ずっと続いた、一種飛行のように思えた航海のことである。船乗りが見張の合間に見る忙《せわ》しない夢のように山が過ぎて、ゆっくりと後ろに退《ひ》いていったかと思うと、今度は、青といっても名ばかりで色とて碌《ろく》にない海から出て来るかのように、解読不能の阿弗利加《アフリカ》地図そのままの情景が忽然と現れた、——青白い波の上の、或る高度から見下ろした如きその情景が角度を傾けつつ光の中へ入ってゆく、恰も誰かがこの新たな半球を見てみようと幾何学者の地球儀を手に取ったかのように。全ての既知なるものの分身たる、この憑かれた、他者なる半球にあっては、緑の深淵と突然の山頂の只中で霊の力が闊歩する、——岬町《ケープ・タウン》の要塞は速度ゆえに水晶の如く見え、それが低い、しかし危険な高度を保って瞬く間に過ぎてゆく中、天文観測士二人は岬町の両の湾に停泊している船舶の上を飛去り、船の上方に陣取った檣楼員達は驚きに目を見張る。全ての細部が、不可視のものも含めて精緻に描き出され、烈しい純潔さを湛えている。大陸に危なっかしく足を掛けた町たる岬町。遥か和蘭陀《オランダ》に於て、朽葉色《セピア》の影を帯びた十七人の諸侯*によってさながら異界に据えるかのように据えられた（そして十八

＊　十七人の諸侯：オランダ東インド会社を経営していた諸侯たち。

人目の、その存在を決して口にしてはならぬもう一人の侯によって支配された）町。

　到着したメイスンとディクスンが客用の続き部屋《スイート》に赴き、船旅でごっちゃになった靴下を、銀の器具が付いた黒い臭木《スティンクウッド》の衣装箪笥を惚れ惚れと眺めつつ選《よ》り分け出したところで、彼等はボンクなる、和蘭陀東印度会社の官吏の挨拶を受ける、――というか出し抜けに声を掛けられる。どうやらこの男、訪問者が遵守すべき一連の規則、乃至《ないし》警告を伝えるのが任らしく、陽気、と云って云えなくもないが、ぶっきら棒、とは間違いなく云わねばならぬ。「私共の町にお出《い》でになった方々から如何なる類の邪魔も被らぬことを私共は希望します。海上に浮かぶ船にも比すべき形で、私共は、私共なりのやり方で事を行っております、――我々は高級船員であり、貴殿等は船客である。一見したところ、堅固な大陸が北に何千哩《マイル》も延びているように見えますが、実はこれ、我々の背中に対し慈悲を持たぬ点では海と変りません。此処に身を埋没させるならば、海に身を沈めるが如くに、確実に、迅速に、救いの望みなく呑まれてしまう。逃場《にげば》は何処にもありません。故に、船長と高級船員の命ずる通りに振舞って戴きたい、宜《よろ》しいですか？」

「勿論、」メイスンが間髪容れず答える。

「わし等、空を観察に来ただけですから……？」ディクスンも相手の疑念を取除こうと努める。

「ふむ？　ふむ？　空を観察、とな、――何を観察なさる代りに、ですかな？」喧嘩腰の笑みを浮べつつ、和蘭陀人官吏は怖い顔になり、腹部をあちこち違った方向に向ける。「『勿論、』口実ではないのでしょうな？　もっと現世的なものを『観察』なさったりせんでしょうな、――私どもの要塞とか、奴隷とか、――そういうものは観察なさらんのですな？」

「官吏殿、」メイスンは諫《いさ》めるように云う、「我々は王の命を受けた天文観測士です、十年前に矢張り己の王の命を受けた彼《か》のムッシュー・ラカイユに等しい名誉を負った身です、そしてムッシュー・ラカイユがその後、南天星図を世界にもたらし極めて高い評価を得たことは貴殿も御存知でしょう。無論のこと、突詰めて申し上げれば、我々が仕える主とは、天空の動きを司る至高の存在を措いて他に居《お》りませぬ、――そしてそれら天空の動きが組み合さることで秘密の通信《メッセージ》が形成される訳で、」――ディクスンは頻《しき》りに目で、足を蹴るに等しい合図を送る、――「我々はいつの日かそれを解明、解読する任を担っておるのです、」ここでメイスンも遅まきながら、言葉の綾が些《いささ》か度を越したと気付く。

何しろ和蘭陀人官吏は見るからに顰《しか》めっ面。「ヤー、ヤー、そういう英国流の進歩的な物云いはですな、貴殿等同士で仰有る分には構わんが、此処では口にせぬ方が身の為ですぞ。」ボンク警吏は二人の顔を一層丹念に覗き込む。本来ならもう昼休みの時間、さっさと酒場へ足を運びたいところであるが、何しろメイスンのこの抑制なき振舞い、会社の直接の代理人に接するのにこの有様なら、他人に聞える所で、――更には奴隷達の前で、――一体何を口走りかねないか？　これは要注意人物として登録簿に記し、書面上は東印度会社城郭内部の居住者としておかねばならぬ。無論、同じ書類挟《フォルダ》に助手に関する資料も入れておき、――まあこっちはどうやら無害、或る面では無知と云っても良かろうが、――この二人を敵対させて利用する時期は取り敢えず先延ばしにする。

ゼーマン家に寄宿しているものの、天文観測士二人は間もなく、直ぐ裏手の家で食事を取るようになる。ゼーマン家の台所付きの奴隷の半数が突如脱走し、山中の逃亡奴隷暮しに入ってしまった為である。とは云えこの地では、こうした家庭的災難は日常茶飯事、――会社が課す価格、壊れた屋根、羹《スープ》に入った砂、――岬《ケープ》の和蘭陀人はもう慣れっこになっており、フローム家は何年も前から隣人とあって、段取りは容易《たやす》く整う。食事時になると、メイスンとディクスンはゼーマン家の台所から外に出、離れ家《や》の前を過ぎて、裏手の配膳室と台所を経由してコルネリウス・フロームと妻ヨハンナの住居に着く。家には七人と思える、だが恐らくは三人に近いであろう金髪で妙齢の娘達がいる。その食事時間たるや、底なしに惨めな食事と、心躍る魅惑的な社交との奇妙な結合である。食卓布《テーブル＝クロス》の下、妖精が棲む場の如き全く別個の領域に於て、足が彷徨《さまよ》い、或る種の器官に突如血液が雪崩《なだれ》込んでくる、——但しメイスンの場合大抵は血液でなく、陰鬱を生む粘液であるが。ディクスンの方は見るからに血が体内を賑やかに駆巡っているが、と同時に、彼等がこうして幸い迷い込んだエテロの天幕[*1]に住む人達の顔、胸、喉にも同じ駆巡りが看て取れる。

　この落着かぬ一家の家長コルネリウス・フロームは、伝説のボタ兄弟、——杜松子酒《ジン》を飲み煙管《パイプ》を嗜《たしな》み狩りを愛する、己よりずっと大きな獣を狩り、殺すことに大いなる喜びを見出しそれを手柄としていた一世代前の二人組、——を崇拝して止まぬ人物である。小人族《ホッテントット》の住む、地図にない未開地に於ける壮大なる冒険の数々、フロームはそれ等を無数に収めた生き字引であり、その一部は真実の片鱗すら備えているやも知れぬ。書斎から一歩も出ぬこの冒険家の語る、物語の塵芥《ゴミ》捨て場にあって、狂った犀《さい》が果てしなく目をぎょろつかせ、象が牙をぴんと立たせて咆哮を上げ、臆病者のカフィル人どもが一目散に逃出しても、和蘭陀人は一人煙管に火を点け、その場から一歩も動かない。

　或る朝、誤った時刻を時計に告げられて、二碼《ヤード》に及ぶ裏手を朝食へと急ぐ途上メイスンは、怖い目をした、英国の雄鶏よりもやや無遠慮な、恰も彼の栄養価を吟味するかのように寄って来た家禽達につんつん突っ突かれつつ、それ等の艶《あで》やかな羽根が織成す散兵線の脇を抜けてゆく際、ヨハンナ・フロームとの正面衝突を辛うじて回避する。もし衝突していたら、彼女の前掛《エプロン》にどっさり載った採れ立ての卵は其処ら中に散らばり、憤慨を買うことはどうあっても免れなかったであろうが、代わりに今、メイスンの憂鬱に曇った透鏡《レンズ》を通してすら見えるのは、どうやら魅入られた表情。

一体どうしてそんなことが？　全ての鏡に、慈悲《マーシー》の係数、――これをμと呼ぼう、――を代入しても、今まで彼が、其処に見える筈と承知している物以外は何一つ求めず覗き込んだどの鏡も、云ってみれば〇・五に到底及ばぬ数値しか出て来ない、――何しろ自分は、透鏡屋特有の斜視にして背は猫背、そして何より体前面の球の大きさは日々の揺らぎの中で常なる問題であり、その半球越しに時には己の男根《ペニス》を観察することもままならぬ為体《ていたらく》なのである。

然しながら、グリニッジから岬《ケープ》に至る間に、船酔いの所為《せい》で食べ物の話すら聞きたくないという状態に陥り、最後の方で堅麺麭《ビスケット》を許容するのがやっと、という事情があった故に円周には一時的ながら減少が見られ、メイスンとしても気を好くしたのであった。一方ディクスンはクックワージー[*2]氏作の簡便羹《ポータブル・スープ》をすっかり贔屓にしたが、無論その匂いがちょっとでも漂って来ようものならメイスンは吐気に襲われ風下の手《て》摺《す》りに飛んで行った。

便利とは云え嘔吐を誘うその食料を、ディクスンが恰もこっそり我が身に携え上陸してきたかのように、植民地の女達は揃って彼を避ける。忽ち「変り者」の烙印を押したばかりか、――自分がダーリントン市場に顔を出す度エマスンがどんな表情を浮べたかはディクスンとて十分承知している、――学生達は師を守らんと荒々しく立ち上った！――更に奇妙なことに、和蘭陀人達はディクスンを、一目見ただけで、当地での白人同士の営みに仲間入りさせるには信用出来ずと切捨てたのである。というのも、馬来《マレー》人、黒人奴隷に惹かれていることをディクスンは隠そうともしない。彼等の食べ物に、容貌に、音楽に彼は惹かれている。従って、抑圧から解放されたいと願う彼等の欲求にも惹かれているに違いない、という論法なのである。「あの英国人の教友会ときたら、」と町の仲裁者達の長老格

*1　エテロの天幕：旧約聖書、出エジプト記への言及。モーセはエテロの天幕で未来の妻チッポラに出会った。

*2　Mr. Cookworthy：「料理人に適した」の寓意が読める名。

ド・ボス夫人が云う、「礼儀知らずで、従順さの欠片《かけら》もありゃしません。半分印度教徒《ヒンズー》ですよあれは、恍惚と座っていたり、何か耳に飛込んで来る度に訳の判らぬことを喚《わめ》き出したり、それだってどうせ耳から耳へ抜けてってしまうんですから。SNSですよ、娘達や、」――あれはいけません《シンプリー・ノット・スータブル》よ。だがメイスンは話が別。憂い顔の男鰥夫《やもめ》メイスン、愛の女神金星《ヴィーナス》が太陽の前を過《よぎ》るのを見にわざわざ海戦も恐れず大洋を越えて来た、熱血漢にしてまだまだ歳も若い愛すべき愚者メイスン、――それが奇妙な機材をどっさり抱え、飢えを抱えて海から着いて、陸《おか》で料理された食事を堪らなく欲している様子、普段着の地味な姿でもこの地にあっては十分異国風《エキゾチック》。こうしたことは一切、メイスン本人が覗いたどの鏡にも映っておらぬ。

　六月迄は、観測の対象は主として、「家鴨《あひる》とその子等」を演じる木星の諸衛星、そして、小王《レグルス》、先駆犬《プロキオン》といった恒星、更に、岬の天頂に位置する蠍毒針《シャウラ》等であり、――それによってこの地の経度を最大限正確に確定するのが目的。この季節、嵐模様の晩、雲に覆われる晩は一度や二度ではなく、悪戯の女神がその巻毛を揺らし己の頰を抓《つね》って紅みを出す機会にも事欠かず、此処に居る連中がいまだ生きているという前提に立ち、女神は良からぬ誘いをどしどし人びとの耳に囁く。

「此方《こちら》が我家《うち》の娘達でして、」とコルネリウスはいつも嬉々として初対面の人間に紹介する、「――エミマ、ケジア、ケレンハップクです。」実はそんな名ではなく、イェット、フレート、エルスである。彼自身とてヨブという訳には行かぬのだから。*

　十六歳のイェットは己の髪が唯一無二の関心事、恰もそれが自分とは別個の、意識を有する存在であるかのように、退屈なる岬の日常に於ける彼女の行動の大半は髪の要求に左右されている、――衣裳の選択から社交日程《スケジュール》の調整に至るまで、果ては、髪の近辺でどう振舞うかに基づいて恋人候補の適性まで判断する程。

真ん中の娘フレートは七歳の時に「分別」を己の避難所と決めて以来、髪への配慮は、――姉が一度ならず窘《たしな》めた通り、――如何に髪を覆うか、その幾つかの方法に限られている。その一方で、「私はこの宿屋の扉よ。」と、永遠の仲介者としての自らの役割を形容して宣言する、――エルスが余りに陽気に流れた時にはイェットと組んで妹を抑えるが、他方イェットがその資格もないのにやたら権威を振回せば今度はエルスと組んで謀反《むほん》を起こす側に回るのである。

母国の暦《カレンダー》に従えば未だ十二歳に過ぎぬエルスは、ここ南の世界にあって、疾《と》うの昔に自分の倍の歳の青年達を追回し始め、無論相手も多くの場合満更でない。三人姉妹の内、愛の可能性というものに誰より無反省に献身しているのがこのエルスであり、その可能性を何処に求めるのが最適かを巡る彼女の判断は姉二人の夜毎の頭痛の種。エルスは決して髪に触れる必要がなく、その髪は常に完璧である。

適齢期とその予測されざる災いを巡って、コルネリウス・フロームは一家の誰にも増して懸念に苛まれており、娘達が現地の料理を、特に馬来《マレー》料理を食すことを固く禁じている。香辛料には思春期の者達に「罪」を唆《そそのか》す作用があると信じるからであり、そこで云う「罪」とは人種の障壁を超えた肉欲の謂《いい》。それは絵空事などではない。此処でも、そして彼の兄弟やその家族が住む山の中でも、そうした「罪」の発現をコルネリウスは一再ならず見聞きしてきたのである。玄関の廊下には弾を込めた象撃ち銃を、裏手にはディスペンス銃を置いている。外出禁止時刻の只中、寝床で煙管を味わうコルネリウスは、窓の外で笑い声が上がるのを、風があらゆる音を掻き消してしまう時にすら、想像する、――それは奴隷の笑い声。奴隷どもが自分を見張っているのを彼は知っている、だから彼等の話す言葉の微妙な陰翳《ニュアンス》にも細心の注意を払う。精悍なる日曜日の度、隣人達が、かような地の果てにあって

＊　エミマ、ケジア、ケレンハップクは、繁栄を取り戻したヨブに生まれた三人の美しい娘の名。

大いなる奮闘努力を続けねばと唱えるのと同様、コルネリウスも又、夜警と風以外には合法的に動くものは何一つない時刻、モーリシャス煙草の煙の輪に包まれて落着かぬ黙考に浸り、来《きた》るべき人種間の大決戦《ハルマゲドン》からの逃道を見出せずにいる、――この欧州植民地は余りに脆《もろ》く、未知の内陸に向き合い、背には海、阿弗利加全土の圧力にじわじわ押されて一歩また一歩と後退を強いられ、いずれは遂に海の中へ……。此処でも話は本国と同じ、海面が頭より高い場での暮しに他ならず、今は偶々《たまたま》一時的に海に呑まれずに済んでいるだけの話。

二人で同じ部屋に居合せるに至った途端、イェットはメイスンに髪刷子《ヘアブラシ》を手渡す。「後ろに届かない所があるの、――十回くらい刷子入《ブラッシング》して下さる、チャールズ?」

「それって誰にでも頼む訳じゃないのよ、」とフレートが入って来て、部屋を横切り、出てゆきながら、「光栄に思うべきよ、」と、凡そ責めている様子のない目付きで振返る。ややあって今度はエルスを連れて戻って来ると、後者は朗《ほが》らにメイスンの許に跳んで来て、一言も云わず女袴《スカート》を持上げ、くねくね身を捩《よじ》らせてメイスンの膝の上に座り、網目編《レース》の縁取りを下ろした後、首を捩《ねじ》って男の顔をちらと見る。「ねえねえ、英国の茶瓶《ティー＝ポット》さん、」と、今や真っ赤に火照ったメイスンの頬に手を伸ばしてちょいと抓り、「教えたげようか、姉さんがその髪刷子でほんとは何して欲しいか?」

「エルス、地獄の小鬼、あんたの頭剃っちまうわよ。ミスタ・メイスンは紳士なんですからね、あたしの体にそんな企《たくら》み持ったりしないわよ、」刷子を受取ろうと手を突出す、「――しないわよねぇ、チャールズ?」

又も攻撃に遭って、メイスンはただ座っている。刷子を返すのを拒めば、一種の誘いを発することになり、相手はそれに応じてしまうであろう。とは云え、返したら返したで、娘は肩を竦めてさっさと誰か他の、彼よりごく僅《わず》か興味深い男の許に飛んでゆき、彼自身は何時間も眠れぬ時を過ごして官能的な夢想に熱く浸り、それに冷水を浴びせるものと云っても己に苛立つ思いのみであろう。エルスは相変らずメイスンの膝の上で下半身の丸みを移動させ続け、彼の方にも不随意ながら或る種の関心が生じてそれが徐々に肥大しつつある。フレートが寄って来て彼の額に手を当てる。「大丈夫、貴方《サー》？　何かお持ちしましょうか？」既に攻撃を受けている頬に指先がそうっと降立ち、娘の目は三日月形で見るからに熱い。唇も、少くとも後にメイスンが思い出したところでは、軽く開き始め、じわじわ近付いて来る。

「貴方達。」ヨハンナがどすどす入って来る。「ミスタ・メイスンのお邪魔してるのね、一目で判りますよ、それに、」と此処で岬の和蘭陀語に切換える、「この部屋、奴隷小屋みたいな匂いがするわよ。」乙女三人は忽《たちま》ち気を付けの姿勢を採り、背の順に一列に並んで、母と視線を合せまいと空しく足掻《あが》く。命じられて娘達がクックックッと笑いながら部屋を出てゆくと、母親は計画的ならざる片手をメイスンの腕に置く。「科学に携わっていらっしゃる貴方のこと、思春期の行動に於ける体液《ヒューモア》の役割は御承知でしょうから、余り情熱的に反応したりなさいませんわよね。その言葉でいいのかしら、『情熱的』？」

「奥様、御安心を、——近頃、情熱と私は他人同士、……噫《ああ》。」

母親は暫《しば》しメイスンの局部に目を遣り、末娘の臀部が及ぼした刺激故にそれがいまだ硬直しているのを看て取り、メイスンの目を真面《まとも》に見据える。「では、お互い再び他人でなくなったら一体どうなることやら。」

「もしそうなりました暁《あかつき》には、」とメイスンの答えは破滅的な、しかし致命的と迄は行かぬ一言。「どうかご自分の目で篤《とく》と御覧になって下さい。」母親は漸《ようや》く目を逸らし、解放されたメイスンは壁に頭を何度も叩きつけたい衝動に駆られる。「いやその、お忙しければそれも儘《まま》ならぬかも知れませんが。」

反対側の扉から出てゆく際に、母親はメイスンに然《さ》り気なく体を掠《かす》め、ぎらぎら光る目で彼を眺め渡す。「駄目ですよ、もう遅すぎますわ、遅すぎますとも。」

この一家、一体どうなっているのだ？　メイスンはまるで、義務という名の、異様に細長い半島の末端に坐礁した上に、未知の肉欲を漁って岸を彷徨う者どもに気圧《けお》されている気分。今となっては、髪刷子問題も違った風に見えてくる。次は何と応えようと、ヨハンナの取りたいように取られ、ヨハンナの改変したいように改変されてしまうだろう。ならば、――と急に気が楽になるのをメイスンは感じる、――何と云おうと所詮同じこと。

その夜、観測には雲の多過ぎる晩、メイスンは、いつの間にか寝床に忍び込んで来た奴隷娘の裸の四肢に眠りを覚まされる。晩の号砲はもう疾っくに鳴ったというのにディクスンはまだ戻っていない。「何と、これは！」メイスンは慇懃《いんぎん》な挨拶を送る。「で、――君は何方《どなた》かな？」この女が、フローム家のあの娘この娘と共に居るのを見掛けた覚えはある。

「アウストラと申します、旦那様《サー》、――此処の奴隷にはよくある名でございます。」

「『南』の謂《いい》だな……。」月光を浴びた部屋の中、メイスンは娘をじっと見ている。「私はメイスン。チャールズ・メイスン。」

娘はメイスンの顎を親指と人差指で抓《つま》む。「旦那様、幾つか基本的な点を。先《ま》ず、変態めいた真似はいたしません。第二に、阿片はなし、大麻《ダッガ》、強い酒、葡萄酒等《など》もなし。第三に、皆様の御要望は、わたくしが子を宿すことでございます、――旦那様の、でなければ旦那様方の内どなたかの子を。」

「え……。」

「奥様が貴方を評価なさるのは、偏《ひとえ》に貴方の肌の白さ故なのですよ、判ります？　侮辱された、などと思われるには及びません、――この町を訪れた白人男性は皆、一人残らず、正にこの問題に関し、全ての和蘭陀人妻に接近《アプローチ》を受けるのです。赤ん坊が母親より白ければ、市場で高い値が付くのです、――それだけのこと、それ以上でもそれ以下でもありません。」

「何と、情はなし、愛はなし、それに――失礼？　『接近』とな？　ゲゲゲ！　成程そうか、――私が一人目だと勝手に想像していただけなのだな？　で、君は、そういう高値の付く奴隷の子を奥様に何人産んで差上げたのかね？」

「わたくしに立腹されてどうなさいます？　ご主人はあちらです、わたくしは命じられた通りにするだけ。」

「然しね、英国では、他人に子を産めなどと命じる権利は誰にもないよ？」

「ふん。白人の妻なんてみんな同じです、一人一人の秘密など市場では周知のこと。子を次々産むよう強いられた妻だって沢山います、――ただ単に男の見栄《プライド》を満たす為に。」

「私達の女性は自由だよ。」

「『私達の』？　まあまあ、よく仰有いますこと、一体英国の結婚が、わたくしが既に携わっている奉仕とどう違うのです？」

「それは英国人と結婚して、やってみないことには判らんよ。」

「今日はお断りね。だけど云っときますわよ、母親は三匹の子を貴方に容赦なく唳《けしか》けますよ、おまけに自分でも攻撃を仕掛けてきます、それもみんな、これを貴方の欲望で固く保つ為、――そしてこの家で貴方が触れることを許されるのはわたくし一人。」

「『これ』？　おいおい、其処《そこ》、何をしておる？　君、本当に、そういうのは――」

「ちょいと罪のない悪戯してるだけですよ、旦那。わたくしのこと頭に入れときなさいな。今夜のところは、旦那様はいくら起しても起きなかった、と皆さんには云っときますから。」娘は至極慎重な足取りで扉へと、今にも襲われるかと一歩毎に予期しつつ向う、——メイスンは鼻を鳴らし、寝台掛《ベッドカバー》を弄《もてあそ》ぶが突撃はしない。眺めの好い後ろ姿で立去る中、娘はくるりと振返って一気にメイスンの注意を惹き、「では明日朝食で、——その可憐《キュート》な顰面《しかめつら》、わたくしのために取って置いて下さいね。」そう云残し、去ってゆく。やれやれ。

翌朝、妖精五名はお互い一向に目を合せようとしない。ディクスンは平焼菓子《ホットケーキ》と香橙果汁《オレンジ＝ジュース》を貪るが、メイスンは浮かぬ顔で専《もっぱ》ら珈琲とそれを巡る儀式に拘《かかず》らう。コルネリウスもちょいと顔を出して煙管に火を点け会釈し、徐《おもむろ》に仕事へと、奴隷達に金切り声を浴びせるのが相当な部分を占める仕事へと向う。メイスンにとっては長い、疲れる一日、——部屋に入ってはまた出て、それぞれ違った部屋で家のそれぞれ違った女性と二人きりで居るところを別の女性に見付かり、その別の女性も何らかの手を打って同じ立場に陥ってみせる、の繰返し。流石《さすが》の彼にも漸《ようよ》う、此処では年中こんな具合なのだと見えてくる、——きっとこれがこの家の茶飯事、自分は偶々世界の周縁《はずれ》から迷い込んできた物珍しい道化に過ぎぬのだ。暫《しば》し留まりいずれ又去ってゆく、——万一予想外の情熱の奔《ほとばし》りが何故か彼を標的として見出しでもせぬ限り、単に皆に利用されるだけの輩《やから》、わざわざ軽蔑を育《はぐく》む迄もない身。

かくしてメイスンは、晴れた晩になりますように、視界が完璧でありますようにと祈る、——にも拘《かかわ》らず、雲が日没を覆い霧がするすると観測所まで上って来て辺りを覆い更に高くへ上ってゆく度、喉は閉じて乾き心臓の拍《リズム》は速まる。最大五名の、明確な動機を抱いた誘惑者と対峙させられることをメイスンは覚悟する、——その一人一人が、亜細亜の悪魔的な室内遊戯の如くに他四名を陥《おとし》れんと策を弄し、戦いの眼目は、疾うに快楽から生殖及び商売へと移っている。五名にとっては、情事的《ロマンチック》なことなど何一つ起らぬというのが大前提、——そして実際起りはしない。大抵の場合、メイスンの許には剛直なる物体が残され、それがその日穿いている膝丈股袴《ブリーチズ》次第、更には着ている上着次第で人目に付く度合も変るが、見る側はもっと抑制を解かれた姿にも慣れっこであることをメイスンもじき思い知る。

ディクスンは極力口にせぬよう努め、寧ろメイスンの方から自慢するなり愚痴を零《こぼ》すなりしてくるのを待っている。

やがて、「君が何を見ておるかは承知しておる。何を考えておるかも判っているぞ。」

「誰が？　わしが？　ねえメイスン。」

「何だ？　私にどうしろと云うのかね。」

「先ず、あの家から出なさい。」

メイスンはくるっと首を左へ右へと回し、声を落す。「君、馬来人や小黒人種《ピグミー》を相手に浮れ騒ぐ中で、……奴等が持っておるという、あれやこれやの魔法についてどんなことを聞いた？」

魔法のことならディクスン、和蘭陀領の印度諸島で生れた諸々《もろもろ》の連中から、妖術やら不可視の存在やらの話、悪霊の侵入を防ぐ為の日々の努力の話等々を確かにさんざ聞いている。「見掛けほど幸せでも子供っぽくもない人達ですよ。」ディクスンは云う。「わし等不幸な英国人の大人は、この世界の何処かに無垢が今なお生きている、などと思いたがったりしますが、――けどそれはこの人達じゃぁないね。苦労の連続、それも殆どは無駄な苦労ですよ。」

メイスンは首を傾け、或る種の震えを抑えようと努める、――これの所為で遊戯札《トランプ》をやっていても本心を露呈してしまう。それは要するに、たった一つの手に全てを賭けてしまいたいという、体ごとの欲求。「君、ひょっとして、その妖術の世界とやらに縁故《コネ》があったりせんかね？　出来れば私、是非とも自分を護る……」

「呪《まじな》いですか……?」

「断じて媚薬ではないぞ、判るだろ、違う違う、寧ろ全く逆だ。」

一晩中愚痴を聞かされる破目になっては大変と、ディクスンは云う、「或る特別な力を持つと云われる人達と知合いにはなりましたがね、——バリ語ではサクティとゆうのです。但し、和蘭陀人に対して効くとは限りません。では、汝のお望みは、憎悪薬ですかね?」

「いやいや、憎悪ではない、憎悪は憎悪で、色恋に劣らず厄介なもの、——いや寧ろ、無関心剤とでも云うべきものを考えておったのだが。臭《にお》いも味もない、数滴で用の足りる奴を、——」

「まあ探してみてもいいですけど、此処じゃどうなんですかねえ、据え膳は馳走《ちそう》に与《あずか》る方が普通なのでは……?」

その後の数晩、メイスンが何とも辛い思いで過ごす一方、ディクスンは相棒の望みに適う妙薬を探して馬来人街を彷徨い、燈火《ランプ》もない階段の下、闘鶏の血に塗《まみ》れた中休み、陽気な侮辱の言葉を浴びながら邪曲なる窟から窟へと盥《たらい》回しにされる。左様、その薬のことなら誰もが聞いていて、実際需要も相当なもの、両性に等しく人気の品。何しろ会社としては、岬植民地の和蘭陀人皆を、定めた境界の内部に留め置き、唯《ただ》一点から彼等を放射状に統率せんとしている訳であり、かくも閉ざされた場にあって、少しでも節度を欠いた感情が顔を出すようなことがあれば下手をすると命取り。で、万事平穏に保つ為、山の向うでは幾つもの部族が昼夜交代総出で作業に勤《いそ》しみ、活気ある市場への供給に努めている次第。模造品や贋物も跡を絶たない。

メイスンは自らその妙薬を求めている訳ではない、——否、彼の目論見は、それを女主人の羹碗《スープ＝ボウル》にこっそり入れることである。何しろ、美貌ゆえに選ばれた数名の若い奴隷娘に傅《かしず》かれている所為で、女主人自身も相当危険な域に達しているのである、——娘達は彼女に纏《まと》り付き、彼女の肌から蝿を払い、南東の風がその肌を聖書の葉《ページ》のように乾かしてしまえば甲斐甲斐しく油を塗り、印度と仏蘭西から取寄せた絹で以て覆う。彼女に柘榴《ざくろ》を食べさせ、果汁が垂れればそれが袖に達するより素早く跪《ひざまず》いて舐める。コルネリウスも時折様子を覗きに来る。大抵は勃起を抱えて立去るとは云え、云わば下手糞に撃たれた獣の痛みを感じているようにも見える。尤もその表情は少しも変らない。煙管をふうっと吸い、口から外してごほごほ咳込み、それから尚も咳込んで、ぶらぶらと出てゆく。

　然しながら、メイスンと年長の女奴隷とを組み合せんと謀《はか》るヨハンナの術策の核を成すのは、如何なる形態の欲望でもなく、寧ろ奴隷制度そのものである。そのややこしい網目の外にいるディクスンにはそれが見えるが、メイスンには見えない。この地には一個の妄執が、此処に住む誰よりも古い一個の妄執が、若しくは宿痾《しゅくあ》が、積年人びとを苛んでいる、——夜通し合唱を続ける憂鬱な風どもに包まれて、人目に付くかどうかに頓着もせぬ、今後何が為されようと決して帳消しにはならぬであろう大きな不正。理性を奉じる人間達は、幽霊というものを単に、正されざる悪と変らぬ、あの世とはさしたる繋がりもないものと定めるであろう。落着かぬ霊の如くに、先へ進むことも出来ず、——我々には大抵の場合与えることも出来ぬ助けを求めつつ、——己が会いたいと願う人びとを、或いはそれに会いたいと願う人びとを見付けることも出来ずにいる何物か。だが此処に在るのは、家庭の規模を超えた、云わば集合的な幽霊。奴隷達に対して日々犯される様々な悪は、チャチな悪も重大な悪も等しく記録には残らず、魔法に掛ったかのように歴史の目には見えず、見えぬながらも質量を、そして速度を有し、鎖を揺するのみならず断切る力さえ持っている。この地での生活に付き纏《まと》う危うさ、この幽霊を、会社の容赦ない祭司制と何巻にも及ぶ規約によって日々宥《なだ》めておく必要。余程《よほど》剛の者でない限り、皆遅かれ早かれ、最大の問題に、ほぼ薄められていない形で向き合うことを余儀なくされる。この地での奴隷の自殺率は恐しく高い、——だがそれを云えば白人の自殺率も同じ、そこには何の理由もない、いや寧ろ、余りに遍在し、誰も口には出さぬ理由ゆえ、束の間以上直視するに耐えぬ理由ゆえ、と云うべきか。この地を縛る取決めの哀しい赤裸々ぶりを徐々に思い知るにつれ、メイスンは益々むっつり陰気になってゆき、一方ディクスンは、奴隷の主人達にはどうしても示す気になれぬ慇《いん》懃《ぎん》ぶりで奴隷に接するのを常としている。

とは云え二人はこの問題に関し、日々取留めのない夢想に耽ったりもする。二人ともそれを愉しんでいる。「奴隷制が支配する場所で天文学……! 接眼鏡の十字線を照らすべく奴隷達は蠟燭を掲げ、こちらが別の角度を望めば鏡を掲げる。こっちは夜通し仰向けに、天頂の星の位置に横たわり、……扇がれ、食べさせられ、愉しまされ、――他は皆、こっちのどんな気紛れでも立所《たちどころ》に叶えてくれるべく常時爪先立ちで待っている。大したもんだ!」

「メイスン、ねえ、それって非道くないですか……?」

「何の何の、大体君、日頃から私にもっと明るい顔をしろと云っておるではないか? 私としてはだね、この場所を、旅の末に辿り着いたもう一つの惑星と考える方が足しになるのさ、――此奴《こいつ》ら和蘭陀語を喋る白人連中は、最高に奇妙な小黒人《ピグミー》種と同じ位、君や私の知る文明とは無縁なんだとね、――」

「『足しになる』? 足しになぞなるもんか、何云ってるんです……? 汝、この地に個人的な関心がある訳でしょう、情だってひょっとしてもう此処に移ってるんじゃないんですかい。」

「ゲゲゲ! 私の情! この地で、情だと! そんなもの今日び一打《ダース》精々一和蘭陀弗《リックス゠ダラー》*、明日は会社の意向次第でナンボにでもなるわい、――遍在せる、全たる和蘭陀東印度会社の意のままよ。」

「それってあれですか、理神論者の神みたいなものッスかね?」

「冒瀆、冒瀆、――」

「メイスン、今も尚、東印度会社の力の及ばぬ何処かに、逃走の経路、安全の窪みがある筈です、それはもう数学的必然、――和蘭陀人の城郭に於てすら、会社に一切従わぬ市場があり、永久に知られることなき会合が開かれている筈。いつかの夕べ、一緒に徘徊出来れば嬉しいですね、上手く行けば何か判るかも。わしとて連中の定めた境界線の外まで足を延ばすことは滅多にないのですぜ、――ですが極力境界の近くに居ようとは努めてる訳で。」

「然《しか》るに私は何の努力もしておらぬ、そういうことか？　君、権威に云成《いいな》りだと私を責めるのか？　怠惰だと？　滅多に此処に居らぬ癖に、どうして君に判る？　私が君以上に愉しんでいると思ったら大間違いだぞ。」

「なら尚更行きましょうよ。どうせ今夜は空に砂が多すぎて、碌な観測は出来やしない、――ゼーマンもフロームもこの風では強硬症《カタレプシー》同然、誰もわし等の居らぬことに気付きやしません、――せめて何時間か、気楽な鼠と行きませんか……？」

　ぼんやり霞んだ、妙に長い眼差をメイスンは返す。「全体私は、君に如何なる思いを抱いているのかなあ、――大檣支索《メインステイ》の核糸《かくいと》の如く確かな友情かと思えば、次の瞬間にはもう、常に君の死滅を主眼とする策略を嬉々として練ってるんだから。」

「又しても婚礼は取り止《や》め、と。泣いちゃいけませんよねえ……？」暫しの間二人とも、全く同様に、如何なる場所からも隔たった気分でいる。己を護る術《すべ》とてなく、彼等が佇むこの脆弱な突出部の向うに在るのは、一個の大いなる未知、一人の寿命で究めるには余りに深い未知。それが平卓山《テーブル》の直ぐ後ろから始まっている。

　結局この夜は二人で、好色なる冒険を求めて繰出してゆき、その後も何度となく同様の企てに乗出

＊　リックス＝ダラー：十八世紀までオフンダなどで使われた銀貨。

すものの、その度にメイスンが事を台無しにしてしまう。絶好と思える好機も見す見す打《う》っ遣《ちゃ》り、墓石がどうだ、心の病があぁだ、と猟奇的なお喋りで娼婦達を怯えさせ、ひたすら酔っ払うことのみを目的に上等の、ディクスンが聞くところ最高級のコンスタンシア葡萄酒を鯨飲《げいいん》し、場違いな歌を胴間《どうま》声《ごえ》で歌い出し、意識を失ってばったり倒れ、顔を種々の食べ物飲み物の只中に突っ伏す、――蘇門答《スマト》刺《ラ》以西で屈指の印度香辛菜《カリー》に突っ込んだことも一再ならず。まあ要するに飲み歩く仲間としては実に厄介、単純に愉しむということを余りに多くの面で抑制しているものだから、ディクスンとしても何処からどう怒ったものか戸惑ってしまい、――見世物小屋で珍奇なる自然の産物を目にしたみたいに、怒るのも忘れて思わず驚嘆《びっくり》させられる。

戸外は元より、屋内に在っても、安らかに眠れぬゆえ矢張り問題を抱えたメイスン、この頃は矢鱈と物《もの》の怪《け》を夢に見るようになった。馬来短剣《クリィス》を携えたその物の怪は、何やら訳の判らぬ言葉を呟くものの、メイスンの血の源を探らんとする意図は火を見るより明らか。何度も何度も、悲鳴を上げては目覚めるメイスン。とうとうアウストラが、両家の意向を代表して、彼をトコなる名の、馬来の一部族セノイに属す小黒人《ネグリート》の呪師《まじないし》の許へ送り出す。夢の中で生きる世界も、目覚めて生きる世界と同等に現実だというのがこの部族の信念。朝食の席に集う家族は毎朝自分の夢を報告し合い、人の夢を聞いては随所に忠告や意見を差挟み、奇っ怪な生き物も其処ら辺の村人と変らぬかのように振舞い、奇っ怪な出来事も村の井戸端会議の話題に過ぎぬという顔をしている。

「奴等は夢を生きているのだ、」メイスンはディクスンに報告する、「私等西洋の人間は、この世で与えられた貴重な時間の三分の一の間に見ることを全て絵空事と片付け、眠りというものが死に余りに似ている故にそれについて長いこと考えるのは宜しくないかのように思っている訳だが……。」そう彼が述べた夜、蠍《さそり》座の蠍毒針星《シャウラ》の第二高度を確定した後、天文観測士二人は、これからは可能な限り夢の中身《データ》を共有しようと申し合せる。既に海馬号の船上で相当の時を共にし、諸々の余計な気取りは不要との了解済み故、貴重な時間を相当無駄にせず済んでいる二人のこと、夢の人生に関しても、互いに通じ合う面が如何に多いかを知っても少しも驚かぬ。

「やれやれ何てこった、」メイスンは不快気に呟く、「私の夢によれば、この町は地獄の一植民地、和蘭陀東印度会社は一種の管理人に過ぎず、それが仕える……主人の力を一身に体現し、——連中が此処で生きる日々の暮しとは、これ即ち、地獄の植民地人全般にとっての夜会《ラウト》や舞踏会《リドット》に他ならず、——」

「こりゃ参った、」瞼を思い切り開いてディクスンは云う、「わしの夢も凄く似てますよ、東印度会社は出て来ませんけどね、——寧ろまあ、いつまでも終らぬ祭って按配かなあ……これってわし等毎日馬来の食べ物を食ってる所為《せい》ですかね？」

メイスンは暫し自分自身の外へと抜け出る。「君、この浅ましい毒蛇農園を愉しんでいるのか！　下手すりゃ君、やっと抜け出した暁には、彼処《あそこ》が恋しいなんて云出すんじゃないのか。ゲ、ゲ！　君、この地の野菜煮醤《ケチャップ》なしでどう生きる？」

「倫敦《ロンドン》の何処かで売ってますよね……？」

「十倍の値でな。」

「ならば作り方を教わっていかんと。」

波打つ剣を持った長身の姿が今一度現れると、こうなりゃどうにでもなれと、メイスンは怯《ひる》まず立ちはだかり、グロスター州《シャー》仕込みの脛蹴り術の助けも借りて、見事暴漢を打負かす。「顔を上げるでない、」メイスンは敵に云う。「お前の顔など見たくないぞ。」

「そこで何か貢ぎ物を要求しないといけません、」とトコからは忠告されている。「持って帰れるような、確《しか》と形のある物を。」

「馬来短剣《クリイス》を、」メイスンは云う。頭《こうべ》を垂れた相手は、黙って剣を傍《かたわ》らの地面に放り出す。メイスンは屈《かが》んで拾い上げる。「有難う。」目が覚めると、何と剣は其処にあり、刃先が一方の鼻孔にもう少しで入り込みそうな位置に横たわっている、――一つ間違った寝返りを打っていたら一巻の終りだったかも知れない。鍛治場から出立てかと見紛う完璧な作りとは云え、処女《おとめ》の刃とは云えぬ、――微小な掻き傷やら洗い落しようのない汚れやらが幾つも積み重なって重ね書き文書《パリンプセスト》を形成し、時の広がりの奥深くまで繋《つな》がっている。

「ひょっとして娘達が、汝を揶揄《からか》っているのでは……？」

「いや全く有難い、君の健全なる常識に支えられた言葉がなかったら、一体日々はどうなるやら。」

「わし等のどっちかが正気の基準線を示さんといかん訳だし、で、汝にはその役はどうも、――」

「ゲゲゲ！　相手を信頼し、夢を分かち合うという、これ以上はないというほど親密な営みが、陰険な弟子によって、師に不利となるよう使われるとは！」

「師よ、ここは一つお願い申上げたい、職業上の憤懣とも云うべき悪しき地に迷い込むのは止しましょう、さもないとわし等、蠍毒針星の南中を見逃しちまいますぜ、この地に住む不幸な人びとの脳天の上に垂れた蠍の毒針たる、彼等を刺すか刺さぬか誰にも知れぬあの星の……？」

「正《まさ》しく天文観測の良心の声、――天使の如き方正ぶりに支えられるとは、かくも幸運な星見人《ほしみびと》がかつて居ったであろうか。」にも拘らず、ディクスンよ、悪魔が私に呼掛けるのだ、――こう唆《そそのか》すのだ、『世間から愛されたくて堪《たま》らぬ、左様、歓喜に我を忘れる程に世間から愛されたいと焦がれるあんたが、その世間から受けた酷《むご》い仕打ちを細大漏らさず語って退屈させる相手として、あの考えなしの北東人《ジョーディー》ほど打って付けの者が他に在ろうか？　少くとも奴なら、一応天文学の素養もあることだし、』とまあ、大体いつもそんな科白なのだ。」

『それにあんたの部下だから、』」ディクスンが打返す、「『聞かぬ訳には行くまい。』

「その通り、何なら覚書《メモ》を取っておくといいぞ、いつの日か君も、自ら調査団の指揮を執る身になり、指導者の重荷を、人の誇りを膨らますと同時に人を押し潰しもする重荷を、一身に担うことになるだろうから……。左様、何か奇跡が、――というかまあ運に恵まれれば、君もいつか知ることだろうとも、何か月、否、何年も蓄積された憤懣を、たった一度で打《ぶ》ちまけることの、その云様《いいよう》もない安堵を、――」

「うぅあの、ちょっとあの？」

「あ。あ、済まん済まん夢中になって。我等は野卑な育ちなる、下々の者であるが故、年柄年中糞の話をしておる、碌《ろく》に、――これは参った、私は今云ったのだな、『糞』と？――えい糞、おやまた云った、――何と！　二度も！」己《おの》が頭《つむり》を何度もぴしゃぴしゃ叩くメイスン。

「まあまあ落着いてメイスン、大丈夫ですって。」

「これで君、私のことを通報するのだな。」

「喜んでしますよ、誰か信じる奴が居《お》ると思ったらね……？」

「私の所為で君が厄介なことになっては申し訳ない、」と云うメイスンは、大袈裟な付足しを堪《こら》えられない、「――西班牙《スペイン》の大審問官だとか……」

「済いません、西班牙の何ですって……？」

「ああもういいわい、『当局』で構わんわい、それでは狭過ぎると君が思うなら別だが。」

「あのねメイスン、わしは碌でもない耶蘇会《イエズス》じゃないんですぜ。耶蘇会がわしを操ってるんだとしたら、わし等二人とも芝居小屋の道化ですぜ、――だってわしが操られてるんなら、汝だって矢っ張り、東印度会社に動かされっ放しってことですし。」

「ん、――つまり、どういうことかな？」

「いつの日か誰かが問うでしょうよ、一介の麵麭《パン》屋の倅《せがれ》が如何にして王立天文台長助手となったか？ そして又、北東人《ジョーディー》土地測量士が、如何なる経緯で、その補助役として、世紀最大、羨望の的たる星見《ほしみ》行《こう》に同行するに至ったか？ ひょっとしてわしの容姿……？ 汝の魅力……？ それともわし等二人、汝の云う見えない大学とやらにすら見えない力に利用されているのか？」

「少なくとも私は、」とメイスンが息巻く、「己の地位を正当に勝取ったのだ。正直云って、君の方はどうなのかなと思っていたよ。坑夫の倅、――それもしがない地元民相手の炭鉱の坑夫、――どう見ても瀝青炭《れきせいたん》の方が儲かるし、箔もあるのでは？」

「そうですとも、それに我が家は教友会《クエーカー》の徒、議論の余地なしですよね……？」

「ずっと不思議に思っていたよ、――然るべき引きがなければ、人生何も生じないってこともある訳で、君はピーチ氏がどうこうと私を冷やかすが、私だって眠りの訪れぬ時には問わずにおれぬのだ、一体誰が、重麵麭《サンドウイッチ》を頰張りながら、骰子《さいころ》が躍る中、一体誰が、君について決定的な言葉を漏らしたのか？ エマスンだとは云わせんぞ。」

「そりゃ、ジョン・バードですよ……？ みんな承知だと思ってましたがね。わしこそ天文観測に於けるミスタ・バードの代理人、――わしの仕事は天頂儀の管理、――どうか面倒なことが起きませんように、修理だなんてなったら厄介だ……？ うぅ！ わしは天頂儀遣い！」

メイスンの反応は逆細目、即《すなわ》ち両目がそれぞれ、望遠鏡を覗き込む際に通常やることの逆をやる。ディクスン、それを見て暫し狼狽《うろた》える。メイスンもそれを詫びようと、笑顔を繕おうとしているようにすら見える。「私に指導力が如何に欠けているか、それは、噫、周知の事実であり、この調査行の指揮権を得たのは、偏《ひとえ》に、君には知らぬままでいて欲しい諸々のややこしい、綺麗事では済まぬ縁故《えんこ》やら売り買いやらの御陰なのだ。君が私の命令に従わぬのは正しい、――ま、尤も、常時そうではないことを祈るがな。」

「わし、そういう印象与えてますかねえ、勿論そんな積りじゃ……？」

「君こそが謎だとも、ディクスン、私ではない。私は所詮煮込《シチュー》の中の胡椒の実、匙《スプーン》を持って寄って来た阿呆に掻き回され小突き回されるだけの身、――で、その阿呆の料理人どもには謎も何もありはせん、まあ如何《いかが》わしい連中ではあるが、何奴《どいつ》も此奴《こいつ》もチャチな無頼漢《やくざ》だ、中にはウォルポール以来の古強者もおるがな。*だが君の家族や仲間は、――それとは違う人達だろう？」

「去年のことを思い出してみて下さい、純朴なるお方よ、――クライヴは八月一日に倫敦に戻っている。そして九月十一日にはもう、――つまりあっと云う間に、――任命が変更され、汝は最早クライヴの義弟の手下ではなく、自ら調査隊を率いる身、汝が就いていた座には未知の人間が就く。一体どうなっておるのか？　マスクラインなんて、わし等は碌に知りゃしません。だいたい誰です、ロバート・ウォディントンって？」

「筋金入りの月距派さ、倫敦の大火記念塔《モニュメント》付近で数学を教えておって、月の運行表に基づいて経度を測るべしと唱える彼《か》の有名なピゴット家の一員とも昵懇《インティメート》で、実際同居人《ハウスメート》ですらあるらしい。」

「マスクラインと似たり寄ったりの奴ですかね……？」

（マスクラインがのち自らメイスンに語る通り、ウォディントンは当初より、黒胆汁過多《こくたんじゅう》から来る通常の憂鬱症よりは軽症で期間も短い、とは云え等しく致死的な憂鬱症を患っていた。「で、具合はどうかね、ロバート？」

＊　ウォルポール以来の古強者：サー・ロバート・ウォルポール（一六七六―一七四五）は一七〇一年に下院議員となって以来、永きにわたってイギリス政治の指導者的地位にあった。

「トウィッケナムに二週間居ったのだぞ、どうなると云うのだ? 苺丘《ストロベリー・ヒル》、鰻饅頭島《イール・パイ》*、これ以上何があると云うのだ?」

「だが釣りは、聞くところによると、――」

「そりゃもう、優に人の手くらいある欧州鯉《ブリーク》が釣れる。彼処《あそこ》の入江にしか居らん蛆虫で釣るのだ、――英国中他所《よそ》では何処にも知られておらぬそうだ。それに甲虫魚《ビートルフィッシュ》がお目当てなら、居《お》るぞ、甲が! ありゃあ大したものだ。」

「ピゴット家は皆元気かね?」

呆然とした目付きが長々と続く。「で、この辺の地元の酒場は?」

「歩いて直ぐさ、戻って来るのはそう容易じゃないがね。」

「ふむ。それってちょっと人生に似ておらぬか?」

これが一月初頭、金星の日面通過はいまだ六か月先の話である。この時点では二人とも、住む者をしばしば狂気に追い遣るという噂の、あの聖《セント》ヘレナ島に共に残される予定。)

「確かにトム・バーチが云っておったな、ミスタ・ウォディントンの住所を教えてくれたのはマスクラインだと、」メイスンが云う、「帳面《ノート＝ブック》も見せてくれた。マスクラインが自ら住所を書込んだのだ。どうやら自分の助手としてはピーチ人脈よりピゴット人脈の者を好んだと見える、――かくして私は、マスクライン所有の大きな印度貿易船に乗ることも、英国海軍の半分が護衛に付いておるなどということもなく、たった一隻、護衛もない安手の武装帆船で旅することに相成った訳だ……。」

「御陰でドクタ・ブラドリーが介入する余地も出来て、汝に別の観測隊の指揮権を確保してくれた。」

「そして御陰で、彼《か》の最新技術の天文観測機器の製作者たるバード氏の助言に基づいて君を選ぶこととなった。左様、左様、表向きは実に判りやすい話じゃないか?……とは云え、君、時折思ったりせんか、あの海での戦闘以来、何もかもが、その、——夢というのではないが、だが……」

「ええ。何だかまるでわし等、誰か他人の運命の中の住人みたいな、実は全然別の場所に居るみたいな……？」

「何一つ、かつてのような実感がない……。あの時に死んでしまって、後《あと》は幽霊として居続けてきたとしても不思議はない。この場所に取憑いて、肉体を得るのを待っている、——ひょっとしたら正に日面通過の瞬間、この惑星そのものが肉体を得る瞬間に……。」


「時ここに至っても尚、」牧師は断じる、「幾つかの問題に関し、天文観測士二人は依然として無知であった。それを見抜いた人間が滅多に居らなかったことは、彼等が時に抗《あらが》ってゆく上で一度ならず有利に働いたかも知れぬ、——あれで二人が、自分等がどれだけ純朴に見えるか自覚しておったら、もっと多くを得られたろうに。」

「まあ伯父様、どうしてそんなことお判りになります？」

「他の奴等はもっとずっと小さな業績で以て、もっと多くを得たのさ。」

「どうせもうみんな死んでるんだから、」とエセルマー、「どうだっていいじゃないですか。」

「エセルマーったら。」テネブレーが大針を、控え目に云っても忠告的な姿勢でいとこに向ける。相手は顰《しか》めっ面《つら》で応え、さっきは目に浮んでいた柔らかい光も、今は銀色の、冷たい反射光。

「ブレーよ、お前のいとこは、歴史の核に潜む絶望へと、過《あやま》たず進んでおるのだ、——そして希望へ

＊　ストロベリー・ヒル、イール・パイ島：どちらもトウィッケナム（ロンドン南西部の一地域）の地名。ストロベリー・ヒルは一七四八年に文人ホレス・ウォルポールが建てたゴシック趣味の館で知られる。

と。野蛮人どもが踊ることで大いなる狩りを祝うのと同じく、歴史も又、基督《キリスト》を求める我等の狩りを祝う踊りに他ならぬ、我等の狩りの記録に他ならぬ。基督が蘇ったことが否定し得ぬ事実だとすれば、蘇りも又歴史の中に取込まれ、よって歴史は闇に仕える義務から解放される、――その後この世で起きる出来事は全て、その一つの出来事から流れ出るのであり、神の御心《みこころ》、神の意志によって起るべくして起るのだ。」

「十字軍も、異端審問も、宗教戦争も、無数の人間の生命も、血の海も、みんな御心ゆえ、と、」エセルマーが論評する。「どうなったんです? あの方、死の世界があんまり気に入ったもんだから、みんなを一刻も早く誘いに来たかった訳ですか?」

「君。」ルスパーク氏が立ち上る。「そういう物云いは、君と同等の叡智を備えた人達との議論まで取って置きたまえ。我々この家の人間は、みな素朴な者達だ、救世主を茶化す冗談を愉しむのは我々の好くするところではない。」

ぺこりとお辞儀するエセルマー。「済いません、束の間、脳味噌と離ればなれになってしまいまして、」ともごもご云う。「皆さん、失礼しました。ミスタ・ルスパーク、牧師様、失礼致しました。」

8

この地で日々が過ぎてゆき、日面通過はまだ余りに先のことで今一つ実感を持てぬ中、ディクスンは五感を通して伝わってくるもの達の容赦ない襲撃を受け、雲の晩など、くらくらする頭を抱えて、季節風から身を護るべく外套を着て夕暮れの町へ繰出し、禁じられた一郭へ飛んでゆかずにおれない。何処《どこ》かで鳴っている旋律《メロディ》は、東印度人達がペログと称している、彼等によれば宵越しの時間に相応しい音階で、それがディクスンの歩みに合せて静かに鳴り、律動《リズム》まで歩調と合っていて、ディクスンもつい軽やかに口笛を吹き始める。船上で口笛を吹いてはならぬと何か月も云われ続けた後では、悪徳を再開出来るのが何とも大きな自由と思え、取分け、土埃の踏み均された、どんどん暗くなってゆく道を辿っている今は格別そう感じられる、——周り中で手に負えぬ騒ぎが生じ始め、即座に闘える相手を探して闘鶏を持歩く黒人奴隷、小黒人種《ピグミー》の従者達を連れたバタヴィアから追放された山賊、面紗《ベール》を被った女、商売を営みに山から下りてきた逃亡奴隷、何処の港に寄ってもウォッピングの模倣と見てしまう船乗り等々で賑わい、薄暗い四つ角ごとに、岬《ケープ》系馬来人《マレー》は売物を携えて待ち、その全員がじきにディクスンと顔見知りになる。

「よう、旦那《トゥアーン》！　最高の大麻《ダッガ》だよ、掃除済み、格付け済み、直《す》ぐに火ぃ点けて喫えるよ……」「本物の和蘭陀杜松子酒《ジン》だよ、封印《シール》も本物の壜《ボトル》、そうとも！　処女みたいに無傷……」「出来立ての野菜煮醬《ケチャップ》、印度支那から特急で届いたよ！　鳳梨《パイナップル》、朱欒《グレープフルーツ》、答満林度《タマリンド》、――百の風味、千の混合《ブレンド》！」和蘭陀の支配する長い日中には見えぬ、岬夜《ケープ・ナイト》が今や至るところで羽を伸ばし始める。ディクスンの鼻を、煮え立つ食物、香辛料、家畜、夜に花開く蔓植物、貪欲で広大な海の匂いが襲う。ディクスンは今や町の鼻地図を獲得しつつある。漂ってくる匂いによって時の経過を知ることを学びつつある、――煙管《パイプ》、羊の脂漲《みなぎ》る夕食、宵越し前の杜松子酒、――そして其処から逃げる術《すべ》を学びつつある……こっそり隠れ、夜に溶込んだディクスンは、通りすがる奴隷が運んでゆく角燈《ランタン》にぴったり寄添い、その熱を、輿《こし》の窓幕《カーテン》越しに漂ってくる和蘭陀人人妻《ひとづま》の匂い（聖ヘレナ珈琲、英国製石鹸、仏蘭西の湿り）に劣らず生々しく感じている。遠くの方で、夜毎の消灯時間を告げる大砲が吼え、ディクスンが無法者の立場に移行したことを告げている。

　ディクスンは捕食動物になった気分である。さながらこの街が彼にとって大昔知っていた地、かつての猟場、殆ど全ての細部を誤って記憶している山地の如く思えてくるが、自分がどの境界線だけは越えぬ積りかははっきり自覚している。とは云え、噂話の絶えず飛交うこの町で、度を越す余地などあり得ようか？　直ぐ裏は山脈、その山々が、彼方に茫と広がる緑豊かな叢林族《ブッシュマン》居住地から町を隔てている訳だが、それ同様、これら彫刻を施した扉や交差穹窿《ゴシック》風の門の奥でも、或いは又、抹香鯨《マッコウクジラ》の蠟燭が作る遠い半影の中、屋根裏でも表の部屋でも、薄暮《はくぼ》と吹いてきた砂とに研磨された玄関前の道でも、此処の和蘭陀人達の振舞いときたら、恰も審判の日が頭の遥か上まである大波の如く接近していて、最早時は限られ何もかもどうでも、品行方正なんてものは取分けどうでも、よくなってしまっているかのようなのである、――賭けは張られた、一人一人の運命は既に決められ、人びとの叫び声は大風に残らず掻き消され、もう全てはお終《しま》いなのだ。場所からして此処が世の果てなのは無論、時間的にも世の果て世の終り。この地を容赦なく包む放蕩の蒸気は、聖者をも誘惑するばかりか、おお！天文観測士すら誘惑するであろう。とは云え、この天文観測士二人が、欲望という話題を巡って気の置けぬお喋りに興じるのは、不可能とは云わぬまでも決して容易ではない、――何しろディクスンは疾風《はやて》の如く襲って来る激情を否定することも打《う》っ遣《ちゃ》ることも出来ぬし、メイスンはメイスンで、憂鬱に包まれて欲望を欲望と認めることすら往々にして覚束《おぼつか》ず、況《ま》してや、幾ら欲望がよぉチャーリィと呼掛け迫って来てもそれに従って行動するなど到底無理な相談。「君などにどうして判る？」メイスンは溜息混じりに云う。「君は始めから罪を犯す機会を求めてこの地に上がって来たのじゃないか。世の中にはな、もっと背骨が、気骨がある者も居《お》るのだぞ……。」

「体のその部位って、」ディクスンが応じる、「尻にぶっ刺した突き棒と見分け付かないこと多いですよね。」

イェットが狭い廊下を擦抜《すりぬ》けて行く。「今夜忘れないでよ、チャールズ、」と、歌うように。

「忘れないよ、」メイスンは鬘《かつら》を直しながらもごもごと。

ディクスンが目を輝かせて彼女の後ろ姿を見送る。「可憐なお嬢さんだねえ……？」

「立派な娘さんだとも、ディクスン、もうそれ以上一言も云うなよ。」

「ねえ、」目をぱちくりさせるディクスン、「わしが何云ったってんです？」だがメイスンは既に階段を上がってしまっている。少し経ってからディクスンが廊下を抜けてみると、メイスンが今度はフレートと話し込んでいるのが目に入る。二人とも猫みたいにそわそわ落着かぬ。「今夜も又羊肉《マトン》だそうですねぇ、」ディクスンが陽気に挨拶を叫ぶ。娘は悲鳴を上げ、台所に逃げて行く。

メイスンがきっと怖い顔になる。「時間を持て余してるのか、え？　何か私がしてやれることはないか？　云ってくれれば何でも。」

「あぁはい、それじゃあ御婦人方が退席なすったら、――」かように啀《いが》み合いながら彼等は食堂に入ってゆく。岬の習慣に従って夕食に際し玄関の鍵を掛けた和蘭陀人の主人は、今その夕食を見ながらブスブスと燻《くすぶ》り、伊太利《イタリー》の火山以上に予測不能な状態に在る。

「又一つ岬名物の珍味を発見なさったようね、ミスタ・ディクスン、」ヨハンナが、夫が部屋に居る時はメイスンと言葉を交わさぬよう努めて云う、「――私共の馬来人は、あれをケチャップと呼んでおりますのよ。」

「娘達よ、あんな物、見るだけでもいかんぞ。汚らしい亜細亜の食べ物だとも、」とコルネリウスが、香り高い煙管の煙の雲の向うから命じる。「たとえ、」（プカプカ）「この食べ物の味を、」（プカプカ）「覆い隠す必要があるとしても、あれはいかん。」厳めしい顔で、尾の脂に包まれた羊肉の薄切りに攻撃を仕掛けると共に、再び火山が噴火する。その肉を最近まで所有していた獣の生涯を通じ、尾はより大きく、より太くなったばかりか、始終傍《そば》を吹き抜ける羊屁気《ガス》を何年分も吸収した結果、極めて明確な味を呈するに至っており、ひょっとして何処かの食通には珍重されるのかも知れぬが、では何処の通かとなると俄《にわか》には思い付かぬ。

一方ディクスンは、件《くだん》の馬来産調合物と格闘している、――というか寧ろそのほっそりした壜と格闘し、細長い首から中身を流し出すのに苦労している。「お尻ペンペンして御覧なさいな、」とエルスが囁く、「そしたら云うこと聞くかも。」ディクスンは女達の顔をささっと素早く見渡す。舌先まで出掛っている剽軽さがそこで踏み留まり、開《ひら》けた場を今一つ信用せず用心深く外を覗き見ている。ディクスンは視界の隅で、メイスンが皿に載った食べ物の陰に、或いは下に、隠れようとしているのを認める。青い煙草の煙状雲に悠然と包まれたコルネリウスは、室内で種々の思惑《おもわく》が絡み合っているのにも気付いておらぬ様子。フレートは自分の巻毛をひどく忙《せわ》しなく玩《もてあそ》びながら思い出そうとしている、

——この家族年代記《サーガ》に関し、彼女がどこまで知っていてどこからは知らないと姉と妹は思っているのだったか、母さんはどうだったか。メイスンがどう思っているかは、無論誰にとってもどうでもいい話。

やっとのことで苛酷な夕食も済み、フローム家の人びとは、いつも通り表の軒先に出る。ヨハンナと娘達はさっさと、コルネリウスとその篝火《かがりび》の風上に位置する席を選び、残された天文観測士二人は、自己防衛に自らも煙管か何かに点火する他ない。

「何処か抗い難く倒錯した趣があるものだ、」牧師が注釈を挟む、「若い白人女が夕暮れ時に軒先に座っておる姿には。周りを絶えず往き来する黒人の召使達は、日本の芝居と同じように、目に見えぬものとして解読される一方、女は、そして女の仲間も皆、煌《きら》びやかに姿勢《ポーズ》を採っている。彼女等がどの段に座り、それに応えてどの段は帰りたがらぬ若い色男の足に占められるかによって、生じ得る視角は、両者にとって無限に増殖し得る。それら段と段の組合せそれぞれに関し、何が許容され何が侵犯と見做されるか、視線の遊戯に始まり女袴《スカート》や下袴《ペチコート》を直す仕種に至るまで、更に、凝視するのはどの程度の時間までは礼に反しないか等々を巡って、それぞれ精緻な掟が存在する。若い男の前で男奴隷に『主人』風を吹かせたがる美女もおれば、妬みの念を隠しもせず娘奴隷の姿を目で追っているところを見られたがる女もいる。欲望の多様ぶりに関しては、これら和蘭陀人の娘達は幾つになっても恥というものを知らぬ、——何しろ彼女等は世界の果て世界の終りの娘達なのであって、日曜日一日教会なんぞを我慢するのも偏《ひとえ》に、踏越えるべき境界線を思い出させて貰う為。罪を犯す最中《さなか》にそれを罪と自覚すればする程、岬《ザ・ケープ》住民の快楽は増す、——そこは英国人とは違う。英国人ときたら、色目を使うより少しでも重い違反を犯しただけで、自責の念ゆえ死んでしまいかねぬのだから。」

ゆっくりと、重々しく、若者達は夕暮れ時の階段を踊るように上り下りする。彼等の話題は屋上、弧形道《アーチ》、納屋、倉庫、——要は、女袴を捲《めく》り膝丈股袴《ブリーチズ》の締金《バックル》を外すに十分な時間だけ人の往来から離れた場。ヨハンナは何度もメイスンを、よかったら通訳して差上げましょうかと云いたげな目で見る。
若い優男《やさおとこ》が一人、小型の琵琶《リュート》を携えて現れ、イェットの前で片膝を突き、——尤もイェットの方は溜息を吐《つ》く役割は妹達に振ったのだが、——岬の女達を頌《たた》える自作の祝歌《ほぎうた》を歌う、——

噫《ああ》、
岬娘《ケープ・ガール》、
海風に吹かれ、
満月よりも色白く、
罪の如く秘めやか、——
君は
浮気な娘《こ》、
って男達は云ってる、
軒先に座って夢見てる、今日こそ
恋が訪れぬかと……
みんなと同じに
奴隷どもを侍《はべ》らせるけど、
恋に落ちれば誰もが無力、
奴隷だって時には……
恋をする、

岬娘に、
南東の風が吹けば、
夢で僕はゆく、
君の腕の中に、
ケープ・ガール、駄目《ノー》と言わないで。

「しかも弾語り！――ねえウィム、膝に載せたその、じゃらんじゃらん律動的《リズミカル》に三和音鳴らしてる小《ち》っちゃいの、何なの？」

「絞首門の傍《そば》の市場で見付けたのさ、――フィジー島の六弦琴《ギター》だよ、二百年前、葡萄牙《ポルトガル》の耶蘇会《イエズス》士によってもたらされた、と売ってた馬来人は云ってたけどね。」

「耶蘇会の痕跡はしっかり見えるわね、」フレートが口を挟む。

「しっかり見えたら触りたくなったり、」エルスが囁く。

　それは低地の娘達が興じる大っぴらな戯れ。そこにはそれなりの計算が働き、容赦のない点に於て、奴隷小屋に設けられた、会社が運営する娼館の娘達が暇な時間に交わす類の言葉にも負けぬ、――無論それ等は二つのまるで違った世界、会社は日々両者の分離に努め、岬町《ケープ・タウン》の性産業に関して価格設定から何から常時全てを管理している。とは云え中には、独立の気性を持つ、会社に楯突くことの危険を愉しむだけの若さと勇気を備えた娘や若者も若干いなくはない。混血の、ほっそり優美な、性別さえ混合しているような若者達。彼等は丘陵地帯に、更には逃亡奴隷達の山岳網状組織《ネットワーク》に消える術《すべ》を心得、また更に、その彼方、小人族《ホッテントット》の地にすら安全を見出す。だがそうは云っても、船が岬の向うから姿を現し、西班牙《スペイン》の金貨がその黄金色を其処ら中に蔓延させ、町じゅうの女達が、石のような白人教会の重鎮から、奥地からやって来た恐しく浮《うわ》ついた黒人の美女に至るまで、忽ち目を輝かせペチャクチャ騒ぎ出す時は話が別。そんな時、突然の高揚を捨て、町の暮しを離れるのは容易でない。酒場は跳ね躍り、水夫達は煙管《パイプ》と提琴《フィドル》を手に上陸し、大麻《ダッガ》の煙が空気を彩り始めて、声が高まり、音楽が息衝《いきづ》き、夜は素馨《ジャスミン》の如く花開く。

メイスンとディクスンが町を彷徨《ぶらつ》くのも、大抵はこの時間。かつて軍隊が殺し合いまでして奪い合った種々の香辛料に囲まれて、二人で馬来人街を漫《そぞ》ろ歩く。和蘭陀人の意図する碁盤目から見れば歪《いびつ》に曲ったそれ等小さな路地は、突出《つきだ》した舌の如き形を平卓山《テーブル》の麓《ふもと》まで延ばしている。夕暮れが瞬く間に訪れ、炭の火が一つ又一つと息衝いて丘を点々と照らし、夜はじわじわ料理の匂いに満ちてゆく、——海老の練り物、答満林度《タマリンド》、胡荽《コリアンダー》、蒔蘿《クミン》、辛蕃《ホット・チリ》、魚 醬《フィッシュ・ソース》、茴香《フェンネル》、胡蘆巴《コロハ》、生姜《ショウガ》、蕃鬱金《バンウコン》。窓や戸口は、限りあるながら堂々とした生に向って開かれ、家族達は迫り来る闇に抗して集う……。

アウストラを従えて、フレート・フロームはこっそり抜け出し、天文観測士二人の後を尾《つ》けて行く。「あの人達、色んな厨房《ちゅうぼう》を回って食べてるのよ、」と彼女は、やや息を切らし、首を縦に振りながら姉《あね》妹《いもうと》に報告する。「あちこち彷徨《うろつ》いて、食べたり話したりしてるの。時折、水夫相手の酒場に入ったり。」

「何食べてるの？」

「何もかもよ。その半分は、あんた達には夢にも浮ばないような食べ物よ！」

闇の中　飲んだり食べたり馬来人、
東方から届く香辛料《スパイス》や野菜の御馳走、
地獄の炉端ほど辛い《ホットな》胡椒やら、

父様《ババ》が教えてくれない食べ物がどっさり、――
孔雀の印度香辛菜《カリー》に羚羊《レイヨウ》の煮込《ラグー》、
酢漿草《ビリンビン》の漬物《ピクルス》、それに答満林度。
香辛細切肉《ボーボティ》、南阿肉菜《フリカデル》に、豪猪《ヤマアラシ》の揚物、
コンスタンシア葡萄酒をなみなみ注いだ杯《グラス》、みんな歌うよ、
その皿取っておくれよな、
鉢《ボウル》を渡しておくれよな、
其方《そっち》の壜も飲もうじゃないの、
丸麺麭《パン》一つ投げとくれ、
広い空の下、鱈腹《たらふく》食って、がぶがぶ飲んで、
星達は黙って過ぎてゆけ。

「噫フレート、櫛も碌に通さない、感傷的《おセンチ》なフレート、」とイェットが思いを募らせて云う。彼女達の誰一人、天文観測士二人をして平卓《テーブル》山の斜面を登らしめたのは、他ならぬフローム家の食卓かも知れぬという可能性に思い当りはしない。煙管の煙、羊の脂、奇妙な食器類、皿も匙《スプーン》も何もかも、そう、そして匙の底に広がる羊の羹《スープ》の向うに煌《きら》めく、これ等の、何と云うか、物語が、――古《いにしえ》の会戦、宗教的出来事、恍惚の面《つら》付きで天からの光を浴びて立ち何やら遥か彼方を指差している人物、前世紀の宗教戦争に於ける殉教場面、殆ど判読不能の手書き文字しかも和蘭陀語で書かれた曖昧模糊たる教訓等々の物語が、皿の上の馬鈴薯《ジャガイモ》の背景を成し、或いは食卓上を回される尻尾の煮込《シチュー》を囲み、その結果各々《おのおの》が、何やら永遠に曖昧模糊とした教義上の論争を巡ってそれぞれ別個の逸話《エピソード》を目にすることにな

る……。程なくしてメイスンもディクスンも発狂しそうになってくる。観測所で天文の仕事があると偽って、外套の裡《うち》に鉢や小刀肉刺《ナイフフォーク》を隠し、二人でひっそり出て行く、大洋産の魚、阿弗利加の猟鳥肉、唐辛子、東方の香辛料に想いを馳せつつ。

「私は霊気の力を信じるね、」メイスンは宣言する、「――あの呪わしい家族の霊気が、彼等の食べ物に、只でさえ楽しむのは困難なあの食べ物に入るのだと信じるね、――」

「で？」

「だからこうやって外へ行く方が。」

「うん、そうですよねえ、」――陸の続く限り精一杯海の方へ行けたなら、と二人ともそれぞれ告白する、――最果ての地点に在って他には誰も居らぬ至福、その先はもう何処までも、緯度四十度の大洋が漂浪し、西風急行が疾走し、氷の大陸が広がり、もう一方の極の神秘が在るのみ、――水銀のようにじわじわと進む夜の霧を、荒涼たる海がほぼ覆い尽し、天文観測士二人にとっては想像するだに恐しい高さに達しかねぬ波の上に在って、準備は万端、未だ名もなき見目麗《うるわ》しい星座に属す、如何なる英国領の水平線よりも常に下にある南の星が、遂に南中するのを二人とも待っている……。

　薄暗い通りに出来つつある行列に遭遇して、二人は自分等も加わろうと決める。ディクスンは赤い外套に踵《ヒール》三吋《インチ》の深靴《ブーツ》、頭には不可思議な花形記章付きの帽子という出立《いでた》ち、一方、一時間に亘って旅行用手鏡と睨めっこしてきたメイスンは、剣呑《けんのん》な、畑鼠《ハタネズミ》の如き漠たる表情を浮べている。間に合せの厨房天幕《テント》の方へゆっくり進むにつれ、蠟燭を灯した内部が段々と見えてくる。腰布《サロン》を着けた男が、憑かれたように料理し、彼方此方《あっちこっち》駆回って、長く見詰め過ぎたら心は魅入られ親指がじくじく疼きかねぬ馬来短剣《クリィス》の波打つ刃《やいば》を光らせている、――残り火を几帳面に突っ突いて轟々燃える巨大な火を熾《おこ》し、居並ぶ鍋の中身を掻き回し、大蒜《ニンニク》の皮を剝《む》き、海老の背腸《せわた》を抜いて身を裂き、野菜を薄切《スライス》し、魚の骨を抜いて三枚に下ろし、等々恐らく一打《ダース》の作業を、このたった一つの道具で以てほぼ同時にやって退《の》ける最中《さなか》にも暖炉の底の燃《も》え止《さ》しは赤く光り、鉄鍋から煙と湯気の巨大な雲が立ち昇り、それが余りに香《かぐわ》しいものだから吸込むとまるでたっぷりした御馳走の一順目《コース》を食べたような気になる、——片や男の女房は窓の外に食べ物を出して金を受取り、上の子供達は運んだり仕込んだりを手伝い下の子等は暗い所で子守をしながら短剣の行く手を見守っている。彼等はこれ迄も、この剣が飛ぶのを見、歌うのを聞き、濁りなき井戸がある傍《そば》では刃に備わる奇数の刻々《ギザギザ》が震えるのを目の当りにし、この剣と自然の力との繋《つな》がりを見せ付けられてきたのだ。

「魂消《たまげ》たな、」どういう訳かメイスンは子供達の一人と会話を始めている。「私の国、私の故郷辺りじゃ、製粉所が出来てからというもの井戸がすっかり隠れてしまって、今では見付けるのに占い棒遣いを頼まねばならん、——そうすると棒遣いが、矢っ張りあんな風に、長い榛《ハシバミ》の杖を使って探すんだ。」

「小父さんの国も和蘭陀が征服したの？」

「いやいや滅相もない、——」メイスンは子の無知をくくっと嗤《わら》いかけるが、そこでディクスンが忌々《いまいま》しくも目を輝かせて云う、「オレンジ公ウィリアム、あれはどうです？　あれは征服って云えませんかねぇ？」

「ご機嫌ようジア船長、いつもの特製肉串《サテー》で？」

「よぉラークマン、美味そうだねえ、——其方《そっち》の黄色い奴は何だい？」

「芒果《マンゴー》でさぁ。今夜はまだちょっと青いね、だけど明日は、——明日は最高ですとも。」

という訳で翌朝、一番鷗《カモメ》の声が聞えると共に、「うぅ、メイスン、——芒果が熟しましたよ！」

「良さそうなのを一つ買って来てくれ、」メイスンが呟く、「そしたらまぁ君を殺さないでおこうか。」

そう云ったものの、己の五感に対して負った義務感のようなものに駆られて、結局自らぶらぶらと、陽を浴びて欠伸しながら市場へ赴けば、どうやら皆一斉に熟したと見える果実の山、——御陰で誰もがオロオロ狼狽《うろた》えている、——何しろ果実という果実を奥地の森から残らず早急に摘取って町へ直送し、これら堆《うずたか》い山に加えねばならぬのだから。かくして積上げられた果実達は、手に取られ、吟味されるのを待ち、二人が到着した時も正にウイックス・チェリコーク牧師がその作業に拘《かかずら》っている最中。

「これはこれは、紳士諸君！　何と爽やかな朝でしょう！　源男《アダム》になった気分ですな、——いや、もっといい、源女《イヴ》の気分です。」

「此奴《こいっ》、ぶっ殺してやる、」メイスンが宣言する。

「うぅメイスン、これに鼻をくっつけて御覧なさい、——いいでしょう？」芳香がメイスンの気を逸らす。「さ、それ食べるしかないですよ、鼻くっつけちゃったから。」

「君に投付けてやりたいね。」二人はじき傍の軒先に退散し、座って芒果を食べる。周りの軒先にも同じように何処も人が座っている。

「あんた、もう発ったかと思ってましたよ、」とディクスン。

「海馬号は私抜きで行くのです。岬《ザ・ケープ》の東じゃあ宗教の人は用無しだ、とグラント船長に云われましてな、——訳は云ってくれませんでしたが。聖職者が締出されるとは、口にするだに恐しいことが日々目にされておるのでしょうな、と探りを入れてはみたのですが。」

「私個人としてはですね、あのサン＝フゥの下司野郎を探しておるのです、」とグラント船長は云い放ったのだった。「我が海馬号は小粋ないい女、どうやら私も恋してしまったと見える、——彼女《あいっ》の名誉が何より大事となりましたから。」

「私、岬町《ケープ・タウン》に居った方が安全ですかね？」牧師は問うた。

「十分安全でしょう。長くは待ちますまい、印度貿易船は年中入って来ますから。但し、連中は実に頑固な宗教嫌い、——船荷空間《スペース》をわざわざ、牧師を法律上乗せねばならぬ大きさより一樽分だけ小さくしておる位、——何か別の職業ということになさった方が。」

「天文観測士の振りをすりゃいい、」ディクスンが云う、「——必要なことはわしが五分で教えたげますよ。」

「土地測量だったらもっと簡単、」メイスンが吐き捨てる。「小便は丘を下る、給料日は土曜日、——これであんたも一端《いっぱし》の柵職人。」

牧師は芒果《マンゴー》を一個、さながら聖餅《ホスチア》のように掲げる。「若し発っていたら、これを味わい損なっていた訳ですな。御覧なさい、この果物、中にある大きな蒴《さく》から、その形と手触りを得ておる。西班牙ではこれをエル・ウエソ、即《すなわ》ち『骨』と云う。この芒果、触るとまるで生き物の肉です、——この皮を剝《む》くことは即ち生き物の皮を剝《は》ぐこと、——これに齧《かぶ》り付くことは即ち生《なま》の肉を喰《くら》うこと、——尤《もっと》も、そう考えると厄介な宗教上の問題も出て来そうですがな。」

いつもならこれよりずっと些細な不敬の言葉にも憤慨するメイスンであり、冒瀆も好い加減にしろ、とでも云いそうなところだが、何しろ話題が食べ物ときては、頭は忽ち、この地で和蘭陀人たちに味わわされてきた食事上の不幸を巡る一大叙事詩に行ってしまう。「矢鱈《やたら》根っこを食いたがる、——果てしなく茹でてばかり、——塩すらない、それについては此間《こないだ》も述べた通り。何と云っても羊です、——全く、一瞬たりとも、凡《およ》そ羊を目にせぬことがない。私の故郷では、羊といえば、其処ら辺の人間なんかよりずっと貴重です。子供は氷の上で氷滑《スケート》を覚えるより早く刈込み場で滑ることを覚えます。季節によっては、何哩《マイル》も向うから、羊と、羊毛脂の匂いが、それにあの、吐気を誘う、仔羊肉を麵麭《パン》焼窯《がま》で焼く匂いが……正にそうした云わば鼻の緑青《ろくしょう》がこの地で私を出迎えたのです、——初めて和蘭陀人の家に足を踏み入れた途端、成羊肉《マトン》の脂が何度も何度も蒸発してはまた凝結し、じわじわ隠微に、長年料理されてゆく中、台所から一定距離内に在るあらゆる壁、家具、窓幕《カーテン》に入り込んで、――ゲゲゲ！　私としたことが何たる愚《ぐ》か、グロスター州の芳香を逃れ果《おお》せたなどと思ったとは、――とんでもない、――和蘭陀人の食卓に於て、まんまと連戻《つれもど》されたのです、さながら一種地獄に引っ張って来られたかのように。」

若き牧師は共感した風を見せて頷く。「ならば、馬来の食べ物を食すのは安上がりの救済と云うべきでしょうな、――但し忘れてはなりません、殺傷沙汰《さっしょう》に走ることを娯楽とする民族の料理とあれば、必然的にその目的も効用も呪術と無縁ではありませんし、罪に少しも染まっておらぬ者は一人として居りません。」その夜、日誌に牧師はこう付加える、――「神の仔羊、麵麭の聖体、――メイスン氏にとって耐難いのは、他でもない、血の生贄の匂い、麵麭と葡萄酒が基督《キリスト》の体と血に変る匂いそのものなのだ、――それら全てを貫く要素は窯《かま》、即ち、彼の父親が君臨していた祭壇であるからだ。」

日誌の数頁後で、牧師はこう譲歩する、「無論、私が口を出す事柄ではなかった、――だがあの頃、更に東へ連れて行ってくれる船を待つことの余りの不安さに、ついつい、他人の人生を吟味することに気晴しを求めてしまったのだ、――大抵の場合、本人は露《つゆ》知らぬまま。かくして我々は、当面彼《か》の地に在って、東印度諸島を目前にして待ち惚《ぼう》けを喰い、東方の地が、恐しい、尽きない姿を晒《さら》すのを待っていたのである。」

9

避けたい避けたいと両者願っているにも拘《かかわ》らず、二人は此処に居る、フローム夫人とメイスン、二階の寝室で、鎧戸も開けた午後の光が見る見る褪せてゆく中、屋敷内の物音一つ一つに耳を澄まし、「牛の眼」と呼ばれる、中心を備えた奇妙な黒雲が平卓《テーブル》山上空に現れてぐんぐん大きくなるのを待っている。一度《ひとたび》その雲が現れたら、何分も経たぬ内に北西の風が吹寄せて来る筈。「あたくしは其処ら辺の岬《ザ・ケープ》の女とは違います、」夫人は囁いている、「——尤《もっと》も、ああいう女達の風評を、常々羨ましく思ってはきましたけど。コルネリウスと較べれば、他所《よそ》の男はみんなアドニスみたいな美少年に見えるに違いない、かつてはそう夢見ていました。噫《ああ》。本気で浮ついた真似を企てる度に、選んだ男は結局、コルネリウスよりもっと悪いの。好《い》い加減諦めて、教会の鑑《かがみ》となるべきだったのよね。」

「ところがそうせずに?」自分でも驚いたことにメイスンはそう問わずにおれない。といっても彼を襲った嫉妬心は、本物というより駄々のようなもの。

その意を誤解して、夫人は淫らな無垢を見せて小首を傾げ、やや色気が過ぎるかという風情《ふぜい》で囁く、——「そうせずに、凄く悪い女になることにしたの。」

「つまりどんな罪でも、平気で犯す女になると。」

小娘のようにぎこちなくクスクス笑って、頬を赤らめる、——こんな夫人を見るのは初めてである。さっきから胴着《ボディス》の釦《ボタン》を外そうとしている……両手の震えと、暗くなってゆく光がそれを邪魔する……とうとう、小さな呻《うな》り声を上げて、彼女は胴着の両側をぐいと掴み、びりびり真っ二つに引裂く。室内は不自然な程に見る見る暗くなり、彼女の乳首と口を灰のように黒くし、金髪を殆ど不可視にする。突如扉をどんどん叩く音。メイスンは飛び上って、部屋の中をぐるぐる二度回った末にやっと窓に辿り着き、振返りもせず窓を開けて外に這い出て姿を消す。ぎゃぁぁと遠退《の》いてゆく声、そしてどさっと何処かに墜落した音。

イェットが駆込んで来る。「チャールズ、五分しかないのよ、——あら、お母様。」

「どうしてミスタ・メイスンが此処に居るって思ったの、あたしの小鬼ちゃん?」と陽気なヨハンナが問う。

「お母様、その胴着どうなさったの?」

何処かの片隅で、塵虫騙《ゴミムシダマシ》なる甲虫の一種が、檻の中でがさごそ音を立てる。鞘翅《さやばね》の容赦なき白は、此奴《こいつ》が捕えられた、この地の北に広がる大砂漠「カラハリ」と同じ色。仲間数百匹と共にカラハリから陸路何里《リーグ》も離れた岬に連れて来られて、腹も減り西も東も判らぬまま、何処か港近くの、水夫や他所者《よそもの》が彷徨《うろつ》く市場で、糖衣《アイシング》を塗《まぶ》した菓子のように売りに出される身。生れてこの方この虫、雨というものを見たことがないが、今まさに何かが否応なく迫り来るのを感じている。何か想像も付かぬものがやって来るのを、或いは人が神を感知するのと似て、——常にあと少しで知れそうで何故かどうしても知れぬ力として感じているのか……。

嵐はやって来て、その後三日間続く。奥地へ出掛けているコルネリウスは、洪水の所為《せい》で帰るに帰れない。作戦は単純かつ地獄のように困難である。ゼーマン家の客室は何処も空いているし、——ディクスンは町の向う側の馬来《マレー》人達の店で他の皆と同じく足止めを喰っているし、——メイスンは扉を叩く音に応えないことで通っているが、ヨハンナとしては、家の内外の数打《ダース》の目に一歩一歩を熟視されながら、日々の予定から逸脱する為の真《まこと》しやかな口実を捏造せねばならない。

例えば、母親が玄関を出た途端、びしょ濡れのエルスが弾むように入って来て、「凄いわねえ！」と叫ぶ。「この季節、だぁい好き！ さぁお出《い》でなさいなチャールズ。英国人って雨の中で接吻《キッス》するの？」

通りを先へ行った辺りで何処かの家の屋根が、ゴロゴロ水っぽい音を立てて崩壊する。この地にあって、建造物の表面は全て、直立した表面ですら雨に侵され、忽ち大きな硬い海綿の如くに水を吸い始め、たっぷり吸った末に溶けてぼろぼろ崩れ落ちる。何処かの屋根で鐘が鳴り出す。潰れてぬるぬる滑る果物の皮が横たわる排水溝が行着く先の運河では、奴隷どもが嵐の中に出て、主人達の服を洗濯しながら、血、精液、糞、唾液、小便、汗、泥、老廃した皮膚等々の伝記情報《データ》を一つ一つ吟味し、解読する。彼等自身は、そうした伝記の、云わばより純粋な形態を日々生きている訳だが、やがてそれも天の下、全て溶け出てゆく。拱廊《アーケード》の下、雨に染まる影の中で、彼方此方《あちこち》の煙管に詰められた煙草の葉が赤々と息衝《づ》き、眼前を見詰める顔達の前でひょこひょこ揺れている。何もかもに濡れた石灰と汚水の臭いが付着している。群れから逸《はぐ》れた羊が高過ぎる塀にくっついて背を丸め、メーメー辛そうに鳴いている。メイスンもちっとも楽しくない。何やかやあった挙句に、「此処まで御出《おい》で、」と小生意気な娘が悪戯っぽく云って、道をすうっと駆けて行って姿を消す。メイスンがどう帽子を回しても、滝のような水が漏斗《じょうご》みたいに体の何処かに落ちて来るのを防げはしない。泥濘《ぬかるみ》に足を取られつつメイスンはフローム家に帰る。鬘《かつら》の髪粉が白鉛の濁流となって肩や折襟《ラペル》を流れ落ちてゆく。と、玄関の扉は鍵が掛っている。家の中から、エルスとその姉達の笑い声が聞える。怒りを滾《たぎ》らせ、豪雨の中をメイスンはこそこそ裏手へ回り、梯子を探し出して、窓が開いていると思しき露台《バルコニー》に立掛けるがいざ昇ってみると開いていない。露台に危なっかしく掴《つか》まっているだけのメイスンは、今や足の裏で何かごそごそ動きが生じているのを感じ、見れば梯子は手際よく取り去られ角の向うへ持って行かれる最中、悪意の隠《こも》った悪戯っ気を発揮している犯人は、今日はどうも皆に愛されている気になれぬイェット。メイスンは露台から惨めにぶら下がり、風の中に含まれた潮を味わいながら、遠くから見ているような心持ちで「これがじき剥がれるのだろうなぁ」と呟きさえしながら、屋敷とバルコニーを繋いでいる、元々思春期の娘の足程度の重さにしか耐えるように出来ておらぬ螺旋釘《ボルト》がじわじわ横滑りしていくのを眺めている、――ズブズブブ、と悍《おぞ》ましい悲鳴を上げつつ螺旋釘が、今までそれを極めて装飾的な次元でのみ其処に留めてきた石灰と砂から離脱してゆく。「何と、又か?」と叫ぶメイスンの声が聞え、次の瞬間彼は、落下してゆく鉄製部分からぴょいと飛び離れ、幸い打撲と痛みを伴うのみの衝撃と共に濡れ切った地面に墜落する。今回は暫し横たわったままでいようと肚を括って、胸の裡《うち》で自然の諸力に降参を宣言し、天の雨が訪れるに任せている。少し経って、顔を打つ水滴に奇妙な重みが加わっているのを感じ、しかもそこには紛う方なく横方向の、何かがごそごそ這っているような動きがあるのを感じ――

「ゲゲゲ!」顔から捥《も》ぎ取った甲虫は長さ一糎《センチ》強、恰《あたか》も体内に蠟燭を携えているかのように緑の光を発している。メイスンは狂おしく視線を彼方此方に投げる、――周り中、岬町《ケープ・タウン》中でやがて判明する通り、山を越え砂漠を越えて運ばれて来た昆虫が空から次々落下しているのだ。メイスンが見る限り、それは彼方からの伝言《メッセージ》などではない。雨季が始まった徴《しるし》である。

「我々はどの地を慇懃に要請したか? スキャンダルーン、だったよな? それが、我らの臀部の中身を塗ったくられたかの如く、こんな、視界が悪いことは向うも承知の地へ送られた。一体どういう狂気の沙汰だ？　此処《ここ》じゃあ太陽が見られるだけでも目付《めっ》け物だぞ、——経度と緯度を定めるに十分なだけ晴れた晩を得るのに、一体何年かかる？」

「スキャンダルーンはこんなんじゃありませんよねぇ、」ディクスンも同意する。「彼所《あすこ》はもう殆ど欧羅巴《ヨーロッパ》だって云いますからねえ。」

「華麗なるスキャンダルーン、」メイスンが溜息を吐《つ》く。二人は間もなく、一種中間速度《ミディアム・テンポ》の玖馬風《キューバン・》律動《リズム》に乗せて半ば歌っている、

スキャンダールーン、
憧れの地、
早く行きたいスキャンダルーン、
この六月に、
スキャンー
ダルーン！
遠くはない筈、
小亜細亜に在ると人の云う、——
光塔《ミナレット》に椰子が戦《そよ》ぎ、
日がな一日のんびり過ごす、
口に一杯頬張るは、——
何より美味な土耳古《トルコ》菓子、——

観測所も確保して、
夜になったら始めよう……

三日月、
隊商《キャラヴァン》、礼拝時報係《ムアッジン》の調べ、
忘れちゃいないよ
スキャンダルーン土産！

何たる願望。今ここを支配しているのは雨、それが十月まで続く。或る日の午後、娘達はメイスンを観測所まで追って、絶対行ってはならぬと命じられている山の最初の昇り坂を上がってゆく、——「阿弗利加人の男の子が居るからってお父様は云うの、」と彼女等が厳《おごそ》かに云うと、アウストラは陽気に笑う。

「男の子！　赤ん坊ですよ、あんなの。私にくっついていて下さいね、——護って差上げますから。」本当はもう一言、「あんた達の借りは男相手に殖《ふ》えるんじゃないよ、阿弗利加の女達相手に殖えるんだよ、あんた達が絶間《たえま》なく、謝りもせず奪い続ける女達相手にだよ、」と云ってやりたいが、声に出して云うのは、「髪だけは覆って下さいね、——これから行くところじゃ金髪なんて百姓族《ボーア》の奇襲隊《コマンドー》が駆抜ける時くらいしか見掛けませんから、見ると早まった真似に走る人もいるんです。」

「あたし髪、風にばんばん靡《なび》かせる、」エルスが叫ぶ。

「髪を覆え？」イェットも仰天する。「あたしにはそれが精々だって？」

「風には吹かれないようにした方がいいと思うわよ、」フレートが云う。

「で、髪ぺっちゃんこにしちゃえって？　お断りよ、フレート。」とは云えもう随分上まで来てしまったから、一人だけお供もなしに帰る訳には行かぬ。今や彼女等は阿弗利加に昇り立ったのである。或る時点で、街の音が最早聞えなくなったことに彼女達は気付く。それが決め手である。街の音がなくなって、姉妹は阿弗利加へと送り届けられた。湾も見えるし、その向うの海も、船も小舟《ボート》も見えるけれど、街の声や反響や荒い息を彼女達は失った、——今や此処は大陸なのだ、街はもう驚異の博物館に収められた一つの見世物に過ぎず、雨甲虫《レイン＝ビートル》達は歌っている。余りに長く街を振返る者は、いや、余りに感傷的に振返る者すら、もう一度と街を見られないかも知れぬ。或いは、塩に変えられて、永遠に白い姿であり続けるかも知れぬ。

メイスンは遥か先を行き、とぼとぼ山道を歩いてゆく。行先は変梃《へんてこ》な、ずんぐりした円筒形の建物で、円錐形の屋根が付いている。これだけ高い所に建てれば朝の霧にも影響されぬ、——まあ少なくともそれが天文観測士二人の願望。

「地精《ノーム》のおうちよ！」エルスが囁く。

イエットは自分の髪を拳《こぶし》でたっぷり掴み、その端を見詰めている。「見てよこれ、——これ、三十分前に白身に浸さなきゃいけなかったのよ、——どうなるか知ってる、一日でも止《や》めたら？　もう嘘みたいに枝毛が増えちゃうのよ、——」

「ねえ、光が変ったこと気付いてる？」とフレートが問う。果せるかな、陽はどんどん暗くなってきており、ついさっきまでは素直に陽光を反射していた事物の表面を、一際《ひときわ》目を惹く地獄の赤に染めている。

「あら、『牛の眼』の此処《くに》まで近くにいらしたの、初めてですの？」アウストラが薄気味悪い笑みを見せる。「逃亡奴隷《ドロスター》の地へようこそ、お嬢様方。何でもこの辺りじゃ牛の眼が居て、辺りを彷徨《うろつ》いて……誰をさらうか選んでるんですって。」
「ミスタ・メイスンの所に入れて貰わなきゃ、」イェットが叫ぶ。ぶるぶる震えてきゃあきゃあ叫びながら駆出し、水を跳ね上げ丘を昇って観測所に辿り着いたと思った途端に嵐がやって来て、娘達はずぶ濡れの姿で入口に達する。怖気付いて縮こまっていたのではありません、とメイスンは後で釈明することになる、――そう見えたのは遺憾ですが、――あれは器具が濡れぬよう護っておったのです、――そしてディクスンが等しく用心深く扉を開けると、女達は騒々しく、びしょ濡れの身で転がり込む。

海馬号の大工が、弟子達も駆出して、戦艦並に頑丈な建物を造ってくれた。屋根は無論、継目にも瀝油《タール》を塗り、短材を一組、大砲を動かす仕掛《しかけ》と同じように装備して、紳士二人が内側から鎧戸を開け閉め出来るようにしてくれてある。「此奴《こいつ》を海へ持ってって帆柱立てて帆を張りゃ、立派にお国へ帰れますぜ、」と大工は請合った。六人が心地好く居られる広さ、――加えて、イェットとエルスがたった今発見した通り、二人で寝椅子《カウチ》に一緒に横たわればもっと快適、それを見て直《す》ぐアウストラとフレートもう一方の寝椅子に横たわる。

嵐は頭上の円錐を太鼓のように叩き、雨が激しく流れ落ちてゆく。此処にある飲物は岬《ケープ》マデイラのみ、そのどろんとした紫色の液体は、壜六本か七本飲干《のみほ》して漸《ようや》く寛《くつろ》いでくるという代物。仕事もこの天気では論外、まあ単純な対数計算は全て更新《アップデート》済み、時計も調整したし、鎧戸の索具もしっかり固定した。

「さてそれでは、」とメイスンが卓《テーブル》の端をこんこんと、禍々《まがまが》しい見掛けの黒檀の指示棒で叩く。この棒の用途、単に何かを指し示すだけと思ったら大間違い。娘等はもぞもぞ可憐に体を動かす。「若き御婦人方が学校の時間中に御訪問下すったからには、何らかの勉強はして戴きませんと、――という訳で今日の授業の題目は、近日中に生じる金星の日面通過です。」

「せんせぇ、お願い！」「金星だけは堪忍して！」等々の叫び声。

「じゃあんた等一体何で此処に来てるのかね、」とディクスンの目玉が素直に飛出す、「わし等が何やってるか、興味あったんじゃないのかね？」

娘達は互いに視線を交わす。やがてアウストラが目を逸らし、メイスンに薄ら笑いを投げてから嵐の轟きが一向に収まらぬ天を仰ぎ見る。金髪のポン引き女達が一斉にぎゃあぎゃあ喚《わめ》き出し、それを聞いてメイスンは、フローム家の家禽類《かきんるい》が繰出す声の攻撃は生れ付いたものではなく、後天的に飼主達から学習したものであることを悟る。

「お嬢さん方、お嬢さん方！」とメイスンが呼掛ける。「――皆さんは金星を夕空に見たことがおありでしょうし、願《がん》を掛けたこともおありでしょう。そしてもうじき、束の間、その金星が、昼日中《ひなか》に、太陽面を過《よぎ》るところが見られるのです、――何ならその時にまた願を掛けるといい。――普段は夜仕事する天文観測士にとっては、昼間起きている好機《チャンス》です。空を見詰めて過ごしてきた我等の人生にあって、金星はずっと小さな点として、永遠の黒い面を背にして月同様に幾つかの相《そう》を経てきました。ですがこの日面通過の日にあっては、全てが一挙に逆転するのです、――他ならぬ太陽の面を背に、その暗い、形ある、実体ある姿を捕えられるのです、――左様、女神が光から物質世界へ降立つのです。」

「で、わし等の仕事は、」ディクスンが云添える、「金星が太陽の面を過るのを観察して、来た時間、去った時間を書留めることでして……？」

「それだけ？　そんなの英国《イングランド》に居たって出来るじゃない、」小粋な顎やほっそりした首の、姿勢《ポーズ》を採ってはまた採り直す金髪娘達は声を揃えて笑い、益々ねちっこく小生意気になってゆく。

娘達は短いながらも目眩《めくるめ》く旅へと誘《いざな》われ、真っ直ぐ天空界《エーテル》へと昇ってゆき、やがて直《す》ぐ傍《かたわ》ら、灰色掛った星明りの中、太古から変らぬ姿の、様々な生命を孕《はら》んだ地球を目にする。指示棒は幅を持たぬ光の杖と化し、眩《まばゆ》く白熱する弧を描いてゆく。

「視差《パララックス》。北岬《ノース・ケープ》に居る観測者には、金星が太陽を過る軌跡は、ここ喜望岬《ケープ・オブ・グッド・ホープ》で観測した軌跡のずっと南に見える筈。従って、北と南、観測位置は離れておればおるほど望ましい。我々が知りたいのは、両者の間の角距離ですから。いつの日か、誰かが何処かの部屋で、世界中から集まった観測値を、角度にして何秒、何分の一秒、といった単純な数字に還元することでしょう、――それが視差に他なりません。」

「皆さんのうち何人かが、日面通過を見られる位早起きなさることを期待しましょう。確《しか》と目を開けておくのですよ。三つの天体が、完璧に一直線に並んでいるのが見えますからね、――太陽系の真の機構《メカニズム》が、神の御業《みわざ》が、如何に完璧かが見られるのです。」娘達は互いに視線を絡ませ、凝った巻毛《カール》の房の如くに繋いで環《わ》を作りながら、こんな話を理解出来るべきか、――或いは、三人揃ってつれない若き美女であるからして、――どうでもいいと思うべきか思案している。

10

惑星が太陽の周りを旋回する如く、我等人間も、ケプラーの法則に負けず美しい法則に則《のっと》って神の周りを旋回する。惑星が太陽を感知するように、人間も神を感知する。仮令《たとい》目には見えずとも、神の軌道のどの辺りを己が走っているかが我々には判る、――今は神の近くに居るか、離れているか、――神の光の中に在るか、それとも、人間自らが作る影の中に在るか……。神の愛、神の望み、何と呼ぶにせよそれを我々は重力の要素として感じ、それが我々を旋回させ続けるのを感じる。仮に惑星が生き物であるなら、必ずやそれは知っている筈である、人間の視覚よりももっと驚くべき何かによって、どれだけ離れていようとも、己の太陽が何処で輝いているかを。

――ウイックス・チェリコーク牧師『未刊説教集』

「太陽系儀で見せてよ、」プリニーが強請《ねだ》る。

「太陽に火を点ける役は僕だよ、」ピットが蠟燭を仕舞った引出しのある遊戯札卓《カード＝テーブル》に突進する。

部屋の隅に置かれた太陽系儀の周りに皆が集う中、いつしかテネブレーの直ぐ隣にいとこのエセルマーが立ち、テネブレーが何歳《いくつ》だったか思い出そうとしている。彼女がこんなに、何と云うか、——としごろに見えたのは初めてではあるまいか。ということは、自分は何歳になるのか？　束の間、絶望の雲の灰色の縁が目に浮んで、この件はまた後で考えようとエセルマーは決め、にっこり笑って歩み出る、「覚えてるかい、君が鋏《はさみ》で髪を切って、二人で流れ星に仕立て上げて、太陽系儀に付加えた時のこと？」

「もうその髪も疾《と》っくの昔に元に戻ったわよ。」

「それにあの頃は、君の背だって随分低かった。僕が挨拶の接吻《キッス》をするにも、殆ど座らなきゃいけない位だった。それが今は、——その、つまりだ、——」

「そこ危険地帯よ、エセルマー。」

「どうして？　子供が頰っぺたにチュッ、罪のない話じゃないか？」

「あんたがその子の気持ちを訊ねていたら、」テネブレーの顎がゆっくり持ち上る、「一味違った教養が身に付いてたのにね。」エセルマーはほんの一瞬、彼女の鼻孔の中を真っ直ぐ見上げ、その一方が、太陽系儀中央に据えられた太陽を表す角燈《ランタン》にピットの蠟燭が灯ると共に、すうっと桃色に萌《も》え上るのを目にする。他の惑星はどれも、蜘蛛の巣の如き連鎖で以て曲柄《クランク》と曲柄軸に繋がれた身をチェリコーク牧師の説教臭い手に押えられ、ぶーんと唸りを上げかねぬ勢いで待っている。奥に追い遣られた双子は、土星、そしてまだ加わって三年の新しい「ジョージア星」*等、一番外側の惑星を動かすに甘んじている。昨春、著名な独逸人技師ネッセル博士が、戦時中の海を渡って亜米利加を訪れ、これまで各地で組立ててきた太陽系儀に無料で新しい惑星を加えてゆく道中、費府《フィラデルフィア》にもひょっこり現れたのだった。それぞれの儀に、博士は少しずつ違うやり方で惑星を付加していき、費府に着いた頃には、その縮小模型《ミニチュア》の緑掛《がか》った青の球体に、相当凝った世界地図を施すようになっていた。それは恰も、博士が太陽系儀一つ一つに向き合う度、それ独自の、我々の歴史よりも長い歴史を持った世界が啓示され、其処には認知可能な創造者も居れば、渡るべき海も奪い合うべき陸地も在り、征服すべき生物も存するかのような趣であった。以来、子供達は多くの時間、透鏡《レンズ》を手にこの新世界を見詰めて過ごし、隅々にまで親しんできた。何しろ、『新惑星の歴史』という書物まで構想して、一部は実際に、双子が様々な戦争を提供し、ブレーは科学的発明や有用な技芸を考案して、本に仕立てた程であった。

「という訳で、此処、」曲柄を滑らかに回して金星、地球、太陽を然《しか》るべく一直線に並べた牧師が云う、「――地球から見た金星が、――此処で、――太陽面を横切ることになっておったのである。岬町《ケープ・タウン》から見れば、端から端まで凡《およ》そ五時間半。観測者が確定すべきは、この通過が正確にいつ始まり、いつ終るかである。世界中から、特に大きく離れた北と南から、そのような観測値を数多く集めれば、太陽視差の値《あたい》が決められるという訳だ。」

「なあに、太陽視差って？」ピットとプリニーが問う。

「太陽の表面に立つ観察者から見た地球の大きさを、視角の秒数で表した数字である。」

「その人、足が火膨《ひぶく》れになったりしないの？」ピットが相棒に唆《そそのか》されて叫ぶ、「――ぴょんぴょん跳ねて、仕事になんかならないんじゃない？　望遠鏡だって、溶けちゃうんじゃないの？」

「いやいや、それが、」牧師は答える、「実に素晴らしいことに、天体三角法の魔法の御陰で、――お前達も三角法は身を入れて勉強せんといかんぞ、――恰も望遠鏡が神秘の力を発揮し、恐しい天空の深淵に潜む様々な危険から我々を護ってくれて、調べたいと思う対象まで連れて行ってくれて、我々は無事測定を実行出来る、そんな按配なのだ。」

＊　新しい「ジョージア星」：天王星の旧称。天王星発見は一七八一年。

「欲望の動径《ベクトル》ですね。」

「忝《かたじけ》ない、ドピュー、ぴったりの形容だ。」ドピューはアイヴズ・ルスパークの息子で、エセルマー同様冬休みでケンブリッジから帰省中、――ファルマス定期船で大西洋を往き来するのは太陽系儀を新城《ニュー・キャッスル》まで運んでゆくのと同じくらい訳はない。幼い頃から数字に強さを発揮している若者である。神よこの若者にお恵みを、と牧師は心の裡《うち》で乞う。


世界の何処かで誰かが、太陽を背に金星が暗くなってゆくのを見守りながら、――暗く、狂おしく、死の影を湛え、女神はいつもとまるで違う相を呈している、――正にその瞬間、その誰かは思わずサッフォーの断片九五を口走り、危うく観測を台なしにしてしまいかける、――

「おお宵の明星よ、――貴女は明るい日が撒《ま》き散らしたものを全てもう一度元に戻して下さる、――羊を呼戻し、山羊を呼戻し、――子を母親の許に戻して下さる。」

「暗唱してくれて有難う……ただその、君、これは日の出なんでね、――出であって入りじゃないんだ。」

「ねえ！　まだ離れてないわよ！」

「どれどれ。何と、あれは。」見れば金星は既にすっかり太陽の表面まで移動したにも拘らず、一種細長い黒い糸がいまだ金星を太陽の周縁部に繋いでいて、さながら、忘れっぽい文士の鵞《が》尖筆《ペン》から今にも墨水《インキ》が垂れんとしているような有様で、――勿論横向きに垂れる訳であるが、――「早く！　誰か、時間を確認しろ、――」

このような、又これに似た奇態な遣り取りが、その年六月の五日と六日、世界各地で一日中、羅甸《ラテン》語、中国語、波蘭語《ポーランド》で、そして沈黙の中で繰広げられ、——屋上や山頂で、寝室の窓辺で、剥き出しの陽光を浴びながら夫と寄添いつつ女房は時計の拍に気を配り、——グレゴリーやニュートンの考案になる、色消し透鏡《レンズ》で虹色に染まった透鏡を備えた、この日の為に作られた最新式反射望遠鏡、途方もない仏蘭西流焦点距離を備えた年代物の屈折望遠鏡を通して、——観測者達は横たわり、座り、跪《ひざまず》き、——空に何物かを目撃する。地球一帯、望遠鏡達に目をくっつけた連中の間に、最初の接触の瞬間、集合的な脳の痛みが生じる、既に失われて最早取戻しようもない何物かに焦がれるように、——何年も準備を重ねて、長い、控え目に云ってもむかつく船旅の末に観測地に着き、緯度と経度も確定し、——通過の週が迫り、——口が、——時が、——分が、——そしてとうとう、「あれ？　何処だ？」

金星面と太陽面が完璧に接する四つの瞬間を、天文観測士二人は記録せんとしている。うち二つの瞬間は進入時に生じる、——先ず、外側から太陽の外縁に触れた際に起きる外接触、そして次に、小さな黒い面が大きな黄色い面の内縁から遂に離れ、金星が太陽の面を背景に独り立ちする際に生じる内接触。残り二つの瞬間は退出時に訪れる、——今度は先ず内接触、次に外接触。そして次の、この世代にとっては最後の機会まではあと八年、——恰も創造の暗き技術者が、かような間隔を意図的に設定し、人の壮大さなぞ死すべき運命によってかくも限定されているのだぞと諭《さと》さんとしたかのように。

日面通過の六月五日金曜日まで、空はずっと曇っている。ゼーマン家の人びともフローム家の人びともいつになく慌ただしく駆回るのを外《よそ》に、天文観測士二人はひどく落着いて見える。「空騒ぎ、和蘭陀版、」*メイスンが評する。

＊ Dutch Ado about nothing：シェークスピアの『空騒ぎ』*Much Ado about Nothing* のもじり。

ディクスンも同意する。「いつもはみんな、あんなにぼんやりしてるのにねえ……？」

エルスが靴も履かず、前掛《エプロン》に馬鈴薯《ジャガイモ》をどっさり載せて、滑るように台所へ向う。「心配ないわ！」彼女は叫ぶ、「じき晴れるわよ、まだ時間はたっぷりあるし！」コルネリウスまで屋根に上がり、航海用の小型望遠鏡で靄を吟味して、有望な風や明るい切れ間を報告する。「雲のない日の前はいつもこうなんですよ、」と彼は天文観測士達に請合う。奴隷達は聞えぬ声で言葉を交わし、山の方を見遣っている。主人達がこんな風に振舞うのを見るのは彼等も初めてなのである。彼等は躊躇《ためら》いがちに、だが真っ直ぐ、メイスンとディクスンに笑顔を向け始める。


二人のうち一方は不眠症で、一方はそうではない。後になって、どっちがどっちだったのか、家族内で意見は凡そ一致しない。食糧貯蔵室の床に垂れていたのが野菜煮醤《ケチャップ》であったことからしてディクスンの方かと思えるが、鶏の檻の上に置き捨てられた葡萄酒杯《ワイン゠グラス》からするとメイスンか。見回りの役人も一時間毎にやって来て、ゼーマン家の前で夜の時刻を歌うように告げた後「空はまだ曇り！」と付加えてゆく。


夜が明ける時、何故か誰もが目覚めている。「太陽は濃い靄に包まれて昇り、直ちに黒雲の中に入って行った、」とメイスンとディクスンは後に『王立協会会報』で報告することになる。時計が指す時刻は零時十二分零秒。二十三分後、金星が姿を現す。銘々横たわって片目を、全く同一の、ショート氏製作、暗色化嘴口《ノズル》はバード氏作、二呎《フィート》半グレゴリー望遠鏡の筒先に貼付けている。

「随分震えるなあ、」メイスンが愚痴る。「もう少し上空に上がってくれんかな。それに、糞、また靄だ。」

金星が見えた瞬間、ディクスンは改心した罪人のような様子を示す。「うぅ！　栄光なる神よ！」

「動くな、」メイスンが苛付いた口調で諭す。

エマスンが好んで語った話をディクスンは思い起す。枢機卿《すうききょう》達を前にしたガリレオが、自説撤回を強いられた後、骨を軋ませ立ち上りながら呟く、「それでも地球は動いている。」尚も見詰めよ時計の分針を、じっとしていろ、じきに全てが動き出す筈……正《まさ》しくこれの為に、とディクスンは悟る、ガリレオはあれ程大きな危険を冒したのだ、――この荘厳なる暁の異端の為に。「創造主の御手《みて》を目の当りにした、というだけじゃありません、」ディクスンは後日メイスンに語る、「ニュートンとケプラーの仕事の正しさも証《あか》されたんです。ぴったり計算通りに、三つの天体が一列に並ぶ……うぅ、ほんと、呆然としちまいましたよ。」原因は何であれ、ディクスンの記録した時間は、メイスンのそれより二秒から四秒早い。

「只でさえ為すべき修正はどっさりあるのに、更にもう一つ、観察に逸《はや》る思いの分も直さねばならんのか、」メイスンは云う、「差詰《さしず》め『獅子化』とでも呼んでおくか。」

「だったら『牛性』も直すべきじゃないですかね、」ディクスンが応じる、「融通の利かぬ用心深さによる遅れ。」

娘達も知合いの水夫を云い包《くる》めて航海用の小型望遠鏡を借り、羊脂の蠟燭で透鏡を曇らせて日面通過を観察する、――順番に透鏡を覗いて、折々両親にも覗かせてやり、――イェットが「ほんとに彼所《あすこ》に居る、」と囁き、フレートが「然《しか》も時間通り！」と付足し、エルスは、――ふぅむ、――エルスが何をしているかは想像にお任せしよう、そして、金星を太陽の内縁に繋いでいた黒い糸の端が遂に切れ、金星があの斑《まだら》の明るい面に、肉眼に耐えられるよう透鏡によって燃える月に変えられた姿でぽとんと落ちる、その様も想像して戴こう。

日面通過前、五月は恐しくのろのろ過ぎていったが、その後の六月、七月、八月、九月はその分奇跡の如くに忽《たちま》ち過ぎ去り、――十月初旬に入って漸《ようや》く、水星丸《ザ・マーキュリー》のハロルド船長が天文観測士二人に、気候が束の間安定している今が好機、聖《セント》ヘレナまで連れて行ってやろうと誘ってくれる。もうこの頃には、誰もが好い加減毎日同じ顔を見ることに飽き飽きしている。北西から来る雨は町にすっかり取憑き、——恰も恋の女神が、彼女に加護を求める者達に、己の心をとっくり吟味せよ、我を裏切るのも大概にせよと警告したかのように、諸々の陰謀は一時休止状態に在る。

日面通過の後、天文観測士二人も家々の主人《あるじ》達も、何か大いなる情熱が崩壊した放蕩者や阿婆擦《あばず》れ女のように、深い茫然自失状態で日々を送っている。ゼーマン家の召使問題も解決し、観測士二人は食卓に復帰して、以後四か月、良くも悪くもなっておらぬ食事を摂りつつ、風を待ちながら生気なき廉直《れんちょく》の生活を送る。山では「牛の眼」が君臨している。町じゅう衝動は抑えられ、代りに無感動が全てを覆ってゆく。訪ねて来た印度の神秘家の一団が没我《トランス》状態に入り、かつては凡そ意識なき有様と見えたその姿も、和蘭陀人達が進んで選んだ〈雨天無気力〉に較べれば〈過剰仮装舞踏会《リドット》〉とも云うべき活発さと映る。一方奴隷達は、その分の均衡を秘かに取らんとするかの如く、徐々に可視の、明確な姿を帯びてきて、声もより力強くなり、彼等の音楽も、町の遠くから雨に運ばれて来るかのように益々遍在する。ヨハンナと娘達は、束の間何週間か、尼僧の如く浮ついた事どもから離れ、——イェットなどは窓幕《カーテン》生地で作った透けた被《かぶ》り物で髪を覆いさえしたが、——やがて又いつもの芝居染みた真似に戻ってゆき、フォールス湾に着いたばかりの若き会社書記三人組を喜ばせる。デルヴァー・ウォープ氏とヴァウテー兄弟、三人ともベンガルから故国に帰る途上であり、その割には旅立った当初以上に御大尽《おだいじん》にもなっておらず、懐具合はと云えば、フローム家の娘達ほど五月蠅《うるさ》いことを云わぬ、さっさとその中身をせしめないと玄人《プロ》の賭博師に巻上げられてしまうと気を揉む岬の美女連の興味をどうにか惹くに足る程度。印度によって堕落させられ、とは云え貧しい、——抑えようもなく淫らで、とは云えまだ草臥《くたび》れ皺だらけになってはおらぬ、——まあとにかくこの若者達、有難い白人の血の源！　競売台に載せられた赤ん坊達の姿がヨハンナの目に在り在りと浮ぶ。如何にも売れそうに可愛らしい、足をばたばた跳ね上げ金切り声を上げている姿が、――かくして彼女は一心不乱に三人を追回し、アウストラもアウストラで、我知らず、どの青二才が一番落し易く、誰は少しでも難関かを計算している……。

間もなく、肉食性の鶏どもが目を光らせて巡回する裏庭の向うから、又あの華やいだ愉し気な女達の声が聞えてくるようになる。メイスンがディクスンの方を見る。「少くとも彼方《あっち》は平常に戻ったようだな。」メイスンは云う。「少しの間、ひょっとして、町じゅうが一遍に改心したのか？と思ったよ。私も知らぬ間《ま》に変ったのか？とね。」

ウェズリーがニューカースルに説教に訪れた時のことをディクスンは思い起す。「北東部じゃ初めての説教でしてね、――聞きに来た人の数たるや、そりゃもう凄かったですよ、――丘の斜面全体、そのまた向うまで、まるっきりいつもと変っちまいました、――残らず聖霊に憑かれて。その後《あと》何週間も続きましたね、――ひょっとしたら何か月だったかも、時間の感覚なんか当時のわしには疎になかったですからね、――まだ小僧でしたけど、話はちゃんと判りました。もうその頃には何を聞いたって驚きゃしません、ところがこの説教は特別でした、あんな凄いのが石炭だらけのタイン川沿岸に来たのは、ハリー・クラスパーがヘットン＝ル＝ホールから来た奴を競艇《ボート》で負かした時以来ですよ*……？　あの後だって、あんなの二度と見ませんでしたよ……？　この金星の日面通過まではね……この魂の宙返りというか、ねえ汝、気付いてますか、――みんな奴隷と口を利くようになってきたでしょ？　折檻も殆ど見掛けないし、――まあこういうことって口に出すとアレだから、囁く程度にしといた方がいいでしょうけど……？

＊　現実のハリー・クラスパーがボートの名手として活躍したのは一八四〇年代以降。

「和蘭陀人達は怯えてるんだ、」メイスンも意見を口にする、「死ぬほど怯えてる。」

「あ、うん、そうですよね。わしも思い出しますよ、初めてわしの身に起きた時のことをね……？」

狂信の臭いを嗅ぎ取って、メイスンは疑わし気にディクスンを見る、――「君の身に？　そういうこと、他人に話してよいのかね？」

「レイビー集会から締出し喰ったわしですぜ、忘れちゃ困ります……？　密儀の秘密なんざ、いくらでもバラしちまいます……？」

「先ず帽子は常時被っておらんといかん、そうだろう？」

「はい、聖霊はいい帽子がお好きなんですな、――だけどまあ一番大事なのは、静かに座ってることですね……？　こいつを身に付けるのに、わしなんか青春の大半使っちまいましたね、――いまだ覚えてるかどうか怪しいもんですけどね……？」

「それだけか？　静かに座ってる？　そうすると基督《キリスト》が……来る訳か？」

「霊の内なる働き、ってわし等は云ってましたね。普段とはがらり変るんです……絶対判りますよ、もし起きたらね……？」

「だがその内、霊も去ってゆくと云うんだな……。」

「霊は残ります、――呼戻されるのはわし等の方です、死すべき身としての色んな務めを果す為にね……？　ですから又じきに、そういう訪れが必要になる訳ですよ、――それで又宙返りが起きて、それで又……？　とは云えですね、全ては欲望なのです、――但し欲望と云っても、教友会が神の恩寵と考えるものの、この世に於ける具現なんですがね……？」

この頃から、雨で外に出られぬ所為《せい》もあって、メイスンは事ある毎に、何処か錯戸を閉めた部屋に籠って、精一杯静かに座り、基督を直《じか》に体験しようと待つ。それでいて、何かにつけて直ぐ飛び上っては、矢張り同じことを遂げんとしているディクスンを邪魔しに行き、自分の進展を知らせる、——「ジア！　今、あと一歩だったと思うんだ！　この辺に何《なん》か、変な感じがするのかい、」——額の中央に触れる、——「これなのかい？」

「メイスン、先ずは座らなくちゃ、——そんな風にぴょんぴょん跳ねてちゃいけません……？　そう、静かに座るんです。静かに……。」かくして二人は再開するが、やがてメイスンがうとうと寝入って椅子から転げ落ちる。或いはディクスンが今日はもうこれで店仕舞いと決め、岬の食《は》み出し者連中は何をやっているかと世界最果亭《ワールズ・エンド》に繰出す。

　何週間かが過ぎてゆくと共に、少しずつ、メイスンとディクスンが目撃したと思った魂の宙返りは、じわじわ植民者達によって、そして植民者達に取憑いているものが何であれそれによって、回収されてゆく。物事が変るかも知れないという懸念もいつしか解消される。主人もその妻も奴隷虐待を再開し、奴隷の方も、じき絶望に声を嗄《か》らして、理解されることも望まずに、幼年期の家に戻ってゆくかのように叢林《ブッシュ》の言葉に回帰し、主人にも叢林語で応えるようになる……。町に出入《でいり》する姿が目立ち始めたのは、馬に乗った白人の、「ステルロープ」と呼ばれる、銃身の長い、頰当てに銀の星が逆さに付いた施条銃《ライフル》を持つ男達。

　メイスンとディクスンが道でフローム家の人びとに出会っても、互いに頭を下げて擦れ違うだけで、交わす言葉も段々と沈黙に近付いてゆく。南西風が一日の果てまで進んで来た頃には、もう彼等に対して、或いは二人を持て成してくれた誰に対しても、云うことは何も残っていない。「わたくし、皆さんに警告したでしょう、」とド・ボス夫人が鼻高々、歌うように云う、「そうでしょう、皆さん。それにね、わたくし驚きませんよ、あの連中が持って来たあの忌わしい道具が、実は全然違う目的に使われていたとしてもね。」

二人が岬を去るに当り、波止場に見送りに来るのは、かつて彼等に声を掛けてきたあの警吏ボンクのみ。「お元気で、お二人とも。幹部机《デスク》の方々に伝えて下さいよ、私、そんなに悪くなかったって、ね？」

「どの机かね、」メイスンとディクスンが問う。

「どの机か？　倫敦の、何処か目立たない通りの、小綺麗な建物の中で、誰かが机に向って座っていて、あんた達その人に、一部始終を報告なさるんでしょ。」

「英国じゃありませんよ、」メイスンが逆らう。

その時ボンクが最初にして最後の笑い声を上げ、城での暮しとは全く別個の、さぞや陽気な飲み仲間として名を馳せているに違いない人生があることを二人は垣間見る。「今に判りますって！」とボンクは、湾で待つ船に向う二人の背中に呼掛ける。「お元気で！　お元気で！　ハ！　ハ！　ハ！」その声が、彼らを隔てる、ぐんぐん広がってゆく水の上に響き渡る。

「彼等をして、故国を離れ、荒海に乗出し、この世の果てまでも行くぞと決意せしめたものは、——此処にいらっしゃる天文関係者の方々には失礼ながら、——天の出来事それ自体ではなく、寧ろ、もっとずっと卑小な、人間の様々な欲求の集まりだったのであり、金星が暗くなるという現象は飽く迄その主たる対象でしかなく、——太陽視差を定めたいという王立協会の意向にしてもそうした欲求の一つだった訳であるが、——ならば観測士本人達の欲望はどうであったか、若しかすると実はそれほど学問的ではなかったかも知れぬ欲望は？」

「愛ね、――やっぱりそうよ、」テネブレーが殆ど溜息を吐《つ》く。「あの惑星への、女神《ヴィーナス》の星への愛だったのよ。」

「まあ勿論、お前の愛とは違うがな、」彼女の伯父がにっこり笑う。「覚えておるぞ、お前がまだ三つにもならぬ頃、父様《パパ》のニュートン望遠鏡で初めて金星を見た時のことを。折しも金星は三日月形の相、『わあ！　小さなお月様！』とお前は云ったのだ。あたし知ってるもん、月には小さな月が居て一緒に遊ぶのよ、そうわし等に云ったのだ。」

「寝る時間も疾《と》っくに過ぎた後に外へ出て、牧場《まきば》まで行ったわ、」テネブレーも愉し気に思い起す、「――観測所はまだ出来てなかったのよね。仔馬達はみんな一緒に、凄く不機嫌そうに立っていて、昇って来るあたし達を見ているの、あたし達の持ってる角燈《カンテラ》の光に目を光らせて。あたしいつも思ったわ、馬達がぶつぶつ文句を云ってるのが聞えるって、だってどう見たってあたし達は邪魔者だったんですもの。」

「馬にさ、咬まれた？」ピットが問う。

「強く？」プリニーが云足す。

「ブルル！」とテネブレーは刺繍の張輪《フープ》を双子に投付けようとするみたいに持上げる。

「あんた達、も少し静かに喧嘩するやり方を覚えなさい、」と、双簧木管《オーボエ》と楽譜の山を抱えて部屋に飛込んで来たユーフリーニア叔母さんが勧告する、「さもないと二人一組で伯父さんに、この街の南に住んでるって噂の伊太利人《イタリー》に売飛ばされちゃうわよ、そしたら伊太利人の下卑た唄歌わされて、みんなと一緒に毎日大蒜《ニンニク》食べさせられるのよ、――」

「わーい！」ピットとプリニーは叫ぶ、「朝御飯にも大蒜！」

「あらまぁ、下手物食通《げてものグルメ》？ チェリコーク側の血筋とは関係ありませんよそんなの、」とユーフリーニア叔母さんは鼻を鳴らしながら、飛切り邪悪に見える小刀《ナイフ》を取出し、スクールキル川沿岸で採れた砂糖黍《サトウキビ》の茎を丹念に削って、双簧木管の簧《リード》を作りに掛る。「ええ、綺麗でしょ？」と叔母さんは少し経ってから、誰かのお愛想《あいそ》に応えるかのように頷く。「史丹《サルタン》に頂いたのよ、愛しいムスターファに、――あたし達後宮《ハレム》ではこっそり『堅物《スタッフィ》』って呼んでましたけどね……」

ブレーがうっかり一度、一度だけ、思わず息を呑んで「まあ叔母様、叔母様ほんとに土耳古《トルコ》の後宮に居らしたの？」と口走る過ちを犯した時、それは何とも巨大な栓を開くこととなった。「バルバリーの海賊にあたし達アレッポまで連れて行かれてねえ、八〇年、八一年の辛い時代は覚えてるでしょ、――いえ、勿論覚えてないわよね、――レバント会社は大揉《おおも》めだし、お酒を飲めるところもありゃしなくて、一年中断食《ラマダーン》みたいなのよね、――まあともかくそんな荒れすさんだ時期のその又どん底って時に、あの恐しい波に乗って費府《フィラデルフィア》を発った訳よ……月がドック川の水面《みなも》に映って、黒人《ニグロ》達の暗い歌が川辺から聞えて、――」巧みに旅人の物語に偽装された彼女の語りは、その内容の大半が、テネブレーのような無垢な娘の聞くべき話では凡そなく、双子の関心を保持出来る話でも矢張りない。丸天井の伽藍や光塔《ミナレット》、海から聳《そび》え立つ山頂、毒蛇、奇蹟を売って歩く行者達、寵愛を争う後宮での陰謀、娘が戯れに握る拳《こぶし》程もある金剛石《ダイヤモンド》等々から成るユーフリーニアの土耳古冒険譚にあって、他ならぬ〈窮地〉という主題《モチーフ》が再三物語の核となっており、その主題は多くの場合、彼女が双簧木管で然るべき音色の二つや三つを奏でて傍観者達を魅了することで解決を見るのだった、――そして今また叔母さんは、削り上がった簧《リード》を楽器に嵌《は》めて、兄ウイックスの物語に合いの手を入れ、ディッタース・フォン・ディッタースドルフの断片や、クヴァンツの双簧木管用編曲[*1]、『大喰《ぐら》い』のスカモツェッタ[*2]などを吹奏しているのである。

＊1　ディッタースドルフとクヴァンツはどちらも実在の作曲家。前者は一七三九―九九、後者は一六九七―一七七三。

＊2　the *Scamozzetta* from *I Gluttoni*：「スカモッツェッタ」はチーズの一種「スカモルツァ」に引っかけた偽音楽用語。「イ・グルットーニ」もいかにも「大喰い」を意味しそうだが（英語で glutton はその意）、これも偽イタリア語。

「昔の聖《セント》ヘレナは楽園のようだったわ、」ユーフリーニアが断じる。「香橙《オレンジ》や檸檬《レモン》の木立、珈琲園、——」

「おいおいユーフィー、そんなのお前が生れる前にもうなくなっただろうに。」

「だとしたら私は悼《いた》むことを禁じられてるって仰有《おっしゃ》るの？　私にだって悼む権利はありますわよ。」

「まぁ儂《わし》には偉そうなことは何も云えんがね、」牧師が応じる、「——天文観測士二人が岬《ザ・ケープ》から聖ヘレナへ向っておる最中、儂はと云えば、反対の方角へ、印度へ、更には印度より先へ進んでいたのであった……。従って、聖ヘレナの顚末《てんまつ》には居合せなかった訳で、故にマスクライン牧師にも出会わずに終った、——今日なお、王立天文台長として暦《こよみ》を刊行し、世界貿易にも手を出しておられるあの方に。」

「手を出して悪いとでも云うのかね、ウイックス？」ルスパーク氏が問う。

「いやいや別に、ただ単に、天に仕えず現世に仕えてらっしゃるというだけのこと、」と牧師は、副牧師になって一週間で身に付けた聖職者の薄笑いを浮べる。

意図的爆発を事とする品を商うルスパーク氏は、片腕でさっと額を覆う。「あんたの後光には目が潰れますぞ。いや、実に伊太利絵画ふうの光、――悦ばしいことこの上ない。」

「この焼酒《ブランデー》もう少し飲めば、いくらか眩しさも減るのでは。」如才ないローマックス叔父が、兄たる牧師に向って悪戯っぽくニタニタ笑いながら、広口杯《カップ》にもう一杯なみなみと注ぐ。外では凍った雨が束の間、だが強く、黒光りしている窓硝子《ガラス》に叩き付ける。

「じゃあ、あんな誰も知らん島で三人の身に何があったか、どうやって判るというのかね？」とアイヴズ叔父。何だか偉そうな物云い、と誰もが思う。

「それはですな。先ずマスクラインは一年近く彼処《あそこ》に居った、――当初から、天頂儀の下げ振りの吊下げ部分に欠陥があって、望む観測結果が得られぬことは承知の上でずっと島に籠ったのだ、――二十九歳、故郷《くに》を離れたのも初めてだというのに、何か月にも亘る滞在先は、――寝る時間の迫った子供等よ、耳を塞ぐがよい、――大西洋の只中の悪名高き寄港地、万人に見放された、ひたすら水夫の快楽《けらく》に媚びるのみの地、――口にし得る不品行、し得ぬ淫行、何から何まで揃っておる地であったのだ。」

「潮の満干《みちひ》や月観測だけで一日が終った筈はあるまい、――他に何があったかも知りたいと思うのが人情。」

「確かに何かやっていたのだろうて、」チェリコーク牧師も同意する、「――でなければ、あの島に居《お》れば誰もが早晩そうなるように、いずれ狂ってしまった筈。」

「理性の発作に襲われたとか、」ルスパーク氏が云ってみる。

「何がそんなに不思議なんです？」エセルマーが肩を竦める。「一日ってその頃も、今と同じに二十四時間じゃなかったんですか？」

ブレーが蠟燭の光の向うからじっと見る。「まあエセルマー、面白いこと云うのね。」

聖ヘレナに入港するに当って留意すべきは、風上の位置を保ち、島の南東へ回って、貿易風に沿岸まで運んで貰い、――そのまま貿易風の後について行って、概ね真北へ進み、やがて風下の側に辿り着いたらジェームズ町《タウン》の港へ入ってゆく、――其処は一見囲い込まれた場所に思えるが大洋の荒波は依然として熄《や》むことなく叩き付け、怒濤の轟きが風に運ばれ大砲の列の前を抜け広場の前を過ぎてゆく中、全ては幾何学と錯視に還元されてしまう、――周り一帯で待受けているものすら、誰も決して直接名を云わぬものですら。

上陸後、天文観測士二人が何処へ行こうと海の音が聞えてくる。どれほど厚い壁も、落着いた心も、遠い谷間も、海を遮るほど十分厚くもなく落着いてもおらず遠くもない。海は大地を揺さぶり、遥か高い峡谷に陣取った見張の深靴《ブーツ》の底を貫き昇って来る。酒場の床板も海の律動的《リズミカル》な殴打を受止める、――威勢よく闊歩する船乗り達の深靴に何年も耐えてきたように、――そして深靴達は時に殺人をもその運命に担い、苛酷な律動への忠誠を守るかのように、暗い一瞬を待つ、――誰か一人が目撃しさえすればいい、――見えたぞ、と叫んだ次の瞬間にはもう消えていても、――それでもう恐しい許可は与えられる。

島の荒涼たる水平線の下へと、確かに陽は日々沈みはするが、其処で経験する初めての日の入り以来、メイスンの目に映るのは、闇が海から、呑気に明るい昼の間はずっと云わば海で微睡《まどろ》んでいた闇が立ち昇って来るさま……一方日の出にあっては、その同じ闇が、メイスンの眼差を生々しく感じ取っているかのように、人目を忍ぶかの如く大西洋の深みへと引っ込んでゆく。この島の占星学にあって、太陽とて闇ほど重きは置かれぬに違いなく、闇は不可欠な、光を脅《おびや》かす存在として、それ自身の運動と、位置と、星位《せいい》を与えられ、惑星一家の食《は》み出し者として冥界王《ハデス》の生贄《いけにえ》にもされず、その名を口にされもしない……。

マスクラインの観測対象たる大犬星《シリウス》は、グリニッジにとっての竜座三位星《ガンマ・ドラコニス》と同じく、この島に於ける天頂星である。（英国人は竜の下で生れ、聖ヘレナの住民は犬の下で生れる。メイスンとディクスンがもしベンクーレンに行っていたら鯨座の不実なるミラ星の下で過ごすことになったであろう。これ等の星座は占星術の云わば裏版《バージョン》に他ならない。）毎晩真夜中に、禍々《まがまが》しき犬は空に現れ、真っ直ぐ天を渡って黄色い姿を晒す。夜空に浮ぶ、網に囚われた上下逆さの姿は、殆ど流れるように見える。糖蜜のよう、とも云えようか、――ポーツマス牛だって、ここまでどぎつい、不健康な黄色をしていようか？

ひどく小さな町が、異界と見做す他ない内陸部の端にしがみついている。此処では如何なる変化も緩《ゆる》やかではあり得ず、物事は常に突然訪れる。全ての距離は広大である。狂暴にして混じり気ない風は、風自身の理由故に存在し、人間の生命なぞ、或いは何の生命であれその価値は限りなく零に近い。町は背後の峡谷をじわじわ登ってゆきつつあり、従って全体としては、海に向って傾斜しつつある。暴風雨の後《あと》、水は暴張湍《ぼうちょうたん》、早瀬、瀑布《ばくふ》となって丘を下り、屋根を伝い窓を貫通して町を突抜け、丘上方から連れて来たぶるぶる震える犬を置去りにして代りに珈琲薬罐《コーヒー・ポット》を奪ってゆき、やがて何処か他所《よそ》でそれも置き捨て今度は足載せ台を持って行き、――といった具合に物々交換を営みつつ海まで出てゆく。水平線は長ったらしい日没になぞ用はない。深海に棲む生き物等《ら》が海岸線に近付き、水がいきなり薄紫《ラベンダー》や藍緑《アクアマリン》に変る小さな入江まで出て来て、怯えもせず悠然と動きながら辺りを見渡している。

何年もの間、当地を訪れた旅人達は、此処では山の方に入ってゆけばゆくほど、海が島の上に広がって見えると報告してきた、――恰も海が宙吊りになっていて、それが落ちずに済んでいるのは、守護神による不可知な秘跡《ミュステリオン》の御陰であるかの如くに……。豪雨の対価を支払うかのように、如何なる予測にも従わず、いつの日か巨大な波が立ち上り、島に押寄せるであろう、——ジャコバイトの名を冠した町*よりも高き迄、流石《さすが》に上方の稜線には辿り着かぬであろうが。海水面に留まる愚か者がいたとすれば、押寄せて来る波の頭《かしら》を見上げる瞬間がきっと訪れるであろう。それら波頭の下にあって、町が植えた木々など凡そ矮小なものでしかない。大砲も要塞も役には立たぬ。若し愚か者が、何とか知恵を巡らし高地へ逃れるなら、海の命たる匂いと味を湛えた水飛沫《しぶき》を上方から細目で見遣り、その向うに、衣を纏《まと》った巨大な存在の一団が、水平線の遥か彼方、測り知れぬ程遠くに立ち昇り、永遠に説明されざる用向きを果すべく此方《こっち》へ向って来て、恰も島など存在せぬかのように、闇雲に、容赦なく海を邁進して来る光景を目にするであろう。

こんなの物の数ではないわい、一七五〇年の波に較べればな、と年輩の住民達は云って退《の》ける。あの時はもう、狂気に陥った海が遂に勝利を収めたのだ、島の運命も最早これ迄、そう思えた……。我先に高地へ脱出してゆく人びとは、眠りも返上して闇の中を登って来た太陽が塩っぽい靄を通して照り付ける中、空っぽの水原《みずはら》の要塞をぐずぐず眺めていたりしてはならぬ、——択《えら》び得る選択肢は二つに一つ、頑張るか、屈するか。こうした状況を、訪問者は島に来て一週間以内に、一人残らず夢に見ることになる。

マンデン崎に出ると、一基の絞首台が立つ姿は、この海空のぎらつく光を浴びて単なる一筆《ひとふで》と化している。夕暮れ時に此処を訪れる者は、砲座の上に立ち、倫敦を訪れた者が聖《セント》ポール寺院を眺めるように、暮れ泥《なず》む北極光の中、聖ポールよりは相当に不吉な情景を目にすることになる、——それによって、罰というものにいつしか思いを巡らしもしようし、——はたまた貿易に思いは流れるか……何故なら奴隷制を抜きにした貿易など考えられぬのだし、奴隷制はその必須要素として絞首台を含まぬ訳には行かず、絞首台なき奴隷制など、十字架なき十字軍同様に虚ろにして空しい代物でしかないのだから。海から内地に向って延びている大きな峡谷の端、絶壁の下、砲台に沿って、毎日黄昏時に、微風を捕えんとする島民達が漫《そぞ》ろ歩く。黒光りする銃砲と、武装した歩哨達を無視するなら、島全体を、大きさも定かでない東印度貿易船と見立てるのも強《あなが》ち不可能ではなく、日暮れ時にこうして練歩く人の姿も、露天甲板の上を遊歩する乗船客のそれと見えよう、——尤《もっと》も、よく見てみれば、どの顔にもそれぞれ浮んでいるのは旅行客の好奇心というより、女達ですらも、陰鬱なる情景を長年日没の度に見てきたことを物語る表情。

海を眺めに来る島民以外にも、聖ヘレナを通過する渡り鳥達も中々多彩な様相を呈している、——英国で女性らしからぬ罪を犯して南洋に移送される途上、煉獄の旅の一環として聖ヘレナを通り過ぎてゆく女受刑者、——陸海軍に勤務する夫に合流すべく印度に向う、甲谷陀《カルカッタ》の黒穴《ブラック・ホール》を巡る、眼前の水平線の直ぐ下に漂う影のように昼の光に取憑く話をあれこれ聞かされては思わず身震いする若妻、——そして、貿易という機《はた》の杼《ひ》とも云うべき、或る者は彼方に向い或る者は家路に向う常連達の中には、例えば披土蘭《ポートランド》出身の、小物箱に阿片を忍ばせているロールライト夫人なる、印度航路をもう何度も往き来してきた人物が居《お》り、まだ二十代も終っていないというのに彼女を巡って戦われた決闘は既に四回を数える。船から陸地が見えた瞬間、奇妙な、曰く云い難い思いに襲われる、と女達はほぼ例外なく打明ける、——荒涼たる山頂の線、海に色濃く彩られた陽光、——船は回り込み、道路も見えてきて、砂糖塊崎《シュガー=ローフ》で貿易風を後にし、渦に目配りしつつ岸に沿って走る。いつもと全く同じ手順、あーぁまた此処に来たのね、——とは云え新参者にとっては正に別世界、何故か地球と繋がっている

＊ ジャコバイトの名を冠した町：ジェームズタウンを指す。ジャコバイトとは、退位と亡命を余儀なくされた英国王ジェームズ二世（在位一六八五—八八）とその直系の子孫を正統な君主として支持しつづけた人びと。

別惑星。

「露に濡れた女が居《お》るでしょう、」ディクスンが云う、――「ほら彼処《あそこ》、赤葡萄酒色《クラレット》の天鵞絨《ビロード》に、中国風肩掛《ショール》を掛けた、仔山羊革《キッド》の深靴《ブーツ》の……？　あの女、汝に見覚えあるみたいですぜ。」

「タイバーン・チャーリー！　これって夢じゃないわよね、腰締《コルセット》の留針《ピン》であたしを突《つつ》いて頂戴。あたしよ、――リトル・フロリンダよ！　そうよね、覚えててくれたわよね、――つい去年のことだもの、――」そして彼女は快い女性中音《アルト》で歌う、

主がお生れになって
一七六〇年後の五月
五日のこと、彼《か》の
勇敢なるフェラーズ卿が
英雄の如く堂々と
絞首台の段を昇り……

メイスンも愛想好く仲間に加わり、二人で先を続ける、

「拙者の用意は出来ておる、」と宣《のたま》う卿、
「心付けの値を云うてくれ、」――これには流石《さすが》
鬼の絞首刑執行人の目にも涙、――
「確かにその　銀で飾られた上着に

目を付けておったことは認めます、
だがもう　それを頂戴しようとは思いませぬ！」
［反復句《リフレイン》］
「噫、何と！
私めを　ネロ並の見下げた奴とお思いか！
高く吊そうが　低く絞めようが、
死刑執行人にも心はありまする！」*1

レベッカが亡くなった後の一年は、メイスンにとって危うい時期であった。衝動的に渡船《フェリー》に乗ってウォッピングの只中へ出掛けてゆき、何の愉楽もない卑しい放蕩の夜を又一晩過ごすかと思えば、或る時はチェルシーで開かれる夜会に足を運びもしたが、其処で得られるのは色目の遣《や》り取りから次は一気に梅毒という忌わしさ。彼《か》の地獄炎《ヘルファイア》倶楽部*2の場末版とも云うべき場にあって、肉欲に憑かれた者達にさえ碌に知られぬ界隈を無頓着に駆回り、快楽からは益々遠離《とおざか》っていることを自覚しつつ、——芝や樹や道に注ぐ月光が、界隈で人びとが滾《たぎ》らせる全ての熱情を体現すべく欲望の色を光らせる中、月の白さに洗われた木の葉を通って音楽が漂う、——メイスンは三文文士街《グラブ＝ストリート》に集う物書き達の許へ、道楽者と売笑婦が群がる淫らな夜の虚構へと向う。それら書物内の放蕩者達は快楽の記憶の中で辛うじて生延びる身、その記憶とて忽ち飛去る小鳥のようなもの、記憶する人間同様凡そ当てになりはせ

＊1　伝えられる史実によれば、フェラーズ卿は執行人に渡すべき心付けを間違って助手に与えてしまい、執行人と助手が摑みあいの喧嘩をはじめたため刑の執行はしばし中断されたという。

＊2　ヘルファイア・クラブ：一七六〇年に設立された、放蕩の限りを尽くした有名な秘密クラブ。

ぬ……とは云え、月の下での堕落せる、馨《かぐわ》しい、薄汚れた邂逅《めぐりあい》はそれなりに価値あるものであった、——自らは無垢を保ちつつ悪に触れる……。

(「伯父さん、伯父さん！」
「ふむ、ふむ、然《しか》しながら、——」
「珈琲もう一杯、召し上ります？」)

毎週金曜日、メイスンがタイバーンの絞首刑に出掛けてゆく習慣が出来たのもこの時期である。その表向きの目的は、幾つかの、大半は正気とは受取られまい類の前提に則《のっと》って女達に声を掛ける為。

エッジウェア横町《ロード》を転げ出て、——
罪人が梯子を昇って眠りに就く場へ向う、——
群衆は残らず爪先立ち、空は明るく、見物
にはもって来いの麗《うら》らかな日。——
ごとん、床を抜けて落ち「ティック‐トック」
ぴょんぴょん、宙を舞うが「ノック‐ノック」
死の非‐常緑《ネヴァグリーン》*の下は
祭のように陽気、——
あんたが幸い小柄で、
何も見えなけりゃ、

何も知らずに済むかもね、……

数日前に三十二になったばかりのメイスンは、お祭気分を自分に贈ろうと、世間で持切りの、執事ジョンスン殺害の廉《かど》で死刑を云渡されたフェラーズ卿の縛り首を見に出掛けてゆく。其処ら中、上流社会全員が集ったが如き華やかさで、誰もが他人の上を行こうと目一杯着飾っている。これが帽子かと戸惑う、かつて誰も目にしたことのない、以後も二度と目にされぬであろう帽子。長上衣《ガウン》ばりに凝った作りの鬘《かつら》。この日の為に特別に誂《あつら》えた上着の打紐《モール》には古典的に十三周《まわ》り捩《よじ》れた縛り首綱の意匠《モチーフ》、錦織《ブロケード》には煙の立つ拳銃。メイスンが我が身の見窄《みすぼ》らしさをひしひし感じ、もっと粋な格好をして来るんだったと己を罵っていると、ふと、若い女が此方《こっち》を見ているのに気付き、——視線を返してみると、女は苛立ちの表情を浮べてさっと目を逸らすが、苛立ちの対象は自分ではあるまいとメイスンは楽観する、——寧ろあれは、こっそり見ているところを気取《けど》られてしまった自分への苛立ち、——これ以上深い魅惑に繋がる訳でもないのにあたしとしたことが何たるヘマ。同伴の男から判断して、目下倫敦で売出し中の美女であろうか、衣装が凡そ趣味を欠いていることも難なく許される容貌だが、何故かこの美女、地味な嗅ぎ煙草色の、はっきり云って辛気臭い、例えばメイスンの如き外観に惹かれてしまうのである。

「ねえ、あの人、ちゃんと勃《た》つと思う？」が彼女の挨拶。「何でもレイディFの代理人が、勃たない方にばんばん賭けてるんですって。」

メイスンは絶望して息を呑む。かくも洗練された会話への返答を自分が思い付くには何日も掛るに

＊ the Deadly Never-Green：タイバーンの死刑執行台は“Tyburn Tree”“the Deadly Never-Green”などと称された。Never-Green は evergreen（常緑樹）のもじり。

違いない。「私の経験ではですな、」と彼は云うであろう、「通常、勃起するのは無実の者、せぬのは有罪の者です。」

「へえ、面白いわねぇ。」女は鼻の孔こそ膨らませるかも知れぬが、きっと辟易《たじ》ろぎはしまい。同伴の連中はクスクス笑うだろう、――愛犬堅麺麭《ビスケット》のみが、彼女が気をそそられた匂いに勘づいてワンワン騒ぎ始めるであろう。「男ってほんとに、良心の呵責で勃《た》たなくなる訳?」

「違いますとも。――そうではなく、驚きが我々を活気付かせるのです。」婀娜《あだ》っぽく怖い顔を作ってみせる女に、メイスンは尚も陰気に説く、――「例えばあの有名な追剝ぎフェップです。つい先週のこと、恐らく狂気とは無縁の、犯罪的情熱にというより己の富の数字に、というか富の欠如の数字に心動かされたあの輩《やから》、――男根は呆れるほど柔弱《にゅうじゃく》だったと云います、少くとも縄を切った《カットダウンし》人夫どもの話では――」

「で、縄を切ったら次は体を切った《カットアップし》のよね、」乙女は朗《ほが》らかに合の手を入れる。

「――考えても御覧なさい、殺人者はその瞬間、無実の者に訪れる恍惚の驚きを知り得ない筈、何故なら其奴《そいつ》は、この世に生を享《う》けた瞬間からずっと、己の裡《うち》に於て、あの最期のバタン、プツンに慣れ親しんでいたのです。夢にもそれを見たし、時には目覚めている最中《さなか》に見たりもしました。死に至る罪を犯すのは、実のところ、己の全人生の焦点たる、あの目も眩む瞬間との再会を果したいという欲求ゆえに他なりません……。」

女の目は物凄く大きく開き、潤んできた、――長上衣の胴部は継目の辺りで軽く軋《きし》み、胸隠《モデスティ＝ピース》までもが戸惑ってぱたぱたはためく。女について来た洒落者どもは、お供の義務から解放され、主たる関心事たる噂話の交換に余念がなく、今や女を保護する目は明後日《あさって》の方を向いている。「私、ずぅっと、」女はメイスンに囁く、「貴方みたいな方を探して――」群衆から突如凄まじい声が上がる、半分は讃える声で半分は罵る声、馬車が到着し四代目伯爵が出て来たのだ。船乗り連中は噛み切れぬ腸詰《ソーセージ》と食べ掛けの丸菓子《スコーン》を投付け、着飾った女達は薔薇の花を投げる。「最悪の上着だな、」洒落者の一人が云う、「——あれって何色だ？　仔山羊色の一種か？　この場にゃ全然明る過ぎる。」「でも銀の飾りは結構行けるかも、」仲間のシーモアが云う。仕着せを着た、あらゆる類の従者が慌ただしく動き回る中でも取分け人目を惹くのは綱を持つ者、——何しろフェラーズ卿自らの願いにより今回の絞首刑は絹の綱で行われるという噂なのだ。従者は黒い天鵞絨《ビロード》を着た小柄の男で、空高い陽を浴びて肌は紙のように白く見える。倫敦塔からずっと、じゃらんじゃらん陽気に鳴る馬車の屋根に、——伊太利人に給金を弾んで馬車一面豪勢に飾り立てさせたのだ、——目に見えぬ子供が押す、奇妙にゆっくり行進してゆく縮小模型《ミニチュア》の如き馬車のその屋根に、死へと導く綱は厳《おごそ》かに鎮座し、目を凝らす者達が篤《とく》と眺められるよう、黒い絹の座布団《クッション》の上に真っ白な姿を晒している。「いやぁ、俺ぁやっぱり麻縄がいいな、」誰かが口にする、「——他《ほか》の条件が平等ならな、人間みな平等ってぇのは無理だけどもよ。」

「そうとも、絹ってのは印度の殺し屋の好みよ、——塀を飛越え、窓から入って、ギギギギ！　一巻の終り、カリイに美味なる捧げ物が又一丁上がりって訳よ、——カリイってのは連中の女神だぜ念のため云っとくけど。絹なんて、——彼方《あっち》じゃ碌に手に入らんのに、殺し屋どもときたら……」

「ギギギギ！」

「そう、そういうことよ」

香橙《オレンジ》売りの娘や物乞いの男、淡麦酒《エール》の杯《マグ》、地べたで繰広げられる賭博、ふわりと掏《す》られる財布、知らぬ同士の目と目が合い、犬は残飯を求めて健気に彷徨《さまよ》い、同じく犬を求めて剣客は彷徨い、大道芸人は彷徨《うろつ》いたり立ち尽したり。絞首台からの風に乗って、溜息、呻《うめ》き声、不意の叫び一つ一つが群衆の頭上を運ばれ、火事場に群がる野次馬の帽子に降る灰の如くに人びとの耳へと降りてゆく。陽光は人びとを包み、撫で、メイスンは暫し警戒を解いた美女と一緒に人波の中を進んでゆき、やがて陽除《ひよ》けの天幕を掛けた手押し車の前に出る。「葡萄酒《ワイン》だわ！」女は叫ぶ、「ねえ飲みましょうよ！」

「このシャトー・ゴルスは面白そうだ、」とメイスン、「尤もこういう暖かい日には、冷やしたホックの方が……適切《アプロポ》かな。」

「必須《ド・リギュール》とは云わないまでもね、」女も応じる。

「そうともさ、可愛い人《シェリ》。」言葉《モ》の粋《ピカーン》な味わいに二人は声を上げて笑い、愚鈍なる貴族が最期へ向うのを外《よそ》に葡萄酒をちびちび味わう、――と、新式の落し戸に何やら問題《トラブル》が生じる。公の場で使われるのは、今日が初めてなのである。

「機械ってほんとに嫌！」女は嘆く振りを装う、「――これからは、あたし達の生のみならず、死までも、学者と職人連中に左右されるのかしら？」

「多分あの落し戸は、造りが凝り過ぎているのだな、」メイスンは思わず口走っている、「従って重過ぎ、故に梃子《レバー》と留金《キャッチ》に横から重みが掛って、――」周囲の温度が急に下がったことにメイスンは気付く。

「貴方、それじゃ……科学者なの？」女は辺りを見回すが、まだ恐慌《パニック》には至っていない。

「天文学者です、」メイスンは答える。

「へぇ……じゃあきっと、お上から給付金戴いているのね。何て……素敵でしょう……あたしてっきり、格好からして腕利きの泥棒かと、だってひっそり落着いてるし、普通判るじゃない、――噫、ミスタ・バブ・ドディントンに云われた通りね、――『ねえフロリンダ、』あの人は云ったわ、『君はまだ、男達を理解するには若過ぎる。男一人一人が各々《おのおの》違っていることも、奴等の本当の望みが情けない程単純であることも、君はまだ知らんのだ。判るかい、奴等の望みが何だか、私の鷦鷯《ミソサザイ》や？』鷦鷯ですってさ。そうねえ、——それってあれかも知れないわよね、——でも矢っ張りそれとも——」

「失礼、いま仰有ったのは、図らずもお聞きしてしまったのは、つまり貴女は……バブ・ドディントンから云わば人品《じんぴん》評価を受けておられるということですか？　それはつまり、あの伝説の長老鼬《イタチ》のことですかな？　我が国の政治史に於ても取分け浅ましいあの時代の遺物ですかな？——あのバブ・ドディントンなのですかな？」

「ジョージーとは仲良しなの、[*1]」目を輝かせる女の様子は舞台経験を匂わせる。「法律の問題で皇太子に助言するみたいに、あたしには何でも、気が向く度に助言してくれるのよ。あの人ももう歳だから、超人的な暮しのツケがようやっと回ってきてるのよ、——借金取りの要求は日に日に喧《かまびす》しくなってくる、——でもまあ今ちょっとばかり利息取られたって、儲けものの人生よね。ねえ星見人《ほしみびと》さん、あんたもその時が来たら同じこと云えるかしら？」

　メイスンは力なく項垂《うなだ》れる。「一時だ、とピアスは云って、井戸に落ちた[*2]……正直申し上げてですな、貴女《マダム》、私はずっと、貴女のお友達の正直な生き方を妬んできたのです。まあ勿論、伯爵だってことも大きいでしょうが、——」

「つまりあの人が欲望に逆らわないってことを云ってるんだったら、——あんただってやりたいことは色々ある訳よね、どう言葉にしたらいいかもよく判らないことが？」そしてじっと動かぬ眼差でメイスンを見詰める。

＊1　ジョージーとは仲良しなの：貴族たちに取り入った腐敗政治家として有名なドディントン（一六九一—一七六二）のフルネームはGeorge Bubb Dodington。

＊2　一時だ、とピアスは云って、井戸に落ちた：グロスターシャーに広まっていた表現。昼休みの終わりを告げる鐘の音を聞いた石工ピアスが、立ち上がって足を滑らせ、井戸に落ちて溺死したという逸話に基づく。

「私が？」メイスンの足の裏が疼き出し、脳は何一つ考えを纏《まと》められない。従って、彼を無害と踏んだ女が、ここは一つこの男を実験台に使って、お色気道《どう》に欠かせぬ果てなき洗練を磨いてみようと決めたことも、この時のメイスンには到底見抜けはしない。


「あの時の君には慌てさせられたよ、フロリンダ。」

「当然よ、それこそあたしの望むところだったもの。それで、ねえ、——貴方今でもまだ、星見やって端金《はしたがね》稼いでるの？」

「覚えてるのかい？」

「何よチャーリー、あたしの人生には男が多過ぎてそんなこと覚えてられないってのの？ あのさ、大切なのはさ、男全部の合計じゃなくって、何種類の男が居たかでしょ？——その数だったら十分把握出来るわよ。」

　峡谷にすっぽり収まったジェームズ町は、篝火《かがりび》を赤々と燃やして夜の侵入を防ぐ中、我が身を闇へと落着けてゆく。東洋の料理の匂いが彼方此方《あちこち》の下宿屋の厨房の換気孔から溢れ出て、海の匂いと混じり合う。町は暫し、香料、練粉、魚介類、人鳥《ペンギン》の煮込《シチュー》、海鳥の白醬煮込《フリカッセ》等々の光なき混沌と化す。見る見る暮れてゆく海景色の上に、今一人の影がぬっと現れ、その陰気さたるや、これで大鎌を手に持っていようものなら、誰もが生の儚《はかな》さに思いを致すこと必定。*「ダダムズ！」と女は叫ぶ。「此方《こっち》よ！　チャーリー、あたしの許婚《フィアンセ》よ。ミスタ・モーニヴァル。」

「フロリーの昔のお仲間には随分とお会いするもので、」長身の、死体の如く痩せこけた、瞳も定かには見えぬ人物が、薄暮のなか声を押し殺して云う。「チャーリー、チャーリー……ええと確か、道化団のお一人？」

「演劇に関する貴殿の直感《センス》、——薄気味悪い程です、」メイスンが呟く。「御紹介します、我が助手にして、その冗談の演目《レパートリー》たるや、ヴァチカン図書館の蒐集に次いで世界第二、——ミスタ・ディクスン。」

「中国人が一人、耶蘇《イエズス》会士が一人、コルシカ島人が一人、乗合馬車でバースの町に向っておるんですね……」

＊　大鎌といえば死神の持ち物と相場が決まっている。

12

雄鶏丘《コック・ヒル》に建つ飲屋月亭《ザ・ムーン》に集ったメイスン、ディクスン、マスクラインを包む雰囲気たるや、「ぎこちなさ」と題された寓話的彫刻の如し。その寓意を強化する上で三人の内誰が一番貢献しているか、容易には決め難い。メイスンはマスクラインのことを胡散臭く思い、マスクラインはメイスンの気を悪くさせまいと自分を抑え、ディクスンとマスクラインの間の空気は、マスクラインがケンブリッジのペンブローク校《コレッジ》に籍を置いていたと聞いたディクスンが、クリストファー・スマートの名を持出した瞬間から険悪になっている。

「ダラムの出で……？　ペンブロークの名誉校友《フェロー》で……？」

恐慌《パニック》の突風が束の間マスクラインの顔を過《よぎ》るが、次の瞬間には又いつもの役人風無表情が戻って来る。「ミスタ・スマートは我が校《コレッジ》のシートン賞常勝者でした。――私が彼所《あすこ》に行ってから二年後に去られました、――我々の交友と申しましても、食事の時間に限られておりまして、私があの方のお食事を名誉校友用の食卓までお持ちし、あの方が汚された亜麻布《リンネル》と、あの方が噛まれた骨をお下げする、それだけでした。時折、皆様が立去られた後で、私ども洗い場の者達が、皆様の残された食べ物を御《ご》相伴《しょうばん》に与《あずか》ったりも致しました、――あの方の残されたものも混じっていたかも知れませんが当方《こちら》は一々選り分けたりはしません、――私はまだほんの小僧、ああいう暮しがどれだけ窮屈なものか思いも及びませんでした。ケンブリッジで暮し、ニュートンの歩んだところを歩む？　私としては召使の召使にだって喜んでなる気でしたよ。」

「ニュートンはわしの神です、」とディクスンは口走り、マスクラインが一方の眉を動かすことなくもう一方の眉を持上げることで礼儀正しい驚きを伝えようとしているのも無視する、「で、ミスタ・スマートはわしが小さい頃の知合いでして、向うの方が大分年上でね、学校が休みになるとレイビーにお出《い》でになったものです、父上がケントのヴェイン家の地所で執事をやってらして、それを云やぁわしのジョージ大叔父もレイビーの執事だったんですが。」マスクラインは今や目玉を天に向け、此処から逃げる為の翼を、と祈っているかに見える。「てな訳で、わしもミスタ・スマートも、あれこれ用事を云付けられておる内に、食料庫だの逢引きの場所だの、壁の中の抜け道だのには無闇と詳しくなった次第で、何せミスタ・キットは大抵礼拝堂との間を行ったり来たりしておられましたから。誰に対しても、絶対に邪慳に振舞われたりなさらぬお方でしたよミスタ・スマートは、――尤も、レイビーに戻ってらっしゃる度に、何だか思い詰めたような様子が募っておられましたが。」

「確か五六年に、病院に入られましたな、」マスクラインが野に棲む生物の如き目をぎらぎらさせて云う。「そして二年前、入られた時と変らぬ狂気のまま退院なさったと伺っています。」

「そうですかぁ、」ディクスンは厳めしく微笑む、「きっとあの、レイビー城がいけなかったんでしょうねぇ……？」

「まあとにかくペンブロークの所為ではありませんな、」マスクラインは鼻で遇《あしら》う。「実際、あの人はね、ケンブリッジを出た後に異常を来《きた》し始めたのです。」

「健全な環境から離れてしまったと……？」ディクスンは必死に愛想好い顔を作って応じる。

と、身を乗出して聞耳を立てていた、店の亭主《あるじ》ブラックナー氏と常連数名が、重力の中心を巡る感覚をすっかり失い、月亭の床を常々飾っている淡麦酒《エール》の水溜りの中で足をふらつかせ、机や椅子の只中へ崩れ落ちる。

たった今やって来たかのように、メイスンが漸《ようや》く口を開く。「狂気を生む元と云えば倫敦自体も忘れてはなりませんぞ、――グリニッジから三文文士街《グラブ＝ストリート》まで、誰にでも勧められる所じゃありません、――壮麗さに私共は惹かれるし、海に繋がり更にはその向うの広大な世界にも繋がる彼《か》のテムズに沿って百もの界隈《ヴィレッジ》が散らばっていますが、――多くの者にとっては、何と大きな代償を払わされる場であることか。」

この発言に非難を聞取って、マスクラインもぴしゃりと云返す、「野蛮な文士が世に蔓延《はびこ》っておるのですな、その手の輩が余りにも多過ぎて、ミスタ・スマートもやられてしまったのでしょうて、」と彼は彼で、メイスンが先刻口にした読書好みに当て付けているのか。

メイスンが返答を思案していると、ディクスンが健気に口を挟む。「三文文士街《グラブ＝ストリート》、酒場街《パブ＝ストリート》、結構じゃありませんか。[*1]『蒼ざめた伊達男』は如何です？　『コヴェント市場《ガーデン》の吸血鬼』は？　何の何の、『トム・ジョーンズ』なんかより十倍いいですぜ。[*2]」

マスクラインの用心深い薄笑いが返ってくる。本人は笑顔の積りだが、実は口のみのお芝居であり、目はそれに加わらず己の用事に感《かま》けている。傍目《はため》には弛《たゆ》みなき油断なさという印象。「ミスタ・メイスンがお住いの界隈にはその手が並んでいるものと思っておりましたが、――ミスタ・ディクスンの趣味までそちらに走っておられるとは存じませんで。きっと、観測の出来ぬ夜など、絶好の過ごし方なのでしょうな、お互いに朗読し合ったりなすって？」

ブラックナー氏がいつの間にか姿を見せている。「私ゃ前々からあの、首なし伊太利人の話が好きですがな、ええと、『無頭伯爵《センツァカーポ》』でしたか、どなたかご存知で？」

「ええ、あれは結構ですな、」ディクスンが表向きは陽気に返す、「――あの三人の百姓娘の挿話《エピソード》なぞ、――」

「――それに諸々の挿絵《イラストレーション》！」若い連中が淫らにくっくっと笑う。

「とは云え、どう見ても、」マスクラインの声には殆ど泣きが入っている、「幾ら何でも多過ぎやしませんか、その手の本が？　勇気付けてしまいませんかね、」声を落す、「憂鬱症の連中を。」首を回して部屋中を示してみせる。「この島は取分け、……その手合が多いですからねえ。私、此処《ここ》へ来て半年になりますが、――とにかく潰す時間が多過ぎて、じきそういう時間が溜って、山になって、山が崩れて、どんな健全な心でもどうにかなっちまうんです、――」

「シリウスな話ですな」亭主がクックッと笑い、また別の悪さを仕出かしに音もなく立去る。

「あの野郎、地獄に堕《お》としてやりたい、」マスクラインが自分の頭をぎゅっと摑む。

「なんかまた別のが来ますよ、」ディクスンが伝える。

メイスンも顔を上げる。「ゲゲゲ！　台所の原住民どもだ、――マスクファイン！　何だねあれは、人食い人種の生贄《いけにえ》か？――」

「違う！」マスクラインが悲鳴を上げる、「もっと恐しい！」

「もっと恐しい？」とディクスンが呟き、この頃にはもう誰もが、蠟燭をずらりと差した、大きな、

＊1　Why, Grub-Street Pub-Street, Sir：グラブ・ストリートは文士が多く住んだ通りだが、grubには「食い物」の意味もあるので、意味と音の連想からpubがほとんど意味なく出てきている。
＊2　『トム・ジョーンズ』：ヘンリー・フィールディングによる当時の人気小説（一七四九）。いかにも煽情的な響きの *The Ghastly Fop* や *Vampyrs of Covent Garden*（いずれも架空の作品）に較べてだいぶまっとうに聞こえる。

糖衣《アイシング》を塗《まぶ》した焼菓子《ケーキ》が此方《こちら》へ運ばれて来るのを目にしている。焼菓子にお供している連中がいきなり、「彼奴《あいつ》は滅法いい奴」*を歌い出す。

ブラックナー氏が見えない匙《スプーン》を振回す。「わたくし、手ずからお作り申上げました、まあ糖衣は弟子の仕事ですが。」

「ばれたのか！」マスクラインが声を押し殺して云う、「――だがどうやって？　私が寝言でも云って、奴等が廊下で聞耳を立てておったのか？　何だって寝言で誕生日のことを云う必要があろう？　そもそももう先週の話ではないか。」

「お目出度うございます、」メイスンとディクスンが云う。

「悍《おぞ》ましい影です、二十九なんて！　おお、若い振りをしていられるのも、無慈悲ながらこれが最後の年、若さの夢も、今や何と萎《しな》びてしまったことか……男盛り、などと世に云うが、実は人生の盛りに別れを告げているのだ！……直ぐ其処、――直ぐ其処の、未来の暗鬱たる靄の中に、恐しい三十路《みそじ》が控えている、――口にするのも呪わしい変転！　かくもあっさり墜《お》ちてしまう〈盛り〉よ、お前の力など、いとも簡単に砕かれ、可分の数字へと割算されてしまうのだ、――貫かれてしまうのだ！――其処ら辺の六つの数字によって！」マスクラインの陰惨なる呼掛けが又一つ積上げられる度、店内の喧騒は、焼菓子によって幾分籠《こも》り気味になってはいるものの、全体に一層賑々《にぎにぎ》しくなってゆく。奥地から来る流去水《りゅうきょすい》で醸造され、その他の材料が何なのか誰も敢えては問わぬ月亭特産の地淡麦酒《エール》が、今や声を限りに喚《わめ》きまくるマスクラインの御陰で次々に届く、――「人生四度目の十年間よ！　お前の門も、今や僅か一年先に迫っておるのだ、とは云えこの地に在っては、一年が一世紀の如くに思えもしよう、――聞かせてくれ、お前は何を持って、老い耄《ぼ》れた者達を待っているのか？」

「結婚！」一人の水夫が叫ぶ。

「死！」

「朝！」錫合金の大杯《ジョッキ》が陰気に面白がって鳴り響く。

「妙に陽気な奴等だな、ひどい憂鬱症の癖に、」とマスクラインは云って金物杯《タンカード》を持上げる。「貴方がた、いつ発たれるのです？　寂しくなりますな、いらっしゃらなくなると。」

　メイスンとディクスンはさっきから、些か動揺した思いで視線を交わしている。マスクラインがようやっと表に出て行ったところで、ディクスンがパッと身を起し、――「一応確認しますけど、――つまりわし、最低三か月、あの方と一緒の所にあんたを置いてくって訳ですか？　それってちょっと、――」

「ディクスン。――天頂儀が……上手く……働かんのだ。」

「何ですと……！」

「シスン天頂儀の、――下げ振りを誰かが間違って付けたのだ。奴が求めておる、大犬星《シリウス》の位置の変化は、角度にして何分の一秒に過ぎない、――ところが下げ振りから生じる誤りはそれよりずっと大きいのだ、――従って、得た数値は一切意味がなくなってしまう。にも拘らず、王立協会の命令ということで、奴は此処で仕事を続けておるのだ、――まあ、それを云えば今は私等も同じだが。」

「汝、素面《しらふ》の人間みたいな物云いですね。」

「誰が酔えるというのだ、こんな非道《ひど》い場所で？」

「明日は雄鶏麦酒《コック・エール》！　明日は雄鶏麦酒！」と、一人の馬来人《マレー》が闘鶏の死体を足で握ってぶら下げながら部屋に駆込んで金切り声を上げ、死体からはその最後の血が点々床に飛散り、死なら解読出来そうな趣の文字を描いている。

＊　原題は“For He's a Jolly Good Fellow”。誕生日など祝いの場でよく歌われる歌。

「何です、それじゃベンクーレンの二の舞じゃありませんか。」

「此方《こっち》に断る自由がないところまで同じさ。まあそれでも、奴の下げ振りは何とか直してやれるかも知れん。」

「先ずはせめて、わしに一目見せてくれませんかね？　つまり、わしが発つ前に……？」

「頼むから、奴の前では、天頂儀のテの字も出さんでくれ。奴としては嫌でも付合う他ないあの機械、注《つ》ぎ込まれておるのは、金だけでは済まんのだから。」

「そうは云っても、ちょっとは見たげるのが人の道じゃありませんか、――何てったってわし、ジョン・バードの測量助手じゃないですか、――任しといて下さい、――蜜蠟やら息やらを使って、殆ど誰も知らんような技を、――」

一本に編んだ髪を忙《せわ》しなく玩《もてあそ》びながらマスクラインが戻って来る。「考えてもくれよ！」メイスンが些かの恐慌に陥って囁く傍らで、帰って来た天文観測士は己の席を選び、腰掛け、疑わし気な目で二人を見据える。

正義感を伝える積りの鈍重な顰面《しかめつら》と共に、ディクスンが云う、「いやいや、――訊いてみますよ。」

「結構！　勝手にするがいい、――私は前以て身を引くからな、奴と二人で勝手にやれ。」

ディクスンの眉がさっと帽子目掛けて飛び上り、如何にも何か企んでいる様子。「うぅ、そう、そうですかそりゃ残念だねえメーイースーンー、――わしがミスタ・マスクラインに訊こうと思ったのは、不肖わたくしめに次の一杯を奢《おご》らせて戴けないでしょうか、ってことだったんですがね、そりゃ勿論、汝の気前良さを差措いてそんなこと申上げるのも僭越な話ですが、――」

「ゲゲゲ！」メイスンが頭を卓《テーブル》にどさっと、痛過ぎぬよう留意しつつ落下させると同時に、ブラックナー氏が間髪容《かんはつい》れず今日出来た雄鶏麦酒の巨大な三杯を携えて現れる。「さあさあ皆さん呑んで下され、万一ミスタ・メイースンがお控えになると仰有るなら、あんた等お二人で三杯目も分ければいい、店の奢《おご》りです。」ブラックナー氏の雄鶏麦酒の製法《レシピ》と云えば、印度貿易船の航路上至る所で珍重されている。これ等馬来人が闘鶏を連れて町に立寄ると、云わば主材料が俄《にわか》に旬となる。ブラックナー氏の好みとしては、欠かせぬ乾燥果実の欠片《かけら》はカナリー葡萄酒に浸すより寧ろ山の酒即ちマラガ葡萄酒に浸す方が望ましく、また闘鶏の死体を搾るには、中国製の巧妙な鴨搾りを用いるに限る。中国から逃亡してきた貴族からユーカー賭博でせしめたこの鴨搾りを使うことで、搾る力が無類に高まり、他《よ》所《そ》では凡そ得られぬ神秘なる体液が抽出出来るのである。

　天文観測士二人の顔を、マスクラインは交互に見る。「付かぬ事を伺いますがね、――そしてこれは飽くまで牧師補として伺うのですが、――貴方がたお二人の間では、完全な信頼といったものが、若干欠如しておられるのですかな？」

「というかまあ、ちょっと互いに目が離れがちってところですかね、」メイスンがぶつぶつ呟くように、淡麦酒《エール》の大杯に手を伸ばしながら答える。

「私には全く友好的な要請に聞えましたがな、」マスクラインは尚も粘る。「この方、よくこうなられるのですか、ミスタ・ディクスン？　私、口を噤《つぐ》んでおった方がいいでしょうかね？」

「無駄です。こっちが何を云おうと、『お早う、』から始まって、何かしら因縁《いんねん》の種を見付けるんですから……？」

「とは云え、若し『お早う、』を控えていられるなら、」メイスンはマスクラインに忠告する、「その日一日何事もなく収まるでしょうよ。」

「貴方の御忠告が恋しくなるでしょうな、ミスタ・ディクスン。」

　岬《ザ・ケープ》に直行せよと知らされた時も、ディクスンは妙に落着いている。「仏蘭西の天文観測士は、傲慢ゆえか無頓着ゆえか、それとも何かわし等には縁のない仏蘭西独特の感情ゆえか、絶対に測定器を動かさないと申しますな。一方わし等は、ここでわし等の何が特徴かと云えば、正にその点。わし等は必ず天頂儀を逆転し、両の方向から全てを測ります。ということはつまり、もし時計が二台あったなら、それ等二つの進み具合に関して知り得ることを全て調べ上げ、その後、それ等二台が何千里《リーグ》離れていようとも両者の位置を交換し、再び結果を調べるのです。それが英国流、そうやって一手間余計に掛けることで、いつの日か、他の連中より、恐らくは仏蘭西より、有利な位置に立てるのです。小さな投資、大きな見返り。わしとしてはもう、自分も英国流科学を実践する一員だと思っておりますよ。」

「そのお言葉、倫敦にも伝えておきましょう、」マスクラインが灰汁《あく》の如く穏やかに云う。

　メイスンとディクスンが聖ヘレナに着くと、観測隊は時計を交換する。ディクスンは陸に着いた途端休む間もなくシェルトン時計を抱えて次の船で岬に引返し、メイスンはエリコット時計をジェームズ町のマスクラインの部屋に設置する。それまで暫し、二つの時計は平らな棚に並んで置かれ、直ぐ外では海が弛《たゆ》まず波打ち続ける……。腕木の造りが如何に良く出来ていようとも、これ等の壁は、詰まるところ海に据付けられているのであって、その海の律動《リズム》が、両の時計の振子に、我々には十分知り得ぬ形で影響を及ぼしたに違いない、——周知の如く振子というものは、時計の中でも最も敏感な伝達機関なのだから。いま此処で、一方は船積み用の箱から取出され、もう一方は箱に仕舞われ釘を打たれてディクスンと共に岬へ向うその合間に、両者は束の間の歓談を許される。両者とも金星の日面通過に関し古参《ベテラン》であるのは無論、これまで何時間も何時間も暗い時を、等高度の測定に始まって、落着かぬ家鴨《アヒル》の子等の如くに母惑星の陰に消えたと思えば又直ぐ姿を現す木星の諸衛星の計時に至る迄、天文観測士達に仕えて過ごしてきたのである。「一日二十四時間勤務だよ、要するに、」エリコット時計が伝える。「進行速度を定めるといったお決りの作業に加えて……。」

「で、岬町《ケープ・タウン》はどんな感じ？」もう一方が問う。

「先ず空気だが、常時湿っていると云ってよい。」エリコット時計が答え、――岬に関してこの時計が有する知識は全て雨季に得たものなのである、――そこから今度は、自らが目下患っている時計的疾患を、主撥条《ゼンマイ》の機能不全からブルゲ髯撥条《ヒゲゼンマイ》の中風まで一通り並べ立てるものだから、相手の振子の錘《おもり》も同情の念に揺れる。

「ということはつまり、何もかも防水になってはおらんってことだな。」

「雨が途切れる度、も少し水が入らぬよう一応努力はしてくれるがね。」

「やれやれ、で、他には？　和蘭陀《オランダ》の時計達はどんなかね？」

「そうさなぁ……勿論、多くは此方《こっち》の出方次第だ。和蘭陀時計と上手くやって行ける連中も結構いる……何てったって和蘭陀人は、何世代も和蘭陀時計と一つ屋根の下で暮してきた訳じゃないか、――眠ってる間も一緒な訳でさ。いやほんと、和蘭陀人のあの鈍感さがあってこそだよ、だってあの時計どもときたら、十五分毎に、何の前触れもなしに鳴り出す訳で、――ボォォオオンン！　ありゃあ或る種の人柄じゃないと無理だわな。」

　何の前触れもなし云々、とエリコット時計が云うのは、打方輪列《うちかたわれつ》がないことへの言及である。英国時計の場合、槌が鐘を打ち始める少し前に、打方輪列が動く音が聞えるのが普通。然るに岬の、フローム家やゼーマン家の時計のように和蘭陀で製造された時計では、長針に連動した別個の歯車に付けられた偏突輪《カム》によって鐘が打たれ、――故に警告となるような音は何もない。

「ふうむ、」と相手が云う。「で、君の英国人観測者達《たち》は、それにどう反応した？」

「メイスンは二人の内でより粘液質、沈着な性質で、沈黙も長かったが、時計が打つ度その憤怒は少しずつ募ってゆく訳で、いずれは何処かで爆発せざるを得ない。ディクスンの方は、——君は奴の世話を受けることになる訳だが、——もうちょっと別の形で気持を外に出す男で、不意打ちを喰う度に、何と云うか……まあつまり金切り声を上げる訳でさ、——それも物凄い苛々の隠《こも》った声なもんだから、ありゃあ時計としては連接棒に堪《こた》えるね、いやほんと。」

「じゃあまあ、僕の連接棒が奴の叫びに然程《さほど》共鳴せんことを祈るしかないな。」

「うん、奴もすぐ気を取直して、もう二度とこんな忌々しい不意打ちは喰わぬと誓うんだが、——時の流れと同じくらい確実に、十五分経つと又同じことの繰返しなんだ。彼所《あすこ》に滞在した最後の日になってもまだ、和蘭陀時計がやがて打つのだということが頭に入ってなかったね。」時計達は愉快の震音《トレモロ》を共有する。

「君とお喋り出来て良かったよ。さて！　も一度、一通り確認させてくれ、——先ず雨、地元の時計の無作法振《ぶ》り、そして僕が全面的に依存することになる天文観測士の精神的不安定……他には何か？」

「消灯時間の大砲だね、これが又、時間通りだった例《ためし》がないとくる、——予め聞かされてないと正気を失う破目になりかねんね。」

「だとすると、僕の正気を保つのを助けてくれたことを君に感謝せんとな、——先回りのお礼って訳だが、次に会えるのはいつだか判らんし。」

「まあ次の金星の日面通過の時かな。」

「八年後！　そこまで先でないといいがね。」

「時が経てば判るさ＊……。」

「聖ヘレナについて何か知りたいことは？　マスクラインのこととか？」

「足音が聞える。」

「では手短に、――マスクラインは狂人だ、だがもっと狂ってる奴もごろごろいる、中でも特に気を付けにゃならんのは――」

最早これ迄。やって来たのはディクスンと船大工、時計同士が別れを告げ合う暇《いとま》もなくシェルトン時計は持上げられ、箱に入れられ、再び貿易風に乗って船出すべく錨の太索《ふとづな》を伸ばし帆も張り塗料も塗り直した印度貿易船に積込まれる。実のところ、時計達が本当に話したかったのは、海のことであった。何故かその話題には行着けなかったのである。どちらの時計も、海とは何なのか実はよく知らず、――間違いなく何かしら律動《リズム》を有する存在だということしか判っていない、――これまでの生の大半をその近辺で過ごし、時には樽板一枚、船体一面隔てたのみということすらあったにも拘らず。その波の律動は常に彼等と共に在ったけれども、どちらの時計も、自分が海というもののどの辺に居るのか、どうも確《しか》と判った例《ためし》がない。彼等が感じるのは、時に抵抗可能、時に不可能な誘引力である。即ち、振子の長さに拘らず、或いは時《じ》や分《ふん》にさえ無関係に、その力と合せて拍を打ちたいという誘惑。海の話題にそれなりに近付いたのは、精々シェルトン時計の、「船はあんまり好きじゃないな、」という一言。

「ハ！　そういう科白は、攻撃を受けてる船の水線下に行ってから云い給え。」

「あんまり聞きたくないね、そういう話。」

「有難い。話すことも大してないから、尾鰭を付けにゃならん。やらずに済めば此方も楽だ。」

やがてディクスンとシェルトン時計が二人きりになると、「さてさて！　岬町に戻る船旅の始まり、これもみんな汝の為だぞ！　うぅ！　さて！　汝は、時計である訳だな。きっと面白い仕事なんだろ

＊　Time will tell：まさに tell time（時を告げる）ために存在する時計がこう言うことの可笑しさ。

うな……？」時計は振子の微細な震えを補正出来ず、ディクスンがそれを目敏《めざと》く看て取る。「汝、多分わしのことをあれこれ聞いておるのだろうな。矢鱈《やたら》悲鳴を上げて、繊細な時計諸君の神経を苛つかせる奴だとか何とか。だがね、そういうのも、云わば気付け薬くらいに思って貰えればいいんじゃないかな。そんなことでもないと、汝だってきっと天候に参っちまう、何しろ此処の天気は時に相当おかしくなるからね、或いは和蘭陀人の振舞いにしても……？」

「梅毒には気を付けなさいよ、」ディクスンもディクスンで、船に乗込む直前に相棒に云う。「岬《ザ・ケープ》もひどいと思ったかも知れませんけど、——この場所は……此処は……」首を振り振り、「危ないですよ。呪われた魂どもの市《いち》とでも云うか。」雲が朧《おぼろ》げに浮び、海からの雨が近付いて来る。

「どうせそんな時間はないさ。——で、マスクラインはどうなんだ？」

「ふむ……彼奴《あいつ》にも矢張り気を付けないと……？」

「ゲゲ……」

「透鏡《レンズ》仲間をこれ以上悪く云いたくありませんな、」ディクスンは殊勝ぶって目を吊上げる。「いくら相手が、赤経に関るにも悪の一つや二つを必要とする奴*でもね。——でもまあとにかく、奴のことは汝の方が詳しいのでは……？」

「つまり、私としては自分は自分で護るしかないと。」

「わし、そう云いましたかね？　そうは云ってませんよ……？」メイスンの頭部がゆっくりと横方向に応答するのを目にしながらディクスンは云う、「云ったのは汝ですぜ。」

「感謝するよ、ディクスン。こうやって話し合えるのは、いつもながら有難い。さて。私の親愛の情を伝えてくれ給え、岬で誰か、私にまだそういう情を抱いてそうな人が居ったら。」

「それなら大して時間掛りませんよ。」

「気を付けてな、ジア。時計にも気を配ってやれよ。」

「降誕祭《クリスマス》に又会いましょう、チャーリー。」

＊ 赤経に関るにも悪の一つや二つを必要とする奴："one to whom Right *Ascension* may require a Wrong or two"は「しかるべく出世するにも悪の一つや二つを必要とする奴」とも読める。マスクラインの出世についてメイスンが感じている恨み・憤慨を踏まえている。

13

船の昇降段から繋がった濡れた岩を、行きと同じ用心深さでそろそろと昇っていたものだから、岸に辿り着き、ほぼ鼻先にマスクラインが現れるまでメイスンは気が付かない。こんな場所で出会《でくわ》すなんて妙な話である。まさか船の見送りという訳でもなかろう、今回の船は発つ者といってもディクスンだけなのだし。そもそもマスクラインの奴、此処に居ることを人に見られたがっておらぬ様子で、メイスンの姿を認めるや否や、目が撃剣《フェンシング》の突《パサード》もかくやとばかりさっと前に飛出す。

「朝の散歩です、」マスクラインはメイスンに挨拶する。「どのみちほぼ夜通し起きておりますからな、星見人の呪いですとも。ミスタ・ディクスンは時計を従え無事発たれたのでしょうな。」

メイスンは頷き、小さな波止場の彼方の海を見遣る。マスクラインが何処へ行こうが来ようが自分の知ったことではないし、今後もそう願いたい。星々は空に弧を描いて、谷間の入口を護る、ごつごつ険しい山の闇へ入ってゆく。傍《そば》で膨らみつつある昼間に向けて、霧が動き出す。家々の白い石壁の中から、生きた声の囁きが勢いよく漏れてくる。

「どうです、また大西洋《アトランティック》娼館に行って、朝飯を食って景気付けて仕事に掛りませんか?」

この時刻、其処《そこ》ら中、窓硝子の向うで角燈《ランタン》の明りが招く。「確かに岬町《ケープ・タウン》とは違いますな、」とメイスンは驚嘆する。水夫どもは千鳥足で歩き、娼婦等は仕事に行ったり仕事から帰ってきたり、東印度会社の新米書記達は余りの戸惑いに眠れもせず、魚屋連中は椅子に座った貴人を運ぶが如く丁重に大きな鮪《マグロ》を棒から引っ提げ二人一組で歩き、奴隷の群れは地元の方言で歌い、至る所で松明《たいまつ》の灯りが揺らめく、――それに外出禁止時間もなし。和蘭陀の東印度会社と違って、英国の東印度会社は潮汐《ちょうせき》表《ひょう》の主権を認めているし、更にその向うにある月の優位も認め、長年酷な扱いを受けてきたこの荒果てた島に於ける、生き死にも含めたあらゆる訪れと旅立ちに関し、事実上の支配権を月に譲っている。

メイスンとマスクラインは橋を渡り、町の広場に沿って歩く。波は絶間なく寄せて来る。東印度会社の館も過ぎて、本通りの端で立止まる。「現実の空間としては決して大きくないが、」とマスクラインは町の方を身振りで示す、「中に入ってみると、その真の拡がりが判ります、――欧羅巴《ヨーロッパ》の都市に負けぬ迷路です……まだ曲ったことのない角は無数。聖書の麵麭《パン》と魚の奇蹟も此処じゃ顔負けです、学問は何の答えも与えてくれません。」落着いた、本気で云っているらしき顔付き。

「ならば、」(後で振返ったメイスンは、あんな風に性急に応えるんじゃなかった、と悔やむことになる)「誰かが暫く、島に留まったまま姿を消していたければ、――」

明るく光る目がチカチカと、暗号を発するように点滅し始める。「勿論、永久に消える方が簡単でしょうがな、――つまり、海がありますから。」

どういう意味か、自分が知りたいのかどうかもメイスンは定かでない。「勿論、ですが例えば一週間とかだったら?」

「誰に追われているかによりますな。」

「例えば、ジョンその人。*」

* ジョンその人:イギリス東インド会社は俗称をJohn Companyと言い、それを踏まえて会社を擬人化している。

「ふむ。最初の二、三日は容易でしょうな、――町と島の地理を知り尽しておるのが前提ですがね、――最初の捜索隊の構成員《メンバー》は、どうせ下っ端の書記やら徒弟やらで、館の本当の大きさすら碌に判っておらん新米です、何奴《どいつ》も此奴《こいつ》も傍《はた》迷惑な若造ですとも、それが矢鱈《やたら》威張り腐って、捜索だ捜索だと島中に触れて回るんです、――そう、此処の全世界に、――」

「随分、その、既に考えておられるのですね、こういう件について……。」

「いえあの、貴殿が御自分に関してお訊ねになっていると思ったものですから……。私は消える必要などありませんとも。いやいや、王立協会にしたところで、NM某《なにがし》*のことなど疾《と》うの昔に忘れております。費用は王室持ちで、無為に日々を過ごし、地球が動くのを待つばかり。ところが、正に今この瞬間、やっと為すべき仕事が現れたのです。天の計らいによって――」

「というと？」メイスンが愛想好く問う。

「――既に輝かしい業績を挙げた熟練《ベテラン》天文観測士が出現し、単純かつ素朴な我が仕事に加わって下さるのです。」

「確かミスタ・ウォディントンが……お出《い》でになれないということでしたっけね。」

マスクラインは肩を竦める。「金星が太陽の周縁から離れるや否や、あっさりおさらばでしたよあの方は。」

実のところ、ロバート・ウォディントンが聖ヘレナを去ったのは、日面通過の三週間後であった。

「わしは大犬星《シリウス》の視差はやらん、潮汐《ちょうせき》もやらん、」別れ際にウォディントンはぼそぼそと云った、「木星の衛星もやらん、契約書には金星の日面通過一回、それしか書いておらん、――で、それはもうやった。次のを観測しろと云うなら、また新しく契約して貰わんと。」

「船旅の安全を祈りますよ、ロバート、」マスクラインは落着きを装って答えた、「毎夜月が出て、太陰観測が捗《はかど》りますように、」そう云いながら回れ右して、己の仕事に戻るべく町の方、小さな橋の袂《たもと》の娼館横丁の方へ再び向った。その全ての背後に、谷間が聳《そび》え立っていた。

「この島はねぇ、」マスクラインは溜息を吐《つ》く、「――万人向き鬢長鮪《ビンナガマグロ》の印度風串焼き、てな訳には行きませんやねぇ。」そもそもウォディントンは、サンディ湾近辺に立つ、ロトとその妻、と呼び慣わされる二つの岩柱を印度貿易船が認め、会社の砦が湾に厳めしく聳える姿が見えた途端、早くも不快の念を表明し、その後もずっと、何かしら新たな失望を島に見出す毎日を送ったのだった。通りの数が少な過ぎる、じろじろ見る奴が多過ぎる、珈琲に安物の闍婆《ジャワ》珈琲が混じってるみたいだぞ、きっと金儲けに余念のない事務長《パーサー》の仕業に違いない……。

「そんな、まさか、」メイスンが愕然として云う。

「まあまあ落着いて。あの人の妄想ですとも。後日、王立協会に出向いた時には、聖ヘレナとその総督をとことん褒め千切ったそうですよ、どうやら帰路の太陰観測が素晴らしく上手く行ったのでしょうな、――船長とも昵懇《じっこん》の仲になって船賃も免除して貰ったというし、――只まあ最後の最後では雲がえらく厚くなって、披土蘭岬《ポートランド・ビル》に来るまで陸が見えなかったそうで、やっと見えた瞬間、ああ何はともあれ生きて英国《イングランド》に帰れた、と喜びの声を上げたそうで。」

「私も彼の先例に倣《なら》うべきでしょうな、」メイスンが云う。

「というと、あんたも潮汐の情報《データ》を手伝って下さらんのですか？　水の中に棒二本ばかり差すだけですよ、何がそんなに大変だっていうんです？」

「いやそうじゃなくて、私も太陰観測を、質量共に負けぬようやらなきゃってことです。そもそもお手伝いする気がなかったら、今ごろディクスンと一緒に発っておりますとも、こんな、――いやその

＊　NM某：マスクラインのフルネームはNevil Maskelyne。

つまり、――」

「いやいやいいんです。この島についてどんな悪口を云われたところで、もう全部ウォディントンから聞いております、でなければ私が自分で云っております。一時期なぞ、この島が意識を持った生き物だと信じて疑わなかったこともありますよ、地の下から活力を得ておる、会社によって秘密裡に造り上げられた生き物なのだとね、――この島は何もかも会社のもの、――如何なる営みも、思いも、夢も、全ては会社によって生み出されておるのだ、そう信じてました。ハ‐ハ、いやほんとにねぇ、私も妙なこと考えますよねえ。私はなるたけそっと静かに歩くよう努めました、其奴に歩みを勘付かれまいとしてね。強く踏みすぎるとね、其奴がびくっと縮こまるのが判るんですよ。だから、それは避けようと。あんただってそうしますよきっと。この町の連中もみんな、狂った奴等ですら大半が、そうっと忍び足で歩いてますからね。誰の権力でそんなこと強制してる訳です？　ハッチンソン総督ですか？　会社の警備隊？　いやいやそれ以上に、自分達は微睡む生き物の上で生きてるんだという意識が、其奴から見れば人間なんて蚤よりちっぽけでしかない怪物の上で暮してるんだという気持が、そうさせるんです、――だからこそ私等みんな、かくも危うい生に対して細心の注意を払いもし、その生を維持する上で、如何なる礼儀が真に必要か、本気で考えておる訳です。夜間外出禁止令がないのもその為です。生きる為に、四六時中起きていなくちゃならんのです。目覚めている全ての瞬間、恐怖と共に過ごす、放蕩と汚辱に塗《まみ》れる危険を常に抱えて、――」

「そうそう、その話なんですがね、――」

「そう、倫敦だったらその手の話も軽口で済みます、だけど此処じゃね、それなりの覚悟が要るんです。あんたはまだ汚辱というものを御覧になっておらん、――よござんすか、あんたは今、汚辱の都に住んでおられるのですよ。」

メイスンはだらだら汗をかきながら考えている。ディクスンの奴、私を危険な狂人と二人きりに置き去りにした訳か。それに、それにウォディントンにしても、何でそこまで早く帰ったのだ？　何を云ってる？　火を見るより明らかではないか、奴がそそくさと発った訳は、恐慌《パニック》以外の何ものでもない！　此処では明らかに、一瞬たりとも注意を怠れぬのだ、絶対マスクラインを刺激しないように。ゲゲゲ……。

　メイスンは先ず、いつもは殆ど痙攣のように肩を竦めるところを、その速度を落とす努力から始める。

「まあ私は……来たばかりですから。」

「何を仰有るんです？　え？　私もウォディントンと一緒に発つべきだったと云うんですか？　どうやって？　あんた何だって帽子をそんなにぎゅっと摑んでるんです？　大犬の観測は可能な限り間隔を置いて行わねばならんのですよ、そうでしょう、——少なくとも半年は空けないと、で、傍《はた》から見れば私等何もせず無為に過ごしてるように見えるかも知れんが、その間にも惑星は着々と、軌道の一方の端からもう一方の端へと回ってゆき、基線もじわじわ長くなってゆく、長ければ長いほど良いのです……その何処が、私の落度だというのです？」この問い、答えを求めているのか？　二人は今や町の平たい部分を抜け、坂を登り始めている。

「私が怠慢だとお思いで？」と問うマスクラインの顰面《しかめつら》には動揺の色。「率直に仰有って下さってよいのですよ、私がどんな風に見えておるか。こんな所に一人で暮してますと何も判りゃしません、自分がどう見えるかすらも。暫くは鬘《かつら》も被《かぶ》ってましたが、みんな変な目付きでじろじろ見る訳ですよ？　島じゅう何処にも、真面《まとも》な大きさの鏡なんて一つもないんです。わざわざ船に積んでくる価値なしって訳です。此処では誰一人、自分が他人の目にどう映ってるか判らんのです、まあ橋の辺りに居《お》る乙女の中には、蓋の内側に超小型《ミニチュア》の鏡が付いた頬紅箱《ルージュ＝ボックス》を持ってる者もいるそうで、一応自分の顔は見られる訳ですが、それだって目だの鼻だのを一つずつ見るのが精一杯。そうやって断片に分かれておらぬものは不可視も同然なのです。そしてもし、私の人格まで、同じような変身を遂げているとしたら、何らかの過ちに迷い込んでいるとしたら、どうしてそれが私に判りましょう？　もしかしたらあんたは、この耐え難き反定季風《エテジア》に乗って、矯正役として送られて来たのではありますまいか、——我が精神の監査役として遣わされたのでは？——私等みんな、そういう人の到来を待焦がれてきたのですよ。」

これに対する、幾つか採り得る反応の内、メイスンは沈黙を選び、それが非社交的と受取られぬようにと念じつつ、マスクラインと共に坂を登り続ける。

島で唯一風を受けない港として、ジェームズ町《タウン》は束の間の微睡《まどろ》みしか知らぬ。此処で船から乗降りする水夫達は、阿片の夢で訪れた場を語るようにこの場を語る。何処かの扉や鎧戸が開く度に音楽が漂い出、松明は常に昇り続ける炎の衿飾《スカーフ》を棚引かせている。路地裏には、銭投げ賭博に興じる連中。炎自体とさして変らぬ大きさの装飾用角燈が、この時刻に商売に勤《いそ》しむ若き御婦人達の手首から下がっている、——「今、町で大流行なのです、」マスクラインがメイスンに耳打ちする。「この娘どもが印度貿易船に群がるのは、水夫目当てでもあり、買物目当てでもあるのです、——装身用の小物を次々手に取り、ポイと捨てては又別のを取る……御覧の通り種々雑多な連中ですよ、阿弗利加人……馬来人……偶《たま》に愛蘭《アイルランド》の薔薇《そちら》……」

「あらまぁ牧師様、其方の素敵なお友達はどなた？」

「これこれブリジェット……やあ、ご機嫌よう、——」愛想好く手を振る。「無論此処だって、健全な営みを欠いておる訳ではないのです、谷の上へ野遊《ピクニック》に行くも良し、サンディ湾に出るも良し。知性の向上に努める、渦巻について学習する、中国語を習得する。酒を飲む。」そう云いながらマスクラインは、ある壁に開いた入口の前でハッと驚いて蹌踉《よろ》めく振りをしてみせる。壁は石灰塗というより煉瓦、その上に掲げられた看板には白い天体が描かれているが、その顔は街の女のそれであり、随所《あちこち》の付け黒子《ぼくろ》は、知合ったらこの女、どんな営みで以て楽しませてくれそうかを暗に示している。
「おぅ、ほぅ。これは驚き！　何と、又も月亭《ザ・ムーン》ですか。寄っていきます？」中では綺麗どころの娘達が声を揃えて歌い出す——

おーい船乗りさん、
そんな銛《もり》なぞ降ろしなよ、
あんた滅法《めっぽう》ツイてるよ、
月に乗上げたんだから、
あたしたち月娘　みんな
あんたとお近付きになりたいよ、
何てったって頼りは男、——
月には男が必要なのよ。
［反復句《リフレイン》］
ああ、月の男達、
奇跡の贈り物、
真夜中も正午も、あたし達には必要なの、
月には男が！

マスクライン行付けの店に相違ない。「いつものサー・クラウズリーですか、旦那？　お友達にはマデイラで？　ミスタ・マ・ソーンですか、これはこれは。ミスタ・ディクスンは無事お発ちになりまして？」

「ええ、御陰様で、」メイスンは目を窄《すぼ》める。

月亭の亭主ブラックナー氏は、このように四方を何千里《リーグ》も海に囲まれた小さな島ではいずれ必ず出て来る類の詮索屋。何しろ此処は村程度の人口、話し相手といっても毎日顔を突き合せている連中のみであるからして、新顔がやって来たとなれば、皆が興味津々寄って来るその貪欲さたるや、他所《よそ》では南亜米利加の一部の川でしかお目に掛らない。*1　誰もが一人残らず、他の誰もが知っていることをいずれは知るに至るのであり、——心から心へと伝わるその奇妙な疼きは、新参者にも生々しく、しばしば大いなる不安と共に実感される。

こうした優れた情報収集の鏡を使って、マスクラインとクライヴとの、更には東印度会社との繋がりを知った時も、ブラックナー氏は忽ちその発見を、親指をぐいとマスクラインの居る方に動かして、客の誰彼となく、単なる平水夫にまで報じるようになった。「彼所《あすこ》のあの人、印度のクライヴの義理の弟なんですよ。杜松子酒《ジン》の甕《かめ》の直ぐ横です、判ります？」

「大分また長いこと酔ってますな、ミスタ・B。」

「何と仰有る、——彼《か》の有名な超御大尽の義弟があんたの目の前におるのですぞ、——御兄弟も二人いらして、印度のクライヴはそのお二人の義兄弟でもある訳です。」時には、不審顔の、大杯《ジョッキ》を確《しか》と摑んだ客をマスクラインの前に引っ張ってゆき、「さあ、ネヴィル、——君の義兄《にい》さんは誰かね？さあさあ、云ってやってくれ。」

その度にマスクラインは、内心苛立ちながらも、余計なことは云うまい、さっさと済ませよう、それだけを念じて「はい、クライヴ卿です、」と答える。

「まさか、——印度のクライヴかね？」飽くまで疑り深い客は念を押す。

「はい、あの英雄が、運命の思し召しによって、手前の姉を妻に娶《めと》ったのです。」

「そう、そうとも、」亭主は鬱陶しい程の熱意で云添える、「それが勿論、ミス・ペギーということになりましょうな。」


この手の科白を巡ってブラックナー氏は、殆ど音が聞える程の、睨《ね》め付ける視線をマスクラインから浴びてきた、——それがここ月亭での、精緻に釣合った取決めである。有名人に目がない阿呆どもの馴れ馴れしい態度に耐える見返りに、マスクラインは付けで飲むことを許されているのであり、その額たるや、小さな戦争を請負えそうな程の、酒飲みに関しては半端ではないこの港町でも伝説的な数字に達している、——勿論請求先は王立協会、万一あちらがこの額以上は引受けられぬと云ってきたら（実際、後日その額が一日たった五志《シリング》であることが判明する）、後は無尽蔵の御大尽、印度のクライヴに請求するだけのこと。マスクラインは更に、生家の伝統の重荷も感じているやも知れぬ。即ち、兄のエドマンド、通称マン、も十年前に会社の若き書記としてカルナチック[*2]へ向う途上この月亭を訪れたのであり、本人はこの店をさして気に入らなかったが、お前にはぴったりの場所かも、と弟に勧めたのだった。マスクラインは未《いま》だ、それは如何なる場所ということなのか決め倦《あぐ》ねている。

メイスンは後日、アラルム尾根に立つ上方観測台まで登った際、何しろマスクラインが益々気難しく恨み辛みを募らせているものだから、下げ振りの吊下げ具を吟味するに当っても、余り露骨な態度は見せぬよう留意する。先頃の日面通過の当日、岬《ザ・ケープ》に居たメイスンとディクスンは、金星が先ず太

＊1　南亜米利加の一部の川でしかお目に掛らない：ピラニアへの言及。
＊2　カルナチック：インド南部の東海岸地方。英仏両国がその領有を争い、一七六三年イギリスの支配権が確立。

陽に接触する瞬間、太陽面に完全に乗った瞬間、太陽の反対側の縁に達した瞬間、そして太陽面から完全に離れた瞬間、これら四つについて全て時間を測定した訳だが、此処聖ヘレナでは、今まさに第一の接触の決定的瞬間というところで雲が現れ、真っ直ぐ太陽に向って進んでいった。マスクラインの落胆、如何許《いかばか》りであったか。観測台を余り低地に据えぬよう忠告も受けていたし、しばしば朝早くから此処の大きな峡谷を満たす霧にかつてハレー博士が難儀したことも知っていた。それでも、矢張り。マスクラインの不運を聞いて、メイスンは理解する。自分の務めは、マスクラインの前で絶対に嬉しそうな顔、満足気な顔をしないこと、――更に又、この後《ご》頻繁に見られることになる、マスクラインが矢鱈《やたら》振回す短剣にも一切反応せぬこと。

「勿論全員が岬行きに選ばれる訳には行きませんからな、――あんた方は最高の場を割当てられた訳です、いやはや全く。」こういう、気張《ストレス》に苛まれている時のマスクラインの声は、喉に引っ掛かった高音《ソプラノ》に近くなってゆく。

「間に合うよう着ける港が彼所《あすこ》だけだったのです。」この聖ヘレナ滞在に於て、メイスンはこの科白を千回繰返すことになる、――平均すれば、一日凡そ十回。

「いや全くあんた方は運がいい、しかも神の祝福も受けておる、何せ私は副牧師ですからその点は信じて下すって結構。残った私達なぞどうでもよい、あの忌わしい瞬間に、全ての回転が不様《ぶざま》に停止してしまったところで構やせんのです、私ら所詮落ち零《こぼ》れですから。

いや私としたことが又も、ついつい愚痴ってしまいます、あんまりでしたからね、一瞬にして何もかもが、――ですが天候だけじゃないんですよ、お判りでしょう、何しろ仮にあの日、視界が完全だったとしても、あの糞忌々しい、――失礼、――天頂儀があった訳で、下げ振りの所為《せい》で『一つの間違いで全て間違い、』になっておったでしょうからね、あれを通して見たものなんて何一つ信用出来やしません。

特にこの島では尚更《なおさら》です。他所だったらそこまで問題じゃなかったかも知れませんが、此処では不穏なのです、メイスン、——そう思いませんか？　あんた感じてませんか、何て云うか、——不穏な感じを？」

「不穏？　いやいやマスクライン、岬《ザ・ケープ》の後では実に落着きますよ、熱帯流の落着きだねこれは、空気は澄んでるし、珈琲は比類なく美味く、——収穫された豆がそのまま乾燥窯《がま》に！——空は観測に持って来い、——これ以上何が望めます？」

「これ以上何が——」絶叫したいのを抑えようとするように左右の頬をぴしゃぴしゃ叩くマスクライン。「勿論、——私は五月蠅《うるさ》いことを云過ぎなのでしょう、そうでしょうとも、それにきっと安手の感傷に酔っておるのでしょう、——ハ、ハ、ハ、何だかんだ云って、かつて激しく噴火した歴史を有する活火山の頂上に閉じ込められたからって、それがどうしたってんです？　しかもその火山はいつ又目を覚ましても不思議はなく、そうなったらさぁ大変、逃げるところと云うても、何処《どこ》まで行けどなぁんにもない大海が何千里《リーグ》と広がるばかり、——あぁぁ！　メイスン、あんた感じませんか？　この場所！　この大いなる廃墟、——取憑かれておるのです……執拗な亡霊に、——古《いにしえ》の犯罪に、——誰も逃げられやしません、皆が呼吸する気体に染渡《しみわた》っておるのです、何世代も何世代も、——あぁ！　それだ！　彼処《あそこ》！　御覧なさい！」——角燈の光が及ぶ向うを指すその顔は、然《さ》も居心地悪げに固まっている。

　マスクラインが初めてこんな風に捲《まく》し立てた時には、メイスンもひどく狼狽したものである。今ではもう、この島を統《す》べる摂理は、英国《イングランド》南部ほど厳格にニュートン的ではないのではあるまいかと疑っている、——そしてそれが誰によってもたらされたかとなると、首を捻《ひね》る他ない。それほど此処には、悪魔的なるものの気配が遍在しているのだ。いずれにせよ、マスクラインのこうした発作に何度か付合った後では、メイスンも最早、反応を示す義務を感じない。ところが今、呑気に眺める己の眼差が、本当に何かの姿を空中に捉えたものだから、メイスンは相当の驚きと、直腸の痛みに襲われてしまう。その何かは極めて大きな、あり得ない、――無の一片、それが、ついさっきまでは百科事典でも確《しか》と名付けられた星々の楔《くさび》が輝いていた所に浮んでいる。「あの、この観測台のことだけど、マスクライン？　君、会社からその、何か……兵器は貰ってるのかね？」

「ハ！　仏蘭西製の決闘銃一式さ、火打ち石からして当てにならぬ銃ですとも。好きな方を取りなさい、――どっちだって同じでしょう？　あれがやって来たら、こんな銃、何の役にも立ちやせん。」

夜空に突然現れたそれは、――今や単なる影以上になって、――じわじわと天頂に近付き、益々多くの星々を覆ってゆき、やがてとうとう、転がるように天頂も越えて、水平線に向って落ちてゆく。

「何たる天候、」と呟くメイスンは殆ど失望に近い気分。それと共に雨が降出し、濃密な、湯気を立てた雨に急かされてメイスンは悪態を吐《つ》きながら可動式《スライド》の屋根を閉めようと表へ飛出すが、その間マスクラインはといえば、己の小室《ブース》でぬくぬく、悠然と煙管《パイプ》の火を点け直している。メイスンが感じるのは、憤りよりもむしろ諦めである。勝手知ったる自然力の確かな騒乱の方が、未知なるものを説くマスクラインの説教が醸し出す、薄気味悪いむっとする空気より好ましい。程なくして雨はメイスンの帽子の三つの角全てから滝のように流れ落ち、頭をどの角度に据えようとも一向に効目はない。

やがて、観測結果も得られず、眠るのも癪《しゃく》なので、メイスンとマスクラインはマウンテン葡萄酒をもう一本開ける。この儚《はかな》い荒《あば》ら屋の外では、何が待受けていても不思議はない。山々は地獄の高台の如く鋭く、険しい。この島は隣の惑星も同様、但し惑星名はまだないが、――と月亭でも聞かされた。――要するに此処聖ヘレナは、しがない旅回りの一座、全ては演技《パフォーマンス》でしかない、――もう一つの惑星たる何処かの大都市によって何年も前に送り出された植民者集団、その未だ見えぬ惑星が遂に姿を現し名前を得るまであと何年かかることやら、それ迄はこの島が云わば覚書の役、本国の代理を務める他ない。此処に住む者の多くが最初の植民者集団の子孫であり、中には一再ならず本国に行って帰って来たと主張する者もいるが、大半は生涯、親惑星の地を踏まずに終る。「だからどうだってんです？」マスクラインが云放つ。「何処の民族にも、創世神話はある。とことん異端になれる奴なら、無論私はそうは行かんが、そういう奴なら、創世記の楽園だって、地球外植民の一例として思い描けるのではないかな。」

　マスクラインは地球を超越しようとする人間の一典型であり、それが彼を、メイスンにとって、歩く教訓にしている。もう何年も、メイスン自身、真夜中の南中も終った後に横たわり、空の妖婦の声を耳にしてきたのである、――妖婦は囁く、お仲間のことなど忘れてしまいなさい、死者への忠誠など捨ててしまいなさい、何よりレベッカをお忘れなさい、――所詮彼女は、そして彼等は、単に貴方の気を散らすのみの、時の流れに縛られ脆《もろ》い肉体に縛られた身、貴方のように天文学に身を捧げた者を、純粋なる学術の領域、永遠なるものの領域から引き摺《ず》り下ろそうとするだけです。

「星一つ一つは、赤経と赤緯によって天の半球に据えられた数学的点に過ぎぬとしても、星全てを合せれば、それらの数は無数ながら、点の集合体が全てそうであるように、何か一つの、巨大な均差を表している筈。それは神の目には球体の均差と同じく明白であり、――我々人間には解読不能、計算不能なものに違いない。孤独な、報われぬ、不可能ですらあるかも知れぬ仕事です、――とは云え、誰かがそれを日々追究せねばならんのでしょうな。」

「それだけの時間がある者がね、」とメイスンは取り敢えず云っておく。

　雲もない或る日の午後、二人は香橙《オレンジ》林の香りに包まれて立っている、――大瀑布《だいばくふ》や深淵を前にした旅行者が目を丸くして立ち尽すように、――云わば鼻を丸くして、英国育ちの自分等にとっては初めて出会う匂いの多様な集いを前に立ち尽している。暮れ泥《なず》む長い一日ずっと、二人はこれを探していたのである、――それはこの島最後の香橙林、――朽果てた楽園の名残……。雲の影が緑の斜面を斑《まだら》に染め、赤い陶板《タイル》の屋根の家々が小さな谷間に君臨し、牧場《まきば》は羊の如く柔らかに広がる、――それ等全てが、二人の立っている火山付近の草地と共に、地獄の如き山々の尖った頂に囲まれている、――ぐいと空へ向ったまま凍りついたかと見える、どちらを向いてもぎざぎざの眺めは、凡そこの世のものとは思われぬ。「聖ブレンダンは五世紀に、聖書に記された楽園と信じる島を探しに出掛け、――それを発見したのです。それがマディラのことだと信じる者もいますが、コロンブスがいざマディラに赴くと、いやいや私どもはそれを西の地で目にしましたと聞かされ、今日の学者達が証明するところではそんなものは只の幻。かくして理性の支配は、楽園の存在を仄めかす如何なる言説も明るく葬り去ってしまうのです。

ですが仮に、此処がその島だったとしてみましょう。何と云っても彼は、聖ブレンダンは、戻って来たではありませんか。愛蘭に戻り、シャノン川の此方《こちら》側、西の海から限りなく遠く離れたクロンファートの地に修道院を創立し、その老司教として死んでいったのです。或いはそれこそが、楽園だったのではありますまいか。でなければ何故、此処を去ります？」

「謎ですな！　不思議です！　申し分ない！　これ程の謎が解けた頃には、私等もう英国に帰ってこんな暮しともおさらばしてるかも知れませんな！」

「答えは簡単、蛇ではありますまいか。」

「と云いますと？」

「火山の中に住んでおる蛇ですよ、メイスン、まさかあんたその話知らん訳じゃないでしょう？」

「いや、残念ながら、――」

「蛇、虫、或いは竜、何と呼ばれようとそれにとっては同じこと、それは己の言葉で語るのみなのですから。〈不服従〉こそこの島の古の呪いにして秘密の名。この島の支配者がそれに他なりません。思慮なき貪欲で以て、情けなくも僅か数世代の内に、此処の人間達は、かつては何でも育ち得た園を、見る影もなく荒廃させてしまいました。病気、狂気、彼等が残した汚物は至る所に山となっています。遠からざる或る日、最後の長老たる藪の、最後の一葉が朽果て、一時《いっとき》も止まざる風が弥終《いやはて》の不毛なる草地から最後の土を運び去り、島に残る生命は人間同士のそれのみとなった時、――彼等は如何ように己の最後の一歩を歩むでありましょう、――どのように己自身に不服従して自らを忘却の彼方に送り込むでありましょう？　単に一人また一人と死んでゆくのでしょうか、この島の流儀に相応しく、孤独に、疑念と共に、遂に誰一人いなくなるまで？　それとも、互いに殺し合うことを彼等は選び択《と》るでありましょうか、殺戮から得られる快楽を求めて？」

「それって、どれくらい近々《ちかぢか》に起きるんですかね？」

「まあ私等はもうその頃にはいなくなってますかね。私等には私等なりの不服従のやり方がありますからね、――失礼ながら、――ヤーコプ・ベルヌーイ二世の座右の銘にも云うが如く、――『父ノ願イニ背キテ我、星ヲ追フ』。」

　メイスンは立ち止って目を窄《すぼ》め、頭をぶるっと振って苛立ちを追払う。「私の父の願いなど、貴方に何が判ります？　じゃあ何ですか、私の父は只の粉屋にして麺麭屋だから、旋毛《つむじ》曲りの、片意地張りの無知ゆえに、星見の営みに反対するに決っておると？」

「私はただ、現代にあってそうした云争いは珍しくないと申上げておるだけで、」マスクラインは弁明する。「理性、若しくは理性に仕えようという使命感、――学問の追究、――それ等こそ若人達《わこうど》の希望であり、彼等の家族には理解して貰えぬ音楽、時には耳すら貸して貰えぬ音楽です。その苦闘なら私も知っております、私の場合兄のマンには特に苦労させられました、ペギーにも喧《やかま》しく云われましたが……ある時などみんなで私を誑《たぶら》かして、ペギーの星占いをやらせましたよ、特に彼女が近々結婚出来るか否か誰もが興味津々でね。乙女の夢を告げる運命の輪をでっち上げるくらい訳ありません、——木星が金星に『相方の家《パートナー》』で微笑みかけ、火星がぴったり中空に陣取り、水星が悠然と前を行って、逆行する天体は一つもない。で、私は感謝されたか？　いやもう、簡単な占い一つやっただけで、以来『星占いのネヴィル、』です。」

「『星見屋、』よりマシでしょう。」

「で、次に、ウェストミンスターに在学中、出生天宮図の一つや二つ、占ってみせたらどうなったか？——そして無論、その後《あと》ケンブリッジでも、六片《ペンス》になると聞けばやりましたとも、——やれやれ。これであんた、私を軽蔑するでしょうな、」こうマスクラインが云うのは尾根に二人で登って来て二週間目のこと、告白の言葉が、さながらこの地の古地図に記された「山から流れ下りて来《きた》る水」の如く度々溢れ出す時期。

「六片貰ったんですか？　私は三が精々だったね、それだって亜刺比亜《アラビヤ》パーツをおまけに付けてやっとです。」

「亜刺比亜、覚えてますなあ、——だが我が透鏡《レンズ》兄弟よ、ともかくそれが我等の試練なのです。占星術は天文学の淫らな妹なり、姉が貞操を保てるよう我が身を売って歩く、とケプラーは云いました、——我々だって皆コヴェント市場《ガーデン》で演《だ》し物やった覚えはありますやね。で、その姉にしたって、破滅に向って既に何歩踏出しておりましょうか？　何せ、

真鍮の機械使おうが、己の眼《まなこ》を使おうが、
［とマスクライン、悪くない男声中音《テノール》で歌う］
星見は売女《ばいた》の商売、
（でしょ？）
宮殿に居て、大理石と煉瓦に囲まれてやろうとも、
垣根の陰で、六片《ペンス》以下でやろうとも、
おんなじことじゃありませんか、
星達は云います、
我等お前どもをずうっと見てきたんだぞ、
何日も何日も、
我等もう何もかも見た、
色んな見方で、
オーデリオー・デリオー・デリオー……

［叙唱《レチタティーヴォ》］

バースに赴《ゆ》く者も居りまして、彼《か》の地では、蠟燭と蛾《モス》の如く、聖職者《クロス》にまで追い求められまする。小屋《ピッチ》を張る者には、溝掘り《ディイッチ》職人が富《リッチ》をばら撒いて呉れまする。道具の造りはそれぞれ違えど、芸をやってお代を稼ぐのは皆同じ、――天文学者の長椅子《カウチ》であれ婀娜《あだ》っぽい女の寝椅子であれ、誰もが断言《アヴァウチ》致します、こいつは全く淫蕩《ディバウチ》な稼業……。

見るべき星はまだまだござる、
惑星も隠れております、
我等は覗き屋、欲望は飽くことを知らぬ、
或る者はそれを「神の如意」と呼び、
また或る者は、「なぁにが神だ、」と、
丁と云う奴、半と云う奴もござる、
あぁ、だがおんなじことじゃありませんか、
星達は云います、
　　云々。

「大犬までは暫くあります、――」歌って顔を火照らせたマスクラインが云う、「私があんたのをやるってのはどうです、で、その後《あと》にあんたが私のをやるってのは？」

「え？」メイスンは天幕の出口の方へ後退《あとずさ》る。

「出生天宮図ですよ、メイスン。やって貰ったことあるかね？」

「いやその……」

「いいんですよ、私だってないんだから、――多分、透鏡屋はあんまり自分のは知りたがらんのでしょうな。だがまあ老練の騙《かた》り屋同士、こんな浮世離れした場所に流れ着き、おまけに同じ統治星《ルーリング・プラネット》に、いや同じ女神に支配される仲、――我等二人共、女神のちょっとした溜息も聞逃してはならぬ、逃したら只じゃ済まぬ身の上、――さ、どうです？」

　メイスンは目をぱちくりさせる。高度の所為《せい》か？　印度のクライヴの義弟相手に揉《も》めるのはまずい

だろうか。ん？　これが若し狂気でないとしたら？　流刑者が友を求めてるってだけとか……ゲゲゲ、或いはもっと野暮な話で、マスクラインの奴、ブラドリーに取入りたいのだとしたら？——彼《か》の王立天文台長に近付こうとして寄って来た素人の星見屋はこれ迄ゴマンといた、——英国だったら、では左様ならと手を振れば、やがてあちらも人混みの星雲に呑まれてゆく、——だけど此処じゃ、周りは三六〇度海ばかり、天幕の中で、どうしろというのだ？

「誕生日は？」

「判りませんね。五月祭《メーデー》に洗礼を受けたってことしか。それを目安にしてます。」

「じゃあその何週間か前ですな、牡羊座《おひつじ》かな、ひょっとして魚座《うお》か……牡牛座って線はなかろうが、然《しか》し、——」と云いながらマスクラインはメイスンを繁々《しげしげ》と品定めする。

「足しになるかどうか判りませんが、私の立居振舞いに関して観察される特質によれば、典型的な牡牛座のそれが主要だそうです、——粘り強く、粘液質、滅多なことでは激しない、——情熱を抱けば巨人《タイタン》ばりの規模、ちゃらちゃらした衣装の小物どもに常に小突き回される運命。」

「では、五月一日ってことにしておきますか？」かくしてマスクラインは作業に掛る。暗い角燈の光に顔はぎらつき、蠟のようにてかてかと輝き、外では海が眩暈のするほど険しい頂や峡谷を物ともせずすぐ傍《そば》まで波音を届かせ、マスクラインは鉛筆で運命の輪を描き、絵文字や数字で埋めてゆく。或る時点で、何も考えていないかのように後ろに手を伸ばして髪を解くと、ぶるんと両側に下りてきた髪が顔を、中でも計算にぎらぎら光る目を、窓幕《カーテン》のように覆う。じきに、「ふむ！」「ややや！」といった言葉にならぬ言葉が漏れて来て、——メイスンは些かムッとしてくる。画家から何やら謎めいた指示を受けている絵の被描者《モデル》みたいな気分である。「これでよし、」マスクラインがやっと云う。「ほらこの、金星の座相《アスペクト》がこんなに沢山……ラ、ラ、ラ……。で、その山ってのは何処でしたっけ？」

「矢っ張りあんたの云う通りだ、私も知らん方が有難いですね。どうもさんざお手間取らせてしまって、——」

「先ず第一に、これって妙じゃないですかね、誕生星座宮がそれぞれ金星と太陽に支配されておるあんたとミスタ・ディクスンが、つい最近、二人一組で、正にそれら二つの〈合〉を観測した訳ですよね、——而《しか》もその〈合〉は、双子の星座の下で起きた。」

メイスンは肩を竦め、「太陽が支配星である確率は十二分の一。金星が支配星である確率は十二分の二、——両方が合さる確率《オッズ》は一四四分の二、——そそられる偶然だが、驚異的じゃありません。」

「でも可能性としては、——例えば競馬だったら、——」

暫くしてメイスンもやっと勘付くのであるが、相手はさっきからずっと、自分の興味の中心が何なのかを伝えようとしているのである。即ち、聖職者として、マスクラインはこれ迄にもしばしば、可能性のごく小さい出来事に、神が近年訪れた証しを探してきたのであり、より堅固な信仰を求めて七面倒な数式にも拘《かかずら》ってきたのである。根っからのニュートン主義者とあれば、それも当然のこと。七十二分の一、〇・〇一四、これでは今一つ塩梅よい数字とは云えぬ、十分奇跡的とは云えぬ。そして、もし創造主の明らかな介入、天からの介入でないとすれば、では一体誰の仕業なのか？

これだけの思索をマスクラインから引出すだけでも、メイスンにとっては大仕事。だが然し、こんな浅ましい場所に居て、煙管を喫って神を論じること以外何が出来よう、——何処かの会合で、会ったばかりの客同士が、つい先《さっき》まで居合せた共通の知合いについて話すように？

「あんたの出生の木星は双子宮にある、——正に先日の、あんた方が実に立派な観測を為さった日面通過が生じた宮です。旧来これは、協力による富を表すが、——但し水星も金星も牡羊座、即ちあんたの誕生星座宮かも知れん宮にあって、これは寧ろ独立、指導力を物語っておる、而《しか》も水星金星共に水瓶座の月に対して麗しくも六十度の角度にある……つまりは情け深さ、学究心、理性信奉……無論それがあんたの太陽によって矩の角度となっておる訳ですが……。」さながら市《いち》での漂泊民《ジプシー》の如くすっかり神秘の世界に入り込み、その中をあたふた飛回っている。「だが噫《ああ》こりゃ参った、ミスタ・ディクスンの気配は殆どありませんな……近くても精々、処女宮のあんたの火星、其奴《そいつ》が獅子宮の終りの境界線《カスプ》からわずか二度半ほどしか離れていない所に位置しておって、ということはあんたは彼にとってやたら喧嘩腰で疑り深い隣人ってことになりましょうか。」目のぎらぎら光る、牝狐《めぎつね》のような顔が、バサバサに垂れた髪の向うから覗いている。

「ミスタ・ディクスンに随分と御関心がおありですかな?」

さも牧師らしく手が広がる。「浅はかな好奇心です、――素人観測者の呪いですよ。とは云え、そう仰有ったから伺いますが、他にもいらっしゃるのですか、つまり……あの方に関心を持たれた方は? 一体どんな方々でしょうな、――皆さん何を期待なさるのでしょう?」

「そうですなあ。先ず、東印度会社ではないでしょうな。会社が関心を持てば、貴方にも知れるでしょうから。そうでしょう。」

「貴方とて同じことです。あんたのお仲間ミスタ・ピーチが長官に任命されるという噂も切れ切れに聞こえてきますし。」

「一方、長年確立された真理としては、」とメイスンは、あのきつい返しはちょっとまずかったかなと後で気に病むことになる口調で応戦する、「貴方の御親戚クライヴ卿はどんな地位でも望めば全て手に入る御方。どうなんです? 私がサム・ピーチに対して何らかの恩を負うているにせよ、そんなもの、大きさからいってまるっきり比較になりませんとも、――」ここで声を太くすべく一息吐《つ》く、――「印‐度‐の、――ク‐ラ‐イ‐ヴに較べれば、」――その名にこう抑揚を付けることで、マスクラインが確実に苛つくものの同時に奇妙に面白がりもすることをメイスンは既に察している。

「ですから、私等はお似合い二人組なのですよ、――つまり、こう云っちゃ何だが、」とメイスンの顔を覗き込む、「二人とも見えない力に操られておる訳でしょう？　何だと思われますか、その力とは？　多くの国を合せたよりももっと豊かでありながら何ら境界を持たず、――如何なる連合にも属さないのに自前の大きな陸海軍を有し、――此間《こないだ》の戦争、此度《こたび》の戦争の費用にしても鉄の箱の鍵さえ見付かれば訳なく出せる、――にも拘らず、特許状を与えてくれた筈の英国政府が、深紅の波の下に沈んでも見殺し。」

「何と！」とメイスンは叫ぶ。「又もう一つ謎ですか！　待って下さい、一寸考えますからね……。」

「或いは我等が酒場の亭主《あるじ》同様、あんたも矢張り、私とクライヴ卿との関係について妙な思い込みを抱いてらっしゃるのかも知れん。結構！　当方にも些か目論見はありますから、誰にそう思われても少しも否定せず、寧ろ煽ってやる位です、――だが事実は何とも冴えない話なのですよメイスン、ペギーと彼が帰英して以来、私はバークリー街《スクウェア》に一度しか足を運んどりませんし、それ以外に二人と会ったのも精々三度、――それだって常に他にも人が居《お》る所、内々に会うなんて全然ありゃしません。クライヴと私が二人で札遊戯《ホイスト》に興じることもなければ、一緒に変装してラネラの魔窟を彷徨《うろつ》きもしません、――宝石で飾った望遠鏡を土産に貰いもしないし、ロンドンで彼が阿片を買う際に私が売人との間に立ったりもしない。こっちがちょっと眉を動かしただけで、あちらが飛んで来て、サァ君この荷車一杯の東方の宝物を受取ってくれ給えと勧めてくれる、なんてね、そんなことありゃしないんですよ。」

「そうですかぁ、私はまたてっきり、せめて、――だって、じゃなけりゃ義理の兄弟なんて何の為にあるんです？　ひょっとして、あんたに相応しい贈り物を、と拘泥《こだわ》る余り、あんたの関心が如何なるところにあるのか、未《いま》だ決め兼ねてるんじゃないですかね。」

「未だ私を利用する気がないってだけです。いつかはそうする筈です……こっちはもうそれだけのものを受取ってるんだから……向うは一銭も使わずに私を利用出来るんです。」ここでマスクラインの、片方だけ笑っている、油断ない目付きの、共犯者を必要としている顔が一層用心深くなるのは、これ迄にもう何らかの痛手を被っているからであろう。どういう取決めが為されているにせよ、マスクラインにとって嬉しいものではないらしい。自分の立場も未だよく見えていないメイスンとしては、些か不安を覚えずにおれない。

「ね、こうやって、」マスクラインの口調には泣きが入っている、「私等みたいに正気そのものの英国人が一人又一人と連去られていく、貴きも賤しきも、毎日毎日、殺せと命じる内なる声を待つ気のふれた馬来人みたいに、――それ迄は只、世の流れに合せて生きてるだけなのに、――それがいきなり、バン！　又一人、馬来短剣《クリィス》を振回しながら表に飛出してくる、――まあそこは英国人ですからきっと乳酪小刀《バタナイフ》か何かでしょうがね、――ですがどんな地位に在ろうと、大いなる連鎖のどの環に位置しようと、少しも安全じゃありません、――どれほど高い座に在ろうと同じこと、――そうです、だから私は心配なのですよ、お判り戴けますか同志よ、妹が心配なのです、妹が己の運命を託した彼《か》の勇士が心配なのです……、」今やその眼は、不安の巣穴から、長く厭わしい夜半直の繰返される中で掘られた巣穴から、外をこそこそ見ている。

　これが何処までお芝居なのか、メイスンには見当も付かぬ。倫敦中も知る通り、クライヴが阿片をやることはマスクラインも知っている、――だがメイスンがどうやって慰められよう？　確かにこの手の話は、悲惨な結果に終ったりもする。それにしてもマスクラインは、矢鱈と謎を出したがる。そもそも、実際に顔を合せるずっと前から、マスクラインがじわじわ横から、何里《リーグ》にも及ぶテムズ河畔の煙と霧に包まれて躙《にじ》り寄って来るのをメイスンは感じていたのである。遂に、と云うべきか、——それとも初めて、と云うべきか、あの紹介状を見たのは、グリニッジの八角形の観測室でのこと、ブラドリー博士が苛立たし気にそれを手にそわそわ歩き回り、「サッパリ判らん、何が云いたいんだか、月距法について何やら教えようとしているらしいが、——どうも今一つ……君、見てくれるかね、これが理解出来るか、——」そう云って手放すと手紙はひらひら、メイスンが飛付いても間に合ぬ速度で床に落ちてゆき、博士は観測者用厨房へと消えたのだった。

初めは、そして再読しても、ブラドリーと同じくさっぱり判らなかった。王立天文台長助手としてのメイスンの仕事の一つは、正にこのような書簡に目を通すことであった。海上で正しい経度を知る信頼性の高い方法を発見した者に最高二万磅《ポンド》の賞金を与える「経度法」が一七一四年に制定されて以来、グリニッジ天文台は、経度問題を巡る諸々の提案、計画、罵詈《ばり》、説教、丸一冊の書物等々の受皿となり、それが全てブラドリー宛に送られてきていた。中には用心深い、驚くべき単純な答えやら独創的な発案やらを仄めかすだけで詳細には触れぬ者もいたが、手紙の大半は何の抑制もない科学的哲学的独白であり、不健全な単純素朴さか、どのみち上手く行かぬのだという秘かな確信かを露呈していた。多くの者にとって、これは少くとも、自分達を無視する世界に向って喚《わめ》き散らす好機であった。己の創案をもっと情熱的に考える者もいたが、彼等にしても、幾何学者の術より役者＝山師の芸に傾き勝ちであった。時折、狂気もぎょろっとその目玉を覗かせた。「超《パラ》地理学」に関する論文も届き、見慣れた世界地図の上に新種の地図が重ね合されていた。多くの者が、——臨終の床でのカボット父がそうであったように、*——神から経度の秘密を教わったと唱えた（人によっては、神の代りに、〈何であれ地球とその自転速度とを創った存在〉を持出した）。天使とはちょっと違う、とは云え悪魔でもない、「高度を仲介する者」に拉致されたと語る者もいた。曰く、彼等は空高く連去られ、太陽の距離から見た地球の姿を見せられ、その乗物の航空士は一種測微計《マイクロメータ》のようなものを使い、測線を地球の直径に当て、その間の角を計測すれば八・七五秒、「但し無論それは我等の用いる数字とは異なるものであり、彼等の数字を先ず変換する必要がありますけれども。」――この厄介な換算作業の詳細に関しては、然るべき権威からの要請を戴けば喜んでお伝え致します。――但し、これ以上外国へ調査隊を派遣し、金星の日面通過から地球の太陽視差を得る必要は最早御座いませんので、先ずは貴殿等の調査隊を呼戻し、他国の、更には耶蘇会士等々の天文学者に関しても出来る限りの影響力を行使して戴きたく存じます。」ハンプシャーから手紙を寄こした元海軍将校は、「大いなる非対称原理」を発見したと称し、これは「神によって宇宙に組込まれた不可視の微小要素でありまして、これ在るが故に横に断つより縦に割る方が仕事量を要せぬのであり、割るより掛ける方が、積分より微分の方が楽なのでありまして、――話の核心に入りますれば、――経度を得るより緯度を得る方が容易なのであります。緯度を知るには、正午の太陽高度さえ判れば良い訳でありますが、――経度の方を知ることの困難さ故に、様々な事業が頓挫の憂き目を見てきた訳でありますし、幾つもの艦隊が滅び、測り知れぬ程の財宝がそ知らぬ顔をした海の底に横たわっておるのであります。解決策は実に簡単でありますが、より長大であります。小生は何隻もの後甲板に於きまして、縮帆《しゅくはん》時から凪《なぎ》の時まで凡そあらゆる状況下でその諸要件を実践して参りました、――小生の零子午線はグリニッジにも巴里《パリ》にもなく、雪家《ヒマラヤ》は西蔵《チベット》に建てられました天文台に御座いまして、数字表はその天文台に於て、当時、そして今日も亡命中であられます彼《か》の著名なる張《チャン》博士によって得られた観測結果より縮約しております。これは月距派にも属さず、とは云えガリレイ派にも属さず、未だ誰も目にしたことは御座いませんがη《エータ》ジェ

＊　カボット父：イタリア生まれの航海家で、英国王に仕えて北米大陸を探検したジョン・カボット（一四五〇頃―一四九八？）。

ミノルム星付近に在る、間違いなく惑星である天体の極めて緩慢な運動に基づいて得られた数値なのであります。」

そこを読上げてくれと、ブラドリーはメイスンに二度頼んだ。「左様、その星なら憶えておる、――黄道帯の上に横たわる石塊《いしころ》というか土塊《つちくれ》というか、カストルの左足の直ぐ前にあって、永遠に今にも蹴飛ばされそうな風情なのだ、」もし私が間違っていなければだが、と絶対に間違わぬブラドリーは云った、「故にその名を『突き出た足《プロープス》』と云う、――尤も駄洒落好きのフラムスティードは、夏至の転換点をそれが示している故『トロープス』と呼んだがな*。」

「但し、」メイスンは抜かりなく脚注を加える、「その転換点は現在、やや東にずれております。」

「うむ、――ではチャールズ、君も何処《どこ》の話か判っておるのだな。そう云えば確か……十分あの視野内に……うん、何かぼやけた染みのようなものが……緑っぽい青だった。ひょっとして覚書《メモ》してあるかも知れん。見てみても構わんぞ、勿論勤務時間外にだがな、家内にはちゃんと話を通しておけよ、夜中に彷徨《うろつ》いておるといい顔はされんからな……腹の底で、男はみんな狼人間だと思っとるのだな、君も気付いておるか？　いや、いい――君、何も聞かなかったのだぞ……。」

そしてその一言の残響も消え去らぬ内に、入って来たのは他ならぬスザンナ、その目の下には紫がかった灰色の、ごく目立たぬ扇、――まるで自分の運命を知っているかのようだ、とメイスンは思い、思いながらもその云方を我ながら恥じた。あの大いなる、残酷な、口にされぬ一言、――即ち息子を望む夫の思い、を前にして彼女は全く無力であり、――更には、次の試みが自らの死に至るやも知れぬことを彼女は恐れている……そうメイスンは邪推を巡らせた、だが誰がそうせずにおれよう？　メイスンは又これ迄、彼女が一日ぶらぶら過ごす姿も思い描いていた、――砂糖菓子を貪り、云寄る男達を此方《こっち》の扉《ドア》から追払い其方《そっち》の扉から招き入れ、夫からの煩《わずら》わしい要求に対しては一向に開《あ》けぬ扉越しに応え、こちらからは夫に最後通牒と法外な要請を突付ける。貯古齢糖《チョコレート》が欲しい。外套を作りに行くのに六頭立て馬車が要る。バースでまる一季《シーズン》過ごしたい。鬱陶しくなってきた求愛者に海外の職を……。

　捕食動物が全て目が細いとは限らない。倫敦の街でも、円《つぶ》らな瞳の獲物の振りをして、随分と獲物をせしめた冷酷な美女は少なくない。スザンナもそうした残忍な牝鹿であった。ブラドリーがそのことを知っていたとしても、もうずっと前に同意済みの、夫婦生活に於ける義務の一項目に過ぎぬ。

　ブラドリー嬢の後、一人も子供が生れていないことは、メイスンにとって云わば、手の届かぬ秘密の文書であった。その文書を求めてメイスンは胸の内を滾《たぎ》らせ、食糧の乏しい時期の獣の如くに痕跡を探して彷徨《うろつ》き、どんなに矛盾を孕《はら》んだ匂いにも、――獣にとってどんなに獣らしくない匂いにも、――反応した。スザンナはチャルフォードの実家に帰った。その後、ブラドリーと一度でも寝ただろうか？　名前にはブラドリーを抱いていても、心にはメイスンを抱いているのか？　かつてメイスンが彼女を夢に見たように、今彼女はメイスンを夢に見ているだろうか？　屋根の上から今聞こえた音、あれは豚の鳴き声か？――彼女と自分との軌跡は決して、と暗澹たる気分でメイスンは思った、交わることすらないのか、――彼としてはそれだけでも本望なのに、――情熱の一時間、たった一時間で良いのに、後《あと》は永遠の隔たりにも耐えよう、――かつて彼はそれ程ブラドリーの妻スザンナ・ピーチに焦がれていたのだった。

　貴女の結婚式の日、僕はまだ十六、

＊　フラムスティードは英国の天文学者、グリニッジ王立天文台の初代台長（一六四六―一七一九）。Tropus は Propus と、「回帰線」（夏至または冬至に太陽の真下となる地点を連ねた線）の意がある Tropic とを掛けている。

教会の庭の外に立って泣いていた。
そして今は　貴女を連去った男の下で働き、
毎日貴女が　彼の傍《かたわ》らに居るのを見る。

貴女は時に笑顔を浮べ、——時には浮べていない、
大抵は僕の方など見向きもしない、——
僕は水車池のように静かで、聖者のように辛抱強い、
貴女は何か、云いたいことがあるのでは？

噫《ああ》、貴女は白昼夢で僕を想うだろうか、
夜には僕を寝かし付けてくれるだろうか、
彼が隣でぐっすり眠っている時、
貴女の指は大人しくしているかしら？
恋がほんとに盲目ならば、どうして恋が
全てに打克てよう？　そして貴女は
ブラドリーを名に抱き、
心にはメイスンを抱いている……。

マスクラインの出生天宮図を解読する番になると、メイスンはいつになく陽気になって、軽やかに計算を進め、最後の星位を颯爽《さっそう》と書込む。「さあ出来ましたよ星占図《ホロスコープ》。さてさて、見てみましょうか。

ふぅむ。」

「月の相だけでいいからね、——他は結構。」

「何を又、迷信深いことを。あんたの月は金牛宮にあり、火星と金星と共に見事な大三角《グランド・トライン》を成しておる。たっぷりお楽しみ下さいよ。矩《く》はなし、と……矩はなし？　こりゃ参った。」ふんと鼻を鳴らす。「あんた、よっぽど運命の女神に気に入られてますな。三分《さんぶん》と六分《ろくぶん》の数も異様に多い、——あらゆる組合せがありますよ、——これ又幸運の約束。誕生宮には木星と水星、——水星は逆行しておるが、水星はいつだって逆行してますからね、——どうなさった？」

「忌わしい情報《データ》！」マスクラインが叫ぶ。「名すらない裏通りを行き、非公認の修辞教室に通って、教師等も熱心に文《ふみ》の術を教えてくれるのに、我が呪いは如何《いっか》な解けず、思いを云表《いいあらわ》しても世間は判ってくれぬ。書く手紙は無視され、論文は却下される。逆行する水星《メルクリウス》！　あの駿足の秩序攪乱者《トリックスター》よ、ちっぽけな分際で、これら占星術上の恵みを全て台無しにしてしまうとは！」

「え、どういうことで？　済みませんが私よく——」

「ほぉらね！　あんたもですか、メイスン！　三分だの六分だのが何になりましょう、人間との対話が与えられぬのなら？　去れ、去れぃ、悪戯な小人よ、——お前の勝ちだ！」

　こうやって、気が向いた毎にマスクラインを嬲《なぶ》ることで、聖ヘレナに於ける役目も何とか切抜けられるかも知れぬ。無論気晴しとしての効用はあっという間に色褪せてしまうであろうことはメイスンも承知している。とは云え、「普通なら、」とメイスンはもう一言付加えずにおれない、「メルクリウスといえば使者《メッセンジャー》、それが逆行するってことは、何処か他所で伝言《メッセージ》を伝えた後に戻って来たってことですかね。」

　マスクラインは眉間に皺を寄せ、その言葉について考える。翌日、暫く黙って煙管《パイプ》を喫った末に、

「多分そういうことですな。それで実に色々合点が行く。私の許に届かなかった伝言、そういうことです。これからはどうしたらいいかな?——その伝言が何だったかを知ろうと努めて、残り少ない寿命を無駄にしますかな?」

「この図によれば、」メイスンは忠告する、「遅かれ早かれ判る筈です。足掻《あが》くのはお止しなさい、人生が然るべき時に明かしてくれるのをお待ちなさい。この事に限らず、万事、貴方の伯父はボブなのです。* てゆうか、貴方の義兄は、ですかね。」

* Bob's your Uncle:「心配は要らない」「大丈夫、ことは簡単」を意味するイギリスのスラング。

14

山上に在って、メイスンは、ふと気が付けばディクスンのことを考えている、――もう無事岬《ザ・ケープ》に着いただろうか、――着いたらいついつの時刻には何をしているだろう、――昼に、夜に、天候にしてもメイスンには知る由もない。「遠い星々の律動《リズム》と繋がっている、我等の日々の営み、」とメイスンは、結局投函しないことに決める手紙に書く、――

(「ちょっと待って、」ピットが云う。

「その文書、見たの?」プリニーが問う。

「賢い子達だ!」アイヴズ叔父は叫んで、それぞれに一西班牙金貨《ピストール》を与える。「いやいや、礼は要らん、唯《ただ》一つ条件は、それを賢明に使ってくれることだ。慎重に投資すれば、お前達が弁護士として身を立て友好的な裁判官が時折必要となる頃には、それなりの財源となってくれようぞ。無論お前達が二人一組《パートナー》となれば、一層好都合だ。みんな混乱するだろうからな。」

「僕等の計画はね、」ピットが云う。「一人が家出して、やくざ者の暮しをしてる振りをして、もう一人が真面目に法律に精を出して、――」

「そうすりゃ見分けるのがもっと大変になるものね、」とユーフィー叔母。)

ディクスンがいつ頃望遠鏡に向って木星とその後宮《ハレム》たる月達を見ているかは、メイスンにも大凡《おおよそ》見当が付くし、そして又、いつ頃は馬来人《マレー》街に行って自身の後宮を吟味しているかも計算が立つ。香橙《オレンジ》の葉を使った印度香辛菜《カリー》の作り方を学んでいるディクスンの姿、南阿肉菜《フリカデル》を再発明し、何もかもにあの胸糞悪い野菜煮醤《ケチャップ》を入れている姿をメイスンは思い描く。

メイスンとしては、岬を去るに当って、如何なる冥界の妻が如何なる薄衣《うすごろも》で付いて来たかと振返ったりはしなかった積りであり、――まあ誰が付いて来たかはメイスンも十分承知している、そもそもどの女も凡《およ》そエウリュディケーとは云い難かった訳であり、彼にとってエウリュディケーは無論彼女一人だが、――というかメイスンが歌の一つも歌えて彼をオルフェウスに喩えることが可能であるなら彼女がエウリュディケーということになるのだが、[*1]――ディクスンのこととなるとメイスンは相変らず首を捻《ひね》ってしまう、彼奴《あいつ》は一体どうやってあんな風に、しっかり振返り、蛤《はまぐり》の如く落着き払って戻る気になれたのか、――イェット、フレート、エルス、アウストラ、ヨハンナ、日に焼けていない肌、羊の香気、四六時中洗面所棚に行ったり来たりする動き、片隅でのひそひそ声、いつ果てるとも知れぬ陰謀、等々の許に帰って行き得たのか、――そして皆の眼差の背後では奴隷制の大いなる芋虫が蜷局《とぐろ》を巻いている……。時計の文字盤上の如何なる時刻も、何の飾りもない壁に反響する熱い声達を免《まぬが》れはしない。娘等は父の嗅ぎ煙草の蓄えを略奪し、彼方此方《あちこち》飛回り、互いに夢見顔でぶつかり合い、詮ないことをぺちゃくちゃ喋っている……。

ディクスンが到着した頃には、噂話があれこれ、大分前から流通している……人びとはヨハンナに対し憮然とした振りを装っている。教会での礼拝は、彼女が覚悟していたような苦行どころか、いつになく活気に溢れ、薄ら笑いやら凝視やら逸らされた視線やらに満ちている、――誰もが互いの秘密を知り尽していることは皆百も承知なのだから、――やっと自分も岬の大人達の輪に入れて貰えたとヨハンナは感じる……但し、これは強調しておかねばならぬが、階段を駆上り駆下り窓から散々顔を出してはいるものの、事実としては何も「起きて」いないのである、——故にヨハンナとしても、教会に集う人びとを前にして、何だか詐欺を働いているような気がする訳だが、それはそれで独特の恥かしさがまた戦慄《スリル》だったりもし、日曜の凝り固まった無慈悲さの中、女同士の込入った営みは果てしなく続き、やがて人びとの凝視は、また別の新たな不貞女《バテシバ》に移ってゆくのである。

　一方コルネリウスもコルネリウスで、それほど気楽な時を過ごしてはいない。かつてとは打って変って、ディクスンが何処へ行こうとも、落着かな気に何やら巨大な銃を抱えて出没し、その物騒な方の端を常にディクスンに向けるのを見る限り、どうやらディクスンをメイスンの代替物と見做すことに決めたらしい。街じゅう、鬘を奪い炎を煽り判断を歪ませる強い南東風に吹かれながら、二人は追掛け合う、——コルネリウスは埃の吹上げる地面に二股の銃座を据え、歯に咥《くわ》えたブスブス燻《くすぶ》る海軍用火縄はやがて発火して、巨大な、たっぷり一和蘭陀音《オンス》*2の噴射を生じさせ、弾は屋根の陶板《タイル》から跳ね返り、赤い小さな薄片をたっぷり縦横三米《メートル》の範囲に飛散らす、——風による偏差の計算は此処では科学の問題と云うより感情の問題。そして一息吐《つ》くと再び弾丸を装塡《そうてん》し、束ねた髪も解《ほつ》れて風下に飛ばされる一方、ディクスンの方は、この和蘭陀男がかくなる茶番を又も繰返すほど報われぬ思いに苛まれているとはどうにも信じられず、ひょこひょこ先へ進んでゆく、——するとやがて又耳を聾する程の銃声が轟き、丘の中腹から山彦が返ってきて、今回はその雀蜂の如き球体は其処ら辺の屋台に

＊1　ギリシャ神話で竪琴の名手オルフェウスは死んだ妻エウリュディケーを連れ戻しに冥界へ降りていくが、妻をしたがえあと少しで地上世界へ出るところまで来て、冥界の王の言いつけに背いてうしろを振り返り、妻を永遠に失ってしまう。

＊2　Dutch-ounce：一オランダオンスは百グラム。

置かれた西瓜を爆発させ、青果商人達は慌てて身を隠す。和蘭陀男は少しも慌てず、何の表情も示さず、恐らくは狂気の繭に包まれて、更に又もう一度攻撃を行うべく弾を込めるが、今回はマスケトゥーン短銃式に片手一杯の桃色弾を詰込んでいるのを見て流石のディクスンもあんまりだとばかりクルリと向き直り、コルネリウス目掛けて突進してゆく。この距離なら、弾を込め終える前に行けるだろう。近付くにつれて、コルネリウスの虹彩が周りじゅう白くなっているのが見えてきて、少し経てばそんなこともどうでもよくなってしまうかも知れぬが、その瞬間ディクスンは悟る、コルネリウスが今の今まで動物に突進されたことが一度もないことを、——彼は麻痺して立ち尽し、角製の火薬入れがその手から滑り落ちてゆく中、こう喚《わめ》く、「寄るな！　私は義務を果しているだけだ！」

　ディクスンはそっと武器を奪い去る。「わしの命を、あの阿呆のメイスンの代りにって訳ですか？　済いませんけど、このところの郵便、新聞が入ってませんでね、——ひょっとして決闘のやり方が変って、どなたもわしに教えて下さらなかったんですかね？」

「これは決闘じゃない、血筋の話だ！」

「はいはい、これであんたが馬来人の若者でしたらわしもそんなに驚きませんがね……？　だけどあんた和蘭陀人なんだから、矢っ張りこんな『殺傷沙汰』に走るのは、——これってあんまりあんたの民族のやることじゃないでしょ、ね、だから……」風を受けつつディクスンは相手をあやしてゆく、「馬来人で木靴を履いてる奴は余り見かけない、でしょ？　それと同じこってすよ。水路に指を突っ込んで止めるとか、そういうのって此処じゃあんまりやらんじゃないですか、それでうん、直ぐ其処《そこ》の角を曲った所です、結構、——ちょっとばかり杜松子酒杯《ツウブキー》とか、お誂《あつら》え向きでしょ……？」

「杜松子酒杯……」和蘭陀人は呆然として単調に云い、こくんと頷く。

「さあ此処です、入った入った、おぅ居たか、——アブドゥル、この碌でなし。おい、取って置きの杜松子《ジン》酒を出せ、珍しい薬草の入ってる奴だ、――踊子達はもう来たか？　うぅ、まあいい、――わし等此処の、隅に居《お》るからな……？」

「氷。氷。」

「そうともコルネリウス、――あんたのこと、そう呼んでいいですよね、――氷だアブドゥル、あと煙管も二本かな？」コルネリウスを手招きして酒場の中に引入れる。「わしの行付けの店です、――世界最果《ザ・ワールズ・エンド》。」

　彼等は薄暗い片隅に引っ込み、その後の数時間、星雲の如き香《かぐわ》しい煙にも助けられてディクスンがコルネリウスを慰めながら、フローム家の家庭内悲嘆を二人で相当仔細に類別してゆく。悲嘆の深さにディクスンは驚愕させられるが、暫くすると話に付いて行くのも難儀になってくる。炎は赤々と燃え、その上で、何やら英国人には馴染みのない動物の腰臀部《ようでんぶ》がゆっくりと回され、垂れを注がれる。比律賓《フィリピン》人の六弦琴《ギター》弾きが、水夫歌唱組曲を投げ遣りに爪弾《つまび》き、一曲終る毎に「まだ終りじゃありませんぞ！　又演《や》りますからね、ね？」とニタッと笑う。獣脂の蠟燭が靡《なび》いては消え、また別の蠟燭が部屋の何処かで灯される。風は路地裏を吹抜け、平卓《テーブル》湾はゆっくりと、しかし測れる程に海に吹寄せられていって、町も同じ度合《ペース》で海岸線から引離されてゆき、日が暮れるにつれて、こうした奇妙な天候に誘われるように、髪も衣装も風でくしゃくしゃの、奢侈《しゃし》禁止令が発せられた際に捨てられた衣装(それ等を手に入れた奴隷達は即座に売払ったか、結局自分で着る気になれなかったかだった)を着た女どもが入って来る、――褥被布《ティクリングバーグ》に畝織絹《ボードソア》、白鳥織《スワンスキン》に梳毛織《シャルーン》、ブラバント網目織《レース》に駝鳥《だちょう》の羽の帽子等々で身を飾った、何とも人目を惹く出《い》で立《た》ちの、大半はディクスンとも馴染みと思しき娘達がぞろぞろ入って来て、――銘々船乗り達で賑わう卓《テーブル》について、煙管か酒を受取り、やがて獲物の水夫を引連れて店を出てゆく。比律賓人は熱い短調で切ない胸の内を奏でる。部屋を満たす煙は主として煙草のそれであるが、阿片、大麻、丁子《チョウジ》等も加わっており、店内に入って来た者は、単に立って息をするだけで酩酊すること必至。

　ディクスンが岬に上陸した一つの目的は、町全体は無理としても、せめてコルネリウスの前で、メイスンの名から一切の疑いを払拭することなのだが、中々その機会《チャンス》が巡って来ない。「こうしようじゃないか、」重々しく浮《うわ》ついた調子でコルネリウスが持掛ける、「――二人で会社の娼館に行くのだ、彼所《あすこ》ならあらゆる人種、大きさ、特技の女達が居《お》る。わしの会員権で入って、あんたが、即ち王立協会が、勘定を持ってくれればいい。」

「嬉しいですね、あんたがやっと、和蘭陀人が正気と見做すに違いない状態に戻ってくれて、」と、目の前の情景がそろそろ無数の色の断片に崩れてきたディクスンは答える、「そりゃ勿論わしとしても喜んで……？」

　会社の後宮は白檀《ビャクダン》が香り、麝香《ジャコウ》の焼ける匂いがする。いざ入ろうとすると、会費未納云々で一悶着起きる……。壁に掛った黒檀《コクタン》の箱に入った気圧計は、文字は凝り過ぎだし数字はどうやら亜刺比亜《アラビヤ》数字とは違う体系《システム》を採っているらしく判読不能。水銀柱もなければ動く指針もない。でも玄人が見れば隠れた気圧を読取れるのか……。気圧計の下には、仏蘭西から取寄せた天鵞絨《ビロード》の長椅子《メリディヤン》があり、その傍《かたわ》らに、夕暮れを背景にした馬上の植民者を描いた絵が掛っている。其処は小人族《ホッテントット》の住む奥地、愛用の滑腔銃《かっこうじゅう》を鞍《サドル》の上に渡した植民者の背後に広がる山は、本部《ホーム》に至るまで灰色一色だが、頂上だけは日の光を受けて、奇妙な、薄まった、輝くような赤色を帯びている。そして其処に。影の只中に、殆ど塗り潰されたように、――

　疑うことを知らぬディクスンの心臓が、今また不意打ちを喰《くら》う。真っ先に部屋に入って来たのは誰あろうアウストラ、黒い天鵞絨の長上衣《ガウン》を着て革の首輪を付け、小さな、無表情の馬来人少女に綱で引かれて登場する。コルネリウスの意地悪な顔から見て、この構図がディクスンの為に設《しつら》えられたものであることは疑いない。アウストラが彼の姿を認め、彼に助けて貰えぬことを悟るに充分な時間が経過した後、彼女はそのまま別の部屋に、振向きもせず、奴隷制内の奴隷制を演じ続けるべく入ってゆく……。彼女が姿を消した瞬間、ディクスンも漸く、アウストラの存在に十全に気付く、——だが、メイスンが彼女に対しあれだけ烈しく妄想を抱いたとなれば、其処から発散される熱さを誰が完全に避け得ただろう？　確かにこの問題に関し、ディクスンがメイスンの長話で退屈させられるようなことは滅多になかった、——何しろディクスンの方は大抵、世界が日々もたらしてくれる、もっとずっと広い対象への欲望を、巡り合せのいい日には全ての対象への欲望を、満たしに出掛けていたのだから。仮に彼が、こうした無差別の欲望の悪魔に憑かれていなかったなら、ひょっとしてメイスンの競争相手《ライバル》となって、アウストラの心《ハート》を奪い合っていただろうか？　そんな思いを抱きつつ、ディクスンは去りゆく彼女の後ろ姿を呆然と見送る。

「私等が楽しむことを知らぬとは誰にも云わせませんぞ、その気になれば私等だって、」コルネリウスはディクスンの肩をどんと叩きながら云放つ。「此処が私等の歓楽の園なのです。」

だがディクスンから見ると、やや教会っぽすぎる、——儀式性や間合《タイミング》への拘泥《こだわり》、控え目な照明。鬘《かつら》の白粉《おしろい》のように白い光が、動かぬ空気の中で滑らかに燃える真っ白な蠟燭から流れ出て、傍《そば》に置かれた香の鉢からも、白い煙が同じく揺るがず真っ直ぐ昇っている。今やすっかり上機嫌のコルネリウスは、凝った室内装飾に隠された、秘密の猥褻鏡《ポルノスコープ》をディクスンに見せる、——善き市民がゆったりと座って、意味ありげな唸り声を漏らしつつ、互いの営みを盗み見し合う訳で、其処には象の如き営みもあれば鳥にも通じる営みもあり、一瞬にして終るものもあれば教会の如く長いものもある。語り草となっている何処か陰鬱なる航路で出会った女への望みなき欲望に囚われていたり、その女に復讐を遂げたり、その女から逃げたり……。

〈阿片娘達《オピウム＝ガールズ》〉は専用の部屋に入れられている。阿片は煙管《パイプ》を使う為、和蘭陀の紳士達にも忽ち好評を博した。煙草と一緒に喫《の》めば、酒なら一晩の大半を費やして漸《ようや》く得られる類の目眩《めくるめ》く恍惚が瞬時にして得られ、従って時間と金の大幅な節約が見込めることも、これ等倹《つま》しい商人にとっては大きな魅力。とは云え、こうした怠惰な快楽に屈する前に、先ず色欲が然《しか》るべく満たされ、教会によって定められた結婚の境界のみならず人種間の境界をも越えて色欲が溢れ出る。南半球中の至る所から奴隷女が連れて来られていて、夢幻的で従順な影として、和蘭陀人と比すれば黒い肉体の奔流として男達に仕え、霊の交わりを欲するこれ等白い男達には抑えようもないあらゆるものの妖しく美しい噴出として仕え、——その間、妻達は、仮に想起されることがあるとしても、家に在って針仕事に勤しみつつ、若《も》しくは聖書を膝に置きつつ溜息を吐《つ》く姿が思い描かれるのみ。

大砲が鳴るのは夜九時、実際にはそこから一時間位はまだ外出禁止令が実行されないが、十時になると、如何に陽気で若く金離れもいい船乗り達と云えど店を出ねばならぬ。彼等が居なくなると、沈黙の時が暫し続き、やがて或る時刻を過ぎると、沈黙の影が娘達の間に不安を掻き立て始める。それは彼女達の夜が始まった徴《しるし》であり、これから誰が来るのかを彼女等が知っていて、自分の身に何が為されるのかも或る程度知っているから……。他の者達には禁じられた部屋に入ったことのある娘等の多くが、その部屋の中に、更に別の、少くとも一つの部屋に通じる扉を、開けてはならぬ扉を見たと述べている。館の深奥はかくも深く、此処に勤めている者達にとってすら地図なき領域である。其処に何があるかは、神のみぞ知る。奇蹟すらいまだ可能かも知れぬ、——虐待の過剰が快楽に転じる際に生じる邪《よこしま》な、この時代にはありふれた奇蹟、その反対の、安寧の過剰が遂に、形而上的であるからといって少しも痛みが減じはしない苦悩をもたらす際に生じる奇蹟、——即ち善き奇蹟も。岬町《ケープ・タウン》の如き明るく賑やかで秩序立った組織にあっても、誰もが首を捻る謎の理由によって（南東風の所為《せい》だと主張し、乾期に生じた狂気の振舞いの今や伝説的な例を挙げる者もいれば、原住民や馬来人が魔術を使っているのだと囁く者もいる）、時として狂気が不意打ちを喰せ、この上なく晴れやかな正気の最中《さなか》に在る精神をすら、声と痛みから成る領域に連去ってしまう。その辺に放置しておくには危険過ぎる町の狂人は、会社の責任として保護され、奴隷館の、壁に詰物をした部屋に閉じ込められる。和蘭陀人の旦那方は、時たま面白半分に、殊更《ことさら》聞分けのない使用人を狂人の入った独房に連れてゆき、中に押込んで、扉の鍵を掛ける。どの独房にも隣に見物室があって、大きな鏡と見せ掛けた壁一面の壁を通して、しばしば見るに堪えない遭遇を紳士方が見物出来るようになっている。狂人達の人種・状態は多種多様、狂気の度合も、罪のない錯覚に惑わされた程度の者もおれば、無慈悲な殺人狂もいる。女を憎む者も女を欲望する者もいるし、憎しみであれ欲望であれそれ等がより大きな大洋的衝動の些細な一側面に過ぎぬことを知っている者もいて、そうした衝動の大波に包み込まれて生きて帰った者達は、あんなものとは二度と関りたくないと訴える。無論、生きて帰らぬ者もいる。そうした者達の遺骸を村に返せぬ場合、紳士方はそれを山犬《ジャッカル》の餌食にならぬよう海に葬る。

　これ迄はまだ噂の形でしかないのが、縦九呎《フィート》、横七呎五吋《インチ》の部屋である。即ち、彼《か》の甲谷陀《カルカッタ》はウィリアム砦で、一七五六年六月二十日から二十一日にかけての夜、一四六人の欧羅巴《ヨーロッパ》人が過ごすことを余儀なくされた部屋の、和蘭陀人らしい倹約ぶりを発揮して四分の一尺度《サイズ》に縮小した複製《レプリカ》。あの呪わしい「黒　穴《ブラック・ホール》」*の夜は、今なお会社の神経をじくじく刺激している。歴史に於ける一種の零地点と

＊　ブラック・ホール：世に言う「カルカッタのブラックホール」で、ベンガルの太守によって土牢に閉じ込められた捕虜一四六人のうち一二三人が窒息死したと長年考えられていたが、その後の研究により、現在では、約六十四人のうち二十一人が生き残ったとされている。

して、その一点から見るなら、その後に続く諸々の驚異、——貴壁《ケベック》、ハレー彗星、キブロン湾の戦い、そして左様、金星の日面通過さえ、——阿片の夢の如く儚《はかな》い、取るに足らぬものに思えてくる……。館での官能筋書《エロチック・シナリオ》の一覧《メニュー》に「黒穴」が入っていることに、この世界の果てに在っては誰も驚きはしない。住人も、訪問者も、更には感受性高尚な一握りの水夫達も、暇を見つけて又やって来ては、華奢な偃《えん》月《げつ》刀を光らせた、藍色の腰布《ドーティ》と頭布《ターバン》に身を包んだ優雅な乙女《ニンフ》達によって「捕虜」扱いされ、裸にされ、嬉々として縮尺模型の監房へと、可能な限り大人数の、欧州人捕虜仲間を演じる奴隷と共に詰込まれるのである、——甲谷陀の黒穴体験の真の実感を得るには三十六人が最適人数とされる。

「恐怖を直接味わうことを望まぬ者には、」牧師は日誌に書添えている、「それを霊的に超越するか、或いは肉体的・性的なものに変換する道が開かれている、——性産業を操る連中の理屈によれば、赤道直下の暑さ、汗、無理矢理近付けられた他人同士の肉の感触の組合せは快楽に転じ得るのであり、——従って、斯様《かよう》な状況に在っては、死への接近すら然るべく劇化されれば快楽に昇華され得るというのだ。皆が互いに密着し、四肢、開口部、男根等々から成る蛇窟の中で身を捩《よじ》らせ、囚われの身同士、互いの汗、尿、糞が作り出すぎらぎらの混合物を云わば潤滑油として、互いの吐出す息ばかりを呼吸し合いながら、皆一体となって、何か一つの、緩慢なる、生温かい爆発へと向ってゆく……。」

（無論牧師はこれを読上げはせず、——さっさと教訓の箇所まで飛ぶ。）

「あの事件に対する世の反応の陰、烈しい怒りと敬虔ぶりの陰に、何が潜んでいるであろうか、——如何なる触れ難い剰余が？　少数の人間が、遥かに多数の人間に向って、彼等の貴い生をどう生きるべきかを命令し続け、それ等多数の人びとの大半は、そうした事態を許容し続ける。印度に於ても大英帝国は、己が支配する、群れ溢れる人びとに対し、好きなだけ群れ溢れるよう促す一方で、彼等の土地を我が物とし、彼等が群れ溢れてよい場所をいよいよ狭めてゆく。

なのに、大陸中で行われているこうした強制のささやかな比喩が、逆の形で、甲谷陀の黒穴で為されたように実践される時、神よ、何と大いなる叫びが上がることか。

『比喩ですと！』と人は叫ぶ、――『一二〇の命が失われたのですぞ！』

儂は答える、『英国人の命がね。貴方、甲谷陀だけに限っても、印度人の命に関して、死神の一夜の収穫はどれ程だと思われます？――あの一夜だけじゃありません、毎夜毎夜、行き方すら貴方に教えられる人も殆ど居らぬ街路で、――絶望に包まれた街路又街路で人は死んでゆき、やがては火葬の薪の煙が全てを不可視の世界へ連去る、だが不可視のまま、全ては同じように起き続けるのです。それが会社にとっても、会社の商売仲間たる英国政府にとっても、誠に好都合なのです。』」

コルネリウスはついさっき〈獣の部屋〉に消えていったが、立去る前に「これはまあ和蘭陀系白人《アフリカーナー》特有の趣味ですな、」とディクスンに一言云添えていった、「――貴方のお気には召さぬかも！」腕輪を矢鱈と沢山着けた、ほっそりした黒い腕が扉の向うから現れ、慣れた手付きでコルネリウスの帽子を脱がせる。「さあ行きますよ、旦那。」

一方ディクスンは、一つこの館を徘徊し、城への秘密の隧道《トンネル》を見付け、アウストラを探し出そうかとも考えるが、――そこから次はどうするかとなると、今一つはっきり見えてこない。結局、館内に設けられた小さな酒場に辿り着き、この辺りでは「淡麦酒《エール》」として通っている代物を引っ掛けようとしたところ、出会《でくわ》したのが誰あろう警吏のボンク、金の縁取りの付いた赤い天鵞絨《ビロード》の部屋着《ドレッシング゠ガウン》を着て、だらだら汗をかきながら岬《ザ・ケープ》マディラで酔っ払おうとしている。

「あんた、帰って来たのか？　いつ戻った？」

「あんたの組織、そんなことも知らんのか？」

「私ゃもう足を洗ったんですよ。今度は農業をやるんです。今夜が岬町最後の夜なんです、自由市民として此処に残ってもよかったんですがね。明日になったら家族を連れて、牛車《ぎゅうしゃ》で北へ旅立つんです。願わくは山の向う迄、会社の目の届かない所迄。こんな風に、誰彼の生活を一日中隅々まで管理するなんて、冗談じゃない。もうこれ以上会社に使われるのは御免だね。山々が私を呼んだんです、あの小人族の広大な土地が……。というのもね、とうとう、おかしなことが起きたんです。会社が管理を強化すればする程、――夜中の捜索だの、財産の押収だのをやればやるほど、――奥地の農夫連中は、もっと北へ、もっと城から遠くへと移って行ったんです。本人達はこれを〈牛車行《トレッキング》〉と称し、自ら〈牛車行人《トレッカー》〉を名乗っています。然るにこっちの仕事も、会社が望む監視の度合だけでも凄まじいことになっていきました。管理職連中が毎週振ってくる割当《ノルマ》たるや、どんどん新手が出てきて、どんどん現実離れしてくる。他には何も出来やしません。それが彼方《あっち》には、青々とした農地や山脈が何里《リーグ》もなだらかに広がり、叢林族《ブッシュマン》も概《おおむ》ね従順だって話だし、狩りの獲物は其処ら中に居て、そして何より、もう会社の命令に従わずに済む。」

「天晴《あっぱれ》な冒険ですな……？――御成功を祈りますよ。」

「まあ大半のことは自信あるんですが、――一つだけ若干気懸《きがか》りなのがね、――あの、あんた、――ええと何かお急ぎの用事とか別に、――」

「なんかわし以外は全員お愉しみのようで。」

「私はね、じっと立ってる時だったら、施条銃《ライフル》だって撃てる訳ですよ、ね、――心配なのはね、馬に乗ったまま撃ったり弾を込めたりすることなんです。どうやったらいいかね、知らないんですよ、――それで然《しか》も、それ知らなかったら彼方《あっち》へ行ったって仕方ないっていうじゃありませんか。でね、私としてはね、オオルトマン銃がいいんじゃないかなって傾きかけてた訳ですよ、だけどそうしたら、駄目駄目、オオルトマンじゃ重過ぎる、火薬も凄く沢山持歩かにゃならんしっていうじゃありませんか、じゃあ何がいいんだって訊いたらそりゃ君狒々尻銃《ボベヤーンボウト》さ、床尾《しょうび》を地面に付けて鞍に座ったまま銃口から弾を込めるのさ、時間がなかったら床尾で地面をどすんと叩きゃ、火薬が独りでに、矢鱈とでかい装填穴から出て来て火皿に入ってくれるのさって、——だけど矢っ張り考えたんですけどね、うーんだったらオオルトマンを手に入れて、自分で穴を拡げたら……。」

明け方ディクスンは、同じ位の、然し別種の疲れに浸されたコルネリウスを抱えるようにしてフローム邸に帰り着く。みんな起きている。娘達は駆回り、目の端でディクスンを見る。と、この娘達の何がメイスンを魅了したのかを悟ってディクスンは愕然とする、——それは彼女達が影を求め光を避けようとする姿勢、この地に取憑く幽霊の姿をとことん見極めようと求めて止まぬその姿勢なのだ、——幽霊は至る所に居る、——奴隷達、流浪を強いられた小人族、容赦なく野蛮な動物達。罪のたっぷり入った貯水壺を、空気と同じに何ら意識することなく人びとは日々背負い、何らかの真空に遭遇した時以外はその重さも意識しない、——町に現れた他所者《よそもの》、公衆の面前で錯乱した馬来人、館での一時間、そういった真空の中へ壺の中身は、誰にも感知され誰もが驚愕する程の激しさで雪崩《なだ》れ込んでゆく。フローム三姉妹、そして町中の同様の境遇に在る娘達は、世界の果ての娘達として、殊更《ことさら》ニコニコ笑みを浮べ、必要とあらば囀《さえず》るような声も上げながら、長い一日の一瞬一瞬、いつ訪れるやも知れぬ破滅の機会を絶えず窺っているのだ。夢の中で、娘達は皆、石の牢獄へと、その封印を解くことは死に等しい扉へと戻ってゆく、——石鹸と洗い水の匂いへ、何処かの廊下の静けさへ、独裁者の有無を云わせぬ愛へ、火自体は見えぬが影が壁でちろちろ揺れている篝火《かがりび》の黄色い光へ、そして、或る角を曲って、ワッこんな所に居たのかとこちらの意表を衝く、今しも十五分の時を告げて鳴っている背の高い和蘭陀製時計へと。

娘達は一人一人、母国から持って来たフローム家家宝の祖父時計《グランドファザー・クロック》を、自己を意識し娘達を意識する生き物と信じて育ってきた、――顔に頭巾《フード》を被り、心臓が脈打ち、物々しい使者の物腰を湛《たた》えた存在として。家の表と裏、その二つの世界を繋ぐ通路の遥か奥に時計は立ち、針は短針のみ、鐘は二つ（大は一時間毎、小は十五分毎に打つ）備えた身で、聞える範囲で起きていることを漏らさず聞届けている。娘達が時計を呼ぶ「ブート」という語は、此処では「兄」を指す伝統的な言葉に他ならない。

　メイスンとディクスンがエリコット時計を携えて現れた際も、娘達はそれを、英国人二人の旅のお供と考えた。今回、ディクスンは別の、シェルトン氏の時計を持って戻って来た訳だが、フレート以外誰もそれに気付いた様子を見せない。「気を付けてね、」フレートはディクスンを脇へ引寄せて囁く、「みんな貴方とチャールズのこと、経度の仕事してると思ってるから。貴方達が居なくなってから、貴方達が持ってた王立協会の時計のことをね、海でも絶対に狂わず時を刻む時計なんだ、英国の国家機密なんだってみんな信じ込んだのよ、――この土地じゃあたし達何だって信じてしまうの。東印度会社が物凄い時計を二台、中国の皇帝に贈ろうとしてるんだって、――金《きん》で出来ていて、金剛石《ダイヤモンド》が鏤《ちりば》めてあって、小《ち》っちゃな撥条《ゼンマイ》仕掛けの鳥とかも付いていて。だからこの新しい時計、隠した方が身の為よ、此処に戻ってきたのも……何か別の用件だって振りをした方が。」

「日面通過は終っちまったからね、お嬢ちゃん、後はもう、時計の働き具合を見るしかないんですよ、それに、――うぅ、――、ねえフレート、ちょっと待ちなさい。」

「みんな知ってるのよ、あたしが貴方と一緒に此処に居ること。」彼女は胴着の両横をしかと掴み、思い切り引裂く。若い胸が、その青白さと桃色から成る姿を露《あらわ》にする。「これ、貴方の仕業？　貴方にやられたって大声出しましょうか？　それともこれって〈自然縫目分離〉*かしら、どんな胴着にも起りがちなことかしら？」

「お嬢ちゃん、あんたが自分でやったんじゃないか。」

「誰も信じないわよ。」

「それはどうかな。あんたがどういう娘かみんな知ってるだろ。」

「野蛮な英国人さん、あたしは貴方を愛そうとしてるのに、貴方ったらどうしてそう依怙地《いこじ》なのかしら。」フレートが隠れた留金《スナップ》を二つ三つぱちんと嵌《は》めると、あぁら不思議、胴着はすっかり元通り。

「ミスタ・メイスンはそんなに冷たくなかったわよ。」

「メイスンは情が厚いんだよ。女のことなぞてんで知らんような顔してるけど、実はあれで、暇さえあれば女のことばかり考えてるんだ。それであんた、わしを会社の城に訴えるつもりかね？」

「気を付けてね。」

　ところが城では、人びとは両不可窮境《ジレンマ》に直面している。目下和蘭陀人の間では、当地でも本国和蘭陀でも、針が二本ある時計への熱狂が俄《にわか》に高まっているのである。この調了ではやがて、尋問の最中でも、質問が発せられる度、行為が為される度に、誰かが必ず二本針の時計によって正確な時間を記録するようになるであろう、――と云っても誰かがそれを後で検査するからではなく、恐らくは最先端の計測機械によって被尋問者を怯えさせる為に、又、何はともあれ一分単位の正確さが事実可能になったのだし、記録簿にも分を書込むだけの余白はあるのだからという理由で。従って、近隣にある新型の時計は全て、尋問用時計の有力候補である。

　ところがその一方で、ディクスンとクリストファー・ル・メールとの繫がりについての噂も、漸く人びとの耳に届いてくる。そう聞いた途端、彼等は反射的に、そのル・メールなる人物、彼《か》の和蘭陀ル・メール家の血筋を引く者に違いないと決め付ける、――ル・メール家と云えば、南海の航海者に

＊　Spontaneous Seam Separation：spontaneous combustion（自然発火）のもじり。

して探検者のヤーコプが中でも有名であり、それに、東印度会社の総督であり投資家、現実に所有していない株を売買する習慣を和蘭陀株式証券所に導入したことで悪名高いイサクもいる。そしてこのクリストファー・ル・メール司祭、目下フランドルに於て教鞭を執っているのではなかったか? かくして、ディクスンに関する書類挟《ファイル》には黄色い徴《しるし》(「要注意、——危険人物と知己の可能性有」の意)が付され、ディクスンは依然誰にも邪魔されることなく、五感の快楽を匂わす風に導かれるまま岬の街を彷徨し、その間、敬虔な者達は浮れ騒ぎ、奴隷達は自由を企み、会社の小役人どもは城を逃げて広大なる土地へと向うのだった。

15

何らかの、己の現在の能力では知り得ぬ力によって巡礼の旅に送り出されたと確信するメイスンとしては、――〈十字架の道行き〉というのが彼お好みの比喩である、――島の向う側に移ろう、とマスクラインが云張るものだから大いに戸惑ってしまう。何ゆえわざわざ、閉ざされた空間から曝《さら》された空間へ、雨風が凌《しの》げる場から誰もが警告する容赦なき風の直中《ただなか》へ移ろうというのか。「山の引力がですね、」マスクラインが延々捲《まく》し立てる周りで、月亭《ザ・ムーン》の店内は共同寝室に変ってゆく、――「ニュートンによるとですね、これだけの山があれば、その質量で鉛直線が逸《そ》れてしまう恐れがあり、従って、天頂での観測値も狂ってしまいかねない。であるからして、島の反対側で観測を繰返し、平均値を取らねばならんのです。」

「反対側ですかぁ――、」メイスンは寒気がしてくる。彼《か》の喜望岬という場が、自分がやっと、完全ではないもののほぼ把握し得た、奴隷制と自由意志を巡る一つの寓話だとするなら、この移動には如何なる意味を読取ればよいのか？（鉛直線に関するマスクラインの偏執が物語展開の一要因かも知れぬ、という可能性がメイスンにもはっきり見えてくるのは、もっとずっと先、既に手遅れになってからのことである。）マスクラインが朝から晩まで、シスン天頂儀の不備の話に明け暮れるまま、日々はずるずる過ぎてゆく。「我が経歴《キャリア》、我が人生が、――忌々しい一本の留針《ピン》からぶら下がって！」月亭で、そしてやがて他所《よそ》の酒場でも、赤の他人に声を掛けては、吊下げ具の不備を巡る退屈極まりない、微に入り細を穿《うが》った長広舌を聞かせるのがマスクラインの日課となり、聞き手の頭が朦朧としてくる程の詳細な説明が延々続き、その不備を修正すべく自分が如何なる指示を発したか、更には、皆がその指示にどう従ったか、或いは従わなかったか、についても詳《つまび》らかに語られる。それは何の感情も緊張《サスペンス》もない物語であり、唯一あるとすれば、下げ振りを不備に宙吊《サスペンス》りにしている輪と留針くらいなもの。

「向う側のこと、ウォディントンはどう云ってました？」メイスンが訊ねる。

「行かない、の一点張りでしたよ。日帰りでサンディ湾にすら行こうとしないんですから。『様子は判っておる。』それぱっかりです、『風上側から町にやって来る連中ならさんざん見ておる、風で奴等がどうなってしまうかも見ておる、わしはあんな風《ふう》になるのは御免だ、』ってんです。」

「私にもあんまり魅力的には思えませんねえ、」メイスンも認める。「只まあ、可能な限り誤差を修正する、――それは無論、天頂儀を回転させるのと同じことですよね。義務であり、容易に怠ってはならぬ義務である。」

「そう、怠る。そう、良心、そうそう。」

サンディ湾に設けられ、悪魔の庭と混沌の門に護られた会社の砦からは、海岸線の中で一箇所だけ奥まった、如何にも人を寄付けぬ外見の、光るような青緑色をした入江が見下ろせる。この入江が東印度会社にとっては、いつの日か侵入してくると想定される最強の敵が有しているであろう豪胆ぶりを表象している。ジェームズ町《タウン》の、常に番兵が見張に立ち、軍隊音楽が鳴っている大きな砦と対をなす、静かなる風上側の伴侶として、此方《こちら》の砦はがらんとして、殆ど見捨てられたように見える、――

旗もなく、壁からは、風が余りに強いので引っ込めてしまったのか砲身も突出ていない。此処での規律は、名目上は軍隊の規律に則っているものの、事実としては、一連の演技、迷信、人間同士の憎悪、常軌を逸した愛、等々を雑多な礎《いしずえ》として建っており、片時も止まぬ風に相応しい重々しさがそこには伴っている。この風こそは、この惑星そのものの原初の声、未だ何ものにも妨げられず前進を続けている純粋なる渦巻に他ならず、此処では号砲も日没と同時に、恰《あたか》も猛襲を撃退せんとするかのように、真っ直ぐ風に向けて撃たれる。何年も前に兵士達が、〈自殺河原〉〈狂気池〉と称する場を何箇所も設置し、これが今も伝統として続いており、彼等は其処へ六片《ペンス》かそこらの小銭を投込む、——もっと纏《まと》まった額は裏賭けに注ぎ込まれ、彼等が死亡・発狂した場合の寡婦給付金の率も細かく交渉される、——かくして風は、風車小屋で石臼を動かす回転力に変換されるのと同じように、現金に変換されることになる。多数の御大尽《おだいじん》の富に匹敵する巨額が一夜にして集められ、賭けられ、失われる。「これぞ正に国際貿易の縮図《ミニチュア》です！」そう叫ぶ砦専属の外科医は、砦の奥の方の部屋から決して遠く離れはしない。奥なら風を一番浴びずに済むからであり、日々の祈りの中にも外科医は必ず風を盛込む、恰も風がそれ自体神であるかのように、果てしなく欲する、常に要求する神であるかのように……。

最果ての、永遠の南東風吹き荒《すさ》ぶ崖までとうとう連れて来られて、メイスンは、云っても聞えぬと知りつつ、「矢っ張りウォディントンの云う通りだったかも知れませんなあ、」と云う。だがマスクラインは風からメイスンの意図を確《しか》と摘出し、後《のち》サンディ湾で屋内に入った際に、「まあ確かに万人向きではありませんな。これに耐えることを学んだ人間は、素晴らしい変身を遂げると云います、」と答える。

「ふぅむ、そうそう、昨日わんわん吠えながら駆回って、大家のお上さんを噛んだとかいうあの農夫、——実に愉快でしたが、——商いを司る上で正気なる謹直さが重んじられるジェームズ町では、ちょっとした狂気でも疎《うと》まれるということはありましょうが、逆にここ風上側では謹直なる人びとが疎まれる訳で、寧ろ、これ程まで風に曝され己の無力さを思い知らされる場にあっては、四六時中愚行に走ることこそが唯一の防御策、――かくして互いに十哩《マイル》と離れておらぬにも拘らず、双方不信を抱き合う二つ別個の国家が出来ておる様子。そして風は、恰もこの島に於て対応を要する更にもう一つの力が累積してゆくのを煽るかのように、片時も止みはしない。若しその力の正体が突止められたなら、光行差の発見に等しい喝采を浴びるでしょうな。」

マスクラインは険悪そうに頬を染め、話題を変えたがっている様子。

「今日、崖まで出掛けて行ったら、会社の兵士の一人に出会《でくわ》したのですがな。独逸《ドイツ》人でして。ディーターと云います。どうやらちょっと困ったことになっておるようでして。こんな場所が世に在り得るとは知らずに志願入隊したのですな。」

「で、今になって、抜けたいと、」メイスンが応じる。

「それでもね、妙に心を動かされる話なのですよ。上手く説明出来んのですが。其奴《そいつ》はね、私のことを知っておるようなのです。というか、私が其奴を知っておるというか。もしあんたが居合せたら、

――」

「私のことも知ってるように見えただろうと？」

「私、そんなに不用心ですかねえ？　あんたの当て擦《こす》りは判りますよ、今までも云われてきましたからね、――でも其奴、金を無心したりはせんのです。それにまあ、私とクライヴの繋がりを奴に知られたことも、別に構わんのですが。」

「そりゃ大変だ。どうして知られたんです？」

「私が話したんです。」

「あ、そう。」

「とにかく凄く取乱してましてね、しかもあと一、二歩で崖から落ちるって所に立ってるんです。『誰も俺のことを助けられやしない、』そう喚くんです、『普魯西《プロイセン》のフリードリヒ王だろうが英国のジョージ王だろうが、彼《か》のクライヴ卿その人だろうが、』とか何とかね、――で、声の届く範囲で、何か足しになることを云ってやれる人間は、私一人だった訳ですよ、『それがですね、実はね、クライヴと云えばですね、――』。あんただったらどうしました？」

「クライヴの力を大衆に提供出来る立場に在ったら、ですか？ そうだなあ、判りませんよ。先ずは何歩《パーセント》歩合を貰うか、決めるかなあ……。」

夕暮れ近い陽光の中に独逸兵は立ち尽し、巨大な、磁石のような目で、矢張り立ち尽す天文学者を見据え、二人の背後では海が咆哮を上げ、風に吹かれて軍用襟巻の先端も衿飾《スカーフ》も髪の留紐《リボン》もみんな解《ほど》けてきて、一つ一つが一個の告げ口であるかのようにはためいている。「あんた……ほんとに助けてくれるんですか？」

「これ迄はジェームズ町に滞在しておりまして、」マスクラインは恭《うやうや》しい口調で話し、穏やかさを保とうと努める。「此方《こちら》で一日以上を過ごすのはこれが初めてなのです、――ですがそれでももう、神経が風にやられてきているのが判ります。在りもしないものが見えたりするのです。貴方、そういうことは？」

「この島の主《ぬし》は風なんだ、」ディーターはマスクラインに云った、――「何たる人間の高慢か、こんな所に基地を置くなんて。一体誰が、こんな呪わしい海岸を通って侵入して来る？ 激しい風の中、風下の海岸に無事辿り着けたとしても、一日で内陸に入らないといけない、――一度《ひとたび》この山に入ったら、あの煉獄の如き地を越えねばならず、それからジェームズ町に降立って……。和蘭陀人はそこまで頭がおかしいのか？　形振《なりふ》り構わず、略奪を繰返して？　仏蘭西人は？　つい二年前のことだが、仏蘭西の軍艦が三隻、彼処《あそこ》のね、会社の航路のど真ん中に入って来てね、風上に向ってゆらゆら進んでく訳ですよ、喧嘩の相手を探してる村の破落戸《ごろつき》みたいにね。で、会社の中国船を四隻、航路に割って入って追跡して行ってね、追っ掛けられた方は結局南米の方へ逃げて、全聖者《オール・セインツ》*1湾に避難したんだ。俺達一部始終を見てましたよ、毎日朝から晩までね。帆も、双眼鏡を通した合図も……闇の中にね、絶対何かの影が見えたと思ったんだ、そいつが気味悪い月光の中をじわじわ岸に上がっていって……で、ジェームズ町の砦に居らっしゃるあんた方の軍勢は、峡谷からぞろぞろ出てきて、何がやって来るとお思いなんです？　どんな見るに堪えぬ敵が攻めて来ると？　或る晩、いつもの習慣で、誰かが山頂の篝火《かがりび》を見上げる、すると其処は破滅の如く真っ暗。——撃破されたのか？　皆発狂してあっさり逃出したのか？　どれだけの時が過ぎ、町にはどれだけの時間が残されているのか？

　旅、冒険、浅黒い肌の乙女達、そういうものを会社は約束したんだ、そしていずれは、御大尽となることも夢では……絹の窓幕《カーテン》が開いて、人生そのものが現れる！　そんなこと云われりゃ誰だってその気にさせられるさ。だから俺も志願したんだ、そしたら息を吐《つ》く間もなく此処に配属されたのさ、聖ヘレナの風上側に、神に見捨てられた地に……。俺達は此処で魂を病んでいる、堕落している。あんた、印度のクライヴの義理の弟さんなんですね。あんたが一言云って下されば、俺も自由になれるんです。」

「いや、その、私、会社に対してそこまで影響力は持たんのです……それにクライヴも、つい此間《こないだ》英国に帰ってしまいましたし、一方私は、」とマスクラインは肩を竦める、「此処に居るって訳で。」

「それにアウド*2の大臣のシュジャ＝ウド＝ダウラも彼所《あすこ》に来てますよ、——軍隊を連れて。辨加拉《ベンガル》はですね、旦那、今にも爆発しかねない弾薬庫です、——義兄様《おにい》、のんびり英国なんかに居らっしゃる場合じゃありませんよ、もう既に手遅れかも知れませんよ。」

「そもそも内輪の敵からして、」マスクラインが応じる、「如何なる印度《ヒンズー》の陰謀者にも劣らぬ食わせ者ですし、レドゥンホール通《ストリート》もカトマンズーの市《バザール》に負けず複雑怪奇な場とくれば、英国にしてみたところでクライヴにとっては戦場も同じ。実際、重臣会の選挙以来、ミスタ・サリヴァン相手に会社の魂を奪い合って死闘を繰広げておりますよ。貴方がお望みのようなささやかな恩恵でさえ、今の彼に、どれくらい施す力があるものか。」

「ゾバルト・ダス・ゲルト・イム・カステン・クリングト（箱の中で硬貨《コイン》が鳴った途端）、」ディーターが溜息を交えつつ唱える、「ディー・ゼーレ・アウス・デム・フェーゲファイアー・シュプリングト（魂は煉獄から飛立つ）[*3]。」

後にメイスンと話す時にも、マスクラインは云うことになる、「軌道の論理、ニュートンとケプラーの法則を思えば私が此処から逃げる術《すべ》はないが、少くとも一人の人間をこの恐しい風から身請けしてやることは出来る。徴兵費用は問題にされんでしょう。」

「奴は金を無心しなかったと云ったじゃありませんか。」

「奴にやるんじゃない。会社に払うんです。奴に志願させる為に会社が払った二十磅《ポンド》さえ出せば、代りに誰が勤めようと会社としては同じの筈。」

〈風〉がどうこうと云うマスクラインの言葉には、表向き以上の何かがあるのか？ 東印度会社に対する自分自身の義務のことを想い、誰かが彼を身請けしてくれる可能性のなさを想っているのか？

＊1 オール・セインツ湾：ブラジル東部バイーア州に面した湾。
＊2 アウド：インド北部の地方。
＊3 マルティン・ルター『九十五か条の提題』から。

「〈風〉に乗って船を出す手もあります、」以前にもマスクラインは云った、「〈風〉と同じ速さで、その細かい変化にも逐一ついて行くのです、――或いは、船を静止させ、〈風〉が我々にもたらす真の方向と速度を感じ取ってもいい。その単純明快な力を浴びれば、微妙な動きの感覚など全てどうでもよくなってしまう。」

独逸兵との一件は、どうやらマスクラインの人生にあって、聖ヘレナ自体と同じく、誰にも目撃されずに終った小さな歴史の、目に見える、破り取られた残余としての意味を持ったように思われる。それを巡ってマスクラインがあれこれ述べ立てる言葉を聞いても、ディーターが彼の感情に対して及ぼした力の説明になってはいない。

「御自分で払う積りで?」メイスンとしては只、マスクラインを助けようという気持で云う。

「クライヴの所に行けやしませんよ。こんな用件じゃ無理だ。」

メイスン自身、〈風〉によって動揺させられているものだから、もう少しで「じゃあ一体、どういう用件だったら行くんです?」と訊きかけてしまいそうになる。

正気の最後の悪足《わるあ》掻《が》きが、辛うじてその言葉を押し止《とど》める。そんなことを云出したら、話は何処に行ってしまう?「あんたのこの世での望みは? クライヴにはそれを叶えてくれる力が? それは義弟として、どれほど分相応の望みで? 叶えて貰ったらどれ位の借りが生じます?」

こんな言葉はどれも、口にする必要はない、――この〈風〉の、変容をもたらす力を想えば、口にされぬという保証は何処にもないが。とは云え、たとえメイスンが、正気を確《しか》と保ち、尻に〈風〉を当て過ぎぬよう留意し、何も云わぬとしても、ひょっとしていつの日か、こうしたこと全てが終ってから、英国に戻って、柱廊やら鏡やら軍服や夜会服やら徽章《きしょう》や勲章やら光り輝く首飾《ネックレス》や胸飾《ブローチ》やらの只中で、――更には欧州の学者達の喝采の只中で、――ひょっとしていつの日か、クライヴ卿が然《さり》げなく、浮出し細工の入った封筒を手にメイスンに近付いて来て、――「ミスタ・メイスン、お話は予々《かねがね》義弟《おとうと》から伺っております、聖ヘレナ滞在が長引いた所為で些か減衰しておった義弟の正気を著しく復活させて下すったとのこと。厭《いと》わしい基地ですな、――あれで一遍火山が噴火してくれれば、何もかも片付いちまうのですが……ですが、――話を戻しますと、申上げる迄もなく義弟《おとうと》の正気は私にとっても、そして当然私の妻にとっても一大事です。英国の天文学の未来を護って下さったことへの感謝の念をお伝えする、もっといい術《すべ》があるといいのですが……」が、印度のクライヴとしては残念ながらこれが精一杯。メイスンの手にそっと寄って来る、硬いクリーム色の物体……かように、互いが触合ったその瞬間、贈物が上着の懐中《ポケット》に入りもせぬ内から、その接触に伴う筈の名誉はすうっと消えてゆき、メイスンの白昼夢も雲行きが怪しくなって、クライヴがマスクラインの頭に聖油を注ぐ情景が、いずれグリニッジ天文台に掛けられる恐しく趣味の悪い絵画のように浮かんできたりする、――「まあ確かにやや行過ぎな所もありますな、」とマスクラインも認めることだろう、「特にクライヴの短上衣《チュニック》は頂けませんし、お付きの高官達の帽子も一つ二つ……ですが御覧なさい、私の衣装は中々、――」こうした夢想から覚めたメイスンは、道義的問題に関して怪し気な思いを抱き掛けた人間の常として醒めた落胆を味わいながら、殺すのが無理なら自己犠牲に走って貰うしかないという結論に辿り着く。が、マスクラインが堂々と、あるいはさっさとでもいいのだがとにかく自己を犠牲に供する姿を思い描こうにも、どうにもこの男、貫禄が足りぬ。矢張りこれは、マスクラインの近辺に迷い出て来る者達が、何年にも亘ってじわじわ焼かれていくしかないのか。かくしてメイスンは白昼夢に戻ってゆく。「無論、これは只の空想であるが、」と心中密かに囁いてから、マスクラインを見舞う不運を、その多くは垂直方向の移動を伴う不運を、一つ一つ、嬉々として、益々細密に思い描くのである。

そして此処、風上側の、如何なる船も好んで訪れはせぬこの地で、彼女の訪れが始まる。或る時ふと、暫く前から彼女の声が、はっきりと、何の干渉も受けず聞えていたことをメイスンは悟る……。もう二年以上が過ぎたというのに。生きていた時はその沈黙でしばしばメイスンを憤怒に追い遣ったレベッカは今、墓場の沈黙と思しき静謐に包まれて、メイスンに向って語り始めている。恰も漸くその自由を得たかのように、天が余りに近くて神の器用な手品がよく見えてしまうグリニッジでは囁けもしなかった事どもを語り始めている。

メイスンは冗談で済まそうとする。今は理性の時代ではないのか？　万事事務的なこの世界の冷たい光の中にあって、レベッカが自分に取憑いたなどと信じるのは、足を滑らし、人波に揉まれて蹌踉《よろ》めき、あの厚化粧の伊太利娼婦*の抱擁に落ちて行くことでしかない。息も詰る香で空気を充たし、輝ける神を永遠に曇らせてしまうことでしかない。だが然し、理性というものが、やっと人間は五感がもたらす証拠を信頼出来るようになったのだというその認可であるなら、どうして彼女に何等かの復活を認めずにおれよう？――何と残酷か、彼女を否定するとは！

だが彼女は、何処へでも自在に出現する。彼女が止むに止まれずメイスンの許へやって来ることを、仮にメイスンを怯えさせ今以上に世間の外へ追い遣ってしまう危険を冒してでも来ずにおれぬことを、メイスンは早くから理解している。何処かの山道を選んで、他の者達からは隠れ、影となって、彼女はメイスンを待つ。今となっては、幾らでも待てるのだ。生きている間にメイスンが何度も彼女の言葉に耳を貸さなかったこと、それを彼女なりに埋め合せているのだろうか？　メイスンは今、彼女と共に在って、一言たりとも聞逃すことを許されぬのか？　こうした死からの帰休が、どれも然《さ》して長くないことも、メイスンの気休めにはならない。

　或る時、夜明けの遥か前、何に呼ばれたのかもよく判らぬままメイスンは簡易寝台から起き上り、――マスクラインは小屋の向う側で、葡萄酒《ワイン》の煙霧に包まれ、地元で調達した素材を継ぎ合せた、暗がりの御陰で幸い色もよく見えぬ観測服に包《くる》まってぐうぐう高鼾《たかいびき》をかいている、――〈風〉の中へ出てゆき、深靴《ブーツ》を切裂く岩地をそろそろと越えて、隆起線も越え、荒れ果てた黒檀の森に降立つ。霧の細い筋が辺りに漂い、〈風〉によって磨かれた古《いにしえ》の黒い伐採材《ばっさいざい》の残骸に彼女は囲まれ、外套を羽織って震えているメイスンに話し掛ける。ちっぽけな、何の必然性もない島の傍らを波が過ぎてゆく。

「こんなところ、マスクラインに見られたら困るよ。」

「あたしが居なくて寂しがってるかと思って、」彼女はいつもの、何も変っていない声で云う。何たること。彼女が此処に居ることを月光も主張している。瞳は光を浴びて白く変り、目尻が尖って、耳は猫の耳みたいに後ろに引っ込んでいる。「チャーリー、こんな島で何してるの？　此処は一体何処？」

　メイスンは答える。海馬号以来初めて、彼は恐怖を感じる。

「一つの星までの距離を測る為に？　貴方のお仲間は何か月も一人でやってたんでしょ。何故貴方が留まるの？」

「地球は目下、ほぼ軌道の直径ぶん以前より離れていて、観測には二人必要なんだ、――それに私は命令に従わねばならぬ身。」

「此方《こっち》へ来てないからそんなこと云えるのよ、鬱《ふさ》ぎ屋さん。」

「『此方』とはつまり……、」メイスンは片手をくるくる回して、彼女の頭から爪先までを指し、死と

＊　厚化粧の伊太利娼婦：アングリカン教会を奉ずる人間から見たローマ・カトリック教会のこと。

いう話題、死んでいるという話をどう持出したらいいのか、そもそも持出すべきなのかも判らずにいる。彼女は頷く。その微笑みは、今のところ、それほど恐しくはない。

マスクラインに話すのは論外である。きっといずれ、碌でもないことに利用されるに違いない。だが、ディクスンがいつか遂にジェームズ町の港で昇降段を上ってきた暁《あかつき》には、彼の腕を掴んで行付けの〈没落将校〉に引っ張って行き、一刻も早く打明けようとメイスンは思っている。

「それで、彼女が来るようになったんだ……昨日の夜も来たんだ。」二人は岬《ケープ》コンスタンシアのグラス二杯を前にして座っているが、飲んではいない。

「ほぅ、そうですか……？」

執拗に、顔に熱を滾《たぎ》らせてメイスンは云う、「そうだとも、此処に居たのだ……あれは彼女の魂ではないのか？　魂でなければ、何だ？　記憶ではあそこまで何もかも包み込めはしないし、夢は遅かれ早かれ夢であることを露呈してしまう。役者なり肖像画なりが、最早この世にない人物を伝えてよいのなら、他にも仮象の形態があってよいのではないか？……いや、こんな話、理性の欠片《かけら》もないことは認める。――実際私は、予《かね》てからずっと、彼女との再会を願っていたのだ。」確認するかのように首を縦に振る。

更に言葉を続けるが、但し声には出さない、――私の思いの中には、好ましい仲間達が住む、浪漫的《ロマンチック》な風景の広がる田園があるのだ、立石が点在し壊れた弧形道《アーチ》があって、杉や櫟《イチイ》が茂り、日蔭を小川が流れ、草原には野の花が咲乱れ、――楽しい集いや宴が繰広げられる……そしていつも、その何処かを不意にレベッカが通り掛り、決って或る程度離れた所に現れるものの間違いなく彼女なのだ、そして我々は互いの姿を認め合い、――私の息が止って、私は大理石と化す、――

「ああディクスン、私は怖いんだ。」

ディクスンは用心深く、極力身を後ろに引いてから、片腕を前に伸ばし、手をメイスンの肩に置く。メイスンの両足は動かぬまま。「で、」この一件の愚かしさ、この何もかもの愚かしさを想って一人苦笑する、「私はどうしたらよいのかな？」

「そりゃあ、行けるところまで行くしかないですよ、」ディクスンは答える。

「言うは易しだがね、──私だって何遍……。」

「行うはもっと易しです、友よ、──だって他に道はないんですから。」

「君、本気で云ってるのか？　じゃあ君は、今まで行けるところまで行って、その結果どうなった？君は私に、其処ら辺の印度教徒《ヒンズー》のように、永遠の現在に生きろと云うのか？　有難い、──我が導師《グールー》よ、いつも変らず叡智ある答えを授けて下さる。じゃあ教えてくれ、──もし私が、彼女をあっさり忘れる気になれぬなら？　この気候に、そして忘却に、彼女を委ねてしまう気になれぬなら？　貴重な時間を、彼女への償いを果す為なら幾ら使ってもいいと思ってしまうなら？　どうやって償うかも判らぬままに？　そんなこと、あっさりやってしまっていいと思うのか？」

「やるしかないですよ、」とディクスンは云わない。代りに、葡萄酒杯《ワイン゠グラス》を、恰もそれが鉛の大杯《ジョッキ》であるかのようにメイスンに向けて傾けてみせ、共感の念を込めて和《にこ》やかな笑みを浮べる。「じゃあメイスン、ここは一つ沈黙を破って貰って、彼女のことを話して貰おうじゃありませんか。」

16

レベッカとの馴《な》れ初《そ》めを、メイスンは以下の如くディクスンに語る。彼女を裏切らぬよう、メイスンが如何に物語を歪めているかをまだ悟っていないディクスンは、その言葉を全て鵜呑みにする……。

ストラウドの町から向うへ何哩《マイル》か行った、ランドウィックの教会での、毎年恒例の乾酪《チーズ》転がし会でのこと。時は五月祭、英国的な美しさに満ち溢れた、メイスンの洗礼日でもある日。瑞々《みずみず》しい息吹が川辺、木立、野原に満ち、温かさと馨《かぐわ》しさを撒き散らしている。周囲何哩かに住む若い娘が残らず集まって来るが、メイスンの目的はもっと科学的である。即ち、目下噂の的となっている「八倍《オクトゥプル》グロスター*」なる驚異、当地最大、ひょっとすると全国最大の乾酪をこの目で見ようというのである。

これぞ狂気の沙汰と見做す者もある。分別のない、信仰も怪しい教区牧師が、地元の乾酪職人達を唆《けしか》け、力を合せてこの偉業を成遂げるよう仕向けたという話。昔ながらの一倍《シングル》グロスターを、厚さのみならず縦横高さ全てに於て八倍に膨らませ、二倍《ダブル》、三倍《トリプル》どころかクィンセンテナリデュオデシマル、即ち五一二倍グロスターが出来上った訳で、――出来立ては重さほぼ四屯《トン》、その後少し縮んでも、この前代未聞の乾酪製造のため町外れに特別に造られた大きな納屋から出て来た姿は、高さ優に三米《メートル》に達していた、――ゆっくりと熟してゆく中、何か月にも亘って、驚異の乾酪は噂の種を提供し続けた。近頃はもう、逸《はや》る気持を抑えられぬ群衆が納屋の入口に群がり、さながら王室の跡取り誕生が間近に迫ったような有様。英国《イングランド》のこの地方にあっては、民衆の集まりはしばしば、地元の仕立屋達に胃腸上の、かつ精神上の苦悩をもたらすため、軽騎兵の小隊も控えている。乾酪が遂に、そろそろと公衆の面前に運び出された現場に居合せた者達が記憶するところでは、誰もが一斉に息を呑み、一拍の沈黙が生じた後「いや、——大きいとは聞いてたけど、まさかここまで——」……「一体どうやって教会まで持ってくんだ？」……「どんな味なのかな？」等々口々に声を上げたという話。

　従来、教会で浄《きよ》められ、教会の敷地内を三周儀礼的に転がされたのち丘を転がされてゆく乾酪は、ごく普通の大きさの二倍グロスターであって、それが年代物の車輪付き輿《こし》に載せられて運ばれるのであるが、この怪物にはそれでは到底間に合わない。やっとのことで、誰かが巨大なコッツウォルド荷車を持出してきた。煉瓦の赤、空の青、この二色に塗り分けられ、車輪の輻《スポーク》と輞《リム》も同様に塗り分けられた代物だが、乾酪も負けずに鮮やかな橙《だいだい》。これを一種の積降ろし台で慎重に転がして荷車に載せ、何か危険で大きな動物を縛り付けるみたいに、頑丈な太索《ふとづな》を使って直立状態に固定したのだった。荷車の側面は板ではなく細い棒が並んでいる為、野次馬達からも乾酪の全貌が見えた。

　ランドウィック教会までの行進は、永く記憶に残る見世物であった。富めるも貧しきも、近隣の民が総出で沿道を埋め、大いなる乾酪がゆらゆら揺れながらその姿を現すと、みな畏敬の念に包まれて無言で迎え、——やがて、道の凹みに行逢う度に益々輝きを増してゆくその偉観に、不思議と静謐な気持に導かれたかのように、民等は乾酪とその運搬人達に声を掛け始め、声は程なく万歳に、更には頌讃《ホサナ》に変っていった。呑助達が酒場から転がり出て来て、通りすがる壮大な食品に乾杯する——「サァみんな、偉大なる〈八倍〉を祝って万歳三唱！」娘達は投げ接吻《キッス》を送る。地元の若者達は時おり荷

＊　“The Octuple Gloucester”：チーズの一種の名として double Gloucester までなら普通にある。

車に飛乗り、道の凸凹が取分け甚しくなった際に荷がぐらつかぬよう手を貸す、――これでいつの日か、彼《か》の名高き五月祭の日に俺は大いなる乾酪の道行きに付添ったんだぜと吹聴《ふいちょう》出来るというもの。
彼等は歌う、

御苦労さん、八倍を作った皆さん！
その名も高き怪物乾酪《チーズ》、
みんなで喝采、雷の如く、
それから倍の喝采を、――
鐘は鳴る鳴る、
銃声は轟く、
驚異なる八倍の栄光に……
そうとも皆の衆、押せよ引けよ、
先生も生徒も、
独身者《チョンガ》も所帯持ちも、
全ての窓、扉、鍵穴から見てる、
みんなが君を称《たた》えて杯を掲げる、
偉大なる八倍よ！

無論メイスンはスザンナ・ピーチを、たとえ遠くからでも、親戚や友人に囲まれていても、一目見られたらと願っている。きっといつもの通り、絹に身を包んで彼女は現れるだろう。父親のサミュエル・ピーチは名の知れた絹商人であり、東印度会社でも勢力を得つつある。華やかなお仕着せを着た印度人達が列を成して彼女の許に何反もの絹を献上する姿をメイスンは思い浮べる、――遥か東方、その最も奥の地から絹が無尽蔵にもたらされ、ミンチンハンプトンの屋敷ではじきに、華麗な絹の生地が至る所に零《こぼ》れ、風流な皺を見せるようになり、――鏡に映った無数の蠟燭が、熱帯の太陽の脂っこい黄色い光をそれらに投掛ける。東印度諸島の野生の花々、控え目な英国の花壇の花々、縦縞《ストライプ》に棋盤縞《タータン》、ニュートンの分光鏡《プリズム》でも夢見られておらぬ異国の様々な色、壮大な東洋の叙事詩を織込んだ緞子織《ダマスク》、それらをじっくり眺めるには何時間も掛り、その最中《さなか》にも窓から差込む光は変ってゆき、又新たな、更に奥の迷路を露《あらわ》にする。偶々《たまたま》当った光を捕える天鵞絨《ビロード》の力たるや、獰猛かつ絶対的である為、光の当っていない部分を補正すべく見る者は直ぐ傍《そば》まで近寄らねばならず、そうしている内に何だか、不可視の表面に広がる想像を絶する輪郭の中に自分も引摺《ひきず》り込まれた気がしてくる。スザンナの好みは時に大変喧《やかま》しく、同じ絹でも山東絹《シャンタン》と柞蚕絹《タッサー》と絹紬《ポンジー》の違いも一目で見抜く。「あなた絹の商売を覚えたい、チャールズ？　そしたら印度の代りにアレッポ＊行きになるかもよ。それってがっかりかしら？」

「いいえ、そんなことは。」彼女が留守の最中に、屋敷を訪ねたことがあった。彼女の部屋にも入った。寝台《ベッド》の傍らに跪《ひざまず》き、顔を絹の寝台掛《ベッドカバー》に押付けて彼女の香りを嗅いだ。裁縫室では、床に這い蹲《つくば》って想像を逞しくした、――ぞんざいに打《ぶ》ちまけられた絹から、険しく皺の寄った地勢が山地となり峡谷となり、そこを絹街道《シルク・ロード》の危険な近道が通っていて、頭上では色取り取りの服を着た武装した男達が爬虫類の辛抱強さでじっと見下ろし、待っている、――若く美しい、絹商売の跡継娘を誘拐し、口にし難い虐待を加えようと……。

＊　アレッポ：シリア北部の市。古くから絹や香料などの産地として、商業交通上の接点だった。

その日のメイスンはいつにも増して気が沈んでいた。父からの誕生祝いは、水車小屋の仕事の一日免除。周り中、同じ年頃の連中は皆いちゃつき、互いに追掛け回し、戯れているというのに、メイスンは一人とぼとぼ歩きながら、もう疾っくに来ている予定の巨大乾酪の到着を待つだけ。地元名士の娘として、スザンナは乾酪の行進に加わっているかも知れぬし、——或いは家から全然出ていないかも知れぬ。おまけに、見れば周りはもう、みんな相手を見付けて二人一組《ペア》になっている。これじゃぁ居ても仕方あるまい……。教会の横の丘を下ってゆき、麓《ふもと》まで下りたらストラウドに戻る道へ曲ろうと、メイスンは頭上の群衆の喚声がじわじわ漸加《クレッシェンド》で高まっていくのにも碌に注意を払わず、子供達が波を成して丘を流れ落ち、警告の叫びの第一陣が届くのにも気付かなかった。

後から知ったことだが、安全を考えた教区牧師が、丘を下ろすのは二倍グロスターに留《とど》めることにしたものの、——恰もこの日の角運動量の不変性によって予め定められていたかの如く、八倍の載った荷車の片方の制輪子が壊れて外れ、荷車は横滑りし、小さな丘の側面を滑り落ちた挙句、物の見事に引っ繰り返って乾酪を空高く投飛ばし、その弩砲《カタパルト》役たる荷車もぎいぃいぃいっががががっと凄まじい音と共に転倒し、車輪が尚も空回りする中、巨大な乾酪は完璧に垂直な角度で斜面に命中して、——ぼんと一遍跳ねて、緑の中腹を背景に鮮やかな橙色の姿を晒《さら》し、じきにごろごろ転がってその速度を増していった。メイスンが真っ先に目の端で得た感触は、云う迄もなく、星見人《ほしみびと》のそれであった、——つまりこう思ったのである、おかしいな、月が今出ている筈はないのだが、しかもこんな満月で、明るい黄色の筈はないのだが、第一こんな風にぐんぐん大きくなるなんてどう考えてもおかしい、——やがてやっと、己の置かれた状況に気付き、今まさに何が起らんとしているかを悟ったのだった。

「ゲゲ！　うわぁ！」メイスンは両腕を顔の前に投出し、円筒形の猛襲を前に為す術《すべ》もなく、災難の生贄《いけにえ》に一人選ばれたことに奇妙な恐怖を覚え、悪意ある乾酪の犠牲者というのが最後の思いであった……と、救いは不意に、どすんと強い押しという形で現れ、思えばその直前には琥珀織《タフタ》のがさがさと元気な衣擦れが聞えて、――メイスンは顔を下にして倒れ、鼻に草が飛込んで来るのを感じ、殺人的重量が転がってゆくのを、――ぺしゃんこにされた阿呆が行く手を邪魔し本来の軌道から逸らしたりすることもなく転がってゆくのを、――腹を通して聞いていた。

のろのろと、頭を抱え、左右順々に鼻から草を吹飛ばしながら立ち上るメイスンの耳に、先ずは彼女の声が届いた。「夜だったら、サー、きっと星見《スター゠ゲイジング》をしてらっしゃるんだと思ったところですわ。」サー、スターのｒには、機嫌の悪い日のメイスンの父親と同じ強い鋭さが籠っている。おまけに「星見」といえば、この地方では自慰を指す若者言葉。メイスンとしては下手をすれば一生後悔するような科白を吐きかねなかったが、幸い彼女の容姿に圧倒されて声も出ない。スザンナのように古典的な英国の薔薇とは云えぬが、決して荒野《あれの》に咲くがさつな花でもない。その口に、僅かに開いた唇にメイスンは思わず見蕩《みと》れていた、――今にも笑みになりそうでならずにいる、問うようなその唇は、ちょっと話があるから来た門番という風情。彼女の背後には如何なる暗い門があるのか？　如何なる神秘な館が？

「近頃、余りに烈しい私の望みは、」とメイスンは、事ある毎にディクスンに向って云放つ、「あの場面を描き直して、彼女が己の宿命《さだめ》をその顔に何処となく湛えているようにすることだ、――目には警戒の念が見え隠れし、いずれ自分の身に起きることが耐え難い故に今ここでその予兆となるささやかな不正を探している、――だが死すべき運命を巡るレベッカの無垢ぶりは飽くまで損なわれぬままに保つ……ああ、我が心は二つに裂けるべきだろうか？　あの五月祭の日、彼女は、行く手に拡がる生しか見ていなかったのだ。」

（「グロスター州《シャー》には彼女の記録は残っておらんのだよ、」アイヴズ叔父が口を挟む。

「なんと、何もないのか？　今後も何一つ現れぬのか？」

「未だ出現せざるものへの貴方の信頼に敬意を表するなら、メイスンはサパトン教会で洗礼を受け、それは彼の子供達も同じでした、――だが彼とレベッカは其処で結婚してはおらぬのです。従って、どこか他所で出会ったのではないでしょうか、――事によるとグリニッジで？」

「じゃなきゃ幽霊が二重とか、――」「――一人は歩いて、一人はじっとして、」と双子が唱える。）

素朴で色白の田舎の妻、煙と煤《すす》と策略と口にされざる目的等々に塗《まみ》れた都会の妻……彼女の、見逃しようなき幻影がメイスンに付いて回る、――恰も彼が、未完なる物事を司る長《おさ》として、最も生き生きとし最も愛されていた時のレベッカを代弁しているかのように。これは、麵麭《パン》と葡萄酒と同じで、全能の神の優しさなのだろうか、メイスンには耐えられぬ情景を見せずに済ませて下すっているのか？　それは何だろう、余りに無慈悲で耐えられぬそれとは？　時折メイスンは、彼女の幻影の表面から、黒い煙が沸き上るのを垣間見たような思いがし、彼女の声が獣の声色《こわいろ》へと濁ってゆくのを聞いた思いがする……地獄の蛇達が、生々しい、迅速な身を、彼女の影の直ぐ向う側に横たえている……長い、冷たい待機の中に在る蛇達の匂い……そんな時、メイスンは快い無力感を感じつつ、呆然と見入っている。彼女は今や、慈悲というものに対して、全く新しい、改まった関係を結んでいる、――生者達の中に在って、死に仕えることを拒み、死が日々押付けてくる事ども（食べてゆくには低すぎる賃金、経営者によって定められた法律、歩兵隊、取立て人、牢獄、その他この世に溢れる諸々の死の暗喩）に仕えることを拒むあの慈悲というものに対して。恰もこの世を去ったその瞬間が、一種の透鏡《レンズ》として作用し、彼女の魂の光が霊的な屈折を経たかのように。

この世に縛られた身たる絶望を巡って、メイスンは彼女に問うてみる。「光に照らされた点と点との角度を測るこの営み、これにはもっと大きな意味がある筈だ。レベッカ、君にはあれ等の星がなりのままに見えるのだろう、見えるに相違ない。」

「あらあらチャーリー。『相違ない』って云われても。」死の干渉が間《あいだ》に挟まって、笑いは容易に渡って来ない、――にも拘らずメイスンは、内に潜むかつての響きを聞逃すほど心を頑《かたくな》には出来ぬ、――確かにそうだ、これは彼のレベッカなのだ。その声はメイスンに、嬰へ長調の音楽にも似た作用を及ぼし、恐しい約束へと彼を引寄せてゆく。「貴方子供のころ信じてたじゃない、空の星はこの世を去った魂だって。」

「君だって、錨を下ろした船だと。」そう、かつて彼女はそう信じた、――そしてあの空は、世界中から訪れる旅人達を迎える港だと。

「大地を御覧なさいな、」彼女はメイスンに諭《さと》す。「今の私は大地に属しているから、大地が生きてることが判るのよ。海に囲まれた、内なる力からも近いこの活火山の上に在って、鬱ぎ屋さん、貴方だって、大地のことが何かしら学べる筈よ、思ってもいなかった地の秘密が。」

「僕は君を裏切った、」メイスンは叫ぶ。「あぁ、――僕がすべきだったのは――」

「蠟燭に火を灯す？　私は光を超えた身よ。毎日私の為に祈る？　私は時の外に居るのよ。善人チャールズ、生者チャールズ、……善良な肉と血……。」二人の間には今や風のようなものが強まってい て、メイスンに見える彼女の姿はじわじわぼやけてきている。彼女は歯を剝き出し、青ざめ、踵《きびす》を返し、漂うように遠離《とおざか》り、いつしか、何もかも滅びた森の半分も行かぬ内に蒸発してしまっている。

復活の日まで手の届かぬレベッカの愛しい肉体を想いつつ、メイスンは勃起を抱えて寝床に戻ってゆく。薄明りの中、マスクラインの観測服が段々と可視になってくる。憂いの大波が、然程《さほど》遠くない大西洋上の大波と切分音《シンコペーション》を成してメイスンの許に押寄せる。それが彼を溺れさせるのか、持上げてくれるのか、――どっちでも知ったことかという気分でメイスンは横たわり、最早眠りに戻れはしない。

天幕《テント》の反対側で、マスクラインは真昼まで微睡《まどろ》み続ける。「や、メイスン。あんたでしたか、明け方頃入ってきたのは？」

「私じゃありません。」思わず口を衝いて出た答え。

「ふぅむ、――ひょっとしてディーターかな、どう思います？」

「ディーター？　なんでディーターが天幕に？」

「この〈風〉ですから。」

「ゲゲゲ、――あ、いや、それはそうですな。」

「ディーターじゃありませんね……少くとも、最早そうではない。」

と、彼《か》の独逸人と直《じか》に顔を合せたことは一度もないことにメイスンは思い当る。「解放計画の方はどうです？」

「いや、やっぱり違います。そう思われるのも無理ありませんが。後生ですから、ディーターのことは御放念戴ければと。」

只でさえ訳が判っていないところへ持ってきて、レベッカの訪問を巡って未だ動揺醒めやらぬメイスンは、ディーターも幽霊なのだ、と俄に確信する。が、この啓示をマスクラインに伝えるのはどこ迄賢明か？「当人は元気なんですよね？」と芝居を続けるが、そうする理由は自分でも口にしてみて初めて見えてくる。

「『元気』！　あんた何を仰有るんです、メイスン？　此処じゃ元気でないなんていったら、死ぬってことですよそれ。実際、あんたがどうやってこれまで死神を避けてこれたのか、私には謎ですね。」

「ということはあんたは、――あんた『元気』なんですか、マスクライン？」

「今ここで危険が迫っておるのはディーターです。医学的にはね、知りませんよ、――ですが神の僕《しもべ》として云わせて貰えばですね、あの男の魂は、魂が容易には耐え得ぬような形で虐げられておるのです。元気かなどと訊かず、正にそのことこそ訊ねて欲しい。あの男の運命は、私の運命にも波及し得るのだし。」

先日来メイスンは、〈風〉の中にまるまる一個の管弦楽団《オーケストラ》の演奏を聴いている、——明らかに英国風ではない、維納《ウィーン》風、若しくは洪牙利《ハンガリー》、事によったら回教徒《ムーア》の音楽か。気が散って仕方ない。大犬座から入って来る光と交差するように吹いている気がする〈風〉は、ありもしない像を生み出している、——光行差に関するブラドリーの云種《いいぐさ》を借りるなら、一個の比喩たる〈風〉が何らかの障壁《バリア》を突抜け、ひたすら実務的な、文字通りの意味たる〈光〉の中に飛込んで来たものの、いまだその障壁にくっついたままでもあるような按配。その超自然的なること、生という太陽輝く植民地を訪れた死の国の住人の如し、——と、これまた比喩であるが……。

「あんた方二人、若干時間が必要なのではありますまいか、」メイスンは未だ捨てておらぬ常識的感覚を発揮して提唱する。「正直申上げて、私、あんた程〈風〉に対する抗力を持ち合せておりません。この〈風〉には頭がおかしくなってきそうだ。」更に一言、付加えるなと胃が警告している、「あんたには頭がおかしくなってきそうだ。」

メイスンは躊躇《ためら》わず砂利浜に駆下りてゆき、狼煙《のろし》を熾しに掛る。上着で扇いで、通り掛る沿岸船に向けて、風下まで乗せて行ってくれぬかと要請する。値段が殆ど犯罪的なのは覚悟の上。

マスクラインは山頂から別れの手を振る。メイスンが初めて目にする、金糸雀《カナリヤ》色の上着に膝丈股袴《ブリーチズ》という格好、この距離からでも瞳孔の収縮を引起こす類の鬘《かつら》、帽子はやや見え難《にく》いが、何やら用途も定かでない視覚機器を想わせる。砦の方へ向う途中なのか、ひょっとして砦に入ろうというのか。ディーターが出没する主たる場が砦なのか。間もなく、亜剌比亜《アラビヤ》の帆船が一隻、此方《こちら》から水の中を歩いて乗込める距離まで寄って来る。「ジェームズ町までお届けしますよ！　二十和蘭陀弗《リックス＝ダラー》！　安いよ！」

「十！」それだって本当に出せるのか。

「托鉢士谷《フライアーズ・ヴァレー》までだね。」

「嶮　崖《ブレーク＝ネック》、」声がはっきりと、誰も居ないのに、囁く。

「嶮崖まで、」メイスンは叫ぶ。

「お連れの方の気を悪くしちゃいけませんからね。合点です。」

一度《ひとたび》城岩《カースル・ロック》と針崎《ザ・ニードルズ》の向うまで回り込むと、〈風〉は今や船の背後にある。海牛《マナティー》湾を過ぎ、頭上の大いなる尾根がぐるっと向きを変える中、船は着々と進んで行って、——遂に南西岬《サウス＝ウェスト・ポイント》も回って越え、人馬《マン・アンド・ホース》亭に寄道したりもせず、釣糸釣針が船縁《ふなべり》から垂らされて、間もなく今日の食事が甲板の上でぴょんぴょん跳ねる、——もう〈風〉から逃れたのだ。吹荒れるものがなくなって、メイスンは呆然としてしまう。これからは、微風、潮、渦を頼りにこの沿岸を過ぎねばならぬ。何日か前から旅を続けている乗組員達は、メイスンの戸惑いを見て面白がっている。彼等の科白が英語でないことがメイスンの混乱を更に深める。嶮崖谷《ブレーク＝ネック・ヴァレー》の入口、町から二、三哩《マイル》の地点で降ろされた時にはもう、一刻も早く船を去りたい気分になっている。

〈風〉に乗って町の匂いが漂って来る。煙や牛馬糞が、見える前から届く。旅の恍惚の如きものから醒めかけて、ふと我に返れば、ジェンキンズ耳博物館の前に来ている。このジェンキンなる男の耳の存在を時宜《タイミング》好く世に示したことが、英国を一七三九年の対西班牙《スペイン》戦争へと導いたのだった。*その後間も

* 史実ではロバート・ジェンキンズ。この小型商船長がスペイン船の侵入を受け拷問されて耳をちぎられ、一七三八年、英国下院においてその耳を提示したことが、英国とスペインの戦争が起きる一因となった。

なく、ロバート・ジェンキンは東印度会社に勤務するに至り、――これを報酬と見る者は多かった、――一七四一年に聖ヘレナの総督に命ぜられた際にも、今や水晶と銀の小型陳列箱に収められ大西洋の塩水に漬けられた彼《か》の耳も持参して行った。ジェームズ町《タウン》はその呪縛力を発揮した。やがてミスタ・ジェンキンは、札賭博《カード》に於て流石《さすが》の英国政府も容認し難い額までツケを貯めていき、終《しま》いにはもう、賭けられる物はあと一つ、これしかないという貴重な品を賭けた。勝負は切札出合《クロス・ラフ》となって、耳は町の事業家ニック・モーニヴァルの手に渡った。

低い壁に、ひどく小さな、高さ三呎《フィート》にも満たない前廊《ポルチコ》と門があり、屈み込まぬことには読めない看板に「郷士ロバァト・ジェンキンの耳　展示中」と書いてあるのを見て、メイスンは悔しい思いをする。きっと他にも何処か入口がある筈だと思うものの、一向に見付からず、ぴょんぴょん何度も跳ねて壁の向うを見ても、どうやら荒れ果てた庭があるだけ。仕方ない、と観念し、両肘両膝を突いて、目の前のちっぽけな入口を吟味してみる、――扉を軽く押してみると、軋《きし》みもせずすうっと開く。メイスンは中を覗いてみる。乏しい明りで見えるのは、下り坂になった、辛うじて這って入れる幅の、通路の如きもの。

長年岬町《ケープ・タウン》で蓄積されてきた肉体的剰余ゆえ、メイスンの円滑な下降は何箇所かで疑わしいものとなり、――実際その度に、一時的に身動きが取れなくなっただけとは云え、殆ど恐慌《パニック》に陥りそうになる。やっとのことで、もう少し広い、どうやら島の火山の岩を削ったと思しき、玄関広間のような空間に出る。と、直ぐ近くで声がしてメイスンはぎょっとする。

「御機嫌よう巡礼のお方、偉大なる現代の遺物に興味をお持ち下すって有難う存じます。トロイアのヘレネーの顔は千もの舟を動かしたと申しますが、――こちらは一介の耳、とは云え往時には幾つもの海軍を、地球を巡る戦いへと送り出したもの。一生のうち、ヘレネーの顔にここまで近いものは恐らくもう目になさいませんぞ、それで一西班牙古金貨《ピストール》はお得ですよ。」

「ちょっと高くないですかね？　ところで、エヘン、貴方何処に……此処はどうも音が矢鱈《やたら》と響いて、――」

「目の前を御覧なさい。」

「ギャァァァ、――」

「タ＝ラ＝ラ！　そうです、ずっと此処に居りましたよ。ニック・モーニヴァルと申します、かつては郷士《エスクワイア》、今はお客様の僕《しもべ》。かつては東印度会社の総督、今は……御覧の通り。何処へ行こうと運命の輪が昇り降りするのは世の習わし、ですがこの地では、――海に囲まれたこの不幸なる山頂では、輪の回り方も一際《ひときわ》烈しいのです。」

「フロリンダの御友人ですね。一度砲台の前でお会いしましたよね、――彼女、元気ですか。」

「行っちまいましたよ。母親を連れて家路に向う、何処ぞの雛大尽《ひよこだいじん》*とね。彼女が其奴を誑《たら》し込むのを見ましたがね、大したもんです。ありゃあ職人芸だね。私に見られてるのを承知で、お芝居やってみせるんです。舞台の経験もありますしねえ、――そりゃあこっちにしてみりゃ屈辱ですよ。――」

「さて、それで、」と努めて明るい声で、「耳はどちらに？――よかったら一目拝見してお暇《いとま》しますから。」

「いえいえとんでもない、そういう風にはやらんのです、私がお供して、見世物《ショー》を披露しませんと。」

「え、あの、――見世物……？」

初心《うぶ》なメイスン。まず聞かされるのが〈西班牙人の残虐な仕打ち〉〈国会での耳披露〉〈宣戦布告〉、――モーニヴァルが全ての役柄を語り、更には連続砲撃、海上の嵐、英国政府内外《ホワイトホール》での往き来、西班

＊　Chicken-Nabob：インド帰りの成金御大尽（nabob）の中で比較的小物の金持ちをこう呼んだ。

牙語で捲《まく》し立てる声等々の効果音を付加える上、小琵琶《マンドリン》まで持出して、スクイヴェッリ氏の『ロレッキオ・ファターレ』、即ち「運命の耳」の旋律《メロディ》を奏でさえする。ジェンキンの耳輪《イヤ゠リング》を巡る論考が為され、「そうです、西班牙《スペイン》人どもが求めたのはミスタ・Jの耳ではなく、耳に付いていた紅玉《ルビー》だったのです。一銀貨志《シリング》で、傷のように赤い見事な紅玉が御覧になれますぞ、――元はと云えばこの品、沿岸貿易船を下船中だった然《さ》る航海士が、お偉方との付合いも多かった印度の踊子の臍から捥《も》ぎ取った品、むろん航海士は只じゃ済みませんでしたが、――その後は悪党から悪党の手を転々とし、所有することは死を意味するものの誰もが情熱を燃やして追い求め、北の海から印度諸島の遥か奥の沼地まで渡り歩く中、様々な逸話を吸収し、且《か》つ生み出して、東印度会社の日々にあってはそれが辡加拉《ベンガル》とカルナチックの野蛮にして恥ずべき物語へと結実し、――遂にはミスタ・ジェンキンの呪われた耳朶《みみたぶ》からぶら下がるに至り、不運の疼きを秘めて西班牙人の刃を待つことと相成ったのです。」

　二人がしゃがみ込んでいる窮屈な、何やら悪臭が強まってきた空間に於て、声色を使い分けた一人芝居を浴びせられるメイスンの唯一の救いは、今やその狂気が益々明白となってきたモーニヴァル氏が「年代鏡《クロノスコープ》」と呼ぶ機械。料金を払ってこれを覗き込めば、何と、色取り取りの分光鏡《プリズム》の光に囲まれて海を走る帆船はその名も〈レベッカ〉、それが悪名高き沿岸警備船《グアルダ・コスタ》に今にも攻撃される寸前で永遠に留まっている。目を窄《すぼ》めて見入るメイスンの眼差に浮ぶのは、単に切なさだけではない、――船の名は何処かもっと暗い海の向うから発せられた合図《メッセージ》なのだ、――かつてあのブレスト沿岸にあっても、海馬号が正にこの絵柄と似た超自然的な逃走を遂げたとメイスンは信じるに至っている、――出来事は未だ「確実性に縮約され」てはおらず、日は大海の如く静止し、光が上昇し、蘇《よみがえ》り、凪はその積分値として表現され、帆一つ一つが固唾《かたず》を呑む息の如く静まり返る……正《まさ》しくそのような構図の中へと、あの遠い遠い朝、メイスンは目覚めたのだった……子供のように……印度が、あらゆる島々が可能な世界、開かれた消えざる光……メイスンが不死を味わった最後の朝。

「さて、いよいよ最後に、東印度会社に於けるジェンキン氏の経歴に敬礼を送り、当地の総督として過ごされた束の間の、だが不名誉ではない任期に光を当てることと致しましょう。」ニック・モーニヴァルの鼈甲《べっこう》製弾爪《ピック》が震音《トレモロ》で「支配せよブリタニア」の調べを紡ぎ出すと共に、ジェンキンの等身大肖像画が茫と視界に浮び上り、——絵の中の欠けた耳は二十年前の鬘《かつら》の解《ほつ》れ髪によって巧みに隠されている、——その履歴が朗々と語られる。

この間ずっと耳は、瑞典《スウェーデン》製鉛水晶の酢漬瓶に収まり、時の貪欲からも護られて、誰にとっても不明の運命を全《まっと》うせんとしているかに見える。が、間もなくメイスンが気付いたことに、——彼としてはそれが光線の加減だと思いたいのだが、——何故かこの耳、仄《ほの》かに光を発していないだろうか、——それも暫く前から、——その上、メイスンの見るところどうやら、気を付けの姿勢を採りつつあるというか、筋肉に張りが出てきつつあるというか、しっかり堅固な状態に達しつつあって、塩水の水槽の中で直立しつつある。この耳、聞いているのだ。恐慌《パニック》を未然に防ごうと、メイスンは急いで頭を手で押える。

「お気付きになりましたな。」モーニヴァル氏は語りを中断する。「結構。一向に感付いて下さらない方もいらっしゃいましてね。そうです勿論聞いておりますとも耳ちゃんは、——そもそも耳とは何の為に？——それに正直な話、此処ではやることといっても碌《ろく》にありませんしねえ……一寸見《ちょっとみ》には小《ち》っぽけな、塩漬の代物かも知れませんが、耳ちゃん実は、貪欲にして飽くことを知らぬ器でしてね、——人の言葉を幾ら聞いても聞足りないときてまして、何だって聞きます、何語《なにご》でもいいのです、——私も折に触れて朗読してやらねばならんのですよ、聖書、月距表、『蒼ざめた伊達男』、手当り次第何でも……尽きることのない、耳ちゃんの大いなる飢えなのです。」

「『耳ちゃん』？」

「何て呼べばいいんです？　『鼻ちゃん』？」

「いや……只その、失礼を申上げてはと思いまして、——」メイスンの視線は一層狂おしく辺りを飛回るものの、出口は未だ見付からない。

「お客様、中々のお洒落でいらっしゃいますよね、お召物で判りますとも、私も昔は倫敦の倶楽部なぞに出掛けたものですからな、どうでしょう、一つ——」こんな地下で妙な親密さを強いられ、意味あり気に突《つつ》く肱は殆ど武器のように感じられる、——「も少し近くに寄られて、よかったら……何か彼女に秘密を打明けてみられては？」狭い空間の許す限りで、モーニヴァル氏が鍵を振り翳《かざ》す。

「ええあの、そうですねまあ、——何と云いますかその、一先ずその……出口はどちらでしょうかねえ？」

モーニヴァル氏は既に硝子戸棚の鍵を開け、その中の、海の色に光る水に手を入れている。「いけませんまだお帰りになっちゃ、耳にお話しして戴かないと。いつお帰りになるがいいかは彼女が決めてくれます。お代はあとたったの一和蘭陀弗《リックス゠ダラー》、——」

「えっ！」

「申上げておきますが、私は暴力に訴える権限を与えられておるのですぞ、東印度会社から許可証を貰っておるのです、——」

「判ったよ、——はいこれ、持ってけ、二和蘭陀弗だ、——構うもんか、所詮和蘭陀の金じゃないか、ここ岬《ザ・ケープ》同様絵空事みたいなもの、連中を捉えて放さぬあの忌わしい夢の如く、——」

「私に云っても仕方ありません、」モーニヴァル氏が肩を竦める。「耳ちゃんに仰有りなさい。正にその手のお喋りが好みなんです。今日は御馳走だよ、耳ちゃん！」と怒鳴るものだからメイスンはついぎょっと縮み上がってしまう。「さあさあ、どうぞ。唇を好きなだけお近付けなさい。」

「あんた、健康とは云い難いようですな、」メイスンは指摘する。

「ここ風下側じゃ、そんなのごろごろしておりますとも……。さあ……そうそう。——宜しいですか？　さ、願い事を耳ちゃんに囁くのです、貴方の最大の願い事を、——今まで此処にやって来た無数の船乗り、娼婦、会社の書記に仲間入りなさい、己の欲望を、〈偉大なる飽くことなきもの〉に向けて叫ぶのです。弁護士の助言に基づいて一言申添えておきますが、耳は願い事を聴くのみです、叶えるのではありません。」

　耳を囲んでいる青緑の光を、メイスンは殆ど見ることも出来ない、——この云わば混合《こみあ》った暗闇にあっては、こうした弱々しい発光にすら目が眩むのだ……まあそれで有難くはある、何故なら今や耳は、明らかに漬汁から起き上り、紛う方なく、その半ば塩漬にされた、ひんやり地下の冷たさに浸された身を、近付いて来るメイスンに向けて差出しているのだ。〈王の赤子〉の試練だって生抜いた私じゃないか、とメイスンは自分に云聞かせる、——これくらい訳ないさ。耳は婀娜《あだ》っぽく、貝のように立っている、——ぷるぷる身を震わせて、待っている。

　最大の願い？　レベッカが生き返ること、そして、——いやいや、こんなものを相手に彼女を裏切ってはならない。代りにメイスンは、立ち籠める潮の匂いに……そしてもう一つ何か別の匂いに……向って囁く。「ミスタ・ディクスンが早く無事此処に戻って来ますように。無論彼の為に、そして私の正気の為にも。」

　ここで聴手《ききて》がトロイアのヘレネーであったなら、或いは嘲《あざけ》りの笑みを浮べたかも知れぬ。が、仮にそんなことがこの耳に出来たとしても、メイスンは気付かなかったであろう、——それほど今この瞬間の持つ哲学的意味に没頭していたのである。今の今まで、「空《くう》に向って叫ぶ」という語句の意味をメイスンは実感した例《ためし》がなかった。そんなのは女房が亭主に関して、若しくは教師が学生に関して口にする云種《いいぐさ》だと思っていたのである。ところが今、この、淫らな耳という形で、正に空《くう》が具現している。これぞ「神託」の裏返し、――何も明かさず、全てを吸込む。人は跪《ひざまず》いて嘆願し、辱められ、這って進む。

「お探しの出口は直ぐ目の前です、――」小琵琶が印度の歌の連曲《メドレー》を退場音楽に奏でる中、メイスンは傾斜を這い上ってゆく。今はとにかく、大西洋の空が見たい。「お気を付けて！」ニック・モーニヴァルが声を掛ける、「――お客様がこれから生きられる人生が、私が棒に振った人生より良きものでありますよう。」

身を拗《くね》らせ、ようやっと最後の障害物を潜《くぐ》り抜けて、程なく地上に出ると、其処はさっきちらっと見た荒れ果てた庭。壁は通りの側から見るより遥かに高い、――いま初めて、町中に巡らされた壁から発せられる微妙な陰翳《ニュアンス》を、メイスンは確《しか》と聞いた思いがする。近きも遠きも、全て等しい大きさの音が、此処からも其処からも、――だが姿は見えない……。二つの世界の境目を思わせるこの場に在って、己の魂を覗いてみよと誘われた思いにメイスンは襲われる。先刻船を降りた港町に舞戻る前に、暫し魂と向き合え……云わば此処は船乗り達の水辺の礼拝堂。メイスンは犬のように壁を散策し始め、石造りの周辺部から探りを入れてゆく。赤い喇叭《ラッパ》の形をした花の付いた蔦は明るい緑色、実際、この天気にしてはどうも明る過ぎる……入口の如きものは何処にも見当らない……そして雨、茫漠と虚《うつ》ろに広がる大洋から届く塩……。

「私はどうかしておったのだ。もう無事抜け出したに違いない、――尤も、本物のメイスンはいまだあの出口なしの一画に閉じ込められたままで、この私は単なる影だというなら別だが。」

後にディクスンが、既に英国へ戻る船旅に乗出して数日経ってからそう聞かされると、彼は座ったまま目を丸くしてメイスンを見る。「何と、——不可解な話と思うでしょうけど、計算出来る限り、正にあんたがその耳ちゃんとやらに語り掛けたその瞬間、わしは聞いたんです、まるで伝声管を通したみたいに、あんたの言伝《メッセージ》を。例によってわしは世界最果亭《ワールズ・エンド》に居りました、——と、科学ではどうにも説明しようのない話ですが、表の風が、丁度わしがそれを聞いた間だけぴたっと止んだんです。そりゃまあ、あんたの声だと判った訳じゃないですよ、——何せ谺《こだま》やら何やらで随分と籠った声でしたからね……？」

「驚きだな……私の願い事が、ディクスン、君の云うように……ゲゲゲ！　危ない危ない、また担《かつ》がれるところだった、——どうして黙って聞いておれんのだ？——もう少しで引っ掛かるところだったな。」

「ダラムじゃね、下等な魚は放してやるんですよ……？」

「ふうん、そうかね、——で、代りに何を釣る？」

「そうですねぇ、鯉とか、虹鱒とかでしょうかね、まあ当然、汝が釣りなさる所では少し違うでしょうけどね、——きっともっと荒っぽいですよね、——死物狂いってやつですかね……。いつかウィア川の方にもお越し下さい、待つってことを教えたげますから。」

「私は牡牛座だぞ、友よ。待つことなら心得ておる。」

「底餌を使ったことは？」

「鉛の錘《おもり》か、フルーム川の？　何たる楽天、——そんなものに食付く奴がおると……？　あっと云う間、引いたと気付く間もなく食われちまうと……？　こっちは真剣なのだぞ、ディクスン。鉛？　彼方《あちら》じゃそれが御馳走なのかね。」

「いやわしは只、あんな所で釣りをする人がいるってのがどうも想像出来ませんで……？」

「公衆衛生を考えれば私だってそう思うとも、――それを云うなら、我が故郷の小川だった、仕立屋の下水も同じこと。私等、釣りは義務と教わって育ったが、釣ったものを食おうなんて気には全然ならなかった。食ったらどうなるか、怖い話を散々聞かされたし。」

「聖ヘレナでは大分釣りました?」

「私が去る時点で、マスクラインの精神状態は最良とは云い難かった、――矢っ張り彼処《あそこ》の暮しが長過ぎるんじゃないのかな。」

「軌道上正反対の観測をって計画ですからねえ、選ぶ余地もないのでは……? でも人生、短いですしねぇ。」ディクスンの顔は今や、然《さ》も殊勝に、イヤァ噂話ナゾヤリタカナインデスガネという風情、

「――てことはつまり、あれだけ長く居るには何か他に訳があるってことですか、あんな、五分も居れば充分って感じの場所に?」

「ミスタ、ディクスン!」こう怒鳴られたディクスンが悪怯《わるび》れもせずに肩を竦めた後、メイスンは更に云う、「何があり得るのかね、その訳とやらは?」

「六か月でしょ……? それだけあれば、人生まるっきり違う段階に入って行けますよ。胸躍る体験《アヴァンチュール》とか、――判らんもんですよ。」

「と云うと君……」

「友メイスン、わしなんかには判りませんとも。十月から奴と一緒に居ったのは汝です。何か人前で椿事《ちんじ》がありませんでしたか、紹介してくれない美女とか、不可解な不在とか? 大犬の観測がお留守になったりは? それとも単に飲み歩いてただけかも知れませんねえ、この辺じゃみんな飲むことに凄く沢山時間使うみたいだし……?」

「私の取り敢えずの説はこうだ。マスクラインが彼処《あそこ》に留まっているのは、偏《ひとえ》にブラドリーが、倫敦

の天頂星の視差を求めている最中、光行差を発見して名声を得たからだ。竜座の下《もと》でブラドリーが得たあの大いなる明晰の瞬間を、この地に於て、大犬座の下で得られぬものか、そう願っておるのだ。」

「光行差みたいに、何か新発見が出来ると思ってる訳ですか……？」

「真剣に探している、それに尽きる。何か出てきたら直ぐに気付くことだろうよ。」

「わし、何か悪いことと云いましたかね。こっちはあんな奴、碌に知らんのですから……？」

「私も同じさ、——憶測してるだけのこと。仮にそう考えてみたらどうか、そう云ってるだけだ……。

だがとにかく、奴は依然留まっている。その気になれば、私等と一緒に帰って来れた筈じゃないか？孤独のもたらす不可解な精神状態の中、島と契約でも結んだのだろうか、——恰も島が知覚を有しているかのように、何らかの形で、島に永劫不変、属すに至ったのだろうか？〈娼婦の橋〉こそ彼の砂漠、——禁酒こそ彼の通過儀礼？

「場所が場所ですから、禁酒じゃなくて深酒とか、」とディクスン。

二人としては、英国で彼等を待受けるもの、未来に控えているものを語るより、マスクライン問題を論じる方が気が楽なのである。マスクライン自身は、英国との遣り取りを通じて、二人の未来を巡る一つの可能性について、——まだ到底「確実性に縮約」されてはおらぬが、——耳にしている。即ち、亜米利加のペンシルヴェニア、メリーランド両植民地の境界に関する前年の大法官府の決定を受けて、両地の領主が、王立天文台長に協力を要請してきたのである、——最新の手段を用いて境界線を定めて戴きたい、等緯度線を五度、即ち百里《リーグ》、荒野を東から西に掛けて引いて戴きたい。

「何だってマスクラインが、そんなことわし等に話すんです？」

「自分でやる気はないからさ。私達が永劫他所《よそ》に行っちまった方が奴としては嬉しいんだ、——そうすりゃ後は、ドクタ・ブラドリーと二人きり。」

「汝、亜米利加に行く気あります？」

「ブラドリーがもう一度私を推薦してくれるかなあ、」メイスンは云う。「してくれるとしても、私等に有難い理由からかどうか。それにマスクラインだって、そんなに熱心に推し進めはしまい、――月距派に有利にならんことなぞしてどうする？　誰が行く？　ウォディントンか？　君か？　ディクスン、行く気があるんだったら、岬《ザ・ケープ》でこれだけの仕事を為した君だ、どんな条件だって聞いて貰えるぞ。」

「そんなにいい仕事だったですかね？」

「そうとも。私のは幸運だっただけ、――天頂儀が何もかもやってくれたからな、――だが君のは良かった。」

「じゃあわし等、また二人とも行かされるかも知れんですね……？　そうでしょ。うぅ、何てこったい――亜米利加道中膝栗毛。」

「いや、それは。」

18

船旅も終え、戦争や奴隷制、首尾よく遂げた観測、聖ヘレナの風、同胞達から浴びせられる慣れぬ敬意等々に五感も呆然となったメイスンとディクスンは、くるくる回る独楽《こま》のように倫敦の街を、大抵は二人一緒に彷徨《さまよ》い、時折ドスンとぶつかっては又サッと離れる。時はまだ午後半ば、残り物で適当に拵《こしら》えた耕夫昼食《ブラウマンズ・ランチ》*1とは云え、食事も由緒ある司教冠《マイター》*2亭で取ったりする。王立協会の評議会にも出席し、いざ喋ってみると聖ヘレナや岬《ザ・ケープ》で一緒だった人びと全員を自分達が褒めそやすので二人とも驚いてしまう。

ディクスンはじき北へ、とにかくステーンドロップの〈陽気な坑夫《ジョリー・ピットマン》〉亭に戻ることのみ念じつつ向う、——故郷から離れるにつけ、彼《か》の暇人《ひまじん》達の溜り場が益々の魅惑と共に思い出されるに至ったのである。一方、倫敦に留まったメイスンは、何をしたらよいのか今一つ判らない。息子達は当然恋しいが、反面、再会が怖くもある。義理を果しに彼方此方《あちこち》挨拶に回ると、正《まさ》しくボンクの予言した通り、様々な「幹部机《デスク》」に座った人びとから質問を受ける、——海軍、東印度会社、王立協会の官吏だの、

*1　ブラウマンズ・ランチ：チーズとパンに野菜を添えた、イギリスのパブのランチの定番。
*2　マイター亭：ロンドンのウッド・ストリートにあった、文人らが多く集まったパブ。

王の臣下からロッキンガムの自由派《ホイッグ》まで物好きの議員連中だのが、野菜の供給、或いは道幅、更には沿岸の備砲、市民の士気、奴隷の不穏等々に関して探りを入れてくるのである。じとじとした灰色の夕暮れ近くに漸《ようや》く解放されて、メイスンは夜を迎えかけた街へ繰出してゆく、――と云っても、かつてレベッカを亡くして間もなくは彼女を悼む余り罪へと降立っていたのとは裏腹に、今度は、種々の機会に乗じて信心へと降りてゆく。

当世、雄鶏横丁《コック・レーン》の幽霊の噂で街は持切り。メイスンも自分の目で確かめようと足を運ぶ。名高きパースンズ邸に幽霊は見当らないが、そこへやって来た生者達には驚かされる。「この調子じゃ私が居ない時に誰が来ていることやら、」とつい口に出していることもメイスンは今一つ自覚していない。「彼処《あそこ》に居るのはミセス・ウォフィントンではないか。隣の小男は誰だ？ギャリックかな。そうだ。[*1]」

眩暈《めまい》を覚えながら再び横丁へ出ると共に、メイスンは決心する。次にレベッカが現れたら、あの辺にちょっと出てみてはどうかね、壁の内側を覗いてみないか、と誘ってみようと。だが倫敦での日々はずるずると過ぎてゆき、とうとうメイスンも、レベッカはこの街で彼に会いに来る気はないのだと思い知る。そう、彼女はメイスンがサパトンに、――故郷に戻ることを望んでいるのだ。

レベッカは一先ず満足しているのかも知れぬが、一方メイスンの姉妹は妙に辛く当ってくる。息子達は礼儀正しい目で彼を見ている。彼が持って来た土産は、最後の最後にサンタクルス湾[*2]で思い付いて物売り舟で買った、玩具の船二隻《せき》。息子達は船を持って小川に下りてゆき、残された女性軍はメイスンの人格を論じ合う。メイスンは息子二人と共に、船の索具を吟味しながらその素性を巡って首を捻《ひね》る、——無理もない、これは皆、テネリフェに住む彫刻師達が、世界中からやって来る無数の船のごっちゃな記憶を基に彫ったものなのだから。ウィリアムは五歳、ドクタ・アイザック[*3]は三歳である。

「凄く遠い国の船だよ。」とウィリーが、メイスンよりも寧ろドクに向って断じる、——この、見覚えが有るような無いような感じの大人には話し掛けぬ方が得策と踏んでいるのだ。「英国の船じゃないな。」

「小父さんの船なの？」ドクは兄とは違い、臆せずメイスンに声を掛ける。

メイスンは一頻《ひとしき》り船を眺めてから答える。「私達の船にはもっと大砲があったと思うね。こんな変《へん》梃《てこ》な形の帆はそんなになかったし。それに勿論、見ての通り、この船の帆は青いだろう。海と全く同じ色だよ、——だから海を走れば云わば透明船、そうっと仏蘭西の船に忍び寄って、連中が気付く間もなく、——してやったり《トゥシェ》！」すうっと腕を伸ばして、息子達を擽《くすぐ》ろうとする振り。相手はいずれも、逃げるというよりひょいと身を竦めて手の届く範囲の外に出つつ、一層好奇の深まった目でメイスンを見る。ドクの方が人当りのよい笑い声を上げがちなのは、兄は万事抜かりなく見張っているのが自分の務めと心得ているから。二隻の船は穏やかな流れを並んで進んでゆき、日陰から出たり入ったりしながらも、いざとなったら子供達がさっと手を伸ばして救える範囲に留まっている。息子二人は柳の細枝を揺らして、さながら神話の神々の如く、この海軍史の一コマにごく控え目に手を貸すのみ。

七月初旬にブラドリーが病に臥し、病状は日に日に悪化する。十三日、チャルフォードに於て他界し、スザンナと共にミンチンハンプトンに埋葬される。

＊1　ミセス・ウォフィントン、ギャリックは当時の有名俳優。二人は恋愛関係にあった。
＊2　サンタクルスは次ページでも言及されるテネリフェ島の中心的な港町。
＊3　ドクタ・アイザック：三歳の子供らしくない名だが、現実のメイスンの次男もこの名だった。

これまで何度もしてきたように馬を駆ってゆきながら、メイスンは余り先のことは考えぬよう努める。考えても始まらぬ。一度の訪問で全て決着というには、余りにも未解決のことが多過ぎるのだ。メイスンは己と対話を交わす。

「そしてブラドリーは知っていたのだ……」

「誰もが何もかも知っていたのさ。私以外はな。私は知ってる積りでいただけで、勢い、矢鱈と大きな声を上げたのも私だったのだ。天文学者の愛する眠りなき真夜中、夜通しずっと、あの憧れの館の中で荒れ狂った想いの丈《たけ》は、本子午線をも数秒ぶん揺り動かし、どちらかの半球へと追い遣る程の烈しさ、振り子の如く此処《こっち》へ追い遣り彼処《あっち》へ追い遣る程の烈しさだったのだ。

屋内で過ごすことは、やがて耐え難くなっていった。あの奇怪な室内遊戯《ゲーム》が始まると共に、レベッカと私は観測所を出て羽根通《フェザー・ロウ》に引越し、昼も夜も丘を上っては下り、何処へ行くにもウィリアムを吊り包帯のようなものに入れて連歩き、――やがて、気が付けばもうスザンナは隣に越して来ていて、ブラドリーが訪ねて来るようになり、最初は悔いるような態度、やがては卑屈そのもの、ところがじきに毎晩の常連と化して、我々を訪ねて来ては、何やら仄めかしの言葉を呟くのだった。程なく四人一組という格好に相成って、川で舟遊びに興じ、雲の晩や嵐の晩には遊戯札《トランプ》でジョーン法王だの杭《ピケット》だのを愉しみ、レベッカの美しい声が部屋を包んで、陽に当ったことのないスザンナの手は目の離しようもないほど白く、――やがて私とレベッカは再び丘の上に移り、烈しい興奮に胸も熱いブラドリーは羽根通の我々のおんぼろ住居に留まり……その間、天は相も変らず運行を続けたのだ。」

自分は、メイスンは、ああした厭わしい、果てしない、四つ扉の笑劇を演じさせられる宿命だったのか？　笑劇は常に幸福結末《ハッピー・エンド》とは限らない。岬《ザ・ケープ》でのそれのように、誰の血も流れずに終るとは限らない。

スザンナの弟、若き二代目サム・ピーチが其処に居て、ブラドリーとスザンナの一人娘ブラドリー嬢は十七歳、眠りも足りず顔色も今一つとは云え花のように艶《あで》やか、――その顔からは父親の面影も窺えるものの、眼窩《がんか》の曲り具合といい、鼻の巻き具合といい、信じ難いほど母親似。メイスンは見ていて自分が崩れてしまいそうな気になるが、有難いことに奇妙な麻痺が働いてくれて、何とかそうならずに済む。彼等は可能な限り穏やかな云方で、ブラドリーは近親のみで事を行うことを望んだとメイスンに伝える。あとは新聞に出しますから、と。グロスター州《シャー》の御大尽は、このようにして元使用人を片付ける。

ストラウドまで帰る道中、過去の色々な出来事《エピソード》が、大きなべたべたの蜘蛛の糸のようにメイスン目掛けて飛んで来る。人間、或る者は無法者であり、或る者は世界それ自体への不法侵入者である。メイスンが何処へ行っても、決って勧告者が立っていて、これより先へ行ってはならぬと告げる。彼は目下、主人を亡くしたばかりの騎士。

昼は夜となり、雨が星空に呑込まれると共に、レベッカが寝台《ベッド》を這い出て観測所の長椅子に横たわるメイスンに仲間入りする中、ブラドリーの死霊が二人を見下ろすように立っていた。寂し気な、仄かな光を帯びたその姿が、二人の営みを眺め、観察せずにはおれないと同時に、こんな風《ふう》に中空に漂うのは嫌だと思ってもいる、――そして死霊は叫ぶ、――囁き程にもならぬ小声で、――「私は壁に据えられた四分儀、常に基準であらねばならぬ、暑さや寒さで誤差を生じることもなく、星々それ自体の相互関係を定める基点であらねばならぬのだ、――光行差を測るにも十分な精度を有しておる、だがそれでも、欲望の風を見通して読取るには余りに粗雑だ。」若き妻を、狂おしいほど愛していたブラドリー。その行着く先が何処になるのか、彼にも見定めようはなかった。

うら若いブラドリー嬢とレベッカが相思相愛の仲となった時期、二人は毎晩遅くまで語り合った。

メイスンが観測から帰って来ると、二人一緒に寝具に身を包《くる》んでいて、彼女等を起すことなしにメイスンが其処に加わる余地はなかった。

「どうやってあの方と出会って、結婚なさったの？」娘は知りたがる。

「私の婚期はもう潮の如く退《ひ》いていた、」レベッカは物語る、「余りに緩慢に退いたものだから、自分がいつの間に、何の花も咲かない恐しい島に乗上げたのか、まるで気付かずにきてしまったのよ。日々は一日、又一日と過ぎてゆく……それがやがて、もう望みも捨てた頃に、——見よ、船の姿が。水平線の彼方、——どれだけ遠いかも知れぬ彼方に、——救出の微《かす》かな望み……まあ一種の印度貿易船だった訳ね。」

「選び放題、百人もの美男子《ハンサム》水夫が乗った船？」ブラドリー嬢がくすくす笑う。

「それが、噫《ああ》、一人だけなのよ、何たること……。或る日殿方の二人組が訪ねて来て、『これが貴女の結婚相手です、』と云って安物の小さな素描《スケッチ》を突付けたのよ、もう既に色褪せ始めた朽葉色《セピア》のチャールズの肖像をね。どこの御大尽かしらと見紛《みまが》うほど、美男子《ハンサム》で立派な姿だったわよ、——スーキー王女様*に訊かれる前に先回りして云っちゃうけど、——そりゃぁ無論あたしだって、本物はここまで格好よくないとは承知していた。だけどね、この二人が少しは正直さというものを持ち合せているだろうと思ったのよ、——だから、絵と人物があそこまでまるっきり違ってるのを見て、流石に驚いたわよね。『あれは単なる表象でしたから、』ってあの人達何度も云訳《いいわけ》するのよね、表象表象って、その内にこっちはもう言葉の意味も判んなくなっちゃったわよ。」

「その殿方二人組って誰だったの？　ピーチお祖父《じい》様の会社の人達？」

「それが謎なの。ちょっと御大尽っぽく粧《めか》し込んで、他所《よそ》行きの柞蚕絹《タッサー》、組紐付きの帽子、あんたもピーチ家の別荘でそういう人達見てるんじゃないかしら、——でも、実は全然違ってただの掏摸《すり》同然の輩だったとしても不思議はないのよ、英語も何だか苦労してたしね、まあ言葉については私も云えた義理じゃないけど。」

「結婚式は何処で？」

「東印度会社の船着き場の傍《そば》、あの頃は『クライヴ礼拝堂《チャペル》』ってみんな呼んでいたけど、それはもう、御大尽の白昼夢そのものだったわね。東方の宝物窟《ほうぶつくつ》みたいな造りで、壁は水晶、枝形吊灯《シャンデリア》は分光透鏡《プリズム・レンズ》、たった一本の蠟燭の光が灯台よりも明るく見えて、祈禱台は金、窓は全て色硝子じゃなくて宝石、クライヴ卿とマスクライン嬢の婚礼の情景がずらずら描いてあってね、――花嫁の長上衣《ガウン》は全身真珠で、花婿の軍服の上着は緬甸《ビルマ》の紅玉《ルビー》で覆われて、二人の目には小さな小さな碧玉《サファイア》と風信子《ジルコン》が埋め込んであって、キラキラ光るその眩しさと云ったら。」

「素敵ねえ……二人の髪は？」

「琥珀よ、――色んな色合いのね……参列しているお歴々と、その奥様方も、銘々違う衣裳を身に着けて華やかさを競い合ってるの、――式を執り行う牧師様、――背景に広がる孟買《ボンベイ》の景色、――何処までも続くような気がしたわ。じっと見詰めてると、迷子になってしまうみたいで。私、本当になったかも。」

「それともミスタ・メイスンが。」

「あの人は星の只中で迷子になったのよ。私と出会う何年も前に。」

「父様《パパ》もそんな風だわ。判るわ。何て云うかふっと……居なくなるのよね？」

　ブラドリーは一七二三年と三七年の彗星についての観測結果を提出しているが、後に世紀最大の彗星と呼び慣わされることになる四四年のものについてはどうやらしていない。その年、代りに彼の人

＊ Princess Sukie：スーキーはスザンナの愛称。ブラドリー嬢も母親と同じ名であるらしい。

生に飛込んで来たのは、花嫁スザンナ・ピーチであった。当時ブラドリー本人は、彗星と乙女の間に何らかの繋がりを見出していたであろうか？　或いは又、もう一つの彗星の年たる五七年、スザンナが彼の人生から去って行った時には？——とは云え、観測所に上り、空を素速く過《よぎ》ってゆく、想像のしようもない風に髪を靡《なび》かせた女性の頭部の像を、死後の訪れと結び付けたりしそうなのは、寧ろメイスンの方である。夜毎の月並な、ごく小さな角度を扱う観測とは凡そ違った、狂おしい、凄まじい速度で為される星座観測。もし仮に日記を付けていたなら、切ない想いをこんな風に記したのも、寧ろメイスンの方だっただろう、——

「七呎《フィート》の望遠鏡を通して、この解像力の下、見えたのは顔である、面紗《ベール》こそ被っていたがあれは間違いなく彼女の顔である、目が痛むまで私は見詰め続けた。ブラドリーの助言を乞わねばならぬ、だが等しく切実な理由で、無論乞うてはならぬ。」

先ずスザンナ、次はレベッカ。二つの死の間に挟まった二年近くの日々は、迫り来るハレー彗星に支配されていた。レベッカの死の一か月後に彗星は近日点に達し、——眩しい太陽の光の中で薄暗く霞み、太陽の後ろを回り、やがてもう一度姿を現した……。それと共に、メイスンの真夜中の義務は、観測所へ入ってゆき、屋根の鎧戸《シャッター》を開けて、恐怖を胸に横たわり、彼女を探し、彼女を見付け出し、彼女の位置を正確に見極め、彼女を測定することだった。仰向けになって。彼女が極めて近くまで来て、最早疑いの余地もなくなった時、メイスンは一体どうやって、船の舳《へさき》の如く進んでゆく彼女の顔と髪を求めて叫び声を上げてしまうのを堪《こら》え得たのか、——打ち拉《ひし》がれた、だが明るく輝くその顔は、真夜中の空にぽつんと寂しく浮び、辺りには何の避難所もなく、透鏡を持つ全ての輩の凝視に晒《さら》されているというのに？　メイスン自身はと云えば、真面《まとも》に見据えることなど出来なかった……其処に見える気がする瞳に真っ直ぐ見返されるのを恐れるかのように、逃げ気味の横目に頼る他なかった、

――白くなったその髪の大いなる流れを測定するのに辛うじて足るだけの時間、そうやって横目で見て、親指と人差指で忙しく測微計《マイクロメータ》を動かす。心情などに感《かま》けている暇はない、空に細長く漂うこの姿の下では、この望まざる認知の只中にあっては。

夜も更け、星々に囲まれて、メイスンは山の下で梟《フクロウ》達が狩り、殺すのに耳を澄ましながら、自らは呆然見張り状態とも云うべき、夢まであと一歩半のところに留まった心持ちへ落ちてゆく……。時も邪《よこしま》に転じてゆくこの時期、彼女がきっと戻って来るものと待つメイスンは、或る夜、何かの向う側へ突抜けたような、何かの膜を越えたような感じを抱きながら、顔に死を湛《たた》えた麓《ふもと》の狩人達があんな風に呻《うめ》くのは何か訳があるからではないことを悟った、――そう、あれは、音自体が彼等に取憑いているのだ、一つの独立した力が現世の空気へと入ってゆく道筋として梟《フクロウ》達を利用しているのだ、――この世に於けるその目的は、山の中腹に棲む齧歯《げっし》類などとは凡そ懸離《かけはな》れた、誰にとっても神秘な何か。

観測所に溢れる欲情と死の強度は、其処まで上って来る人びとにも、滅多に口にはされずとも、確《しか》と感知された。「いやぁ！　なんか、二度と逃げられないかと思ったよ。」

「子供のころ聞かされたお話だと、ああいう場所じゃ人間が食べられちまうんだ。一体あの二人の仲、どうなってるのかね?」

スザンナの存命中、メイスンは一度ならず、老いた天文学者が、天頂儀室で見せるのと同じ集中と忍耐の目で彼女を見詰めているのを認めたものだった……まるで、情熱の空の中に、光行差の発見へと自分を導いてくれた、あの星座位置の急変と同種の突然の変化が生じるのを待っているかのように、――あの時と同じように胸が躍るのを待っているかのように。そう、かつてブラドリーは、毎夜毎夜小さな楕円を見詰めて、倫敦の天頂星たるカプト・ドラコニス即ち竜の頭が、地球が軌道を回るさまの縮小版《ミニチュア》を実演するのを眺めながら、先達《せんだつ》のフック博士同様に、星の視差を探し求めていたのだった。星が不可解な動きを為したと思えた時、ブラドリーが天空のそうした見掛け上の無秩序を理解し、解釈するには暫《しばら》く時間が掛った。「当初《はじめ》は自分の所為《せい》かと思ったのだ、——珈琲と煙草のやり過ぎで当てにならなくなってしまったんだと。」彼はまた当時、遠くから大いなる指が一本伸びてきて、竜座まで来て止まり、かくも大きな指にしては妙に優しく、其処に浮ぶ星達を掻き混ぜて小さな渦巻を作るのを目にしたのだった。

メイスンがブラドリーの下で働くようになった頃には、ブラドリーの名声は既に欧羅巴《ヨーロッパ》中に広まり、月、惑星、恒星の観測記録を大著一巻に編纂している最中《さいちゅう》であった、——関係者には計り知れぬ価値を有するこの一冊、関係者の弁護士達にしてみれば異を唱えるに値するほど高価な代物であった。アン女王の令状により、王立協会からの「視察者」は全員、全ての観測結果の写しを毎年与えられる権利を有していた、——だが今は、——という叫び声をメイスンは、ピーチ家の人びとに対面した最後の瞬間に別の部屋から響いてくるのを聞いたのだった、——だが今は、アン女王は疾っくの昔に亡くなったのだから、女王の令状ももう命《めい》は尽きている筈、観測結果は元々ブラドリー個人の所有物だったのだから、今はブラドリーの相続人と被譲渡人の所有物ではないか。

スザンナは畢竟《ひっきょう》、観測結果をピーチ家に、サム・ピーチ先代《シニア》の貪欲な手に引入れるための手立てに過ぎなかったのか？　二人は東印度会社の長官職を得る為の代価でしかなかったのか？　一度《ひとたび》子供が生れた後は、工作員の任は今や成遂げられ、彼女はチャルフォードの我が家へ、父様母様《パパママ》の待つピーチ家へ帰ればよかったのか？　その間、何も知らぬ、彼女を愛して止まぬ夫は、遠くグリニッジに在って、透鏡やら螺旋《ネジ》台やらに感《かま》けていた……。

そうした思いに耽《ふけ》るメイスンを、彼の馬迄が振向いて眺め、咎《とが》める目を向ける。凡そ紳士らしからぬ推測。夫たるもの誰でも、妻に甘い顔をしたことがあるのではないか？「誰がわざわざ始めから、若い妻相手に老いた愚か者を演じようと思うだろう？」メイスンは口に出して論じる。「無論あの人はスザンナを溺愛した。全てに関して、スザンナはあの人の女主人だった。私に何が云えるというのだ？」

その気になれば二代目サム・ピーチは、如何なる父親の血をも凍らせる話を語り得ただろう。ブラドリーに対する好意は変らずとも、姉が結婚して自分達の手を離れてくれた時には彼としても歓迎したのである。だから今度は、ブラドリーの残した観測結果を歓迎して悪い理屈はない。だが実は、それ等の多くは、ブラドリーの助手として、メイスンが出した結果に他ならない。ならばメイスンもその権利を主張すべきだろうか？　いや、それはしまい。自分はあれ等の結果を、ブラドリーその人に捧げていたのだ、――「有難うメイスン、よくやった」という一言のみを見返りに。

19

ジョージ亭での、烈しい会話の話題は、何かと思えば又もブラドリー。

「英国にどれだけ栄光をもたらしたか知らんがね、当店《うち》へ来たら酒代はちゃんと払って貰わんと。」

「もう払えない訳だろ？　気の毒に。」

「だが忘れてはいかんぞ、彼奴《あいつ》はな、マクルズフィールド一派と連《つる》んで此処へ来たのだぞ、日暦《カレンダー》から十一日を盗んだあの連中とだ。いつ天罰が下るか判らんぞ、神は猛獣であられるからな、猛獣は待つのが得意だ、何年も待って……こっちが油断したところに襲い掛ってくるのだ。」

「こりゃどうも牧師様、――で、お宅の礼拝堂《チャペル》で、いつ淡麦酒《エール》を売らせて戴けますかね？　日曜日で宜しいですかね？」

「おいおい、牧師様の話を聴け、――この三次元の地上なら、諸々の戦場をわし等は知っておる訳だが、それと同じようなものが、時間の中にも在るのだ、――で、時を勘定する上で、法王が得するとしたら、わしら奴等にあっさり負かされちまいかねんのだぞ。」*

「そうとも、今までずっとそうだったさ、五二年以来、羅馬《ローマ》の売女《ばいた》にわし等みんな取込まれちまって、十一日ぶん時を失くしちまったんだから。」

メイスンは靴の留金を吟味する振りをして、余り大きな溜息を吐《つ》かぬよう努める。愚の骨頂は世に多々あれど、この〈十一日の愚〉は中でも群を抜いており、永遠について回るやも知れぬ。何しろもう十年間恨み言を云っている連中も居る有様、——まあ恨みとしてはそう長い年月ではないか。そして、ブラドリーの命《めい》も尽きた今、連中はざまを見ろと思っているのか？　鬱陶しい賛美歌の如き愚痴を、父親から聞かされたのと同じ愚痴を、メイスンは今一度耳にする。その父親はこの瞬間も、歩いて幾らもない所に居て、まだ眠っていて、今にも目覚めんとしている……。

「で、息子よ、お前のお仲間のブラドリー博士とやらは、庇護者《パトロン》連中と連《つる》んで、全体何を企んでる訳だ？　十一日を盗もうってか？　そんなこと出来るのか？」どうやら本気で訊いているらしかった。

「いや、出来ないよ、父さん、——国会制定法によって、今度の九月二日は今迄どおり九月二日と呼ぶけれど、その次の日は、『九月十四日』になって、その後の日は全部そこから続いていくんだよ、今迄と同じにね。」

「だが、——本当は九月三日な訳だろう。」

「旧暦では、その通り。でもこれからはみんなが新暦を使うんだよ。」

「じゃあその間の日はどうなるんだ？　マクルズフィールドがかっぱらって、そんなもの初めからなかったことにするのか？」戸惑い気味の喧嘩腰を匂わせた父の顔を見ていると、その顔に余りにはっきり表れた不安を消してやりたいと思う反面、これまでその顔に続いて余りにしばしば出てきた罵声を何とか避けたいと思う気持ちも強くなっていった。

「日はどういう風に呼んでもいいんだよ。何なら名前を付けたっていい、——ジョージ日《デー》、チャール

＊　グレゴリオ暦（現行の太陽暦）は一五八二年にグレゴリウス十三世が導入したが、当初はカトリック教の国でのみ採用され、英国が採用したのは一七五二年。この改正に対する民衆の反感はきわめて強かった。

ズ日《デー》、――数で呼んだっていい、とにかく何と呼んでるのか、みんなが了解してればいいんだ。」

「ふむ、だがな息子よ、――その十一日はどうなるんだ？　お前、判ってるのか？　お前の話聞いてると、あっさり……なくなっちまうってことか？」ああ、いい加減もう止《や》めてくれないものか。革で骨が激しく叩かれる記憶がふっと蘇ってきて、親子両方の向う脛《ずね》がちくちく疼《うず》き出す。

「元気出してよ父さん、いい面もあるんだから、――あっと云う間に十四日まで飛べて、何の苦労もなしに十一日得するんだよ、その間《かん》歳も取らない訳で、――要するに十一日ぶん若くなるんだよ。」

「お前、頭いかれてるのか？　儂《わし》の誕生日が十一日早く来ちまうってことじゃないのか？　馬鹿野郎、そりゃ十一日ぶん老けるってことだ、――老けるんだよ。」

「違うよ、」メイスンは云った。「というか……いやちょっと待ってね、――」

「みんな儂に訊くんだよ、盗んだ日をマクルズフィールドの奴がどうする気なのか、何でブラドリー博士が奴に味方してるのかってな、で儂は、息子に訊けば判るよって答えるのさ。儂も当てにしてたんだがな、お前なら判るだろうって。」

「今考えてるんだよ、考えてるんだ。」こうしてメイスンは、この難問を考えて夜も眠れなくなっていった。子供だった僕から世界について訊かれた親父も、こんな風に頭を悩ましたんだろうか。貴重な眠りをこの難問に投資したメイスンは、一文《ファージング》の配当も得られなかった。

医者が見たらぎょっとしそうなほど顔色が黒くなっているスイヴェット氏も店に居合せており、こう宣《のたま》う、「連中はだな、神が与えて下すった一年の組立てを反故《ほご》にしちまった上に、儂等に天主教《カトリック》の時間を押付けやがったんだ。仏蘭西の時間をだぞ。儂等生涯、儂等の親父も生涯、仏蘭西相手に戦ってきたんだ、仏蘭西は永遠の敵なんだ、――何で奴等の暦《こよみ》に支配されにゃならん？」

「それはだな、奴等の学者とわし等の学者が連んでおるからさ、」とヘイルストーン氏が講釈する。

「欧羅巴の他《ほか》の国の学者とも、耶蘇会とも連んで、連中みんなで、機械、火薬、日光、霊薬、何から何まで独占しておるんだ。大した徒党だとも、――余りの勢力に、各国の王の僕《しもべ》が時おり奴等を牽制せねばならぬ程。」

「時間というのはさ、要するに、科学にとって金《かね》のようなものでしょう、」と亭主《あるじ》が云う、「学者は学者で共通の金が要る訳だ、商人に共通の貨幣が要るみたいにね。」

「ということは利子も絡んでる訳だな、地球の随所《あちこち》で同時に起きる出来事を通して。」

「約翰《ヨハネ》の黙示録みたいな話かね？」

「例えば金星の日面通過とかさ、ね、ミスタ・メイスン？」

「は、はい！」メイスンは吃驚《びっくり》して飛び上る。「こりゃどうも、それは初耳です。」

「ミスタ・メイスン、」スイヴェット氏が訴える、「あんたグリニッジでドクタ・ブラドリーと組んで仕事してたんでしょ？――あの人、何も云ってなかったですか？　あんたは全然興味なかった訳？」

どうやら今夜ジョージ亭に来たのは失敗だったようだ、――ブラドリーの亡骸《なきがら》の前も劣らずしんどかったが。あそこから体《てい》よく追払われたこと、信じ難いほど冷たく追払われたことに、メイスンはまだ呆然としている。ここはいっそ、ミスタ・スイヴェットの誘いに乗って、阿呆の荒野へと賑やかに分け入るのも、ブラドリーの死から暫《しば》し気が逸《そ》れてよいかも知れぬ。メイスンとの関係を清算せず死んでいったブラドリーのことを、束の間忘れられるやも知れぬ。愉快、というよりは悪意の光がメイスンの目に忍び込む。「私がこの仕事に就く何年も前のことですからねえ、まぁ勿論、色々耳には入ってきましたが……、」煙管《パイプ》を取出し、赤葡萄酒《クラレット》を杯《カップ》に注ぎ、椅子に凭《もた》れ掛る。「左様、あの十一日を巡る悪名高き陰謀、――ふむ、――そいつをマクルズフィールドの息子の方が云わば隠蔽し、――隔離したのですな、空間をではなく……時間を。」

マクルズフィールドが王立協会の会長になったのも、時が分裂したあの五二年のことである。それから十二年、不幸な死を遂げるまでその座に留まった。下々から見れば、その地位は、人びとの時間を盗んだ見返りにウォルポール一派から与えられた恥知らずの政治的報酬であり、紛う方なき罪の証《あか》しに他ならなかった。

「我が父親ときたら、マクルズフィールド伯爵として四年過ごしただけで、家の名をとことん汚《けが》しちまいやがった、」とマクルズフィールドは、法案がまだ委員会で検討されている時期にブラドリーを相手に愚痴ったものであった、「弾劾されて身を落し、塔に幽閉され、世の人から見れば私権を剥奪されたも同様となった、――御陰で人民は今も、この私のことまで盗人《ぬすっと》だと思い込んでおる。出来るものなら、奴等の十一日なぞ、さっさと返してやって終りにしたい！ シャーバーン城の門を開けて、淡麦酒の樽やら牛肉の塊やらを供してやってから、何やら神秘な機械を携えて胸壁に出て行き、城の時計を二六四時間分、厳《おごそ》かに逆戻りさせ、これで日は昔の数え方に戻りましたぞと宣言して皆の者の喝采を浴びたいもの、――噫、だがそもそも、奴等の中の一体誰が、更に十一日を必要とするのだ？ 十一日分、何が要るというのだ？ 只でさえ耐え難い不幸の連続の人生にあって、まだ何か他に呪わしいことが起きる機会《チャンス》が欲しいのか？」

「とは云え、私ども皆いつか死ぬ身、」とブラドリーは囁いた。「閣下、閣下は本当に、更なる十一日を与えてやろうと云われても、唾を吐いてやりますか？」ブラドリーは慎重に笑い声を上げた。いつもは飛出し気味の目玉も、最近は隈《くま》に縁取られ、腫れぼったい。マクルズフィールドは使用人の顔を――そう、この点に関して、他の全ての点に関して同様、二人は主従関係なのであった、――暫し見てから言葉を続けた。

「私の一族は、スタフォード州はリークの出だ。彼処《あそこ》では、夏の間の一時期、太陽が雲丘《クラウド・ヒル》の陰に沈んで、それからもう一度、向う側に顔を出し、再び沈むのだ。私は太陽は二度沈むこともあると知りながら大人になったのだ、――十一日くらいなくなったからって、どうだというのだ？」

気が散っていたブラドリーは、この洒落た外しに笑いを装うことも怠ってしまった。「それで、他所ではどこも、一度しか沈まないのが普通と知ったとき、どうなさいました？」

マクルズフィールドはぼんやり前を見ている。顔はその瞬間、画家に描かせた肖像画そのものと化している、――歓迎されざる言葉を云われた際の対応として、彼が未だ到達していない階級が完成させた技。これでもう、ブラドリーは何も云わなかったも同然。

彼等の下、旅籠《はたご》では燈火《ランプ》が灯り、風は葉も落ちた木立を揺すり、川は空を映すのを止《や》めて一日の最後の光を吸収してゆく。二人はグリニッジ公園に来ていて、チェスタフィールド卿の館《やかた》の近辺を歩いている。秋はもう深まり、木々は歪《いびつ》な網状の筆跡《ふであと》と影に変容し、暮れ泥《なず》む光に包まれている。ぴりっとした風が二人の周りを吹抜けて行く。丘の下の方では、暖炉の色をした光を、窓硝子がそこそこ忠実に反映する。森で猟犬達が吠える。

その年ブラドリーは五十九歳、マクルズフィールドは四歳下だったが、事ある毎に、ジェームズよ何トカ、ジェームズよカントカ、と威張り散らしていた。ブラドリーの方は長年健康を害して狩りも乗馬も釣りさえもせず、愚かな結婚をし、仕事の成果も今や全て買取られてしまっていた、――光行差、章動、星座表、何もかも。尤も本人は、そのことに気付きもせずに済んでいたが……「いいかいジェームズ、誰でも嘘は吐《つ》くものさ、それぞれ己の地位に見合った嘘をね……我々のような支配層は大きな嘘を吐かねばならぬが、君等下々の人達は小さな奴を吐けば済む。これも又、我々が君等の為に、感謝されることもなく為す犠牲ってことだね、君等が我々のような自責の念を感じずに済むようにだ、――我々にとっては自責も義務の内だが。貴人義務《ノブレス・オブリージュ》って奴だね……そんなに不思議なことだろうか、かつては名誉だった称号を金で買い、程なく恥辱のうちに駄目にしてしまった法律家の息子が、星見の営みに救いを求めるのは？　星は裏切らぬ、嘘も吐かぬ、――星は純粋なる知の対象だ。月や惑星は直径こそ有すれ、それ以外は次元を持たぬ点として存在している、――赤経と赤緯、単純な二つ一組の数字点である……。君達科学者はその数字を発見して王侯の財布から金を貰っている訳だ。」

「お気持ち安らかに、閣下」とブラドリーは、まるで庇護者《パトロン》を宥《なだ》めて金を貰っているかのように答えた、「――透鏡仲間同士、誰でも歓迎です。」

「ジェームズ、たった今の言葉、私への侮辱でないと保証出来るかね？」

ある種の冗談っ気を聞取った気はしたが、ブラドリーとしても何処までそれに賭けていいかは確信が持てなかった。「私この一時間、閣下が御自分を侮辱なさるのを伺って参りました、――どうしてこの上こちらからわざわざ上乗せする必要がありましょう、就中《なかんずく》、我が主人に抱く私めの敬意を思うならば？」

「無論、透鏡仲間としての敬意に過ぎぬのだろう？」

「何処までも意地悪を仰有る。」

とぼとぼ歩く二人の足下で、樫の落葉が舞上がり、脹脛《ふくらはぎ》を撫でる。葉は煙突の煙の匂いがした。忌忌しい秋、老いた骨に忍び込んで来る。

「いいですか、ここに、」とメイスンはジョージ亭の小さな聴衆の輪に講釈する、「純粋に、云わば危険な迄に、経過する自由を否定されねばならぬ時間があったのです。恰も、日が十一日間凍っている間《あいだ》は、死すら権利を主張出来ぬかのように。周囲何哩《マイル》にも亘って、人びとは或る何物かの存在を感じておった、――何か余りに恐しい、シャーバーン城の召使達の誰一人近寄れぬものの存在を。そこでマクルズフィールドとしても、遠くから、遥か東から他所者を雇うしかなかったのです。」

「印度諸島から？」

「中国から？」

「ステプニーから！*」

メイスンが語るところ、件《くだん》の閣下は、時間と全く別の関係を結んで生きている人びとを求めていた、――我々のように、時が過ぎてゆくことを胸の奥で恐れておらぬ人びとを、――出来ることなら、時が過ぎゆくことに無関心を、可能な限り純粋で透明な無関心を抱いている人びとを。彼等の言語にあっては動詞に時制もなければ、名詞に格語尾もないであろう、――何故なら人びとは出来事が起きる順番にも無頓着であろうし、主語から目的語から所有格から、そもそも英国人なら前置詞を必要とするもの全てから自由であるだろうから。

「性《ジェンダー》に関しては、――それは、いやでもまあこれはまた別の話だな、全く別だね……とはいうもの、――或る洪牙利《ハンガリー》人に仲介して貰ってですな、――」

一同、一斉に抗議の声を上げる。

「え？　性の話をしろ？　じゃあまぁ仕方ない、――この人達の間で性は三つあります、――男性、女性、そして誰一人口にはしない第二の性は、死者。ならば、皆さんは知りたく思うことでしょう、――男性と死者の間には如何なる情緒的関係があり、女性と死者の間には、死者と死者の間には？　知りたいですか？　如何にも。三角関係はどうなるか？　三角は自動的に四角形になるのか？　死が最早単純に人を分かつものでなく、障壁でも是認でもなくなれば、婚姻の契《ちぎ》りはどうなってしまうのか、――貞操という言葉の意味を、如何様《いかよう》に再定義すべきか……？」ここでメイスンが云わんとしているのは（と、未来に於て語られるべき不完全な物語の語り手として、そこに居合せた自分を想像す

* ステプニーはロンドン東部の一地域。

る幽霊たるチェリコーク牧師が、若しメイスンの心中を慮《おもんぱか》ったならそう慮ったことだろう）、聖ヘレナでのレベッカの訪れに、性的な要素が仮にあるとしても、今まで見知ってきた何ものともそれは根源的に違っているということ。彼女の方は、死者の世界で自分が負っている種々の義務をメイスンが当然理解しているという前提で振舞い、彼の言動に対しても、常に自分が望むままに応えたのである。だがしかし、どうしてそんなことが判り得よう？　何せこちらは、死者の世界で繰広げられる幾百万の劇的出来事《ドラマ》の、どれ一つ聞き知る術《すべ》はない。それ等は彼にとって星々のようなもの、――死者達の謎の集まりの中に我が身を置いてみることも出来ぬメイスンは、仲介してくれる機器を通して観察するしかない。無数の透鏡たるレベッカ。

「兎にも角にも、パラディクソム伯爵の尽力により、これら異邦人が一連隊分、間もなくグロスター州に着いたのです。いやはや。あんなのはドルイド教徒以来です。[*1] 水晶の輝安鉱《アンチモン》で出来た巨大な奏鐘《チャイム》を鳴らし、自分達が住んでいるだだっ広い野っ原に転がっていた古代動物の骨で作った喇叭《ラッパ》を吹きながら、一同、城門の中へ入って来ました。先ず音楽が人より先にやって来るのですが、英国の行進曲のように真っ直ぐ進むのではなく、予測不可能に彼方《あっち》へ曲り此方《こっち》へ折れ、はっきりとした始まりも終りもありはせぬ。」

「軍服は？」

「低地荒野の灌木《かんぼく》で編んだ、頑丈な鎧《よろい》を頭から爪先まで。」

「ほう、喧嘩好きな奴等か、――じゃあ中々、堂々としておりましたか？」

「実は亜細亜風の小人です、」メイスンは答える、「とは云え、背は低くとも、奴等が十一日間を植民地化する権利に異を唱えるのは、誰だって躊躇したでありましょう。

　そう、彼等の任務は、何なら彼等の特権はと云ってもよいが、それ等の日々を生きること、にも拘らずその時が過ぎるのを許さぬことでした。所帯を、農地を、村を、水車小屋を、――一つの植民地を丸ごと、時間の中に作ることを彼等は求められたのであります。」

「で、そいつ等、今もその場所に住んでおるんですか？　と云うか、『その時間』に？　そういう訳の判らん看守どもが居っても、それ等の日々は、矢っ張り少しは過ぎてしまったんでありましょうか？」

「時折、旅人の報《しら》せを耳にはしますが……。地理的には、連中はもう、新暦法に従って各地に散ってしまいました、――亜米利加に行った者もおれば、印度まで行って、――空っぽの印度！　野生の犬や蛇に戻った者もおります……フーグリ川[*2]からの風が、何処かの……黒穴《ブラック・ホール》？の空漠たる戸口を吹抜けてゆく。だが地理的に何処に居ようとも、時間的には彼等は常に、我々に十一日遅れているのです。皆さん、それは一種の楽園《エデン》です、其処には彼等のみが住んでおるのです、彼等とその子孫のみが。それは正に彼等の一大叙事詩《サーガ》です、――小人達による、大ブリテン島発見の物語。自分達がどうやって此処へ来たのか、彼等は知らぬし、知ろうともしない。彼等は我々の寝台で眠り、我々が貯蔵庫に残した皿から食べ、我々の酒甕を飲干し、我々の遊戯札《トランプ》で遊んで我々の楽器を爪弾《つまび》き、我々の廁《かわや》で座り込む、――中でも好奇心の強い者は、未だ来《きた》らざる時代の歴史家の如く、我々を追回すのです、我々が昼の内に明け渡した事物、日の終りに置去った事物の中に手掛りを求めつつ、――左様、我々は彼等にとって神秘の国民なのです、何処までも神秘な『英国』なる地の民、未だ完全に未来へと消えてはおらぬ巨大な巣に棲《す》む幽霊達なのです……。」

「ということは……」

＊1　ドルイド教徒：ドルイド教は古代ケルト民族に発しイギリスにも伝わった宗教で、四世紀に消滅。
＊2　フーグリ川：ガンジス川の分流。

「そう、思い出してみて下さい、」メイスンの生真面目な顔は今にも崩れてしまいそうである、「皆さん、十一日前は何処に居らっしゃいましたか、誰か如何にも異人風の者を見掛けませんでしたか？背が、凄く低くて？　全体に……東洋人ぽくて？」

「うん、――うん、そうだ、云われてみれば、――」とヘイルストーン氏が想い起す、「他でもない、議会通《パーラメント＝ストリート》に居たぞ、うん、奇妙な小男だったな、頭はつるつるに剃っていて、金色の装飾の付いた赤い緞子《ダマスク》織の式服《ローブ》を着て、伊達男仲間だったらお洒落と云えなくもなさそうな、ずんぐりした方尖柱《オベリスク》みたいな帽子を被って、――実際、訳の判らん言葉も刻み付けてあったぞ。そりゃまあそんなに気を付けてじろじろ見た訳じゃないですが、周りでも、相当に人目を惹く鍔《つば》やら花形徽章《コケード》やらを着けて頭から派手な情報《メッセージ》を発している連中がうろうろして、あの見慣れん奴の帽子は何なんだ、と解読しようとしておった……だが妙なことに、向うは我々に何の注意も払わんのです。よござんすか、ストラウドの若造どもが杖《ステッキ》で突っ突いても、愛蘭《アイルランド》人召使が小妖精《レプレコーン》みたいな言葉を投付けても、立派な御婦人が顎を擽《くすぐ》っても、全然反応しない。何だかまるっきり透けて見えたぞ、と皆が口々に云い、体の輪郭の辺りが色んな色に光っていたと云った奴もおりました。」

「そうですとも、――皆さんは其奴《そいつ》のありのままの姿を見たのです、其奴等の棲む植民地の、真空に近い空間に在る其奴の姿を。一方其奴からしてみれば、皆さんこそ悪戯者の幽霊だったのです、下手に存在を認めたらどんな祟《たた》りが及ぶか判ったものじゃない幽霊だったんです。貴方がたは、互いに互いの幽霊として取憑き合ったのです。」

「かくして、日々の船荷の中から十一の貴重な日を人知れず盗み出して、己が仕える主人達の使用に供し、且つ、我等の地をこれ等奇っ怪な小人の異人に明け渡さんと企んだブラドリーは、正に今夜、神の裁きを受け、魂をこの上なく大いなる危険に晒されているのだ、――さあ、皆で祈ろうではないか、」とクロモーン牧師が、我等聖職者の業界用語で云えば〈明り採りを閉めて〉声をひそひそ声に落とし、反射光が弥増《いや》しに増す眼球の上で瞼を瞬《しばた》かせる、失礼、今ちょっと神とお話ししておるでな、終ったら直ぐ戻るから、——

　メイスンは立腹するか？　喧嘩を吹っ掛けるか？　立ち上って云放つか、「馬鹿野郎、神なんか関係あるもんか、——高が暦の改訂くらいで、死すべき大罪を前にしたみたいに腹を立てるなんて、如何なる神も届き得ぬ卑しい心がなければ出来ぬ仕業《しわざ》、——だがどうやらストラウドの住民には簡単に出来るようだな。」そうして、唖然としている皆の前を通り抜けて店を出て、夜の抱擁の中へと入ってゆき、二度と顔を出さないか？　いや違う。——メイスンは皆にもう一杯《パイント》奢《おご》って、明日親族に会いに行こう、と諦念混じりの決断に至るのである、——まあ確かに会う度に気が滅入りはするのだが、向うも向うで一応そのあと後悔はするのだ、然るに後悔なぞ、此処ジョージ亭では薬にしたくもないことは明らか。主人は親切で率直、淡麦酒は英国中のどの店にも引けを取らず、五六年の「仕立屋窓投げ事件」によって伝説的名声も定着しているし、悪党《ごろつき》より善人の方が遥かに多い、——とは云え、メイスンにとっては、夜遅くのこの数時間は何とも気の滅入るものであった故、一族と再会するのが殆ど楽しみと思えるのだった。

20

息子二人が周りを回る、彼について未《いま》だ確信が持てずに、尤もドクは駆けて来たのだ、今までと同じに馬の音が聞えた途端に、思いの動きに足が到底追付かぬ、メイスンの姿を認めるやぴたっと止って、じっと見る。「お帰りなさい！　父様《パパ》、元気？」

「ああ、元気だとも。」馬から降りながら、「やあ、ドクタ・アイザック。みんな元気でやってるかい？」

「うーんと……みんないい感じだよ？」ドクは躊躇《ためら》わず腕を上げてメイスンの手を取り、二人で家に入って行く。

今日のメイスンは辛抱強い。父と子は段々と、倦怠に彩られた、父の行動範囲の中へ収まってゆく。息子達はメイスンの妹のヘスター叔母さん、そしてその夫エルロイと一緒に暮している。馬で家へ向う道中、無礼、非難、不味い珈琲には覚悟を固めてきたメイスンであったが、加えて其処には、仕立屋の娘デリシア・クウォールの姿があった。その色鮮やかな絹紬《ポンジー》の外衣は、ちょっと近所に寄る際に着るにはこの地方の基準からしてどう見ても派手過ぎる。間もなく、この娘が、何が何でも花嫁になりたいというあの抑え難い欲求に苛まれていることが、気まずいほど明らかになってゆく。医者が色情症《ニンフォメイニア》と呼ぶこの快活な狂乱にあって、微妙な差異は消滅し、決った相手のおらぬ男は全て夫候補となる。

「あんたはまだ十分若い、」とデリシアは一項目ずつ確認《チェック》してゆく、「息子達には母親が必要だし、あたしは今までずっと子供の世話をしてきました。あたしはその香りだけでどんな腰回りも数吋《インチ》太くしてしまうこと請合いのサリー・ランも焼ける、あんたのそのすらっとした腰回りもねチャーリー・メイスン。あたしの作る蒸菓子《プディング》はペーンズウィックでも伝説になっています。聖公会《アングリカン》の信仰の下に育てられ、お酒を十分飲めば陽気な話し相手だとみんな云ってくれます。で、あんたは、二番目の奥さんに、要するに何を求めている訳?」

「リシア、久しぶりに会えて嬉しいよ。今この瞬間まで、求めているなんて自覚していなかったよ。でも求めていた、んだろうねえ?」この瞬間、仮にメイスンが注意を払っていたなら、聖ケネルム教会の墓地の方角から、地下で何かが回る音が聞えたかも知れぬ。

「ほんとにあんたって彼方《あっち》に行っちゃってるのねえ、ミスタ・メイスン、」デリシアは無理して笑みを作る、――「若い鰥夫《やもめ》が、然るべき時間が過ぎ次第、新しい妻を探すのはこの惑星では当り前だってこと、一々説明してあげなくちゃいけないのかしら? まあ内気な人だったら、一日くらい余計に待ったげてもいいけどさ。」

「有難う。前からそう聞いているよ、最近もね、善意で云ってくれる人が大勢いるものでね。若しこれで私が、破ることの出来ない義務を負っていなかったら、――」

「誰に対して? 王立協会? 部屋一杯に鬘を被ったおっさん達が並んで、蠟燭の光の中でうだうだ

＊ サリー・ラン：甘く軽いマフィンの一種。現実には、この名の女性がこれを呼び売りした菓子の名として定着するのは一八〇〇年前後。

喋ってる、あんたそういう所の方が、新しい奥さんや子供達と一緒に我が家の暖炉の前に居るよりいい訳？　そして乳卵菓《カスタード》！——駄目になっちゃったじゃない！　何て非道い人！」どうやらもう相手を見限って、デリシアは嫌悪も露《あらわ》に身を引く。「一体あんたどういう生き物よ、夜こそこそ這い回ってばかりで？」

「まあまあ、そう堅いこと云うなよ、」メイスンが訴える。

「今の一言はお芝居じゃないのよ、チャールズ。」

「接吻《キッス》しておくれ、可愛い子ちゃん。」

「口ばっかりの、倫敦の遊び人、」彼女は歯を剥き出して云い、立去り掛ける。子供達が駆込んで来る。「リシア小母さん！」「行かないで！」デリシアは二人を抱寄せ、彼等が擦《なす》り付けてくる小さな頭の上から、ほぉらねと薄笑いをメイスンに向ける。「あんな長い船旅をしたのは、まあ深い哀しみを癒すためと思って勘弁します。でももう、あんたは帰ってきたのよ、でしょ？」

「いやそれが、まだそうでもないんだ。また別の話が持ち上っていてね。もう一度出るかも知れないんだ、それもじきに、——」

「何ですって？」ヘスターが喚《わめ》く。「今度は何処？　英国に仕事ないの？　兄さん前はグリニッジにちゃんと職があったじゃないの、あれはどうなったのよ？」

「時代は変るんだよ、ヘティ。あの職はニューカースル一派の御陰で有り付いたのさ、今じゃあの連中も政界じゃすっかり落目、死んだも同然なんだよ。新手《あらて》の自由派《ホイッグ》が諸々の任命権を握っているのさ。」ブラドリーはもう居ない、全ては終りなのだ、——だが泣言は云うまい、息子達の前では。大体この辺じゃもう、ブラドリーという名前だって通じるかどうか。「給料もいいらしいし、——」

「あたしがあんただったら、」デリシア・クウォールは忠告する、「経度の問題に専念するわね、お金になるのは何てったって経度よ。」

「大分調べたようだね。——短期的にはその通り、暦の仕事はたんとあるだろうよ。目下のところ、海で経度を測る上で使い物になるのは月距法だけで、時計よりも安上がりだ。でもね、じきにミスタ・ハリスンの計時器《クロノメータ》のもっと頑丈な改良版が、その真昼の顔を艦隊の其処ら中で見せているだろうよ、そしたら月距派は一巻の終りさ。そうなったら、我等が月距派に望めるのは精々、賞金を折半出来ればってこと位。となると結局、そんなに大勢で分けちゃあ焼菓子《タルト》の有難味も薄れる。いいかいリシア、今日び本気で稼ぐなら外国だよ。ここへ来てやっと、天文学にも本当に金が入って来るようになってきたんだ、——公共資金が探検を丸ごと支援してくれるのさ。思い出すだけで老けちまう気がするよ、ブラドリーの頃は、光行差を発見しても、星への情熱を分かち合ってくれる貴族の好意に頼るしかなかったんだからね、」——せめて誰かがお悔やみの言葉を口にする誘い水。誰もそうしない。

「今度は何処なの、チャーリー?」下の妹のアンが訊く。まだ十七になったばかり、無給の召使を朝から晩までやらされて、家を出たくてうずうずしている。

「まだ噂だからね、何も決っちゃいない、——」

「父様《パパ》!」悪魔の如き形相でドクタ・アイザックが叫ぶ。

「教えてよ、父上《とうさん》?」ウィリアムも囀《さえず》る。二人の目はひどく丸く、揺るがない。

メイスンは項垂《うなだ》れる。「亜米利加《アメリカ》。」

途端に沸き起る喧騒。誰もが同時に論評を試みる、——「何でよ、チャールズ、」ヘスターの啞然とした金切り声、「一遍生きて帰って来られただけでも幸運だったのに、——今度はそうは行かないわよ、——偶《たま》にはこの子達のこと考えてあげたらどうよ、」当の子等はどすどす拳《こぶし》を打ち「蛇!熊!米蕃《インディアン》!」等々と叫び、竈《かまど》の上で薬罐《やかん》がヒューヒュー烈しく鳴っても誰も構わない。

女達からの強風が荒れ狂う中、エルロイがメイスンを脇へ引寄せ、煙管《パイプ》一杯のヴァージニア煙草を差出す。「で、その亜米利加の仕事って、――また星見かい？」

「境界線を求めているんです、何百哩《マイル》にも亘って、出来る限り正確な線を。その為に、誰かが緯度と経度を測らなくちゃいけないんです、星を使って。」

「ということは、暫く行ってるんだね。」

「息子達を貴方の、それにヘスターの、重荷にする積りじゃなかったんですが……気の毒にアニーだって昼も夜も駆けずり回ってますよね、――二人とも何て大きくなったんだ、殆ど他人に見えますよ。」

「それで次に会ったらどうなる？　また何年も先にさ。チャールズ、私にとってあの子達はもう我が子同然だよ、この家じゃみんな同じ鍋から同じ粥《ポリッジ》を食べるんだ、――君は此処に居るより旅に出てる方が長いし、私達としても二人を喜んで受入れるよ。只その場合、養育権は私達に――」

「ゲゲゲ！　それだけは！」

「ならば別の代償を払って貰うしかないが、君はそれを望まんのじゃないかな。」

それが何なのか、大凡《おおよそ》見当は付く。メイスンは石のように押黙って待つ。

「あの子達が成人に達したら、二人とも君の父さんの粉挽き小屋へ奉公に出て貰う。お決りの七年契約だよ。それ迄は、君の父さんが費用を出してくれる。我々としても有難い援助なんだ、チャールズ。」

「何で親父から云ってこないんです？」

「この件については、私が君の父さんの代理人なんだ。」

「貴方が？　貴方、弁護士ですか？」

「いや、でも誰だって時には代理人が必要なものさ。亜米利加に行ったら年中聞かされる話だろうよ。」

大いなる両不可窮境《ジレンマ》。その間にも、遠い親戚近い親戚が一日じゅう引っ切りなしに顔を出して、あらゆる方向からメイスンを責め、蝙蝠蛾《コウモリガ》の如く正確に、指を突付け、拳を持上げ、杖を振り翳《かざ》し、サパトンに留まるべき理由を誰もが述べ立てるものだから、二年前に此処を去るのが何故あんなに嬉しかったか、その訳がまざまざと思い出される。とは云え無論、あの時は哀しみの種があったのだ。だが時は過ぎた。彼等を否応なく突き動かしていた不可抗力が最早ない今、皆が同じ骨折りをしてくれる為には、今回は代償を払わねばならない。

夜明け前からずっと起きていた子供達は、疲れ果てて床に転がり、ごろごろと寄って来て、まるで父が何処へも行ったことなどないかのように、毎晩そうしてきたかのように、メイスンに接吻《キッス》をする。いつもながら、子供達の体の烈しさ、じっとしていられぬその落着かなさ、未だ不正直を知らぬ者の純粋さにメイスンは驚いてしまう、――ここで感傷の涙と争わぬ為には、もっと非情な人格が必要であろう。親戚達は傍《はた》から見ている、様々に顰面《しかめつら》を浮べ、鼻で笑い、或いは見ぬ振りをしながら、メイスンがかつて息子達に、特にドクタ・アイザックに触れるのに難儀したことを思い出す。「触ると逃げてしまうんじゃないかと怖いんだ、」とメイスンは今も、息子達が寝床に入った後、台所で珈琲を飲みながら妹アンに白状する。「誰だってそうなるんじゃないかな? ウィリーは私のことを覚えていないし、ドクは小さ過ぎるし、……それに、ヘスターからは、父親についてどんな話を吹込まれてるだろう?」

「もうじき帰って来るって話よ、」アンが云う。「王様から任務を授かって出掛けているけど、じきまた一緒に暮すのよ、って。」

「そう云いながら、二人をお祖父ちゃんに売飛ばしてる訳だ。」

「だって他に遣り様がある？」

これは父親と話すしかない。私だってもう三十四じゃないか、とメイスンは、馬を速足で走らせ、陰鬱な思いで父の家へ向いながら自分に云聞かせる。何だってまた尻の痛みが蘇ってくるんだ？　親父に何が出来るというんだ、昨日焼いた丸麵麭《パン》で襲い掛ってくるのが精々じゃないか？　それに又、エルロイが全て捏《でっ》ち上げているという可能性もある。どうせメイスンには確認出来まいと高を括った、手の込んだ強請《ゆすり》に過ぎぬかも知れない。

「いや、それはちょっと違う、」とメイスンの父親は釈明の振りをする。「儂《わし》が云ったのはだな、あの子達の父親が熱帯の島々を旅してる間、儂も生活費の一部を負担してきたんだから、二人が働けるようになったら、こっちで働かせる権利を少しは貰ってもいいんじゃないか、そう云った訳だよ。全くエルロイの奴、冗談が通じないいんだからなぁ。」

「じゃあ、そうだったの？」

「そうって？　生活費のことか？　勿論そうさ。いつだって、儂が払わなかったことなんかあるか？　この一族ときたら、儂以外はみんな、からきし金がないんだからなあ。みんな遅かれ早かれ頭を下げに来るのさ。」

「そうじゃなくて、冗談だったのかってこと。」

父の笑みは語っている、――じき儂はお前等の云うことなぞ何も聞えなくなるのさ、そしたらやっとお前等から逃げられる。お前等の中に居ても、お前等の仲間なんかじゃなくなる。

「亜米利加の仕事のこと、どうやって知ったの？」

「麵麭屋は何でも知ってるのさ。」

「倫敦でも誰も知らない話なんだよ。」

「お前の後援者が死んだと聞いた時、知ったのさ。」

怒鳴って、怒鳴り返す、時間の風の上を往き来するかのように。「判らないね、どういう繋がりか。」

「儂には判るのさ。覚えてるか、サム・ピーチに気を付けろって忠告したことを？」

「あいつはお前の味方じゃない、って父さん云ったね。」

「で、味方だったか、会いに行ったら？　どう扱われた、お前の味方に？」

無論父は、メイスンが体《てい》よく追返されたことも聞いているだろう。そうでなければ、今こうして会ってもくれまい。「満足かい？」とメイスンは、より静かな、普段通りの声で云う、「さぞ満足だろうね父さん、大したもんだよ、僕がこんな風に育ったのも無理ないね。」

メイスン父は温かみのない笑みを息子に向ける。「お前は馬鹿だ、」父は叫ぶ。「留まるも行くも勝手にするがいい、——どっちにしろあの二人は儂のものになるんだ、一族の漏斗《じょうご》の首はこの儂なんだ、そうだろう？　お前、今日は仕事手伝いに来る積りだったのか？」

かように厳しく云われたのはこれが初めてではないが、それでもメイスンは思う、丸麺麭だってもう少し優しかったろうに、と。

息子からは鬼か妖怪と思われているが、実のところチャールズ先代《シニア》は、霊の次元に焦がれる人物である。麺麭は生きている、と彼は信じている、——酵母菌《イースト》の極微生物達がやがては団結して目的を持った一個の個体となるのだと信じ、——麺麭一斤一斤、例えばその皮が正に皮膚若しくは甲殻として機能する、——内部の一連の小さな空洞が不思議な複雑さを有し、その青白い壁面も、一見滑らかなようでも、拡大してみればもっと小さな泡から出来ていることが判り、といった按配に、恐らくは不可視の次元まで続いていると信じている。麵麭、英国中の食卓の欠くべからざる収束点、揺るぎない英国製四 封《ボンド》麵麭、それは魂と同じく、大半は空虚なのだ。

「先ずはこの生地《ドー》を両手で持って御覧、チャーリー、」まだ親子でもう少し気兼ねなく話せた頃の会話、「体みたいに温かで、熱を発しているのを感じ取って御覧。——暗い静かな場所に置いたら、麵麭は成長するんだよ。」

「生きてるの？」若きメイスンは、そんなことは訊きたくなかった。

「そうとも。」沈黙。「じゃあどうだい、ちょっと捏《こ》ねてみるかい。」辛抱強さよりもうんざりした気分の方が父も勝《まさ》っていて、息子が断るものと期待していた。ところが、肉体という形象《イメージ》に気をそそられたのか、肉へと変容してゆく塊《マッス》に両手を突っ込んでみたくなったのか、何と息子は程なく、父の窯《かま》へ仕事を手伝いに来たのだった。朝方はいまだ闇に包まれ、遥か山の方の谷間で雄鶏が鳴く声に町の石が谺《こだま》を返し、馬達がもぞもぞ動いて、馬の世話をする小僧や給仕の娘は土間に横たわって身を丸め寝返りを打ち、旅人は夢を見、女房連は目を覚ます、——そんな中、若きメイスンは、通りの先の方に夜明けが来たのが見えるのに、何故かこの谷間にはまだ来ないのだな、と何度も考えている。父は隣で黙々と働き、その姿を照らす二個の角燈《ランタン》の光はどこか潤いを帯び、長年の内に反射鏡に焼付いた小麦粉の埃によって和らげられている。抜かりない素早さで以て、父は息子を眺めているが、そうしながらも、出来ることなら何処か此処でない所に居たいと息子が思っていることを感じ取っている。その後の何か月か、義務というものを父はチャーリーに説くが、一応はいはいと頷《うなず》きはするものの、息子が何か別のものに引っ張られていることが父には判った。その何かによって、物云わぬ麵麭と、ゴロゴロ唸る石臼《いしうす》から離されて、倫敦へ、星々へ、海へ、印度へと引っ張られているのだ。

「じゃあ好きになさいな、チャーリー」と母のアン・ダムズルが、何処か見えない場所から呼掛けた。

「儂に云ってるのか？」麺麭屋は捏ねる律動《リズム》を崩すことなく云う、「それとも星見坊やにか？」と、事を荒立てぬ程度の侮蔑を込めて。両手を生地に突っ込んだまま、メイスンは父親をまじまじと見詰め、両腕に痛みを感じている。青白い塊《マッス》が、命ある抵抗を滾《たぎ》らせている、——麺麭とは元々、肉のない時期を埋める為に飢えた人びとが考案した食物、それがやがて神自らの肉の代用物にまでなった……。麺麭屋稼業は若きメイスンを怯えさせた。もう麺麭屋としてやって行けるだけのことは学んだけれども、——篤《とく》と考えてみると、——様々な匂い、生地の不可解な膨張、神聖なるものを収めた廟《びょう》の扉の如き窯の扉を想い、——弥撒《ミサ》のように日々匂いと発酵が繰返される隠れた劇《ドラマ》を想ってみると、——自分が空へと逃げたのは、空が同じことの繰返しだから、空の方が安全に思えるから、麺麭ほどは生と死で飽和していないからであったか？　基督の体が麺麭に入《はい》れるのなら、他に何が入って来ても不思議はないのでは？——もっと有難くない幽霊に憑かれてもおかしくないではないか？　空虚な早朝、たった一人で、ほんの数秒間だけでも、物云わぬ白い列と一緒に居ると、麺麭の幽霊性にメイスンは圧倒された。

「僕が何してると思ってるのさ、真夜中に空を見上げてる時に？」恰も宙吊りになったかのようにメイスンは立っている、小麦粉の袋の下に、宙吊りになって、待っている、恰も父がじきに仕事の手を休めて彼とお喋りを始めるとでも思っているかのように。

　麺麭屋は眉を片方、ぴくっと持上げる。息子がしていることが何であれ、彼にはそんなものは理解出来ない、が、ここでまた息子がべらべらやり出しても困る。やっぱり此奴《こいつ》、頭をやられてるのか？

左様、ダムズル家の側は昔から、足りない人間の出る家系だ、——何世紀も前からずっと。とは云え、何でまた、よりによって自分の息子が、仕事というものの本質をかくも捉え損なうのか？　人間、時には眠らなきゃいけないってことさえ、此奴には判らんのか？

　実のところ、若きメイスンは年中転寝《うたたね》しているのである。膨らんだ生の麵麭を枕としたことも一度ならずある。そんな時彼の耳には、生きた細胞の網状組織《ネットワーク》が流れ込み、目覚める直前、——夢なんかではないと本人は云張る、——どうやってだか、直《じか》に耳管《じかん》に語り掛けているように思えるのだ。細胞達は云う、「お父様に宜しく、」と。

「人の身に時として起きることはだな、」とお父様はチャーリーに云えたらと願っている、「或る日突然、自分がどれほど子供を愛しているかを悟るのだ、子供が愛を与えるのと同じに掛値なしに愛していることを悟り、そのように愛することから生じる恐しい条件を悟るのだ、——その条件はどうにも耐え難く、人はそんな愛を望まない、一切御免だと、恐れをなして身を引いてしまう。かようにして、こうした惨めな状況が生じるのだ、——就中《なかんずく》、父と息子の間に。父は余りに恐れ、息子は余りに無垢。だが、最初の恐怖の奔流を、父がどうにか耐え抜き、じっくり考えるだけの時間を持てるなら、出口が見出せるかもしれない……。」そうチャーリーに云えたら、チャーリーはこっちを見て、問うてくれるだろうか、「父さんと僕は、出口を見出しかけてるの？」

　父は何度も云おうとする。「全ては一つなのだ。畑から、石臼まで、窯まで。全ては麵麭の一部なのだ。一つの筋道なのだ。これがなければ、捏ねるものも焼くものもありはしない。」大いなる石臼が、物云わず力強く動いているのを父は手振りで示す、——「挽かれ、膨らみ、焼かれる、それぞれの段階毎に麵麭は段々軽くなってゆく、焼皿の上で浮き上るのみならず大地そのものから浮き上るのだ、石が挽かれて塵《ちり》となる如くに小麦は挽かれて粉となる、粉は水を吸い、酵母菌によって空気を吹込まれ、遂には熱へと辿り着き、その度に膨らむのだ、そうとも、完璧な物体となるのだ。」父は麺麭を一斤手に取り、自分の顔へ持っていく。父が今にもそれを口に入れるものと若きメイスンは考える。

21

黄金谷《ゴールデン・ヴァレー》周辺の一連の町は、互いに見下し合っていた、——さながら、商売の同盟を組む代りに、嫉妬、怨念、宿恨を旨とする同盟を組んでいるような有様。楽園に住んでいながら、誰もがわざわざ煉獄を演じ、そこへ真新しい貨幣が流れ込んで来ると、既に到達したとみな信じていた悪意と侮蔑の均衡《バランス》を保ってくれるどころか、寧ろその均衡を再び崩してしまうようである。目下の大問題は、分水界をどう定めるか、——水路をどう流して、何処で水車を回し、何処に作業場を設けるか……何だかまるで、いざ最後の審判に臨んでみたら、善良にして有用な暮しも、悪行とは無縁の生き方も、人格の潔白も実は殆どどうでもよくて、それよりも、神が我々一人一人に何を求めておられるかの方が遥かに重要なのだと思い知るような按配で、この谷間に住む人びとも、まさか自然の定めた水の流れや、矢張り神によって無料《ただ》で与えられた勾配を、居並ぶ織機を動かす為に勝手に作り変えてよいのだなどとは、これまで考えてもこなかった。そしてその織機一台一台が、これ以上自然の形から遠くはあり得ぬほど厳密に直角を成す精緻さで何千本もの糸を紡ぎ出し得るとは、——或いは又、変容の諸段階それぞれがそれ自体磅《ポンド》、志《シリング》、片《ペンス》に姿を変え得るなどとは、誰一人思い描いてこなかったのである。

「でも中には逃げたいと思う者もいるからね、——グロスターへ、倫敦へ、亜米利加へ、——とにかく村の内輪喧嘩の巣だけは御免だと。」谷間の外での未来を求める想いを、チャールズは一先ずそう云表《いいあらわ》したのだった。そんな彼を見詰め返すレベッカは一つの謎、楽園に在る源女《イヴ》か、はたまた地獄に在るエウリュディケーか。自分がこれまで何処に居たのか彼女はまだ知らないし、知った時にはもう手遅れだろう……メイスンの心の中を占《いにしえ》の物語が幾つも飛交う。彼女に自分一人の物語を持たせる訳には行かぬ。ここはどうしたって安易な道を選ぶしかないのでは、既成の物語に出て来る男性と組んで貰う他ないのでは。愛に狂える詩人？　誘惑された無垢な男？* とすれば自分は、煙管《パイプ》に火でも点けて、彼女という書を手に取り、深々と座って一気に通読すべきなのか？　女はそういうことを望んでいるのか？　誰に訊いたらいい？

仮にメイスンが、父親の許へ相談に行ったなら、そして、何ものにも邪魔されぬ聾《ろう》の迷路へ既に入り掛けていた（父子は生涯ずっと怒鳴り合っていたのだが）チャールズ先代《シニア》が仮にこの時だけは同情を示していたなら、二人は如何なる地点へ行き得ただろう？　だが父は、――かつては秘かにこの若者を愛した、赤ん坊だったチャーリーを何も考えぬ母の如くに溺愛した父は、恐らくは最早この子を愛してはならぬのだと決めて、騒音の勾配の下へと、安心して怒鳴れる場へと息子を導いて行ったことだろう。二人は小さな池の畔《ほとり》に立ち、鴨達が辺りを漂い、蚋《ブヨ》がぶんぶん群がる……「じゃああの娘もイカレてるのか？　誰もお前なんぞと結婚するものか、何処かおかしい娘でもない限り。女は何を望んでいるかだと？　ちゃんと稼いでくれる亭主だよ、いつまで経っても大人にならない星見人《ほしみびと》なんかじゃない。」

「若しグリニッジの職が上手く――」

「サム・ピーチはお前の味方なんかじゃない。お前の為に何か骨を折ってくれるとしても、いずれツ

＊「愛に狂える詩人」オルフェウスは死んだ妻エウリュディケーを連れ戻しに冥界に降りていったし、楽園のアダムとはまさに、イヴに「誘惑された無垢な男」にほかならない。

ヶは払わされるんだ、その時はきっと泣きベソかくぞ。」

無論、全ては仮定である。仮に若きメイスンが父親の許へ行ったとしたら、このような会話が生じたかも知れぬということに過ぎない。


二人は丘の頂に辿り着いて、お弁当を広げた。メイスンが曇った彼方を始終見遣り、観測所の向う、川のうねりの向うを見て、東印度会社の船着き場は何処かと目を凝らしていることに彼女は気付いていた。「貴方、遠い印度のこと夢に見る?」彼女はとうとう訊ねた。「あたし見るわ。二人で行けたらと思うわ。」

メイスンはいま正に打明けようとしていたのだった。言葉も介さず、こうして因果律が侵犯されたことがメイスンには嬉しかった。声に出して、「行けるかもしれないよ、二人で、」と云った。彼女の顔がメイスンの方を向いた。「君、一七六一年六月六日の予定は?」

無邪気な期待を見せて、「うーん、予定表を見てみないと……それって、あたしを印度に誘ってくれるってこと?」

「蘇門答剌《スマトラ》だね、上手く行けば。」

「行かなかったら?」

「さあなあ。ハウンズロー荒野《ヒース》*1かな?」

「そうじゃなくて、——上手く行かなかったら、貴方一人で行くの? あたしを此処に残して?」

「行くなら絶対に二人さ。」

彼女はじっとメイスンを見ていた。その言葉には何か裏があるのだが、それが何なのかは彼女にも今一つ見えない。「あたし達、印度貿易船で行くの?」

「世界を半周するのさ。」

「そうよね、そうして戻って来るのよね、――そしたらあたし達、御大尽?」

「噫《ああ》、僕のレベッカ、雛《ひよこ》大尽すらも無理だね、――まあ太陽系儀を注文出来る位は貯まるかも知れない、彼方此方《あちこち》の会館で見世物やって、乗合馬車で巡回するとかね。」

「今の職はなくなってしまうの? 星見人見習いだったか何だか。」

「作業を途切れさす訳には行かないからね、」メイスンは答える。「仏蘭西との競争は相変らず熾烈《しれつ》だし、――空の彼方の永遠なるもの、その何もかもが動いているのさ、二度と同じ型《パターン》は繰返されない……。晴れた晩には必ず、グリニッジで誰かがその壮麗さに向けて丸天井を開け、許すことを知らぬ透鏡《レンズ》に目を当て、観測結果を記録しないといけないのさ。僕でなければ、誰か他の人間が。」

「きっとドクタ・ブラドリーがまた雇って下さるわ。」

「あの方の具合は知ってるだろう、――歳もひどく堪《こた》えている。僕達が戻って来た頃には、もう援助は仰げないかもしれない。」

「何だかまるっきり政治の話みたいじゃない。貴方達、星を見てると思ってたのに。高尚なこと考えてると思ってたのに。」

「ゲ、ゲ! 噫、――そうでもないのだよ。この王国の他のあらゆる分野同様、天文学も又、ペラム派[*2]の手で汚されてしまっている、――我々も宮廷の阿呆どもと同じに、役人の利権漁りに左右されて

*1 ハウンズロー・ヒース:ロンドン西部。
*2 ペラム派:一七四〇―五〇年代に有力だった、議会操縦の巧みさで知られる政治家ヘンリー・ペラム(一六九六―一七五四)の一派ということ。

いるのさ。」

「まあ酷《ひど》い。知らなかったわ。」

知らなかったのはメイスンも同じ。「そんなことは忘れて、接吻《キッス》しておくれ。」

「初めてだわ……役人に接吻するなんて。」

「しっかりやりたまえよ、そうすればニューカースル特使の座は君のもの。」

「ふむ……そしてあたし、馬来語《マレー》、印度語《ヒンズー》、中国語も覚えるのよね。喋る鸚鵡《オウム》みたいにあたしなるのよね。ねえ、貴方いま、あたしのこと喋り過ぎだと思ってるでしょうけど、東行きの船に乗せて御覧なさい、あたしその我慢強い耳、一瞬だって休ませてあげないわよ。貴方も不幸ね、たっぷり苦しむのよ、でもまあ袋笛《バグパイプ》を習いたいって云わないだけ有難いと思ってよね……。」

こうした中年猟奇《ゴシック》趣味をメイスンは、それがかつての、もっと希望があった頃の自分という壜の底に残った、黒ずんだ、味も酸っぱくなった残滓《ざんし》に過ぎぬかのようにディクスンに語る。夏至《げし》も迫った或る夜、求愛の最中《さなか》に、二人は月の光でストーンヘンジを見ようと馬で南へ行くことにした。彼女は後ろの鞍に収まってメイスンにぴったりくっつき、風が吹付け、彼女の雄弁な両腕にメイスンの背中はぶるぶる震え指が疼《うず》き、——間もなく仔牛路《カーフウェイ》と呼ばれる古くからの家畜の通り道に入って行った。この道がビズリーから始まって、チャルフォードまで行き、谷間を越えて向う側に至り、ソールズベリー平野へ向う、——まる一日、まる一夜、生垣の下で愛し合い、眠り、また次の日、——約翰《ヨハネ》祭前日の六月二十三日、日の入りの数時間前に着いた。

彼女は落着かなかった。メイスンに擦り寄って来た。「チャーリー。これ、凄く古いのよね。何なの?」

「昔の星見人が使ったのさ。」

「何だか凄く見慣れた感じがする。何か、感じるのよ……あたし、この場所知ってる。この場所もあたしを知ってるのよ。ひょっとしてあたし達の先祖かしら？　ずっと昔の、貴方の家系か、あたしの家系の。」

「うーん、うちはずっと昔から粉挽き屋と麵麭屋だけだからなあ、——でも君の方ならあり得るね。」

「うち、この辺に親戚が居たのよ。」

「じゃあきっとそうだよ、——これだけの量の石だもの、仕事もたっぷりあったに違いないよ、何年もずっとね、——きっと君の先祖も何人か加わっていたさ……だけどだけど、大変だ、ビズリーからストラウド迄、みんな騒ぎ立てるだろうな、——『こりゃぁ魂消《たまげ》た、チャーリーの奴、ドルイド教徒と結婚したぞ！*』」

二人の律動《リズム》がふっと途切れた。最近ずっと、彼女の心に上っていた、——唇に上るかどうかはともかく、——動詞を彼が口にしたものだから、二人とも暫し戸惑ってしまったのだ。

彼が指をぱちんと鳴らした。「だけどそうだよな、君、ほんとにドルイド教徒だよね、そうだろ、——すっごく気まずいけどさぁ、でもそんなこと云ったって判らないよねそんなの、君、格別ドルイドっぽく見えないしさ、——貴女の信仰は、なんてわざわざ尋問したりしないものね、そうだろ……ふむ！　ドルイド！　で、で、——どうなの、君達いまだに、えっとほら、人間をあの柳細工みたいのに入れて、燃やしたりするの？　それとも君等もやっぱり、宗教改革とかやった訳？」本当に答えが返って来るとでも思っているみたいに、彼はにっこり気さくに微笑んだ。

驚いたことに、彼女は愉快そうにケラケラ笑い、拳骨を作って、ゆっくりと、然し意味あり気に彼の口へ持って行った。「で、サパトンでみんな云うわよね、『こいつぁ魂消た、レベッカの奴、阿呆と

＊　ストーンヘンジはドルイド教の祭祀場《さいし》だったという説がかつてあった。

結婚したぞ。』」

　そして二人で初めて観測所に上って行った時、彼女はチャーリーの鬘《かつら》の天辺《てっぺん》に又もぴしゃり平手打ちを喰せた。「ドルイド！　あんたまぁよくも、あたしがドルイドかなんて訊けたわね！」

「気に入らないかい？」彼は袋と箱を手に立ち、山道を登って来た所為で体は既に痛かったが、自分は正にこんな風にして新たな立場に入って行きたいのだとひしひし感じてもいた、――この器量好しの娘、他の誰でもないこの娘を重荷として負い、その情の籠った攻撃に曝《さら》されながら入って行きたいと。

「ねえ見てみてよ？　これって変よね？　あんたあたしのこと、よく云う邪悪なお城に連れてこうっての？　そういうの読んだことあるわよ、――秘密の儀式、無袖外套《ケープ》と頭巾《フード》を纏《まと》った人達？　交接《セックス》？　拷問？　尼僧と修道士？　チャーリーったらほんとに、何てことを。」

「おいおい、僕は何も云ってないぜ、――ちょっと待て、君の読んだそういうのって、どういうのだ？」

「それに夜も更けてきたし。」気の早い梟《フクロウ》の声がさっき聞えていた。「で、彼処《あそこ》、あの中では、何が行われるのかしら？」

「古い井戸だよ、――少くともストーンヘンジと同じくらい古い。フラムスティードもあれを昼の観測に使ったんだ。よかったら明日案内するよ。」

　そして観測所の中庭で、彼女とスザンナは、口にされたこと全てを運び去る風を挟《はさ》んで、如何なる視線を交わし合うだろう？――世界の経度零から数歩しか離れていない地点で、若き女主人は玄関口に立つ一方、生れも卑しい、魔法使の弟子の妻は礼儀に従い頭《こうべ》を傾けているものの、瞳は好奇心ゆえにまじまじと見ている……。自分が此処に居るのは、夫がきちんと振舞うようにする為なのだと、レベッカはいつ頃から勘付き始めるだろう？

　メイスンは彼女の為に復活を夢見たい。別に猟奇的なものではなく、宗教的なものですらなく、──寧ろ、気持ちの好い、綺麗な昇天。微風《そよかぜ》も爽やかな或る朝、墓石の前の小綺麗に手入れされた一画から昇ってゆく、聖ケネルムも陽を浴び、色を塗られた御婦人方の像は風に戦《そよ》ぐ野の花に打たれ、やがて彼女が谷間から風の中へと昇ってゆくにつれて全ては幽霊のように霞《かす》み、サパトンの町のこざっぱりと純な輪郭が眼下に見えて、稜線《りょうせん》は背後に退き、寒く、腐刻画《エッチング》のようにくっきり浮び上っている。この稜線が二人を、オクスフォードだのブラドリーだのから、その後に起きた全てのことから、遠ざけてくれるべきだったのに。

　息子達の顔を見る際に、レベッカの面影を探さぬようメイスンはしばしば自分に釘を刺さねばならない。そうされると息子達は居心地悪そうにもじもじするし、彼としてもそれは嬉しくない。今日は子供達に会うと判っている日は、鏡と睨めっこして、自分の顔をしっかり記憶に留め、ウィリーとドクの顔からそれを引き算出来るようにしておく。こうすれば、上手く行けば、レベッカの顔のみが、あの愛しい生きた顔のみが、まあ云わば半分の解像度ではあれ、残るだろうという訳だ。が、いざ息子達の前に来ると、自分の顔がどんなだったか一向に思い出せない。そもそも、彼等の顔は彼等自身のものであって、選《よ》り分けられはせず、今この瞬間は彼等自身のものなのだ。

「野蛮人は居るの？」ウィリアムが訊ねる。「父様《パパ》、居たら怖い？」

「いるとも、──うん、怖いかもね。」

「施条銃《ライフル》は持ってくの？」

「望遠鏡は持って行くよ。」

「施条銃だと思われるかも。」

「母様《ママ》の行った所に行くの？」ドクタ・アイザックが訊ねる。

いつの日かね、とメイスンは危うく答えてしまいそうになる。「どうかなあ。」彼は息子を抱上げ、ひっくり返して、両足を握ってぶら下げる。「さあ、これは何だ？」

「僕も！」ウィルが叫ぶ。

それぞれの腕に一人ずつ抱えて、「亜米利加へ行ったら、少くともこれくらい逞しくないとな。」息子達に別れを告げて馬で去ってゆく度に、メイスンはまだあと一度は会える振りをする。二人は彼が立去るのを見送る。戸口に立ったその姿は彼が抱締めた時より小さく、やがて道の曲り角まで来ると、二人は手を繋いで走り去る。

倫敦は変ってしまった。街はメイスンをさほど歓迎してくれない。自分が歓迎を望んでいたことを彼は思い知る。どっちを見ても、この街で過ごした自分の歴史の、惨めな形見があるばかり。憂鬱症の進行してゆく、一歩一歩の道標《みちしるべ》。

メイスンはマスクラインの女衒《ぜげん》役を務めた。それが彼の罪である。彼が引き摺《ず》る深靴《ブーツ》の裏が玄関広間の絨毯を去りもせぬ内から、彼等の囁き声が聞える、——中に居る高音《ソプラノ》のみならず、戸口に立った滑稽な低音《バス》をも巻込む手の込んだ誘惑に、彼も加担してしまったのだ。何が起きているのか、メイスンには判っている。だが同時に、どうして彼に判り得よう、——所詮は山出しの青二才ではないか？陰険なケンブリッジ出の数学者がやって来て、メイスンが相手の目論見に勘付く頃にはもう手遅れだ。彼は亜米利加に厄介払いされ、侵入者はブラドリー宅に立寄り、せっせと己の利益を増進させる。

少なくとも、教訓話としてはそういうことになるだろう、——無論その後にはたっぷり説教が続く筈。巡礼の徒は、道が如何に長かろうと曲りくねっていようと、信仰によって求め続けるべき聖地を常に眼前に据えておらねばならぬ、――さながら、亜米利加に送られた森林保護官が、任された荒野が如何に広漠とし、人も配されておらずとも、己が果すべき義務の念を常に背中に感じ、それを悦ばしく思うように。然るにメイスンは、最早存在しないかも知れぬ場所について未だ完全に信念を失ってはおらず、誰か他人の未来像へと押込まれてしまうほど嫌気もさしておらぬまま、結局この俗世の街、彼の生きる時代の中核を成す都の隅に追い遣られ、遠き壮観から完全に追放されてはいないものの、温かく迎えられているとも到底云えぬ。だとすれば、マスクラインの許を訪ねてゆく度、その訪問は、個人的には既に耐え難いものとなっている事態に、また一つ公的な要素を加えるものでしかない。

「罪の償い、」とメイスンは云放つ。六三年の夏、二人は倫敦は新証文街《ニュー・ボンド・ストリート》近辺、マスクラインの兄マンの住居で顔を合せる。メイスンは亜米利加行きの仕事に関し連絡を待っている最中、一方ネヴィル・マスクラインは、ハリスン氏作の鬱陶しい計時器をバルバドスで試験する旅に出掛ける前夜である。仏蘭西高等校《コレージュ・ド・フランス》天文学科長としてJ・N・ドリールを最近（六二年）引継いだ新進気鋭の天文学者ラランドも、矢張り計時器の試験を見物しに、そして序《つい》でに司教冠亭《マイター》で食事しに倫敦へ来ている最中。

「あの男、私と同じ歳で、」マスクラインが云う、「――二十一にもならぬ内から巴里《パリ》天文台の副天文学者。然るにあんたは、――ええと、二十八だったかな、ブラドリーの下で働き出したのは？」

「そもそも私の方が六つ年上なんだよ、」メイスンは不服そうに云う。「つまり向うは十三年？　いや十四年先を行ってる訳で、――こりゃほんとにぼやぼやしてられないね。――やれやれ、又ラランドの話になっちまいましたね。」

「仏蘭西人にしては、それほど厄介な奴ではないようですがね。実際、私のことを偶像扱いしてくれてね、訳は見当も付かんが……。」

「まだ若くて人格を見抜けないからだ、」と答えるべきなのだろうが、代りにメイスンは、如才なく顰面《しかめつら》を作るに止《とど》める。

「おっ！　噂をすれば影！」

「ネヴィル、——親愛なる師よ《シェール・メートル》！」二人は互いの頬を突《つつ》き合う。メイスンは咄嗟《とっさ》に、マスクラインが役者を雇ったのではないかと疑う。それも素人に毛が生えた程度の旅芸人に、彼《か》の著名な学者の真似をさせているのではないかと。

「ドクタ・ブラドリーは、我等天文学者の星座の光源でした、」と仏蘭西人は、見たところ誠実そうにメイスンに挨拶を寄こす。「私の師匠ルモニエも、あの方を崇拝しておりました。」

がしゃん、と凄まじい音がして、大きな銅鑼《どら》声。女が悲鳴を上げ、何人かがそそくさと立去る足音。

「そうそう君、マンにも会えるよ、」と弟ネヴィルが聖職者然とした声で呟く。

そこへどすどすと入ってきたのは誰あろう。「ようネヴィル、バースから帰って来たところでさ、目を覚ますには先ずぐっすり眠らんとな。八角礼拝堂《オクタゴン・チャペル》でハーシェルとかいう奴に会ったぜ、結構お前好みだと思うね。お前と同じに星占いやってて、勿論風琴《オルガン》も滅法《めっぽう》上手い。ドゥー＝ドゥー・ドードゥリー、ドードゥリー・ドードゥリー・ドードゥリー、——ま、判るだろ。——いよぉJ・J、まだ居たか！——これ、誰だ？　なんか果汁酒鉢《パンチ・ボウル》の中身を何処へやったか忘れちまったみたいな顔してるなぁ。いやいや冗談ですよ貴方、どぉらネヴィルの奴どの酒をお出ししましたかな？　わわ！」メイスンの杯を見て、ぞっとして後退《あとずさ》る振り。「いや弟はね、別に悪気はないんですよ、——歓待《もてなし》ってことを知らんだけでして。さぁさ、行きましょう」

「僕もご一緒します、」J・J・ラランドが云う、「ドルーリー横丁《レーン》へ『フローリゼルとパーディタ』

を観に行くところですから」

「二人一遍に?」マンは感心して首を横に振る。「流石《さすが》仏蘭西人だなあ。*」

メイスンがハッと我に返った時には、日は既に暮れ、彼は倫敦の、来たこともない界隈に居る。色付き硝子《ガラス》の角燈から紫の光が扇のように広がり、そそくさと歩く男女の物云わぬ姿を晒《さら》し出す。時折叫び声が上がっては、断固とした足音が後に続く。一度《ひとたび》群衆の流れに入ってしまうと、人波にぎっしり囲まれてもマンは一向に意に介さぬ様子。間もなくそのマンも姿を消してしまい、メイスンは一人で帰り道を探す破目になる。だが、これはもう、ひょっとしたら、何か知られざる存在によって、鬘と胴着諸共《チョッキもろとも》、亜米利加の何処かの似たような街角に連去られた、というか、移し替えられたのかも知れぬ。だとしても何の不思議もあるまい。

＊　『フローリゼルとパーディタ』を観に行く」は、「フローリゼルとパーディタに会いに行く」とも取れる。

22

クリストファー・メア神父、青白いと云うには程遠く、垂れた束ね髪を別とすれば黒も着用せず、痩せぎすでも不自然に健康そうでもなく、振舞いはお洒落とは無縁であれ脂ぎっておらず、凡そ英国人が思い描く耶蘇会《イエズス》士像とは懸離《かけはな》れている。それでも、本人が進んで白状するであろうが、その昔伊太利に於て、他ならぬボスコヴィッチ神父とささやかな冒険に耽《ふけ》った時期には、霊を巡る営みに使うべき時間をロヨラ的雰囲気《イメージ》の強化に努めたという[*1]。だが結局それも全然身に付かずに終り、色白で紡錘《ぼうすい》の如き体付きは船を降りた時と少しも変らず、喋り方も北東人《ジョーディー》の田舎臭さが抜けず、本物《エル・アウテンティコ》の印たる、小剣《スティレット》を振回す気配を聖職服に潜ませた翳《かげ》りある印象は一向に醸し出せなかったのだった。

エマスン宅の客間で、メアはディクスンを待つ。表ではハーワースの町を出入りする馬車が往き来し、車体の軋む音、御者が吹く口笛の音、馬の蹄《ひづめ》の音が響いている。ティーサイドの側から来て岩山を越えようとする者達にとって、人間の声を聞く機会も暫くは此処が最後、後はひたすら長い道程《みちのり》と、誰も口にはせぬが誰もが知るところの出現があるばかり、——日の暮れも迫る頃には石炭屑《ぼた》山の上空からひんやり冷たい光が降って来る。一方、この神父に何か邪悪な空気が伴っているとしても、それは飽くまで北方の血と骨の伝統に則《のっと》ったものであり、ハーワースとニーシャムを結ぶ街道に出没すると云われる、かつての隣人達が昔は如何にも健全な人に見えたんだがねえと口を揃えるあの「首なしホブ」を思わせる程度のものでしかない。
朝食の残りの燻製鰊《ニシン》を手にどすどす部屋に入って来たエマスンは、直ぐさま皿の上に、何食か前の牛尾《オックス=テール》と、かつては羊臓物煮《ハギス》であったかも知れぬ何物かを追加し、不自然に陽気な声で「さあさあ諸君、座り給え、」と叫ぶ。
大方の者達にとって、ウィリアム・エマスンを魔法使として思い描くにはさしたる想像力の飛躍を要しない。此処ダラムにあって、邪な術《よこしま》への関心は、炭層から湧き上る妖気の如く常時漂っている。竜の訪れと同じくらい昔から知られた、お馴染みの硫黄と燃焼の臭気に誘われて出てくる、鱗に覆われた訪問者。更には、旅籠《はたご》という旅籠に幽霊が取憑き、退治しようもない人喰い人種が岩山を闊歩する……。探し物のある人びとは全国からハーワースに詣《もう》でてエマスンの助けを乞い、エマスンは相談に応じて星を占い、媚薬を調合し、盗まれた財布を見付けてやる。その離れ業は常に善意のものとは限らず、一度などは腹立ち紛れに、近所の小僧を丸一日木の上に留め、降りることは無論動くのも儘《まま》ならぬようにしたこともある……これが後、メスメル博士によって広く実践されることとなる技に他ならない。[*2]
「巴里じゃ大流行なんだよ、」父が部屋を出た隙《すき》を狙っていとこのドピューが云う、「実は僕も受けたんだ、催眠療法。」

＊1　ロヨラはイエズス会創立者イグナティウス・デ・ロヨラ（一四九一―一五五六）を指す。
＊2　フランツ・メスメル（一七三四―一八一五）は催眠療法を広めたドイツの医学者。

「え、そうなの、――」とエセルマーが、皆が不信の呟きを漏らす中で声を上げる、「まさかメスメル本人にやって貰った訳じゃ。」

「いやそうなんだよ、ドクタ・Mって結構いい人でね、僕等に色々教えてくれたんだぜ、――」

「メスメルって一回で百仏金貨《ルイ》請求するんでしょ、有名よ、」ユーフィーが叫ぶ、「それって英国のお金で云えば八十五磅《ポンド》よね、あんたのお父さん、何処でそんなお金手に入れる訳？」

「それがさ、フランツがね、学びたいっていう連中が何人も居たから割引してくれたんだ。僕も毎晩一杯《パイント》ずつ、大斎節《レント》より少し長い期間我慢して、じきにその分取戻したよ。* 実際、父様《パパ》には何も云わなかったんじゃないかなあ、だからさ、あのさ、よかったらその……」

「汝告げ口する勿《なか》れ、がいつだってあたしの方針よ、ドピュー。」

「僕、催眠術上手くなったんだぜ、――亜米利加で開業しようかって思ってる位でさ。」

「新《ニュー》ヨークがいいわよ、」ブレーが勧める、「彼処《あそこ》には何でもあるから。この街は止《や》めときなさいな、儲けようと思うんだったら。」

「ブレー！」父親が憤慨を装った声で叫ぶ。「ちゃんとやる気さえあればこの街でだってやって行けるさ。『ペンシルヴェニアード』第二十一巻だか二巻だかでミスタ・トックスも云うように、

　『一旗揚げたい若者は
　富の在処《ありか》に行くがよい。――
　富ときたら何処よりも
　何てったって費府《フィラデルフィア》。』

「寧ろ西部を考えてたんだ、」ドピューは云う。「医療器具とかも殆ど要らないから道行きも難儀しないし……必要な薬草も彼方《あっち》の荒野なら其処ら中にあるって云うし……それに催眠術の力は、米蓄《インディアン》の呪医にはずっと昔から知られてるから、目を光らせてれば、白人は勿論、赤人相手にも商機《ビジネス・チャンス》があると思うんだ。」

「そう上手くは行かんさ、」叔父が口を挟む。「どうせ既に開業しておる医者達に追出されるのがオチだ。生きて帰って来られれば目付《めっ》け物だな。向うにしてみりゃ競争なぞお断りなのさ。」

「でも此処は亜米利加ですよ！　競争は亜米利加の本質じゃありませんか！」

「此処では誰も競争なんか望まん、」ノイヴズ・ルスパークが部屋に再び入って来ながら重々しく首を振る。「誰もが皆、自分の値段を決めて、そのままでやって行きたいと思っとるんだ。成り上り者が後からのこのこやって来て、ああだこうだ云ってくる、そんなのに応じる手間や仕事なぞ真っ平なのさ。」

「叔父様の仕事は増えるでしょう、」とエセルマー。

「わし等は医者みたいなものだ、いつだって仕事はたっぷりある、わし等が扱うのは道義上の患いだからな、」と弁護士は答える、「それにわし等だって、医者諸君と同じで、他人の値段に合せるだの何だのは願い下げさ、――だから頑張って独占を守っておる訳で。」

「一種の怠惰です、」牧師が宣《のたま》う、「野蛮さを以てせぬ限り長続きする訳がない。自ら捨去るか、さっさと壊されるかして然るべきです。」

「くっだらない、」何人かが声を揃えて宣言する。

「武器は要りそうだな、」ドピューが考えながら云う。

＊　レント（四旬節）は灰の水曜日から復活祭までの、日曜を除いた四十日間で、キリストの断食・修行にちなむ。

「どの叔父さんに相談すればいいか判るわよね、」ユーフ叔母さんが忠告する。

「もう随分荷物が増えたみたいね、」ブレーが口を挟む。「あんまりない方がいいわよ。」

「必要なのは的確な眼差だけだって、僕等フランツに云われたよ。」

「ふうん。あたし、やって貰おうかしら。」

「おいおい、気を付けろよ……」

「この人、磁力があるもの、」セルマーが云う。


ハーワース住民の大半は（と牧師は話を続けている）ウィリアム・エマスンが魔法を実践していると信じておる。羊飼い達は飛ぶ姿を見たと報告している、――大抵それは黄昏どきで、宙を過ぎてゆく影はエマスンの弟子達のそれでしかあり得ない、――エマスンが彼等を野外演習に連出して空の飛び方を教えているのだ。陽が沈む、地帯の凸凹のちょっとした襞《ひだ》も拡大されて大きな影となる頃、弟子達は羅馬《ローマ》の遺跡、更にもっと古い遺跡を探しに出る。黄昏の中、一人又一人と忠実な弟子達は昇ってゆく、帽子はしっかり紐で結《ゆわ》え、服の皺に錆色《さびいろ》の光が降り、弟子達は村の上空に群れ、やがて岩山の向う側まで渡って行って、師に示された南西方向の念力線《レイ＝ライン》を辿って、オークランド主教の住む宮殿の如き邸宅を見据えつつ、礼拝堂の尖塔やら道端の十字架やら有史以前から立つ石やら聖なる水源やらが一つ又一つと完璧に線を結んで眼下を過ぎてゆき、やがて古きヴィノヴィウム川の真上まで来ると、群れは飛行を止めて再集合する。エマスンは彼等に、この線を見るのではなく感じるよう教え、左舷若しくは右舷に逸《そ》れ過ぎるとどんな感じがするものか肌で覚えさせようとしている。念力線は自らの延び方に沿って、地球の磁力が羅針に及ぼす力と同じ確かな作用を生み出しているように思える、

──「つまりですね、」とディクスンは何年も後、見たところ心底誠実にメイスンに明言することになる、「わしにはあの線が感じられたんです。」

「ビズリー教会、」メイスンが顧みる、「田舎特有の卑劣さの果てしない歴史、──測量の誤魔化し、祟《たた》られた井戸、邪《よこしま》な悪戯、台なしにされた式典、掏《す》り替えられた死体……尽きることない恥晒《さら》し。その建築を巡る昔からの云伝えを見る限り、悪魔が介入とまでは行かずとも力添えはしていたとしか思えぬ、──本来はチャルフォード近辺の野原に建てられる筈だったのが、毎晩石が真っ直ぐ直線上に空中を動かされて、今日の位置に持って来られたのだ。地図を出して、バドミントン近辺の塚、──我々はそいつを巨人の洞穴《ほらあな》と呼んでいるが、──から野営地近くの長塚まで真っ直ぐ線を引いてみるがいい、その線がビズリーの真上を通ることが判る筈。古《いにしえ》の塚が地球の活力《エネルギー》の源として、また焦点として知られていたことを思えば、これが境界の石の運搬経路《ルート》だったとしても不思議はない。」

「あ、そう、──でもわし等の念力線は全然そんな邪《よこしま》じゃなかったですよ……？　飛んでて凄く気持好かったですよ、とにかくほんとに気持好くて、──」

此方《こちら》ウィア川近辺は、夜の帳《とばり》も降り、明る過ぎて物も碌に見えぬ日光と、石炭のような青色若しくは発光する骨の色で別の読解をもたらす月光との丁度《ちょうど》境目、──正にこの地方では霊どもが出て来ると云われる時分。かくして、空を行く彼等の下に暗黒時代の地図が現れ出《い》でる。細長い線を執拗に留《とど》めた羅馬時代の重ね書きが顔を出し、ブリガントゥムの物語の初期の輪郭*までもが、低い太陽角度と、岩山上空の学者的高度とが上手い具合に組み合さることによって、──石炭屑山《ぼた》から牧草地から、夕暮れを彩る様々な色で出てくるわ出てくるわ、地図製作者の水墨の色、緑がかった胡桃《くるみ》色、木犀草《モクセイソウ》の色、伯剌西爾木《ブラジルぼく》、深紅顔料《レーキ》、土気味赤茶《テラ゠シエナ》、焦茶色《カレンズ゠アース》、焼褐色《バーント・アンバー》、──その最中《さなか》にもエマスンは生徒達

＊ブリガントゥムは紀元一世紀にローマ人によって築かれたとされる町の名。

に羅馬風呂や兵舎やミトラ神の神殿を示し、かつては人目に付かぬよう秘密の深奥に隠され新信者達に秘儀が伝授された、今では人びとの好奇の目に晒《さら》されている地下祭室を指差す。「この教訓は即ち、」エマスンは宣言する、「要するに、――死ぬなということだ。」

「羅馬人達は、」彼は翌日の授業で続ける、「水力であれ兵力であれ建築の力であれ、とにかく力を直線に沿って伝える、という問題に囚われておった。念力線は少くとも彼等の時代から存在しておったのだ、――或いはドルイド教徒が起源かも知れぬが、ミトラ教が出所《でどころ》だと云う者もおる。如何なる宗派がその栄誉を得るにせよ、真っ直ぐな線というものは、或る規模を超えると、その線の近辺で生きる者にとっては然《さ》して役にも立たず学ぶところもなくなるが、反面その巨大な規則性によって、遠い所に居《お》る観察者にとっては、この惑星上に人類が存在する明らかな徴《しるし》となるのだ。」

「ミトラ教起源説の有力な根拠は、」エマスンは更に云う、「この宗教が、自然のものであれ人工のものであれ地下の堂を好むことを以て知られるという事実である。ミトラ教徒ならば、此処《ここ》ダラムで、炭坑夫達や諸君のような地下を好む人びとに囲まれて安住の地を見出したことだろう、――実際、史上最も古い炭坑が、ミトラ教徒の土掘り人達によって発見されたとしたら……？ ヴィノヴィアの辺りに野営していた教徒が、手頃な岩屋を探している最中、――光の神オルマズドを探していた積りが、内に光を隠したる凝縮された暗黒を見出し、試しに火を点けてみたところ……ああ、神秘なる物質、石炭。諸君等は石炭を手に入れるのに忙しく、或いはその重さを憤ったり量ったりするのに忙しくて、その神秘に思いが及ばぬかも知れんが、この物質、己を固体の如く見せ掛けていながら、実は光や熱のように流れるのだ。ガリレオではないが、『それでもそれは動く《エプール・シ・ムオーヴェ》』のである。」

流れこそエマスンの情熱。ティーズ川に腰まで浸かって立ち、釣りをしながら水流を推量《おしはか》りつつ、ディクスンがのちウィア川に関しそう信じるに至るように、これによって脚から痛風を取除いて貰えると思っている。凡そ分析には根気がなく、渦巻を愛する。渦巻なら暇さえあれば、そしてそれが川に留まっている限りは、何時間でも見ていられるのに、それが一旦紙に移されると、一気に忌嫌《いみきら》い、その濫用を憎む。それ故、例えば、ニュートンを崇拝するのと少くとも同程度オイラーを毛嫌いしている。最初の著書は導関数を巡る書物である。背はディクスンよりずっと低い。彼が考案した航海法にあっては、風が垂直ではなく水平に、地球の表面に沿って働く重力として思い描かれている。即ちエマスンにとって、船こそ宇宙の規範《パラダイム》である。「作用することを想定し得る力は全て、帆、支索、操《そう》桁索《こうさく》、横静索《よこせいさく》等々によって表現し得る。空間に於てそれ等が一本の線に沿って、それぞれ独自の角度を成して並んでいるのである。これを想えば、船長達の頭がどうかしてしまうのも無理はない、――かくも単一化された現実に対して、神の如き力を行使せねばならぬのだから……。」

望遠鏡、導関数、対数の発案、そしてその後に続いた、しばしば乗法の為のみに為される乗法流行《ばや》りさえ、エマスンにとっては全て、神へと、より大いなる明晰さへと近付いてゆく、議論の余地なき歩みに他ならない。重力、時の拍動、光の有限速、いずれも皆、神の本質の諸側面としてエマスンの目に映る。それは云わば、貴族階級の中の、些《いささ》か常軌を逸した、だが権力を有する、下手をすれば危険であり得る一員と親しくなるようなもの。創造主が至高の力を有することに文句はないが、何しろ創造主ときたら、ふっと気は抜くし、設計は欠陥だらけだし、生命と活力は浪費され、道理を忘れることもしばしば、常識を働かすことも怠っている。エマスンはこれに当初幾度となく愕然とし、やがて立腹する。学者を学問に駆立てるのは神の被造物に対する愛である、そう人は教わり、信じる。だがエマスンは寧ろ、熱い憤りに駆立てられている。

授業が一通り終ると、ディクスンの学級《クラス》一同は、師と別れのお喋りに興じるべくエマスンに呼ばれる。

「では次、ジェレマイア君。君の人生の目標は？」

「測量です。」

「何だと、愚か者！——太陽で目を潰す気か……？　測鎖《そくさ》担《かつ》いで泥の中をえっちらおっちらか……？　また嘆かわしい豚の如き輩が一人、——『ブヒ、ブヒ。』」

ディクスン、首を横に振り、一応は師を立ててニヤニヤお茶を濁しはするが、それでもちゃんと言葉は返し、「先生、ダラムは近頃中々の景気でして、囲《エンクロージャー》込の御陰で、一介の測量屋《カタツムリ》が一人ならず御大尽となっております。仕事一つ請負えば、その上がりで、一夜にして富を得るのも夢ではありません、——と云うのも、賢明に投資致しまするなら、——」

「仮に君が『賢明』という言葉の意味を知っておるとしてもだ、——大枚叩《はた》いてくれる人間の数には限りがあろうが。地主連中を一通りお相手したら、後はどうなる？」

「商売は増えていくばかりですよ、囲い込みもあれば分譲もありますから……？　今この日だって、ダラムだけで測量士百人分の仕事があるんです。」

エマスンは長い間、何を見ているのか誰にも判らぬ目付きで、じっと何かを見ている。「君も、君の級友達も、」師はやっと呟く、「わしが占星術に寄せる信頼は知っておるだろう。ところが、君と対面しておると、云わば冥界からの反例を突付けられた如くに、わしの信念は立ち止り、揺らがざるを得ん。君を見給え、——獅子の星の下、楽天、野心、広い世間での権力へと生れ付きながら、——わしの目に見えるのは、生半《なまなか》にして怠惰な愚か者であり、情熱は坑道の支柱程度、夢と云うても、トウ・ローの村の成り上り芥子《からし》農家に四阿《あずまや》を造ってやるのが精々。その偽らざる目標ときたら、ただ単に、なるべく働かずに金を蓄え、更にまた蓄えることのみ。教えてくれ、——これは如何なる誕生星座宮を、独占的に、と云わざるを得まいが、表していると思うかね？」

「牡牛座《おうし》です、」ディクスンはもごもごと、それがエマスンの誕生星座宮でもあることを意識しつつ、だがその事実を面白がっていることを顔に出し過ぎぬよう留意しながら答える。「先生、わしだって妙だとは思ったのですが、教区の記録を見てみましたところ、やはり正真正銘、七月末の生れなのです。」

「事によると君、わしの知らぬ形で、魚座の領域に入ってはおらぬか？　あれこそ隠されたものの徴ではないのか……獅子の炎が、常に内に抑えられ……？　巧みに隠され……？　そうだ、そうとも、——それに相違ない。」

「では何故、当初からずっと、わしに助言なさっていらしたのですか、お前の運命は大地に徴を刻むことだと……？　そもそも何故わし等にあんな風に、先生の仰有るように光の筋の如く真っ直ぐな念力線やら羅馬街道やらをお見せになったのです……？」

「お前等の中の、見世物だけで満足する輩《やから》を排除する為だ、」エマスンは答える。

「先生が更なる教えを拒んだ生徒が集まれば、わし等倶楽部を一つ作れますよ、」ディクスンは訴える。

「お前は飛ぶことしか望まなかったのだ、ジェレマイア。飛ぶことなど断じて要《かなめ》ではなかったのに。」

「飛ぶことじゃなけりゃ、一体何が……？」

「まあそう苛つくでない、君は息を呑むほど美しい地図を製作することだろう、それはそれで、少しも恥じることのない、一種の飛行ではないか。」

「わしが考えてた飛行とは違いますが、まあ感謝はしますよ、もう師弟関係ではないですから友《フレンド》エマスンとお呼びしてよいでしょうか——」

「よくないぞ……？　わしは今も君の教師だ。行け、測鎖担ぎよ、——どこかの阿呆の堂々たる溝が汝を待っておるぞ。」

　それから何年も経っておらぬ今、ディクスンはかつての師の自宅客間で、並べられた軽食を見ぬよう、況《いわん》や食べぬよう努めながら、エマスンとメアが交わす無言の遣り取りを観察し、この会談を設定することによって誰が誰に如何なる借りを作ったのかを読取ろうとしている。どうやらディクスン自身、この会談の目玉とは云わぬ迄も、或る種のおまけではあるらしい。

「私、サント・メールに参ります、」メア司祭は云う。「子供達相手の、容赦なき環境。選べるものなら、共に過ごさずに済ませたい子供が殆どです。」

「服従の誓い故ですかな？」服従《オビーディエンス》のオー、誓い《オース》のオー、その両方をディクスンが、北東人風《ジョーディー》に間延びさせるものだから、それが如何にも、メアの耶蘇会士らしさが足りぬことを責めているように聞え、この上もう少し間延びさせようものなら相手の感情を害すること必至。

　メアは溜息を吐《つ》く。「耶蘇会士とお会いになるのは初めてで？」

「そうだぞディクスン、言葉に気を付け給え、『探検云々大全』*を学んだ君ではないか、――少しは敬意を示したらどうだ。」

　それまで教友会《クエーカー》式に帽子を頭に載せていたディクスンは、颯爽《さっそう》とそれを脱いで口走る、「司祭様、貴方の為さった多角測量《トラバース》に対する私めの賛嘆の念に匹敵するのは、ニュートンに対して抱く想い位なものでございます……？」

　相手は力ない笑みを返すのみ。「ウィリアム、貴方が学生諸君に教えているところが目に浮びますよ、――羅馬《ローマ》からリミニへの行程、望遠鏡を携え幾つもの広野を渡り、山を越え、馬達は疾駆《しっく》する、――きっと貴方のことですから、山賊の四人や五人も付足すに違いありません。それが少年達の想像力に訴えぬ訳がありましょうか？　こいつは私も覚書《メモ》しておかんと。」

「わしも馬に乗りながら、角度の一つや二つ走り書きしてみましたが、」ディクスンは云う、「——本当に驚きますねえ、ボスコヴィッチ神父ときたら、あの長詩の見聞録を、正に御一緒に馬を走らせながらお書きになったというじゃありませんか……？」

「如何にも。而《しか》もその筆跡たるや、海から遠く離れた堅牢なる家の楢の机で書いたような達筆ぶりなのだ。間もなく倫敦で印刷されると聞いておる。それにあの方は時折、文学的営みから暫し降立ち、史上初めて緯度を二度分測るといった作業にも携わり、——だがいかん、こんな話をしておると嫉妬だの高慢だの大罪を二つも三つも犯してしまいそうだから、ここはあと一言、我が友ルッジェーロ・ジュゼッペ・ボスコヴィッチを、貴君の気が済むようとことん褒《は》め称《たた》え、祝福しておくに留めよう、——そして今回の倫敦滞在の間、彼に神の御加護がありますように。」二年前の、ボスコヴィッチの秘密裡の（と多くの人が考えた）倫敦来訪は、今回の戦争を巡り、戦略上重要な港、かつ偶々ボスコヴィッチ神父の生地でもあるラグーザに関して、地元ダルマチア人が中立を守ると英国に保証することが目的であった。

「倫敦みたいな、御大尽と学者の街に、神なぞ何で要る？」とエマスンが愚痴る、「どうせ外交官相手に感動的な演説を打《ぶ》って……恒例の〈鵞鳥と焼網《グース・アンド・グリッドアイアン》〉亭でマデイラ葡萄酒に煙管《パイプ》。神聖なる王立協会の一員に選ばれて……大したものさ、だが何なのかねクリストファー、奴の狙いは？」

従順に頷《うなず》きながら、メアは恰も脅されて白状させられたかのように、——無言の裡《うち》に顔で「仕方ありません、では、」と伝える——、「同志ルッジェーロは、亜米利加で角度を測ろうと考えておられるのです。」

「これは又、何とも率直な答え。」

＊ *De Litteraria Expeditione et Soforthic*：最後の *et Soforthia* は英語の "and so forth"（とか何とか）のもじり。

「緯度ですか、経度ですか？」ディクスンが問う。

「緯度です。必要以上に内陸に入ることなく。」

エマスンが鼻を鳴らす。「今回は羅馬からリミニではないのか……？」

「何分の一度かでも測れれば、それで満足なのです。」

「何分の一だろうと測れるものか。今の王が、耶蘇会士の学者を、英国領北亜米利加に入れる訳がない……？　緯線沿いだろうが経線沿いだろうが、動機も蠟燭の蠟の如く汚《けが》れなきものだろうが、――そう云えばそもそも、――君等の動機は何なのだ、何故耶蘇会は、十三年経ってまた急に角度を測りたがるのだ？　そんなことをして、これ以上新教徒《プロテスタント》を潰すのにどれだけ役立つというのだ？」

「人類が生きておるこの惑星の形と大きさを巡って、我等が好奇の念を抱くのは許されんと仰有るのですか？」メアは辟易《たじ》ろぎもせず、家の主人の礼儀にケチを付ける一歩手前の口調で応酬する。

「そりゃまあ、誰にだって許されて然るべきだろうが……？　だが、あんたの友達の、経線だの緯線だのを走りたがるボスコヴィッチ氏が、その上何をお望みかに関しては、こんな田舎学者の土の詰った耳にまで届くほど既に世に広まっておるぞ。左様、世界中蜘蛛の糸のように、無数の耶蘇会観測所を張り巡らそうと望んでおるのだ、――何でもその雛形《モデル》は、金星の日面通過観測の際に用意した設備だというではないか。とすれば、当然問われて然るべきは、――そのような設備が、一体どれ程の頻度で必要になるのか？　地球のどの箇所から観測するかが問題となるほど近接した天体上の事件など、どう考えても、これほど大規模な投資に値する数はあるまい……？　従って、――」エマスンの悪名高き「従って《ゼアフォア》、」がまた出て来て、――ディクスンはようやく悟る、この「従って、」とは、学生達を威嚇し、自分達には見えなかった論理の連鎖があると信じ込ませる為の虚仮《こけ》威《おど》しだったのだ、――「秘かなる目的は、中国進出を措いて他にあり得ぬ。後はみんな見せ掛けに過ぎん。」

顔付きは飽くまで崩さぬまま、メアは肩を竦め、「いいですかウィリアム、今の世の中、我ら耶蘇会にとっては流浪の時です。毎日毎日、欧羅巴の何処かの王国から我等の同志が追放されています。マリア・テレジアのみが、――神よ彼女を救い給え、――我等に残された殆ど唯一の擁護者。西洋に於ける我等の余命は、我々が考えたくもないほど限られておるかも知れませぬ。そもそも我等の教義そのものに於ても、他所者として諸所を巡ること、それが教えなのです。避難し得る場所は常に考えておかねばなりません……。」メアは胸の上で十字を切る。「中国……？」

エマスンは口から泡を、紅茶の中に飛ばす。「ううぅ！――どうして判るね、中国人が君ら耶蘇を、ブルボン家同様に嫌わないと？」

「嫌うと決った訳でもありませんよ。少なくとも奴等は天主教《カトリック》じゃない。」

「まあそれに追放だの抑圧だのを心配する必要はないわな、あの国の連中は寧ろさっさと、――」エマスンは戯《おど》けて断頭の仕種をしてみせる。「私ら素朴な民を魅了し、と同時に怯えさせるのは、耶蘇会が、献身の教えを何にも優る天上的なるものとして遵守する一方、かくも地上的なる犯罪を平気で犯していることだ、――創意の才は驚くほど進んでおるのに、それを実地に応用する仕方は残忍なほど遅れておる。我々の到底達し得ぬ高みに立つ、慈悲深き訪問者に思えると同時に、達し得ぬのが身の為な、底なしに堕落せる暗殺者どもにも思えるのだ。」

「結構、」司祭は答える、「だがジェレマイア君、ここへ来て漸く君にも選択の余地が生じたのだぞ、故国に留まるか、海の彼方へと旅立つか……？　何せ、君ら教友会徒の信仰は平等と平和を説いておるものの、君等の中で、実は何等かの闘いに入れて貰いたいという欲求を隠し持っておらぬ若者を、私はまだ見たことがない（御覧なさいウィリアム、奴さん顔を赤らめておりますぞ！）。よいか、権力と戦闘がお望みなら、我等の集団が幾らでも与えてやる。葡萄酒の配給は国産だが全て無料《ただ》、――

制服は万人好みの柄ではないが御婦人方の注意を惹くこと請合いだし、色んな機械の使い方も覚えられるぞ、

だから、——
も一度、
考えて、
御覧よ、——全てを心得た
最高の軍団、——君も是非是非
入りなよ、——そうすりゃ
人生明るいぜ！
サア、立ち上れ、顎を拭け、
いま始めよう、真《ま》っ新《さら》の
新しい人生を、——
基督《キリスト》の為に戦う、
犠牲も程々、——
子供だの女房だの
誰が恋しいもんか！　だから、
サアこれだ、
鵞《が》尖筆《ペン》を手に取れ、
署名《サイン》し給え、何処でも

いいから、
異教徒ならたんといる、
殺しは公認、君が
イの字会の仲間《ブラザー》になれば！」

歌の結びに司祭は、止せばいいのにこう口走る、「（むろん禁欲は至上命令であるからして。――）／君がイの字会の――」

「何だって、性交《ファック》はなし？」ディクスンの余りに仰天した素振りに、この世ならぬ伴奏の音《ね》も一気に止んでしまう。

「そうとも、恐らくは純潔の誓いを守るからこそ、我等は天上なるものへと近付き得るのだ……？」

「恐らくは、」エマスンが怖い声で云う、「だからこそお前等あんなに残酷に、組織的に、慈悲なく振舞えるのだ。」

「何を仰有る。君、華やかな仕事は好きか？ 旅行、冒険は？ 内なる世界、外なる世界の両方、興味を抱いてきた事どもを目にする好機《チャンス》だぞ。君が金星日面通過の仕事を見事成遂げたのは、神がお与えになった徴《しるし》である。我等耶蘇会の意図に関し神が同意を示して下さった徴であり、その我等の意図は、目下のところ亜米利加で計画されておる境界線測定と結び付いているのである。君はその候補者として完璧な人材だ、――経験豊富な土地測量士にして、天文学の心得もある。カルヴァート*の認可も君にならきっと取ってやれる、――君が教友会の家の出であることは、ペンシルヴェニアの、少くとも一派閥には訴えるに違いない、――更には、過去の君主の愛好家を病的に喜ばせるであろうこと

＊ フレデリック・カルヴァート、ボルティモア植民地第六代総督（一七五一―七七）。

に、君の家系はレイビー城と縁が深く、それ故、ヘンリー・ヴェイン卿二代目の*、陰鬱なる、だが妖しく荘厳なる物語とも繋《つな》がっておる。」

「何ですって、亜米利加にジャコバイトが？　そういうのって、もう済んだ話かと……？」と戸惑うディクスン。

「いやいや、物語は尚も続き、益々力を増しておるのだ、ジャコバイトの赤子達は祈りと子守歌の間にそれが優しく語られるのを聞くのだ、――彼等を常に創造する目に見えぬ力のある限り、ジャコバイトは不滅なのだ。争いはクロムウェルを以て終ったのではなく、王政復古を以て終ったのでもない、――オレンジ公ウィリアムを以てでも、ハノーファー家を以てでもない、――英国の土が既に最後の闘争を見たとしても、戦場は今や亜米利加に移ったのである、――あの忌々しい場所に又もう一つ効用が見付かったというものだ。今や武器も新しくなった、――例えば亜米利加の冒険商人に与えられた、スチュアート家の奇抜なる特許状もその一つ、それが浮遊機雷の如く未来の海に向けて放たれるのである。目的が達せられるのは何年も先の話、恐らくは人一人の生涯よりももっと先であり、それが及ぼし得る害は計り知れぬ。」

「ヴェイン息子《ジュニア》は王殺しじゃありませんよ、」ディクスンは抗議する。

「戯《たわ》け、何を吐《ぬ》かす、」エマスンが刺々《とげとげ》しく云う、「あれは蛇の如き裏切り者だわい。」

「ですがレイビーの辺りじゃみんな、あれは親父が下劣だったんだと思ってますよ、親父がストラフォードを滅ぼそうと謀《はか》ったばっかりに、息子にも同じ仕打ちが下ったんだと。」

「ピムに覚書を渡したのは、正にその息子だったんだぞ、」エマスンが不快の念も露《あらわ》に云う。

「写しの写しです、――」ディクスンは云う、「証拠としては全く役に立たぬ代物、――この程度は小罪と呼んで許して然るべきでは、メア神父？」

「違う！」エマスンはぞっとした振りを装う、「今後一週間、こんな話に付合《つきあわ》されるのか……？」

雄弁に肩を竦めるという欧羅巴流の技巧がまだ身に付いていない耶蘇会士は、代りに両手を広げる。

「誰に知り得よう、レイビー男爵がストラフォードの許に行った際、息子が父の憤怒をどれほど共有していたか？ 一人の人間のそんな憤怒で、他人の命を犠牲にしてよい気になるとは何とも浅ましい話であるし、二人となれば尚のこと。二代目ヴェインは二十七歳であった、――大凡《おおよそ》今の君の歳だぞ、ジェレマイア。世を動かそうと謀《はか》る者達が、如何に簡単に殺人に訴えかねぬか、彼には判らなかったのであろうか？ ピムとその同志どもが、それを単に個人的に、単なる交渉事項として利用するだけだと思ったのであろうか？」

「殺人……？」まごつくディクスン。

「法の名による殺人だよ、この阿呆、」エマスンが睨み付ける、「――言葉を発した奴は少しも手を汚さず、代書人どももごく僅かな手間で済み、――そして、見よ！ 又一つ私権剝奪法が定められ、死刑宣告が下される。今日なお、その手の話は洗濯代の請求書の如く日常茶飯事、人の命など三文の値打もないのだ、――それこそがこの地上の政《まつりごと》に於ける唯一無二の秘密なのだ。」

「一方、天は、」とメアが諭す、「魂は万物に値すると説く。」

「そうとも、但しパラグアイの先住民《インディオ》、西班牙の猶太人《ユダヤ》、その向う側のジャンセニストの魂は別だがな、いや実際、宗教の話なら私だって地獄が凍り付くまでやりたいのは山々、――就中《なかんずく》重力と聖霊に関するニュートンの見解なんか是非ともと思う、だが噫、それはわしがこの問題を論じた書物が出るのを待って貰わんと。それはそうと、目下我が家には淡麦酒《エール》がないことだし、――」

＊ ヘンリー・ヴェイン卿二代目：ピューリタン革命時代の議会を指導した政治家（一六一三―六二）で、父の初代ヘンリー・ヴェインとともに、王チャールズ一世の助言者ストラフォードを処刑に追い込んだといわれる。

「いつかはあることになると云わんばかり、」耶蘇会士が呟く。

「——いずれにせよ、この手の話はじきに皆閉口《うんざり》するのが常、——ここは一つ、」エマスンは提案する、「わしの行付けの〈棍棒と鋤先《すきさき》〉に行くのが宜しかろう。」これぞディクスンが恐れていた瞬間。何故なら、この世評悪しき麦酒屋で飲む連中ときたら、彼の理解を絶する深い深い憂鬱故に飲むのである。ディクスンにはディクスンなりの流儀があり、そういう自分の飲み方と、これら他人の、どうにか直立を保っている感情の靄との間に、今一つ繋がりを見出せずにいる。辛うじて見えるのは、多くの者達に共通の宿命たる、悲哀という疑わしい慰めのみ。

メア神父は今や外套を脱ぎ、並の都市居住者の、嗅ぎ煙草色の上衣と膝丈股袴《ブリーチズ》を晒《さら》す。そして内懐中《ポケット》から高価なラミリー鬘《かつら》を取出して、さっと振り、香りの付いた一酸化鉛《リサージ》の雲を勢いよく立ち昇らせて、修道者の毬栗頭《いがぐり》にひょいと載せる。「これでよし。これで私も、ミスタ・エマスンの遠縁の従弟《いとこ》、神なき街倫敦《ロンドン》在住のアンブローズです。」

「『神なき』は正に〈棍棒と鋤先〉に相応しい言葉故、」エマスンは三人で歩き出しながら頷く、「——法王一派は今一つ歓迎されぬ訳で。」

23

実際、メア神父にとっては、店を一目見ただけで、其処を去らねばならぬ可能性を歓迎するに十分であった。耶蘇会の一員として、殆ど耐え難いような旅籠《はたご》にも出入りし、英国じゅう何処を探してもこれほど情けない所はあるまいと思える場所も見てきた積りだったが、——ダラム州に生れた者として、この極悪なる掃き溜めのことは散々耳にしてきたものの、今迄はどうにか避け果《おお》せてきたのである。

「よぉよぉこれは、頓痴気《とんちき》野郎のお出座《でまし》だ。」入った途端に挨拶が飛んで来る、「連れは役所の狗《イヌ》が二匹、こりゃぁ日が暮れるまで持つまいな、——だが当方《こっち》は真っ正直な主人《あるじ》、どんな連中にも付合うのが務め、——で、先ずは黒麦酒《ポーター》だろ、そうだろ……？　こら悪鬼《ゴブリン》！　大事な客なんだからな、いっちょ咬んでやろうなんて料簡起したらまた杜松子酒《ジン》の甕でぶん殴ってやるからな、いいな……？　おっと、そこの足下、気を付けとくれよ、昨日の夜誰かが吐いてったの、召使がまだ片付けておらんから……。」

「御機嫌よう、ミスタ・ブレーン。」

「御機嫌だっていつまで持つやら。ラド・オーフリーが顔を出しましたぜ、——よく判んねぇけど、あんたのこと探してるらしいぜ、ドクタ。」

「また呪《まじな》いやってくれって云うんだな、」とエマスンは推測する。「勿論、此間《こないだ》のが効いたらの話だが……。」

「ちょっとちょっとウィリアム、」と、「従弟」が窘《たしな》める。

「一杯《パイント》奢《おご》ってくれるのさ。別に害はあるまい？　此処はハーワース、倫敦とは違う、星占い位やるさ。」

「俺の星も見てくれたんだぜ、」ブレーン氏が口を挟む、「星に何から何まで出てたのよ、しょうもない人生丸ごとさ、だけど俺は耳を貸したか？　いぃぃぃや……六片《ペンス》出したこと惜しがるばかりで、泥に目ぇ突っ込んだ阿呆だぜ、我ながら。」

　値段を聞いて、メア神父の眉がぴんと吊り上る。

「どうした？」エマスンが悪戯っぽく云う、「もっといい値付けるのは羅馬教会くらいだぞ。」

「この店、覚えてたよりもっと気が滅入るなあ、」とディクスンが、どうせ誰も答えまいと思いつつ、辛うじて聞えるくらいの声を出してみる。

「そりゃまあ〈陽気な坑夫《ジョリー・ピットマン》〉とは違うさ、」エマスンは鼻を鳴らしながらディクスン行付けの店の名を口にする。コクフィールド丘原の麓《ふもと》、街道からも程近く、炭坑夫や御者が独り寝の夜を逃れようと訪れ、旅人達も、翌日何哩《マイル》進まねばならぬとも、あの朦朧たる荒野《あれの》に夜入っていくよりはと、其処で一晩やり過ごす。

「〈坑夫〉にはとにかく音楽がありますよ。」

「待て待て、当店《うち》だって音楽くらいあるぞ、」ブレーン氏が供酒台《カウンター》の向うから、ぼろぼろの車提琴《ハーディ゠ガーディ》だか大衆提琴《ハム゠ストラム》だか、*大方漂泊民《ジプシー》が勘定代りに置いていったと思しき年代物を取出す、「そうとも、音楽なら任しとけ、何でも所望《リクエスト》して下され、——高貴なお客様で有難い、——ヘンデルなんぞ如何です？」徐《おもむろ》に威勢よく、まるで心得もない癖に弦を掻き鳴らし、爪弾《つまび》き、喧《かまびす》しいことこの上ない。犬の悪鬼《ゴブリン》も気を入れてしゃがみ込み、ウォォォンと合せる。エマスンは意外にも涼しい顔でこの演奏に耐え、壁にじっと目を、恰も未だ考案されざる譜面の音符が見えているかのように据え、膝で拍子を取りさえする。が、母親メアリ・ハンターが子供達に家庭用鍵盤《クラヴィア》を弾いて聞かせるのが毎日の習慣であったディクスンは、そこまで楽しめはしない。

「中国行ったらこんなもの聞けんぞ、ジェレマイア、」エマスンが叫ぶ。

「ミスタ・ディクスン、」耶蘇会士は断じる、「現在、風水の術とやらの嘆かわしい流行ゆえ、彼《か》の地は測量士の悪夢と化しておる筈、――何処へ行って測量しようと、真っ当な三六〇度の円に出会えはせぬ、――不可解かつ理不尽にも、時間と空間を巡る神の摂理に背いて、三六五度四分の一となっておるのだ。」

「つまり一年の日の数ではありませんか。測量士とて人間、地上に棲む身でありまするから、誰がそれを拒みましょう、――一日一日それぞれが、完璧な中国流の一度となるのですからね、――ただ矢張り、三六〇度の方が、計算には遥かに便利では？　そりゃまあ神は全能であるからして、どちらであっても御茶の子さいさいでしょうが……？　頭の中にありとあらゆる対数表が入ってらっしゃるんですよね、――」この数週間、其処ら中の野や丘を巡っていた御陰で、ディクスンの体には今なお或る種の矩形的な弾みが残っている、「それに三六五度四分の一って、如何にも耶蘇会が喜びそうな度数ですねえ、――あれこれ余計な計算の面倒さが……？　知の苦行服、てゆうか……？」

「やれやれ、」麦酒杯《エール＝キャン》の中でエマスンの声が谺《こだま》する。

「まあでも、」メアが云う、「ウィガンの町に一人、この仕事に飛付きそうな気の好い若者が居《お》るか

＊　ハーディ＝ガーディだかハム＝ストラムだか：どちらも大衆的な弦楽器。

ら。」

「ならまあ、頑張って欲しいもんですね。——北東人《ジョーディー》の測量士は大抵、耶蘇会の密偵《スパイ》にはまるで不向きと聞いてますから。」

「よいか、ジェレマイア、」耶蘇会士が袖に手を載せてくると、ディクスンは一瞬その手を嚙んでやろうかと考える、「我々は何の報告も要求せんし、何の密偵行為も頼まぬし、如何なる行動も求めぬ、——この境界線の製作は、我らが関与しようがしまいがどのみち為される筈、——我々としては只、誰か我々の知っておる人間が居合せるよう手を打っておきたいだけ、誰かが文字通り緯線の上に居てくれればそれでよいのだ。それ以上は求めん。」

「おやおや、鴨の探り方を祖母《ばあ》ちゃんに仕込むって訳ですか……？*　何の連絡も取らんのでしたら、わしが何処に居ようと同じことじゃありませんか。」

再び柔和な頷き。「万一何としても連絡を取らねばならぬ必要に迫られたら、——聞くところによると、既存の如何なる郵便船や速達便より早く相手に届く仕掛が、既に据えられているという話なのだ。」

「それってどうせ……『御機嫌如何《いかが》、』って挨拶して、天気の様子訊いて、二言三言信心深い言葉を遣り取りしてお終《しま》いでしょうよ、——命令なんか送ったって、どのみちわしは、そちらもお察しの通り、従う気なんかないんだし。」

「君の考えは伝えておこう。どうやら乗気でないようだな。」

「ミスタ・エマスンにお訊ね下さい。わしは州で働く一介の測量士、——地球を巡る壮大な調査なんて柄《がら》じゃありません、生れ故郷に居《お》られれば満足です、北東人《ジョーディー》の田舎者、泥の中をえっちらおっちら、それで偶《たま》さか、あーら不思議、測鎖でも測れぬ線が計算出来ちまう、——水上を歩く奇蹟の測量士版です。――そのランカシャーの天文学者氏が、もっと野心あるお方だとよいですが……？」

髪の先が淡麦酒に濡れた頭をエマスンが擡《もた》げ、神父に向って下卑た視線を送る。「確かこの一件、君と賭けたよな。」

「いやいや、――」と、神父も自分の頭を動かしディクスンを指し示す、「この男こそ適材ですよウィリアム、神の選び給《たも》うた僕《しもべ》と云う他ない。そう簡単には譲りませんぞ。」

「待って下さい、――わしゃ競馬の馬ですか？　ならば友《フレンド》エマスンの賭けが絶対確か、耶蘇会の為に働く気なんてありませんからね、――そんなことやってるって他人《ひと》に思われるのも嫌《や》だし。」

「ほぉらな？」エマスンが目を輝かせる、「要するに冷淡なのさ、わしに云わせればな、――そう、何よりそれさ、――憐れみの念というものがないのだ。」

「憐れみ？　あ、憐れみの念ですね、それはですね、――」周りと概ね合せて飲み続けてきた耶蘇会士の顔は、今や牛の様相を呈している。

「従弟よ、あんたその鬘弄《いじ》くり回して人目を惹いとるぞ、」エマスンが小声で云う、「も少し控え目にやり給え。」

「貴方は首を捻《ひね》られるかも知れません、何故この私が、一日ほぼ二十四時間勃起を抱えた青年の群れと一緒にフランドルなんぞに居《お》るのか？　全く、或る者から見れば罪人の楽園、――また或る者から見れば一種の苦行。そう、私がやっているのも苦行なのです、かつて一度か二度、大事なところで、貴方がかくもその値打ちを謳い上げる憐れみの念とやらを迂闊《うかつ》にも示してしまった所為《せい》で……？　ですが私も学んだのです、憐れみなぞ我等人間には不相応、そういうことが出来るのは基督その方のみ、

＊　teach thy Grandma to grope ducks：「釈迦に説法」に近い成句。「鴨を探る」とは、骨盤のすきまを手で測ってその鴨が卵を産むかどうか見てみる（すきまが小さければ産まない）こと。

――何となれば、基督の真《まこと》の憐れみの念は我々の遥か及ばぬ高みにあり、我々は精々、芸を今一つ呑込めぬ犬のようにぴょんぴょん跳ねて哀れっぽく鳴くのが関の山。」

「いいこと聞いた!」ディクスンが叫ぶ、「やったね! 憐れみの念、もう要らないんですね? うぅ、それじゃわしの短銃《ピストル》は何処だ……」

「もっと簡単な答えがあるぞ、」とエマスンが、その溜息に喉男根《チンコ》の振動を露骨に盛込む、「即ち、君等の誰一人、生涯一瞬たりとも神を肌で感じる瞬間を知った例《ためし》がなく、又、そうした瞬間が訪れて君等の尻を噛んだとしても、君等にはどうせ判らんってことだ。そしてその長い、情けない沈黙の中、耶蘇会士とは所詮、真の基督教徒の情熱がすっかり蒸発してしまった又もう一つの例に過ぎぬのではないか、――後に残るのは、お決りの、権威と無批判の服従とを求める虚ろな欲望だけではないのか、という疑念が生じる。従弟よ、どうせそんなところだろうて。」

そこへラド・オーフリーの友人で、時折通訳を務めるホワイク氏がふらりと、入って来るなり叫ぶ、「うぅ! 今、仰有いましたか、――耶蘇会、と? 耶蘇会の話をしてらっしゃるのですか? まさか、また彼奴等《あいつら》が? 羅馬の利益、奴等が教会と呼んでおる女郎屋の利益を図る為、我等が英国を転覆せんと日々暗躍しておる、あの腹黒い蛇どもの秘密結社の話ですか、――あの耶蘇会の話ですか? まさかこの〈梶棒と鋤先〉で、そんな深遠な会話が聞けるとは思わなんだ。」

「やあホワイク、ラドがわしに用があるそうだな。」

「実はおっ母《か》さんの方です。ラドは用事でソーントン＝ル＝ビーンズに行っとりますが、じき戻る筈。誰ですか、このお仲間は、今一つ信用し難い風体《なり》の? (あんたね、鬘の所為ですよ、――直ちに専門家に見て貰わんといけませんぞ……) やっとあんた方みんな、誰が誰だか覚えたと思ったのに!」

「紹介し忘れたかな? 普段は侯爵のように振舞うわしが。」

「侯爵って、どちらの侯爵です？」

「まさか明るい内からこんな展開とはね、」ディクスンがメアに耳打ちする。そしてホワイクに、「ではさっそくお祭気分と行きましょうか、それともラドさんの帰りをお待ちになりますか、――わしはどちらでも結構で。」

「貴方の学生、いつもこんななんですか？　でかい図体《なり》して、わし等小さな者達を小突き回して？情けないですなあ。」

「面白がってくれる者も居《お》ると思うがね、ホワイク、」エマスンが云返す。

「ジェレマイア。呆れたぞ。君、本気でこの、妙に怠惰とは云え飽くまで気持の好い若者を殴る気だったのか？　倫敦の酒場じゃあるまいし！」

「何年も前に一遍、一遍だけ、――飽くまで科学的探求心ゆえに、――まあその、この人を捕まえてみたことはありますが、――」

ホワイクは恐れ戦《おのの》いて飛び退《の》き、「しかも、出し抜けに、許しも乞わず！」

「いつ迄も根に持つ奴だなぁ、――わしは只、此奴《こいつ》を持上げて、彼所《あすこ》の投矢盤《ダート＝ボード》に投付けて、十分に尖って見えるこの頭が、刺さるかどうか見てみようと思っただけで……？　なのに此奴ときたら、以来ずうっと愚図愚図《ぐずぐず》云いよるんですわ、――判ったよ、ホワイク？　ホワイク、お前の頭《おつむ》の尖《とんが》り具合を試すのに、もうちっとましなやり方があったことは認める、――壁からあの盤《ボード》を外して、お前の居る所へ持って来て、下司な脳天に叩き付けてやるべきだったんだ。」

「判ってましたとも、いつの日か後悔すると、」ホワイクが朗らかに云う。「あんたの謝罪、喜んで受入れますぞ。」

「謝罪！」ディクスンの顔が、皆も後に証言する通り、薄闇の中で光を放ち始めている。「何だと、この――」

何かが戸口を塞《ふさ》ぎ、外からの光が一切遮られる。「ガルルルル!」その何かが云う。「『おい其処、俺の友人《ダチ》に手ぇ出したら承知しねえぞ、』」とホワイクが通訳する、――これぞソーントン＝ル＝ビーンズから戻って来たラド、及びその母親マ・オーフリー。

時を遡ること一七四五年、――天主教徒《カトリック》には古代から知られていた、大半の教区教会からその他の要所へと通じる秘密の抜穴網《トンネル》を、追っ手から逃れる若き僭王チャールズが活用せぬ筈はないと踏んで、――あの忘れ難き夏、冒険を求める若者達は、英国中に広がるこれ等じめじめ湿った地下通路を日夜彷徨《うろつ》いたものであった。ディクスンもご多分に漏れず、レイビー城からステーンドロップ教会まで繋がっている抜穴を一人斥候し、正にその教会の優雅な外装や草木の香りの只中で、ラド・オーフリーとも出会ったのである。その時ディクスンは松明《たいまつ》を持っていて、ラドは持っていなかった。「そんなもの要らんさ、」ラドは説いた、「お前《めえ》みたいに持って来てる奴が一杯居るんだから……。大体、抜穴を歩くだけにどれだけ明りが要る? こっちは別段、石造建築をじっくり鑑賞したいなんて思っちゃいねえ。どうやらお前《めえ》はそれこそ鑑賞の真っ最中らしいが。」そう云ってラドも壁を見る。

「こちらの建築はぁ、ステーンドロップの町がぁ、当時はStayndropshireとy入りで綴られておりましたステーンドロップ州《シャー》の主要都市であった時期ぃ、ウィア川一帯の華であった時期まで遡るものでありますぅ。英国で最も退屈なる人材が集う場にあって、――まあ上院議会は別格でしょうが、――この古《いにしえ》からの隧道《ドリフト》が、城と教会の間に築かれたのも当然の理ではありますまいか?――城であれ教会であれ、このくらい建てるのは訳なかった筈、一週間の歳入ほども掛らなかったに相違ありません……」

彷徨を続ける中で、ダラム州宮中伯領内のあらゆる抜穴を歩いたとラドは豪語する、――彼によれば、抜穴の幾つかは互いに繋がっており、往々にして有害なる日光を避ける必要のある者が一切地上に出ずに相当な距離を行けるとのこと。

「グルラァ、グルグルラ、」それから何年も経った今、〈棍棒と鋤先〉でラドは云足す。

「これ等の地下道は誠に古いものであります、――」とホワイクが報じる、「然《しか》し乍《なが》ら、その道筋は決してふらつくことなく、伊太利人坑夫の磁石《コンパス》の如くに、真っ直ぐ二地点を結んでおります。」

地上が囲い込み《エンクロージャー》や分譲に供されてゆき、そもそも空いた場所が尽きてくるにつれて、抜穴掘りの知識は次第に、金《かね》になる技術となっていった。何しろ地下では敷地の境界線もなく、誰一人通ったことのない世界が広がっている。道を拓く意志を持ち、冥界の神の技《わざ》に通じ、真っ当な道具、――これが有ると無いとでは大違い、――を持つ者なら、それを我が物にし得る。かくして一頃は、英国各地の町の地下で、鶴嘴《つるはし》を手にした男達が巨大な地虫のように蠢《うごめ》き、岩石の露出面と向き合って、行着く先は岩石任せと鶴嘴を揮《ふる》い……松明の炎に照らされた土壁は、ほんの匙鍬《シャベル》一杯分先に何が控えているかも教えてくれぬ。話によれば、時には埋められた財宝に鋤《すき》が当る運のいい奴もいたという、――「万歳、これで蚯蚓《ミミズ》の真似ともおさらばだ、彼奴《きゃつ》は倫敦の上流暮しに向けて旅立ってゆきましたと親方に伝えとくれ、さあこれ一志《シリング》、お前の駄賃だ、――」そして話によれば、時には悪魔が自前の測量屋《カタツムリ》を送って寄こし、身の毛も弥立《よだ》つ悪戯に抜穴掘り達を引き摺り込む、――角を曲れば其処は教会墓地、死がこの上ない悍《おぞ》ましさで待構え、匙鍬が当った途端、頭蓋骨が泥の中から丁度目の高さに現れて、ヤァ君かいと云わんばかりに満面の笑みを浮べ、と同時に松明が一斉に、地獄の端からの邪悪な息を受けてゆらゆら揺らめく。

「先に何があるのか、抜穴掘りには知りようもなかった。地上に留まった測量士だけが頼り。ジア、覚えてるだろう、測量士こそ地域社会の良心だと僕が云ったら、君はいきなり、俺も測量士になる！

と声を張上げたのだ。そして正に、君は測量士になったのである！」これはホワイクの翻案。ラドの陽気さは、碌に声になっておらずとも、人を活気付けるより威嚇する方向に働く。

「此奴、そんなこと云ったのかね？」目をぱちくりさせながらエマスンが割込んでくる。

「いやホワイクの正直さは有難い限り、正に読点《コンマ》一つ迄、左様に申しましたよ。ラドよ、お前あの時厳《おごそ》かに予言したな、我々の行く手は分れるであろうと、――わしは地上に己《おの》が運命を見出し、――お前の進む道は全く別の方角にあるに違いないと。」

「もうちょっと下に、」ラドが首を縦に振る。

「下の方、景気はどうだね？」

「地上に負けず繁盛してるよ、」マ・オーフリーが答える。「で、あんたは、ジア・ディクスンや、――なんでも亜米利加へ行くっていうじゃないか、百里《リーグ》だかそれ以上だかの展望帯《ヴィスト》を作りに……？」

「長めの敷地境界線みたいなもんですよ、マ。両方の側ともね、木を退《ど》かせって云ってるんです、その方が測り易いですからね。只まあ、展望帯ってのとはちょっと違いますかね。」

ラドが目を輝かせる。「下で抜穴掘ってて、何も見えずにいると……？」とホワイクが通訳する、「いつもあと一歩、あと一曲りで、一気に全体が見えるんだって気がするんだ。」二人でひそひそ声を交わし、メア神父の方をささっと見遣《みや》る。「あのう、ラドからお訊きしたいことがありまして、」とホワイクが漸く伝言する、「ミスタ・エマスンの従弟の方《かた》は、世界の構造をどのようにお考えでしょうか。」

「このあいだ耳にしたところでは、回転楕円面と聞いておるが。」

「グル、グルル、グルグルル！」

「『僕は平面だと思いますね、』」耶蘇会士は難なく翻訳する。「勿論平面で結構、漏斗焼《ファネル＝ケーキ》の如く平ら、伊太利焼《ピッツァ》の如く真っ平ら、――」

「恐れ入りますが、――」ホワイクが然《さ》も愛想めかした調子で問う、「いま仰有った外国語、もう一度お願い出来ますかね……？」

「いやいやこれは失敬、――伊太利焼《ピッツァ》とは、乾酪《チーズ》、麵麭《パン》、魚から成る御馳走でして、ヴェスヴィオ山周辺の地域では至る所でお目に掛ります……。気の昂《たか》ぶった子供が人形に手を伸ばすように、つい馴染んだ言葉を口にしてしまいました。」

「では旦那、伊太利の御出身で？」マが問う。

「若い頃彼《か》の地で、学ぶこと多き時を過ごしたのです、奥様《マダム》。」

「ひょっとして、その『伊太利焼』って奴の作り方、覚えてらっしゃいます？ 我家《うち》の子みんな、毎日燕麦粥《オートミール》と羊臓物煮《ハギス》ばっかりなもんで、すっかり飽きちまってまして、母親と致しましては、何か新しい調理法《レシピ》はないかと、いつも目を光らせておるもので。」

「ええ、勿論覚えてますとも。手近に、膨らんだ麵麭《パン》生地はありますかな……？」

ブレーン夫人が供酒台《カウンター》の下に手を伸ばし、今朝から膨らみ続けている山型黒麵麭《ブラウン・ブレッド》の生地を取出し、「従弟のアンブローズ」に差し出す。相手はそれを供酒台の上で叩いて平らに伸《の》し始める。すっかり魅入られたラドが、生地叩きの助太刀《すけだち》を申出《もうしで》、忽ちの内に、驚くべき丸さを有する、極めて薄い円盤が出来上る。

「いや、お見事、」メアが目を輝かせる、「どなたか、トメイトーをお持ちではないでしょうなぁ？」

「ト……何です？」

「前に一遍、ダーリントンの市《いち》で見たっけな、」ブレーン氏が頷く。

「じゃあ駄目ですねえ、――もう食べちゃったでしょうから。」

「わしが見た奴はね、あんまり食べる気になりそうになかったですぜ……？」

ディクスンが測量具袋をがさごそ掻き回し、あれ以来何処へ行くにも携帯している野菜煮醤《ケチャップ》の壜を取出す。「これでどうです？」

「あんた、あの時のはトメイトーじゃなくて、痺鱏《トーピドー》だよ」

「あの電気持ってる魚か？　あ、そうか……じゃこの方の作ろうとしてるの、電気じゃないの？」

「まあ魚はあるに越したことはないんですがな、ナポリの住民が、しらす《チチニエッツリ》と呼んでる奴など……」

「鯷《アンチョビ》でいいですかね？」ブレーン夫人がデヴォン州、西水路《ウェスト・チャネル》産鯷の塩漬け樽を指す。

「完璧です。では、乾酪は？」

「耕夫昼食《プラウマンズ・ランチ》の残りのスティルトンですかね。」

「結構、実に有望です、」メアは震えを隠そうとぎゅっと両手を絞りながら云う。「さてそれでは、先ず……」

恐らくは英国初の伊太利焼が、暖炉の傍らの麺麭焼き窯からそろそろ出て来ようかという時分、表の街道は静まり返り、湿原も暗くなっている。皆は既に数杯ずつ淡麦酒をお代りし、ラドが不安気な表情を浮べ始めている。「まあ少なくとも今夜は曇ってますから、月の光は入って来ませんよ、」母親がエマスン氏に耳打ちする。

「結構、暫くは安心ですかな。」教師として、かつ断固たる合理主義者として、エマスンはブルクレやニノーなぞに耳を貸す気はなく、*狼男を巡る昔からの迷信にしても、息子の思春期の始まりに対する母親の動揺が唯一の原因とは云わぬまでも、その一因ではあると確信している。事実、初めてそれを目にした時は、エマスン自身動揺したものである。体中から毛が生えてきて、声も太く、しばしば唸り声のようになり、かつてはさっさと床《とこ》に就いた男の子が、今や夜行性となる。不可解に家を留守にするようになる。犬まで奇妙に振舞い始める。焼肉に異様な注意が、特に天火に入れられる直前に払われる……。「おいベッツィ、つまり何か、我家《うち》のラドウィックが狼男だとでも？　何云ってんだ、しっかりしろ！」

「あたしの方の家系は関係ないよ、あんた。」

「あ、そういうことか、――又しても可哀想なロンズデール叔父さんの話かい、――お前だって覚えてるだろうに、叔父さん釈放されて、警察も謝罪したんだよ、あの血は只の鶏の血だったんだよ……。」

「だけどあんた、牧師様が巡回裁判で証言なすったんだよ、過去五世代に亘って、――」

「ルルル！」

「――やあラド、何と、すっかり見違えるように……。」

「それであたしも亭主に云ったんですよ、『ドクタ・エマスンの所に行かなくちゃいけないよ、――あの方ならどうしたらいいか御存知だよ』って……？」

「ラドは云ってるんですよ、それはどうかなあ、いくらドクタ・エマスンでもそれは御存知ないんじゃないかって。でね、御存知なくても心配ないよ、僕は楽しんでるんだから、って。」

「ラド、君は生きておるのだろう？」

「お訊ねしたいのはそういうことじゃありませんで」マが云放つ。「済みません、その尖ってる奴、一つ取って戴けますか？」

「あの明るい光、どっから来てるのかな？」誰かが問う。

「雲が！」マ・オーフリーが表へ見に走る。「何処行ったの？　大変！　みんな、あれ見て！」「あれ」とは、雲なき夜空にたったいま顔を出した満月。

＊　ニノーは魔女や狼男について著作を残した十七世紀の人物だが、ブルクレは作者の創作。

「早く、鎧戸《シャッター》を閉めろ、」ホワイクがあたふた駆回りながら金切り声を上げる。

「ラド、ほら此方《こっち》見て御覧、『伊太利焼《ピッツァ》』が出来たよ、――」

「もう遅い！」ラドは既に満月を見てしまい、今やそれを追って表へ飛出している。ホワイクが直ぐ後を追う。

「あたし、変身の時が耐えられないんです、」マは嘆く。「見るのが益々辛くなってきてるんです、でも母親ですものねぇ、見なくちゃいけませんよねぇ？――」

「変身してるぞ、」ホワイクが中に留まっている皆に向って叫ぶ、「――先ず歯、次に鼻、それから爪、――今度は髪だ、よし、うん、これで二本足で立った、――衿飾《スカーフ》を巻いて、締金《バックル》を締めて、さあお出ましだ、――若旦那ラドウィック、――」

颯爽とした足取りで、綺麗に髭を剃った、些か痩せ気味の若者が入って来る、銀の錦織《ブロケード》に身を包んだダラムの伊達男、其処ら中で中国式の留金が明るい金色に光って対比《コントラスト》をもたらし、――頭部の装飾としては、妙な角度に傾けた帽子から、細長い緑色の鸚鵡《オウム》の羽根が、ここまで長く伸びた羽根は前代未聞と思えるほど長々伸びている。「母上！」と変身を遂げたラドが声高に云う。「母上、いつになったらその髪型を何とかなさるお積りです？　ホワイク、僕に触るのは止《よ》したまえ。ミスタ・エマスン、御機嫌よう、此方《こちら》を向いて戴けませんか、釦《ボタン》を拝見したいのです、――そっちは誰だね、ジア・ディクスンか？　亜米利加へ行くそうじゃないか！　判っていたよ、いつかは流されるって、何で捕まったんだっけ、又どっかの食料置場を襲ったんだろうね、――まあでも縛り首になるよりましだよな、そうだろ君ぃ？」

「一月に二晩、いや三晩ですかね、」マ・オーフリーが呻《うめ》く、「毎月毎月、まぁでも下痢みたいなもんです、――寄席でやる類の歌を幾つか覚えてましてね、一日中あたしに向って歌うんですよ。あたしの判らない冗談云ったり、外国語であたしに質問したり。でもまぁ母親ですからねぇ、我慢出来ますよ。」

24

メイスンの記憶に残ることになる中で、ディクスンが口にした最も哲学的な言葉は、「わしが今こうしてこの世に在るのは一足の靴の御陰なのです。」ディクスンの父、ジョージ・ディクスン先代《シニア》が、或る夜遅く、三月《みつき》に一度の教友会の寄合に馬で乗付けた時のこと、――折しも雨降る晩で、誰もがもう床に就いており、皆の靴が磨かれるべく積上げてあったが、――彼方此方《あっちこっち》に突出《つきだ》した靴の山の中で、ジョージの目に入ったのは、メアリ・ハンターに属する靴のみであった。後先も考えずに、ジョージは屈み込み、乾いて罅《ひび》が入らぬよう暖炉の炎から遠ざけるという名目でその靴を手に取った。かような靴の持ち主は如何なる人物であろうか、如何なる人物がかような靴を履いて寄合に来ようと思うであろうか？　少し気取った女性か？　相当に気取っている？　これは一つ、調べてみねばなるまい……？

靴を見ただけで、ジョージには多くのことが判る。ダラム州での慣習通り、復活祭《イースター》の月曜日には、丘原地帯に住む仲間と共にステーンドロップを走り回って、出会う女の子達の靴を片っ端から脱がし、相手が何か贈り物をしてくれるまで返さない。年長の男の子は接吻《キッス》を要求し、小さい子等は菓子で満足する。女の子の方も、その日は菓子を入れた袋を持歩くようにしている。

翌朝、ジョージが朝食の場に足を踏入れた途端、――と娘エリザベスはやがて信じるに至る、――二人は互いの姿を認める。恐らく彼の方は一番鶏よりも早起きし、皆の靴を磨き上げる係の男に訊ねて、――彼女がニューカースル在住のメアリ・ハンターであることを聞出していたであろう。やっとのことで、親類が二人を引き合せてくれる。「メアリ、汝の靴のことなんだけど……？」「あたしの靴……？」真っ直ぐ見詰める視線。

年中旅に出ているものだから、ジョージ・ディクスンは、会話の際にわざわざ馬から降りる必要を馬小屋に置いてきてしまっている。今も又、迷わず真っ直ぐ突進む。「昨日の晩、勝手ながら、汝の靴を炎から遠ざけておきました。御迷惑でなかったらよいですが。」

「それは靴にお訊き戴かないと。」もう次の瞬間、ジョージは片膝を突き、両手に靴を片方ずつ持って顔の両側に掲げている。そして彼女の方に顔を上げ、「さて。御機嫌如何ですかな、」と一方の靴に声を掛ける、「濡れ過ぎても、乾き過ぎてもござらんかな？」「ええ、大変良い按配でございますわ、」と甲高い声で靴の返事をやってみせるものだから、周りの小さな子等が何事かと此方《こっち》を向く、「でもじきに、退屈の涙で濡れてしまうか、余りに外に出られぬ故に乾いてしまうかしかねませんけど。」

――おやそうですか、」といつもの声に戻る、「で、妹さんの方は如何ですかな？」「何よぉ！」不機嫌な女鬼《おんなおに》の甲高い声が云返す、「何でこんな阿呆と喋んなきゃなんないのよ？」首を振り振り、「信じられませんな、あんた方が姉妹《きょうだい》とは、一方はかくも気立てが良く、もう一方は――」「言葉に気を付けなよ、田舎者《ジョーディー》、」と甲高い方が釘を刺す。

色んな声が出て来る源は何処なのかと、子供達がひょこひょこ寄って来ている。いまだ若く、剣呑《けんのん》な事態が生じても気付かぬジョージ・ディクスンは、尚も一人芝居を止《や》めない。炭鉱で一山当てようっていうイカレた山師かね、と親戚同士ひそひそ言葉を交わすが、また或る者達は、啞然とさせられながらも、どこかほっとした様子で愉快げに頭を振り、――そしてあっと云う間に二人は、ステーンドロップ流に云えば「真っ直ぐ行っとる。」

二人は元々、ダラムの教友会人脈で繋がっている、――メアリの母が亡くなると、父トマス・ハンターは再婚し、再婚相手も亡くなると三人目の妻を娶《めと》った。その父も亡くなってから八年経つと（その間メアリは叔父ジェレマイアの家に厄介になっていた）、今や未亡人となっている三人目の妻エリザベスが再婚し、――その相手がジョージの父親ラルフ・ディクスンだったのである。

「ということは……、」帽子を脱いで髪を振り落しながら、「僕等両方にとって、彼女は義理の母である訳だ。だとすると僕等は何同士なのかな、――姻戚《いんせき》による義理の兄妹《きょうだい》かしらん？……」

「でも近所の人達はそういう風には云ってないわよ。みんな云ってるわ、父さんが亡くなって直ぐ、母様《ママ》は父さんの父さんと結婚したんだって、――」

「ということは……君のお祖父さんと結婚した訳か……なら君の母さんは君のお祖母さんでもある訳だ。」

「そういうのってウィア川の方じゃあんまり聞かないでしょうね。正確には、義理のお祖母さん、かしら……？」

「いやほんと、ハンター家の女性達が居なかったら、世の中どうなるだろうね？」

彼は髪を再び、茶色の畝織留紐《グログラン・リボン》で後ろに縛っているところであり、――自分でも驚いてしまうことに彼女は思わずその両手に、見れば滝の如く豊かな髪を根気よくその両手が扱うさまに、まじまじと見入っている、――髪が顔を隠す度合がどんどん減ってゆくにつれ、これを彼がわざと、彼女を意識してやっていること、防御なき己の顔を差出し晒《さら》していることをメアリは悟る。

父が死んで、ジェレマイア叔父が彼女の後見人となった時、メアリ・ハンターはもうじき十八歳になるところであった。叔父は当時五十四歳。「メアリや、これを云わば絵になる悲嘆と考えて御覧、」「ああ、叔父様……。」十二年後にジョージと結婚する迄、彼女は叔父の被後見人であり続けたのだろうか？　彼女が二人目の息子を名付けた際も、無論ジェレマイア叔父を念頭に置いていたに違いない。夫ジョージはその名を余り喜ばず、——聖書的過ぎる、というのである、——赤ん坊が、たとえどんなに愛想好くであれ声を上げる度に、頭を抱えて「噫！　ジェレマイアの嘆きか＊！」と叫ぶのだった。その一言を聞くと、赤ん坊は決って本格的に泣出し、母親は厳めしい笑みを浮べる。ジョージ息子《ジュニア》が言葉を覚えると、彼は父親のその一言を揶揄《からか》い芸の上演目録《レパートリー》に加え、妹達にも嬉々として伝授した。ややこしいことに、幼いジェレマイアは、これはみな彼を愉しませようとして為されているのだと思い込んだ。何しろこの末っ子、兄や姉達を、無条件の、不屈の確信と共に愛したのであり、彼等が殆ど暴力的と云うに近い烈しさで彼を逆さにして持上げ、揺さぶり、送球《パス》し合おうとも、又、丘原の幽霊やら怪物やらの話で彼を脅かし、彼に渾名《あだな》を付け、彼を排斥し、囁き合う言葉で彼を蚊帳《かや》の外に置こうとも、その愛情は微塵《みじん》も揺るがなかったのであり、とことん無邪気なこの柔丸腹《ジェリー・ベリー》、——というのが彼の通り名であったが、——にとっては何もかもが無類に愉しい出来事だったのである。

　隣人達は、ジェレマイアの母親を、ディクスン家に嫁いだ中で最も聡明な女性と見るに至った。ところが本人は、賢いのは夫ジョージの方だと云張った。「あの人は十中八九、あたしの心が読めるのよ、」と母はエリザベスに云った、「あんたもね、あれくらい他人《ひと》に騙《だま》されない人を亭主に出来たら、きっと幸せになるわよ……？　亭主を騙そうと年柄年中知恵を絞る手間が省けるからね、——ねぇちょっとそれ取ってくれるかい、——で、それで偶《たま》に見事騙せたりしたら、——そりゃもうたっぷり自信が付こうってものさ。」

＊　ジェレマイアの嘆きか：旧約聖書中の、悲哀の預言者と呼ばれるエレミヤを踏まえた言い方。

「じゃ、父さんを騙したことあるの？　ほんとに、母様《ママ》？」

「一度か二度ね。あんたの靴に惚れ込む男が出て来たら気を付けなよ。あんたはその男を狂おしく愛するかも知れない、だけど同時に、騙してやりたい、という気持ちもむらむら湧いてくるだろうよ、で、たとえその騙し自体は他愛ない話だとしても、それが大きな誤解の種にならないとも限らない。そういうのは若い者のやることじゃないんだよ、――例えば、あのレールトンとこの息子には取り敢えずあんまり深入りしない方がいいと思うね、先ずは算術に精出しなさい。忘れちゃいけないよ、帳簿を付ける者は商売を仕切る者、だよ。」

「でもあの人凄く――」

「そうともさ。」

「ううん、母様には判らないわ。」

「あんたのことは判ってるよ。」掌《てのひら》をさっと翻して、娘の髪を撫でる。「その魂の抜けた顔、あたしには判るんだよ。」


ジェレマイアが二十二の時に父は死に、彼にとって相当に惨めな年月が始まったが、酒に溺れて測量仕事を疎《おろそ》かにするようなことは決してなかったし、――彼にとって測量仕事は淡麦酒同様に必要不可欠であった、――まだ若かったから、夜通し飲み捲《ま》くっても翌朝は殆ど平気で起きられた。こうして測量士見習いの気楽な生活を送り、英国北部一帯を彷徨《ほうこう》し、大地主の土地から土地へと渡り歩いた、――三本脚の測量竿を肩に背負《しょ》い、坑夫袋には水平測角器に始まり、乾いた靴下、小さな小麦麵麭《パン》、予備の縫針《ニードル》と留針《ピン》、下げ振り定規、鉛筆、覚書《メモ》用紙、磁石《コンパス》に使う磨錫《パテ》粉が入っていた、――未だ囲い込まれていない空間は常に彼を不安な気持にした。戸外の仕事には不利な性分である、——この仕事では危険で恐しい丘原を何度となく越えねばならず、——其処には人殺しのみならず幽霊も居るのだし、——幽霊だって人の姿をしているとは限らず、——最も恐しいのは殆ど人の形をした、だが完全に人ではない姿であり……そして夜遅く、見慣れた床板に向って囁きながらジェレマイアが望んだのは、あの丘原で殺されて貪り食われるか、それとも、人殺しや幽霊の仲間になって、他人を喰《くら》う、永遠に安住の地を持たぬ存在となり果てるか、そのどちらかであった、——どちらにしても、己の変容を彼は望んだのである。

　こうして彼は知合い皆の信頼を裏切った。金を借りれば返さない、使いを頼まれても果さない、沈黙の誓いは悉《ことごと》く破ってしまう。父が亡くなって僅か三か月後、姉のハンナがヨークシャーの男と結婚すると、ジアは結婚式に顔を出してさんざ騒いだ。「あたしは何とかやって行こうとしてるのよ、ジェレマイア、——あんただってそうしなくちゃいけないのよ、それを何よ、あたしのことそんな風に罵るなんて？」彼は今や田舎の破落戸《ごろつき》と化しつつあった。この調子ではもうじき、救いようもないところまで堕《お》ちてしまう。

　涙ぐみ、傷付いたエリザベスは、母の慰めを求めてその胸へと真っ直ぐ飛んでゆき、母娘共に、物云わぬ近寄り難い喪の雲の中に召されていった。一方息子達は、それぞれ自分なりに頑張ってやってゆく他ない。反駁《はんばく》の余地なく彼等を辱めた敵たる死は、今や彼等の背後に漂い、彼等の眠りから出たり入ったりしている……ジョージ息子は無闇やたらと色んな計画に精を出す、——コクフィールド丘原の水路から緑色岩を引揚げようとしたかと思えば、又も瓦斯《ガス》事業案を思い付いて、瓦斯管に仕立てようと毒芹《ドクゼリ》の茎を削って合せたり、採掘場で使う平歯車や水揚機《ポンプ》目張りの新型を考案したり。片やジェレマイアは家に引き籠り、製図の技を究《きわ》めようと日がな一日図面台に張付いて、自前の墨水《インキ》を擦っては混ぜ合せ、其処ら中に篩《ふる》い滓《かす》や飛散りが、——雄黄《ゆうおう》色、紺碧《こんぺき》、赤石黄《あかせきおう》、米蕃深紅《インディアンレーキ》、緑青《ろくしょう》、青藍《インジゴ》、焦茶《アンバー》。粒を分離し、洗って濾《こ》し、護謨糊水《ゴムのりすい》を混ぜ、墨水の染込みを防ぐべく紙に滲《にじみ》止め粉を振掛け、樹脂を塗る、——かつてはこうした段取りをぞんざいにやっつけたり、大半を素っ飛ばしたりしたものだが、今は正《ただ》しく行う為にはこれが必要なのだ、絶対必要なのだと心得ている。いつか或る日、求められたなら、何処にも存在しない世界、自分が密かに捏造し始めた世界の鳥瞰図を、細部に至るまで生き生きと示せねばならないのだ、——専《もっぱ》ら自分の頭の中にしかない地図、いざという時に逃避出来る世界の地図。いざとなったら、その世界にすっかり入っていくのだ、でも迷子になったりはしない、何しろこの地図があるのだから、そしてその世界にあっては眼下に全てが広がっているだろう、——硝子《ガラス》の山、砂の海、奇蹟の泉、活火山、聖なる都市、深さ一哩《マイル》の深淵、蛇の洞窟、果てしない大平原……磁石の針が逸れ、揺れる度に、奇想が又一つ生まれる。

　日が暮れると製図道具を片付け、天鵞絨《ビロード》の寝床を敷いた梨材の外箱《ケース》に仕舞って、〈虎《ザ・タイガー》〉亭か〈灰色の猟犬《グレー・ハウンド》〉に足を運び、父親の友人だった連中を探して、愛想好くニコニコ頷きながら彼等の記憶を引出そうと努める。今後人びとが目にすることになる、酒の場でのディクスンの人付合いのよさは、主としてこの時期、大いなる努力と共に、一言ずつ、仕種一つずつ身に付けたものなのである。

　石炭業に関し、人びとはしばしばディクスンの知らないことを、或いは知らないとディクスンが自分で思っていることを話して聞かせた。炭鉱主、運送業者、石炭商、卸売人等々の間で交わされる、全面的に正直とは云難い遣り取りを巡る大いなる叙事詩、——と或る船を誰某《だれそれ》が所有していたと思えたものの実はしておらずだが口ではしていると云った云々……タイン川の辺りでは商売も一年契約で行われ金額も予《あらかじ》め定められていたが、ウィア川の方では何もかも交渉次第であるが故、常に何かしら事が持ち上っていたのであった。

亜米利加に向けて発つ直前、ディクスンはなるたけ多くの時間を〈陽気な坑夫〉で過ごすが、今はもう聴き手ではなく話し手である方が普通である。既にこの世に亡い人もあるが、まだ残っている人も居て「親爺さんが聞いたら、さぞ自慢に思うだろうなぁ、」などと云ってくれたりする。

「なあジア、此間《こないだ》みたいに、うちのドッドと俺と一緒に船に乗ってくれるかい？」

「勿論ですともミスタ・スノー、有難うございます……？」

かくして彼は港へ近付いてゆく、闇の中から広がり出て来る川を下り、石炭運搬人や艀《はしけ》船頭が歌う夜明けへと入ってゆく……「よう！」「うぅ、元気か！」——艀の船隊が次々運ばれ、上流へと昇ってゆく、給炭桟橋の梁や桁の黒い線が昇る朝日に逸《いち》早く描込まれ、川の両岸では斜溝《しゃこう》に盛られた石炭や木の線路を走る石炭満載の荷車がガタガタ賑やかに鳴り、二片麦酒《タペニー・ビア》ほども赤くない朝の色が染料の如くチェスタ＝ル＝ストリート町以東の世界に溢れ出、そこへ隧道《トンネル》網が幾何模様を加え、諸々の橋や土手は尖塔墳墓《ピラミッド》の如く聳《そび》えて、急勾配を成す堂々たる鉱車線路は内陸の坑道から始まり何哩《マイル》も延びてウィア川河口に至る……。

亜米利加が、何処かで待っている。石炭船〈メアリ・アンド・メグ〉号で川に出て、再び倫敦川へ向かう。船室の上に立ったディクスンの目の前で、棚引く淡い霧が、大きな肉食の青虫の如くに近付いて来る。酒場ではいつも、霧で迷子になった艀乗りの話を嘲笑《あざわら》っていたし、極力陸《おか》の上で人生を過ごす積りでいたから、まさか自分がそんな目に遭おうとは夢にも思っていなかった。それが今、霧はやって来る、水を湛《たた》えた怪物の両腹がぐんぐん大きくなり、舵取り係のドッド少年は大変だぁと叫び、艀船頭の位置に陣取ったスノー氏は凄まじい勢いで悪態を吐《つ》き始める。もう既に河岸線の半分が見えなくなっている。遠くシールズの町の方で打鐘浮標《ベル＝ブイ》が湿っぽい朝に響き渡り、もっと近く、今や見えなくなった水域で、船舶物資船の鐘が船から船へと鳴らされ、鉄が鉄に反響し、——それから、突如、取れ立ての石炭の粉を、地獄の署名の如く身に纏《まと》った野蛮人が二十人ばかり、海霧《かいむ》の中から現れ出《いで》て、丸木舟を漕ぎながら訳の判らぬ言葉を口々に発するが、意味こそ理解出来ねども、その母音は紛れもなく英国北部のもの。全体、どういうことか？

「あの米蓄の野人の声、一寸《ちょっと》クッキーの奴に似てないか？」

「あれって体は塗りたくったんじゃ――」

「うん、炭塵《たんじん》みたいに真っ黒だ。」

「おおい、――、」スノー氏が呼掛ける。「此処は何処だね？」

「何を寝呆けたこと云っとるか、あんたら亜米利加に流れ着いたのさ！」

「さあ、岸へ連れてってやるぜ……？」

「亜米利加……うぅぅ……？」

「うぅぅじゃないぜ、阿呆！」黒ずんだ禍々《まがまが》しい引っ掛け鉤が霧の中から飛出して来て、危うくドッドを直撃し、船室に命中する。「来たぁ！」と年若き舵取り係は悲鳴を上げ、石炭に塗《まみ》れてじたばた藻掻《もが》く。丁度その時、向うの方で、解き放たれた猟犬達のように亜米利加の教会の鐘が一斉に鳴り出して、霧の中でそれが妙に澄んで聞え、濃密な組鐘《カリヨン》の音が響き渡り、その旋律《メロディ》が余りに異国風なものだから、これはもう何であってもおかしくはない、――美以美教徒《メソジスト》の聖歌、歌劇場《オペラ゠ホール》の詠唱《アリア》、軽舞曲《ジグ》に軽快舞曲《ジーグ》、船乗り達の仕事歌、伊太利の夜曲《セレナーデ》、英国の民謡《バラッド》、はたまた亜米利加の行進曲。

「いいかあんた等、」と艀船頭は見えない軍勢に向って云う、「わし等のことだったら心配は無用、わし等は只、この異様な霧で迷子になった、人畜無害な連中なんじゃ。あんた等の云う通り何処へでも喜んでついて行く。」そして声を潜めて仲間に云う、「彼奴《あいつ》等の目当ては石炭、見付けられるもんなら見付けるがいい。」慎重に、足の裏で満ち干を探りながら、船頭スノーは、更に見通しの利かぬ方へと艀を進めてゆく。他の者達は一言も喋らず、何処に居るかも神のみぞ知る。水が跳ね返る度、流れて来たものが動く度、スノーは丹念に対処する。やがて、霧が晴れてくる。

　どうやら此処は、大きな河口の町の鐘楼の下。石炭のような臭《にお》いがする。ありふれた水鳥が上空を、然《さ》ものんびりと飛んでいる。「彼所《あすこ》にいる奴等、どう見ても北東人《ジョーディー》だぞ、わし等と同じだ！」と艀船頭は叫ぶ。それどころか、見知らぬ他人の顔とも思えない。でも何だって艀乗りがこんなに静かなんだ、――それにこの石炭に塗《まみ》れた顔、どうして皆こんなに無表情な憤りを湛えているのか？　どれもスノーの知った顔、ドッド坊やですら知った顔だ。一七四三年、五〇年の罷業《ストライキ》の後《あと》に巡回裁判に立たされた連中もいるし、絞首台に送られた者達もいる（尤も、あれは亜米利加へ流されたのだと後で噂が立ったが）。何と、若し此処が亜米利加だとすれば、酒場の伝説の英雄達の前に俺達は出た訳か、洗濯盥《だらい》並の特大杯《ジョッキ》を手にした、何でも来いの名立たる英雄達、石炭の川タイン育ちの速度《スピード》狂艀乗り達、ウィア川の岸辺までその名声は轟いていた、――「ドビー、あんたか、元気か！」――ディクスンは思う、これまで目にしてきた、こっちが酔っている所為でくらくら揺れて見えた全ての顔、これまで買って飲んだ全ての淡麦酒、和音を成して浮び上り漂ってきた全ての夜の声たち、それら何もかもがいずれ、今こうして訪れた何も見えぬ世界の中で再演されるのではないかと。霧が束の間、如何なる旅行者も未だ報告しておらぬ亜米利加を可能ならしめてくれたのだ、そして未だ誰も報告していないのは、友も家族もみんな待ち焦がれているものの未だ誰も戻って来ていないからだ。

　小さな石炭帆船がディクスンの目にも漸く見えてきて、黒ずんだどころか炭粉で絹のように真っ黒な帆が見えると、――〈メアリ・アンド・メグ〉だ、――ディクスンは一瞬半の恐怖を味わう、何故なら水に浮ぶ舟は余りに静かなのだ、此処シールズでは見たこともない光に包まれた舟は余りに完璧に均衡が取れている……。最初に見た時もこうだったろうか、――遥《はる》か東方に心が傾いていた所為で見逃しただけなのか？　それとも、これは亜米利加に関する特別な、大きな言伝《メッセージ》なのだろうか、ディクスンにではなく他の誰かに宛てられた、ディクスンは邪魔になっているだけの言伝だろうか？

　沿岸をテムズへと下り、倫敦橋の先まで出て行くのは、何とも剣呑な航路。常に風上に出るよう努めつつ、疾風の恐しい歯の中へもしばしば入ってゆく間、油断ならぬ砂州が随所《あちこち》で待構え、水路は蠢《うごめ》く蛇のように年中曲線《カーブ》を変えている。国王海峡《キングズ・チャネル》で風上の上げ潮を捉え、スウィン川に向って風上へと間切り、狭い砂州に近付かぬよう留意し、常に水深に注意しながら、〈メアリ・アンド・メグ〉号は、岩場、浅瀬、それぞれ我が道を行く他の千もの船、等々の間を縫うように進み、見掛けは幽霊のようでも生きている間は元気よく生きたいと念じつつ、ディクスンを乗せて遂にグレーヴズエンドの直ぐ上流、長入江《ロング・リーチ》に辿り着く。西の方にゆるゆると見えてくる、聖ポール寺院の丸屋根に導かれて、舟は停泊所へと入ってゆく。

　明日、ディクスンとメイスンは契約書に署名《サイン》することになっている。

25

テネブレー嬢は戸惑い、刺繍を置く。「伯父様、この一件、法廷で八十年放ったらかしにされていたというのに、二度の金星日面通過の丁度中間まで来たところで、突然誰もが亜米利加で測量をやろうと云出し、メイスンとディクスンが引っ張り出される。怪しいとお思いになりません？」
「又そんなことを。お前、全てを謎と見ねば気が済まぬのか？　二度の日面通過は八年の間隔、――人間が手を回して操作出来る類のことではない。仮に測量にもっと時間が掛ったなら、二人はきっと、亜米利加の何処かで二度目の日面通過を観察していた筈なのだ。実際には四年で片付き、これに加えて一年、デラウェアで緯度を一度分測定した訳で……。」

出発前はじめじめ湿った日が続き、何度もざんぶり雨が降る。契約書を交わすべく倫敦に着いて、一年半ぶりの再会を果し、周旋人、弁護士、用心棒等々を従えてやって来た領主達相手に契約も済ませると、ディクスンは一刻も早く云っておきたいという風情で、――たった今似顔絵描きが最後の細部を描込んでそそくさと立去ったところである、――帽子を脱ぐ。「ドクタ・ブラドリーの御逝去、誠に御愁傷様です。」

「お手紙有難う、ジェレマイア。」

別に合意を交わした訳ではないが、まあ折角だから今夜は飲むか、と出掛けたところ、結果的には強い酒を次から次へ呷《あお》りまくることと相成り、その朦朧たる記憶の中、確か杜松子酒《ジン》は何処かで飲んだ筈だし、杜松子酒に付き物の、ホガースの諷刺絵に出て来そうな連中も同席していたことをメイスンは後にぼんやり思い起すことになるが、何にせよケリがついたのはやっと二週間後、ファルマスのぱっとしない街なかでのことであった、——此処は迅速な情報伝達《コミュニケーション》を身上とする町、誰も彼もがせかせか急ぎ、巨額の金が遣り取りされ、獣医は六頭立て馬車に乗り、新報《ニュース》を売る連中は早馬《ギャロップ》で西から東へ駆けずり回り、急使の郵便袋が最後の最後で届き、遅ればせの訪問者達は例によって定刻ぴったりに発った船から泳いで岸へ戻り、その最中《さなか》にも、次の定期船がもう今にも海へ出んとしている。

メイスンの鼻が淡麦酒《エール》の水面に接近し、遠離《とおざか》り、また接近する。間もなく、「若しあの時ブラドリーと話してさえいたら、——君、プリマスから発った時のこと、覚えてるか？　ん？　あの時ブラドリーはわざわざ来てくれたのだ、——痛みが引いた束の間に来てくれたのだ、最後の病は尿砂《にょうさ》疾患だったという。船から降りても他の連中とは交わらず、何箇所にも同時に遍在するとしか思えぬ陽気者ミスタ・バーチとすら口を利かなんだ……ミスタ・ミードとミスタ・ホワイトは彼方此方《あちこち》の帆や綱を指さし合っては互いの用語の誤りを正し合い……一方ドクタ・ブラドリーと私の間では、言葉なき会話が交わされたのだった。」メイスンの相貌は見るからに惨めそうである。「多分あれは、謝りに来てくれたのだと思う、」——この重々しい告白を、まるで冗談《ジョーク》のオチでも決めるみたいにサラッと流してみせる（儂《わし》もよく目にしたものだが、顔にどんな感情が浮んでいようと、ミスタ・メイスンという人は、この上なく重々しい話でも、酒場の喜劇芸人の間合と抑揚で語るのが常であったのだ)。「あの観測任務に、私は理不尽なまでの希望を託していた。日面通過、という出来事の純粋さに過度の信頼を寄せていた。考えてもみて欲しい、私が何から逃れようとしていたか。生誕と死に関し自分が知るところ全ての錨《いかり》に他ならなかったレベッカを失い、私は見知らぬ海を漂っていた。陰謀や派閥抗争が、国家や会社間では云うに及ばず、王立協会内にも蔓延《はびこ》っていた。かように不純なる世界にあって己の生を生きてゆかねばならぬ中、太陽、金星、地球が一列に並ぶという事態に一瞬の救いを愚かにも求めた訳だが、――この情けない希望さえ呪わしきルグラン号に阻まれ、――なぁにが『学問とは戦わぬ』だ。平たく訳せば、あの鉄面皮が云っておったのは、――『商売と死こそ世の習い、お前もそれに関らざるを得ぬのだ、お前のその、少しも確実でない〝純粋なる瞬間〟とやらの代償として。ふん、馬鹿めが、』ってことなのだ。」

「うぅ! あの訳の判らん仏蘭西語、翻訳するとそうなるんですか? 凡そ愉しい感情とは云いかねますな、ミスタ・メイスン。」

「ミスタ・ディクスン、私は確信しているよ、楽天的なるものの揺るがぬ担い手として、君こそがその出口を私達に見付けてくれる筈だと。」

「私達に、」の一言にディクスンは笑顔を返し、「そういう瞬間って、」と慎重に云う、「値段が付けられないくらい貴いものなんでしょうねえ……?」

「いや、半冠《クラウン》で手に入ったこともある、」メイスンは呟く、「だがまあ君自身の経験では、――」

「そうこうするうちに蝸牛《カタツムリ》亭の前に出ました。此処、入りましょうか……?」

「いいともさ。入って何が悪い? 野蛮人、荒野。彼《か》の地に何があるか、判ったものじゃない。我々は其処へ線を一本通す契約を、つい今しがた結んだのだ、そうだろう? 些か常軌を逸していると思わんか？」

「それに亜米利加人も居りますしねえ……？」

「え？　少なくともみな英国人ではある訳だろう、――違うのか？　要するに英国の飛地《とびち》ではないか、三千哩離れているとは云え。そうだろう？」

「うぅ！　うぅ！　気を遣ってくれてるんですねえ、メイスン、そんな冗談でわしを元気付けてくれて、――いや、わしならほんと、大丈夫ですから、――」

「おい待てディクスン、――つまり何か、亜米利加人は英国人じゃない、そう云ってる訳か？――どっかでそう聞いてきたのかね？」

「岬《ザ・ケープ》の和蘭陀人も和蘭陀人じゃないですしねえ……？　あの人達もそうでしたけど、亜米利加の連中も奴隷を使ってるそうじゃないですか、――それに、住着こうと思った所に元々住んでる連中を殺したりするのも同じだと、――」

「又も奴隷植民地か……確かに私も聞いておる。何てこった。」

「ダラムの教友会《クエーカー》仲間から聞いたんですがね、親戚が亜米利加に行って、便りを寄こしたんだそうですよ。でもまあ何か善いところもある場所かも。とにかく行ってみないことにはね。食べ物とか？娘達？　他に何がありますかね？」

「報酬、――かな。」

「何しろステーンドロップの出なもんで、」ディクスンが云放つ、「値段の付けようのないものの話はどうも不得手なんですがね、――だけど此間《こないだ》の観測の旅は、何時間か、場所によっては何分かで終っちまう出来事の為にあれだけ手間掛けた訳で、――まあ確かに先の戦争が前例みたいなもんで、何処その丸太の柵の為に何百もの命が失われ、野蛮人の頭皮何個かと引替えに大枚何千磅《ポンド》の金が叩《はた》かれた訳ですが、——とは云えやっぱり、あの日面通過、商売って点から見りゃまるっきり筋が通りませんでしたよねえ……？」

「つまり、私ら金を貰いすぎたってことか？」興奮を恐れる色がメイスンの眼差にさっと浮ぶ。

「あちらとしては、そう思った時もあったんじゃないですかねえ……？」

「例えば、どういう時だ？」

「あ、うぅ、止《や》めときましょう。」

「手紙の遣り取りがあった時だな？　当りか？」

「わし、そんなこと云ってませんよ……？」

「ブラドリーへの手紙か？　あれの所為で私ら厄介なことになったと思うか？　あの手紙に二人で署名したと同時に、私ら自分の出世道《キャリア》を捨ててしまったと思うか？　でも、いいか、二人ともこうしてまた雇われたじゃないか、——そうだろ？」

「出し抜けに、ね……？」

「きっともう名誉は回復したのさ、——時が流れると共に疑念は全て洗い流され、星の光によって恨みや憤りも癒えたのだ。——然《しか》し、此方《こっち》は、赦《ゆる》して貰わんといかんようなこと、何かやったか？　骨折り損の仕事に行くのは御免です、そう申立てただけだ。」

「そうですよね、そしたら向うは、臆病者め等が、つべこべ云わずに行け、って云ってきた訳ですよね……？」

「その通り。」

「それで帽子に触って会釈して、命令に従い、わし等が乗ってた最中に殆どぶっ飛ばされ掛けた船でもう一遍旅立った訳ですよね……？　わし等、義務は果した訳ですよね。」

「それだけじゃない、──忌々しい日面通過の観測記録を取ってやった上に、忌々しい経度だって、──」

「それに呪わしい地域重力も、──」

「そうだとも、ディクスン、──あれは一級の仕事だったぞ、──あれに較べれば、高がブラドリー、──彼の魂よ安らかに眠れ、──宛の手紙一通など、物の数ではなかった筈、──とは云え、彼が私を利用したと思うと、未だその幻滅を安らかな心では語れぬのだ、──」

「『わし等』を利用したってことで……?」

「そう云ってもよかろう、──だが矢張り、あの返答の残酷さをどちらがより痛切に感じたかと云えば、噫、かくも愚かに、王立協会の果てしない厭わしき策略なぞよりこっちはもっと深い結び付きなのだと信じたのは、──」

「あの人達の破廉恥な真似は、わしだって前から知ってますとも、」ディクスンの静かな声、──「覚悟しなきゃならんのは、今後たとえわし等がアレキサンダーのように戦いへラクレスの如く力を揮《ふる》っても、多分将来ずっと、攻められて尻尾を巻いて逃げた星見人として記憶されるってことですね。」

「実際、本当に尻尾を巻いてたかも知れん、」メイスンが叫ぶ、「巻くだけの場所があったらの話だが、──何たる皮肉!」

「うぅ……? そうですか……わしは汝ほど怯えやしませんでしたよ、そりゃまあ少しは──」

「待て、──誰が云った、私が怯えたと?」

「誰が?──ええと、その……?」

「君は怯えたのか? 私は怯えなかったぞ。君、私が怯えたと思ったのか? 君が怯えたんだと私は思ったがな。――」

「確かに、失礼ながら何処その六等艦の喫水線の下に沈んで果てるかと思うと、そりゃあ矢っ張り願い下げだとは思いましたがね……？」

「それこそまるっきりの恐慌《パニック》に聞えるがな。」メイスンが云う。「有難いことに、私はもう少し落着いていられたよ。」

「何より落着いてたってんです？　一時間半、地獄のような砲撃と、壮絶な悲鳴の中で？　えええ、落着いてらっしゃいましたとも、――メイスン、汝いまからでも教友会徒になれますよ。」

「そんなことしたら天文学界から締出されるのがオチだ、――この業界、聖公会《アングリカン》一色だからな、――あの町で二度と星一つ拝めなくなること請合いだ。グリニッジ中の酒場《パブ》に私の似顔絵が出回って、――ゲゲゲ！」

「判りませんねえ、どうしてわし等をまた雇ったんでしょうかねえ……？」

「私にも判らん。だが向うは、私達が判っているものと決めておる。あの二人には自分達と同じくらい黒い肚《はら》があるのだ、そう倫敦じゃ勝手に思っているのだ。そうとしか考えられん、でなけりゃあんなにややこしく立回る筈がない。実は此方には黒い肚など毛頭なくても、――例えば君だ、こう云っちゃなんだが素直な丘原育ち、純朴な北東人《ジョーディー》で、――」

「うぅ、そうですねえ、――でもわしだって陰謀とか知らない訳じゃありませんよ、ビショップまで行けば十分です、ステーンドロップにだってたっぷりありますしね、――だけどまあ倫敦の人はほんと、いっつも見張ってますよねえ、此方の一挙一動、顔の引き攣《つ》り、その一つ一つから、有るか無いかも怪しい意味を読取って、――」

「単純な比喩ってものを、奴等はごく最近発見したばかりなのさ……。で、此方は、彼方《あちら》を侮辱したってことにされたのを今頃になって知る、——或いは裏で札付き呼ばわりされ、陰口を叩かれ、——どの一言、どの仕種がその原因になったのかも一向に判らぬまま……」

「何もかも、田舎者めが、ってことで片付けられちまうんでしょうねえ……？」

メイスンがいきなりがくんと頭《こうべ》を垂れる。「身に付けた積りだったんだがなあ、テムズ川沿いの話し方、学者風の物云い、当代の流行、——内なる田吾作はもうすっかり抑え付けたと思ったのに。」

「ビショップじゃ云うんですよ、『田舎から男の子は追出せても、』——」

「そうそう、『男の子から田舎は追出せない。』」

「いえいえそうじゃないです、——『都会から女の子は追出せない、』ってわし等云うんですよ……？」

メイスンは目を丸くして、首を横に振っている、「それ……どういう意味だ？」

「なんか、女の話ですかね？」

「君は信じておらんのだな、私達が王立協会に赦《ゆる》されたとは？」

「いつか赦される日が来るともね……？　只いずれ、彼方《あちら》こそ早とちりの子供じみた真似に走ったんだと見える日は来るでしょうがね。そしてわし等は、世間が今認めてくれてるよりもっと高次元の勇気を示した、そう思って貰えるでしょうがね。」

「『いずれ』？　やれやれ。」

「そうですとも、わし等が生きてる内は無理でしょうねえ……？」

「では私は、臆病者と記録されて死ぬ訳か。誠に結構。幾時代にも亘り、私のみならず息子達まで汚名を着せられ、有難うディクスン、何と悦ばしい話。」

「或いは、」ディクスンは一言一言はっきり喋ろうと努める、「碌でもないお偉方連中に踏み躙《にじ》られることを承知で、名誉ある反逆行為を為した者の一人として……？」

「いやいや、執達吏《しったつり》が入って来た時のチョーンシーの科白ではないが、私は違う、——私はそんなことは承知しておらなかった。——君はしていたのか？　我々が踏み躙られると？」頭に何か払い落したいものでもあるみたいに、メイスンは激しく首を横に振る。「全体何だって、君、あの手紙に署名したのだ？」

ディクスンは肩を竦める。「エマスンの云った通りでしたねえ、邪悪な奴等だって云ってましたよ、王立協会の連中はみんなって……？　ああいうのには何とかして抵抗しないといかん、とね……？」

「或いは、もう少し楽天的な物云いをするなら、我々は観測候補地に関し、積極的な提案を試みた。観測日までに到達可能な、万人に知られている一覧表《リスト》から選んだ候補地を。」

「貴方がスキャンダルーンの名前を出したのは特にまずかった、」当時マスクラインも早々にメイスンに云ったものだった。そもそも岬《ザ・ケープ》へ来たことにしても、マスクラインから見れば、メイスンがそれまで下した誤った決断全ての集積のようなものであり、先ずはそれを散々腐《くさ》してから、そう批判したのだった。

「どうしてです？」メイスンは抗議した。「私の思い付きじゃありませんよ。スキャンダルーンは初めから候補地の一つとして名が挙がっていたんです。」

落着きのない麝香鼠《マスクラット》マスクライン。その目は休むということを知らなかった。せかせかせかせか、恐しい勢いで歩き回った。「ミスタ・ピーチは貴方に話しておられんのでしょうね、レヴァント会社のことを……唐縮緬《モスリン》や梳毛綾織《ボンバジーン》の生地が盛んに取引され、アレッポを通って、海に出て、スキャンダルーンに達し、仲買人等の倉庫に行着いておることを？」

「ミスタ・ピーチは確かにアレッポと取引なさっています、——絹を学んだ人間なら誰しも、アレッポと関らずにはおれません、」メイスンは応えた。「とは云え、噫、不可解なことに、我々の会話には一切出て来なかった。」

「猶太《ユダヤ》人さ、」とマスクラインは宣言し、その瞬間に後悔した。

「ほう。ではこういうことでしょうか。スキャンダルーンに天文学者を配置すれば、猶太人に借りを作ることになるので、王立協会はディクスンと私を岬《ザ・ケープ》に送り出し、寧ろ和蘭陀に借りを作ることを選んだ、と。」

「するとマスクラインの奴、慌てて釈明しよった、」と今メイスンはディクスンに云う、「東印度会社を通して予備交渉をやらねばならんのだそうだ。会社の一番西の支局はバグダードにある。そしてバグダードからは、モスル経由でユーフラテス川の谷間を上り、土耳古《トルコ》会社[*1]の一番東の在外商館があるアレッポまで、秘密の通信線が走っておる、——フェラッカ船[*2]、驚異的な鳩達、超人的記憶力を持つ急使、紙を殆ど使わぬ伝言がゆるゆると上流下流を往き来する暴漲湍《ぼうちょうたん》、——等々がずっと前から、二つの会社を親密に繋《つな》いできたというのだ。これを使って、聖《セント》ヘレナの天文学者の為に、或いはベンクーレンに行っても同じことだが、迅速に便宜が図られ、——明らかな恩義が生じるという訳だ。ところが、或る程度の『複雑性』を伴った便宜となると、先ずは謝礼の額も上がってくるし、会社の義務も曖昧になってくる。中でも土耳古会社の印度航路は、東印度会社が毎日岬《ザ・ケープ》を周ってあの桁外れの風に向けて繰出す船隊に客を取られっ放しなものだから、話は尚ややこしい、——一方では又、新軍《イェニチェリ》、首長《シャリーフ》、オスマン土耳古等が、斜陽の国の覇権を巡って啀《いが》み合っておる。」

「和蘭陀が要求しなかったことで、猶太人が要求しそうなことって、何でしょうね？」

「それ……それってまた謎々か？」

「いや、単なる好奇心の発露と考えて戴きたいんですがね、」とディクスン、「——王立協会の云ってくる観測地って、どうして必ず、英国王の認めた特許会社の在外商館とか、領事館とか、支局とかがなきゃならんのでしょうねえ?」

「何だって? じゃ何か君、誰も知らん大陸の森の只中にぽつんと置いてかれたいか?——境界線もない、生き残る確率もそもそもない、——木になる話だ、猿が云った如く。[*3] そりゃないだろう。学問の仕事というものは、真っ当に事を進める為にはきちんと管理された作業空間が必要なのだ、そう思わんか。特許会社というのは、蘇門答剌《スマトラ》に於てであれレヴァントに於てであれ、或いは地球上何処だっていい、そういうものを与えてくれるにはうってつけの組織なのだ。——会社がきちんと境界内を管理している、それが暗黙の大前提だからな。」

「いずれにせよ、」メイスンは更にディクスンに云う、「ペンシルヴェニアだってメリーランドだって、それを云えば矢っ張り特許会社ではないか。今日、世界それ自体が、どんどん特許会社の形を帯び始めていると云ってもいいかも知れん。」

「わしはまたてっきり、回転楕円体かと……?」

「気にするな気にするな、——君がこんなことで頭を悩ますには及ばん。」ぶるっと身震いするメイスン。「とは云え、今まで一度も君に云わなかったが、岬へもう一度行ったことで、君をどれほど立派だと思ったことか、——私には到底出来ぬ所業。この世であれあの世であれ、何か邪《よこしま》な力が働いて、もう一度あの体験を私に繰返させたなら、——それなりに物事を知った今、——」

「まあそこが落し穴な訳ですけどね、」ディクスンが落着きを装って云う。

＊1 トルコ会社は一五八一年に創立され、このあとでマスクラインも言っているように「レヴァント会社」と呼ばれるようになった。
＊2 フェラッカ船:地中海沿岸などで使われた小型帆船。
＊3 in-Tree-guing, as the Monkey said:Tree(木)と intriguing(興味深い)をかけた洒落。

「と云うと。──」

「それなりに物事を知った今、ってとこですよ。知らない訳ですよ、もしそういうことになったら。それが代償の一部なんです、──忘却の河《レーテー》から飲み、記憶を全て失うってことが。来世に行ったらね、汝、もう一度まるっきり零から世界を考えるんですよ、──でしょう……？　こんなの、見たことない！ってね、──それで、また結局同じことやって、同じ過ちを犯すんです、何か形見を持って行けば別ですがね、世に云う意識って奴とか……？　寒い日でもあったまるものを深靴《ブーツ》の抓《つま》み革に隠しとくとかね、──で、実際寒いんですよ、──とにかく何か、汝の魂の、記憶に頼らない部分、記憶より彼方にある部分を……？」

メイスンは注意深くディクスンの顔を見る。ダラムで何かあったのだ。ディクスンを晐《けしか》けようと、メイスンは余所余所《よそよそ》しい、堅苦しい顔をしてみせる。「そんなものはないね、聖公会の教義には。」

「まさか、ありますとも……？　汝達の弥撒《ミサ》に、わし等の集まりくらい沈黙があれば、汝にだって判る筈ですよ。」

「つまり、我々は君等から見ると喋り過ぎってことか？　黙想の時間がなさ過ぎる、印度《ヒンズー》っぽさが足らんってか？──音楽も戴けない、そう云いたいんだろうな。ふうむ。お言葉ながら、私の教会での沈黙はだね、みんなさっさと終ってくれとしか思わん類の沈黙だけだよ。何しろ、普段はもごもご音がある御陰で何とか遠ざけておける諸々の心配事が、どっと押し寄せて来るんだから、──女性、仕事、健康、当局、──とにかく君が話してるのとは違うさ、──実は君が何を話してるのかよく判らんのだがな。」

「メイスン、──じゃあ、宗教の話、します？」

「やれやれ。ディクスン。私等、いま何話してるっていうんだ？」

第二部　亜米利加

26

八十年の長きに亘り　境界紛争は
大法官府に留まり　解決を見ず、
ペンの者達　ボルチモアの者達
次々に生れ　逝っても　話は一向に進まぬ。
理はメリーランドの側に　ありそうだが
ペンは宮廷の密偵どもと昵懇《じっこん》の仲、
此奴《こいつ》等が　一寸でも怪しい土地には
一々難癖を付けてくる（倶楽部での賭けはペン有利）。
裁判官、弁護士、勝手にやらせておくがいい、
遅かれ早かれ　境界線は己を見出す筈、
線を引く機会を人間が逃すなんて、
飛ぶ豚が空に満ちるよりもっと　あり得ない。
かくして或る日　大いなるデラウェア流域に

奇っ怪な機械を抱えて　メイスン氏と
ディクスン氏が　ファルマス定期船でやって来る、
見えぬ腕木で繋がれたかの如く、――
二人は宿命を分かち合う、星々に導かれ
幾何学的傷跡を　大地に刻むべく。

――ティモシー・トックス『線』

岸辺から彼等は聞く、乳搾《ちちしぼ》り女達が云争い牛鈴《カウベル》がじゃらじゃら鳴るのを、犬の声、老いた赤ん坊新しい赤ん坊の声を、――金槌が釘を打つ音、妻が夫を詰《なじ》る声、鍋蓋が鳴り、牛馬の鎖が鳴り、広がる森から銃声が轟いて木から木へ、更に水の彼方まで余韻が響く……。動物が一頭、岬まで出て来て、立ち、間隔の狭い両目で二人をじっと見、その目が束の間仄《ほの》かに光る。二人が通り過ぎる中、動物の顔もゆっくりと回る。亜米利加《アメリカ》。

日没と共にデラウェア沿岸が見え、船はヘンローペン岬に赴いて、夜を明かすべく岬を入って直ぐのホアキル街道前に停泊する。天文学者二人の耳に、欄干がひゅうひゅう鳴る音が届き、藪の中からは野獣の悲鳴と思しき声が聞え一方はそれを発情期《さかり》と捉えもう一方は殺戮と捉えるが、二人でそれについて話し合いはしない。水路の何処《どこ》かで浮標《ブイ》が鳴り、一晩中、岸を照らす明りが船まで届く……水夫達は甲板を彷徨《うろつ》き、眠りを失う。太陽は茶化しようもなく貞節な姿で上がってくる。料理人《コック》のショーティが珈琲を淹れ、淹れた珈琲をもう一度粉に通す。朝の微風《そよかぜ》に扇がれながら、ファルコナー船長は船を〈雄鶏雌鶏《ヘンズ・アンド・チキンズ》〉亭と〈大鋏《シアーズ》〉亭の間から水路に出し、割増し給料で釣った舵手の助けを借りてデラウェアの浅瀬や平瀬の間を縫うように進み、新城《ニュー・キャッスル》まで来て湾が川の幅に窄《すぼ》まると、ぐいっと九十度曲って東へ向う、――左舷を過ぎてゆく町は煉瓦色、白色、どちらの大文学者も初めて見る色合いの灰色がかった青色で、市民とその子等が手を振り、馬どもは敷石の上をパカパカ走り、公共建築の白い飾り付けは空に浮ぶ家具のように揺れ動く。

子供達よ、当時費府《フィラデルフィア》は倫敦に次いで第二位の英語圏都市であった。波止場からは入江のように水が延びて街なかまで入り込んでいるので、到着は恰《あたか》も、風に流されつつ、煉瓦のゆっくりした抱擁に引込まれてゆくような気分。街は彼等の、海での自由を一度また一度と呑込んでゆく、――かつては羅針盤《コンパス》が指している度数そのままだった自由も、余分な縄が片付けられ、誰もが海上の義務から解放され、船が停止すると共に零度と化す。これこそ危険それ自体の母港、航海士達は船乗り生活から足を洗ったが最後、取返しのつかぬ過ちを犯すこととなる。一度《ひとたび》路地裏に入った水夫は、戻って来た時はもう恐らく同じ水夫ではない。

今は十一月半ば、だが英国の晩夏と余り変る気がしない。雲に覆われた夕べは今にも雨に見舞われそう。傍《そば》の通りでは、デラウェアで獲れた牡蠣《かき》が荷車にどっさり載せられ、牡蠣はいかがぁと叫ぶ声。測量士二人は後甲板に共に立ち、メイスンは灰色の長靴下《ストッキング》に茶色の膝丈股袴《ブリーチズ》、金色銅の釦《ボタン》の付いた嗅煙草色の上着という出で立ち、――ディクスンは赤い上着、膝丈股袴、深靴《ブーツ》、そして如何にも軍隊風に傾けた帽子、――二人とも測量具が降ろされるのを待っていると、船旅の間にはついぞ感じなかった、積荷監督人になったような気分が湧いてくる。俄《にわか》監督二人が立つのは、荒れた海の前でも異国情緒の風景の前でもなく、海を越えて取引される品々の只中、――其処ら中で水夫や波止場人足が立働き、恰も独りでに動くかのように持ち上っては揺れる網に包《くる》まった樽には、釘、鰻寒天《ゼリー》、英国風堅麵麭《ビスケット》、胴着《チョッキ》用釦《ボタン》、強壮薬、哥羅尼《コロン》水、黄金色のプロヴォローネ乾酪《チーズ》。埠頭じゅう何処も彼処《かしこ》も大騒ぎ、荷車が右に左に動き回る中を、伊太利製の遊覧馬車に乗った高貴な夫婦、手車を押す黒人達、ありとあらゆる類の荷を背に負った愛蘭《アイルランド》人の召使、駆回る犬、鼻で地面を漁る豚等々が行交い、足下には世界交易の種々雑多な残骸たる香料や茶や珈琲豆の欠片《かけら》が転がり、ジェネファ杜松子《ジン》酒や洪牙利女王《クイーン・オヴ・ハンガリー》水[*1]が飛散り、香橙《オレンジ》や朱欒《ザボン》が落ちて踏み潰《つぶ》され、石畳の隙間《すきま》から種子が芽を出し、鎮痛剤や万能薬の丸薬が磨《す》り潰されて四散し、其処に蝿どもが蝟集《いしゅう》する傍らで雀がひょこひょこ跳ねる。

沖仲仕たちが角鞄《トランク》を携え船から陸へ渡した板を降り、樽を転がして荷車に載せる。荷車の横では、英国の耕作馬と然《さ》して変らぬ馬達が荷を曳《ひ》いて歩む務めを待つ。純血の馬どももカタカタと、粋な着熟《こな》しの乙女達を乗せた屋根無し馬車を曳いて来る。船上の誰とも親戚ではなさそうなこの乙女等、船と並んで弾むように進み、目についた誰彼となく笑顔を投掛け手を振っている。これぞ費府《フィラデルフィア》の娘達、――恋愛遊戯の大胆さにかけては、岬町《ケープ・タウン》の玄関先に座る娘たちの比でないことを測量士二人はいずれ思い知ることとなる。ディクスンは間抜けな田舎者を演じ、ニタニタ笑って帽子を振る。「やぁやぁポル、君かい?」

費府の娘達《フィラデルフィア・ガールズ》、
費府流のおもてなし、
楽園かと見紛う眺め、
スクールキルの夜、
費府の昼……

船から降りて来る乗客達を、波止場にやって来た連中がそれぞれの思惑を抱えて仔細に眺める。事実誰かを迎えに来た者も居れば、情報を集めに来た者も。或いは又、「鴨」の範疇に収まる客に関心を持つ者達は、午前中ずっと手鏡と睨めっこし、如何にも邪気なさ気な印象《イメージ》に磨きをかけていた。貴石、薬物といった小さいながら興味深い品の入った船荷の周りには、矢張り特有の分子が、隙あらば窃盗《くす》ねんとして集まっている。三週間海に出ていた船乗り達に声を掛けようと、ありとあらゆる類の物売りが店を出して待構えている。これ等の屋台を一軒一軒覗いていく者も居れば、そうでない者は知らん顔でさっさと通り過ぎ、夕方の最初の灯りが窓を照らす前に街に着こうと先を急ぐ……。

「行きなされ、お若いの、こいつぁあんたには無用、——効き目抜群の、いつの世にも恋人達に讃えられてきた媚薬だよ、——ねぇ其処のあんた、ドン・ファンって聞いたことある？　カサノヴァは？　ピカデリーの星Q氏[*2]は？　あの方、どうしてあんなに元気一杯でいられると思う？」

「懐中《ポケット》に乳搾り娘は如何《いかが》、其処の兄さんどうだい、——懐中《ポケット》に乳搾り娘は如何、」——見ればこれは一風変った携帯茶碗《コップ》、簡単な吸上管《サイホン》が付いており、好きな飲物を持運んでいつでも吸口から飲めるという仕掛、「——どんな場所でも使えるよ、札遊戯《カードゲーム》の最中でも、街なかでも、船に戻ってからだって。」

「いいかい若い衆、この娘《こ》の名前はグラツィアーナ、ナポリ生れのお嬢さんさ、——ナポリ行ったことある人も、へへ、ない人も、今が好機《チャンス》だぜ！　この娘、英語は一言も喋れんがな、ちゃんと芸があるのさ、ほらほら御覧！　どうだいこの手付き、——くいくい捏《こ》ねてぺたんと潰《つぶ》し、——ひょいと宙に投げりゃ、さすがぁ伊太利娘、この活きの好さはどうだ、で、此処へ更にスカモルツァ乾酪がどっさりと！」

＊1　ハンガリー女王水：十四世紀から伝わる香水・万能薬。
＊2　ピカデリーの星Q氏：放蕩で有名なクイーンズベリー公ウィリアム・ダグラス（一七二四―一八一〇）のこと。

「諸君、この荷車に書いた通りだぞ、『天国か破滅か』、そのどちらかさ、世界を旅してきた諸君ならお判りだろう、――で、どうするね？　又一軒酒場に入るか、飼い馴らされた犬の如く薄手の繻子《サテン》の煌《きら》めきを追っ掛けるか、札賭博で一枚待ち過ぎて端金《はしたがね》すら磨《す》っちまうか、――そうしてよた船に帰って、船出に向けて縄を出し、紛う方なき危険へと逆戻り。諸君らが又も見す見す好機を逃すのを御覧になったら、イエス様はどう思われる？　そうとも、イエスは御覧になっておるぞ。全てお見通しだとも。」

　折しも、ホイットフィールドばりと評判の伝道者マクレナハン牧師がたった今街を回って行ったところで、その余波は至る所に見られる。これ迄は基督と云われても縁遠い二流《マイナー》な聖者だとしか思っていなかった、横柄で垢抜けた聖公会信徒が、突如鬘も乱れた姿で往来に出、イエスの血を介した生れ変りを巡る自前の賛美歌を歌っている。大型のコネストーガ幌馬車に乗った長老派の人びとは、酒場や宿屋の入口付近に屯《たむろ》して、度合も流派も区々《まちまち》の罪人どもを掻き集め、遥か田舎まで連れて行って説教漬けにし、連中が逃帰るか、眠りに落ちるか、或いは何の認証も要らぬ本物の回心を遂げるかするまで離さない。教友会徒達まで街に出て、俄《にわか》に基督に目覚めた民を一部でも引入れようと、意外な喧嘩腰で駆引きを繰広げている。

「『新宗教』の盛りは二十年以上前に過ぎておった、」チェリコーク牧師は説明する、「――一七六〇年代に入る頃にはもうすっかり落目で、下落《げらく》ぶりは日に日に隠しようもなくなり、大いなる、誰一人その恐しい深みを知らぬ谷間へと向っておった。」

「そう、未だ誰一人知らぬ深みへとね。」時折思い出したように陰気な物言いに走るエセルマー。ここでも牧師は我知らず、大学教育に染まったいとこの思いにテネブレーがどう反応するかを見守っている。「失礼ながら、」エセルマーは続ける、「――学問的たらんとするなら、基督を介して生れ変ったと唱える連中が、その後の年月どうなったか、辿っておくべきではなかったでしょうか？　連中がどう振舞ったか、――確信はどのくらい続いたか？　誰が真実を、どの程度語っていたのか、見届けておくべきだったのでは？」

「左様、無論如何様《いかさま》な奴等はごろごろしておった、」牧師は云う、「商売目当てに偽りの主張を唱え、耳元で名を呼ばれたとしても実は一向にぴんと来なかったであろう覚醒《めざめ》を経験したと偽る奴等がな。だがな、本当にそうした体験を得た者も大勢居ったのだ、だからいんちきな奴等はあっさり化けの皮を剝がれたのだ。それこそが不思議なところだったのだ。あれほど大勢の人間が、同じ体験に投込まれたことが。

ホイットフィールドが来た時のこの街の様子たるや、そりゃぁ凄まじかったぞ。費府中が聖歌に酔い痴《し》れておった。教会から溢れた人びとは窓に梯子を立てて中を覗き、松明の灯は真昼の如く明るかった。それ迄、基督の直《じか》体験といえば、荒野に暮す隠者が、さんざ苦難を味わった末に得る特権と決っておった。それが今この刹那《せつな》、この世で最も豊饒な農地にも広がり、市民と信者から成る街全体に気前好く与えられたのだ。――差出されたものを、有難く受取ればそれでよかったのだ。そんな日々の後では、どうして世界がひっくり返らずにおられよう？　あれは聖霊の業《わざ》だったのだ、聖霊が自らの亜米利加植民を行っておられたのだ。ジョージ三世が如何に王権を主張しようと、治めたのは聖霊だったのだ、今でも聖霊なのである、かような理神論の世に在っても。」

「ふうむ。」考え深げなドピュー。「革命が起きたのも無理ないな。」

「ふん。革命が聞いて呆れるわよ。」ユーフリーニアが口を挟む。

「まあ、ユーフったら！」と姉が叫ぶ。

「失礼ながら叔母様、」エセルマーが異を唱える。「――叔母様方が演奏なさる音楽すらも年々変りつつあることは御承知の筈、プラトンが『国家』で説いていたことを想起なさる迄もない、――『音楽の形が変るのは、社会の混乱が訪れる予兆。』」

「あれはディテュラムボス[*1]を歌う連中を批判しておったのではなかったかな、」牧師が如才なく割って入る、「――ああいうのは、歌の形を変えるというより、狂気に駆られるまま色んな形をごっちゃに混ぜたりまるっきり捨ててしまったりするだけであって、そういうのはいかん、とプラトンは云っておったのではなかったかな。」

「あたしはね、セルマー、正にそういうのを聴けたら、と思ってる訳よ、」ユーフリーニアが頷きながら云う、「で、今日《こんにち》の亜米利加の歌やら賛美歌やらに常々耳を澄ましても、狂気も恍惚も一向に聞えはせず、――いつもいっつも昔と同じ形、同じ趣向に義理堅く従った音楽ばかり、――貴方気付いてるかしら、この頃何もかもが変ロ長調に傾き始めてることを？　それこそ将来に厄介が起きる徴《しるし》よ。未だ実現されざる勝利を祝う行進曲であり国歌なのよ。この頃じゃもう、新《ニュー》ヨークの街頭を歩いていて、大道芸人や商人《あきんど》の間を抜けながら、次々変る街の歌に合せて口笛を吹いても、ずっと変ロ長調から一度も逸れずに済んじまったりするのよ。」

「ふむ。とは云え……ちょっといいですか？」若者は家庭用鍵盤《クラヴィア》の前に腰掛け、幾つかの和音《コード》を分散《アルペジオ》で鳴らす。「これはハ長調、――大学で皆が陽気に騒ぐ時に歌っている歌です、――『天のアナクレオンに』[*2]という題でして、――無垢な方々のお耳には不快でしょうから歌詞は控えておきますが。」

これを聞いてテネブレーが、自ら編出し練上げた、効目抜群と評判のやり方で、狙った相手以外には誰にも気付かれずに目を丸くしてみせる。エセルマーがどう反応しているか、俄には見極め難いが、ぱちぱちと忙《せわ》しなく瞬《まばた》きを始め、真ん中のドの位置も暫《しば》し忘れてしまうことは確か。

彼が弾いてみせる歌は、曲速《テンポ》が速ければ軍歌風ともなり得ようが、この速さだと寧ろ三拍子舞曲《メヌエット》、全部で三十二小節、終る頃には一同足を踏み首を振っている。「ここにこそ新たなる型の神髄《エッセンス》があるのです、——四つの連《スタンザ》、——情に訴えて云うなればこれ等が一つの重麵麭《サンドウイッチ》を形作り、三つ目の連がその具となっているのです、——この句《フレーズ》が、」と弾いてみせる、「流星花火のようにぐんぐん舞上がって、絶頂へと向うこの盛り上り方たるや、正に閨房《けいぼう》——」

「エセルマー——?」

「——正に、その、ええと、厨房《ちゅうぼう》から届く料理ではありませんか……、」両手をぎこちなく広げる。

テネブレーはいとこに向けて指一本振るが、牧師にも容易に看て取れる通り、それもほんの戯れ。

「成る程、君ら若者は、」牧師がさも伯父らしく呟いてみせる、「デラウェアでそういうことをやっておる訳か。自分等の酒飲み歌を仔細に分析するとは！——聖なるものは何もないのか？ ささやかに跳ねる踊歩調《ダンス゠ステップ》しか君達にはないのかね、終《しま》いにはこの世の力、否、天の力に疑義を唱える積りか？」

「まあとにかく、音楽の世界でも何かが起きてる訳ね、」ユーフィー叔母さんがすかさず割込む、「——新しい流行り歌って、これ迄は大方、代り映えしない舞曲だとか、似たりよったりの、宿酔《ふつかよい》向けの賛美歌を闇雲に繋《つな》げただけの代物だったわよね、——何の結び付きもないのに、軽快舞曲《ジーグ》だの西班牙舞曲《サラバンド》だの中南仏舞曲《ブーレー》だの並べてララ歩踊《ステップ》踏んで、人生の百日草の合間を抜けてく、そりゃま楽しいですけどね、——でもね、あたしの音楽はね、セルマー、」——一枚の楽譜を振り翳《かざ》す、——

＊1 ディテュラムボス：酒の神バッコスをたたえる熱狂的な賛歌。

＊2 アナクレオンは酒と恋を詠んだ、紀元前六〜五世紀ギリシャの詩人。「天のアナクレオンに」は十八世紀後半に作られた歌で、「星条旗よ永遠なれ」はこの歌のメロディを借りている。

「隅から隅まで、旅立ちと、心の危機を唱《うた》っていてね、――それがあんたの云う重麺麹の具なんでしょうね、――そして最後にはきちんと主音に戻ってくるのよ、わざわざ終りの音を大きく奏でる迄もないの。――実はメイスンとディクスンの〈西線〉も、」と云いながら椅子の肱掛けに双簧木管《オーボエ》をそおっと置く、――「この、旅立ちと回帰という現代的要素を備えている訳よ、毎年毎年、総奏部《リトルネッロ》が単に同じ旋律《メロディ》を繰返すだけじゃなく、毎回少しずつ違ってるのよ、時計がチクタク進んでいく中で暮しには苦もあり楽もあり、人生は否応なしに生抜かれるのだから……。」

「西へ旅するということは、」牧師も直《す》ぐさま云添える、「太陽と同じ意味に於て、日の流れに運ばれて生き、子を育て、老い、死んでゆくことであり、――一方、東へ向うことは、時と歳《とし》にささやかながらも抗うことであり、風に逆らうこと、更に云うなら死に挑むことですらある。」

「簧《リード》を吹く女が楽器を手に取り、蠟を塗る度、劇《ドラマ》が生れること間違いなし、――云わば音楽による小説、主人公は通例の如く街道を旅し終りも見えぬまま次々冒険をくぐり抜けるのではなく、何らかの破局を経て、また振出《ふりだし》に戻って来るのです。」

「わが家に優るところ無し、かね?」ローマックス・ルスパークがはは笑う。

「あんまり革命的には聞えんなぁ、」アイヴズ叔父が云って退《の》ける。「田舎の連中を大人しくさせておく、出来のいい説教って感じだな。」

「それはちゃんと聞いてくれてないからですよ、叔父さん。『古い世界が引っ繰り返った』ですよ、」とエセルマーは、コーンウォリスの降伏時[*1]に演奏された、かような題の旋律を叩き出してみせる。

「人類の叡智が印した大きな一歩ですよ。」

「桑原《くわばら》桑原、用心が肝腎、」牧師が漏らす呻き声は、文句を云われたら、いや腹具合がちょっと、と誤魔化せるよう工夫してある。エセルマーはどうも要注意人物になってきたようだ。先ずはテネブレーのこともある、——近ごろ牧師は、この姪に対し、伯父的な、純な思いも不純な思いもごっちゃに絡まった愛情を日毎に深めているのである。まあそれは度外視するとしても、この若者には、バビロン並に頽廃せる戦後費府にあっても突出した、一種俗臭の残余のようなものがある、——理神論の一歩先、基督からの確信犯的離脱……。

「……南費府の民謡《バラッド》歌手達はですね、」とエセルマーはさっきから皆に講釈している、「その大半は男声中音《テノール》であり、未だ書かれざる秘密の音楽史に於ける一章を成すと云われています。プラトンが恐れた形式上の変化を、いや、プラトンが夢想だにしなかった変化を彼等が体現しているのだ、と。」

「プラトンでも夢想出来なかった？」数学者気質《かたぎ》のいとこドピューが不安気に云う。

「正にそういうことですよ！」とエセルマーは叫び、酒の方にじりじりと躙《にじ》り寄りながら、いずれはいとこのテネブレーの前を突破せねばならぬことを意識している。「これぞ革命の兆しですとも、巷《ちまた》の流行り歌が聖歌となり、浮れ騒ぎの歌が国歌になるというのは、——プラトンが恐れた通りですよ、——黒人の音楽を聴いたことがおありでしょう、五度の音が半音下がり、保送音《ポルタメント》*2で歌う、——あれこそ革命の歌声です。この十年、亜米利加は殺戮に明け暮れていました。今こそ世界の真の転覆が起きるのです。」

「どうかしらねえ、」テネブレーが云う、「貴方、目新しい音楽に随分入れ込んでるみたいだけど、——」

「他に何に入れ込めと？」若きエセルマー、自信満々の反問。「正にそれこそ蒸気機関の律動《リズム》ではな

*1　コーンウォリスの降伏時：チャールズ・コーンウォリス（一七三八—一八〇五）は英国の軍人で、アメリカの独立戦争時に英国軍を率いて戦ったが、ヨークタウンの戦い（一七八一）で植民地軍に包囲され降伏した。

*2　ポルタメント：一つの音から別の音へ滑らかに移る歌い方・奏法。

いかね、工場の喧騒、大洋の揺れ、夜の太鼓連打ではないか、* 実際、もしそれに名を与えんとするなら、――」

「波の音楽《サーフ・ミュージック》!」ドピューが叫ぶ。

「打楽器かしらね、」テネブレーが、ひどく愛想好く云う。

「君達二人にはそれで結構かも、――だけどね、――いいかいドピュー、然《さ》して遠くない未来の満月の晩、君はきっと、路地裏でカリブの黒人相手に、正にこの音楽を掻き鳴らすべき慎《つつ》ましい六弦琴《ギター》の値段を巡って駆引きしてることだろうよ、そしてお嬢さん、君もね、その音楽に合せて踊ってるだろうよ、君の結婚式でね。」

「じゃあ貴方はこれ被らないとね、」とテネブレーも拍《ビート》を逃さず云返す、「漂泊民《ジプシー》として働きたいんだったら。」裁縫籠の中から、緋色の唐縮緬《モスリン》の帯を出して渡すと、エセルマーもすかさず律儀に被ってみせる。

「漂泊民っていうより海賊ね、」とブレー。

「それはそれで浪漫的《ロマンチック》だろう……?」

＊ the Rock of the Oceans, the Roll of the Drums：ロックンロール（rock 'n' roll）の誕生がさりげなく組み込まれて、次行でのサーフィンの誕生につながる。

27

「『煽動家《デマゴーグ》』だと！」フランクリン博士の押し殺した声。「ペン家の坊ちゃんが何たる云種《いいぐさ》。ペン家と云えば誰もが知る耶蘇《イエスズ》会の名家、その御曹司としてアレン氏[*1]と悪魔的な協約を結び、長老派の移り気に恥知らずにも付入る者が、――『この煽動家を鎮圧すべし、』だと――よくも、よくもまぁ、煽動家などと……ミルトンはこの言葉を『悪鬼の言葉』と呼び、実はこう呼ばれた者こそ善き愛国者ではないかと述べたが、[*2]――」

「そう、みんな善き愛国者！」直情派ディクスン氏が椀《カップ》を持上げて叫ぶ。

色付眼鏡を通して、フランクリン博士は彼等を一人ずつ眺める。自らの発明になるこの眼鏡、太陽のぎらつきを和らげる効能を有し、[*3]鼻に載ったその高さは、その時その時に発せられる情報に応じて変化し、全般に、遥か遠方からの訪問者という印象を博士に与えている。天文観測士二人がこの著名

＊1　アレン氏：この後、独立戦争期に英雄となるイーサン・アレン（一七三八―八九）。

＊2　ジョン・ミルトンの政治的文書『イコノクラスト（偶像破壊者）』（一六四九）の一節への言及。

＊3　フランクリンは遠近両用眼鏡の発明者として知られるが、ここではどうやらサングラスを（も）発明したことになっている。

な費府《フィラデルフィア》市民に、ここ蝗横町《ローカスト・ストリート》の薬局の、ぴりっと臭《にお》う薄暗い奥で出会ったのは全くの偶然。三人とも薬物に関し別々の目的を持って訪れたこの店、棚という棚に容器が並び、ゴドフリー強壮剤、ベートマン滴剤、フーパー婦人丸薬、スミス薬用嗅煙草などが犇《ひしめ》き合い、値切り交渉が性急《せっかち》に行われ、数字や文字や錬金術記号が囁かれながらも（決して書かれはしない記号もある）、店内を静かな、暖かな微睡《まどろみ》の気分が包む。さながら、何処かの山の中、刈取られ乾かされた草本《そうほん》も畑で微《かす》かに息をしている夕方の如き静謐さが店を浸し、物事の大きさ、合法性、必然性を曖昧にしている。

ディクスンが長々と話している相手の店員は、どうやら彼のことを、例によって中国の薬物を必死で探す英国人観光客と踏んだらしい、――「何でもいいんだ、理想的には、阿片が入ってるのがいいんだがね……？　無論、溶解用の酒精《アルコール》もお願いするよ……ダフィ万能薬*も戴こうと思うんで何かそれと合う調合物もあるといいね、――うぅ、何箱要るんでしたっけね、ミスタ・メイスン？……」

こう云われてメイスンは、著名なる亜米利加人賢者の視線をひしひしと意識しつつディクスンを睨み返す、――その視線の前で、それなりに地位ある身たることを示せればと願っていたのに、――ディクスンの田舎者丸出しの馴れ馴れしさに又も望みは打砕かれた、――又しても十字架の道行きに耐えねばならぬのか。「物資の調達は君に一任しているぞ、ディクスン。不明な点があったらミスタ・マクレーンに相談し給え、」そう口にしながらも、傍《はた》にはどう聞えるかを意識している。

ディクスンの上機嫌は変らない。「そう云って戴けると有難い、」手拭《ハンカチーフ》で呑気に空《くう》を切ってみせる、「百箱もあればいいだろうな、当面、――さて、阿片入りの品の話に戻ると、――」

「は、手前どもはローダナムと呼んでおりまして、――独逸の名高きドクトル・パラケルススの処方そのままに調合しております。」

「百箱だと？！」メイスンが金切り声を上げる、「気でも狂ったか？　此処は敬虔な人達の植民地だぞ、

——そんなに沢山、認可される訳ないだろうが。」

「色んな疾患の予防になりますよ……？——便秘防止にもよく効きますし、——食料がどうなるか読めないことを考えれば、——」

「ダフィ万能薬の存在、及びその用途については、境界線理事会も十分把握しております、」と、これまで遣り取りを聞いていたフランクリン氏が、ここは口を挟む時宜《タイミング》と看て取る。「輸入品であるが故、英国の店で課されているのと同じ値でしか買えません。そこで、法外な価格で本物を買うよりはと、我等が薬剤師ミスタ・ミスピックが、僅か十分の一の値で、本物と判別不能な『健康薬』を調合して下さるのです。又、御自分のお好み通り調合なさりたい向きは、氏と相談の上、葯刺巴《ヤラッパ》と旃那《センナ》の比率も、糖蜜はどの種を使うかも、自由にお選び戴けます、——ダフィ依存症に関しましても隅々まで知り尽した御方、何を云われても驚きも憤りもしません。」ここまで云って、指を一本持上げる。『皆の衆、よくお聴きを、——決して小売価格を払わぬこと。』」

「これはこれは、御親切にどうも……？ミスタ・メイスンの選ばれる品は酒神《バッコス》への傾向を明瞭に示しておられ、選択に関しては氏が優先権をお持ち故、わたくしめ、己に合った薬を手に入れるには、乏しい自腹を割き、倹《つま》しい額内で遣り繰りする他ございませんので……？」

　ディクスンをもっとよく見ようというのか、フランクリン博士は眼鏡を動かす。思弁に窄《すぼ》めた唇の中から、微笑が顔を出し掛ける、——が、すっかり顔を出す間もなく、何しろ時計を見ずとも常に正確な時刻が判る人物であるからして、「さぁ、」と不意に天文観測士二人を誘う、「——費府の珈琲館《コーヒー・ハウス》にはまだいらしていない？　そいつはいけません、——直ぐ手を打たなくては、——この地を訪れたら必見です、——私も一、二件用事がありますから、——お二人とも、私の行付けの〈青きジャマイ

＊　ダフィ万能薬：十八世紀に広く使われた万能薬。

カ〉で一杯お召し上り下さいませんか?」

「倫敦《ロンドン》では皆、」メイスン氏が程なく博士に告げている、「貴殿の硝子口琴《グラス・アルモニカ》に夢中ですよ、ミス・デーヴィスの演奏も見事ですし。」

「とにかく壊れ易いですからね、ミス・デーヴィスには力説したのです、顫音《ヴィブラート》を余り使い過ぎるのは、——まぁ出来るだけ慇懃《いんぎん》に申上げた積りですが、——得策ではないかも知れませんぞと。いや然し、素晴らしい演奏を為さってくれます。手慰みに作ったあの玩具が、一握りの名手の許に届いたのは望外の幸運。例のモーツァルトとかいう神童、——それに巴里《パリ》の若き医者メスメルの噂も度々《たびたび》耳にします、演奏の腕も大したものだとか。」

「催眠術がどうこうって方じゃないですよね?」とメイスン。

「正《まさ》しくその人です。王立協会にはもう大分前から知られておるのでしょうな。」

「〈司教冠《マイター》〉亭ではいつも活発な話題ですとも。」

「フランクリンは彼所《あすこ》の会員だよ、汝は滅多に招かれもしない、」とディクスンが一人呟いているようにも聞える。声に出して云う科白は、——「あの、済みませんが、」勢いよく立ち上る、「用足しは何方《どちら》で?」

フランクリン氏は庭に出る扉を指差してやり、ディクスンが居なくなると、些《いささ》か唐突に、彼の「カルヴァート人脈《コネクション》」について訊いてくる。

メイスンは戸惑う。「そんなものがあるとは知りませんでした。とにかく、教友会徒の家系だから、ペンシルヴェニアの皆さんに受けが好いのは当然と思っておりましたが、どうしてメリーランドの方々にも受けるのか、首を傾げておったところです。」

「カルヴァート家自身は英国で暮すことで満足しております、——天主教《カトリック》の家系ですから、子供等は海峡の向う、サント・メールで教育を受けます。其処の教師をしておる耶蘇会士の一人にル・メールなる男が居りまして、これがダラムの生れで、ディクスンの師匠ウィリアム・エマスンと親しい間柄なのです、——」

「左様。だがあの耶蘇会士についてはディクスンにお訊ね下さらんと。私にとってル・メールは飽く迄、ルッジェーロ・ボスコヴィッチの相棒《パートナー》というのみ、——伊太利で二度分の緯度を、——」

「——左様、羅馬《ローマ》からリミニ迄ですな。」蘭の色をした透鏡の陰から、メイスンがその言葉の含意を割出すのを待つ。

「で、一体何が起きているのです?」喧嘩腰が声に出ていなければいいがと念じつつ、相手の薄暗い小さな二つの月をメイスンは覗き込もうとする。

「こうした問題を、そのうち助手の方とお話し戴いても、——」

「で、話したら、」メイスンが応えると同時に、細めた裸眼をフランクリンが不意に晒し、眼鏡の上から此方《こっち》を見て、促すように首を縦に振る、「——その一部始終を貴方に報告しろと?」

フランクリン氏は「眼鏡」を掛直し、「いえいえ、御不快ならお話しなさるには及びません。尤《もっと》も、不快の種類によっては、わたくしベンの万能軟膏を適宜お使いになれば和らぐこともあろうかと、——」

「——それでも他の不快は依然治しようもない訳で。ドクタ・フランクリン、何故貴方は私に、このような、何と云うか、陰惨な選択を促しなさるのです?」

「まあそれは、——貴殿の忠義心に逆らって賭けてみようかと、」フランクリンは肩を竦める。「初歩的な演習ですよ、――ですが貴殿、どうか、私が気を悪くしたなどと思わんで下さいよ、――一人の大人として、私だって拒絶には遭ってきました、拒絶に対し正気の人間として威厳を以て応える術《すべ》も疾《と》っくに身に着けました、――たとい理由がふんだんにあっても根に持ったりはしません。」

「貴方の為に彼を密偵《スパイ》することは出来ません。この地の政治が、その込入り方に於て云わば伊太利並になっていることを遺憾に思います。私が請負った仕事は、そんな余計な話が入らずとも既に十分厄介――やあ、ミスタ・ディクスンが戻られた。」

「ルイスって若者は御存知で？　向うは貴方のこと存じ上げてると云ってましたよ、ドクタ・フランクリン。」

「何処で会ったんです？」フランクリンは髪を両側で、くるくる長い巻毛《カール》に纏《まと》め始めている。

「直ぐ其処の路地裏ですよ。懐中時計を買わないかって云ってきましてね……？　自由石工《フリーメイスン》の占星術師型《モデル》だとか云いましてね……？　十二宮……？　月相、――」

「まさかあんた……」

「買えやしませんよ。あんた等どっちかが貸してくれれば別――」

「見に行こう、」メイスンが立ち上る。「行こうディクスン、そいつの所に連れてって貰おうじゃないか。」

「うぅ、もう行っちゃったと思うなぁ……？」目下ディクスンは、小さな壜の中身を珈琲の中に注ぐことに集中している。

　これ以上強く云えば、フランクリンの居ない所で相談したいという意図が見え透いてしまうし、どのみち小便の欲求にも迫られているので、メイスンは肩を竦め、一人で出て行く。彼が姿を消した途端、フランクリンはディクスンに、メイスンの「東印度会社人脈」について根掘り葉掘り訊き始める。

「会社って和蘭陀の方ですか、それとも英国の方？」ディクスンの顔には些かの邪気もない。「わし、どうもいつもごっちゃにしちまうんですよね……？」

フランクリンは漸《ようや》く少し気を許してくっくっと笑う。「友ディクスン、――忠義心は宝です、本物の価値を有しています、その値打ちは終《つい》ぞ気付かれぬものですが、――気付いた時はいつも手遅れ。」

「私等一緒に、冒険の一つ二つ潜《くぐ》り抜けてきましたからねえ。」

「成る程。因《ちなみ》に、チャルフォードのサム・ピーチという名、聞覚《ききおぼ》えはないでしょうな？」

訝《いぶか》しげな誠実さと共に、「『乞食歌劇《オペラ》』に出てくる奴でしたっけね*1……？――」

「おやおやミスタ・ディクスン、まあ落着いて、もう解放して差上げますから、――ほれ、お仲間が戻ってらっしゃいましたよ。」

「あの男、一人で道具屋一軒ですな、」メイスンが云う、「――中々愉快なお知合いをお持ちですな、ドクタ・フランクリン、――鬘《かつら》も面白い……謎々まで出されましたよ、――王が近眼の砲手に似ているのは何故か？――『知るもんか、そんなの、』って云ってやりましたよ、『きっとドクタ・フランクリンならご存知だろう。』」

「ミスタ・メイスン！　おやおやこれは。どうして私がそんな冗談《ギャグ》を知っておると？　或いはそんな人物を？」

「そりゃあれですよ、ああいうのに調べさせる訳でしょう、私等がどれ位、――」「――そしてどれ位愚かに、――」「――金を溝《どぶ》に捨てそうかを！」メイスンとディクスンが唱《うた》う。

「燃素《フロギストン》*2かぁ、はたまた電気の炎かぁ、――」費府の名士は叫ぶ、「どっちがどっちを騙しておるの

＊1　十八世紀前半に人気だった『乞食オペラ』に出てくる盗品故買屋ピーチャムと混同している（ふりをしている）。
＊2　フロギストン：酸素発見まで、燃焼素と考えられていた架空元素。

か。仰有る通り、手前、見え透いておりましたな？……バツの悪い話……どうせなら王立協会でさっさと訊いておくんだった、一応会員な訳だし……。実際、あんた方が仏蘭西の戦艦と戦ってらっしゃる最中も王立協会の皆さんと一緒だったんですよ、——あんた方が手紙を寄こした時、倫敦に居りましたよ……いやはや、中々の騒ぎでしたぞ！　あんた方への返答を承認した会合には私、居りませんでしたが、——ね、ですから私、何も疚しいところはない訳で、——次の会合は出ましたぞ、これが又、ああいう連中の最悪の部分が曝《さら》け出されましたな。一人ずつなら、——トム・バーチ君、ハドリー四分儀の名《な》祖《おや》たる荘厳なるハドリー氏、ミスタ・ショート、ドクタ・モートン、——みな素晴らしい知性の持ち主、一緒にいて実に刺激的です、——ところがこれが群れを成すと、——何たる頭の固さ！　ベンクーレンを仏蘭西が占領しておって、仏蘭西としては海馬号を彼処《あそこ》で沈めようがブレスト沖で沈めようが同じこと、それは連中も承知しておったのです。一人残らず承知しておった。ところが奴《やっこ》さん達、国際政策に関して成り上り者から忠告されるのが我慢ならぬのですな。噫、英国人、——最後の最後まで血を好む人たちです、その血が誰か他人の血である限り。商務省でもその調子、下院でもその調子……。毎日のこのこ出掛けて行って、物柔らかに諭しても、——馬鹿ども相手の教師ですよ。——遅かれ早かれ、いや気を悪くなさらんで下さいよ、亜米利加は英国相手に戦うしかありませんな……。

　とは云え、おぉ？——救いの神が。」これはフランクリンなりに慇懃に、若い御婦人二人の到来を言葉にしたのである。二人とも見目麗しいが、素人目にも些か、その服装《みなり》が奇矯に傾いていることは明白。さっき波止場で見た馬車に乗っていた御婦人方か否か、それはどちらもあり得る。

「居たわ！」

「まあ、ドクトル！」互いに威勢好く突っ突き合いつつ、それぞれ異なる速度の笑い声を上げている。

「モリィとドリィです、」フランクリンは二人を紹介する、「電気の技術を学んでおりましてな、手前も時折、彼女等を試験しております、はい……。お二方、若し宜しかったら、手前今晩、硝子楽器の演奏会を行いますから、倫敦珈琲館の直ぐ先、大工波止場の〈良き錨《フェア・アンカー》〉亭までお出掛け下さい。〈良き錨〉と申しますのはまあ一種の、――えぇと何と云うのでしょうか、――」

「杜松子酒《ジン》酒場、」モリィが唱《うた》う。

「阿片窟、」ドリィが叫ぶ。

「これこれ、御婦人方……。」

「ドクトル、ドクトル！」髪を何とか乱さぬよう努めながらも、賢者はじわじわ歓楽の雲に吸込まれてゆく、――雲の縁は棋盤縞《タータン》の翠玉色《エメラルド・グリーン》、光り輝く珊瑚色の琥珀織《タフタ》、小型愛玩犬の模様付き捺染地《プリント》、「船員《マドロス》さん気を付けなよ、」「無料接吻《キッス》お断り、」「さっさとやってよね、」等々剽軽な文句を織り込んだ留紐《リボン》、襞《ひだ》飾り、結んでもおらぬ帽子、彼方此方《あちこち》に乱れ出た髪……。ここは退散の潮時と天文観測士二人は踏む。外に出て行く背後から、チリィが囀《さえず》るのが聞える、「そんでね、絶対見たってあの娘《こ》云うのよ、暗闇の中で光ってたって……？」

男二人は表に立ち、目を白黒させている。「どうなのかなぁ……？……あの人、もう少し何て云うか……」

「整然としてると思ったよな。うん。世評では、時の内なる構造そのものに馴染んでおる人とか。ところが、会ってみると妙に……」

「何《なん》か焦点が定まらないよね、透鏡屋の云い方すれば……？」

メイスンは目をぎょろりとさせ、「ここは一つ、今晩私らも〈良き錨〉を覗いてみるのがいいかも？」

「うん、さっきの素敵な電気技師二人も居《お》るかも知れんし……？　わしはドリィが好みだったな。ありゃぁ中々お洒落の要領《コツ》を心得てますよ、気付きました？」

「二人」に強調が置かれたのが聞えた気がして、メイスンはディクスンに向って健気《けなげ》に微笑んでみせる。その心は、――「君は好きにするがいい、何を愉しい一時《ひととき》と思うかは人それぞれ、我が憂鬱から私がのそのそ出て来るとは思わんでくれ給え、」――実際ディクスンとしても、そこまでメイスンに求めようとは思っていない。ところが、その夜二人で〈良き錨〉に繰出してみると、正に其処はメイスン好みの店、――質素にして殺伐とした、陽気さを目指す営み一切に水を差す、唸り声すらも憚《はばか》られる雰囲気、木の卓や椅子には彫ったり裂いたり傷を付けた跡が其処らじゅう目に付き、気の抜けた淡麦酒《エール》は何とも忽布《ホップ》が足りずおまけに水増しされている。二人が供酒台《カウンター》に席を確保すると、間もなくフランクリン氏が現れる。さっきの蘭色の眼鏡は、夜想風の青い半眼鏡に代っている。それ迄は、大きな港の人間漂流物の常として、何の目的もなく散らばっていた人びとが、一斉に背を伸ばし、一所《ひとところ》に集まって、稽古《リハーサル》を重ねたサクラもかくやという几帳面さで以て、ミス・デーヴィス、グルック、*そしてメスメルの噂をぺちゃくちゃやり出す。

楽器は既に彼を待っている。それぞれ特定の音が出るよう調律した、入れ子状に重ねられた水晶の半球体は、中檣帆《トップスル》も畳み込んだ海の旅を遥々《はるばる》経てきた品、――船旅に付き物の不測の事態が心配なのは云うに及ばず、硝子の元々の華奢ぶりもロイズ船級協会にとって大いなる不安の種であったが、――どうにかこの広々とした部屋の一角に運び込まれ、誰やら瑞典《スウェーデン》人の政治家の肖像画の下に無事据えられるに至った。因《ちなみ》にこの政治家が誰であるかについては、何しろ煙がたっぷりこびり付いてどうにも見極め難く、――ウクセンシェルナ？　ギレンシェルナ？　ギレンボルク？　誰が知ろう？――議論はしばしば、飽くまで瑞典語で戦わされるとは云え相当に熱くなる。瑞典人入植の初期にこの絵が掛けられて以来、月日は流れ、この人物の名も次第に忘れ去られたが、その眼差《まなざし》は依然、夜毎この部屋で展開される意識喪失、銭の無駄遣い、博奕《ばくち》、咆哮、無数の種類の討論等々から成る人間模様《ドラマ》を見据えている。その背後には階段があって、上へ下へと引っ切りなしに人が這ってゆく。多くの人は途中で立ち止り、偽桃花心木《マホガニー》の手摺《てす》り越しに、硝子口琴《グラス・アルモニカ》の前に座ったフランクリン博士を見物する。若しくはモリィとドリィの姿を見下ろし、襟開《デコルタージュ》の奥を覗き込む。そう、二人は期待通り現れたばかりか、更に二人、流行衣裳《ファッション》に関し同様の見解を抱いていると思しき若い婦人を連れて来たのである。

「あの女ども、」メイスンが呟く、「見てみろ、――みんな私のことをじろじろ見てるじゃないか。私、自分が理不尽に疑り深くなってるのが判るよ。」

「落着きなさいよ、――あれはね、わしを見てるんですよ、」ディクスンが手を振る。

「ジェリィ！　チャーリィ！　こっちよ！」御婦人方は嬉しそうである。フランクリン博士は聴衆が席に落着くのを待ってドミソの和音を鳴らす。室内が一気に静まり返る。フランクリンが踏子《ペダル》を踏むと、水平に並べた硝子盃《グラス》が回転して、水を張った桶の中を抜け、これで盃の縁は常に濡れているという寸法。目の前を通る盃の縁に、フランクリンが風琴《オルガン》の鍵盤にでも触れるが如く軽く触れると、妙にざらついた、よく響く音色が生まれる。若しも奏鐘《チャイム》が囁けるものなら、旋律《メロディ》が死に得るものなら、その魂が地上を彷徨《さまよ》えるものなら……若しも幽霊達が幽霊の仮装舞踏会《リドット》で踊るなら、きっとこういう音楽を必要とするであろう、――感情は常に抑えられ、硝子が割れて粉々に飛散る一歩手前に留まっている。

休憩時間、一杯の淡麦酒を確保したドクトルは、天文観測士二人の許へやって来る。「御紹介します、此方《こちら》はミスタ・タリホー、ヴァージニアにお住いです。」この紳士、あんた方ヴァージニアのワ

＊　グルック：十八世紀に人気を博したドイツのオペラ作曲家。

シントン大佐の所へ是非お出掛けなさい、と頻《しき》りに勧める。

「面白い話が聞けますよ、――随分彼方《あっち》まで行ってらした方だから、地理も住人もよく御存知です、――あんた方と同じ測量士ですよ。」

そう呼ばれてメイスンが苛つくことを知るディクスンは、クスクス笑いをどうにか堪《こら》える。「喜望岬で、二人とも天文学者と呼ばれたのも愉快じゃないが、――」とメイスンは一度ならず愚痴を零《こぼ》してきた。「どっちにしても私には侮辱、やっておれん。」

「ウィア谷の出の家系らしいですね……？　わしも前、行ったら会ってこいと云われました……？」

夜明けと共に、二人は街の北の外れの十字路に連れて行かれる。冷たく湿った空気の中から、奇妙な造りの乗合馬車がするするっと現れる。「さあ御両人、お乗んなさい、此奴《こいつ》に乗りゃあお天道《てんと》様がも一度顔を出す前にヴァーノン山*に着くよ。」

「これ、安全か？」メイスンが問う。

「絶対安全ですとも、――危険なのは道の方ですよ！」と、別れの握手を二人と交わしながらタリホー氏は云う。

「あんたは来ないんですね……？」ディクスンが推し量る。

「ええ。あの方、私には会いたがらないんでね。此方も遠慮しときますよ。」

馬車は夜通し走り続け、二人とも眠らない。馬車は一向に止らず、毎回別種の重麺麭《サンドウイッチ》から成る食事も、仕切りに設けられた窓口から渡される。食べ残しは皿ごと窓から投捨てられ、後は風任せ。車内には新聞があり、書架《ラック》一杯に本も置かれ、御者の席の下には費府黒麦酒《フィラデルフィア・ポーター》の樽が据えられ、乗客が好きに飲めるよう栓が延びてきている。小便をする時は、中国の情景を描いて釉薬《うわぐすり》をかけた壺を使う。馬車の扉の外に小便をしようかと思案し始めるころには、何しろ速いので、もうその機も逸してしまっている。御者が叫ぶ、「お待たせしました、間もなくポトーマックでございます！」乗客達は川辺で降ろされ、冬の最中《さなか》の刺すような寒さ、季節特有の香りの中へと放り出される。御者が丘の上を指し示す。荷物といっても懐中《ポケット》にそそくさと詰込んだ物しか持たずに、人びとはヴァーノン山目指して登り始める。

＊　ヴァーノン山：ジョージ・ワシントンが住んでいた地として知られる。

28

頽廃に耽《ふけ》る余り、これ等ヴァージニアの住民達は、中世の暗黒時代以来少しも変っておらぬ宮廷愛の愚行を、恐しく入念かつ執拗に追求しており、挙句の果てに、単なる空想と実質ある世界とを区別出来なくなり、自らの愚行に呑込まれてしまう。阿弗利加《アフリカ》の奴隷に教わった歩踊《ステップ》を陽気に踏み、噂でしか知らぬと思しき貴族生活を送っている振りをする。彼等お気に入りの娯楽は決闘、――この地方では短銃《ピストル》を一対所有することも「紳士」の定義の一部らしい。
　阿弗利加に於て奴隷所有者を観察したことのある者には、何もかもひどく古めかしく思えることであろう、――領主と農奴、――猟奇なる営み、――騎士も城も、堕落せる今日にあっては最《も》早《はや》場違いであり、可能ですらない。斯様《かよう》に剣呑な愚挙からは、如何なる善も生まれ得ぬ。此処から如何なる政体が生れて来るかは、世界に愚行の種を蒔かれた御方のみが御存知。

――ウイックス・チェリコーク牧師『信仰日誌』

ワシントン大佐は会ってみるとディクスンより長身、大凡《おおよそ》ディクスンとメイスンの差と同じ位ディクスンと差がある。「掘っ建て小屋で三人真っ直ぐ並ぶ破目になっても大丈夫ですな、」彼は二人に挨拶する、「尤も、何でそんなこと？」浅はかな輩《やから》揃いの当地で、この大佐、謹直の代表とは云えぬまでも、倫敦の新聞で書立てられている如き無能の人では決してなく、銃で撃った敵の顔がどうこうなどと呑気に捲《まく》し立てたりはしない、――そもそもまだひょろ長の青年、一寸くらい羽目を外したからといって目くじらを立てる方が厳し過ぎぬか、昨日までは測量士の接眼鏡を通して測鉛線を見ていたのが、今日から初めて施条銃《ライフル》の銃身の向うに仏蘭西人を見るに至った若者ではないか？　大分貫禄の付いてきた本人に接してみると、まあ確かに時折眼差が何やら遠くのものに注がれたりもするが、――別に落着きがないのでも夢想に耽っているのでもなく、確固たる意図を感じさせるし、それによって眼前の問題に一層集中出来ているように思える。ディクスンが話すのを聞く時には笑みを浮べ、――歯の状態が状態なので人前で笑うのは極力避けているが、――ワシントンが送って寄こす笑顔は如何に躊躇《ためら》いがちであれ好意の徴と云われている――、「どうやら我々同郷のようですな、私にも貴方のように話す親戚が居りますから。」

ディクスンは丸めた手を片耳に当て、「ひょっとして貴殿の話し方にも、坑夫の抑揚が少し……？」

大佐は肩を竦める。「ペンシルヴェニアへ行くとね、お前の話し方は阿弗利加人みたいだって云われますよ。あの人達の想像ではね、私等この地で、十分の一税を貢ぐ連中に囲まれて暮して、知らん内に私等も段々そういう連中みたいな話し方になって、まあそこまではっきり云いやしませんが要するに生き方も其奴《そいつ》等みたいになっちまうってことなんですね。さあさあ。この卓《テーブル》の水差《ピッチャー》を御覧下さい。飛切り美味の果汁酒《パンチ》ですよ、我が部下ガーションの発案です。」

表の、白い円柱の立つ縁側《ポーチ》に出て、大盃《タンブラー》を握り締めながら、大男のヴァージニア人は不動産の話をしたがる。「好機《チャンス》と思ったら迅速に動かなくちゃね、こういう不安定な世情です、二度とないかも知れんからね。例えばこれはほんの一例ですが、――南山《サウス・マウンテン》の先にね、彼方《あちら》へ行かれた時に是非見て戴きたい土地があるんですよ、――多分あんた方の引く線も直ぐ傍《そば》を通る筈です。戦争中、早い頃に見付けましてね、以来ずっと心に留めてたんです……。あんた達も、どうせ此処までいらしたんだから、ついでに一寸くらい儲けたって悪いって法はありませんぜ……それとあんた方、考えてみられましたか、この仕事でどれだけ多くの測量結果を無償《ただ》でくれてやることになるか、――だって、〈西線〉は無数の区画に南北の境界線を提供する訳でしょう？　あんた方、署名した契約書の写し、今持ってらっしゃいませんよね……いやいや、いいんです……。でもあんた方、土地の投機師連中を随分刺激したと思いますぜ。この辺りじゃね、アルゲニー山脈の稜線を昔通り境界だと思ってる奴は一人も居らんのです。街道を見れば判ります、日によっては馬車が数珠繋《じゅずつな》ぎになって、――毎日見慣れぬ顔がぞろぞろ船で着き、サスケハンナの東には入植出来る土地なんて残ってやしません、――仏蘭西はオハイオから出て行ったし、悪党のポンティアックも退治されたしで、資金はあるし、珈琲館じゃみんな地図を描いて売りやら買いやら大忙しです、――私等を押し留めるものなど、何がありますか？」

「ブーケ将軍の『宣言』はどうです、――」メイスンは云ってみる、「アルゲニー稜線の西には一切、入植を認めぬものとする。[*1]」

「いやいや。植民地領主はあんな宣言、守りゃしませんよ。」

「では、」メイスンも応じる、「あの噂は何処から出てるんですかね、――ミスタ・クレサップが将軍に二万五千英町《エーカー》の土地を賄賂として提供し、自分の境界線を布告しないでくれと云ったという？」

「ふむ。ひょっとして、」ワシントンはくっくっと笑う、「クレサップがそれしか出さなかったもんだから、ブーケの奴、もっと寄こせとか云ったのかも、――今じゃ奴の許可状がないことには彼所《あすこ》じゃ土地は一切手に入らん訳で、奴の定める境界線次第で、亜米利加有数の御大尽にだってなれますよ、

——ブーケといえばあの安価な代用硬貨が代名詞みたいになってるが、別にああいうのに愛着があって職務を果した訳じゃありません、——寧ろ、常に恵み深き神が、辨加拉《ベンガル》の時と同じく、儲け欲と自信とが釣合った解放者を送って下すった訳で。要するに商売《ビジネス》だったってことで、それもまずまず誤魔化しなく行われた商売です。次なる一歩は、我等の米蕃戦争を傭兵に委託することでしょうな、——出来れば普魯西《プロイセン》の兵法を身に着けた兵がいいですな、何事も最良の連中を雇うに越したことはない、——尤もこの手の雇われ専業者《プロ》というのは、支払が一日でも遅れたら忽《たちま》ち烟のようにいなくなっちまいます。勝負を左右する決戦の直前だろうが関係ありません、——もう駄目です、去る者は追わず。あんた方、ブーケとかペン家の連中とかが、米蕃に対して親切心で振舞ってると思ってました？」

「だからこそ西への拡張を避けてるんじゃないんですか、」ディクスンが穏やかに問う、「米蕃の住処を侵害するのはまずい、彼等の人間性を尊重しなくては、そういうことじゃないんですか？」

「それよりもっと強く、もっと純粋な動機ですよ、」ワシントン大佐の眉間に皺が寄る、「——敵をギャフンと云わせてやりたいという欲求、——敵ってのはこの場合西に植民しておる長老派です、『宣言』[*2]がどうたらこうたらと寝惚けたことを云っておる奴等です、——それと、アルスター・スコッツの連中ですね、仏蘭西が出て行ったいま今度は英国と戦ってやろうかと思うくらい奴等は元々英国を

*1 アルゲニー稜線の西には……：いわゆる「一七六三年の宣言」。「フレンチ‐インディアン戦争の終結後、北米インディアンの領土権を確立するため英国王によって発せられた宣言。アパラチア山脈西方への入植を禁止した。インディアンを慰撫すると同時に領土紛争を避けるのが目的であったが、植民地住民を憤慨させただけで、ほとんど守られなかった」（研究社『リーダーズ・プラス』）

*2 アルスター・スコッツ：十七世紀に、スコットランド低地から、アイルランド北のアルスターに移住したスコットランド系の人びととその子孫をいう。

憎んでおる、――尤も数多《あまた》の陽気に阿呆な方々は、もう私等がそういう党派心は卒業したものと思い込んでらっしゃいますがね。アルスター・スコッツはかつて土地を奪われ、――獣のように追立てられ、他所の島へ連れて来られました、――宗教と地理の要請の犠牲となって。それから今度は、アルスターの法外な地代を逃れるべく、未知なる亜米利加の地へ逃れることを余儀なくされました。今後、三度目の強制が起きると思われますか？　一体どれだけの血が流れることか？　亜米利加人は気が向いたらいつでも米蕃と戦うのです、つまり戦える時はいつでも戦うのです、――そして英国とも、戦わねばならん時はいつでも戦うのです、我々は税を納める気もないし抑え付けられる気もありません。グレンヴィル内閣がこうした事実《データ》を無視するのは勝手だが、危険は承知してもらわんと。*」

「噫、ミスタ・グレンヴィルが私に相談してくれたらなぁ、」とメイスン。

「手紙も書いたんですけどねぇ、」ディクスンが云添える、――「『東印度会社に課税したらどうです？』返事も寄こしゃしません。」

「此処では概して、」大佐は忠告する、「政治の話なら何でも思ったことを喋って大丈夫です。ですが、宗教の話は、絶対にいけません。しつこく訊かれたら取り敢えず、理神論者だと云っとくことです。山奥の住民どもは無神論者を、中でも米蕃を怖がっておるのです、――まあ見慣れぬ道具を持った英国人二人組も奴等から見りゃ米蕃と大して変らんでしょうがね。無神論者に出会ったら奴等は先ず、撃とう、って衝動に駆られるのです、それも至近距離でね、尤もランカスター郡施条銃《カウンティ・ライフル》は物によっちゃ一哩《マイル》離れてたって正確無比ですがね、――だから物陰に逃げようったって大抵は無駄です。第一、樹々の中にだって何が待受けてるか……。」

「何です、この香り？」ディクスンは口走るが、岬《ザ・ケープ》での経験から、何の香りかは先刻承知。

「ああ、新しい収穫です、こりゃどうも気が利きませんで。裏にちょっとだけ、試しに植えてみまして、——首尾よく育ったら来年は商売用に十英町植えようと思っとるんです。上手く行けば、海軍も居るし新《ニュー》ヨークの洒落者連中も居るし、雄花も雄麻も全部捌《さば》けて、存外儲かりますよ。まあそっちは駄目でも、大葉子《オオバコ》の実はいつだって手堅いし。——さてそれじゃ、——ガーショム！　何処行った！」

読取り難い表情を浮べた阿弗利加人の召使がぬっと現れる。「へえ、旦那様、ワシントン様。」

「ガーショム、煙管《パイプ》を何本かと、乾燥し立ての麻を鉢に盛って来てくれんか。それと、お前の見事な果汁酒《パンチ》ももう一呏《ガロン》。頼んだぞ。御両人、これぞ正《まさ》しく『これ真《まこと》にイスラエル人《びと》なり、その裏に虚偽《いつわり》なし、』ですよ。」

ヨハネ伝一章四七節と看て取ったメイスンは、くっくっと笑いを漏らしさえするが、一方ディクスンは何やら怖い顔をしている。「レイビー城でもですね、」顔を赤く燃立たせて二人に告げる、「ダーリントン伯爵が御自分の執事、これがわしの大叔父のジョージだったんですが、のことでよく同じ冗談を云いましたよ、聖書の、正にその箇所を引いて。しかし、矢張りそういう言葉は、我等が救世主のみが発すべきものであって、他の誰が口にしても、心の貧しさを疑われてしまうのでは……？　まあ伯爵なら仕様がない、お城に住まれる方なら考えもなしにそんな軽口を叩かれるだろうよと諦めも付きます、——然しこれを亜米利加で耳にするとは、わしには何とも不可解な謎と申上げねばなりません……？」

「これはどうも、」大佐は云って、頭を何度も我が手で叩くものだから、直《じき》に鬘も傾《かし》いでくる、「聖なる書を不用意に引用し、不快な連想を引起こしてしまって申訳ない。」そうして鬘をすっかり外し、

＊　ジョージ・グレンヴィル（一七一二―七〇）は六三年から六五年まで英国首相。結果的には、グレンヴィルによるアメリカ植民地への課税政策が独立革命の原因となった。

頭《こうべ》を垂れて、片目でディクスンに目配せを送る。「まあ無論、そちらのお話とは事情が全く違いますが。」

「わしは教友会です、」ディクスンは肩を竦める、「どうすりゃいいんです、汝に決闘を申込めとでも？」

「まあとにかくイスラエル人《びと》云々は気になさらんで下さい、」盆を手に戻って来たガーショムが云う、「これが旦那様なりの冗談でして、年中仰有っておられるのです。」

「で、汝は怒らない？」

「あたし、事実希伯来《ヘブライ》の神を信仰しておりまして、」そう云って頭を傾け、猶太《ユダヤ》古来の礼拝帽《ヤムルカ》を皆に見せると、鬘の天辺《てっぺん》にそれが付けられた様は白地に黒、中々妙なものである、「怒っても時間の無駄でしょうから。」

「おぉ、——で料理は？」ジョージ・ワシントンが目を輝かせる。「ガーシュよ、カーシャ・ヴァルニシュケス[*1]はまだ残っておるか？」

「確か今朝平らげてしまわれましたよ、大佐。」

「そんならもう一回分作ってくれんか、——序《ついで》に豚の頬肉も焼いてくれるかね、一緒に食べれば通りもいい。」

「豚の頬肉大皿盛り、承知致しやした！」

「おいちょっと待て、」メイスンが異を唱える、「今云った生き物、猶太人には、」ディクスンにちらっと目をやりながら、「不浄であって、その肉も徹底して避けるのではなかったか？」

「勘弁して下さいよ、——あたしが只でさえ疚しい思いを抱えておらんとでも？　実はあたしが属してます宗派、食事の戒律には殆ど構いませんで。」

「——左様、」大佐も云い、今しがた存分に吸込んだ煙管からは再び香りの雲がむらむらと湧き上る。

「ですが、猶太人が豚を調理するのが驚きなら、黒人が社交を熟《こな》してるってのはどうです？　そうですとも、——此奴《こいつ》はジョー・ミラー*2の再来です、——ジョージズ町《タウン》、ウィリアムズバーグ、アナポリスへの道中、宿屋を回れば何処でも拍手喝采、——実際、中々の役者として広く知られておりまして、此処で働く時間がどんどんなくなっているのが悩みの種です、——おまけに年収も、名目上の主人たる私のそれと然《さ》して変らぬところまで迫ってきておる始末。」大佐はディクスンに煙管を回す。

「大佐がですね、陰湿《ディズマル》沼地不動産の株に投資しろって云うんです、」ガーションが打明ける。「貴方がた、どう思われます？」

　メイスンとディクスンは目を合せ、ディクスンが「彼奴等《あいつら》云ってませんでしたっけ、——」と口走りメイスンは「しっ！　しーーっ！」、一方ワシントンはガーションを屋敷に戻らせようと手を振る。だがガーションはディクスン氏から煙管を受取ったところ。「恐れ入ります。」吸込む。程なくして、

「さて！　お客様方、愉しんでおられますかな？　旦那様、大した外套をお召しでいらっしゃいますな。何と云うか、中々に、赤い、ですよね？　それにその銀の釦《ボタン》、——実にぴかぴかで、——一つお聞かせ戴けますか、旦那様、これをお召しになって森に入って行かれようと？」

「いや、あ、ま、その、——」

「実のところ、鮮やかな赤は、彼方《あちら》では目下流行でして、よく見掛けますよ、——安物の施条銃《ライフル》の銃身の延長線上にね、——お客様きっと何処でも歓迎されますよ、——デラウェア族、ショワニーズ族、セネカ族、——セネカは取分け赤い外套が好みです。——ふぅむ！」煙管をメイスンに回しながら、

＊1　カーシャ・ヴァルニシュケス：ユダヤの伝統的料理。玉ねぎ、そばの実、ヌードルなどを使って作る。
＊2　ジョー・ミラー：当時有名だったイングランドの喜劇役者（一六八四—一七三八）。

「お二人のどちらが伊達者かは一目瞭然、――米蕃が其方《そちら》の方に銃弾を浴びせる最中《さなか》、長老派が此方《こちら》の方を食べ物か何かと思って追掛けるでしょうな、――『絶対野牛《バッファロー》だ、間違いない！』『落着けパトリック、ありゃぁ只の栗鼠《リス》だよ。』『栗鼠なら栗鼠で結構！』ひゅううううう――ドカン！」

「有難い限り、」メイスンが上擦《うわず》った声で云う、「亜米利加での我が死に様《ざま》を想像して戴けるとは……これでもうこの問題で心を煩わす必要もなくなる、実に御親切、正《まさ》しく肩の荷が下りた思い、――」

　ガーショムはディクスンの方に向き直り、「この方、いつもこんな感じなんですか、それとも偶《たま》には怒る？」

「此奴《こいつ》と年中付合うんですからな、私の苦労もお察し下さい、」ワシントン大佐が呻《うめ》き声を上げる。「全く、頭がおかしくなってきますよ。さ、それと一緒に煙草、も少し如何《いかが》です？……」

「ジョージ。」

「おっと、そのままそのまま、家内です、ここは私が――あぁ、我が宝よ！　お前、綺麗な長上衣《ガウン》だねえ、素晴らしい生地だ、――紹介しよう、」云々かんぬん。ワシントン夫人（「あらまあ、マーサって呼んでね、お二人とも」）は小柄な、幸福というより陽気さを漲《みなぎ》らせた女性で、じっとしていてもばたばた動き回っている印象。目下は巨大な盆を持っており、その上には、焼菓子《タルト》、平丸麺麭《マフィン》、人形《ひとがた》の生姜麺麭《ジンジャー・ブレッド》、薄皮揚《フライド・パイ》、詰物輪菓子《ドーナッツ》、その他測量士二人が見たこともない茶菓子が幾つも、今にも零《こぼ》れ落ちそうな程　堆《うずたか》く載っている。

「煙の匂いがしたから、何か摘まむものが要るかなと思って、」豪胆なるW夫人は皆に挨拶する。「そういう仕事は例によって、不屈の家事担当者たる妻に回ってくるのよね、――あんた達の誰かが家を切盛りしようもんなら、十分と経たない内に無秩序が到来するわよね、あたし達人間の大半が住むことを余儀なくされるこの文明世界に在って。」

「暖炉の火にかけた鍋を、見張る役を仰せ付かったんです、」ワシントンが溜息《ためいき》を吐《つ》く、「――で、もっと急を要する用事に気をとられ、用事がまた用事を生み、やがて何か匂いがしてきて鍋を思い出したものの、噫、最早手遅れでした、――我が人格に於ける更にもう一つの致命的欠陥がこうして露呈したのです。いつの日か欠陥自体は修正出来るかも知れませんが、妻に赦して貰うことは永遠に望めますまい。」

夫人は首を横に振り、目を転がすというより左右に揺らす。「ジョージ、薄焼丸菓子《クッキー》を召し上れ。」夫は糖蜜を塗った人形《ひとがた》を一つ手に取って、その裏側をしげしげと、妻がそれを焦がしてしまっていないか確かめようとするかのように吟味した後、今にも頭部を嚙み切ろうとしたところで、別の想いが彼の頭に浮ぶ。

「そうそう、オハイオ会社のことはお聞き及びですかな、――先《せん》に亡くなった私の兄達も若干出資しておりました合弁事業です。かくして私共、前人未踏の未開なる州奥深くに赴き、しばしば明確な退却線もなしに、云わばその、――マースや、我が美徳の花束や、手の込んだ織物といったら何かね？」

「どうしてあたしにそんなこと判りましょう？」彼女は答える、「あたしは織工《おりこう》かしら？」

「――、手の込んだ織物、」大佐は何とか話を続ける、「――つまりその、混沌の中の秩序ですな。新たな市場が、書かれざる掟を携えて、開かれた土地じゅう至る所に出現し、力関係が落着くべきところに落着いてゆき、命令系統も自ずと、――」

メイスンとディクスンは、公平な分業を取決めていく中で、二つの会話が同時に進行している場合は、それぞれがその一方に注意を集中する習慣を採用しており、どちらがどちらに気を向けるかは概《おおむ》ね位置で決る。かくして、彼らの職業を浮世離れと責めているらしきW夫人にはメイスンが対処し、一方ディクスンはオハイオ会社の歴史に囚われる破目となる。

「――我等の城砦《じょうさい》はウィルズ川とレッドストーン川にあり、後方連絡線としては……東印度会社が独自の海軍を有しておるように、我々にも自前の陸軍があったのです。森また森の中の、野蛮なる無秩序状態にあって、只我々のみが、この地を然るべく切拓くに足る統一と規律を持ち合せておったのです。ご安心を、オハイオ社は今も存続しております、」大佐は先回りして反論している、「確かに形は変っておりますが。」

「死後の生って感じですけどね、」ガーショムが口を挟む。

「我々の望む言葉を、特許状に盛込めさえしていたら、話は違っておったかも知れんのです。だが宮廷には我々の仲間は指で数えられる程しかおらん。時折その少数すら、我々にも姿が見えなくなってしまうのです。」

「ダラム主教条項をね、入れられなかったんですよ、」とガーショム。

「いいかおい、――他の連中はみんなあっさり貰ったじゃないか？　ヴァージニアは？　カルヴァート家、ペン家は？　オハイオだって、前例からして当然貰えた筈じゃないか。」

「失礼ながら大佐、あれ等諸々《もろもろ》の認可は、」ガーショムが指摘する、「王達自身完全に現実の存在とは云難い日々に起草された、空想物語のようなものでございました。当時は云わば仮面劇の世界、遥か遠い地を巡る虚構でしたから、何だってありだったのです。『ダラム主教条項？　いいとも、いいとも、――で、どんな住居を御所望かね、宮廷風かな？　宜しい、雪家杉《ヒマラヤスギ》、煉瓦、古風な石造り、何でも結構、――え、何だね、何を入れたいって、後宮《ハレム》？　ああああ、いいとも、――で、御婦人は何人ほど必要かな？　勿論選べるとも、――スメドリー卿、目録《カタログ》を。』」

「亜米利加のダラム主教条項と聞けば、」ディクスンが云う、「英国人の頭の中で、アルゲニー山脈の西の米蓄てのはハドリアヌスの城壁の向うの蘇格蘭《スコットランド》人みたいなもの、と連想が働くでしょうよ、――北に住む人喰い野蛮人から王を守る、というのが条項に於ける主教側の務めでしたからな、[*1]――奴等蛮人が、夜毎吹く袋笛《バグパイプ》の音《ね》となれば、四五年の乱[*2]の当時など、耳にした者は恐怖の余り、夜も明ける頃には一人残らず不眠症に陥っているような有様でしたからねえ。」

「何と、まるで、」大佐が声を上げる、「モノンガヒーラ川沿いの野営地の話を聞いているようですな。川の向うからは、一晩中、虚ろな死の響き。長い時間見張に立ち、藪の音に耳を澄ます。惨めったらしい最後の一葉の音まで聞えるのです。度し難い闇。お二人とも、開拓済みの地と、所有者なき地との境界にお立ちになって、今にも深い森へ入って行かれようとなったら、必ずや感じられる筈です、あの……」

とは云え、我々は只、闇の中の野営地たろう、遠い荒野の中のささやかな文明の避難所たろうとしたに過ぎません。」

「困ったことに、仏蘭西人もそうだった訳で、」とガーショム。

「有難う、ガーシュ。」

一方メイスンは、天文学と、彼自身の経歴《キャリア》との弁明に乗出している。「論争は少くともプラトンにまで遡《さかのぼ》るのです。実際、私自身、『国家』第七巻のグラウコスになったような気分ですよ、学園で天文学を教える実際的理由を、思い付く限り、不安な面持《おももち》でソクラテスに向って述べているあの男に。」

＊1 「ダラム主教条項」は、スコットランドとの国境に住んでいたダラム主教が、イングランドを外敵から護るのと引き替えに、ほとんど王に近い権力を享受した慣習を指す。

＊2 四五年の乱：「ボニー・プリンス・チャーリー」と慕われたチャールズ・エドワード・スチュアートを指導者に、スチュアート朝復興のため一七四五年に起こしたジャコバイト最後の反乱。

「あらじゃあ、ということは、あたしはソクラテスになった気分かしら……？　噫、今日はそういう気分じゃないわ、――ソクラテス夫人、てのもやっぱり違うし、――あの方きっと、他の面では素晴らしい女性だったんでしょうけども、聞くところでは、悪妻特有の営みに余りに忙しくて、台所にはろくすっぽ構わなかったってお話ですから、例えば、この飛切り美味しい杏仁焼菓子《アプリコット・タルト》を貴方にお勧めするなんてことも出来なかったでしょうよ。」

　確信はないが、どうやら或る種の睫毛の動きをたったいま目にしたようにメイスンは思う。「あ、これはどうも。我々透鏡《レンズ》屋は皆、己の第一の義務は、世の役に立つことと認識しております。はぁ、これはこれは、木苺《ラズベリー》もですか……どうも。ペラム兄弟は目下落目《おちめ》でありますけれども、我々みんな、規定通りの道筋で事を運び、使った金も、きちんと最後の一文《ファージング》まで王に御報告致します。何しろ丘の頂上に居りますから、他人様《ひとさま》からも丸見え、浮世離れした空論に拘《かかずら》っておる暇はありません、実際、仕事の詳細だけで頭が一杯でして、――最近は専《もっぱ》ら経度問題に集中しております。」

「ふぅん。で、例の、金星の日面通過はどうなったの？」

「あれに関しては、奥様《マーム》、我々は一団となり、云わば学問の武装帆船《フリゲート》となって、それぞれ別個の任を担って活動致しました、――その間、各天文台の日常業務も平常通り行われました、グリニッジであれ巴里であれ、天体の運動全てを完璧に知り、その知に船乗り達が命を預けられるようにするのが我々の務めでありますから。」

「この地では、」大佐が目を輝かせる、「日面通過はもっと有名ですぞ、――観測者は世界中に配置されておるのです、マサチューセッツに迄、――あらゆる地の財務《ざいむ》方《かた》が金銀を供出し、――天文学者はみな俄《にわか》に職を得ました、――それも全ては、『地球の視差』の真の値を割出す為。いやいや、此処ヴァージニアじゃね、視差がひょっこり現れて御機嫌ようなんて云ってきたって、視差《パララックス》と風車《ピンウィール》の区別も付きゃしません。」

「とは云え、一時は大流行《おおはや》り！　日面通過鬘《かつら》、あれを被って大通《ブロード・ストリート》そぞろ歩いてる女性も結構居たわよね、貴方覚えてる？　大きな、白粉《おしろい》を塗《まぶ》した球体に、小《ち》っちゃな黒い丸結びが載って、――」

「日面通過蒸菓子《プディング》もあったな！　矢っ張り同じく、丸い白い塊に、黒い酸塊《スグリ》が一個載って、――」

「――そして船乗り達は、あの情けない歌を歌って、――」

「今こそ船出の時、［と大佐は歌う］
さらば、ポーツマス淡麦酒よ、
陽気な酒場もバイバイ、
可愛い君よ、俺たちゃ地の果てに旅立つ、
金星が日面を過ぎる前に行かないと。――
金星こそ何トカカントカ、――」

「……こそ愛の女神、」マーサが、些《いささ》か性急《せっかち》であれ耳に心地好い高音《ソプラノ》で歌う、

「――空に輝き、
意地悪の欠片《かけら》もなく、
だけど彼女が　太陽を過《よぎ》るまで、
そう、金星の日面通過まで、お楽しみはお預け！
［ワシントン大佐が繋《ブリッジ》ぎに加わる］

貿易風が吹く所、
船乗りが行くよりもっと先、
氷と雪じゃなかったら、
地獄より暑い灼熱、
イエィ！
友に別れを告げ、荷物を纏《まと》めろ、
サァ気合い入れていこう、
愛しいモリィにさよならを、
あの娘《こ》はお前にゃ似合わない、
お前の相手は日面通過！」

最後の四小節になると、二人は互いに向き合い、歌詞とは然《さ》して関係ない愛情に満ちた眼差で見詰め合っている。それは寧ろ、和合《ハーモニー》、共に歌い終えること、に通じる情愛。

ガーショムが王の冗句《ジョーク》を披露している、――「実はこれって奴隷と主人の冗句でして、それをこっちの聴手《ききて》向けに脚色《アレンジ》した迄で。王様が道化に云う、『で、――云ってくれ、正直に、――何だってそんな風に年中道化の真似をしておれるのじゃ？』『ヘイ、ジョージ、』と道化が云う、――『簡単さ、――あんたとおんなじ理由だよ、――足りないからさ。』――『え？　え？』と王、『どういうことじゃ？』――『だからぁ、あんたは知恵が足りなくて、俺は金が足りない。』」

王が大使の一人と軽口を叩き合っている。「こいつは参った、」王は叫ぶ、「其方《そなた》、まるっきり毛むくじゃらの、大柄の羊ではないか！」大使は答える、「はい、これまで何度か、光栄にも閣下の替え玉を務めさせて戴きました。」

陽気ではあれ御乱心の王が、食卓を囲む者達に、悪魔に乾杯《トースト》を唱えさせて欲しいと乞う。「あの方だったら、」道化が云う、「いつもの所でたっぷり火焙り《トースト》されてますぜ……でもまあ、閣下の親しいお友達ですから、結構かと。」

王が馬車に乗って遥々《はるばる》田舎に出掛け、帰り道は道化を従えて宮殿まで歩くことにする。流石《さすが》に疲れてきた辺りで、出会った農夫から、道はあと十哩《マイル》あると知らされる。「馬車を呼んだ方がいいかな、」王が云う。「よせって、ジョージ、」道化が応じる、「――十哩くらい訳ないさ、――一人五哩ずつじゃないか。」

続いてガーショムは「ハヴァ・ナギラ」を歌う。陽気な猶太《ユダヤ》の歌を、二個の匙《スプーン》同士を切分音《シンコペーション》も付けてぶつけながら歌う。

「四九年に騒動をおっ始《ぱじ》めたのは、セレロン・ド・ビヤンヴィルでした、」大佐が暫《しばら》くして述懐する、「加奈陀《カナダ》から南下して来たド・ビヤンヴィル、エリー湖の岸に降立ち、仏蘭西川《フレンチ・クリーク》の入江を通ってアルゲニー川に辿り着くと、仏蘭西の領土権を主張すべく、王の紋が入った鉛の板を埋め*……其処から平底舟《バトー》でオハイオ川に上り、オハイオを下って、アルゲニー、ビーヴァー、フィッシュ河《クリーク》、マスキンガム、カノーワ、サイオート、と、それぞれの河口で鉛の旗を立てていって……。」

「鉛？」ディクスンが興味をそそられる。

「彼《か》の金属の、その他の使い方を示す覚書《メモ》というところかね、」メイスンが推測する、「例えば、弾丸とか、――如何にも仏蘭西人らしい他人を見下した態度ですな、卑金属を浪費するのみならず、英国人に気付かせるにはこうするしかないと云わんばかりに、暗い土の中に埋めるとは。」

＊　王の紋が入った鉛の板を埋め：領土権を主張する際、ヨーロッパ人が一般的に採ってきた方法。

「いや、まあ、単に実用本位ってこともあるでしょうよ、」ワシントンが晴れやかに云う、「——鉛は銀や金より安いし、そうやって空気に触れさせなければ、随分長持《ながもち》しますし。」

「何の金属であれ、板だってことは、」ディクスンが考え込む、「若しくは円盤《ディスク》だってことは、電気的な目的も考えられますぞ。」

「ドクタ・フランクリンに訊いて御覧なさい、」大佐が云う、「あの方なら判りますよ。」

「やれやれ、また電気か。」メイスンは親指で相棒の方を指しながら、陰気な顔で頭《かぶり》を振る。「左様、この御仁の異常を引出すには打って付けの話題なのです、——まあ勿論至って無害ではあるのですが、——いつも出し抜けに始まり、得意の流体について滔々《とうとう》と弁じ出したら、もう止めようはありません。天下のドクタ・フランクリンでも治せやしません……王立協会最良の医者たちですら、」——肩を竦《すく》める、——「首を捻《ひね》る有様。とにかく、いつの日か正気を取戻してくれるのを待つしかありません。」

「子供の頃、痺鱏《シビレエイ》で痛い目に遭ったものですから、」ディクスンが、メイスンの方に軽く首を曲げて打明ける、「——それでね、とにかく矢鱈《やたら》敏感なんですよ、」——声を落す、「電気と聞くとね！」

「そりゃ大変だ！」ガーショムが云い、W夫人は食卓をタ、タ、マ、マときびきび叩き、一方大佐は、頭痛でもするのか、頭を抱えている。

「とは云え、痺《しび》れはしても、」メイスンは一同に請合う、「そして幼くはあっても、体長の六分の五はそうした伝導板たる痺鱏の中に、その構造の原理をしっかり認識しましたとも、——即ち、世間に於て有用たらんとするなら、そもそも世間に気付いて貰おうとするなら、伝導板を相当数びっしり重ねるしかないのです。——左様、ディクスン、戯《おど》けて首を振るが好い、——散々振れば、少しは血の巡りも良くなろう。一体全体、鉛であれ金《きん》であれ、板をたった一枚地中に埋めて何の役に立つのか、私にはさっぱり判らんね。」

「ひょっとして、わし等の貧弱な知覚器官じゃ判らんだけかも、」ディクスンがやり返す。「天体だってそうだった訳じゃないですか、つい此間《こないだ》、望遠鏡が発明される迄は……？　そういう板だって、幾つも集まれば、大地が一種の蓄電層《ライデン・パイル》を形成しても不思議はないのでは？　単純に電力を貯めるのではないにしても、小さな電流を蓄えて、それが見えない符号へと容易《たやす》く変換され、学者なら当然知っている手段を用いて解読される……。」

「諸々の円盤に情報《メッセージ》が込められているとしたら、挑戦、挑発ではないかな、」ワシントンが断じる。

「手袋で叩いて、決闘を挑む、あれの測量士版ってところですかね。」

　とは云え……（と、牧師は思案する）、他にどんな意味が考えられるのか？　西方へ行けば、今も信仰が残っておるのだ、絵文字や記号が在るだけで魔術的な力が生れるという信仰が、――小さな魔術的なる言葉によって、巨大な物理的驚異がもたらされる。その力こそ正《まさ》しく魔術の神髄、――寓話《おはなし》に於て、暗号化された碑文などが一度《ひとたび》解読されれば、云いようもない宝に導いてくれるように。従って、紋は極めて重要となるのであり、それを精緻に記述することは、しばしば生死を左右する問題となる。一文字でも間違えたら、立所《たちどころ》に残酷なる破壊を喚出《よびだ》してしまいかねないのである。

「御自分でそういう板を御覧になったことは？」

「幾つか掘出しましたとも。」深紅色に腐刻《エッチング》された目で、大佐は意味あり気にニヤニヤ笑いながらディクスンの方を見ている。一方ワシントン夫人は警告の顰面《しかめつら》を浮べるが、ガーショムは既に記念の品を取りに行く途中、悪戯っぽく声を上げている、「はぁぁぁい只今、旦那様！　鉄屑一山、――失礼、じゃなくて鉛板（何でまた鉄屑なんて？）、――新品同様、元々《オリジナル》の土がまだ付いてますぜ……。（お客様方、旦那はちゃんとお相手してらっしゃいますかね？）」

　ディクスンの注意を直ちに惹くのは、仏蘭西王の紋ではなく、裏側に記された印である。「こいつぁ驚いた、中国語じゃないか！」

「中国語？　これはこれは。欧羅巴《ヨーロッパ》人でその手の文字を認識出来る人というと、大概……耶蘇会《イエズス》のようですが。」

「はぁ……？」ディクスンは忽ち守勢に回る、「何かまずいと仰有るんで、大佐？」

「場合によりますな、」大佐は答え、誰にもその重みが判る間《ま》を置く、「――貴方は、その……旅するお方ですかな？」

「ええ、如何にも、」ディクスンは費府《フィラデルフィア》の支部会員から自由石工《フリーメイスン》の合言葉を教わっている。「それも、西へ旅しております！」

「西？　あぁ。はっはっは！　何だ何だ、そうですか。いや実はね、――要するにですな、――時偶《ときたま》、北の貴壁《ケベック》辺りの耶蘇会の者が腰衣《スカート》を膝丈股袴《ブリーチズ》に穿《は》き替えてね、変装して国境を越え、此方《こっち》で悪さを働くんですよ、――だから念には念を入れて用心せんといかんってことでして。全て支部会に報告し、色んな小さい話を、上の誰かが長い物語に纏《まと》められるようにする、――場合によっちゃ、そういう邪《よこしま》な侵入者の動向を日々追ったりもするんですよ。」

「郵政長官として申上げますれば、」後日フランクリン博士が、費府に於て付足すことになる、「――我々の最大の問題は時間です、――常に、時間以外の何物でもないのです。情報《メッセージ》が受け手に届くには、一定の遅延を見込まねばなりません、――船なら数か月、陸路でも数日、――これに対し、〈耶蘇電報〉ときたら、忌々しくも瞬時の通信を享受しておるのです、」――非常な高度まで揚げられた巨大気球、完璧な放物線《パラボリカル》を描く悪魔的《ダイアボリカル》な鏡、未曾有の強度に集束された光線、――この三つが駆使されて、遥か遠くまで信号は届き、誤りは皆無、――まあ少くとも、立場上知るべきことを全て知るのを日々の務めとしている上層部の人びとの許に行着く暗号化された報告によれば、どうやらそうらしいのである。

如何にも耶蘇会の発明らしく、時宜《タイミング》と規律《ディシプリン》が肝要である。噂によれば、長老達は命令を発するに留め、実際の労働は〈電信部隊〉に託される。これは、改宗した中国人達から成る精鋭集団《エリート》であり、ロヨラ流の訓練を受けて、気球の発進を数分の一秒水準《レベル》でやって退《の》け、光線を寸分違《たが》わず正確に対象に向ける技も身に着け、一旦反射光を得たら、終始それから少しも逸れぬよう努める、——舞踏会での女性の眼差と同様、こちらから情報を送る前に暫く保持しておく必要があるのだ。「という訳で私共は後《おく》れをとっており、この時間差をどう埋めたらいいのか誰にも判らぬ始末。一台でもいい、奴等の機械を完全な状態で入手出来たら、分解して仕組を研究するものを……。とは云え、それが何になりましょう？　どうせ向うは、その倍も悪辣《あくらつ》な奴を発明するでしょうよ、——何しろここには、地球上最強の知力源二つが組合さっておるのです。一方は、イエスに対する統率された情熱にしっかり繋《つな》がれ、もう一方は、極めて亜細亜的な神秘たる無への脱出に繋がっている。両者が一緒になって、世界を操る力すら持つ、陰の技術者達の小軍団を形成しておるのです。実際、基督教世界にとって、中国—耶蘇会連係《コンジャンクション》こそ、蒙古《モンゴル》やムーア人よりも大きな脅威となるやも知れぬ。彼奴等《きゃつら》を分裂させ得る種は目下、風水《フェン・シュイ》を巡る反目のみ、更に大きな反目が出て来てくれるとよいのですが。」

29

屠場の壁が建ったその日から、都市は血を、流血を、隠蔽し始める。動物達の叫び声を、臭《にお》いと汚穢《おわい》を、田舎の現実の前で既にひ弱となった住民達の目から隠す。裕福な人びとは、殺戮《さつりく》の集中する場から好きなだけ遠くに居《きょ》を構える。じきに、田舎の憂鬱症患者らが、烏《カラス》のように町へ押寄せ、太陽を暗くする。処理済みの肉が市場に並ぶ、——腸詰《ソーセージ》が空を背景にぶら下がり、数行の文書、内臓的論評の暗号、を形成する。

　焼くべき人形《ひとがた》の製作を生業《なりわい》とするヴィアリー兄弟は、二番通と市場通の角に建つ屠場の南、裁判所の傍らに店を出している。陰惨なるものを求めて止まぬメイスンは、当然此処へも出掛けてゆく。

「其処ら辺の襤褸《ぼろ》切れでいいって訳にゃ行きませんからね、どうせ燃やして灰になるからとは云え、」コズモが云う、「——群衆の皆さんからすればね、何かを燃やしてるんだって気持が大事なんです、ね？　ええ、そりゃね、靴磨きとか女袴《ペチコート》とか、月並な奴も年中作ってますよ、ですが、そういうのよりもっと規模《スケール》の大きなのを当方《こちら》としても目指しておる訳で……。」

「例えばこれですね、当店《うち》の公開斬首模型《ざんしゅモデル》です、——」兄デーミアンが云添える、「私共は『首切り《トッパー》』と呼んでる位で、鍵は勿論首です、何てったって、絶頂《クライマックス》まで引っ張ってきて、刃が当る、そこでスパッ！　といい音がしなけりゃ、皆さんがっかりなさるじゃないですか、で、蜜蠟《みつろう》だけを使ってそれが出来るか？　いえいえ、――頭部や何やらを作るにはそれで結構ですがね、だけどこういうのを切るんですぜ、――脊椎《せきつい》？　喉？　首の筋肉？　ね、――蠟じゃ無理でしょう？　かくして上っ張りを羽織って、お隣にお邪魔する訳です、手頃な大きさの首を漁って、いい骨や牛脂《スエット》を探すんです。後《あと》はこの小僧が、そいつをすっぽり覆って、名高い、いや寧ろ悪名高い顔を付けるって訳で。大した蠟細工師ですよ、当店のコズモは。殆ど別世界から来たみたいに似てます、行くのも怖いって感じの別世界ですけどね。表は罪のない蜂の巣、だけどその下は、日々の殺戮の廃物って訳です、陰惨なる混合物、ある種の教材と云ってもいいんじゃないですかね、――当店の客の坊ちゃん嬢ちゃんが籠ってる暗い部屋に入って御覧なさい、止《や》めときゃよかったと思われますぜ。」

　勿論そう云われて、メイスンは直ちにそうしようと決める。ディクスンと連立って酒場を梯子し、行く店行く店の奥の部屋で秘密結社の会合が開かれているのを目にする。賭博《ギャンブル》あり、マディラあり、淫らな振舞いあり。時には、あんた方も如何です、と誘ってくれる者達もいる。時には、二人とも誘いに乗る。「何と、鞭打ちはなしか？　胸を晒した新参者が鎖に縛られもしない？　儀式的凌辱もなし？　マディラ飲んで遊戯《ゲーム》する、それだけ？」

　集まっている連中は時折、メイスンの名がメイスンだと知って、自分も自由石工《フリー＝メイスン》の支部会員だと云出す。「メイスンって名前の人は自動的に会員ですよ、あんたの名を名乗った最初の先祖が、きっと大聖堂の時代に石工《ストーンメイスン》やってたんですね、――で、あんたはその人の末裔《まつえい》であり、今日の自由石工もその人の組合《ギルド》仲間の末裔である訳ですよ。あんたは、云わば名称上自由石工である訳ですよ。＊」勿論、酒代を払わぬ為の手の込んだ策略という可能性もある訳だが。

＊「フリーメイスン」はしばしば「メイスン」と略され、事実中世の石工《メイスン》のギルドから派生したと言われる。

〈米蓄女王《インディアン・クイーン》〉亭と〈グロスター公〉亭の中間の何処かにあったこうした飲み屋で、奥の部屋に更に奥の部屋があることが判明する、――呼ばれもせぬ人が見に入っても只の食料室だが、実は様々な集団行動の為の場。猟奇の体験を求める向きには古さも不気味さも十分とは云えまいが、そこはメイスン、憂鬱を育《はぐく》むに実り多き空間を嗅ぎ付ける嗅覚は誰より鋭い。かくして、そ知らぬ顔を装い、蠟燭も持たず、小さな窓の外に吊された角燈《ランタン》の光を頼りに入ってゆき、目が慣れるのを待つ。先ず二人が見えてきて、次に三人、やがては部屋中に、直立した者達が犇《ひし》めき合っているのが見える。みな息もせず、脈も打っていない、――メイスンとしては先ず何か云いたい欲求に駆られる、挑むのではなく縋《すが》る言葉を口にしたい思いに、――と、顔がだんだん数多く見えてくるにつれ、ゆっくりと、彼の恐れていることは次第に否定し難くなってくる、――即ちこの人びとは、一人残らず、メイスン自身の目に向けて、彼には把握しようもない意味を帯びた堪え難い視線を送っているのだ、さながら、――それについては余り仔細に考えたくない、――さながらみんな彼のことを知っていて、彼を待受けているかのように……。

そのうち少くとも一人の顔は、先週初めて出席した理事会でも見た顔だとメイスンは確信する、――だがあれは大方儀礼的な会合であったから、どの顔もほぼ同じ鬘《かつら》で縁取られていた。とは云え、私が誰なのか向うが判るなら、なぜ喋らぬ？　そう問いながら、メイスンはその紳士の名を思い出そうと脳内を引っ掻き回し、薄暗い光の中、謎の顔は少しずつ、啓示へと向けて鮮明さを増してゆく。

追い追い判明する通り、奥の部屋に並んだ人形《ひとがた》は全て境界線理事会の理事の顔をしているのだが、町じゅう何処へ行っても不安な思いで目を光らせているメイスンがその事実を悟るのは、漸く十二月一日の、二度目の理事会の席上でのこと。落着いた長円形の部屋は、メイスンとディクスンが到着するほんの数分前に慌ただしく支度が済んだばかりで、細長い卓《テーブル》の一方には、理事達が座る黒い櫛背《コーム＝バック》

の椅子が完璧に並べられ、晩秋の庭園の見える窓に向き合い、——性別も定かでない白い彫像達が曲り拗《くね》った姿勢《ポーズ》で身を傾けているのが見える、——そして卓の反対側には、ごく月並な、二番街で買ってきた、偽チッペンデール風の彫りが入った不揃いの椅子二脚が並び、こちらは天文観測士二人の座る席、見えるものといってもひたすら理事達の顔ばかり。

幸い、紳士方は大挙して部屋に入っては来ず、一人、二人と現れるので、メイスンもその時間を利用して、不可欠の平静を辛うじて保っている。この間の晩、真夜中の一途《いちず》さで彼を凝視していた蠟の顔達、——此処にその昼間版が居て、挨拶を送って寄こす、あの時と同じ、おお神よ、全く同じ表情で……恰《あたか》も先日の夜を故意に思い起そうとしているかのように。だが一体、どうして彼等がどうして誰であれ、知り得よう？　メイスンはこの地に上陸して以来ずうっと監視されているのか？　そもそも、——あの奥の奥の部屋の人形《ひとがた》達、あれは人形じゃなくて本物の人間だったのか、本物の人間が人形の振りをしていただけなのか、そうだ正に此処に並んだ顔、——ゲゲゲ！（あの時、燈火《ランプ》もない部屋で、彼等が何をしているところにメイスンは紛れ込んだのか、知ってはならぬ如何なる会合を中断させたのか？　そして何故メイスンは、あの部屋に入っていたあと我が身に起きたことを碌に思い出せぬのか？　脳がメイスンを憐れんで、記憶を抑えているのか？）

……蠟の自動人形達が一台、二台と入って来て、メイスンを挑発し、この間のことを話題に出せるものなら出してみろと唆《そそのか》す中、境界線理事はみな北側の人間であれ南側の人間であれ領主の政治的仲間であるからして地代を払わされる民衆からすれば当然人形にされて然るべき敵なのだ、という思いが浮んでもよさそうなものであるがメイスンの頭にはそれもとんと浮ばず、——後でディクスンに云われて初めて思い当る始末、そして目下そのディクスンはメイスンの方を、訝《いぶか》し気な、些か腹立たし気な目で見ている。もう二週間、二人とも碌に眠れていない。商売用の荷車やら、樽やら荷橇《にぞり》やらが四六時中敷石の上をゴロゴロと通る所為で建物は揺れ、街じゅうで槌が揮《ふる》われ煉瓦が積まれ、行商人が声を張上げ、姿こそ見えぬが船乗りと市民の合同集団が近所を夜通し彷徨《ほっつ》き歩いて自由を謳い上げ蛮行を働き、窓の下で多数の蹄《ひづめ》の音が響き渡り、街の屠場からは獣どもの叫び声、——闇の費府は一晩中喧騒に包まれ、そりゃまあ住民は慣れっこかも知れぬが、天文観測士二人は未だ十月の海を定期船で進むあの円《まろ》やか且《か》つ律儀な揺れから覚め切っておらず、これは正《まさ》しく地獄の工場《こうば》。

「倫敦よりずっと酷《ひど》い。」虫どもを払い除《の》けながらメイスンは何度も寝返りを打ち、五分毎に姿勢を変えて四つの姿勢を循環する。不眠症に串刺しされた鵞鳥の落着かなさで、出発直前に倫敦で観た『反逆の織工』（いま思えばアーン氏の『山荘の恋』の方が賢明な選択であったろう）の中の間抜けな円舞曲《ガロップ》を沈吟《ハミング》する。薪を燃やす煙、馬の体、人糞等々の臭いが窓から騒音と共に吹込んで来る。何処か通りの先の方で、真夜中に教会に集った会衆が、サパトンでは考えられぬ、更にはビズリーでもあり得ない熱っぽさで歌う。目を覚す度メイスンの心臓は高鳴っていて、恐怖が腑《はらわた》に居座っているのを感じる、いま何だか大きな音が……もう一度音がするのをメイスンはびくびく待つ。やがて、少しずつ気を抜いていくが、いつ又あれが始まることか、悪魔の如きディードル・イー、ディードル・イー、ディードル＝イードル＝イードル・ディー……。

『反逆の織工』は黄金谷《ゴールデン・ヴァレー》を舞台とし、近年に起きた織工と仕上工との闘争に材を採り、音楽、曲芸、お茶目な動物などが間に挟まれるお気楽な芝居であった。「不思議とげんなりしなかったよ、」メイスンはディクスンに報告した、「——どう見てもげんなりして然るべき代物だったが。」仕上工の娘に寄せる織工の恋心と、そこから生じる義理人情の板挟みを巡る物語にしても、情を掻き乱すこと、伊太利歌劇でよく見る滑稽な誤解と同程度。まあ中には、大方の人には陰気としか思えぬであろう緩慢《スロー》な曲もあり、メイスンとしてはいまだそれ等が気に入っているが、目下口から出ている円舞曲はまた別。

ベッドの向う側で、ディクスンは縦横無尽の音色で鼾《いびき》をかいている。これで若しメイスンが、何とか眠りたいと焦ったりしていなかったら、幾つかの楽節に於て凡そ予想外の多音《ポリフォニー》を用いたこの楽句《パッセージ》を『王立協会会報』に投稿すべくしっかり覚書《メモ》を取っても不思議はない。悠然とした、だが聞いている内に何とも苛立たしくなってくる緩徐調《アンダンテ》の旋律《メロディ》。二人とも昼間着ていた服そのままで寝ているのは、ディクスンは土地測量士の習慣に、メイスンは星見人《ほしみびと》のそれに忠実であるが故。メイスンの普段着は、グリニッジでも常に、観測服を兼ねていたものであった。眠るには、上着を脱げば事足りる、――が、この国ではそれすら止《や》めた方がよいというのがディクスンの提言。勿論その通りである。何しろ虫達が我が物顔で飛回るのだ、――亜米利加の虫どもは、人間の体表から払い落されることに甚だ憤慨し、寄って来た人間には誰彼なしに噛み付くのである。

という訳で。自分だって巨大な虫みたいなもの、とばかりに寝台掛《ベッドカバー》の下からメイスンはそっと転がり、部屋から這い出て、――廊下から階段にかけて服を整え、じきにいつしか、波止場からの入江近くの〈蘭《ジ・オーキッド》〉亭に入っている。帽子を傍らに置き、一本に束ねた髪は縺《もつ》れ、誰彼となく奢《おご》りまくり、呑気な旅人の如く、他人事《ひとごと》に過ぎぬ政治観の古風な耳障りさを邪《よこしま》に愉しんでいる。が、それでもそれなりに耳は澄まし、酔いがしっかり回ってくる前に、派閥だ、侮辱だ、脅迫だのといった剣呑な話から一行や二行は土産に出来る言葉を持ち帰らんと努めている。

「ペンシルヴェニアの政治？　簡単でさぁ。この地では、宗教団体と政治派閥の区別が付かんのです。教友会、聖公会、長老派、独逸《ドイツ》敬虔派、みんな各々《おのおの》の地盤で勢力を持っております。五年ばかり前迄は、長老派の中でさんざん内輪もめをやっておった所為《せい》で、数は多いのに然《さ》したる政治力も発揮出来ずにおったんですが、――最近、旧光派《オールド・ライツ》と新光派《ニュー・ライツ》が和解を遂げて以来、他の連中はみな大急ぎで奴等と手を結ぼうと躍起になってますよ、――中でもペン家の人達は焦ってますな、家筋から云えば教友会なんですが実際のところは聖公会《アングリカン》ですからね、——なぁにあれは羅馬《ローマ》の手先さ、なんて云う人もいますが。ミスタ・シッペン、と云えば我々が使う一片《ペニー》一片お世話になっておる方ですが、あの方は長老派です、都会流のね、総督の諮問《しもん》委員会にもすんなり収まってます。費府の聖公会はと申せば、マクレナハン牧師のような旅回りの牧師様が定期的にお出《い》でになるもんですから、信者達も伝統的なペン派と、新光に入れ込んだ再生派とに割れちまいまして、再生派の方は教友会に対抗して長老派と組む気満々でして、——ただまあこれ迄のところ教友会は下院で一団となって動いとりますから、優勢は動きそうに、——」

「……どうもよく判りませんな、」メイスンは云う。

「判らん方が身の為でさぁ、旦那。とは云え、時折それなり役には立ちますぞ、此処の政治に目を向けておくのも。大いなる亜米利加問題の縮図ですからな、——象棋《チェス》が戦争の代理表象であるが如し、ペン総督は駒で云えば、差詰《さしず》め王です。」

「ロッキンガムの自由派《ホイッグ》とやらは、どういう連中で……?」

鍵盤《クラヴィア》から短い分散和音が聞えてきて、煙霧の向うから声が宣言する、「皆様、お待ちかねの時間がやって参りました……蘭亭がお贈りする、その名も高き蓄電瓶《ライデン・ジャー》、死の舞踏! 死神を演じるは、〈電気のユークリッド〉の異名をとる、費府の生んだ貧しきリチャードその人。*」

盛大な拍手に迎えられて、角燈《ランタン》の光の中に、頭巾を被《かぶ》って大鎌を持つ、骸骨に扮した人物が現れる、——が、口を開いた途端、邪悪な印象は相当薄れてしまう。「ん……? 結構結構……。さぁてお客様方、何人かお手伝い戴けますかな……今日は見るからに、費府の青年の華が集まっておられますな……。御覧下さい、非凡なるものを求めて止まぬ皆様、此方《こちら》が我が新しい電池、——二十四の瓶がぱちぱち鳴って準備完了です。」こう云ってフランクリン博士は頭巾をさっと後ろに投げ、今夜は奇妙な藍緑色《アクアマリン》を帯びた透鏡を露《あらわ》にし、己の目を人目に晒《さら》しつつも、どこか寒々とした満足をその表情で伝え、他人からの長い凝視を無言の裡《うち》に禁じている。「さあ、紳士諸君、——次はどなたかな、——そうその意気、居並ぶ伊達男たちよ、みんな手を繋いで、皆さん、これで何人ですかな、——おやまだ足りないぞ、さあ、もうお一人、あと一人お迎えします……。」かくして一打《ダース》か其処らの、呑気な欧羅巴人を一列に並べ、その最後尾の人物の両手に、電池の一方の端子に繋いだ銅線を握らせ、最前の人物の片手を自ら握って、フランクリンは大鎌の刃でもう一方の端子に触れる、——と同時に飲み屋の亭主《あるじ》が蠟燭の芯に水をかける、——出現した活人画は、身の毛も弥立《よだ》つ青白い閃光に照らされ、その周りで雷の如く轟く液体がブツブツパチパチ泡を飛ばし、参加した者達はクスクス笑い、更には悲鳴すら上げて、其処ら中で嗅煙草《かぎたばこ》が飛散り、時折、地獄の如き煙の柱の只中、緑の炎の大波が立ち昇りもする。

電池は放電し、明りが再び灯され、——一同じきに、雷雨の到来に気付くだけの落着きを取戻すと共に、窓ががたがた鳴出し、木々は軋《きし》み、亭主はあたふた窓幕《カーテン》を閉めて回る。電気愛好者達の強力な対抗馬が現れた格好であるが、実のところ彼等の願いにしても、愛好する流体を、なるたけ生々しい形で見たいということに他ならない。

「道化芝居はもうお終《しま》い、」フランクリン博士が叫ぶ、「今夜の目玉《メーン・ドラマ》に繰出そうではありませんか！——雨具は人数分たっぷりありますぞ、この大鎌は稲妻を捕えるには打って付けの形、一つと云わず幾つも捕《つか》まえられますぞ、——凧に付けた鍵なんかよりずっといい、——喩《たと》えて云えば死が錠前を開ける道具、——さあ、並んだ並んだ……揃いましたかな？」再び頭巾を被る、「——創造主その方の控えの間へと、極道の入場……おや、今夜は仲間入りなさいませんか、ミスタ・メイスン？」一瞬フ

＊　貧しきリチャードその人：フランクリンは金言付きの暦『貧しきリチャードの暦』の作者としても名高かった。

ランクリンが眼鏡を下げてじっと此方《こっち》を見る。恐しくバツの悪い思いのメイスンが答える間もなく、相手は既に踵《きびす》を返し、列の最後の者の手を握っている、――扉が開いて風と雨が吹込み、雷が轟いて、奇妙な、締付けられた歓喜の叫びと共に、求めて止まぬ者たちの一行は嵐の中に繰出し、姿を消す。

※ 本章冒頭部で屠畜に関して残酷と受け取られ、誤解を招きかねない表現が出てきますが、彼我の文化的、歴史的認識の違いによる意識の差や作品の時代背景を考慮し、また、原文の芸術的意図を尊重し、そのまま訳出しました。

30

大法官庁の決定に従って定められた日、両植民地の理事一同は、官吏や記者達を従え、更には学校をさぼった子供、船乗り、愛蘭《アイルランド》人等々この地に於て時計の無粋な支配を免れた、若しくはそれに逆らう市民たちのお供も付いて、ぞろぞろと杉通《シーダー・ストリート》を目指し、と或る館の北側の壁を費府最南端と公式に定めるべく出向いてゆく。其処から十五哩《マイル》南、〈赤い陰毛《レッド・ピュービック・ヘア》〉、略してRPHの幅で〈西線〉が西へ向って延びてゆく予定である。

近所の連中が集まって、みなブツブツ云う。「もう少し待ってもよかろうに。」「もう八十年だぞ、まだ待てってか？」「この街の発展ぶりじゃ、あんなとこ南の端にしたって、週が終る頃にゃもう、直ぐお向い、其処の四つ角って感じになってるぜ。」「そうよな、こうやって俺ら喋ってる間にも動いてる、脂塗った豚並みに抑えられんさ。」天頂儀は詰物で囲んだ荷車に載せて運ばれ、機械仕掛の女奴隷《オダリスク》といった風情。子供等は中を覗こうと飛び上り、翼を持っていた頃の無意識の記憶に促されて両腕をぱたぱた羽搏《はばた》かせる。「何で南側の壁を使わないの？」、体の大きさ、歳の割にはどうにも生意気が過ぎる何人かが問う。「南の壁は個人所有の敷地内にあるからだよ、」市長助役が答える、「――それで、代りに公共地の南端として、通りに面したこの北壁を使うということで双方合意したんだよ。」

ベンジャミン・ロクスリー氏とその職人達が、先刻からその傍《そば》の空地で観測台を忙しく組立て、幾つもの拍《リズム》の混淆《こんこう》を響かせている。大工一人一人が少しずつ違った速度《テンポ》で槌を揮い、切れ切れに歌を歌っているのである。「こういう仕事よくやってるのかい、ベン？」

「初めてさ、――けど誰にも云うなよ。まあ別にややこしい仕事じゃないさ、梁《はり》や寸法も普通通り、この円錐の屋根だけさ、何しろ片方が矢鱈のっぽだから、立ったとき頭をぶつけんよう二重梁の間を開けといてやるんだ、――尤も二人とも大抵は座ってるか、仰向けになってるかだろうがな、――」

「ふむ。」

「違う違う、クローヴィス、お前の嫁さんは心配ないさ、――緯度を決めるには真上を通る星が一等いいそうで、其奴《そいつ》を見るには真っ直ぐ見上げるしかないっていうんだ。」

「そうなのか？　じゃああのお化けみたいな、望遠鏡とかいう管《くだ》、いつも真っ直ぐ上に立ってる訳か？　へっへっへ。何であんなにデカくないといけないんだ？」

「その周期《リズム》止めるなよホーバブ、気に入ってたんだから。とにかく極力精密に測りたいんだそうだ、――角度の何十分の一秒まで、しっかり緯度を決めたいんだとさ、――管が目盛り縁《ぶち》の半径になる訳で、管が長ければ長いほど大きな弧が得られて、目盛り縁も長くなって、一目盛りも大きくなり、目盛り同士の間隔も大きく出来て、判読はより容易かつ正確になるって訳だ。」

チュー氏が演説をやっているらしい。「あの人の話終るまで、金槌やめます？」ホーバブが訊く。

「別の様々な問いが生じてくる、」ロクスリー氏は彼方《かなた》を見遣る。「未来観を巡る問いだ。我々は、この手の人達相手の仕事を今後も必要とするのか？　我等の救世主が復活なさり、こうした契約を無になさるまで、あとどれ位だと思うかね？　そうした問題が生じるのだ。」

「俺としちゃ、二十一発の皇礼砲ならぬ金槌砲を贈りましょうぜって感じですけどね、」クローヴィスが啀《いが》むように云う。

「金さえ貰えりゃいい、別に奴等と仲良くしろって話じゃないでしょ、」とホーバブ。

「結婚しろって話でも、」と下働きの若造イライジャ。

「天文の方々がお見えだぞ、」ロクスリー氏が顔を上げる、「いま云ってたようなこと、話してみたらどうだ、――御機嫌よう、旦那方に神様が晴れた空を与えられますよう、」、再び響き渡り始めた部下達の槌打つ響きに負けぬよう声を張上げる。

帽子を取ったディクスンは、扉を試してみて、中へ入り、切ったばかりの床板に仰向けに横たわる。上を見ると、クローヴィスが、蜘蛛みたいに手足を伸ばし、何本も放射状に広がった垂木《たるき》に埋もれて此方《こっち》を見ている。

「旦那、一つ伺っていいですかね?……あのぶっとい管、扉をどう通すか、お考えになってますかね?」

「うん、ミスタ・バードが何から何まで計算してくれたとも、何年も前に、英国で。全部紙の上で。」

「角材一本と切られてない内に?」

「望遠鏡の螺旋《ネジ》一本切られてない内に。」

「考えさせられますねえ。旦那、どうも。」クローヴィスはありもしない帽子をひょいと傾け、降りてゆく。

メイスンが中に顔を突っ込んでくる。「本当に通せるのか、ディクスン?」

ディクスンは慎重に立ち上る。「これってわし等が岬《ザ・ケープ》で使ったのと全くおんなじですよね……?」

「大丈夫ですよ旦那方、ちゃんと入る扉、作って差上げますから、」陽気なホーバブが請合う。

「ちゃんと出せもする奴をね!」イライジャが下見板の山の下から云添える。

磁石を使用する人間として、自分等を待受ける地の最新磁気情報を求めて止まぬディクスンは、磁気の問題なら何であれ興味を持つ連中が贔屓《ひいき》にしている珈琲館《コーヒー＝ハウス》の噂を聞付け、ある夜、蝗横町《ローカスト＝ストリート》の〈光の華〉《フラワー・ド・ルース》亭に顔を出す。晩を其処で過ごす中、この店の顧客として、独逸愛好者、偽医者、土地測量技師、鉄探鉱者、天然磁石が影響源に向ってサッと針を振る素早さで窓付き懐中時計を他所《よそ》の懐中《ポケット》に移して退《の》ける時計泥棒等々に出会う。長年の友の如くに赤の他人が声を掛けてくるかと思えば、彼と交わるのを露骨に避け、煙草の煙が暫し引いて互いの姿が見える度に睨み付けてくる連中もいる。一体どういうことなのか、ディクスンにはさっぱり判らない。人混みの中をゆるゆる稲妻形《ジグザグ》に進みながら、供酒台《カウンター》に辿り着く。「御機嫌よう旦那、何《なん》にしましょう？」

「半分半分《ハーフ・アンド・ハーフ》を頼むよ、ケニヤ山倍量《マウント・ケニヤ・ダブル》Aと、闍婆高地《ジャワ・ハイランド》の、――それに熱くした牛乳をちょこっと混ぜてくれるかね……？」

「今夜は何か、高《い》いお話でもなさろうって訳で？」珈琲係は冗談めかし、手早く、ディクスンの指示を然《さ》して間違えもせず注文の品を作る。背後の鏡からの奇妙な、派生的な光を浴びて、珈琲係の鬘《かつら》が後光を湛《たた》えて光っている。

「妙なことを訊くと思われるでしょうが、――わし、この店に来たことあるかね？」

「いえいえございませんとも、でもその質問、一日に何度訊かれることか！　皆さんそれぞれ、違う予想を抱えてお訊ねになる。お客様は英国の酒場型《タイプ》とお見受けしました、ですからこの辺りの店は遠慮というか自制というかそういうのが余りないと思われるでしょうな、――喧嘩を求めている連中には打って付け、短剣やら短銃《ピストル》やらまで一直線ですよ、そういうのがお好みでしたらね……。ともあれ、どうぞお気楽に、亜米利加での幸運をお祈りします。」

ディクスンは目を輝かせ、早い時間から集まった客連中を見渡し、直様《すぐさま》フランクリン博士の友人ドリィに気付くが、今夜は先日見た時ほど目を惹く衣裳ではなく、――お仲間の姿も俄《にわか》には見当らない。桃花心木《マホガニー》の机の上に広げた大きな地図を鹿爪顔《しかつめがお》で吟味しながら、ドリィは手に銀の、蠟燭の光の中で白金色に傾きかけた、矢鱈色んな箇所で折れ曲る割両脚規《ディバイダー》を持ち、――数字表を並べた書物を度々参照しつつ、時折優雅な手付きで割両脚規を、上へ下へ、左へ右へと、紙の舞台上を歩かせている。ようやっと顔を上げたその目付きから、此方がさっきから見ていたことに始めから勘付いていたのだとディクスンは踏む。「あらまぁミスタ・ディクスン。嬉しいわ、こんな所でお会い出来て。」片手を差出し、ディクスンがそれに接吻する間もなく、男がやるようにドリィは彼と握手する。「この資料《データ》、独逸の定期船でたった今着いたところなの、――最新の磁気偏角値よ。此処ペンシルヴェニアでの東への移動は、近年ずっと減速が続いているのよ、――ほら、東に四・五分、」ドリィの肩越しにディクスンも熱心に覗き込む、「一七六〇年には四・六だった。南へ行けば、ボルチモアじゃ三・九でしょうよ。」

「これが高度だったら、」ディクスンは呟く、「もろに絶壁だね。」

「何が原因だと思う?」

「何か地下で、西に動いてるのかな……?」

「しーっ。」彼女の目が辺りをさっと旋回する。「此処じゃ誰もそういうことは口に出さないのよ、――あんた、どういう軽はずみ男な訳?」

「うーん、普通のだと思うがね。」

「やれやれ。」ドリィはディクスンを奥まった場所に引っ張って行く。「あんたのこと、〈全民族《オール=ネーション》〉

好《タイプ》みだと思ったのに。」

「あの店、行ったことはあるよ。」全民族珈琲館の給仕女はそれぞれ、珈琲生産国の民族衣装のかなり好い加減な翻案《バージョン》を着ており、――亜剌比亜《アラビヤ》娘、墨西哥《メキシコ》娘、闍婆《ジャワ》娘、そしてドリィによれば蘇門答剌《スマトラ》娘まで、――世界中の珈琲の象徴的仮装行列を刻一刻繰広げ、まあ人によってはそれなりに教育的と思ったりもしようが、これに惹かれて来る客層は、今やディクスンから見て費府の標準と思える層よりも騒々しく、より肥満し、真面目さも著しく欠いている。

「ふぅん？　蘇門答剌まで、居《お》るのかね……？」

「あんた、今にも卒倒しそぅよ。」

ディクスンは悦ばし気に息を吸込む。「わしの話を、あんたが何処まで聞いてるか知らんが、」椅子を彼女の近くに引寄せる、「――と云ぅか、メイスンも入れて、わし等の話を。」

ドリィは自分の椅子を引離す。「あんたとミスタ・メイスンは……随分とお親しいよぅね。」

「へ？　まあ仲が悪かぁないさ。一緒の仕事はこれで二度目なんだ……？　要《コツ》はね、お互いのことにあんまり首を突っ込まんことだね。」

「世間にはね、その反対もよくあるのよ、」ドリィは説く、「女にとってはぅんざりするくらい聞き慣れた話だけど、あたし達の云方すると、一方受けたらもう一方も、って奴、――」

「おい、おい……？　うぅ、何ちゅう誘いかね。そういうのはわし等、理事たち相手にしかやらんよ、本当さ……。まああんたが、メイスンに興味あるってんなら別だが？」

「それとも、モリィの為に訊いてるとかね、」彼女の睫毛が一回余計にぱちんと揺れる。「なんか、矢鱈とややっこしい話よね？」

「確かにねぇ、メイスンはもっと外に出た方がいいんだよ。といってもわし、自分のこと考えて云ってるだけだけどね……？　あんた経験あるかい、憂鬱症の人間と二人きりで何日もぶっ続けで閉じ込められたこと？」

ドリィは肩を竦める。「あるわよそれ位、モリィって結構不貞腐《ふてくさ》れるのよ。あの子は幸運《ラッキー》よ、あたしはそうならないから。二人で何日も？　冗談じゃないわ。」

「いつも陽気でいるのも楽じゃないよ、」ディクスンは云う、「――とにかく此方は陽気でいないと。」

「へぇほんと、――聞かせてよ。顔とか痛くなってくる訳？」

『楽天家のお出ましだ、』そう云ってみんな親指を振る。ミスタ・フランクリンも年中そうされるだろうね……？」

「ミスタ・フランクリンはあたしには打明け話しないし、あたしも強請《せが》まないのよ。あの人はね、魅力的《チャーミング》過ぎるのよ、神秘的《ミステリアス》過ぎるのよ、全然偉大な思想家なんかになるような人じゃないのよ。」

ディクスンは鼻の先に触れる。「痛！」指を前後に振る。「鑢《ヤスリ》、かけないと。ちょっと失礼。」

「あたしの話は簡単よ。九歳の時、初めて羅針儀を手にしたの。九歳の頃と云えば、女の子が皆、思いも寄らぬ、激しい情熱を育む年頃よ。あたしの場合はね、部屋の中に幽霊が居ると信じてたわ。羅針儀を持歩くようになって、何処へ行くにも放さなかった。真っ先に理解したのは、それが常に北を指すとは限らないってこと……それであたし、伏角《ふっかく》や偏差に何より惹かれるようになったの。」

「わしも測角羅盤箱の中で、大地の下にどんな姿形が横たわってるかを読取る術《すべ》を学んだよ。何もかも、針の踊りに現れてるんだよね……？　丘原に出て行くと、怯えの種はもう十分あったってのに、我が器械が隠力探知機《クリプトスコープ》として機能することをわしは知ったんだ。力は其処に隠れていて、侵入者の針を待っている。哨兵《しょうへい》として其処に陣取っていて、知らずにやって来て中へ入ろうとする奴等に何かを警告するんだ。丘原に住む連中の中で、そこ迄しっかり護られてる者は他に居なかった、――みんな薄汚い、一人暮しの、理不尽に烈しい欲望を以て知られる、欲望を満たす時にも優雅さとか公平なんてお呼びじゃない連中だったからね。」

「あんたのこと、メリーランドの人達が感心してたわよ、」ドリィは彼に伝える。「センリアス・カルヴァート、まあ人によっちゃあの人とにかく考えなしに喋りまくるもんだから『大馬鹿カルヴァート』なんて云うけど、――まああたしはあれでそれなりに切れると思うからそんなこと云いませんけどね、――とにかくあの人なんかあんたのこと、魔法使いだ、鉄鉱の在《あ》り処《か》を占う者だ、ですって。」

「器械にきっちり注意を払い、後視《こうし》をしっかりやって、とにかく繰返し、負《め》げない、それだけさ、――でもまあそんな野暮な事実伝えても仕方ないよな。あちらが田舎者北東人の不気味な力《ウィアード・ジョーディー・パワー》をお望みなんだったら、差上げますともWGP、たっぷりとね……? ミスタ・カルヴァートかぁ、あの人、銀の杯で伯爾多酒《ポート・ワイン》飲ましてくれたね……? 随分と陽気そうだったね……?」

「大抵の土地じゃああいうの『間抜け』って云うのよね。あの辺じゃ『鵞鳥』よね。あんたとあんたの器械に、レプトン卿みたいな御大尽にして貰えると思ってるのよね、でもあんただって矢っ張り、レプトン卿の悪名高き大農場《プランテーション》には、西へ行く道中、磁石の針みたいに否応なしに惹付けられちゃうでしょうよ。そうしたら、鉄の島々を渡る水夫さん、測角羅盤を操る船乗りさん、――気を付けるのよ。」

31

年の暮れも迫った或る朝、二人は海草と塩水の匂いで目を覚す。風もぐっと冷たく、濃い灰色や薄い灰色の千切れ雲が速《すみ》やかに流れて行く。やっと顔を出した太陽は、何とも頼りない斜めの光。「今朝《けさ》は街の様子が変ですね、」ディクスンが呟く。

「それに、あの聞くに堪えんチュンチュンいう音は何だ？」

『鳥』って云うんじゃなかったですかね……？」

「どうして今まで此処で一度も聞えなかったんだ、――ディクスン！　おい！　金槌！　縦挽《たてび》き鋸《のこ》！　肉屋の荷車！　絶間《たえま》ない金切り声！　みんなどうしたんだ？」

「うぅ……降誕祭《クリスマス》、ですか……？」

「私等どちらかが、」メイスンが宣言する、「靴を履いて上着を羽織り、表に出て行って、この尋常ならざる静寂の理由《わけ》を突止めて来んと。」

「うぅ、下っ端の尻《ケツ》をまた天火に入れようって訳ですかい、――結構なこった！」ディクスンが抗議する。

「現実的に考え給え、――君が殺されても、私は無事なら、英国の天文学への損失は、某《なにがし》かあるとしても、ほぼ誰も気付くまい。」

「うーん、――まあそういう風に見りゃ、――で、わしの帽子は……?、済いません、其奴《そいつ》じゃないです……?、いえ、今日は鍔広《つばびろ》の奴が、――」

「今日は教友会の格好で行くのか?」

「うぅ! 今度は服装の忠告かね! 自分は人前に出ると、ひたすら人目を避けてばっかしの癖に、――」

「――お手軽な気休めだな、」メイスンは帽子を評する。

「北東人《ジョーディー》の直感と云って欲しいですな、」ディクスンは親指の横で自分の頭をとんとん叩き、古典的な費府《フィラデルフィア》教友会帽を被る。この街で見掛ける数多《あまた》の帽子と、大きさ以外殆ど変るところはない。「わしの勘を信じなさいって。倫敦では靴で人を判断するかも知れんが、――此処じゃ何といっても帽子と鬘で男は、いや女だって、知られるんです。」

「じゃあみんなずっと、私の鬘を見てたのか? 帽子も? ディクスン、――確かか?」

「えええええ、それに基づいて、此奴はこういう奴だって決める訳です……?」

「……そうなのか。うーん、例えば、どんな?」

「うぅ、どうだっていいじゃないですか、――もう手遅れですよ……? みんなもう、汝のこと決めちまってますよ。」

「じゃあ何か別のものを被ることにしよう。」

「そうしたらみんな云いますよ、――『来た来た、〈石橋を叩いて渡れ〉だ、――こりゃ魂消《たまげ》た、あの御仁が美少年《アドニス》みたいなお洒落なのを被るのか……? いやいや違う、〈世間が何て云うか〉にはちゃんと実験済みの格好なんだな。』」

「何と、――私の鬘は……冒険が足りんと云うのだな。」

「いいですか、モリィとドリィ、覚えてます？　あの二人なんかね、話すこととときたら汝の格好のことばかり、少なくともわしに聞えるところではね、どうしたらもうちっとマシになるかとか、――御陰で一度ならず、せっかく粋な晩になりそうなのもフイにされちまいましたよ、――特にあんたの鬘ね、これが二人によると最悪、――いやその、わしが注意を怠った所為である、と。」

「ラミリー＊なんだがな、まずまずの質の……何年か前に、バーモンジーで愛蘭《アイルランド》人亡命者の鬘職人から買ったんだ……「ミスタ・ラリィ、その場でお作り《ホワイル・ユー・タリィ》」を自称していたな……別に目を惹くところもない品だ。それで君、モリィとドリィ相手に――」

「ひたすら時間と金を注ぎ込んでますよ、でもまあそれは別の話でしょ……？　先ずは偵察に出掛けねば、さあ、出発！」出て行くディクスンの直ぐ後ろを、メイスンがぴったりくっついて追い、危うく玄関の脇柱に鼻を挟まれそうになる。

「待ってくれ、――私も行く積りだったんだ！」階段をぴょんぴょん降りながら靴に両足を押込み上着の釦《ボタン》を留めようと努める、「測量もあって、社交もあって、どうやってそんなもの突っ込めるのかね？」

「突っ込むって、何を……？」市場のお調子者連中がやっているのを見た通り、ディクスンは狼狽を装い己の男根を見下ろしてみせる。今朝の雪は踝《くるぶし》まであり、まだまだパチパチ降りそうな勢い。宿屋の前の街路は人気《ひとけ》がない。「水曜の市場だってのに、ハテ面妖な……？」

「また忌々しい説教師だよ、」メイスンが云う、「どっかの天幕《テント》に、街じゅうの人口を引寄せおったんだ。此処の連中、そうだろう。何にでも群がるんだ、世慣れた費府が聞いて呆れる。」

＊　十八世紀に流行した、うしろに垂らした尾の上下二か所をリボンで結んだかつら。

最寄りの珈琲館〈休まぬ蜂《ザ・レストレス・ビー》〉は次の四つ角の少し先。最新の情報《ニュース》を仕入れるなら此処である。途中、漸《ようよ》う船の鐘と、甲板長《ボースン》の呼笛が波止場から聞え、子供等が滑るように走り、犬達が吠えて、荷を満載した馬車の御者が一人雪の吹き溜りに埋もれている。やがて、人びとの物憂げな声、ひそひそ囁く声。〈休まぬ蜂〉の真ん前に野次馬の輪が出来ていて、派手な争いを繰広げている二人の男を見物し、中には彼等をダシに賭けをやっている者もいる。一人は見たところ都会の教友会、帽子は既に飛ばされ、――もう一人は田舎出の長老派だろうか、全身動物の皮に包まれている。両者相手から相当数真面《まとも》な殴打《パンチ》を浴びているが、戦意は些かも薄れておらぬ。

「ちょっと失礼、」メイスンが、正式の鬘を被り天鵞絨《ビロード》の上着を着て膝丈股袴《ブリーチズ》を穿き弁護士の鞄を持った紳士に訊ねる、「――一体何があったのです?」

弁護士は二人を暫《しば》し凝視した後、ミスタ・チャントリーと名乗る。「お聞きになっておらんとは、お二人とも大分遠方の方ですな。」

「うぅ、」ディクスンの目が天頂を仰ぐ。

「ランカスターで、――一昨日《おとつい》のことです、監獄に避難しておった米蕃達が、地元の不埒者《ふらちもの》どもに一人残らず虐殺されたのです、――つい二週間前にコネストーガで矢張り米蕃を殺したのと同じ連中の仕業です。」

「始めた仕事を終《しま》いまでやったって訳で、」傍に居た、前掛けを付けた職人が云添える。「これでもう、一族綺麗さっぱり居なくなりましたよ。」

「兵士が止めたりしなかったんですか?」ディクスンが問う。

「ロバートスン大佐とその高地連隊は、指一本動かさず、自分等の鼻を温めながら、天晴《あっぱれ》パクストンの無頼連中が、老人、小さな子供、無防備な酔っ払いを皆殺しにするのを見物しておったのです。」

「本物の戦いで、本物の勇士に向き合う度胸はないって訳か。」

「友《あんた》、言葉に気を付けなよ、下手するとその帽子地面に落っこちるぜ、首諸共《もろとも》な。」

「マット・スミスと、スチュアート牧師に乾杯！」

「卑怯者の犬どもに死を！」更なる罵倒が飛交い、雪玉、拳骨、煉瓦が飛始める。

「お二人とも、此方《こちら》へ、」チャントリー氏に手際よく路地へ案内され、測量士二人が裏口から珈琲館に入ってゆくと、中の喧騒の凄まじさたるや、外の騒ぎの比ではない。煙管、暖炉、竈《かまど》の煙がもうもうと立籠め、室内も人の気分も煤《すす》に包まれ、仮にこの中で物を見られる人間がいるとしたら、瞠目すべき光景を看て取るであろう、——絶間ない話し声と、視界の悪さが、奇妙かつ精緻に組合さって、〈暴動〉の屋内版たる〈陰謀〉を、単に可能ならしめるのみならず、実り多きものにしているのである。隣の人間との距離はほんの数吋《インチ》でも、互いに相手の姿は霞んで認知不能、——勢い、夥《おびただ》しい量で言葉の飛交う中、忠告は無謀さを増し、予言は過激になってゆく。声に出される言葉、紙に書かれた言葉、——その紙が宙で振回され、強調の為に度々《たびたび》指差され、気に喰わぬ発言を撥ね付ける楯として翳《かざ》される。この不透明さにあって、随所《そこここ》に、ぽつんと灯った燈火《ランプ》が、遠くとも近くとも判らぬ位置で心地好い後光に包まれている様が見えたりもする。召使の小僧達がちょこまか動き回り、飼猫は肉体の生む暖かな気流に包《くる》まれ透明な姿でその前を走り、小僧は各々、小さな鞴《ふいご》を威勢よく動かして煙の中に道を拓きながら、人びとの真の名、仮の名を叫ぶ。

「おい小僧、聞いてないのか、その名はこの部屋では絶対口にしちゃいかんって？」

「ふん！」薄闇の何処かから、「お前また来たのか、此処なら顔を見られないと思ったか？」

「私にはね、ちゃんと権利があるんですよ、——」

「小僧、今の悪名高き声の主まで道を拓いてくれ、そしたら一丁、——」

「諸君、諸君！」

「サスケハンナからたった今届いたこの最新の急報《エクスプレス》を見る限り、どうやらじきに銃が持出されそうだな、——間違いない、パクストン団《ボーイズ》がやって来る。」

「天晴天晴！」

「恥を知れ！」

「何人だ、ジェフサ？」

「ジェフサじゃない、マイカだ。目下百人、それも刻々増えていると書いてある。」煙管《パイプ》を喫っている連中が喫っている途中でぴたっと止まる。部屋を包む煙霧がやがて薄れてきて、人間の輪郭が現れ出す。椅子の上、更には卓《テーブル》の上に立っている者も居れば、何人かは心底肝を潰して家具の下に隠れている。

「今回、連中の目当てはモラヴィア兄弟団の米蓄だそうだ。」

「費府に米蓄が居るんですか？」ディクスンが妙に思って訊く。

　チャントリー氏が説明してくれる。先頃の仏蘭西戦争より何年も前、モラヴィア兄弟団によって改宗させられたこの米蓄達は、両陣営の間に挟まれる格好となり、誰からも疑いの目を向けられながらも、当人等は飽く迄ただ基督教徒として生きることを願い、リーハイ川近辺に平和に定住していたが、コネストーガでの虐殺が起きるほんの数週間前、その地の武装警邏《けいら》隊員らに、折しも英国に反旗を翻し略奪の限りを尽していたポンティアック酋長と結託しているのではと疑われ、一部の者は殺されたが、大半は逃亡し、十一月に費府に辿り着いたのであった、——「実際、丁度あんた等二人が来た頃だよ、——独逸人街で暴徒が出て危うくやられるところだったがね、——そして現在、ワイアルーシング、ウェクタンク、ナザレスからやって来た一四〇人が、費府の南、プロヴィンス島に落着いて、モラヴィア団と教友会の世話を受けてるのさ、――ランカスターでの顚末《てんまつ》からして、軍隊はもう当てに出来んからね。」

「私等みんな、パクストンの連中に殺される！」誰かが情けない声を上げる。

「冗談じゃない、一人だってやられてたまるか。もう沢山だ。」

「戦線を張るなら、スクールキルより向うに張らないと。彼所《あすこ》の渡船《フェリー》も直ぐ呼戻した方がいい。」

「この街に大砲は幾つある？」

メイスンとディクスンは暗い顔を見合せる。「やれやれ。亜米利加がこんな風だと知ってたら……」

実のところ、コネストーガでの虐殺の報せが届いた時点では、天文観測士二人とも、事の重大さが今一つピンときていなかった。杉通《シーダー・ストリート》の観測台がやっと出来上り、――ロクスリー氏とその使用人達が四角い部材を円い用途に合うよう詰木《つめき》を入れてくれて、細かく整える作業も漸く仕上ったのである、――二日に亘って雨と雪が続いた後、メイスンとディクスンはこの街での最初の観測に携わったのだった。確かにメイスンとしても、亜米利加に着いて初めて耳にする殺戮行為が、白人によって米蕃に対して為されるというのは、奇妙な話だと思いはしたのである。ディクスンは呟いた、「ふん、また和蘭陀の連中と同じですかね。」

白人の蛮行なら、喜望岬で散々見てきた。だが今になっても、あの頃同様、さっぱり訳が判らない。自分たちは何かを理解し損ねているのだ。喜望岬でも費府でも、白人こそ、彼等の最悪の悪夢に現れる野蛮人に対し、受けた挑発に凡そ釣合わぬ暴力を揮う悪鬼に成果てている。メイスンとディクスンは、相談しても大丈夫そうな人びとに片っ端から訊ねていた。「電気には二種類あることを思い出して戴きたい、」フランクリン博士は云った、「正の電気と、負の電気。岬町《ケープ・タウン》の災いはあの気候です、――嵐の季節の電荷は街じゅう正、一方、乾期は全て負ときておる。」

「確かですか、」ディクスンは巫山戯《ふざけ》半分訊いた、「逆じゃないんですか？　雨の天気の方が、——」

「はい、はい、」やや突《つ》っ慳貪《けんどん》な答え、「電流の向きはどっちであれ、大事なのは両極間の振幅の大きさです、——空気が、かつ恐らくは精気《エーテル》が目紛《めまぐる》しく再分極化され、住民の精神状態に影響を及ぼすのです。」

「じゃあ亜米利加の方は、どんな云訳《いいわけ》が？」ディクスンは田園の茶会のように穏やかに訊ねた。

「残念ながら、若者達よ、」牧師は回想する、「今日儂等にとって掛値なしに神聖となっておる〈自由〉という言葉は、当時にあっては、人間の最も邪悪な権利をも含んで使われたのだ、——王からの勧告だの布告線だのもなしに、傷付けたい人びとを傷付け、皆殺しにさえしてしまう権利を。この間の戦争も、正に、噫、こうした意味での自由を確保すべく戦われたものでもあるのだ。」

　暫し部屋から出て行こうとしていたブレーが、戸口の所でくるっと向き直り、愕然とした顔を見せる。「何て恐しいことを仰有るのかしら！」が、それ以上追及すべく其処に留まりはしない。

「ブッシー・ランの戦いの時には、」アイヴズ・ルスパークが声を潜めて云う、「——これについては私、この目で文書も見ました、——ブーケ将軍とゲージ将軍が共に、『米蓄を天然痘に感染せしむるを目的として使用されたる』と露骨に明文化された毛布の代りを手配する費用に関する文書に署名しています。私の知る限り、」アイヴズは驚きを抑えられぬ様子で云う、「近代の戦争に於て前例のない行いです。」

「で、ウィックス？」ルスパーク氏は牧師に明るい顔を向ける、「何か云足したいことがあったのでは？　此処でなら自由に喋って大丈夫だとも、——米蓄の殺戮問題は、もうこの家じゃ疾うの昔に御《ご》法度《はっと》でなくなっているのだから。」

「そう云って下さるなら、」牧師も快活さを選び択《と》る、「先ず第一に、——英国軍が米蓄の間に伝染病を散撒《ばらま》いたことはみんな知っておったが、誰も口には出さなかった。パクストン団《ボーイズ》にしたところで、この邪《よこしま》な撲滅計画に較べれば付足しのようなものに過ぎず、施条銃《ライフル》を代りに使っただけの話だ。尤も、——此処から第二の話だが、今日のような徳ある時代とは違って、当時は誰一人、罪から自由な者は居らなかった。教友会にしても、もっと平和的でない信仰の商人たち同様、米蓄に武器を売ってしっかり利益を上げておったのだ。売った品の中には、偽のブラウン・ベス銃などというのもあって、引金を引くと撃った者の顔に向けて暴発することもしばしばで、白人植民者と、購入した米蓄と、どっちの犠牲者が多かったかという位であった。第三に、——」

「あと幾つ位あるのかね？」牧師の義弟が問う。「これは一つ私も、付値《つけね》を考え直さんと。」

「それでもみんな仲良くやっておった、」ウィックス伯父は云放つ。「占領された街で、罪人を捜して回ったたって始まらん、——誰だってみんな、何かしら阿漕《あこぎ》な真似をせざるを得なかったのだ。説教師は印刷所の見習い工として、婦人服の洋裁師は乳搾り女として、——あの愛すべきペギー・シッペンだって、四歳か五歳にして男にしっかり媚びを売っておったぞ、ぴょんぴょん跳《とび》回って、父親が儂等一人一人の支払いに一々渋い顔をしておるのを余所《よそ》に、花を配って歩くのさ。『父様《パパ》はお仕事で悲しい顔をしてる、』と極小《ミニチュア》の誘惑者は儂等に云ったよ。『あたしは絶対、お仕事で悲しくなったりしない。』で、『君のお仕事は何だい、お嬢ちゃん？』と、お前達の無邪気なる伯父さんは訊いた訳だ。『将軍と結婚することよ、』と彼女は答え、髪をさっと後ろに払った、『そうして、大金持ちになって死ぬの。』占領の最中、更に危険な午齢に達した彼女は、哀れな若きアンドレに狙いを定めたが、アンドレの奴、やがて這《ほ》う這《ほ》うの体《てい》で逃出し、ペギーは大いに拗《す》ねたが、それでもしっかりお相手は居たし、じきに今度はアーノルドが現れたのさ、――全く、スクールキルのクレオパトフとはペギーのこと。」

「私、愕然とすべきかしら？」再び入って来ながらテネブレーが問う。

「いや、そんなことは、」ドピューが思わず静かに口走る。

「まあ、ドピュー。」

「君、受けたみたいだぞ、」エセルマーが呟く。

「別にそんな積りじゃ。」

ドピュー、エセルマーの二人をテネブレーは眺める。どっちも見込み薄。彼女は腰を下ろして身を屈め、横糸で山形紋を刺繍した布切れを手に取る。


一方メイスンとディクスンは、血管から何から珈琲の成分に満たされ、自分から口を開きたくてうずうずしているが、目紛しく変る一日へと投げ出され、精一杯礼儀を保って、他の連中の語る往々にして無謀な独白に耳を貸す。

「此処で起きている真の戦争は、この街と、田舎の住民との戦いなのです、――真の死者は、費府から遠く離れ、その最期の言葉を理解する者もなく死んでゆく愛蘭人、蘇格蘭《スコットランド》人、米蕃、大主教《カトリック》徒なのだ。なのにこの街は、金さえ貰えれば誰彼構わず施条銃を売っている、特に言語道断なのは、我々の絶滅を欲する米蕃に迄、――」

「而《しか》もその対立は、共通の敵たる英国を利することになるのだ、我等の地に軍隊をいつまでも置いておく格好の口実を与える訳で。」

「おまけにあの忌々しい宣言線[*1]の所為で、田舎の住民達が多大な犠牲を払って仏蘭西からオハイオを勝取ったというのに、彼等はオハイオに出て行くことも禁じられておる。英国の横暴は日々募るばかり、このままでは決して済ますまいぞ。」

「おぉ、胸が躍る、いつの日か英国が、ブラドック[*2]を置去りにして死なせた卑怯者どもを裁くことになるかと思うと、――彼奴《あいつ》等は皆、羽一本動いただけで、それが死んだ七面鳥の雄の羽であろうと、忽ち踵《きびす》を返して逃出すのだ。あぁ、――よいか、我々は、ヒベルニア[*3]の屑どもやら、蘇格蘭のジャコバイトの滓《かす》やら、泥に住む雑多な、奴等が侵略する未開人よりも野蛮で人間らしさも劣る連中を攻撃したりはしまいぞ。」

「彼奴《あいつ》また来てるのか？　誰か、ぶっ殺してやれよ。」

「まあまあ、――愛蘭人はですな、反乱とくれば長年しぶとく続けて参りましたから、弾薬の受止め方、護衛船の襲い方も心得ております。口では優しい感情を喚起する英国でありますが、正にそんな英国が、彼等をそのようにしてしまったのです。」

こうして昼食時間は瞬く間に過ぎてゆく。じきに、どの部屋にも、午後の気分が満ちてゆく。地図が持出されて広げられ、伝言を携えた鳩が費府在住の熟練白耳義人《ベルギー》によって屋根の頂から、遠くはラ

＊1　あの忌々しい宣言線：一七六三年、イギリス政府が定めた、イギリスの植民地と、インディアン保有地との境界線。「イギリス政府は軍を派遣してインディアンの鎮圧にあたらせる一方、アレゲニー山脈を境界線として西側をインディアン保留地とし、植民地人の入植を当面禁止した。（……）このような土地に対する規制は、土地投機業者・プランター・農民の反発をかい、独立の原因の一つになった」（研究社『英米史辞典』）
＊2　ブラドック：イギリスの将軍（一六九五―一七五五）。一七五五年、フランス軍を駆逐すべくイギリス正規軍と現地軍を率いて戦ったがフランス＝インディアンの混成軍の攻撃を受けて大敗し、自らも戦死した。
＊3　アイルランドのラテン語名。

ンカスター郡まで送り出される。施条銃を持てる歳の男の子達は裏庭で訓練を受けている。小さい弟等は長い棒で一段小規模な作業に励み、犬達は周囲をぐるぐる駆回り、何とか事態を理解しようと顔を歪めている。通りを先へ行って角を曲り、街なかに出れば、船乗り達は蠟燭もない飲み屋でぶつぶつ愚痴を零《こぼ》し、熱心な商売人は日常に復帰出来る時を待望し、子供は一日の変り目に幽霊どもが扉の陰でごそごそ動くのを感じて身を震わせる。そして、街から離れた、突風吹き荒《すさ》ぶ原野に、パクストン団がやって来る……

着々と馬を進める、施条銃《ライフル》肩に、
泣く子も黙るパクストン団《ボーイズ》、
猟人《ハンター》の眼光、古《いにしえ》の恨みを晴さんと
ミスタ・フランクリンと向い合う、
紫に染めた透鏡《レンズ》に隠れたるその眼差、
言語道断、許し難し。

――トックス「費府包囲、又は新アッティラ」*

今夜は雲が多過ぎて観測は無理。予定が遅れてメイスンは苛立つ。アルゴル、ミルファク、カペラ、その他の緯度星の天頂距離の信頼出来る平均値が得られるだけ測定値を得たら、――それさえやれば、やっと費府最南点の正確な緯度を割出せる、――そうしたら次の観測地点を探しに出掛けるのだ、此処から西の、同じ緯度の何処かに。

「一刻も早く逃出したいね、」メイスンは呟く。二人は観測台から下宿へ帰る途中である。酒場の音楽と、蹄の音が、しばしば四つ角幾つ分にも渡って路上に鳴り響く。「わしは『団《ボーイズ》』とやらが乗込んで来るまで居られたら、と思っておったんですが、」ディクスンが殆ど溜息を吐《つ》く。

「何故だ？　最悪の破落戸《ごろつき》愛蘭人どもだぞ？　奴等の先祖は人肉を食ったんだ、――きっと奴等の親戚はいまだに食ってるだろうよ。あいつ等は血の味を知ったのだ、だから何だって撃つ、特に、エヘン、周りに溶込まぬ鮮やかな色の標的を。いやいや、我々がすべきは、ぐずぐず留まらず、さっさと仕事を先へ進めることだ、――先ずはこの街から出て、出来ることなら赤い上着も失くすのだ。」

「メイスン、考えてもみて下さいよ、――わし等は西に、ブランディワイン分岐点に行かねばならず、――あんたの云う野蛮人どもは東に進んでおる訳で、とすればわし等、費府の住民よりずっと先に奴等に出会ってしまうのでは……？」

メイスンは顔を顰《しか》める。「とは云え、――私達が常に十五哩南を行けば、――ハリス渡場《フェリー》からの道ではなく、どの道でもいい、専《もっぱ》ら南から上って来ている道を越えて行けば、――奴等は私達の北を過ぎてゆくのではないかね。」

「奴等に斥候隊員《パトロール》が居れば別ですよ、ひょっとしてわし等を探しておるかも……？」半ばそれを望んでいるような口振り。

「そうなったら、結局君の望む冒険に出会える訳ではないか。でも、奴等が何故わざわざ私達を？」

「さあねえ……？　事によるとわし達、あいつ等には取分け我慢ならん類の侵入者かも……？　わし等、どんな風に見えます？　それなりの人数の、武装した開拓者達、雇い士は領主連中……？　見たこともない妙ちきりんな器械……？　夜遅くまで、空を眺めておる……？　汝だったらそんな連中、

＊　新アッティラ：アッティラはフン族の支配者（四〇六？―四五三）で、ローマ帝国に侵入しその力を恐れられた。

どう思います？」

「誰かが説明すれば、――」

「その為には先ず、声が聞える所まで寄ってかないといけません、――噂を信じるなら、あいつ等の独逸職人達の作る銃は、一哩離れた所から弾を撃って、捩堅麵麭《ブレッツェル》でもどんな輪でも通り抜けるって云いますよ。」

「何だか君、妙に陽気だな。」

「陽気な好奇心ですよ、――誰が指揮を執っておるのか？　本当に都《みやこ》に刃向う気なのか？　亜米利加は何処もこんな風になっていくのか？　生れながらの教友会徒としては、わしも奴等に激しい怒りを感じるのみです、――だが四五年の乱の申し子としては、彼等が強いられてきた暮しを哀れに思わずにおられようか？　そういった問いを幾つも抱えておるんです。」

折しも二人は、名そのままに夜通し賑やかな〈休まぬ蜂〉珈琲館の前を通り掛る。扉から漏れてくる人びとの声に抗うのは、セレベス[*1]の香水を前にして鼻に何も感じぬくらい難しい。二人は真夜中過ぎの論争の只中に入ってゆく。

「さてさて、」メイスンの顔が程なく、神託の如き煙霧の輪に包まれる、「一つお訊ねしたいのだが、――少し話を戻そう、『四五年の乱』だと？　あの運命の年について、君が一体何を知っておる？　何を覚えている？　君はまだほんの子供だったではないか、――炭坑の掘っ建て小屋に埋もれて、見るものとて石炭屑《ぼた》山のみ、――何もかも見逃してしまった、そう自分で云っておったではないか！　――ゲゲゲ！　ゲゲ！　若者の呑気な囀《さえず》り、いつだって歴史の現場に居合せたと威張りたがる、――結構なこった！」いつの間にか手にした強烈なもう一椀《カップ》からメイスンはくいくい呑み、やがて歌い出す、

夜が昼で
昼が夜だった時、
誰がジャコバイトだった?

「どうだ?　どう考えても君は、四五年、四六年の堂々たる、情熱の電気漲《みなぎ》った日々を理解するには幼過ぎた筈、——」

「メイスン、汝、——ジャコバイトなの?」

「あの夏に十七だった者は、若きディクスンよ、誰もがジャコバイトだったのさ。」

そう云われて、ディクスンは馬に乗った人びとの一団を思い出す。外套に身を包み、覆面を被った者達が、真夜中に騒々しくレイビー[*1]に乗込んで来たのだった。「わしは食料置場から、丁度馬の蹴爪《けづめ》の高さで見ておったんです……。深靴《ブーツ》、外套の裾、——棋盤縞《タータン・チェック》が其処ら中ではためいておりましたが、何しろ暗くて色までは判らなかった。今でもわしは、あれがあの方[*2]だったと信じてますよ……体で感じたんです……この上なく大事なものが其処にあることを……この上なく高貴な志を……わしは跪《ひざまず》き、ぴくりとも動きませんでした。あの方に何を命じられても、わしは実行したでしょうよ。大きな力に服従する思いを感じたのは、後にも先にもあの時だけです、——悲しいことに、そうした思いこそ、あらゆる政体の土台となることをその後思い知りましたがね。あんな気持は二度と訪れなか

*1　セレベス:インドネシア、スラウェシ島の旧称。
*2　あの方:反乱を指揮したチャールズ・エドワード・スチュアートを指す。四五年に反乱を起こし、四六年四月にカロデンの戦いで敗れたのち、スコットランド高地に逃亡した。

った。もう初心《うぶ》ではなくなったし、それはそれで有難いですが。」

「どういうことだ？　あの方と、その軍隊は、イングランドに攻めて来る時も逃げた時も、逆の側を通って行ったのだぞ、仏蘭西へ逃げるのに好適な、愛蘭の側から。」

「とは云え、わし等の願いがあの方を引寄せられたとしたら……」

「願い。わし等の願い。私としても、自分の願いにはもう殆ど何も期待せんが、他人の願いを疑うところまで憂鬱が進んではおらん。」

「その思い遣り、有難く思いますよ、メイスン……？」

「あの頃は、ディクスン、いつだって夜明けだったのだ、――夜のことは碌に思い出せん、――毎朝新しい報せが届いたものだ、――至る所であの方のお姿が見受けられたのだ。みんな松の木が傍にある家の近くに屯《たむろ》したものだ、それが逃走中のジャコバイトを歓迎する暗号、食べ物と寝る場所が此処に在りますぞという印だったから。」

「ダラムではね、風向きが好いと時に、遠くから袋笛《バグパイプ》が聞えましたよ……あんな音楽、誰も聞いたことがなかった……あれを聞きに何哩も出掛けてく若者も居ました、中には娘も居たな……残念ながらわしはあんまり好きになれなかったなあ、余りに獰猛な響きだったし、どうしてあんな音が出るかもよく判らんかった、――人間らしくないじゃありませんか、袋《バグ》が果てしなく膨れ上った結果、吹く者が歌と息を切離せるなんて。絶対息継ぎの為に止らない。それ聞いてどれだけ不安になるか、想像出来ます？　夜吠える獣だってみんな、吠えたら息をします、――なのに此奴《こいつ》は……見えないまま、抗いようもなく、果てしなく膨らんでいく。息を必要とする次元を超えちまってるんです。」

「覚えているよ、――ウルフの兵隊もそうやってストラウドに来たんだ。* 兵達は先頭に袋笛を立てずに、一七四五年以降他の蘇格蘭《スコットランド》人には禁じられた音楽を演奏していた、故に二重に呪われていた訳だ、

——呪文のように歌い、泣叫び、喪失、挫折、そして秘かに英国《イングランド》への憎悪を訴えていた、——何処の村も恐怖の余り服従したものだ、——あれがなければ大英帝国が印度を支配することもなかっただろうよ……蘇格蘭略奪を通して、英国は〈息をせぬ叫びの力〉を、動物的恐怖に直《じか》に訴える術《すべ》を学んだのだ、それを巧みに利用して、熱帯世界の其処ら中で人びとを恐怖に陥れ腰巻を汚させたのだ。そして当時奴等は、お上を後ろ盾に、私が生れ育った谷にも同じ仕打ちをしていたのだ。

　仕立屋達は私の年頃の子供等を米蓄に変身させた。私達は彼等が我が物と決めた森林から彼等を覗き見していた。彼等を『白人』と呼び、彼等の住む家を『お屋敷』と呼んだ。幸せな少年時代と思うかも知れんが、それは違う、——それまで私が楽園として思い描いていたものは、実は垂幕の表側の煌《きら》びやかな絵でしかないことが判ってしまったのだ。その後ろでは様々な類の阿呆どもが血を流し、本物の鼠が群れを成し、尻尾を波打たせ、耽々《たんたん》と待構えておったのだ。支配者が住むのは城などではなく、もっとずっと貧弱な場であり、しばしば自らの権力の源泉たる武器の音からも逃れられずにおることを私は知った。想像してみたまえ、春の宵、君は恋人と二人で馬に乗って進み、夕暮れは約束に満ちて震え、控えた夜は楽園《エデン》そのものであり、——」

「こんな話、しててもいいんですかね？」

「いいのさ、——そして突然、君は従順な羊の目のまま、又もう一つの忌々しい工場に行き当る、——川は激流に変えられ、仕事場は周りの闇とは裏腹に、不機嫌な小鬼どもで一杯の宿屋みたいに煌々と照らされている。束の間の感傷に耽《ふけ》ろうにも、グロスター州《シャー》じゅう何処でも忽ちその芽は摘まれてしまう。君のような純朴な北東人は、同じ英国でも、古《いにしえ》の生き物が薄闇を蠢《うごめ》き、獣が空を飛び、

＊　ウルフは四五年の反乱鎮圧に加わった英国軍人ジェームズ・ウルフ（一七二七—五九）。反乱鎮圧後、スコットランド高地人を英国軍に起用した。

死者が時折珈琲を飲みお喋りをしに顔を出す世界に住んでおる。だが私の故郷では、そういう驚異を生む土壌は取返しようもなく毒されてしまったのだ、水力織機の発明と、新しい富の登場と共に。その手の新しい支配者を、幼かった私も無言で、野蛮な感情を胸に抱きつつ覗き見していた訳だ。私はウルフとその連隊によって楽園から追放されたのだ。一度見てしまったらもう、後戻りしても意味はなかった。私の故郷は最早存在しないのだ。」

　ディクスンはここで、抑え切れていない不誠実の響きを聞取るだろうか？　何かが変だ。「じゃああんた、追放の身って訳で……？」

「倫敦は第一の停留地に過ぎなかった。次が喜望岬。それから聖ヘレナ。そして今、——これ等の植民地。君はその全てに居合せたし、今も此処にいる。だから自分の目で見ただろう、——毎回、一歩先へ進む度に……。」

「離れて行く……？　何から……？」

「いやディクスン、離れるのではないと思うよ。違う。寧ろ、近付いて行く、だ。ふふ。考えたこともなかったろう、楽天家君よ？　一つ君の、間抜けた詭弁を応用してみたらどうだ？　何に近付いて行くのかね？」

「わしが間抜け……？　わしが……？　だって、汝、——」だが、これ以上高くに上れば、いずれレベッカの力強い翼が掠《かす》めていくのでは？「では、何に近付くのか……？」とは云え口調は飽く迄、切迫した思いを隠し、洒落者が狂人に話し掛ける口調で、「じゃあ一つ、愉しませて貰おうじゃありませんか。」

「そして二人は殴り合いを始めた、」ピットが叫ぶ。

「フレー、フレー！」プリニーが加わる、「——ごろごろ転がり、家具を倒し、メイスンの顔には青タンが出来て、——」

「——ディクスンは鼻血を流した！」

「大勢駆込んで来て、小銭をじゃらじゃら云わせ、胴元が賭け額を画用紙の短冊《たんざく》にそそくさと書込み、——」

「ローマックス、——」ユーフィーが叱る。

「子供達！」両親が声を上げる。「寝る時間ですよ。」

「僕等が。寝る？」ピットが問う。

「だって双子座のお話でしょう、」プリニーが説く、「誰より双子が聞くべきだよ。」

「伯父さんの話の測量士二人、——」「——双子同然だったんだよね？」

「左様、或る時点まではな、よく吠える消防犬二匹よ、」——暫し考えてから牧師が云う、「儂《わし》が見るところ、メイスンとディクスンはどんどん一点に収束してゆき、いつしか殆ど生写しになったのだが、

――やがて何かが……何かが六七年か六八年に二人の間で起きて、彼等の運命を取返しの付かぬ形で裂いてしまったのだ……。」

「運命を裂いた？」双子が叫ぶ。

「ひょっとしてここで話、お終《しま》いにした方がいいのかな、」ピットが云う。

「今のままの二人を覚えておくのが一番かも、」プリニーも同意する、「まだ例の線が一吋《インチ》も引かれてない内に。」

「二つ一組の本立《ブックエンド》はもう寝る時間ね、」姉が呼掛ける。急使船『鵞鳥の羽毛《グース＝ダウン》』の汽笛が鳴らされ、子供でない人びと全てを陸地へ、嵐に痛め付けられた波止場へ、灰色の冴えない港町へと呼戻す。彼等の子供達がかくも楽々辿り着き、通過する地からの追放者として、みな夜更けまで其処に留まるのだ。

「米蕃はどうなの？」ピットが、扉の側柱に摑まって訊く。

「米蕃のこと云ってたよね、」プリニーも、兄の肩辺りで呟く。

「測量士二人、とにかく誰かとは戦ったんだよね？」

「誰か死んだ？」

「武装帆船《フリゲート》の戦いでは、お前ら居間猿《パーラー＝エイプス》には十分でないのか？」牧師は狼狽して己の頬を叩く。

「ポンティアックの陰謀は？」ピットが期待を込める。

「噫、打破られたとも、測量士二人がデラウェアで、悪名高き接円線を、諸々の補正線分と共に引いておる間に。」

「パクストン団《ボーイズ》は？」

「等しく見込み薄だな。連中が喚声を上げ、銃を撃ちながら費府《フィラデルフィア》に乗込んで来た頃、測量士二人は、侵入経路《ルート》より遥か南の、観測台が出来たばかりのブランディワイン分岐点に居ったのだ。星々は望遠鏡の十字線の向うを敏捷《はし》っこく飛交い、二人は地球上の或る一点からそれを眺めるが、彼等の思考は地図上に特定出来はしない……。」

「明日米蕃の話聞かせてくれる、伯父さん？」

「勿論だとも、ピット。」

「プリニーだよ。」

「弟の方。」二人は立去る。

今や一座で最年少となったテネブレーが、新しい蠟燭を持って来て、薬罐に水を入れ、暖炉の上にかける。ドピューとセルマーにこっそり見守られながら彼女は、自分の折れ曲った項《うなじ》や、髪の一房をさっと振って直ぐに隠しはするものの一瞬剝き出しになった耳や、炉火の光に照らし出された手などが彼等二人に及ぼす効果も知らぬ気に、いそいそと動き回る。


メイスンの込入った物語が、彼にとって、己の過去の悲しみに忠実たる術《すべ》であり（と牧師は間もなく語りを再開する）、就中《なかんずく》レベッカを巡って、云わば悲しみを無事に保ち、決して裏切らぬ手段であるとすれば、エマスン逸話集やらレイビーの幽霊やらから成るディクスンの物語は、偏《ひとえ》に現実的な仲間意識から発せられているように思える。いつの時点であれ、メイスン以上に元気付けを必要としている人間が居ようか？　幹事が陽気なら宴会も陽気となる道理。

「ファルマス定期船が出る直前のこと、」ディクスンは或る夜、星を待ちながら語り出す、「ウィリアム・エマスンから小さな、謎めいた包みを渡されたのです……。」

「容易な旅ではあるまい、――」エマスンは云った、「羅針盤が円蓋《ドーム》状に狂い、針自身もお前も混乱してしまう日々もあろう、――或いは、星々が二週間ずっと姿を見せず、お前の脈拍が唯一、速度《テンポ》を自在に変える組曲となることもあろう。そんな時、信頼出来る時計があれば心強い。よいか、この時計、英国や仏蘭西の泥棒の盗み心をそそるには余りに色褪せ、傷んでおるが、――亜米利加人はそこまで世慣れておらんから、ジェレマイアよ、この時計をしっかり、必要とあらば愚劣な迄に用心深く護るのだぞ。この内部には、測時法の世界を革命的に変える筈の、秘密の機構が隠れておるのだ。」

「うぅ！　女が吹っ掛けてきたらちゃんと計算して、幾ら高過ぎるか教えてくれるとか、そういうんですかね？」

「これがしてくれることはだな、冥界の民よ、」エマスンは辛抱強く云った、「決して止らないということだ。」

「そうなんですか。で、一時間毎に『北米《ヤンキー》ドゥードル』を歌ってくれる……？」

「まあ判るさ。全ては脱進機の設計が鍵なのだ。」

「先生の弟子が先ず教わるのは、」ディクスンはエマスンに云った、「永久運動ってものは存在しないってことです。実際わしなんか、もうこれだけ年月が経っても、未だにその衝撃から立直ってません、――妙な話ですが、それを何となく先生の所為《せい》にしておる気がします。」

「どうすればいいと云うのだ……？　これは宇宙の法則だ、――プランディウム・グラティス・ノン・エスト（無料《ただ》の昼飯はない）。とは云え、『針と鍵の主撥条《ゼンマイ》に対する関係は、時計の歯車列の脱進機に対する関係に等しい』という定理を受容れるなら、鍵となるのは、力を蓄積する問題から時間の歩度《ほど》を取除くことである。弾機《バネ》定数と磁気制御を然るべく配備すれば、力は必要に応じて借りることが出来るのだ、支払日も無期限に延期可能なものとして。」

「先生、――何だってそんな大切な品をわしに託すんですか、あんな野蛮な国へ行くってのに？　若し悪い奴の懐中《ポケット》に収まっちまったら、――」

「誰かが仕組を知ろうと分解しようとしたら、確実に行き当る或る螺旋《ネジ》を外した途端、時計全体がばらばらに飛散るようになっておる。秘密は護られるのだ。」

「ですが時計は、――」

「ふん、また簡単に次のを作れるさ、――仕組は物凄く単純なのだ、一度《ひとたび》理屈を呑込んでしまえば。」

「じゃあ何で至る所に広まらないんです？　わし等、ニュートンを乗越えた時代に辿《たど》り着いたのでは……？　永久運動も当り前になったのでは……？　何でこれがまだ秘密なんです？」

「利息だよ、」エマスンがくっくっと謎めいた笑い声を上げる、「只の利息じゃない、複利だ！　うぅ、うぅ、うぅ！」

ディクスンにとって不可解なことに、十年前、『力学――運動の原理』に於てエマスンは、海上でも狂わぬ時計を作る展望に関し、はっきり悲観的な見解を述べていたのである。大洋の「一万もの不規則な動き」が、撥条仕掛であれ振子式であれ、如何なる時計の規則性も狂わせてしまうであろう、と。なのにどうして、この怪し気な時間の貸借りとやらには希望が持てるのか？　ダラムでの師弟関係は、こうした教えの連続であった、――即ち、必ずしも明快でない、下手をすれば言葉にもされぬ教えを、ディクスンは繰返し理解し損ねてきたのである。エマスン自身が時計の出所とは思えない。彼は仲介者でしかない。誰の？　一体誰が、これだけの器具を作るに要する先進技術を有し、潤沢な資金を享受しているのか？　うぅ、一体誰が？

ファルマスの定期船が来て、とうとう謎を独り抱え込む身となったディクスンは、時計を仔細に眺め回すが、撥条を巻く場所は何処にも見付からない、――だが絶対何処かに隠れている筈だ……「何てこった、」ディクスンは黒頭《ブラック・ヘッド》から吹いて来る風に向けて呟く、「又しても法王の陰謀だ、歓楽の墓の周りに蔓延《はびこ》る茸の如く濃密な。」きっと耶蘇《ジェジー》どもだ、何処の国からも追放された身で、一体いつこんな高価な玩具に感《かま》ける時間があるのか？　ディクスンはニュートン信奉者である。動力《エネルギー》の借りは全て返したいし、方程式の帳尻は合せておきたい。永久運動なぞ露骨な侮辱である。もしこの時計が何らかの伝言《メッセージ》だとしたら、凡そ親切な内容とは思われぬ。

　とうとう、目を真っ赤に腫らし、証明を求める気持も証明から逃れたいという気持も同じくらい強くなって、ディクスンは時計をファルコナー船長に預け、航海が終るまで船の金庫に保管して貰う。そして費府に到着してみれば、何と時計は、相変らずコチコチしっかり時を刻み、脱進機の拍《リズム》も、西班牙舞踏手《スパニッシュ・ダンサー》の歩踊《ステップ》の如く正確に刻んでいる。この時計は秘かに何かを自分に伝えているのではないか、とディクスンは考えたい。いいですか貴方、この私の完璧な忠誠ぶりと見えるものは、狡猾な女のそれと同じ、手の込んだ、念入りの錯覚に過ぎぬのです、——見たままを信じるのは身の破滅ですよ、と。

「ちょっと聞いてみます？」ディクスンは或る日、メイスンと二人で接円線に出ている時に誘う。

「いいよ、君の言葉を信じるよ。」メイスンの眉が礼儀正しく上下に弾む。

「メイスン、本当なんですよ！　全然巻かなくていいんですよ！　わしが巻いてるところ、見たことあります？」

　メイスンは肩を竦《すく》める。「私が寝ている最中に巻いてるかも知れんし、木々で互いから遮られている時に巻いてるかも知れん、そういうことは始終あるからな、——誰か其処ら辺の田舎者を雇って、私から見えないよう定期的に巻かせているのかも知れん。——もっと云ってやろうか？」

「友よ。こんな大事なことで、わしがあんたを揶揄《からか》ったりしますか？　動力《エネルギー》保存を巡る大前提が全て、『原理《プリンキピア》』＊1そのものが、うぅ……？　現代人としてのわし等の信念全体、一気に疑わしくなってしまうんですぞ……？」

「永久運動を巡ってブラドリーのところに送られてくる話一つ一つに二片《ペンス》ずつ料金を取っていたら、私は今頃此処に居らんだろうよ、——大方、友好諸島《フレンドリー》*2の何処かの砂浜に寝そべって、小四弦琴《ウクレレ》を奏で、地元の娘達に傅《かしず》かれ、時には小四弦琴も娘に奏でて貰っているだろうよ。」

「うぅ、疑ってますねえ……？　とにかく、先ずは聞いてみて下さいよ……？」

時計を耳に当て、顰面《しかめつら》がだんだん剽軽になっていき、メイスンはじき歌い出す、

ああ、セニョリータ、
最高に可愛い君、
僕達何をしようか？

何て素敵な休日、
昼寝する間もない、
君もそう思う？

御覧、月は昇るよ、
君が英語判らなくたって
構いやしない、——

＊1　『プリンキピア』：ニュートンの主著『自然哲学の数学的原理』（一六八七）の通称。
＊2　フレンドリー諸島：トンガの英語名。

僕は君の虜《とりこ》だもの、
君が云いたくとも云えないことは何?
ああ、セニョリータ!

「左様、愉快な拍器械《リズム》だとも、——まあ合奏《アンサンブル》をやるには音が小さ過ぎるが、——」
「許して下さい、友よ、又しても、わし等の心が同じ風に乗って進んでると思っちまいました。とんだ思い違いでした。」

そう云われたメイスンが、街なかで何か嘆かわしい出来事でも目にしたみたいに首をひょこひょこ振るものだから、ディクスンは一層憤りを募らせる。「わしが気楽でいられると思います? 巻かずに過ぎる日が又一日増える度、証拠は益々堅固になっていく、——それでもまだ、心から信じられやしないんです……? エマスンの愉快気な顔が目に浮ぶ! わしは疑念の渦に放り込まれてるんだ。」

チクタクチクタク、時計は入組んだ音を発し続ける、——一時《いっとき》も目を離さぬと誓ったディクスンにとっては、今日も支障なく動く毎にその重荷は尚も増してゆく。が、とうとう、悪名高き蘇格蘭《スコットランド》南部の湿地の如き泥沼に踝《くるぶし》まで埋もれるに至って、ディクスンもやっと、若しかしたら自分は呪いをかけられたのだろうかという思いに向き合えるようになる。実際エマスンは、昔から呪いの術に長《た》けていた、——かつてディクスンにも打明けたところでは、歳を取るにつれてその術を、生々しい怒りに貫かれた復讐の為により、寧ろ入念かつ陽気な戯れに用いることが多くなったという。呪う相手は、嫌な目に遭わされたとエマスンが考える人物誰でも。いつしかディクスンもその一覧表《リスト》に入ってしまったのか? 或る日、知らぬ間に一線を越えてしまったのか、ディクスンは疾っくに忘れてしまったものの爾来《じらい》エマスンがずっと仔細に考え込んできた会話に於て？　うぅ！　当世誰にとってもこれが悪夢、——記憶にない無礼が何の警告もなしに仕返しを受けるという奴。「わしが何をしたんです？」夢の中で漸く師に対面してディクスンは問う、「こんな酷《むご》い報復を受けるなんて？　先生に対してそこまで非道《ひど》い真似をしたら、絶対自分でも覚えてますよ……？」

「お前は契約を破ったのだ、」エマスンが取出した一束の法律用箋には、一枚一枚込入った証印が捺《お》され、これを適切に解読せねばどんな結果がもたらされるか言葉には出来ないが、その恐しさはディクスンにもよく判る……。「何処から始めたいかね、冥界人よ？」

その瞬間、喜望岬で小黒人《ネグリート》トコがメイスンに与えた忠告をディクスンは思い起す、——夢に現れる敵とはとことん戦え。エマスンが持掛けている遣り取りに応じてしまえば、敵の土俵に於て、大いに不利な条件下で戦うことになるのは明白。唯一の道は、文書を直ちに破棄してしまうこと、——出来るなら燃やしてしまうこと、——とは云え一番近い暖炉は隣の部屋、書類をさっと摑んで持逃げするには遠過ぎる……。そんなディクスンの思いをエマスンは見透かす。「ふん、火相宮の癖に火も起せぬときている。」心底蔑み切った口調。敗北感が身内から立ち昇るのをディクスンは感じる。時計が何か云いたがっているように思えるが、夢に魘《うな》される者の如く、云おうと足掻《あが》くばかり。とは云え、ディクスンに望みがあるとすれば、鍵は矢張り時計の主張《メッセージ》を理解すること。そう思った時点で、不機嫌な気分と共に目が覚める。

時計を安全に護ると約束させられたものの、ディクスンはじきに、自分がひたすら、どうやって時計を始末するかばかり考えていることに気付く。白昼のチクタクの中、夢ではあれ程つっかえていた謎めいた声が、次第にはっきりしてくる。酒を飲んでも声は去らない。「私を貴方の人生に受容れるということは、」じわじわと、見紛うかたなく野菜の姿を帯びてきた時計が囁く、——偽粒《シャグリーン》起革の開いた旅行用外箱《ケース》の中で、仄かな光を発するその姿は、彼には名を挙げようもないし恐らくは彼《か》のリンネですら名付け得ぬであろうが、間違いない、邪悪な野菜のそれである、——表面を次々様々な美しい色に変化させつつ、その秘かな命令が打楽器の如く、取返しようもなく発せられる、——「私を貴方の……胃袋に受容れるということなのです。」

「うぅ……、」ディクスンは身を震わせ、凡そ血色が良いとは云いかねる顔で、野営地に滞在中の博物学者ヴォーム教授の天幕《テント》を訪れる、——教授曰《いわ》く、「野菜の運命は食べられることであり、——従って野菜の国に於ける成功と評判は幾つ食べられたかによって測られる他ない故、——野菜は皆それぞれ、己を精一杯魅力的に見せねばならぬのである、然《さ》もなくば死を覚悟するか、若しくはただ横たわって他の野菜からの誹謗と苦情をひたすら聞かされる他ない。だが然し、——人工物ときては、——時計だの何だのじゃなあ……」

「先生、率直にお答え下さいませんか、この時計の見掛け、——魅力的であるばかりか、もっとこう、発しておらんでしょうか、——うぅ！　わしには云えません……？」

「野菜はチクタク云ったりはせんよ、」教授は穏やかに諭す。

「それは野菜でしかない野菜に限った話。今お話ししてるのは、より高度な生命体、——脈拍のある野菜です！」

「私にはついて行けんね。RCに訊いてみたまえ、あいつなら訳の判らん話が好きだから。」

RCとは接線問題に関して雇われた地元の土地測量士であるが、彼にもやはりついて行けない、——が、本人はそうとは認めぬ。時計を目にした瞬間から、犯意がRCに取憑く。RCは時計を欲する。——夢にまで見、——決してそれを「時計」とは呼ばず「計時器《クロノメータ》」と呼び、——頭の中でそれはハリスン氏の驚異の計時器と融合してゆく。ハリスン家対マスクラインの対立、そして経度確定を目指す競争の噂は、亜米利加にもごく大まかに達しているのである、——更には、経度委員会から出ている懸賞金《プライズ・マネー》の額も。

「誰かがこんな計時器を持っていたら、」RCがディクスンに問う、「委員会にとってもそれなりの意味があるのでは？」

「メイスンが云うには、えらい渋ちん連中だそうだ、——握った拳は鉄梃《かなてこ》で抉《こ》じ開けるしかないそうな……？」

「だから抉じ開け金《プライズ・マネー》って云うんだね、」とRC、「——でもあんただってやってみたいでしょ？」

「これが誰の物かすら、わしはよく知らんのです、」ディクスンは慎重に答える。「飽くまで預かってるだけですから。」

「無償の受託、——そうでしょうとも。」意地悪な顔をせぬようRCは精一杯努めている。日面通過問題に関った同業者として、RCの不満はディクスンにもよく判る、——絶間ない戦いの只中で何年も時を過ごすものの、人の道として、どちらの側にも与《くみ》することが出来ず、如何に胸の思いが滾《たぎ》ろうとも堪えるしかない、そうして而も、遅かれ早かれどちらの陣営からも罵られ、遂には、法律上の問題に関しては道義的に麻痺状態に陥らざるを得ぬ、——実際、法律家そのものに、善き仲介人に間違えられる危険も大いにある。

「むむむ！　お前等、見たか？　美味《うま》そうだったじゃないか。」斧使い流の機知で時計を茶化しつつ、RCは怖い目で躙《にじ》り寄って来て、しばしば殆ど顔をくっつけんばかりに近付けてくる。

「あんた何でそんなにわしに寄って来るのかね、RC？」

「面倒な方々を怒らせちゃいけませんぜ、」RCは忠告する。どういう意味なのか誰にも判らないが、発言の要点、即ち本人が迷惑極まりない狂人であること、はよく判る。

或る真夜中、騒ぎが持ち上る。犬どもが吠える。黙れ、と斧使い等が命じる。測量士二人は天幕の外、何処か道の先に出て天頂の観測値を取っている。ディクスンの天幕の前に人集《ひとだか》りが出来ている。RCがネース・マクレーンの手にした獣脂蠟燭の光に照らし出されて、金の鎖の丁度最後の一片が中華麵のようにその唇の間から消えていくのが見える。

「RC、あんたもう、真面《まとも》に考えられなくなっちまってるんじゃないかえ？」

「誰かが来る音がしたんだ。」

「俺達だよ。其処ら辺に置いたってよかったんじゃねえか？　幾ら何でも、呑込まなくたって。」

「時間がなかったんだ。」

「もうこれで、有り余るくらい時間を抱え込んだな、」モーゼズ・バーンズが茶化し、皆がわっと沸く。

「あんた自分が何を呑んだか判っとるのかね、RC？」アーチ・マクレーンが頭をゆっくり往復運動させる。「そこには六十年分の経度が詰まってるんだぜ、クラウズリー・シャヴェル卿がシリー*の残酷なる岩礁で艦隊と己の命を失って以来、たった一つの問題に注がれた仕事全部が。」

「他にどんな手があった？」RCは殆ど息を切らせている。この時計、真夜中に田舎の女達によって魔法にかけられたのか、——炎、月経の血、力を持つ名、——それとも昼間、然るべく、長い年月をかけて、職人等の手で少しずつ、現在の完璧な状態まで改良されたのか。女の仕業か、男の仕事か、——夜の呪術か、昼の技術か。「チクタク一回分の時間もなしに決めにゃならんかった。で、手に取って、ごっくん呑込んだのさ。」桃色の両拳《こぶし》が好戦的に振られ、口は拗《す》ねて尖ってきている。「誰かそれで、文句あるか？」

「此処の規律を司る者として、文句あるとも、」斧使いの親方バーンズ氏が云う、「海上の船同様、未開の地への遠征にあって、窃盗ほど士気を損なうものはない。そしてお前のやったことは、正に窃盗である。」

「だけど親方、誰だってRCの腹に耳を当てることは出来るじゃありませんか。時計はちゃんと其処にあって、此奴《こいつ》だって別に秘密にしちゃいない……。より正確には、隔離行為と云うべきじゃないですかね、その所有者が使用を――」

「そう、然し個人的使用に供すべく横領している訳では――」

「ああ、費府よ！」バーンズ氏の声が轟く、「お前の弁護士どもは、こんな荒野《あれの》に住む無学の者達の物云いまで毒してしまったのか？　どうすればいいのだ、全く？」この発言が、黙れと命じるバーンズ氏流のやり方だと誰もが承知しているので、石のような沈黙が辺りを包む。「此処が何処だか、誰か考えてみたことあるか？」つまりそれがこういう意味だともみんな判る。「正《まさ》しく接点に在って、夜には奇怪な光が現れ、人間とは云難い姿が闇から出て来て闇に消え、昼には家畜が逸《はぐ》れれば行方を晦《くら》まし二度と戻って来ず、――そんな場所で、誰かが他人の時計を呑込んだとて、何の不思議があろう？」此処を「デラウェア三角域《トライアングル》」と呼ぶ者も居るが、測量士達の間では専ら「楔《くさび》」の名で通っている。

楔で生れ育つことは、目下生じつゝある心理的幾何構造に於て奇妙な位置を占めることに他ならぬ。実際、この地の境界線、大地の身体に刻まれた銘刻ときたら、イロクォイ族が己の身体に棘《とげ》と煤《すす》で刺す模様の如く原始的であり、――而もこっちは最先端の科学的機器がその衝動を支えているが、――恐しく奇怪であるが故、楔に於ける土地所有を巡っては、法律家連中が六頭立馬車で大学訪れるに足るだけの訴訟問題があるのだ、――そう、今のみならず代々、遥か一九〇〇年まで、否、更にその先

＊　シリー：イングランドの西端ランズ・エンド西南沖の諸島。

迄。

若い頃からＲＣは、近所の人びとから見て、普通ならもっと後の成熟期にあり勝ちな、鼻持ちならぬ喧嘩腰の厄介者であった。「ＲＣが来たぞ、今日も険悪な顔してるぞ。」そうなったのは職業の所為である。若き測量士として、初めて体験した境界論争に激しい衝撃を受け、自分は地上で最も訴訟好きな連中の間で己の技術を実践していかねばならぬのだと悟ったのである、——ペンシルヴェニア人は皆その信仰に拘らず、中でも長老派の連中は特に、治安判事、保安官、教会裁判官、噂好きの村人、誰であれ聴く耳を持つ人の前、持つ振りをする人の前に恐しい素早さで相手を引っ張ってゆき、己が被った大小の不当な扱いに対する賠償を求めるのである。自分もこのような職に携わるのであれば、国中で実践されている多角形の押合い圧《へし》合いを狂気の一形態と割切って、自らを正当なる手続きの受託者側に置くなら、それなりの利益を得られて、且《か》つ正気も保てるのではないか。そういう精神で仕事をするものだから、生真面目な測量士達は激怒した、——何しろ事務仕事《ペーパー・ワーク》を避け、現場をただ歩き、器具も使わず推量するのだから。「んー、八十八度三十分ってとこですかね。行きますよ、——」目を閉じて、両腕を横に突出《つきだ》し、それからひゅっと真ん中に持ってきて指先を触れ合せ、目を開ける、——「はい、決り。」

「どうして?」

「目で判るんです、」と不機嫌そうに瞬《まばた》く。「この楔の辺りの土地はね、大体目で判るんです、」——「目で《バイ・アイ》」は「バー・アイ」と発音する。やがて接円線問題に手を染めると、形は違ってもこれもまた狂気の発露と見えた、——今回は王達の、そして王を目指す者達の、地理上の気紛れの産物。

時計を呑込んだ後《のち》の数か月、数年、休みなきチクタクの日々が一日又一日と積重なっていくと共に、己の中に入った小さな容量が不滅であり、今後も不滅であり続けることをＲＣは思い知る。妻は別の寝台《ベッド》に移り、じきに、夫を責付《せっつ》いて別の寝室を造らせて其方《そっち》に移る。「鼾《いびき》なら判るわよRC、鼾なら何とかなるもの。」肱を突出してみせる。「——だけどそのコチコチは……」

「俺も最初は眠れなかったけどさ、フィービー、——今じゃもう子守唄代りだよ。」

「ぐっすりお休みなさいな、RC。」

「ふん、勝手にしろい。」RCとて、夫としては人並に感傷に流れたりもするのだが、公的な役割ゆえ、冷やかにして不愉快な人物たることを余儀なくされているのである。而も、時計を呑込んで以来、妻は見るからに、彼の前で陽気ではなくなっている。恰も時計の存在に用心しているような様子。

「俺たちが此処でやってること、時計《これ》が気にしてると思うか？　なあフィーブ、いいじゃないかよぉ——」

「だってRC、ひょっとしたらそれ——」

「え？」段々キンキン声になってくる。「聞いてるってのか？」

「しっかり全部記録してるとか。」

「お前、確かに俺が結婚した娘だよな。」これがどういう意味か、妻がよく判らずにいることがRCには判る。が、自分でもよく判らないので説明を試みたりはしない。

「これは国家的な宝だ、」シッペン氏が断じる、——「現在の場所からこれを取出した者は、忽《たちま》ち国際貿易の舞台に上り、好むと好まざるとに拘らず、それなりの役割を演ずることになるのだ。——無論RCよ、お前の命が犠牲になってのことだがな、摘出手術とか何とかあるだろうし、だが、——費府で云うが如く、それが人生《ビジネス》ってもんだ。」

「じゃあ吐出しますよ、出しゃいいんでしょ、」指を一本、喉の奥に突っ込む。

「わぁ、見物《ウォッチ》していい？」子供達が叫ぶ。

「駄目よ、お父様の前で時計《ウォッチ》って云っちゃ、」ＲＣ夫人が窘《たしな》める。

「ギャァァァ！」出て来た指から血が流れている。「何かに噛まれた！」

「縄張りを護ろうとしてるんじゃないかな、」長男が云う。

「どうやって噛めるってんだ？　俺の胃の中に居るんだぞ。時計なんだぞ。」

「ひょっとして、形を変えられるのかも？　一体其処で、何が起きてることか……。」

「色んな物がぽたぽた垂れて、噛んだ食べ物とかべとべとぐちゃぐちゃくっついて、――」

「酸とか胆汁とかあって、年中ゲロの臭いがして、――」

「ギギギ！」

「面白がるがいい、子供達よ、そんなに愉しみに飢えてるんなら、哀れな苦しむ父親を虚仮《こけ》にするがいい、好きにしろ、笑わば笑え。お前達にもじき似たような災難が降ってくるのさ、みんな同じさ、それが人生だ。」

「僕達、時計呑込んだりしないもん。」

「まあしないだろうな、いつの日か米蓄を奇襲する気なんだったら。」

「別にそんな気ないよ、父様《パパ》。」

「経度で一儲けしてくれるかと思ったら、代りに計時器とか食べちゃって、全くあたしも浮世離れした人と連添《つれそ》ったものよね。」

無論ディクスンとしてもエマスンに知らせる他ない。急使馬車が角の向うに消えた後、その後何週間も、いつになく鬱《ふさ》ぎ込んでいる。「わし、あれの面倒を見ろって云われてたのに……？」

「君、その約束から解放されたがってたじゃないか、」メイスンが指摘する。「ＲＣは不可抗力と考えればいい。」

届いた返事は、エマスン夫人からのものである。「貴方様のお報せを受取りますと、ミスタ・エマスンはうって変った顔になり、さも愉快気に素っ頓狂な声を上げて、仕事部屋だというのに軽舞《ジグ》みたいなのを踊ろうとし、誤って其処にあった車輪付きの器械を踏ん付けて、その結果床《とこ》に臥してしまいましたが、それでも今、わたくしの鵞《が》尖筆《ペン》から何吋《インチ》も離れておらぬ所から、こうお伝えしろと申しております、——『よくやった、天晴《あっぱれ》阿呆、完璧だ。』

これがどういう意味かは、今後のお手紙で主人が御説明申上げるものと存じます。」

追伸として、エマスンの独学の筆跡が紙に躍り出、尖筆先が潰れたに相違ない句点《ピリオド》と共に終っている。「時間とは目に見えぬ空間である。——」

（此処で牧師は、こう評せずにおれない、——「つまりだな、我々が時間を見られぬのは神の思し召しだということだ、——時間の核に何があるのか、見たら誰一人耐えられぬのだから。」）

33

「橋《ブリッジ》にお越し戴きたく……」ベンジャミン・チューから測量士二人宛に。クリスティアーナ橋《ブリッジ》のメアリ・ジャンヴィエ邸、――境界線理事会は何かと口実を設けては此処に集い、噂話に花を咲かせ、あれこれの品を交換し、札遊戯《ホイスト》に興じ、マデイラを飲み、輪唱を歌い、夜遅く寝床に入り、或いは朝の七時に北行き郵便馬車が訪れるまで起きている。馬車から乗客がドヤドヤ降りて来て、〈米蕃女王《インディアン・クイーン》〉へ朝食に押掛ける。誰に出会《でくわ》すか判ったものではない。馬車が一時間停っている間、早起き連中は日々、毎日違った顔触れの旅行者を相手に腕を磨く。恋愛遊戯？　遊戯札《トランプ》？　珈琲とお喋り？　愉しい一時間にはならぬとしても、せめて生産的な一時間であろうというのが目標。

　この心地好い水辺の行楽地で、鷗はみな恒久的に居座ったかのように杭の天辺《てっぺん》に乗っている。鴨も暫し鳥撃ち達から逃れて一息吐《つ》き、軽い靄が薄くなったり濃くなったりし、重麺麭《サンドウイッチ》と淡麦酒《エール》がのんびり、偶々《たまたま》といった風情で届き、飲酒、喫煙、宴楽を満喫出来るよう公的な仕事はさっさと片付けられる。ところが、メリーランドの住人がかくして安楽に泥《なず》み、時間の流れを在るが儘《まま》に受容れている一方、費府の紳士方の時計はと云えば、十五分毎、気味悪い程の正確さで全て同時に時を打ち、沈黙している最中も持主が四六時中懐中《ポケット》から出しては時間を確認して懐中に戻し、その持主達ときては、目覚めている瞬間全ての生産性を、一部の者が己の良心を吟味するのと同じくらい仔細に吟味せずにおれず、彼《か》の都市固有の時間、フランクリン博士の暦の格言によって最も明確に云表されている類の時間を、一時《ひととき》たりとも忘れられずにいる。*

　夏には、夕暮も近付く頃、激しい雷雨がやって来る。雨はアルゲニー山脈前面からの道中ずっと、木々の直ぐ上空を進んで、稲妻が光る度に濡れた明るい波の如き姿を曝《さら》け出し、ジュニアタ川を越えサスケハンナ川を越え、ハリス川渡船《フェリー》の船窓を叩き、ランカスターの板屋根の上を滑って行って、町を水浸しにする、——更にチェサピーク湾に赴いて、蒸し蒸しと斑点模様に波打つ無数の支流一つ一つにも入り込み、やがて件《くだん》の宿屋と、屋内で歓楽に明暮れる紳士達の許にも達する中、鴨はみな日光浴でもするように悠然と寛《くつろ》ぎ、雷が落ち稲妻が光る度に狂おしく舞上がりはするが、それも忽《たちま》ち忘れて、雨に包まれた安楽に戻っていく。

　誰でも歓迎ではあれ、費府の同種の宿と同じく、領主政治実践の場を常に提供してきた此処ジャンヴィエ邸では、都市在住の聖公会派と長老派とが奇妙に混り合い、時おり独逸人や教友会の脱党者も顔を出す。選挙前後の夜ともなれば、どの部屋も物欲しげな欲望の仮装舞踏会《リドット》と化す。見知らぬ人物は疑惑の目で見られる。フランクリン氏の錯乱ぶりが一度ならず乾杯される。反領主派は耶蘇会ばりに壁を通して盗み見・盗み聞きする仕掛を持っているという噂が広まる。

　酒場は恰も、彼方に消えてゆくように見える。店中に使われた、何かの巨大な熱帯樹木を切った、鮮やかな焦茶色の木は、更に彫られ、蠟を塗られて、腕が触れても快い滑らかさに達し、寝床のように気持が好い、——この店に何人入れるか、数えた者は居らぬが、百人は下らない筈と断じる者も少くない。慎みとは無縁の色彩で店内を囲む植民地《コロニアル》風壁紙には、朱色の花弁、くねくね長い藍色の雄蕊《おしべ》

＊「時は金なり」をはじめとする格言で知られる、フランクリンの作った格言付き暦『貧しきリチャードの暦』への言及。

雌蕊《めしべ》の熱帯花が咲乱れ、背景の野原は濃い緑、そして定番の赤紫《マゼンタ》。そんな店内で、植民地の心臓部とも云うべき人びとが、互いに義理を果し合い、奢《おご》られたら奢り返し、賭けで失くした大枚を取戻す機会を常に待受けている。そして何処かできっと、政治論議を戦わせる声が張上げられる。

「倫敦の壁の落書を見れば事足りる、――『苛酷な冬、――寒い春、日照りの夏、――そして王はいない。』波士敦《ボストン》の話ではありませんぞ、倫敦ですぞ！　あんたの奉《たてまつ》るご立派な独逸流統治なぞ、――ふん！――この地じゃそんなもの、輪を掛けて無意味ですぞ！[*1]　あんな王は悪魔にくれてやればいい、まあもうたっぷり持ってるから要らんと云われるかも知れませんがな。」

「反逆罪だぞ、その発言！」

ディクスン氏は穏やかに、「まあまあ、貴方！」

「落着け、星占い師、――」

「天文学者と云って貰いたい、」メイスンが反射的に訂正する。

「少くとも私は、神の与え給《たも》う昼間の正直な光の中で仕事をしておる、――年じゅう真夜中に出回っておる連中なぞ、どんな申訳《もうしわけ》が立つ？」敬虔なる紳士は、今や周りも目に入らぬ程すっかり興奮している。皆の気をかくも昂ぶらせているのは、彼《か》の無垢なる炒《い》られたベリー氏だろうか？[*2]　部屋の中、氏以外は皆、各々自分の、劣らず切実な人生模様《ドラマ》に没頭している。明るい、青白い煙管《パイプ》からの煙が室内の霧の如く垂れ込め、その向うでずしりと重い陶磁器や金属食器が仄かに光ってガシャン、ジャン、と鳴る。一時《いっとき》も立ち止らぬ召使の小僧どもが、地下室から珈琲の袋を肩に担いで上がって来ては、巨大な豆挽き器の把手《ハンドル》をぐるぐる回し、一同はおーいもう一杯、と元気の素のお代りを喧《やかま》しく所望する。一日が終る頃には、細かく挽かれた珈琲の粉が青年達の鼻に、更には脳に何封《ボンド》と入り込み、今やすっかり頭を冴えさせ、彼等の言葉、行動に熱っぽさを付加していることだろう。

かような刺激物を嗜《たしな》みつつ政治を論じるとなれば、もうそれだけで十分活気は約束されたようなもの、そこへ更に酒、煙草の力も加わり、——誰もが好むと好まざるとに拘らず一息毎に煙を吸込み、——又、其処ら中で見掛ける大小様々の澄んだ茶色の円錐形の砂糖もあれば、大皿にどっさり載った冷杯菓子《アイス・カップケーキ》もあり、各種取揃えた果汁酒《パンチ》とフリップ、*3 地元産の薄皮焼菓《パイ》、捩《ねじ》り輪菓子《ドーナッツ》、平丸麵麭《マフィン》、乳卵菓《カスタード》、——どの卓《テーブル》にも、そうしたことを気に掛ける人から見れば、砂糖黍《サトウキビ》林、鎖、砂糖諸島《シュガー＝アイランズ》の残酷さを思い出させる甘味な品が必ず何か載っている。

「不滅と堕落の甘味、」費府在住の教友会紳士が云放つ、「阿弗利加《アフリカ》人奴隷の命と引替えに買われ、無数の黒人の命がバルバドスの貪欲なる機械によって失われた。」

「お言葉ですが、私共は誰にも悪意を抱いておりませぬ、——並の人間として人並に働く身、時には一日の終りに糖蜜を嘗めることを励みとするのです。」

「印紙の貼られた紙を用いることを拒み、東印度会社の売る茶に代る先《ま》ず先ずの代用物を新《ニュー》ジャージーの赤根《レッド・ルート》に見出せるのなら、学問は又、我々の歯も魂も等しく蝕むああした下劣な結晶に代る、もっと愛国的な代替物を発見出来ぬものか？」

部屋は毎日、何時間もずっと、暴動の一歩手前で揺れる。これら現代的な物質が、一斉に、抑制なく摂取されるという前代未聞の慣習が、この地に於て新種の欧羅巴人を作り出しているのだろうか？従来、社会を一つに纏《まと》めてきた一連の慣例を蔑み、己が選ぶ話題に関し自ら思うところを臆せずに述べる男達、——そして女達、——必要とあらば己の立場を烈しく弁護する者達が生れてきているの

*1 当時のイギリス王室は、ドイツとの結びつきが強いハノーファー朝だった。

*2 the innocent roasted Berry：Berryは人名とも「コーヒー豆」ともとれる。

*3 フリップ：「ビール・ブランデーに鶏卵・香料・砂糖などを加えて温めた飲み物」（リーダーズ英和辞典）

か？　実際、折しも伊達男風《マカロニ》の若者が二人、床板に転がり、実質的代表*の問題に関し何らかの啓発を互いに対し吹込まんと足蹴《キック》や殴打《パンチ》に訴えている。高価な服を着た、紳士を装った人物が、卓の上に登って、君主の身体に対する男色的攻撃を露骨に促し、職人達の輪もそれに喝采を送り、それぞれ自らの提案を臆せず云添えている。洗い場の暗がりから女達が現れ、論争の行われている卓に着いて、燕麦《オートミール》の如く濃い訛りで、英国の罪悪を思い思いに列挙する。

ピット砦を救う試みは依然続き、コネストーガやランカスターでの殺戮の残響も然り。此処から西は何もかもが怒濤と火柱に包まれている。サスケハンナの向う側から昼夜を問わず着く馬車は、鍋釜に薬罐、玉蜀黍《トウモロコシ》、赤ん坊、豚等々を積んでいる。一七五五年の、ブラドック敗北後の混乱と恐怖の日々の繰返し。丸太小屋が焼かれた匂い、焼かれるべきでないものの匂いが、再びお馴染となる。女性の持物。家庭の品々。風下から近付いて行くなら、匂いを感知することが何より肝要。

星見人二人は、こうした諸々の惨事から十分離れている。一月八日、費府の最南点からほぼ真西へ三十一哩行った地点、ジョン・ハーランドの農地に於て、二人は観測所の建設に取掛る。

「うちの野菜畑、台無しにしたら承知しないよ、」ハーランド夫人が警告する。

「奥さん、心配は御無用、我々は契約と委任の条件として、如何なる菜園にも果樹園にも害を及ぼすべからず、と云渡されているのです。観測所は御迷惑にならぬ場所に作り、無論、土地使用料もお支払します。」

「お二人ともようこそ、」ハーランド氏が叫ぶ。「野菜畑を御所望でしたら、是非どうぞ！　わし等、お二人から野菜買いますよ！」

手に持った鋤《すき》を夫に向けて冗談半分振回しながら、夫人は「どうして、よりによって此処で？」

「北極からこの農場までの距離が、北極から費府の最南点までの距離と全く同じだからです、」メイスンが答える。

「緯度が同じってことですよね。でもそれだったら、東西、横にずっと延びてる農場みんな同じじゃありませんか、――どうしてうちを？　隣のタンブリングのとこだっていいでしょうに、あっちは持て余すくらい土地持ってるんだし。」

「此処から正確に十五哩真南に、」ディクスンが穏やかに、「もう一つ観測地を設けたいのです。其処が〈西線〉の零点に、始まりになるのです。お宅の農場のこの地点に立てば、その零点の経度と、費府南端の緯度が判る訳です。その二つの事実が同時に得られるんです。」

「わしが訊いたのは、そういうことじゃなくて。」

「ミスタ・タンブリングには施条銃《ライフル》を発砲されまして、」とディクスン。

「どうしてわしは発砲しないと判ります？」

「賭けですかね、」メイスンとディクスン。

「施条銃、持って来るわ、」ハーランド夫人が申出る。

ハーランドは眉間に皺を寄せている。「まあ待て。あんた等、何で先ず費府の南を測ってから西に来なかったんです？」

「先に南へ行くとなると、デラウェア川を渡って新ジャージーに入ることになります、」メイスンが説明する、「その後西に十五哩曲るとなると、川はずっと太くなっていて、もう戻るに戻れません。

＊ 実質的代表：議員を送っていないところでも、英国の一部である限り英国議会に「実質的に」代表されているという論理。

人の命はともかく、器具にとって何とも剣呑《けんのん》な道行きになってしまいますから、——陸地に居ればそれも避けられる訳で。故に、先ず西、それから南と。」

「その最後の測鎖の、いっとう最後が、ぅちの農地だと、」ハーランド夫人が云い、両手を宙で振りながら立去る。夫がじきにお説教を喰《くら》うことは必至。

一夜にして、組織された一団がジョン・ハーランドの地所に現れ、何処か別世界から持って来たかの如き機械を用いて見慣れぬ儀式を遂行している。（「左様、別世界です、」ディクスンは同意する、「倫敦なる惑星、その主たる月は、」此処でメイスンに向って頷く、「グリニッジ。」）午前零時、彼等の声は農夫の耳にも届く。何しろ夜中には囁き声が一哩先まで聞えるのだ。昼も夜も、船長みたいに伝声管を使って話している。数字。一応英語に聞えるがまるで意味を成さぬ言葉。勿論ハーランドは、何かと口実を作って様子を見に行く。折しも天文観測士二人は、天幕《テント》の前で蜜蠟の光を頼りにごそご覚書《メモ》を書いている。天幕の上は波打つような坂、半ば畑で半ば林、かつては海だった地帯で、橇に持って来いの勾配である。目下、望遠鏡を経線の方向に合せようとしているところ。「地球の自転ゆえに、」メイスンが説明する、「星々は弧を描いて空を進みます。それぞれが、各々の弧の最高点に達した瞬間、観察する側も、己の経線に沿って真北を向いている訳です。」

「じゃあ、星がいつ最高点に達するかを知ることが肝腎なんですね。」

「その為に、等高度法というのがあるのです……。今はカペラ星が最高点に達するのを待っているところです。御覧になりますか？」

ハーランドは接眼鏡の下に屈み込む。「これって大きく見えるのかと思ったけど？」

「月ならそうです、」ディクスンが云う、「惑星も……？　でも星は……？」

「星については、」メイスンが云足す、「我々が知りたいのはその位置と、いつ参照点を通るかのみですから。」

「それだけ？」

「いや勿論、螺旋《ネジ》を幾つも正確に調整し、副尺を読み、その他色んな細部に気を付けんといかんのですが、余り細かく御説明しても退屈なだけでしょうから、――」

「割と単純な話のようですな。此奴《こいつ》が其方《そっち》を上下に動かして……」

「カペラを水平糸の所に持って来る訳です」ディクスンが云添える。

「おいおい！」メイスンは案外苛立ってもいなさそうな口調、「天文学者の資格があるのは私《こっち》だぞ。」

「簡単じゃないか」ハーランド氏は呟きながら、調整用の螺旋と梃子《レバー》を動かすが、その扱い方に敬意が籠っていることをメイスンもディクスンも直ぐに看て取る。

「そうやって昇って来る時に糸を横切る時間を測り、それから次に、降りて行く時に横切る時間を測るんです。その丁度中間の時間が、経線を横切る時間って訳で。」

「これ、昇ってないじゃないですか、――線より下がっちまいましたよ、――」

「透鏡《レンズ》の所為です。全部逆さに映るんです。」

「空が、引っ繰り返る訳？　凄い！　そんなことして許されるんで？」

「金まで貰っております」ディクスンが云放つ。

「王から貰っております」メイスンが云足す。

「逆立ちして仕事するみたいだねえ」ジョン・ハーランドはすっかり感心している。一歩下がって、空を見上げ、裸眼で見た自然物と、望遠鏡に映ったその対応物とを較べている。「何だか頭がくらくらしてくるねぇ。」

「最高点通過の時間が判って、時計がどれだけ進むか遅れるかも勘定に入れれば、次の最高点通過の時間が計算出来ます。で、当の晩にちゃんと其処へ行って、寸分違わぬ瞬間に望遠鏡を地平線に向けて下ろし、助手に角燈《ランタン》を持たせて炎が垂直の糸で二分される位置に立たせ、其処で錘《おもり》を垂らし、場所に印を付ける。それが北です。」

「一晩中、喇叭《ラッパ》みたいなの使って怒鳴ってたのも、そういう話？」

「勿論です、他に何が……？」

「あんた等、未来が見えてる訳？」

「この近所の皆さん、そう信じてるんですか？」

「そう望んでるんだよ。」

「見えてたらいいでしょうがね。」

だがここでハーランド氏は俄《にわか》に、二人を真面《まとも》に見るのが何となく憚《はばか》られてしまう、――恰も、ちらちら横目で窺う以上に見るのは危険なような気がしてきて。


二月にはもう、緯度も大分判明してきて、天頂儀が費府最南点を通る緯線の三五六・八碼《ヤード》南に据えられていることが確定している。即ち、弧にして凡《およ》そ十秒半ずれている。

「じゃあ観測所、動かすんだね？」ハーランド氏が云う。

「その必要はありません、――忘れずに差引勘定すればいいんです。」

三月になり、斧使いの一団が、北極星を用いて子午線を保ちつつ、ジョン・ハーランドの農場から十五哩真南、アレグザンダー・ブライアントの農地へ向けて測帯《ヴィスト》を切拓く。どうしてハーランドもついて行かずにおれよう？　女房はそれほど舞上がっていない、――「ジョン、気でも狂ったのかい？

月の光ばっかり見て、疾っくに植付けの季節なんだよ、――タンブリングのとこじゃ、もう耕し終えちまったんだよ。」

「植付けはお前がやってくれ、ベッツ、」ハーランドは答える、「植えない所は、小作に出しなさい。わしが彼方《あっち》で働けば毎日五志《シリング》だぞ、――銀貨だよ、――英国の、正真正銘の貨幣さ。此方《こっち》はお前がやってくれ。やり方も判ってるし、お前ならちゃんとやれる、今までだって立派にやってたじゃないか、とにかく花を植え過ぎんように、それだけ気を付けてな。」やがて北へ戻って来た彼は、ほぼ一英町《エーカー》、綺麗に四角く向日葵《ヒマワリ》が植えられたのを目にすることになる。程なくしてこれが丘の斜面に臆面もなく拡がり、恥曝《さら》しの黄色を近所何哩にも亘って咲かせることになろう。畑の奥の隅では、新たに据えられた薔薇石英が、反射した光を再び浴びて奇妙な輝きを見せている。一日のうちで何度か、太陽が桃色の岩肌を丁度好い按配に捉え、おお！ 然《さ》ながら海の底、北国の氷の下に連去られたような……向日葵に囲まれて、ハーランドは生れて初めて浪漫的《ロマンチック》な思いを抱く。ベッツもそれを目に留める。夫は変ったのだ、――境界線とやらを追掛け、遠くへ目を向けていた所為で、かつてはブランディワインでも十分遠かったのが、――今や西の地に焦がれている。従って家の意味も、夫婦にとっては変った。恰も、自分達の農地が、途方もない悠然さを以て、可能性の大波に乗って動き出したかのように。

四月になると、メイスンとディクスンは、樅《もみ》の棒と酒精《アルコール》水準器を用いて、北端での十秒半のずれを勘定に入れつつ、正確に南へ十五哩を測る。五月には、アレグザンダー・ブライアント氏の農地で新しい緯度を得、それから北に向けて再び境界線を測ってゆく、――「天頂儀を回す作業の測鎖士版、ってとこですかね、」ディクスンが云う。六月にはもう、東西線の緯度を見出し、――三九度四三分一七・四秒、――チェサピークと大洋に挟まれた半島の中点に移るよう指示が下る。いよいよ接円線の作業に掛るのだ。月が終る頃には、測鎖の作業は中点からナンティコーク河岸まで北上している。

メイスンとディクスンが境界論争に引入れられた理由の一つは、この接円線なる難問を、亜米利加では誰も解決出来ずにいたことであった。植民地じゅうの最良の幾何学者達が、今となっては彼等の余命以上の年月と精力を空しく注ぎ込み、糸杉の沼地に人生を奪われてきた。一七五〇年、六〇年、六一年に調査隊が送り出されたが、従来の接円点から東に西に、甚しい場合は十分の四哩もずれた点に行着いてしまった。これではどうしようもない。蠅の羽の付根を、釣竿のように長くぐらぐらの道具で擽《くすぐ》るようなもの。

計画の要点は、デラウェア半島の丁度中央、——論争の当初から「中点《ザ・ミドル・ポイント》」と定められた地点から始めて、——北に線を延ばし、新城《ニュー・キャッスル》の裁判所の尖塔を中心とする、半径十二哩の、デラウェアの岸辺から始めて西へ反時計回りに描かれた円弧に触れるまで行く。即ち、円弧が接円線と出会うことを前提としている訳だが、それまでのところこれが上手く行っていなかったのである。問題は解決不能と思えた。「中点」から凡そ八十哩北まで、沼地や沼地住民を貫いて一本の線を投射し、それを十二哩円弧に、一点の接円点に於てぴったり掠《かす》めさせるという訳であり、——その線が、裁判所の尖塔から接円点に向けて引かれた直線と九十度で交わらねばならない。そしてどうやら、誰かがその接円線を、完璧に南北に走る線、即ち経線の一部として思い描いたらしく、それが「中点」を貫き、且つ新城からぴったり十二哩の距離にある筈だと考えたのである。然しながら、その条件を満たして、且つ真北に延びている線はあり得ず、——これまた学者の唱える机上の空論に過ぎぬ。「中点」から発し、十二哩円弧に接することになる線は、真北の約三度半西に向わねばならないのである。この弧は余りに西を通っている上に、北緯四十度線に触れるほど北に延びてもいない。北緯四十度とは、チャールズ二世によってボルチモアに下賜された土地の北限であり、この下賜によって、メリーランド内部の南側三郡が、ペンシルヴェニアの飛び領土になったのである。とは云え、やがて二代目《ザ・ヤンガー》ウィリアム・ペンが、南側三郡を北ペンシルヴェニアに隣接させようと企てるなどと、チャールズだろうがジェームズだろうが、王にどうして予測出来ただろう？

かくして線は引かれた。そうして皆は、倫敦から天文学者が来て、植民者の粗雑な仕事を検証してくれるのを待ったのである。

収穫が為され、葉が散り、視界が良好となる季節に、寒さも顧みず炉辺を捨て、天文観測士達は藪に入ってゆき、数平方吋《インチ》の乾いた土がある所に、全くの推測に基づいて陣を据え、角度をあれこれ操作してどうにか星を捉えようと努め、序《ついで》に蛇に咬まれて泥沼に吸込まれ霧で迷子になり骨の髄まで体は凍り、農民に嫌がらせを受け保安官もやって来る。そんな現場の者一人に比して、熱心な素人は何十人と居り、その多くは聖職者で、安楽な暖炉の前から彼等は、境界線理事会に宛てて、解決法を記した手紙を秋風に乗せて引っ切りなしに送り出す。——大判《フールスキャップ》、特大判《エレファント》、個人の透し模様が入った便箋が戸口ではためき、隅に飛ばされ、——まるでフェルマーの最終定理論争かという大仰さ、到底、チッペンデール氏製作になる家具の頂部装飾の如き形をした其処ら辺の郡境の話とは思われぬ。

「うんまぁそりゃ勿論趣味の問題だがね、——でもこの折れ具合見てくれよ、これ見れば明々白々じゃないですかね、——いいかいセドリック、如何にも見え透いて植民地風《コロニアル》じゃないか、まるで、——『全く彼方《あっち》じゃ、北がどっちだかも判らんのだなぁ、ここは一つ、王立協会の天文学者を送って片を付けさせせんと、——』とかそんな感じだが、実はこれもジェームズ二世による死手譲渡《デッドハンド》*、あの王が幾何学的に見て凡そあり得ん下賜をして回った所為なんだ。測量士の目から見りゃああんなもの、あの王の不幸な生涯を支配した諸々の絵空事ばりに実体なき虚構なのさ。」

＊　死手譲渡：譲渡不能の所有権のこと。

或いは、「昔むかし、」牧師がブレーに語り直してみせる、「或る所に『ペンシルヴェニア』という魔法の国がありました。」借金の返済代りに、後《のち》ジェームズ二世となるヨーク公はウィリアム・ペンにペンシルヴェニアを贈りました。ヨーク公は以前その土地を、当時王だった兄チャールズから下賜されたのでした。

「然し、彼らの考え方を理解するには、ヴァチカン図書館の片隅の異端書棚に入り込み、時折ひそひそ声で『ストゥピディタス・レギア、王達の愚かしさ』と名指されるのみの概念を学ぶ必要があろう。そして、女王達も無論、おお動揺した顔のテネブレーよ、更には王女達も、——左様、愚かしさは彼女等をも、完全無欠と思える人びとをも冒しているのだ。」

「どうしてですの?」テネブレーは涼《すず》やかに花柄刺繍を続けながら問う。「愚かしくない王女だってきっと居た筈ですわ、沢山居た筈よ、伯父様。そりゃ王様と王子様はどうしようもない馬鹿ばっかりで、描けもしない地図を主張して、『ペンシルヴェニア』なんて名前を付けたりするでしょうけど。」

指示棒を手に取り、彼女は壁に掛った、これまで長年一体幾つの論争にケリを付けるのに使われてきたか判らぬ地図の方に身を乗出す。「チャールズ王は、前人未踏の森の何処かにある経線から始めます、——此処、デラウェア湾から経度で五度西の地点から。次に、その弟たる、然《さ》して学のない人物が、この侘しい経線が北緯四十度線と交差する地点を見出す。無論その点は、地図上の巨大な空白の何処かにあります。此処ですね。下賜地の南西、最も便の悪い一角、——緯線と経線が交わるこの人里離れた場に、計画全体の錨が降ろされることになるのです。其処から東に延ばしていって、四十度線が何処かで、ジェームズの定めた、新城を中心とする十二哩円弧に出会うものと王家の兄弟は期待し、——」

「そうとも、十二哩でいい筈だとも、」ジェームズが云う、「十三は止《よ》そう、縁起が悪い。」

「十四なら君が鹿川《エルク》の水源を押えられるが、」チャールズが云う、「西に押し過ぎてしまうな、この縦線を、此処の、――」

「接円線と申します、閣下。」

「判っておる。」

「チャールズとジェームズ、」牧師は溜息を吐《つ》く、「そして彼等のこんがらがった幾何学的願望、――即ち、円弧、接円線、経線、西線、それ等全てが完璧な一点で交わればという願望、――だが実のところ、全ては挫折に終る。円弧は北緯四十度線に交わらない。接円線は如何なる経線とも重ならない。西線は接円点から始まりはせず、その五哩北にあるのだ。」

実際、これ等デラウェアの境界線を巡る経緯《いきさつ》全体に、一種気紛れな雰囲気が漂っている。恰も亜米利加という地が、如何なる意味に於ても真剣な場ではないということを、遊び半分に唱えているかのように。カルヴァート家の手先どもは、次々突拍子もない要求を突付けてくる。境界標が据えられるのを極力遅らせ、妨げようとしているのか、或いは、――誰かがきっとこう主張する、――此処《ここ》新世界ではユークリッドよりもっと自由な幾何学の中へ入れると目眩《めくるめ》く思いで信じているのか。交渉の最中、メリーランド側が、新城の正確な中心を定める方法を提唱する、――町の地図が描かれた紙を取出し、周縁部を少しずつ、町本体のみが残るまで削《そ》いでいき、次に、この紙を針の先に載せて、揺らして均衡を取り、その重力の中心点に針を突刺して、其処を町の真の中心に決めようというのである。

然しながら、十二哩円弧を、己の統治の中心地を侵略から守らんとするヨーク公の意向の幾何学的表現と見るなら、議事堂の天辺《てっぺん》の尖塔からは文字通り権力の球面が発せざるを得ぬ訳であり、その球面と大地が交差するのは飽くまで件《くだん》の円弧に於てであって、――それは変えようもなく円環を成しており、何らかの接円線と合せるにも、測鎖一本分ずらすことすら許されない。

境界線理事達との会合に出席する為、一晩か二晩新城に宿泊することを余儀なくされた測量士二人は、ジェームズ二世の意志を間近に実感することになる。然して遠くない南には湾があり、その向うに大洋が広がっている。蛙の歌、塩沼地のざわめき以外に静けさを破るものとてない深い静寂《しじま》の時は、此処では恐らく毎晩一時間ほどしか続かず、それが訪れる迄、闇の帳《とばり》の降りた町を支配しているのは、酒場の扉の向うに集う船乗り達の叫び声と、彼等を喜ばすジャンジャン、ブンブンと響く音楽である。寝床で横になった入眠時の市民達は、あの船乗り達が乗っている船の中には大砲が付いているのもある訳だが、万一天主教《カトリック》の軍艦が攻めて来たらこの町を守ってくれるのだろうか、と自問している。天主教が一艦ならず攻めて来て、黒く脂っぽい炎の燃える松明《たいまつ》を携え、理解不能な言語で喚《わめ》き散らしながら町に迫ってきたら……。

「西班牙《スペイン》やら、仏蘭西のもありましたが、」宿の主人《あるじ》は嬉々として語る、「私掠《しりやく》船がよく川を上ってきたものです、鳥《カラス》みたいに大胆にね、で、小さな村や農園を襲う訳です。費府とは違って、私共夜に安心出来た例《ためし》がありませんでしたよ。費府に海から攻込むには、先ずは新城を陥《おと》す必要がある訳です、此処が川への関門ですからね。今じゃ思い出すのも大変ですが、十五年前、ドン・ビセンテ・ロペスの時代には、日が暮れた途端に不安な気分がこの町を包み、夜明けまで引かなかったものです。昼間はデラウェア植民地の事実上の首都として活気に溢れておっても、夜が訪れれば、その後の数時間を想ってみな恐怖に戦《おのの》き、角燈、蠟燭、暖炉の明りの周りで身を縮こまらせましたが、それ等の明り一つ一つが実は、湿った岸辺から見れば格好の標的であったのです。私共の多くが、新《ニュー》ヨークなどでよく見る夜行性の行動を採るようになりました。禁忌《タブー》を犯したいからではなく、白昼以外の時間に眠るのが怖い故に、夜通し起きているようになったのです。」

議事堂の天辺の大いなる笏《しゃく》は、闇の中でその神秘なる力を発し続ける。家畜達は眠りに就いた。魚と葡萄酒《ワイン》は絶品であった。部屋は何処も煙草の煙に満ち、――不眠と頭痛が皆を苛む。桜材の壁の奥から遊戯札《カード》が出て来る。川沿いの家々の住人達は、藁詰布団《マットレス》の凸凹に埋もれて落着かぬ寝返りを打ちながら、警報があれば直ぐ起きられる態勢を保っている。彼等が見るのは、西班牙からの訪問者達の夢。いざ来てみれば、西班牙人は意外にも陽気で、物腰は優雅、目はよく動き、六弦琴《ギター》は情熱的、船一杯に乗って来た者達の誰一人、人を殺そうなどという思いはこれっぽちも抱いておらぬ。皆が夜通しの音楽会に集い、神秘的にして美味なる地中海料理やら、丸々一斤の麺麭《パン》に揚腸詰《フライド・ソーセージ》に緑唐辛子《グリーン・ペッパー》に茄子に赤茄子《トマト》を詰めて溶けた乾酪《チーズ》を一面に広げた重麺麭《サンドウイッチ》やら、一体どうやって船旅を保《も》たせたのかと驚かされる新鮮な甜瓜《メロン》、酒神《バッコス》その人の喉を潤した葡萄の子孫で作った葡萄酒等々がどっさり並べられる。枕を涎《よだれ》で濡らしながら新城は夢見る、貪欲にして祝祭的なる艦隊を前に為す術《すべ》もなく。

いつ何時《なんどき》法王の災いが降って来ることか、――
新たなるドン・ビセンテ、大破壊の友、
新たなる巻毛の悪党殿《セニョール》が、
我等が至高の岸に　新たなる屈辱を。

――ティモシー・トックス『ペンシルヴェニアード』

七月の間はずっと北へ進み、沼、蛇、悍《おぞ》ましい湿気、夜の雷雨を抜け、恐しく太くて三十人の斧使いを以てして一測鎖ぶん進むだけでも大変な難業と思える大木を抜けて、――青味がかった灰色の夜明けに目覚める度に汗と静寂に向き合い、また一日苦闘し、然るべき距離に着いた暁《あかつき》には本当に接円点の近くを通れるのか少しも自信は持てず、況《ま》してや点にぴったり触れることなど夢の夢と思える。

紙の上で見ると、接円線の傾きはディクスンに、カテリックとビンチェスター間の、——実はランカスターまで延びているのだが俄には見えない、——羅馬《ローマ》人の大北道《グレート・ノース・ロード》を思い出させる。かつて、仕事に今一つ身が入らぬ時など、気晴しにウィア川の先の羅馬遺跡まで出掛け、道の真ん中に沿って遥か南を（何しろ弾道のように真っ直ぐな道であるからして）見遣ったものであった。が、此処デラウェアでは、そんな明快さ、容易さは微塵《みじん》もない。仕事中、ディクスンはずっとぶつぶつ独り言を云っている。「彼処《あそこ》に観測点を据えたら、この忌々しい木が邪魔になるし、——かといってこの木を避《よ》けて腕一本以上向うまで見通そうと思ったら、深さも判らぬ粘土《ねばつち》に立たねばならん、——おまけに明るい方から暗い方を見る訳で……。」

「有難い話だ、」メイスンが云う、「君がそのように、心の奥の思考過程を私と分かち合ってくれるとは、——奇妙なことに、君が私を信用してくれている気がしてくるよ。」

「これだけ何か月も一緒にいて？　まっさかぁ。」

八月に入って、漸く八十一哩地点の向うで測鎖を行い、ということは接円点が何処であれとにかくその少し先に来たということだと彼等は考える。九月、十月、十一月は接円点探しに費やし、有りっ丈の技術を駆使して緻密に調べ、差引値を計算し、測定し、接円線を一寸《ちょいと》捻《ねじ》っては均《なら》して精度を上げていき、遂に、接円線と、議事堂から接円点まで引いた十二哩円弧とが作る筈の直角が、可能な限り正確に、——具体的には、のち判明する通り、凡そ二呎《フィート》二吋《インチ》のずれを以て、——定まったことを彼等は報告する。

十二月に職人達に暇を取らせ、ブランディワインのハーランド家に寄宿して冬をやり過ごす。「良き一年に乾杯。」ディクスンは林檎酒の新酒が入った白鑞《しろめ》の大杯《ジョッキ》を持上げる。「来年も良き一年でありますように。」

「反復と、決り切った日課に乾杯、此処から終りまで、」メイスンが赤葡萄酒《クラレット》の硝子盃《グラス》を渋々動かす……とは云え、ここ暫く見せなかった華やいだ顔ではある。

「決り切った日課！　まさか！　西の線で、そんな！　彼方《あっち》に何があるか、誰に判ります？　毎日が予測不能ですよ、——うぅ！　掛値なしの冒険……？」

「有難う、ディクスン、君にはいつも励まされるよ、そうとも、我々は全き盲目状態であの荒野《こうや》に入ってゆかねばならぬ、つい忘れるところだった、幾ら心休まるとは云え、情けないことに数秒間、頭を空にしておった、——が、そんなことが許されよう筈もない、少くとも君の声が届く所ではな。」

「うぅそぉですか……わし、自分の声、凄く陽気だと思ってたんですがね、そりゃぁどうも気まずいこって……？」

又も休日の喧嘩、これで一体何回目か。初めハーランド家の人びとは、老いも若きも身を竦《すく》めて壁にへばり付き、梯子を攀《よ》じ登ったが、じきにこれも、雷とか、夜中に川向うから聞えてくる動物の声の真似とかと同じ、この地に住むなら慣れるしかない、野生の自然が発する音の一種でしかなくなる。音を発する度、測量士二人は騒ぎを謝罪し、——それから、又じきに、再び絶叫している。謝罪し、絶叫し、謝罪し、絶叫し、——ハーランド家の日常は稲妻模様《ジグザグ》に進んでゆく。降誕祭《クリスマス》休戦の後、二人を待構える冬の残りは、恐らく誰でも一度は自制を失わずには生延びられそうにない程たっぷり残っている。測量士二人はランカスターへ旅立つことにする、——ひょっとすると、不和の悪魔もサスケハンナの向うまでは追って来ぬのでは、と期待して。

34

ランカスターの町は、西へ三十五哩行った所にある。「私を此処へもたらしたのは、」メイスンは測量日誌に書いている、「昨冬二十六人の米蕃《インディアン》が男も女も子供も一人残らず殺害されるという悍《おぞ》ましい非道な事件が起きた場所を、この目で見てみたいという私の好奇心であった。」

「『私を、』」アイヴズ叔父が耳聡《みみざと》く聞付ける、「『私の、』——メイスンが一人で行ったみたいに聞えるが。」

牧師は頷く。「儂《わし》がディクスンから聞いたところでは、メイスンとしては一人で行く積りでおったのだが、——最後になって、暴虐さで悪名高い町へ単身赴くことの危険を考えて、ディクスンが用心棒役を買って出たのだ。尤もメイスンの方は、来て欲しいのか否か肚《はら》を決めかねている様子だったというが。」

二人は——一先ず「二人」と想像しよう、——ライト渡船《フェリー》でサスケハンナを渡り、ランカスターに一七六五年一月十日に到着して、〈違い鍵《クロス・キーズ》〉亭に宿を取る。社交室《パブリック・ルーム》はどの部屋も弁護士や町の役人、裁判官、商人、工場経営者等で混合っており、——格としては中から上というところで、殺意も露《あらわ》に涎を垂らす田舎者などは何処にも見当らない。——強いて例外と云えば、町境を過ぎて凡そ一分半後にメイスンとディクスンが雇った案内人であり、この男だけは、唾液の制御を失った経験が一度や二度はありそうな様子、――メイスンはじきに、何と古風な、何と亜米利加風な、とぐじょぐじょ云出し、ディクスンはディクスンで、此奴《こいつ》はパクストン団《ボーイズ》の息が掛ってるんじゃないか、――彼等の領主にして敵たるペン氏に雇われた二人の男を見張るよう云われてるんじゃないか、と疑う。

「旦那方、殺戮の名所を見にお出《い》でで？　判るんですよ。写生帳《スケッチ・ブック》をお持ちになる方もいらっしゃるし、画架《イーゼル》をお持ちの方も、標本袋をお持ちの方もいらっしゃるが、皆さんおんなじ妙な磁気に引かれて寄ってらっしゃるんです。お気持、あっしには判りますよ、只まあそう思わん町の者も居りまして、――荷物には御注意なすって下さいね、――なぁんて、向うがこっちを無視してるんだから、こっちも陰口叩いちゃぁいけませんね……。さてさて、見学行《ツアー》最初の見所は〈和蘭陀銃《ダッチ・ライフル》〉亭と決っております。団《ボーイズ》が、――此処じゃぁ誰もあの名は口にせんのです、――団がミスタ・スラウ宅に馬を預け、件《くだん》の行為に及ぶ直前に訪れたのがこの店なのです。さあどうぞ、此方《こちら》へ。」

酒場の看板に描かれた絵を見て、メイスンとディクスンは視線を交わす、――白黒で其処に描かれた武器は、銃床に刻まれた模様が目を惹く、――銀の星形が逆さに、尖った先の二点が上、一点が下になっており、――紛う方なき悪の徴《しるし》、悪魔の角《つの》と広く認められた形に他ならぬ。彼《か》の暗黒の君主に仕える気でなければ、こんな模様で銃器を飾る者はいない。測量士二人がこれを見るのは初めてではない、――岬《ザ・ケープ》では、まあ大抵は上下逆さではないが、「ステルロープ」の名で知られ、――叢林《ブッシュ》に入って行く際の一種のお守りとして使われている。時折、不実な風や悪しき気分が漲《みなぎ》る日など、誰かの施条銃に逆さ星が付いているのをメイスンかディクスンの一方が、又は二人共が、見掛けたものである、――いま此処で、風のない朝、空を背景に見ているこの銃もそれ等とよく似ている。

「此間《こないだ》最後に云ったろう、ジャベス、もうこれでほんとに最後だって、」高い角度から声がするので、メイスンとディクスンが上を見てみると、酒場の亭主が、頭上の梁に叩《はた》きをかけているかの如き頭部も露に、苛立たし気な顔を見せている。

「相変らず陽気だねえ、」ジャベスが叫び、測量士二人の後ろに捷《はし》っこく回って、二人は前に押出される格好に。

胡散《うさん》臭げな目が彼等に向けられる。「あんた等、新聞社じゃないだろうな？」

「滅相もない、」測量士二人は同時に叫ぶ。

「何かの物売りだね、旅回りの、」施条銃を脇に抱えた地元民が口を出す。「そうだろ、あんた等？」

「何て云う？」メイスンが慌ててディクスンに小声で訊く。

「此処はわしに、」ディクスンはメイスンに云う。そして部屋の方に向き直り、「左様、正に仰有る通り、私共、倫敦式《スタイル》の測量をお求めの方がいらっしゃいましたら、是非ともお仕事させて戴ければと、――天文学を駆使し、最新の光学研究を導入して抜群の正確さを誇り、お値段もびっくりなさるほど勉強させて戴きます。星々の動きこそこの世で最も完璧な運動、私共その読み方を、皆様が時計の針をお読みになるが如くに心得ております。透鏡は決して嘘を吐《つ》かず、測微計《マイクロメータ》は火星人の目玉を過る髪一本の幅も定められるほど精密。此方《こちら》、中々に繁盛してらっしゃる町のようで、土地売買も盛んとお見受けしました。私共、先ず何処から始めたら宜しゅうございましょうかね？」その愛想好い口調に、教友会特有のものをメイスンは聞取る、――流石《さすが》互いに友《フレンド》と呼合うだけのことはある。

「じゃあ何だって、ジャベスに虐殺のことなんか訊く？」歯のない、空《から》の大杯《ジョッキ》を手にした老耄《おいぼれ》が訊き、ディクスンは早速その杯を満たす。

「そうとも！ お前等が例によって費府から来た物見遊山《ものみゆさん》の遊び人でないと、どうして判る？」

「ジャベスの方から寄って来たんですよ、」メイスンが抗議する。

「私共、科学に携わる者でございます、」ディクスンが弁じる、「——この一件は、異集団間相反目的が悲劇的解決を見た新古典的実例でありますから、私共としても当然、その現場を拝見したいと考える訳でありまして。——」

「倫敦からフラッとやって来て、事情を一目で呑込もうったって無理だぜ、」スラウ氏が忠告する。

「鍵は一族ってことなんだ、英国の歴史と同じでな。米蕃の部族は何処も、各々の部族内ではみんな親族なんだ、な？　デラウェア族を一人殺したら、一族みんなが怒る訳さ。此処ではね、それが俺の身内だったら、当然俺だって報復しに行かにゃならん、——奴等ほど助っ人は集まらんだろうがな。」

「一人一人が集められる数は少い。だから俺達、徒党組むしかないのさ。」

「これが無害で無力だって云われてる人達なんだからなぁ、」ディクスンは云って退《の》け、奇跡的に誰からの異議も罵倒も招かない。メイスンはこうした連中に囲まれて心穏やかでない。二つも形容詞を用いたディクスンに驚き呆れながら、殆ど尊敬に近い眼差で北東人《ジョーディー》の仕事仲間を見る。

「奴等はね、あっし等の血縁を殺した連中の血縁だったんです、」ジャベスが説明する。

「誰が殺したか判ってたなら、何で其奴《そいつ》等をやっつけなかったんです？」

「この方が奴等には痛手だからさ、」オイリー・リオンなる男が、銃の撃鉄と火打石を玩《もてあそ》びながら微笑む。

「そうとも、奴等は生き続ける、だが愛しい祖母様《ばあさま》はいない、——毛布にでっかい穴が空くだろ？」

「随分憎んでらっしゃるんですね、」メイスンは学者風の関心を装って云うが、実のところは此処からどうやって出るかで頭は一杯。

「いいや、」戸惑ったように辺りを見回す、「もう憎んじゃいない。借りは返したんだから。これからは仲良く共存する気だよ、——喜んで。」

「向うはあんた等に仕返しする気にならんですかね？」ディクスンが無邪気さを装う。メイスンがこそこそ扉の方に進んでいるのを彼も目に留める。

「川の此方《こっち》側じゃあり得んね、ヨークとボルチモア街道《ロード》の此方側でも。今じゃみんなわし等の縄張りさ。此処じゃ奴等はわし等に従うんだ。」

「当然だろ？」オイリー・リオンが云放つ。「俺達此処で、費府の見張を務めてるんだぜ、――デラウェアからサスケハンナ迄、安全な場所を作って差上げたんだ。御陰で費府の方々は呑気に彼方此方《あちこち》飛回れる訳で。」

「そうとも、ペンの奴等、俺達を、俺達の子供を、家財みたいに扱いやがって、――」

「そうさ、――農園の奴隷みたいに！」

「――彼奴《あいつ》等、若し英国を離れて此処へ来やがったら、王なんかよりずっと荒っぽい歓迎を喰うだろうよ。」

「この謎々はどうだ、――猫が王を見ていい[*1]んだったら、ペンシルヴェニアの住民は王の手先に銃を向けてもいいか？」

「おい！」という口々の呟きが、そいつは云過ぎだぞ、なのか、まだ云足りないぞ、なのか、大凡《おおよそ》半々に分れているようである。

「都市では許容される愚行も、」、神秘的な服装をした独逸人が天文学者二人に説く、「開拓地での日々の暮しでは許されません。都市の人びとは互いの見せ掛けを助長し合い、借りた金、借りた時を糧に暮しています。死に等しい生を生き、その生を、己同様に死すべき運命たる他人の支配にどうやら嬉々として委ねている様子。然るに田舎の人間は、生も死も唯一永遠なる神にお任せします。だからこそ、我々は腹蔵なく物を云い、都会人は蛇の如く持って回った云方を覚える。我々の時間の方が、我々にとってはずっと大切なのです。」

「何と。私等の時間が大切じゃないって！」旅回りの販売代理人が高笑いする。「これはこれは。あんた、物は試し、費府時間の一日を生きて御覧なさい。それで命までは落さずとも、私等を巡る迷妄は解けるでしょうよ。」

「あの、済みません、」ディクスンが云う、「一つお訊ねしたかったんですが……？　さっきからプカプカなさってる、汝の口から煙が出てる奴、何ですかね？」

「煙草ないのかね、あんた等の住んでる所じゃ？　チェサピークへ行けばね、専《もっぱ》らこれですよ。——何英町《エーカー》も何英町も作って、湾にはグラスゴーからの船がびっしり並んでる。煙草が金代りなんです！　一週間の給料を煙に！　この形のはね、『葉巻《シガァ》』って云うんです。色んな種類があって、此奴《こいつ》はコネストーガ産で、荷馬車人足は『ストゥギィ』って云ってるね。秘訣はね、葉っぱを固める時に一寸《ちょいと》ばかし捩《よじ》ることなんですな。銃身に条《ライフリング》を施すみたいなもんですかね、まあそれとは違うかな？　煙に捻《ひね》りが加わるって云うか？　見てて御覧なさい。」そう云って唇を、よくある輪菓子《ドーナツ》形の煙の輪を出そうとするかのように窄《すぼ》めるが、代りに出て来るのは輪に閉じた留紐《リボン》、それが一回捻ってあり、結果として面は一つしかなく縁《へり》も一つだけ*2……。

（「伯父さん？」

「ん？　そうとも、——まあ確かに儂が居合せた訳じゃない。だが、あの頃の元祖ストゥギィは本当に凄かったのだよ……。」）

大した話もしていないのに、ふと気が付けば皆がもう何時間も同じ話をしていることに測量士二人

*1　猫が王を見ていい：「猫でも王様は見られる」＝「卑賤な者にも相応の権利はある」の意のことわざ。
*2　メビウスの輪の、現実より一世紀早い発見。

は驚いてしまう。唯一はっきりしてきたのは、彼等の案内役《ガイド》を買って出たジャベスの動機のみ。じき燈火《ランプ》に火が灯され、夕食の客連中が入って来て、メイスンとディクスンは一向に虐殺の地見学に近付かぬまま、煙でくらくらする頭を抱えて部屋に戻ってゆく。

　ブリタニアは、大英帝国の女神は、眠っているあいだ夢を見るのか？　亜米利加とはブリタニアの見る夢なのか？――その夢にあっては、大都市の覚醒に於ては許されぬこと全てが、これら植民地の落着かぬ微睡《まどろみ》の中で発露の場を与えられ、更に西、未だ地図に描かれず書留められもせず人類の大半によって見られてもおらぬ地にあって、未だ仮定でしかない希望、いずれ真となるかも知れぬ全てのものの捌《は》け口となっている、――この世の楽園、若さの泉、プレスター・ジョンの国土、＊基督《キリスト》の王国、常に日没の彼方にあるその地は、今は安泰でも、西の次の未開拓地が目にされ記録され、測定され縄で囲まれ、既知の地点の測量網《ネット＝ワーク》に組込まれて、三角測量がじわじわ大陸の内奥へと進んでゆき、仮定文が平叙文に変り、多様性が政府の目的に適う単一性に還元されてしまえば……。一度《ひとたび》そうなってしまえば、聖なる領域はまた少しずつ侵犯され、辺境は一つ又一つと、我等の故郷たる、そして我等の絶望たる、死に染められた剝き出しの世界に取込まれていく。

「とは云え、知覚には滋養を与えねばならぬ、」不眠症のメイスンは、こういう時間の為に編出した、食を巡る演説を一席打《ぶ》つ、「……身体には身体自身の超越的な欲望があり、その最《さい》たるものが永遠の若さを求める欲望であって、――悲しい哉《かな》、人は狂おしいお祭り騒ぎを通して若さを求める、その空しさは費府の安息日を見れば一目瞭然、――最大の希望は身体の蘇りであろうが、生憎《あいにく》今のところまだこれは死ぬことがその前提条件である訳で……。」

　メイスンは我知らず、レベッカが何処かその辺に居て彼の話を聴いているのだという振りをしている。聖《セント》ヘレナ以来、彼女は一度も「訪ねて」来ていない。メイスンはあの島に回帰してゆく、――記憶の巡礼者として、しっかり印を書込んだ旅程地図を携えて、あの漆黒の開拓地、壁に囲まれた空っぽの区画、大西洋の水平線を前にした夜明けの線の中での遣り取りを彼は生き直す……。

翌日、ディクスンが起きる前に寝床を這い出て、前年の虐殺現場に一人で行ってみる。概してメイスンは、悪の超自然的残余に敏感な方ではなく、――即ち、著しく粗野なるもの、猟奇的なるものでなければ目を惹かれはしない、――だが、虐殺が起きた、汚れた、物の散らばった、神の目から隠れる屋根もない、審判から逃れられぬ中庭に来ると、メイスンは思わず祈り出す。――「聖堂を前にした尼僧のような」心持ちになったのだと、後に彼は、正午を大分過ぎた時間まで、虫どもが日夜交代で往き来しその死すべき身体を仔細に調べるのも知らずにぐうぐう寝ていたディクスンに語ることになる。「殆ど匂いのようだった、」自分でも戸惑い気味に、ディクスンの見るところいつになく蒼白な顔でメイスンは云う、「――排水の匂いでも、夜の住人達の匂いでもない、――どうにも説明出来んのだ、――すっかり圧倒されてしまったよ。」

「うぅ！　行ってみる価値ありそうですな……？」

「物事には因果というものがある筈なのだ、ディクスンよ。彼奴《あいつ》ら破落戸《ごろつき》どもはもう万事大丈夫と思っておる、――自分等にとっては明らかに大切である人生を、自由に進めてよいのだと信じ、負った負債が少しも目に入らずにいる。私が嗅ぎ取ったのは正にそれだったのだ、――忘却の水だよ。人がこの世に生れ落ちると同時に忘れてしまうことの一つが、この水の味のひどさ、匂いのひどさだ。此処の連中もじき全てを忘れてしまうだろうよ。ちょっと待ちさえすれば、彼奴等は何度でも、好いように騙《だま》されるのだ、――破滅に追込まれようと判りゃしないさ。亜米利加では、私が見るところ、時こそ地獄の周りを流れる真の川なのだ。」

＊　プレスター・ジョンの国土：中世の伝説のキリスト教徒プレスター・ジョンが東方に建てたという王国。

「皆が皆そうってことも……？」

「じゃあ行って見てみるがいい、――私はもう懲り懲りだ、一瞬たりとも付合うのは御免だね。」

「うぅ！　まあ好きにして下さい。問題は、わしはどうするかです。[*1]教友会の服で行けば、奴等を血に飢えた熱狂に駆立てちまうでしょうし、英国兵の制服たる赤い外套で行けば、きっとみんなむすっとなってこそこそし始めて、凡そ信用出来んようになるだろうし……？」

「道化の斑《まだら》服で行ったらどうだ、」メイスンは心鎮まらぬまま応える、「じゃなけりゃパンチとか。[*2]」

この大陸にメイスンが如何に惹かれていないか、ディクスンにも大分見えてくる。自分としては、白黒なるべく決めまいと努めている。生涯ずっと教友会だった為、良心も早くから目覚め、未だ完全に眠りに戻ってはおらぬ。故に今ここでは、メイスンから帽子と上着を借りて、務めの場へ赴くが如くに監獄へ馬を走らせる。メイスンとして行くのだ。

施条銃の床尾で殴り掛った狙いが外れて、壁が欠けた跡が彼方此方目に付く。洗い流されすらしなかった血も四隅に見える。ディクスンも有難いことにもう子供ではないから、呪い、啜《すす》り泣き、空しく怒りを散蒔《ばらま》くといった有様にはならずに済む。かつての厳しい叔父の役割を、今は自分で演じねばならぬ。気持ちがぼやけてくる兆しが感じられる度、自分の頭をぶっ叩く。一体この連中はどういう積りなのか？　岬の和蘭陀人達だって、こんな振舞いはしなかった。この荒野に潜む何物か、何かひどく古い何物かの仕業なのだろうか、それが奴等を待構えていて、やって来た彼等の魂を汚染したのか？

岬《ザ・ケープ》での冷血な残虐行為にも、確かに戦《おのの》きはした。公開処刑、鞭打ち、ぱっくり開いた皮膚、噴出《ふきだ》す血、白人達の肥満し満ち足りた顔、――レイビーでの藁葺《わらぶ》き屋根と寛容さに彩られた農奴暮しの御伽噺《ロマンス》など、凡そその下準備になりはしなかった……。だが、逃走の前触れたる軽さを我が身に今確《しか》と感じると共に、此処ではもっとずっと非道な出来事がこれ等哀れな人びとの身に起きたのだとディクスンは確信する。血が飛散り、子供達が悲鳴を上げ、──終いにはもう皆。自分が何を云っているかも判らぬまま死んでいったろう。「わしはまだ祈りが足りない、」ディクスンは胸の裡で云う、「此処では見ている人が多過ぎるから跪《ひざまず》くことも出来ない、──でも若し仮に跪けて、祈ったとしたら、この非道が正されますように、人殺しどもが然るべき最期を迎えますように、そう心から祈ることだろう、自分で人殺しどもを捜し出してこっちがやられる前にあっちを精一杯沢山殺す、なんて浅ましい真似に走らずに済みますように、そう祈ることだろう。奴等に罰を下すのは、もう少しそれに相応しい誰かが別のやり方でやってくれた方が……。」こう思いを吐出《はきだ》しても、気持は少しも晴れない。

宿に戻ると、メイスンがゆったり椅子の背に凭《もた》れて煙管を吹かしており、『蒼ざめた伊達男』のぼろぼろの一巻から疚しそうに顔を上げる。

「汝、この呪わしい場所をいつ出ようと思ってた？」

「荷造りはもう出来ている。君を待ちながら、愕然たる年若さのプロテージャ・ウォフトが蒼ざめた伊達野郎の邪《よこしま》にして淫らなる攻撃に未だ屈しておらぬことを確かめているだけさ。」

「メイスン、わし等は誰の為に働いてるのかね？」

「私は寧ろ、いずれ君が教えてくれるのかと思っていたよ。」

「わしなんか、そもそも荷を解《ほど》いてすらいない。ここは一つゆっくりやらんかね、不安を曝《さら》け出したりせずに？」

＊1　As it suits thee. 'Tis how to suit myself, that's the Puzzle：「わしはどうするか」は「わしは自分に何を着せるか（何を着ていくか）」の意の洒落になっている。

＊2　パンチ：英国の伝統的な人形劇の主人公で、大鼻でしゃくれ顎の、やはり道化的な人物。

「いいとも、」メイスンも応じる。

その瞬間、二人ともブランディワインの分岐点に自分が強く惹かれるのを感じる、――ハーランド夫人の隠元焼菓《インゲン・パイ》、大黄焼菓《ルバーブ・タルト》に、羽毛の寝床に、乳搾り娘達の愛嬌に、慣れ親しんだ天体観測の仕事に。

二人はそっとランカスターを離れる。一哩塚を通過する度、梯子を一段上がった気になる。背後で、――眼下で、――次第に小さくなり、やがて全く聞えなくなる、――彼等が去るのを悔む侘しい声が。

35

「事実とは法律家の玩具でしかない、――くるくると何時《いつ》までも回る独楽《こま》と輪《フープ》……。嗚呼《ああ》、歴史家はそのような詮ない回転に耽《ふけ》っては居れぬ。歴史とは年代記ではない、年代記もまた法律家の領分だから、――はたまた回想でもない、回想は人民のものだから。歴史は年代記の真実性も主張出来ぬし、回想の力も主張出来ぬ、――歴史に携わる者が生延びんとするなら、穿鑿《せんさく》好きな人間の、密偵《スパイ》の、酒場の賢人の知恵を早々《はやばや》身に付けねばならぬ、――過去へと通じる命綱が、常に何本もあるよう気を配るのが歴史家の仕事。過去の彼方に祖先を失ってしまう危険は日々存在し、単一の鎖の連なりでは十分ではない、一つの繋がりが失われたら全てが失われてしまうから、――あるべきは、何本もの連なりがごっちゃにこんからがった、長きも短きも弱きも強きも入交じった混沌であり、それ等が皆、目的地のみを共通として記憶の深みへ消えて行く様に他ならぬ。」

――ウイックス・チェリコーク牧師『基督《キリスト》と歴史』、

「何を云うか、」アイヴズ叔父が主張する、「証拠を見て、証言を見る。それが真実ではないか。」

「とんでもない！　真実を追い求めるのは歴史家の義務でしょうが、それを語ってしまわぬよう歴史家はあらゆる手を尽さねばならないのです。」

「ふん、馬鹿馬鹿しい！」

「何を云うやら！」

「僕が云っているのは、何処から見ても素晴らしいミスタ・ギボンのような歴史ではありません。ジャック・マンデヴィルとか、ジョン・スミス船長、更には今日ならミュンヒハウゼン男爵*、そういう、――ヘロドトスを共通の名付け親とする連中のことです。彼《か》のヘロドトスにしても、或る埃及《エジプト》の神の名を口にすることを拒みました、即ちあの、――」

「云っちゃ駄目！」

「何を馬鹿な、――真実を求めてそれを口にせぬとは！　恥を知れと云いたい。」

「聞いたこともない話だ。口にしてはならぬことだと？　そういうのは私等、ジョージ王で散々付合《つきあわ》されたのでは？」

「その通り。真実を主張する者は、真実に見捨てられるのです。歴史は常に、卑しい利害によって利用され、歪曲されます。権力者達の手の届く所に置かれるには、歴史は余りに無垢です、――彼等が歴史に触れた途端、その信憑性は一瞬にして、恰《あたか》も最初からなかったかのように消え去ります。歴史は寧ろ、寓話作者や贋作者《がんさくしゃ》や民謡《バラッド》作者やあらゆる類の変人奇人、変装の名人によって、愛情と敬意を以て遇されるべきであり、そうした者達によって、政府の欲求から、そして好奇心から遠ざかっておれるよう敏捷な衣裳、化粧、物腰、言葉を与えられるべきなのです。イソップが寓話を語るしかなかったように、

『ジャコバイトは童謡で語る他なく、
説教者も時には喩話《たとえばなし》で語らねばならぬ。』

トックス『ペンシルヴェニアード』第十巻、云うまでもありませんが……。」

「寝言も好い加減にしろ、」アイヴズ叔父は我が息子に本気で腹を立てかけている、「事実は事実だ、そうでないと考えるのは、天邪鬼の振舞いであるばかりか、今にも外出禁止を喰う危険を冒すことだぞ。」

「いえ、別に邪気はないのです。僕は只、単一の権威から発せられた単一の説《バージョン》では、——」

「エセルマー。」アイヴズが警告の眉を吊上げる。「この世で我々に与えられた時間は余りに貴重だ。真実の説《バージョン》に二つも三つも付合う暇のある者など居らん。」

「ではいっそ、過去を巡る陽気なお芝居のみを以てお終《しま》いにしようではありませんか、——その方が学校の勉強も楽になるし。」そう云われてルスパーク氏の顔に威嚇の表情が募る。

「それとも小説を読むか、」ユーフリーニア叔母さんが云添えるが、その切捨てるような口調は、本心からというより、客としての礼儀から出たものである、——何しろ彼女自身、自分でも認め辛いほ

＊　ジャック・マンデヴィルとか……：ジャック・マンデヴィルは普通ジョン・マンデヴィルとして知られる、中世旅行記の古典『東方旅行記』の筆者といわれるイギリスの旅行家（?—一三七二?）だが、その記述からすると実際に東方に旅したとは思われない。ジョン・スミスはアメリカにいち早く移住したイギリス人（一五八〇ごろ—一六三一）で、酋長の娘ポカホンタスとのロマンスなどで知られ、アメリカに関する観察記・旅行記も著しているが、その信憑性には疑問がある。ミュンヒハウゼン男爵（一七二〇—九七）は大ぼら吹きで知られ、ラスペ作の『ミュンヒハウゼン男爵の冒険』のモデル。

ど頻繁に、物語作者の技芸を実践しているのだから。

一同に倫理的な危険が訪れたと感じたか、アイヴズは云放つ、「これは幾ら強く云っても、左様、幾ら強く云っても云過ぎることにはならん、絵空事の本を読むほど危険なことはない、――取分け『小説』と称される類の本はいかん。聞く耳のある者は聞いて欲しい。英国の精神病院《ベドラム》は、仏蘭西の硝石工場《サルペトリエール》*と同じで、若い患者が驚くほど多く、而《しか》もその大半は女性であり、彼女等を狂気の敷居の向うへと誘惑したのは、正にそうした無責任な、事実と空想とを区別しようとせぬ物語なのだ。彼女等の脆弱な知で、どうして判断出来よう？ 噫《ああ》、『小説』を読む者は全て、魂を危険に晒していると云わねばならぬ、――彼女等はみな悪魔と取引を交わしたのであり、この上なく貴重な時間を無駄にして、この上なく卑しい、取るに足らぬ類の精神的興奮を見返りに得るばかりなのだ。『空想物語《ロマンス》』もあれはあれで有害だったが、『小説《ノヴェル》』に較べればまだしも健全であった。」

「同時代の証拠の裏付けがない歴史は全て空想物語だ、とジョンスン博士も云っていますね、」とルスパーク氏。

「一方ウォルポールは、病床に伏した際、どうせ嘘だと決めて、歴史を読み聞かされることを拒んだ、」ローマックスが、焼酒葡萄酒《ブランデー゠ワイン》の硝子盃《グラス》で身振りを付けながら云う。

「最後の最後になって、真実のみを欲したってこと？ ウォルポールが？」ユーフィーは目をぐるりと回しながら、変ホ短調の音階を奏でる。

「沙翁《シェークスピア》はどうなの？」裏のある言動をいまだ学習中のテネブレーが云う、「一連の『ヘンリー』とか、えーと何だっけ、『リチャード』？ あれって歴史劇って云ってるけど、作り事の歴史なの？ どうでもいいお芝居なの？」恰も「エセルマー」以外の男の名を口にするのが楽しいかのような口振り。

「そう、それに『ハムレット』は？」牧師も云いながら、若者二人を順々にじっくり見遣る。

テネブレーの目はどうも睫毛一本ぶん大きく開き過ぎている様子、「あら、だってハムレットってほんとに居た訳じゃないんでしょ？」いとこの答えを待っているように見せることなく、彼が知識をひけらかす機会《チャンス》をしっかり与えている。

エセルマーも律儀にそれに応える。無論情報《データ》ならお手の物。「全体として、中々面白い人生を送った人物なのに、――沙翁が捏造した、あの腰の定まらぬ、しつこい、余りに優柔不断なばっかりに周りで殺人まで起きちまう架空の人物の所為ですっかり影が薄くなってしまい、現世の矛盾を生抜いた人物はまるっきり見えなくなってしまった訳で。」

「じゃあその人、『ほんとに』オフィーリアっていう遠縁の親戚が居たのかしら、」テネブレーが、エセルマー以外に聞えるには些か小さ過ぎる声で問う、「そしてその人、歴史の上でも、彼女の胸を引裂いたの？」

「どっちかって云うと、女の方が男の胸を引裂こうとしたんじゃないかな、――実のところ男とは乳きょうだいで、男の敵に雇われて色々手を回したんだが、上手く行かなかった。沙翁はこの女が妙に気に入ったみたいで、矢鱈と沢山科白を与えたけど、実は単なる端役だよ、冷静に真実を求める者の気を惹きはしないね。」

「じゃあその人、誰かを愛したの？　つまり、自分自身以外にも……。」

「結局、英国王の娘と結婚したんだよ、で、その娘っていうのが後《のち》の、あのおっかない蘇格蘭《スコットランド》女王ハームスルーダさ。」

「死体がごろごろ転がったあの舞台はどうなんだ？」ローマックス叔父が問う。

「妻が二人とか！」

＊　サルペトリエール：「硝石工場」の意。そのような工場跡に建てられたのでこの名があるパリの精神病院。

「バルバリー[*1]の海賊は好きなだけ妻《めと》を娶っていいのよ、」ユーフィーが目をキラキラさせる。

「ユーフリーニアったら、ほんとに嘘つき叔母さんなんだから、」テネブレーが厳《いか》めしさを装って指を振り翳《かざ》す。

「そう云わないでよ、ブレー、――あたし、もう少しで海賊の妻になるところだったのよ。此処に居るドリュッスが居てくれなかったら、今頃『アイーシャ』とか呼ばれてるわよ。見えない蛇の術《トリック》なんてのもやらされたのよ、あれって完璧な状況でも結構厄介でね……。」異国風の嬰音《シャープ》や変音《フラット》が沢山混じった、くねくねの旋律を彼女は奏でる。一同は再び寛《くつろ》ぐ方向に向い、度々喉を湿したがるローマックス叔父が隅の棚に今一度足を運び、程なく桃焼酒《ピーチ・ブランデー》の瓶を携えて戻って来る。

一口啜った時点で、牧師が椅子の上で体を回す。「何と、オクタラーラの酒ではないか。」

「よく判ったな、ウィックス。」

「或るとき雪に埋もれて二週間を過し、」牧師は答える、「オクタラーラの酒以外殆ど何もなしで生延びたのだ。オクタラーラ川の傍《そば》の、ミスタ・ノックウッドのお宅だった、六四年から六五年にかけてのあの厳寒の冬のことだ。そして正にあの時、四年振りに、儂《わし》は測量士二人と再会を果したのだ……。」

戦争が始まる前の落着いた時期で、人びとの動きもゆったりしておった、――驚くことに、此処費府ですら、慌ただしいいと狂気染みたの区別がまだ一応付いた。椅子駕籠《かご》が登場するのはもう少し先で、歩いて移動する人も多かった。聖ニコラス[*2]でさえ、贈り物を一通り配り終えてから〈米蓄女王〉で軽く一杯引っ掛けていく余裕《ゆとり》があった。

儂は再び亜米利加に戻って来ていた、――何だかんだ云っても、いまだ奇跡が起るのでは、神が人間の営みに戻って来て下さるのでは、人類という種《しゅ》の幼年期にとって欠かせぬ切ない作り話がいつの日か現実になるのでは、そういう希望の対象たるこの地から、儂は離れておれなかったのだ。……第三の聖約が若しかしたら……。儂はサスケハンナに牧師の任を得て、長老派の中でも比較的荒っぽい連中に囲まれて暮すこととなった。クッツタウン、ベスレヘムといった、川に挟まれた町の神秘家達とはえらい違いだったな。[*3] 虫の蔓延《はびこ》る、骨の折れる、厳しい道行きだった。人はと云えば、訴訟と火酒《ウイスキー》を偏愛するのが玉に瑕《きず》ながら根は善良な連中だったが、儂は歓迎して貰えなかった。儂が来ると犬は吠え、牛乳は腐り、麵麭《パン》は膨らまなかった。おまけに当時は、反乱の気風が北極星の如く否定し難く広まってきていて、それが英国と英国に纏《まつ》わる全てのものに向けられ、その中には否応なしに小生も含まれた訳だ。今日儂等が「印紙条例危機《スタンプ・アクト・クライシス》」と呼んでいる事態も、当時が一番の盛りであった。阿弗利加《アフリカ》系の奴隷達は「タンプ」と呼んでおったな。毎晩、異様な数の者達が馬を走らせておった。植民地全体が、全面戦争の態勢を整えつつあるように思えた。白組《ホワイト・ボーイズ》、黒組《ブラック・ボーイズ》、パクストン団《ボーイズ》、水兵団《セイラー・ボーイズ》、――暴徒の気配が其処ら中に感じられた。

　こうした荒っぽい地域を、それぞれに任を携えた種々雑多な旅人達が、乗合馬車に乗って費府に向う。努めて陽気に振舞う賭博師エッジワイズ氏の財布の中には、儂の借金証書が既に、彼としても他人に見せたくないほど大量に入っている、――彼が儂から勝取った金額たるや、我々どちらが見ても、現実の数字と云うよりは、いつとも知れぬ後日に解決すべき厄介事と思える。そして儂は又しても負

＊1　バルバリー：エジプトを除く北アフリカの旧称。
＊2　聖ニコラス：現代名「サンタクロース」は当時まだ新しく、文献に初めて現われるのは一七七三年。
＊3　クッツタウン、ベスレヘムはいずれもペンシルヴェニア内の町名。

ける、——「はいはい牧師様、証書もう一枚書いて下さいね、紙の色など何でも結構、現金なんてどのみち誰が持ってます？」かようにこの植民地での商取引は、賭博も含めて、大半が信用貸で行われていたのだ、——重要なのは現金の流れより評判、義理であり、正貨より恩恵、免除、恥辱といった形で返済されることの多い複雑な借金制度であった。エッジワイズ氏は細君を連れて旅をしており、この細君たるや、夫の面《つら》を見ねばならぬ時は、これまで多大な時間を費やして阿呆を学問的に様々分類してきたことを物語る表情で見る。誰でも知っておるべらべら喋る類の阿呆は元より、——例えば、虹彩の周りに白色の海が広がっていることで知れる血に飢えた阿呆、或いは、二言目には「恐しく」と云うことで知れるぺちゃくちゃ喧《やかま》しい阿呆。更に、ミスタ・エッジワイズはまた別種の阿呆……。

　乗合馬車は既に、西の山脈の影響圏を出て、チェサピークの圏内に入ったが、だからと云って別に誰も何も評《コメント》したりはせん、——「メリーランド」といっても実は単なる抽象概念でしかなく、測り知れぬ肥沃さを湛えた湾を囲み、仕切る為に引かれた四角い枠組があるのみであって、その海岸線は無限の長さに向い、究極的には地図化不能である。*——尤も、それを云うなら、「ペンシルヴェニア」なるものも、其処に住む米蓄達に対して次々為された、それを抑制するものといっても、北と東で接する他の植民地の野心があるのみの詐欺を巡る年代記以上のものではないのだが。

　儂等の乗った乗合は、耶蘇会士が近年発明した馬車であり、一言で云うなら、中の方が明らかに外より大きい類の乗物なのであるが、その事実は中に入ってみる迄は実感出来ぬ。ドピューよ、君の為に云っておくが、この設計が拠って立つところの数学的・理学的原理は、然るべき学問を学ぶ者達には広く知られておる、——他所《よそ》で容易《たやす》く入手出来る情報で以て皆さんを退屈させるのは躊躇《ためら》われるが、とは云え、儂の語り手としての権威をより確固たるものにすべく、これだけは述べておいた方がよいかと思う、——即ち、この設計の根底には、三次元空間を巡る対数的発想があって、幾つもの精細な分析的曲線の組合せによってそれが現実化されており、曲線の幾つかは重荷を受け、幾つかは単なる装飾であり、また幾つかは偏突輪面《カム》として他の部分の動きを導いておる。——

(「ウィックス、あんたの云うことを信じるよ。信じるからさっさと先へ行ってくれ。」)

土地それ自体が眠り、空が重く伸《の》し掛る中で馬車は夜の原野を進んでゆき、如何《いっか》な中断されることなき全四《オール=フォーズ》の勝負に儂は又しても敗れ、さっきの宿屋の食事が悪かったのか腹は突っ張り、時折微かな光を求めて外の闇を見霽《みはる》かしておったが、と、迫り来る雪の予感で既に重た気になった夜の只中、馬車が出し抜けに速度を落し、じき完全に停ってしまって、儂を不機嫌な夢想から引っ張り出したのだった。見れば道端に、二人の女が立っておる。程なく判ったことに二人は母と娘であり、その服は手織の服では絶対あり得ぬ具合に棚引《たなび》き、顔はと云えばいずれも、その晩遅くに、眠れぬ儂を、書き物角燈《ランタン》の光の下、日記的過剰へと駆立《かりた》てることになった類の顔であった。——とは云え、雪の光も未だ訪れぬのに、どうして「眩《まばゆ》い輝き」などを語れようか？　或いは、「瑕瑾《かきん》なき完璧さ」「この世のものとも思えぬ」なども、特に後者はまずい、何しろ此処はまだアルゲニー山脈手前の亜米利加、亡霊は今なお存在し続けているのだから、——生が未だ十分基督教に染まっておらぬ、今なお剣呑なるこの地を夜遅く旅する者は、理神論に汚れてしまった今日にあっても、正にこうした、現世に属さぬ美しさを具えた、全てを約束しながら結局は害を及ぼす女に出遭ったりもするのだ。実際、今回の道行きに於ても、かような夜の精の犠牲になったと思しき男を我々は見掛けていた、——荒れ果てた道路に立ち尽して、訳の判らぬ言葉を男は喚《わめ》き散らしておった。そして今、二人の女が馬車に乗込むと、私は胸の裡でただ問うた、——「祈った」のではない、当時の儂の祈りは全て探究であり問いでなければならなかったから、——これ等の女達は私の為に来たのだろうか、私を導いて境界の向うの狂気

＊　部分を無限に細分化して考えるフラクタル理論の、二世紀早い先取り。

へと連れてゆきに来たのか？

ところが、儂が驚き、そして恐らくは失望したことに、女二人は誰とも目を合そうとしなかった。馬車が再び速度を増してゆくと共に、依然まだ若い母とその娘は、旅の間ずっと、愛想が悪い訳ではないが沈黙は完全に保ったままでいる気だということが見えてくる。一つ又一つと、乗物内部で小さな個人用角燈が仄かな光を放ち始めるが、儂はと云えば、これまで長いこと、汚《けが》れた女、堕落した女にのみ美しさを見出し、女の美と無垢との和は一定なのだと勝手に考えてきたものだったから、こうして両者が否定しようもなく、圧倒的に結合した例を見せられた思いがすると、どうにも心穏やかでない。女二人はそれぞれ髪を、顎の下で縛った白い寒冷紗《ローン》の簡素な髪覆いの中にたくし込み、従って二人とも、晒しているのは顔のみであって、――その顔には如何なる化粧も、付け黒子《ぼくろ》も、毛抜きを使った痕跡もなく、源女《イヴ》の顔同様に剝き出しなのであった。


エッジワイズ氏は身を乗出し、自分では丁重な積りなのであろう、粘液質の声で自己紹介する。

「で、お二人とも、この美しい晩にどちらまでお出掛けで？」

顔から発する光の夥《おびただ》しき故に、娘が頬を赤く染めたのが一瞬にして看て取れるが、一方母親は、真っ直ぐ相手を見据えるものの笑みは浮べず、「費府迄でございます、」と答える。

「何と、彼処《あそこ》はスクールキル河畔の悪徳市《ソドム》ですぞ！」不躾《ぶしつけ》ながら根は優しい旅人は表情豊かに目を剝《む》いてみせる。「一体どんな御用で、信心深いうら若き御婦人が、天に見放された場所へお出《い》でなさろうと？」

「わたくしの身の上は、わたくしが雇いに行く弁護士にのみ聞かせる所存でございます、」女は静かに、相変らず断固とした声で答える。

我々はみな目を丸くし、それぞれ自分なりの驚きに包まれている。「ということは、」――最初に口を開いたのは儂であった、――「失礼ながら……費府の弁護士を……雇われるお積りで？　奥様、幾ら何でももう少し……穏便な手段があるのでは？　親族もいらっしゃるでしょうし、信徒の集いや、教会の役職者も、――」

　女は儂の聖職者用の襟をじっと見ている。襟に首を包《くる》まれた儂は、土耳古《トルコ》人の奴隷みたいにしっかり鎖に繋がれて見えるに違いない。「教会の方でいらっしゃるんですか？　英国教会の、ですか《ネト》？[*1]」

　我が真の「教会」を、どう語ったものか。理神論、東洋文明、猶太秘術《カバラ》、野生の世界観等々を惑星規模で融合し、――いずれはそれが、人類の約束、救済の先端となり、常に神の地平に在って、正しきも過《あやま》てるも全ての信仰がそこに収斂してくる！　だがそんなことを口走る代りに、儂は只、これら若き敬虔なる御婦人方の神々しさを前に、目下のところ丁度仕事がない時期でして、ともごもご口籠るばかり、――何しろ思いがすっかり歪《ゆが》んでしまって、新しい職に就いたことも、そもそもこの旅の目的もすっかり忘れてしまい、――もう致しませんと某絶対者に約束したにも拘らず「聖職間《インタープリベンダリー》」などという言葉[*2]まで使ってしまったのだ。が、女の無邪気な関心は今や、我が魂の底に常に在る死せる真空にまで達していた、――これ以上の屈辱があろうか？

　と、機械好き、しかも新しい機械はど好きというエッジワイズ氏が、形も表面も奇妙な瓶を取出し、著名な耶蘇会職人の手になる伊太利製です、と云いながら、一同目を丸くして見守る前で、湯気の立つほど熱い珈琲を、携帯している旅行用の茶碗に注いで若い母親に手渡した。ここで女も漸《ようや》く、コニウィンゴから参りましたフラウ・ルイーゼ・レートツィンガーと申しますと名乗る。清涼なる飲料を、

＊1　net は付加疑問文を作る南部ドイツ語。これで母娘がドイツ系であることがわかる。

＊2　“interprebendary”：まず見かけない言葉だが、失業中の人間が見栄をはって“between jobs”（職と職のあいだにある）と言うことの聖職者版。

飲む程に益々美味そうに女は飲み、エッジワイズ氏も嬉々として、無尽蔵と思える奇怪な瓶から繰返し注ぎ足してやっている内に、女もすっかり口が軽くなってくる。

「わたくし、費府に驚いたりはしません。わたくしの妹は亜米利加中の何処よりも放蕩なる頽廃都市《バビロン》に住んでおります、尤もその町ときたら『ベスレヘム』などと名乗っておりますが、本当《ソー》に。妹はリーゼレと申しまして、モラヴィア人と結婚致しまして、今はその町で麺麭屋を営んでおりますが、――元はと云えば、わたくしども一家がこの地まで乗って来た船の上で夫と出遭ったのでございます。妹は派手、わたくしは地味、というのが運命のようでございまして、わたくしは葡萄酒などもとんと区別が付きませんが、――リーゼレの方は、わたくし宛の一通目と二通目の手紙の間に於て既に、散々怠けたり陽気に遊んだりといった、羅馬のそれと少しも変らぬ派手派手しい基督教徒暮しに染まっているようでございます。――実際、町には自前の祝祭《カーニバル》もあり、暴飲暴食と好色は当り前、号筒《トロンボーン》楽団まであるそうでございます、牧師が法王と呼ばれぬのが不思議な位です、ゾー。」これを聞いて娘の方がハッと小さく息を呑む。だがフラウ・レートツィンガーはすっかり勢いが付き、陽気になっている。こうして乗り合せた赤の他人に向って打明け話をするのは、実はもう随分長い間、まあ女性同士の席は別として、自分に許してこなかったのではと察せられる。

「貴女、貴女、妹さんをお許しになるのが賢明と云うものですよ、」エッジワイズの細君が若い女の手を取りながら囁く。「お二人とも、そういうのは乗越えないといけませんよ。」夫もハァハァ息も荒く前に出て、同様の優しい仕種を若い女の膝に対して為さんとするが、女房がぎろっと、一見面白がっているようには見えるが軽薄な遣り取りは断固許さなそうな目付きで睨むので、慌ててその手を引っ込める。

フラウ・レートツィンガーは、幸い折しも空になった珈琲茶碗を大きく振ってみせる。「そうですとも、わたくしが悪い姉なのでしょうとも、悪い妻にして悪い基督教徒であって、許して貰わねばならぬのは何故かわたくしなのです、ですが、――」震える顎で儂等を一人一人見渡す、「この中のどなたに許しを乞えばよいのでしょう？　勿論わたくしはリーゼレに憤り、リーゼレの暮しを妬んでおります。妹には夫が傍に居るのですから。」

ここまで舌が軽くなったところで、娘がやっと異を唱える。だがもう遅い、我等の頭上で馬車を操るニムシの子エヒウが、昼には決して冒さぬであろう危険を冒しつつ道を邁進《まいしん》する中、*母親もまた話を邁進させている。

「稲妻に打たれたというのではございませんでした、――無論スクールキルにも、ミスタ・フランクリンの名立たる都市稲妻に一歩も引けを取らぬ稲妻がございまして、打たれた人の言に拠りますれば、『雷の如き栄光に閉じ込められた』思いがするそうでして……ですが我が夫ペーターは、冷却坑《あな》に忽布《ホップ》を運ぶというごく当り前の仕事をしていただけなのでございます、――地面に足を滑らせ、窯《キルン》から出したばかりの熱い乾燥忽布が二十呎《フィート》近く詰った坑に落ちたのでございます。何しろ忽布は熱く溶けており、ぎゅっと押したら一つに固まりそうな有様、中に落ちたら溺れてしまいかねません、去年もクッツタウンで教会の方が矢張りお落ちになられて、何でも花粉の匂いを嗅ぐだけでも命が危ないそうでして、奥様が仰有るには毒の眠りに入って行かれたそうでございます、――ですがこのことがあった時わたくしも娘もその旦那様の傍には居りませんでした、女が行くような場所ではございませんし、わたくしは他の女達と共に畑に出て最後の収穫に係《かかずら》っておりました、わたくしたち女は生きた植物しか相手に致しませんもので、夏中ずっと蔓《つる》の世話をしております、――球果《きゅうか》が摘まれ、最早

＊　ニムシの子エヒウが……邁進する中：旧約聖書、列王紀略下九章二〇、「……その車を趨《はしら》するはニムシの子エヒウが趨するに似《に》狂ふて趨らせ来《きた》る」（日本聖書協会文語訳）を踏まえている。

生きてはおらなくなり次第、男達が引継ぐのでございます、ね《ネト》？

　夫の時に若し居合せましたら、どうしましたことやら……。忽布がペーターの体を浮き上らせましたものの、十分ではございませんでした、──助けに来て下さった方々が仰有るには、忽布の山の上に片手しか見えなかったそうで、必死に藻掻《もが》くその手が山を崩し、埃と恐しい臭気とを舞上がらせ、──引揚げに降りて行こうとユルゲンが身をしっかり繋ぎ止めた頃には、夫は指が一本見えるのみ、その哀れな指が何とかこの世界に戻らんと懸命に延びていたのでございます。夫を引っ張り出すに要した力たるや……如何なるお医者を以てしても指を元に戻すことは叶いませんでした。ペーターは後、その指を、我が秘跡の指と呼ぶに至ります、──これこそは忽布の山に埋もれた陰惨なる窒息の中で起きた出来事を物語る、外なる、肉なる徴《しるし》なのだと。夫はその徴を、恥じることなく身に着けておりました。寧ろあったのは……当惑でございました。」

　或る種の薬草の成分が大量に摂取されると、──と、ここは云添えてやるのが己の務めと感じて儂が云う、──神の啓示をもたらす場合があることは古くから知られており、識者達も意見を述べております。女は勢いよく頷く。──何週間かが過ぎてゆく内に、と女は我々に云う、ペーター・レートツィンガーの語る話は、単なる当事者の素朴な語りでは最早なくなり、何処か他所《よそ》から、──「費府から遠く、遠く離れた場から」というのが夫の云方でございました、──訪れた存在の引起こした恍惚の物語へと変容していき、物語の中心に常にあるのは、近付くことすら危険な、耐え難い明るさだったのでございます。

　神が世界から退いてゆくにつれ、──と牧師は続ける、──理神論なるものが忍び込んできて、神不在という事態が益々深化していくのにとことん付込《つけこ》まんとする中、人格とは時にここまで極端なものかという手本にお目に掛ることも増えてきておる、──カリオストロ、サン゠ジェルマン伯爵、アダム・ヴァイスハウプト、——ミュンヒハウゼンばりの逸話と、それ以上に途方もない効用を語る魔術師達、——光明会、自由石工《フリーメイスン》、選ばれし祭司《エレクト・コーエン》、その多くは、実に好奇心をそそられることに、ペンシルヴェニアにも流れ込んで来ておる。* 彼等は街なかを彷徨《うろつ》き、不毛の地を流離《さすら》い、大抵は独逸人である。彼等に感化されたお人好しの田舎者は只では済まぬ、——若しくはペーター・レートツィンガーのように、自ら彼等の一人となったりもする。

これも又、亜米利加ならではの啓示、真実の時。——英国の何処に、これほど眩《まぶ》しい顕現《エピファニー》があろうか？　こうしたものを、例えばこの異郷の水平線に垣間見られた帆の姿でもいい、地位ある英国人牧師に話してみるがよい、返って来るのは、穏やかな叱責と、用心深い提言だけであり、そこに遅かれ早かれ「医者」という言葉が加わるであろう。

今の時世は、現世に代る〈もう一つの世界〉という発想に好意的でない。王立協会と仏蘭西百科全書派が世の先頭に立ち、事ある毎に理性の福音を説いて、かつて魔術であったもの全てを糾弾する。まあ羅馬教会を嘲笑する物云いも頻繁に使われるが、——降臨《ヴィジテーション》、血を流す彫像、医学的にあり得ない事態、等々、——駄目駄目、我々には到底異質過ぎる。雄鶏横丁《コック・レーン》の幽霊ぐらいは偶《たま》さか許されるが、——こうしたことにもっと浸るには、書物の中に按配好く収まった、怪奇小説《ゴシック》に目を向けるのが唯一の道。

「ペーターの姿はサスケハンナの安宿で見掛ける、と人様からは伺っております。小屋から小屋へと、とにかく独逸人が二人以上居そうな所を渡り歩き、〈忽布《ホップ》坑の物語〉を語っているそうでございます。

＊　十八世紀後半に登場した怪しげな人物・組織が並んでいる。カリオストロ、サン＝ジェルマン伯爵はいずれもフランス革命前夜に世間を騒がせた魔術師、ヴァイスハウプトは〈バイエルン幻想教団〉を設立（一七七六）。「光明会」はバイエルンで結成された秘密結社。「選ばれし祭司」はユダヤ教祭司の流れを汲むフリーメイスン的組織。

本人はそれを説教と呼んでおり、――驚くには当りませんでしょうが人様もそう呼んでらっしゃるようでございます。レートツィンガーびとを自称して付き従う者達まで出てきて、溺死一歩手前の体験を通した啓示を決定的出来事と仰ぐ始末。そういう人達にとって、洗礼とは水を用いた所謂《いわゆる》浸礼に留まるものではございません。今ではわたくしにとって、夫は森の生物でございます。恐らくわたくしは、わたくし自身の運命をあの人の運命と取違えているのでございましょう。実はあの人こそが高きに昇り、」溜息を吐《つ》く、「わたくしが地中に埋もれてしまったのです。」

やがて話は、レートツィンガー農場に移っていく。百英町《エーカー》の土地が、メリーランドに近接しているのか、それともメリーランド内にあるのか、――英国人測量士達が来てくれる迄は誰にも判らない。ペンシルヴェニア、メリーランド、どちらの領主も、係争中の境界近くに住着こうとする者には安価で土地を提供しており、時には免役地代[*1]まで免除している。かねてから、ペーター・レートツィンガーには土地を見る目があった。一目見ただけで、どんな作物なら豊富に生《な》り、どんな作物は受容れられぬかが判るのである。自ら選んだこの土地については、若い頃から夢の中で何度も訪れて慣れ親しんでおり、何でも願い通りの収穫をもたらしてくれると知っていた。「あの人はその土を歩いてみて、この地の脈を探っている自分を見出したのです、それも水脈だけではなく、もっと濃い脈を。靴を脱ごうものなら大変です、ディー・クラフテ、力《ちから》?に耐えられないでしょうから。力があの人に囁き掛けてくるのです。殆ど言葉が聞取れるそうでございます。」

夫が時にこれをルイーゼに語ろうとすることもあったが、余りに難儀そうに語るものだから、結局彼女の思いはいつも、ベスレヘムに住む妹へと移っていき、彼所《あすこ》なら舞踊《ダンス》も出来るのに、などと考えてしまうのだった。「……其奴はな、風に乗ってやって来て下生えを抜けて行くのだ……風の中にある、本当の言葉なのだ、それで、耳を澄ませば……」実はもう随分前から、いずれ〈忽布びと〉[*2]の如きものが現れることを、彼女も勘付いていたに違いない。だが当時はまだ、玉蜀黍《トウモロコシ》、朝顔、赤茄子《トマト》、桜の木等々、植物学で知られるあらゆる花や食用植物が豊かに生茂るばかりであった。季節は目紛《めまぐる》しく過ぎ、ミッツィが生れ、それから男の子が続けて生れて、夫婦は麺麭《パン》焼き場を拵《こしら》え、燻製小屋を建て、厩《うまや》、乳搾り納屋、鶏小屋、忽布乾燥炉、冷却坑を作った。ペーターの兄弟とその家族も近くに住んでおり、ランカスター郡ではよくやるように、畑では専ら忽布と麻を作っている。どちらの作物も、それぞれ戦争と平和上の理由から需要は鰻登りであり、高値が付いている。

さて、レートツィンガー家に隣接した土地に住む農夫達の中にグロートという者が居り、予《かね》てより彼等の土地を欲してきたばかりか、自分の農地もレートツィンガーの農地も実はメリーランド領内にあるのだと信じている。メリーランドの法律によれば、自分の土地を再測量する権限授与状をグロートは得る権利があり、それと併せて、隣接した空地は全て算入することが出来る。即ち、境界線を延ばして空地を自分の側に取込んでしまってよいのであり、再測量を行うことによって正式に彼の土地となるのである。(かくして当時は、象の如く巨大な土地が、其処ら辺の田舎鼠に一齧りで呑込まれてしまうことが往々にしてあった。)空地と定義される土地には、かつて誰かが植民したものの今では「復帰《エスチート》」した、即ち、――大抵の場合は税未払いが原因で、――領主の所有に戻った土地も含まれる。ルイーゼはこれ迄ずっと免役地代をペンシルヴェニアに納めてきたが、彼女の土地はメリーランドにあるとグロートは主張し、従って今や到底払い切れぬ滞納税額を抱えている筈だと唱えて、この土地が「復帰」の対象になると考えているのである。

「私は弁護士じゃありませんが、」儂は彼女を慰めようとする、「其奴の云種《いいぐさ》、何だか怪し気ですね

＊1　免役地代：奉仕の代わりとして土地の自由保有者が納める税。
＊2　the Hoppit：ホビット（the Hobbit）のもじりか。

え。」

「とは云え、奴がほんとに、」エッジワイズ氏が警告する、「権限授与状を得て、保証金を払い、権利証書を手に入れれば、奴のものになってしまいます、この土地は復帰の対象になり得ないと証明されぬ限りは。」みんなが一斉に土地投機談議をやり出し、議論は時に激し、感情的になってくる。どうやら車中の誰もが俄《にわか》に費府の弁護士になった様子。

「ねえ、どうして、」エッジワイズ夫人が問う、「この話題になると皆さんこんなに熱くなるのかしら？」

ペテンを生業《なりわい》とする男は、恐らくは聖書と同じくらい古い表情を、若しくは顔の歪みを妻に向け、両目を物憂げに一度揺らす仕種の中に、実に多種多彩な想念を込めてみせる。そして何処か服の奥からもう一つ瓶を取出すと、此方《こちら》に入っているのは当地に遍在する唐檜麦酒《スプルース・ビール》[1]かと思いきや、この俄仕立ての商売人お気に入りの麻痺剤たる仏蘭西製赤葡萄酒《クラレット》、——妻を始め他人には一切勧めず自分で飲み出す。「天地創造の二日目まで遡《さかのぼ》る話なのだ、」妻の問いに答えるとしたら、そんな風に語り始めたことであろう、『神穹蒼《おほぞら》を作りて穹蒼の下の水と穹蒼の上の水とを判《わか》ちたまへり、[2]——』こうして最初の境界線が生れた。その後は全て、歴史を通してずっと、更なる分割に他ならぬのだ。」

「如何なる機械が、」若きチェリコークは自分自身と就寝前の挨拶を交わしながら問うた、「かくも容赦なく人間を運んでゆくのであろうか？　ガタゴトと、我々はまた更なる一日を、更なる一年を駆抜けてゆく、——真夜中に、名前もない空っぽの町を駆抜けるが如くに……我々に残るのは、いまだ若かった日の、行楽温泉地で束の間足を止めた思い出のみ、——乙女達、遊戯札《カード》、赤葡萄酒《クラレット》、——我々は滞在を延ばそうとするが、黒いお仕着せを着た役人が無言で伝える、馬車に戻って旅を再開する時間だと。おまけに、目的地に辿り着くずっと前に、この機械はいきなり停止するであろう……恐怖に戦《おのの》き身を寄せ合って、御者と話をしようと我々が扉を開けると、其処に御者は居ない、……馬も居ない、……あるのは只、我々が立ち尽す最中《さなか》にも姿の薄れてゆく機械と、絶望的な広大さの大草原のみ……。」

＊1　スプルース・ビール：トウヒの枝や葉を入れた糖蜜（または砂糖）を茹でて作る発酵酒。
＊2　創世記、一章七。

36

風に吹かれた低い雲の向うに、蠟燭の灯った窓を御者は認め、下に居る我々乗客に、もうじき宿屋ですと告げる。御婦人方はそわそわと服の皺を伸ばし、身を乗出し合って小声で何やらひそひそ相談する。男達は煙管《パイプ》の火を点け直し、懐中時計を見、――然《さ》り気なく財布も見る。荒れ模様の風は、最上等のクレモナ提琴《バイオリン》の如く品好く漆を塗った建物の表面を過ぎるやすうっと引いていき、音も消え、代りに馬丁等《ら》のきびきびした叫びが聞えてくる。松明《たいまつ》持ちが二列に、さながら独逸人神秘家達の式典か何かのように並んで、降り頻《しき》る雪片《ゆきひら》が照らし出される中、炎の先が烈しく黄色に光っているのが見える。

所々にしか当らぬ光を受けて、丸太で出来た巨大な建物は雲に向って高く聳《そび》え、上の方は見えないほど高く、――まあ目下の雲は甚だ低いのだが、――横方向にもべったり広がり、幾つもの中庭や通路に分かれ、此方《こちら》も先の方はもはや視界の外、冬を背景としながらも、その複雑さたるや聖地の市《バザール》もかくやと思わせるが、――但し此処《ここ》は古さとは無縁であり、丸太にはまだ樹脂の澄んだ滴が浮び、出来てから一季節も過ぎておらず建物全体がまだ落着くに至っていない為、建物内部の壁はどこも未だ外の丸太と接着していない。台所に並ぶ鍋はどれもピカピカ、小刀《ナイフ》や肉刺《フォーク》は切れ味鋭く、寝台《ベッド》の敷布《シーツ》類はまだ誰もその中で暴れても、否、眠ってすらいない。

この新築の宿は、用事があってこの街道を通る者全てが一夜を過ごす場であり、チェサピーク湾に注ぐ無数の川や支流の一たるブルーマリー川を渡る綱引き渡船《フェリー》の渡し場からも程近い。荷馬車で旅する者も、乗合いで行く者も等しく歓迎され、どちらにとっても有難い。細長い玄関軒先《ポーチ》があって、入口は二つ、一方は酒場に、もう一方は家族用客間に通じ、両者を結ぶ通路は、中に入って、目立つのもあれば目立たぬのもある幾つもの扉や階段の中を探し回った末に漸く見出される。

一方、ランカスターから帰って来る道中、天文学者二人はその日の曇り空を、夜の星空を眺めるのに劣らず仔細に眺めている。「どうもこの天気、落着かんな、」メイスンが云う。「あの北東から吹いてくる牡丹雪《ぼたんゆき》みたいな奴のことですかい……？」

「実のところ、十五分ばかり前から木々が見えなくなった。」

「汝また、厄介なことをやってくれたかね……？　此処、そもそも道路の上ですかい？」

「待て、——彼処《あそこ》、光か？」

「そういう云逃れは止《よ》して欲しいね。」

「雪を降らせてるのは私か？　君、そう云いたいのか？——どうやったら私にそんなことが出来るのかね、ディクスン、少しは考えてみて欲しいね！」

「汝、天幕《テント》までは楽な道行きだって予言したじゃないか、わしと汝で金貨《ピストール》一枚賭けたじゃないですか、——」

「ふん、どうせそう来ると思った。」

烈しく云争いながら、二人は光の方へ進んで行き、とうとう、諸君等の語り手たる儂が既に到着して煙管を燻《くゆ》らせ一杯《パイント》飲み終えた宿屋に入ってゆくが、――喜望岬以来見掛けていなかった人物を目にして、二人とも仰天し絶句する。

「わし等、此奴《こいつ》から絶対離れられんってことですかね……？」ディクスンが叫ぶ。

「幻覚だよ、」メイスンが請合う、「雪がもたらした幻覚さ。雪で細部が見えなくなった所為で、脳が何としてでも空白を埋めようとするのだ……。」

「お二人とも、お久し振りです、」儂は答える。「まだ続きがありますぞ、覚悟なさい。」儂は懐中《ポケット》に手を入れ、委任状を取出して広げ、二人は頭をぶつけんばかりに慌ててその文面に目を走らせる。

「測量隊付き牧師……？」

「牧師なんて誰が頼んだ？」

「勿論わしじゃないですよ……？」

「まさか私がって云う気じゃ、――」

「大法官庁の和解判決に添えた念書に記載されておったのです、」儂が助け舟を出す、「隊に牧師を付けよ、と。」

「大半は長老派だろうに……？　じゃなきゃ独逸人分派か、愛蘭人天主教《カトリック》か……」

「ですが王立協会は専ら聖公会《アングリカン》です。」

「隊付き牧師ねえ、」とメイスン。

「うぅ、」とディクスン。

松明や蠟燭の光が日没の光に取って代る中、窓辺に集い、サァ今夜はゆっくり寛ぐぞと乾杯している人びとの顔の、永遠の生を確信するかの如くに、何と晴れやかなこと！　旅人は一人、又二人と、煙草と肉の匂いに惹かれて入って来、提琴《バイオリン》弾き達は楽器を調弦し、飢えた馬どもは中庭で飼葉桶から餌を食べ、若い娘等は疲れ果ててぼおっとした様子で動き回り、自分の領分に戻った小さな男の子達は果てしない使い走りに明け暮れ、藁の上を滑り、喫煙室には煙が満ちてくる……どうして此処に死など訪れ得よう？

亭主《あるじ》のノックウッド氏は、云わば水に凝ったトービー叔父の如き人物であり、毎日何時間もかけて、土の要塞ではなく、水の流れが己の土地を貫くさまを吟味し、その流れを迂回《ディヴァート》させる為の、別に客を気晴《ダィヴァート》しさせる為ではない、凝った仕掛を作っている。[*1]「お判りにならないでしょうがね、」と氏は些か喧嘩腰で論じる、「――此処から何哩も上流に海狸《ビーバー》が一匹居って、小石を一個動かす、それだけのことで、――此処の何もかもが一気に変っちまうんです！ 小川《クリーク》は一哩横に逸れ、馬小屋を通り抜けます！ 何英町もの森がなくなっちまいます！ そして海狸は、自分の所為で何が起きたのかなんて、これっぽちも知りやしないんだ！[*2]」そう云って、まるでその仮定の動物の存在が、辛抱強く聞いている聞手《ききて》の責任であるかのように睨み付けるのである。

天候は更に悪化する。酒場の常連達は大っぴらに、この冬を六三年から六四年にかけての、氷結と洪水に見舞われた冬と較べ始める。桃焼酒《ピーチ・ブランデー》の新しい樽が毎日開けられる。ノックウッド家の人びとが内輪喧嘩をやり出す。「その樽、取っといたんだぞ。」

「何の為によ？ 世界の終りの為？ このお客さん達、ちゃんとお金払ってくれるのよ。」

＊1 トービー叔父はローレンス・スターンの怪作『トリストラム・シャンディ』（一七五九―六七）に出てくる、自分が戦争で負った傷を説明するのに土塁の模型を作る人物。

＊2 前出のフラクタル理論と同じく、これもいわゆる「バタフライ理論」（今日アマゾンで蝶が羽ばたくと明日アラスカが吹雪になる、というカオス理論の一環）の二世紀早い先取り。

集会室はバースのような訳には行かぬ。[*1] 此処には領内のあらゆる代理人、土地投機師、人夫斡旋業者、道具売り、旅回りの煉瓦職人等が集まり、更に、物見遊山の金持連中も東からやって来ており、中には海の向うからわざわざ訪れた物好きも居る。御者どもは御者同士で連《つる》んで、自分達が寛げる場所を探すなり作るなりし、実務家連中は個室を取る。という訳で、酒場は勢い、喧嘩っ早いのが多く残ることになる。

「息が詰ってくるぜ、」と、欧羅巴から来た黄色い胴着《チョッキ》の伊達男が云う、「――新《ニュー》ヨークだったら酒場に禁煙室があるのに。[*2]」

「どう考えても、」と、旅回りの竈《かまど》売りウイットポット氏が煙管をプカプカ吹かしながら云う、「必要なのは阿呆禁止区域《エリア》だがな。」

こう云われて若者は、威嚇よりも苛立ちを示す仕種で、いつも脇腹に差している短剣に手を伸ばすが、――今は間抜けにも尻の下に敷いていたことが判明する。「ふん、そっちは豚じゃないかよ、豚にどう思われるかなんて誰が気にするか！」

「あらあらミスタ・ディムダウンったら、御機嫌斜めなのね、」エッジワイズ夫人が甘い声で云い、若者の耳の後ろ、鬘の下に手を伸ばし、其処から銀貨を一枚取出すが、本人に渡す気は更々ない、「そんな物騒なもの鞘《さや》に戻しなさいな、いい子だから。」愉快な手品なら何でもござれのこの女性、遊戯札《カード》、骰子《さいころ》、貨幣、薬草、玻璃壜《フラスコ》に入った液体、殿方の懐中時計、手拭《ハンカチーフ》、武器、甲虫、其処から存在の連鎖をもう少し上がって時には鳩や栗鼠《リス》なども駆使し、――サスケハンナ中の宿屋の泥濘《ぬかる》んだ中庭に、近隣何哩からも田舎の人びとを引寄せる。黄昏に囁き声が伝播し、話に聞く電報なる発明とてここまで速くはあるまいというくらい迅速に、魔術使い女が来たぞとの報せが拡がってゆく。この秋の肌寒さと雨の中、雲に大抵は隠れた昴星団《プレアデス》が昇った下で女は芸をして回り、涼しい顔で、常識と自然によって支えられた諸法則を、単なる仮定に、若しくは事実に反するものにしてしまう。

手品には長《た》けている妻を、夫は滅多に、否、ほぼ絶対、賭博遊びには同行させない。慎み深さを始終蒸発させてしまう性格の妻が、どうして駄目なの、としばしば問うものの、返ってくるのは、色男の笑みの消化不良版のみ。「我が妻よ、ああした行いが為される場を訪れるなら、——況《いわん》やじっくり見てしまおうものなら、蜜に包まれた我が養蜂所よ、君のような洗練された感性にとって耐え難い重荷となることだろうよ。従って、止《や》めておきなさいと、残念ではあれ強硬に忠告せざるを得ないのだ、愛しい君よ。」

「あんたの『強硬』は知ってるわよ。あたしには何の意味もないわ。」

「俺の知合いでさ、」ディムダウン氏が短剣を玩《もてあそ》びながら云う、「亭主にそんな口の利き方する女が居たら、たっぷり折檻喰らうと思うね。」

「『たっぷり折檻、』それって正に、ミスタ・エッジワイズとの暮しの科学的記述ですから、少くともこの場合、貴方のお知合い、失望なさることはないわ。」

隅の方では、ルイーゼとミッツィが髪について議論している。「全部違う長さにしたいのよ、」熱の入った声、「ぴっちり留めちゃうのなんか嫌よ。頭を覆うのなんか嫌。みんなに見て貰いたいのよ。男の子に見て貰いたいの。」

「荒涼とした晩ですな、御覧なさい、雲が吹抜けてゆく、」ハリガスト地主が影の中から宣《のたま》い、皆が続きを聞こうとして黙ると、地主も再び沈黙に戻ってしまう。この人物、口を開くことは稀なのだが、喋ると常に、格言めいた科白をえらく気合いの入った調子で云うものだから、宿の客達の耳にはそれ

＊1　バースは英国の行楽地で、特に十八世紀には流行の社交場だった。
＊2　往時の状況を再現しているというよりは、作品発表当時のニューヨークでの嫌煙運動の高まりを思い起こさせる一言。

が、有用な予言か、狂気の娯楽かのどちらかに聞えるのである。

こんな按配の部屋に、メイスンとディクスンは降りてゆく。部屋はまだ新しく、忽布《ホップ》や麦芽《モルト》の匂いも馴染んではおらず、――樹脂の匂い、煙管の煙や暖炉の匂い、人びとの服に付着した馬の匂い等が、混じり合うことなく往き来している。冬の光がじわじわ入って来て、硝子《ガラス》製品の中に溶込み、皺の寄った明るい染みと化す。

「あんた方ですね、天文学者は、」ノックウッド氏が挨拶を送る。「牧師さんから伺ってますよ。」二度の金星日面通過を説明し、亜米利加での仕事はその間の年月を埋めるものなのだと述べると、「何と、『重麵麭《サンドウィッチ》』ですな！」とエッジワイズ氏は叫ぶ。「気を付けなさいよお二人とも、その重麵麭、誰かに食べられんようにね！」

が、ノックウッド氏が感じている、生れて間もないその言葉を口に出来る喜びも、忽ち、激し易い料理長《シェフ・ド・キュイジーヌ》アルマン・アレーグルによって搔き消されてしまう。厨房から飛出してきたアルマンは「ソンドーウィーチーイ！　ソンドーウィーチーイ！」と身振りも添えて叫ぶ。「あんなものは食の神聖さに対する、とんでもない侮辱です！」

「英国の敵！」「恥を知れ、ムッシュゥ！」等々の叫び。

ミッツィが両腕で我が身を抱き抱《かか》える。「まぁ！　何て婀娜《キュート》な方！」

若きディムダウンに眼を向ける者が居たなら、再び剝き出しの短剣を取出し若干ではあれ振回す程度まで憤怒の念を煮え滾《たぎ》らせんと努めている姿を見たことであろう。「俺の育った所じゃ、」ディムダウンは云う、「サンドウィッチ伯爵と云やぁ、御本人のお名前を冠した、食文化に偉大なる進歩をもたらした功績のみならず、その気高きお人柄によっても、大きな尊敬を集めているお方。別に喧嘩を売ろうって気はないが、蛙なぞを喰らう其処ら辺の外国人があの方のお名前を口にするなら、せめて敬意を込めてそうするのが筋ってもんだと思うね。」

「此処に包丁一組《パトリ・ド・クトー》を携帯していたなら、」仏蘭西人の方も分別より糞度胸を発揮して応える、「その間抜けな刃が鞘から出る前にあんたの骨を抜いてやるものを！——仔牛肉《ヴォー》みたいに！」

「止《や》め給え二人とも、」牧師が叱る、「——此処に居る誰もが、君等の如き粗野な感性に堕しておる訳じゃないんだぞ。目下話題になっておる輩について云うなら、」牧師は伊達男に向って指摘する、「今日では寧ろジェレミー・トウィッチャーの名で通っておる、口の汚い酒呑みにして愚かな博奕《ばくち》打ちであり、男色に走る放蕩者であって、彼《か》のジャック・ビュートの云いなりの情けないジョージーの弱々しい手から或る種の、その、愛撫を得んが為に親友を裏切りさえしたのだ。[*1]」

「何と、こんな所にウィルクス信奉者が[*2]！」エッジワイズ氏が叫ぶ、「まさか我々の中に居《お》るとは！信じられん！」

「主《しゅ》の長い賭博の夜は終焉に向う、」ハリガスト地主が再び宣う、「——その旅の目標も、偶然の脱線、牧師の罪、壁や門柱に刻まれた碑文等々の只中で近付いてゆく、——基督教の歴史の正にこの瞬間、『重麵麭』が誕生する、——天使にとって、高貴にして同時に堕落せる者！ 世俗なる麵麭の円板、——それが本物の、いまだ血の滴る、現世に於ては全て英国産牛肉の姿を採る、聖なる肉の薄切りを隠すと同時に包み込み、——これで弥撒《ミサ》の麵麭と葡萄酒が揃うなら、——正に両体共在《コンサブスタンシエーション》……重麵麭、我等が時代の聖体。」ここまで喋って、ぞんざいに振った襟巻の襞《ひだ》に首を埋め、もう何も云わぬ。

＊1 「ジョージー」は英国王ジョージ三世（在位一七六〇—一八二〇）、ジャック・ビュートはジョン・スチュアート・ビュート伯（一七一三—九二）のこと。ビュートは皇太子時代のジョージ三世の家庭教師を務め、王となったジョージから要職に任命された。

＊2 ウィルクスは政治家・ジャーナリストのジョン・ウィルクス（一七二七—九七）。一七六二年から六三年にかけて、自ら発行していた新聞紙上で、当時首相だったビュートや国王ジョージ三世を批判し物議をかもした。

「正《まさ》しくその通り、」エッジワイズ氏ががなり立て、細君の脚をばしんと叩く、――「おや、これは失礼、妻よ、自分の脚を叩いた積りだったのだ、誰にとっても人生とは長い賭博の一晩であることよ、といっても大抵は昼の話だが、――平凡にして月並なる、日々同じことの繰返し、そうではないかね、私の可愛い黒丸鴉《コクマルガラス》や！」


翌朝、食卓に赴いたルイーゼ・レートツィンガーは、予想していたような獣脂の煙が厨房から吹出て来る代りに、自分でも作る料理を通して馴染んでいる芳香を鼻に感じて快い驚きを覚えるが、そこには未知の逸脱も混じっており、――後に彼女はそれを、一つは大蒜《ガーリック》の、もう一つは豚脂《ラード》の代りに臆面なく濫用された乳酪《バター》のそれと特定するに至る。「幾ら英国教会でも、罪とお考えになりませんの？」彼女はチェリコーク牧師に挨拶を送る。「こんな贅沢、降誕祭《クリスマス》のベスレヘムでだってお目に掛りませんわよ。」その贅沢、名を三日月麵麭《クロワッサン》と云い、――「仏蘭西ではごく普通の巻麵麭《ロールパン》ですよ、奥様《マダム》、仏蘭西人は何にでも乳酪を入れますから、」と世慣れたエッジワイズ氏が教え、――そもそもルイーゼの娘など、母親ほど五月蠅《うるさ》いことは云わず、早くも半打《ダース》ばかり平らげているのだが、――それを云えば部屋中みな、湯気を立てて大皿に載って次々何処か遠くの天火から届くこれら美味なる練粉菓子《ペストリー》の油で指を汚しておらぬ者はない。「これは、仏蘭西人などではなく、」えも云われぬ美しさの、偏狭なる夫人《フラウ》は鼻をくんくん動かす、「きっと悪魔の仕業ですわ、そうですとも《ソー》。」ところが、お終いの「ゾー」が妙に弾んでいて、――後に皆はその響きを「希望に満ちていた」と評すことになる。

「ならば、」主人が威勢好く入って来る、「本人にお会いになりますか？」

彼女はハッと息を呑む。この出来事について後に語る時、彼女は決って、「心臓が殆ど停りましたわ、——悪魔のことだと思いましたの。」と一言添えることになる。だが主人が云ったのは、最近雇ったばかりの料理長《シェフ》、小柄ながら精悍なるムッシュー・アルマン・アレーグルのことであり、その白い、「本人の背丈の半分ほどもある」料理人帽《トック》は彼女も一度か二度、煙管の霧と夜明けの薄闇を通して、厨房の出入口を過《よぎ》るのを目にしており、——実際その白さたるや、周りの光からは不可解な程の明るさを発していたのであった。「おーい、フレンチィ！　こっちへ来いや！　お客様が、お褒めの言葉を下さるそうだぞ！」そう主人は云って、愛想好さの権化といった様子で、近くの卓で食事をしている客達に目配《ウィンク》を送る。

「お言葉ですが、」レートツィンガー夫人は辛うじて落着きを保っている眼差で主人を見据え、「料理人が何を料理しようと勝手です、——わたくしがとやかく云う筋合いではございません。」

「いやいや、いい奴《ヴネズィ》ですよ、心配は要りません、そこまで仏蘭西っぽくないですから！　おぉ来た来た、——」

この陽気な主人の紹介を受けて、仏蘭西人は料理人帽をさっと脱ぎ、それによって傍《そば》にあった三本組の蠟燭の炎を暫し棚引かせてから、殆ど息も継がずに真の背丈で夫人の前に立ち、夫人は夫人で、同席した者達の中で一人や二人の目には明らかな通り、等しく魅せられて椅子から動かず、片手に持った、宙で止った三日月麵麭からは、遅咲きの花が花弁《はなびら》を落すようにひらひらと薄片が落ちていく。部屋の騒々しさが一向に減じておらぬ様子からすれば、誰もこの出来事を目に留めなかったようにも思える。そして夫人は、見れば既に半分食べてしまった品の存在に、たった今初めて気が付いたかのように、渋々賛辞を送るかの如く、相手に向けてそれをゆっくりと振ってみせる。「どうやって……これを？」

「奥様《マダーム》、——丁度好い按配に、もう一窯《かま》分、三日月麵麭の生地を作るところでございます……若し私共のささやかな厨房を御覧戴けましたら、これ以上の名誉はございません……。」そして何処かから、素朴に丸みを付けた、長さ凡そ二十吋《インチ》、直径二吋余りの沢胡桃材《ヒッコリー》の筒を取出し、――「我が麺棒《ローリング＝ピン》です。」――躊躇《ためら》う彼女に、手で持って重さと滑らかさを感じてみるよう、そして試しに一、二度卓上で転がしてみるよう促す。

眉間に皺を寄せ、興味をそそられて、夫人は従う。間もなく、声を落し、「この仕事、儲かりますのよね、でしょう《ネト》？」と云うと、男は肩を竦め、思いは彼方に在る様子。「何千磅《ポンド》貰ったところで、」と、まるで部屋には自分達二人しか居らぬかのように溜息を吐《つ》き、両の頬をぎゅっと摑んで、「この顔には……憂いを御覧になるばかりでありましょう。噫。かつては仏蘭西一の料理長と称されたのが、――今は只一人、異国の田舎者や、獣の皮を着た原始人に混じって、逃げる機会もなく暮している。よしんば逃げ果《おお》せたとしても、何処へ行けばよいのか？ 文明の地は、――つまり即ち仏蘭西の地は、――何処も全て、我が足が踏むことを禁じているのです。イリノイですら、更にはルイジアナの山奥ですら、其奴は私を探し出し、人間には凡そ計り知れぬ動機で以て、其処に留まるでありましょう。」

「『其奴』*！ 何と恐しいことでしょう。誰なのです、貴方をそんなに憎んでいるのは？」

「『誰』？ 噫……人間の追っ手であれば、逃げられもするものを。」

自分がすっかり虜になっているものだから、男がミッツィに及ぼした影響にこれまで夫人は全く気付いていなかった。見れば、頬を染め、ぼおっとした面持ちで其処に座っている娘の顔には、嫉妬の病の始まる徴候が、ここまで明白《あからさま》な兆しは自分の少女時代以来だとエッジワイズ夫人にも思える程はっきり表れている。夫人は隣の卓から身を乗出し、声を掛けてやる。「お前、失神したいかい？」娘の瞼と睫毛が礼儀正しく下向きに、少くとも本人が耐え得る間は揺れるが、やがて、重さを感じさせぬ気怠《けだる》さと共に、娘はアルマンの方に今一度さっと目を向ける。年長の女もそれで身を真っ直ぐに戻し、笑みを浮べて首を横に振るが、その笑みの中にあって、単純に事を愉しむ思いは、不在ではないものの、唯一の思いでは毛頭ない。――一方ムッシュー・アレーグルは、部屋一杯の、彼から見れば何ら人間らしき情を持たぬ蛮人達を前に、己の不自由を巡る一大叙事詩を語り始める。

＊　イリノイとルイジアナは十七世紀末にフランスの植民地となったが、一七六〇年初頭、イリノイはイギリスに、ルイジアナはスペインに所有権が移っていた。

37

「私は四人兄弟の末っ子でありました。兄は三人とも実入りの好い地位を与えられましたが、私の番になったところで父の商売が傾き、残った金でどうにか巴里《パリ》に行かせて貰い、仏蘭西一の——つまりは世界一の、——料理長《シェフ》の下で修業することになりました。」

これを聞いて皆が口々に叫ぶ、「おいおい、ムッシュウ！」「両生類で世界一ってことかね。」「ようフレンチィ、この英国製の腸詰巻《ソーセージ・ロール》試してみなよ、美味いぜ！」「こりゃ大変だ、」これは、新しい床板を皆が椅子の脚で擦《こす》るのを恐れたノックウッド氏の声。

何年もの間（と、仏蘭西人は先を続ける）、私は水や薪、小麦粉の大袋、乳酪《バター》の樽の重荷に耐えました。水準に達せず、と師匠《メートル》が判断した料理は全て私が食べさせられ、そうやってこの上なく直接に食べ物の善し悪しを学びました。更に一年が過ぎて、やっと泡立て器を持つことを許されました。誰一人、何も教えてくれません。全て自分で学ぶしかなかったのです。一年、又一年、碌に眠らず、笑顔も殆ど浮べずに、料理《ラ・キュイジーヌ》の技芸を身に付け、——とうとう或る日、自ら料理長となったのです。そして間もなく、巴里中が私に平伏《ひれふ》しております。

皆さん思ってらっしゃるでしょう、哀れな巴里！と。名家の人びとが私の皮包焼《パテ》を巡って激しい反目を繰広げ、我が仔牛の白醬煮込《ブランケット》は女王様からお言葉を賜りました。私はすっかり好い気になって、皆が求めているのが私の料理ではなく私の目新しさであることも判りませんでした、——気付いた時は、もう手遅れでした……。

　或る日私は、当時有名だった或る探偵の訪問を受けました。仮にエルヴェ・デュ・Tと呼んでおきましょう、——折しもその方が見えた時、私は極めて慎重を要する醬《ソース》を作っており、中でも一番出来を左右する瞬間でした。自分が如何に多くを危険に陥れているか、相手は全く理解しておりませんでした。厨房に於きまして、最も有用な技能の一つは、料理長の激怒をいつ活用し、いつしないかを的確に判断する力であります。この激怒を正しく用いるなら、武装軍隊を丸ごと凍り付かせることすら出来ると云われます。しかし、我が訪問者の目に浮ぶ妄執の光、それは、私の力で発し得る光を、遥かに上回る強さを有しておりました、——私は興味をそそられました、——ああ神よ、奥様《マダーム》、私は彼の言葉に耳を傾けたのです。

　この時点でアルマンは、食堂の目立たぬ片隅に朝食を運んで行こうとしていたメイスンとディクスンの姿を捉える。「おお！　お二人さん、何と興味深いことでしょう、丁度今、貴方がた科学者のお仲間の話を披露しようとしていたところなのです、ひょっとしてお二人ともお会いになったこともあるのでは、彼《か》の不滅なるジャック・ド・ヴォーカンソンに。」

　メイスンは思慮深げに眼を細くし、ディクスンは帽子をゴソゴソ動かしてからやがて首を縦に振り、

「えぇと、それって、——あの機械仕掛の鴨、作った人ですかね……？」

「噫、その通り。目も眩む程、世界を揺るがす程の天才を有する機械職人でありながら、後世はあの方を、専らあの鴨のみと結び付けて記憶することでありましょう、——彼等は既に、分かち難く繋がっております、さながら……さながらメイスンとディクスンのように？　ホッホッホッホー。ヴォルテー

ルにプロメテウスの再来と呼ばれた男が、他の偉業はすべて忘れられ、ひたすら、分別の境界線をかくも巧妙に越え、自然に見出されるそれと区別し得ぬ排泄物を出すほど精緻な消化機能を自動人形に与えたことでのみ歴史に残るとは。」

「糞《クソ》する機械鴨？　そんなもの誰が構うってのかね、」ウイットポット氏が、既に外した鬘を小さな麵麭のように苛立たし気に捏《こ》ねながら云う、「——農業をやってる人間でもなけりゃ、幾ら本物そっくりだろうが、鴨の出した物だなんて判りやしないさ。第一、驚異だか何だか知らんが、巴里のお屋敷にしか出て来ないんじゃ、田舎に居る人間には拝む機会もないぜ。」

「そういうことより、」仏蘭西人は息巻く、「全てを精緻かつ真正にすべく注がれた未曾有の発明の才に目を向ける人もいると思いますがね。より科学的な精神の持ち主なら、こう主張したりもするでしょう、——即ち、細部にかくも入念に注意を払い、その精緻さが或る臨界値を超えた、正にそのことによって、鴨に不思議な変容がもたらされ、鴨は無生物を囲む門の外へと、正《まさ》しくこの世界へと送り出されたのだ、と。」

　その時私が聞かされたのは（と、アルマンは先を続ける）、今日も尚、明かせば大逆罪となるような、鉄仮面よりももっと重大な話なのです。そう、国中が、否、帝国全体が揺らぎ始めていたのです、あの運命の瞬間、召使の一人が工房に入り、ヴォーカンソンの鴨が作業台の何呎《フィート》か上に浮んで羽をはためかせているのを目にした瞬間に。悲鳴を上げても詮無いことでしたが、ヴォーカンソンも召使も悲鳴を上げました。秘密は漏れてしまったのです。それから一時間と経たぬ内に、鴨はすっかり飛べるようになっておりました。」

「じゃあ、ムッシュー・ヴォーカンソンの意図ではなかったのですか？」*

「はっはっは、愉快なことを仰有いますねえ、今度ポンパドゥール侯爵夫人と昼食《デジュネ》を共にする時にお話しして差上げねば、きっと面白がりますぞ……。いいえ、初心《うぶ》なお方、――ヴォーカンソンの目的は全く違った次元のものでありました、全面的に新しい生体機能と云ってもいい、そして誰一人、偉大な技術者本人ですら、何が起きたのか未だに判らないのです……。」

ヴォーカンソンの虚栄心が生んだ野望とは、消化と排泄に関して既に成し遂げた奇跡を、性と生殖に関して今一度再現することであった。「誰に判ります？　官能に繋がる機構が付加されたことによって、鴨が遂に自己複雑性の閾値《いきち》を超え、爆発的変化の引金が引かれて、不活発なる無生物の状態から、自立へと、力へと動き出したのでは？　昔の物語のようではありませんか？　自動人形の鴨は、眠れる森の美女の如く生き返ったのでありましょうか……愛の接吻《キッス》によって？」

「おやおや、お安くないね、」隅から声がする。

「矢っ張り仏蘭西人だねえ、――大したもんだ、」別の声、「昼も夜も精出して。」

「野蛮人どもが、」小男の仏蘭西人は声を押殺す。

「どうぞ、ムッシュウ、続けて下さいな、」レートツィンガー夫人が非難の眼差を部屋全体に投げながら云う。

「では奥様の為に。」巨大な料理人帽で派手な仕種をしてみせた後、アルマンは先を続ける。――話がここまで来た頃にはもう、我が訪問者はすっかり興奮しておりました。「傲慢の罰が下ったのです、――昔ながらの、狂った学者の物語です、手を出すべきでない領域に手を出した所為で、予知出来ぬものの法則が働いたのです、――今や鴨は逃亡し、所構わず飛回っています、――実際、科学学士院《アカデミー》にもしばしば出没し、その速度が速ければ速いほど姿は見え難《にく》くなることまで知られておりま

＊ "'Twas not of M. Vaucanson's Device, then?"「ムッシュー・ヴォーカンソンの意図ではなかったのですか」とも「ムッシュー・ヴォーカンソンの作った仕掛けではなかったのですか」とも取れる。

す。毎分千トワーズ位[1]になると完全に透明になってしまいます、——ところが、新たに獲得した力の中でも、或る力は取分け剣呑であり、我々としても早急に、この変身が手に負えなくなる前に何とか鴨を探出さねばなりません。事態は益々急を要してきています。そこで、貴殿の協力が必要になるのです。」

「ですが私の才能は……そういう方面には関係ありません。」

「思い出して下さい、先生《シェール・メートル》、私が今日なお震える五感と共に思い出しますように、先生のお作りになった〈鴨のグレープフルーツ・フランベ添え《カナール・オ・パンプルムース・フランベ》〉を。あれは文明全体、何処を見渡しても唯一無二の絶品です。更にはあの崇高なる、〈鴨と茄子のカセロール《カナール・アヴェック・オーベルジーヌ・アン・カスロール》〉……むむむむ！　天にも昇る思い！　不滅なる〈雌仔鴨のファンタジー《ファンテジー・デ・カネット》〉……、」——他にも、もう殆ど忘れてしまっていた料理の名が幾つも挙がりました。私としては平然と顔色一つ変えずにいるべきだったのでしょう。ですが不覚にも頬は赤らんでおりました。「いや、単なる噂話《カナード》です、[2]」と口籠《くちご》もりました。

「それでですね、各官庁の、更には探偵仲間の、資料に目を通してみますと、『鴨』の項に於て常に最も頻繁に現れる人物二人が、ヴォーカンソンと、先生なのです。何度も何度も出て来ます。何か繫がりがあるのか？——どうやら自動人形はそう考えているようです。ごく最近、どうやってか、先生の存在を意識し始めたらしいのです。そして、意識して以来、先生がこれまで自ら料理なさってきた鴨のみならず、全ての鴨を代表しての怨恨の念が、——何とも不安な迄に高まってきているのです。疑いなく、鴨は計画を練りつつあります、先生が余り詳しくお知りにならん方が身の為かも知れぬ計画を。」

「だけど、危険じゃないですか！　鴨の脳がおかしくなっていたら、どうするんです？　其奴《そいつ》が私のことを、私自身夢にも思っておらぬ罪についてまで責めているとしたら？」

「そう！　先生を探し出すかも知れませんよね、そうですよね、——そうして、先生を襲撃しようという思いで頭が一杯になる御陰で、私の部下が奴を捕まえる隙《すき》も出てくるかも知れません。こちらの目論見としては、そういうことでして。確かに、先生御自身は、御自分の身をどう護られるか、お考えにならないといけません、——嚙まれても穴の開かない服をお召しなさい、革とか、もっと安全なのは鎖帷子《くさりかたびら》ですな、——何しろ敵の嘴《くちばし》たるや瑞典《スウェーデン》製の最高級の鋼だってことは申上げましたっけね、ええ、気分が取分け荒れておって、高速で飛んでおる時など、既存のあらゆる防御を食破ってしまうんでして、頑丈な壁でもこの怪物にとっちゃ紙みたいなもんです……。胸の裡で如何に戦《おのの》こうが、ル・ベック・ド・ラ・モール、〈死の嘴〉を逃れられはせんのです。」

「待って、待ってくれ、」これ以上相手を興奮させてはと思い、私は口を挟みました。「復習《おさらい》させて貰うと、——要するに私に、一種の……囮《おとり》になれと？　獰猛な、殺意ある自動人形の復讐心を引寄せろと……結構《ボン》……これ、先に手《て》付《つけ》をお願いしていいですよね？」

「勿論。これが手付です、——この短銃《ピストル》が見えますか？　私、これを先生の頭に向けて撃ちませんから、ね？」

「いやあの、一寸そう思っただけで。——」

救われた、と云っていいかどうか判りませんが、とにかくその時、表でゾーンと大きな、恐しい響きがしました。探偵はギャッと恐怖の叫びを上げて部屋から飛出して行き、一人残された私は、武器を持っているとは云え奴の後を追っていくのも嫌だし、此処に留まって、もっと剣呑かも知れぬ相手

＊1　トワーズはフランスの古い長さの単位で、一トワーズは約二メートル、したがってこれは時速一二〇キロ程度。

＊2　"Oh, those old Canards"：「鴨」を意味するフランス語 canard は、英語では「デマ」「噂話」の意味で定着した。その偶然を利用した駄洒落。

を迎え入れるのも嫌だし、何とも不安な思いでおりました。様子を見ようと露台《テラス》に出てみますと、音は頭上をぐるぐると、恰もその源、きっと鴨でしょうが、それが何か行動の機を窺うように旋回しているのです、——

そして、其処に！　其処に居たのです、こののち我が天敵となる者が！　噫！　私が見守る中、其奴は真っ直ぐ私目掛けて長い滑歩《グリサード》を開始しました、——ひどく小さな、鈍《のろ》い肉食動物の降下とでも申しましょうか。当方《こちら》としては、逃げる時間はたっぷりありそうですし、そんじょ其処らの餌食とは訳が違うという自負もありますから、先ずは其処に留まって、その金属の驚異がニュートンに逆らってふんわり下降して来るのを見守っておりました……やがて其奴は、私の傍ら、露台の手摺りに、殆ど音も立てずに降立ちました。そして真っ直ぐ私の方を向き……禍々《まがまが》しい嘴がかっくんと開いて……があと一声鳴いてから、目に或る種の燦《きら》めきを湛え、喋り出したのです、——奇妙な訛りで、嘴固有の摩擦音を色濃く交えながら、序《ついで》に何やら消化液の細かい飛沫《しぶき》も飛ばしましたが、私としてはそれが無害たることを一先ず祈る他ありません。

「さて、」鴨は飛沫を発します、——「恐しき厨房の青髭男爵よ、我が一族の命を犠牲に名声を得た御方よ。今はそう勇猛な気分でもありますまい？」

「仏蘭西中、何千人が毎日鴨を殺し、料理し、食べているではないか。何故私一人を？」

「仏蘭西一名高い鴨にとって、仏蘭西一名高い料理長以上に自然な敵があるでしょうか？」

ムッシュー・デュ・Tも、二組の書類についてほぼ同じことを云っていなかったか？　この鴨、書類を閲覧したのか？　どうやって？「私は君の敵ではないよ、」当方は訴えます。「君の味方にすらなれるかも知れんのだよ。」

「少くともあんたが私を料理する迄は、ですかね？　いいですか、私、体中が敏感に危険を察知するよう作られております。羽一枚に危害を加えただけでも、止せばよかったとお思いになる結果が生じます。やって御覧になります？　え？　あんたが手を動かして、風が吹くだけで十分ですよ。」

「いやいや、私が此処に居る限り、その素晴らしい羽、一枚残らず掛値なしに安全だと思って下さい、」私の声に奇妙な、いちゃつくような調子が聞えて我ながら驚きました、「何しろ貴方の羽ときたら、この上なく――」

「おいいか《アタン》、このおべっか使い《フラトゥール》、――あんたが私の怒りを鎮める術《すべ》、なくもないんですよ。――ごく些細な仕事を一つやってくれればいい。ヴォーカンソンに頼みたいことが一つあるんです、そして時間は最早余りなく、時計はコチコチ鳴っている。」

「じゃあさっさと本人の所へ行ったらどうです？」

「あのね、彼奴《あいつ》は私のことを好く思っていないんです、何故かは判りませんがね、――聞くところでは弁護士を雇ったそうで、――それって紛う方なき憎しみの徴《しるし》ではありませんか……。」

「なら、貴方も弁護士を雇えば。」

「じゃあ何ですか、」鴨は羽を広げてみせる、「私に、弁護士事務所に行って、名刺を渡して、『初めまして、私を設計した人間について、若干お手伝いお願い出来ればと、』とか云えってんですか？　第一、こっちの云分《いいぶん》は法的にそんなに強くありません、――向うはきっと、私のことを、この名高き内的機構によって現世とはしっかり繋がっていても、」――羽を肩のように竦める、――「『愛』などという天上的なるものには無縁の卑しい存在だと云立てるでしょうよ……。そうして自分のことは、私の恩人だと自慢するでしょうよ、――私としては、元々自分のものでなかったものなど、なくたって構やしません。でも奴にはそんなことも判らないんです。」

(「よく云った、よく云った、」メイスンが珈琲の厚茶碗《マグ》を、砂糖煮匙《ジャム・スプーン》でコンコン叩く。

ディクスンが其方《そっち》を向く。「うぅ、――あんたまだ狂ってるのかね、メイスン?」

仏蘭西人料理人《コック》が眉毛を動かす。「お二人さん、鴨は本当にそう云ったのです。その頃にはもう私も、好奇心が分別に勝《まさ》っており……」)

「じゃあ、」私は鴨に訊ねました、「――君が突然飛べるようになったのはそういう訳なのかね、他にも色々出来るようになったのも……?」

「どうやら正にそう思えるのです……只まあその『愛』とやらは、――それが如何なるものなのか、未だに全く判りませんが。」

「成る程、――では、君は他の鴨には出会わないのかね、君のような、――その、つまり、――」

「その通り、」羽を一斉に、興奮気味に立ててみせる、「――ストラスブールやリヨンの時計台の雄鶏以外、機械仕掛けの家禽など、一体幾つ、選択肢がありますか?――勿論《ビヤナンタンドゥ》、あの運命的なもう一羽が……。」

「え、――誰のことです?」

「私の複製ですよ、――ヴォーカンソンが作ったもう一羽の鴨です。彼奴《あいつ》はそれを常に手元に置いていて、若し私の実験が失敗したなら、こっちを『ヴォーカンソンの鴨』として世に大々的に送り出そうと待構えているのです。工房で何度か顔を合せたことはあります。実際、私達の思いは、専ら抽象的次元に留まっている訳ではなく、ある種の……感情の成長を避け得てはいないのです。

　という訳で、あんたにお願いしたい。私の創造主の所に行って、私に代って、この鴨を一晩連出《つれだ》す許可を取付けて欲しいのです、――歌劇座《オペラ》の券《チケット》が二枚あるんです、――ガルッピの『マルゲリータとドン・アルド』。ラポーに寄って軽く何か食べてもいい、あの店には私専用の卓《テーブル》がありますから、ジャン=リュックの〈池虫の蒸煮《アンセクト・デタン・ア・レトゥフェ》〉は御存知ですよね、――」

「待って、待って下さい、その相手の鴨ってのは、――雄ですか？　雌？　そもそも貴方はどちらで？」

「私《ムワ》？　私はね、雌です。相手は、まだ性的に限定が加えられておりませんで、どちらでもありません、――というか、どちらでもあると云いますか。それが何か？」

「つまり、私に手配しろと仰有るのは、……つまり、色恋のお話ですよね。残念ながら私、そういうことには疎《うと》くて、――」

「仏蘭西人からそのような科白を聞くとは、何と新鮮な。生憎、私の変身け時々刻々進んでいます。相手のみならず、仲立ちも選《え》り好みしてはいられないのです。」

「大体、ヴォーカンソンが同意してくれますかね？　貴女の敵なんだったら、見返りを要求するんじゃないですかね、貴女が工房に戻って来ることとか。」

「そういう細かい話は貴方が解決してくれることです。伊太利歌劇《オペラ》では、高音《ソプラノ》の乙女の保護者は、いつだって騙される役回りでしょうが。」鴨は翼をはためかせ、宙に舞上がり、ブーンという唸りを交えて「カルマティ、ミオ・ドン・アルド・イラジービレ（落着いて、私の気短なドン・アルド）」を何小節か歌い、一気に速度を増して姿を消した。

「だけどこれ、仏蘭西悲劇だろうが！」私は消えゆく鳥に向って叫びました。性的自我を獲得した衝撃に気がふれたのでありましょうか？　そういうことなのか？　私は料理長《シェフ》であって、機械仕掛の鴨達の結婚仲介人なんかじゃない。糞《メルド》！」

　ですが、嘆いても始まりません。自分が選んだ道について殆ど何も判らぬまま、そもそもどうやってヴォーカンソンの許に辿り着けるのかさえ無知なまま、まあやれるだけのことはやってみようと事に取り掛ってみて、今まで何も知らなかった、自動人形愛好家の世界に足を踏入れてみると、彼《か》の鴨の奇怪な変身が宮廷でも盛んに噂に上っていることが直ぐに判り、エルヴェ・デュ・Tが仄めかしていた通りポンパドゥール侯爵夫人などは興味津々とのこと。至る所に密偵が居り、何人かはこの畏るべき御婦人に雇われて活動しており、加えて彼女の下にはジャンセニストも居《い》れば啓蒙家《フィロソーフ》達も居て、又或る者等は、将来空飛ぶ自動人形とそれなりに自然に繋がりそうな組織の為に活動しておりました、――先ず何と云っても耶蘇会《イエズス》、それに大英帝国、普魯西《プロイセン》の軍隊、――更にはブルボン家、オルレアン家から任を与えられた探偵達、コルシカの山師ども、ルターを信奉する光明派、等々、無数の思惑のごった煮です……。そして誰もが、――大抵の場合は愉しいことに女性も、――己の正体を偽っておりましたから、誰一人真実を語りはせず、また人から真実を聞かされることも期待しておりませんでした。長き夜は色恋沙汰と術策に満ち、昼は昼で流言が飛交い裏切りが公然と為され、――バルーシュ馬車が彼方此方《あちこち》を彷徨い、即席の野遊《ピクニック》では阿片入りシャブリが供され、耳輪《イヤリング》が失われ、見付かり、姿も見えぬ大道歌手達の声が四つ角の向うから谺《こだま》し、日暮れ時の街を憂鬱が覆って、――眠りに落ちていくかの如きその下降は不安と恐怖の念に満ちてはいても、やがて皆、晩の空気の中に、さながら晩の逸早《いちはや》い夢に収まるかの如くに心地好く収まる……。

ヴォーカンソンに接触せんとする私の試みは、波紋を生じさせずにはいませんでした。仕事の約束が幾つも取消しになり、道で擦《す》れ違っても人に避けられました。見慣れぬ男達が、指示を待つかのように、近所の家の壁に寄り掛って屯《たむろ》していました。そんなこんなで私も、長から下っ端まで厨房関係者の溜り場になっている近所の店〈ちょっとやり過ぎ《スープソン・ド・トロ》〉に入浸るようになり、暫くの間は、仲間の数に安全を、少くとも人間の敵からの安全を見出しておりましたが、……じきに此処も鴨に嗅ぎ付けられてしまい、――而も鴨はその後新たに、一点に留まったまま非常な速さで前後に細かく身を動かし、従って直線的に進まずとも不可視になれる術《すべ》を身に付けており、――私にさんざ文句を云いにちょくちょく店に来るようになっても、その到来を告げるものと云えば、あのぶーんという胸の痛む羽音のみだったのです。初めは面白がっていた厨房仲間も、段々と苛つくようになっていきました。

夜が深まって、酔いが広がり、何もかもどうでもよくなってくる頃になってやっと、私としても云返す勇気が出てきました。「どうして私に取憑くのだ？　自分でヴォーカンソンを探しに行ったらどうだ。そりゃ危険な男ではある、だが君は不可視であり、世に知られた何よりも速く、壁さえ貫けるではないか、——あの男など物の数ではないだろう。」追従《おべっか》だとは百も承知です、相手を下手に刺激しかねないことも判っています、ですが私としても死物狂いだったのであり、恥辱という言葉の意味を毎朝塗り替える日々、かつては自尊《プライド》が許さなかったであろうことも今ではまるで気にならぬことがしばしばでした。彼女に命ぜられた使命の実行を遅らせている数々の障害、日々の陰謀、妨害や策略を列挙する度、声の飛沫が蠟燭の光の中を虹色に飛んで来て、彼女はこう云放つのでした、「束縛？　束縛など騒ぎ立ててどうするのです、——人生とは束縛ではありませんか。」

以前なら、涼しい顔で、自動人形に人生の何が判る、と云返していたでしょうが、今の私は只じっと黙って、後に印度教《ヒンズー》に於ける「蓮」の型《アーサナ》だと知った姿勢を無意識の裡に採っていたのでした。一体どの時点で鴨が立去ったのか、時を司る御方以外に誰が知りましょう？　ですが時も又、今迄になかった特性を幾つか獲得していたのです。

不思議なことに、その日辺りから、見えない、然し強力な庇護を私は受けるようになりました。街で私に近付いて来た刺客どもは、突如体の真ん中に打撃を加えられて、舗道を何トワーズも先まで投飛ばされ、縮こまって横たわり、祈りの言葉を思い出そうと足掻《あが》きました。頭上の窓から、葡萄酒の樽が独りでに、真っ直ぐ私目掛けて落下して来た時も、目に見えぬ何かによって進路が変えられ、樽は無害に路上に落ちて、赤い線を円形に放射するばかりでした。暴走した六頭立馬車の通り道に立っていた時も、突如襟首を摑まれて持上げられ、瞬く間に集まって来た野次馬達の帽子や顔の上を飛び、安全な場所へと運ばれました。そのような庇護は（そこに愛の要素を私が看て取った時にはもう遅過ぎました）鴨の仕業と考える他ありません、——鴨はじきに己の胸の内を明かし、それに応える機会をはっきり私に与えたのです、——なのに、面目ないことに、当方《こちら》は何も云えませんでした。けれど誰であれ、何が云えたでしょう？　私は途方もない仮説に逃込みました、——天使というものが、人間より一段高次の存在であるなら、ひょっとしてこの鴨も、天使の鴨版とも云うべきものに変身し、正に天使の如く純粋に、私の守護鴨となってくれたのではないか……。或いは又、母が傍に居らぬ仔鴨が、偶々《たまたま》其処に居合せた生き物にくっついていくように、この自動人形も、鴨としての己の運命を意識するに至った際、恐怖に襲われ一目散に逃出したりせず留まってお喋りしてくれた最初の人間に固着した、ということも大いにあり得るのではないか、——そしてその固着を「愛」と呼ぶようになったのでは？……それとも、何かの伊太利歌劇から学んだのだろうか、高音《ソプラノ》の乙女に仕える仲立人が、時には彼女の腕の中に収まる場合もあることを？　こうした諸々の推測、更に幾つかの推測が、忽ち私を、危険な恍惚へと導いていきました。とは云え、まさかヴォーカンソンが作った「性愛器官《エロス》」がひょっとしたら原因では、などとは夢想だにしませんでした。無論、仕事仲間は全てを見ていました。

「アルマン、アルマン、君は立派な経歴《キャリア》を棒に振り、お偉いさん方を敵に回したのだぞ、——」

「——もうこの街では皿洗い助手としても働けまい、——」

「その通り《ヴワラ》、なのに此奴《こいつ》ときたら、訳の判らぬ超自然信仰に浸《ひた》っている。我が友よ、巴里はもう君の街ではない、他所《よそ》へ行き給え、——中国へ！　ペンシルヴェニアへ！」

　中国なら皆一応知っています、——ですがペンシルヴェニアなんて、私はそれまで聞いたこともありませんでした。訊ねてみると、亜米利加に在る場所で、其処ならどんな奇抜な宗教も、許容されるのみならず、大っぴらに実践されているというではありませんか、——其処では

シュヴェンクフェルト派が非三位一体《ユニテリアン》派と擦れ違い、
ウェズレー派を見ても教友会徒《クエーカー》は顔色一つ変えぬ、

と偉大なるトックスも謳っております。奇跡が其処ら中に溢れる地、――その後の日々、私は散々聞かされました、――豊饒なる土地、蛮人の女達、巨大な野菜、果てしない森林、貝類豊かな湿地帯、巴里の大きさに集まった野牛の群れ。それで私も段々と、その亜米利加の荒野の何処かに、未だ発見されざる、私を苦境から救い出し安全な場に導いてくれる道があるのではないか、そう考えるようになったのです。私を迫害する者達の一覧表《リスト》は日々長くなっていくばかり、而もその中には、日々の困難と共にその情愛も益々多様となってきた鴨自らも含めざるを得ません。何しろ、どうにかして仕事にありつき、何処かの成り上り者の、ちょっとでもしくじったら代償は恐しく高くつく昼食を作りに数時間出ているだけでも機嫌を損ねるのです、――誰か他の鴨と逢っているのではないか、と焼餅を焼いて……。「私達は生涯番《つが》う運命なのです。噫、可哀想なアルマン。」

「君云ったじゃないか、君の相手はこの世に只一羽いるのみ、――」

「ああ！　私の初恋の分身ね、――ヴォーカンソンが無数に持っている秘密の仕事場の何処かの棚に、ああそう云えばところで、あの簡単な用事はどうなったのかしらアルマン、待って、当ててみせるわ、――また何か障害が持上がったのね？　また手紙が届かなかったのね？　それとももっと危ないお話かしら、その『もう一羽』を貴方が自分のものにしたいとか？　え？　あらまぁ、汗かいちゃって、ぶるぶる震えちゃって。白状なさい、裏切者。」

　私の社交生活はもはや壊滅状態でした。〈スープソン〉に顔を出すことすら叶いません。鴨は昼も夜も私の影でした。いきなり私を叩き起して、何日か前に着ていた服に難癖を付け、私が付合う人びとを非難し、そして、こればかりは許せないことですが、私の料理を批判しました。朝の内から我々は、私の赤蕪《ビーツ》の薄皮焼《キッシュ》を巡って激しく罵り合いました……口論の底には彼女の、自分は絶対に食べられ得ないという事実から生じる、己の力への絶対の自信があったのです……人工物であり、不死たる彼女と、肉体の身で、この世の定めに縛られた私……当方の唯一の望みは、彼女の変身が更に進んで、私を遥か超えた所まで行ってしまうことであり、それがさっさと起きてくれないと……。いずれにせよ、もはや巴里に留まることは不可能であり、亜米利加へ旅立つことを私は密かに決意しました。御伽噺《おとぎばなし》に出てくる、叶えて貰える願い事があと一つだけになった若者の気分で、最後の頼りの手紙を投函し、息を殺して待ち、幸いにも、——エクス＝ラ＝シャペルの講和*を祝って創作した冷製の脳味噌泡乳菓《ムース》の御陰で、マルティニクへの船を私は確保し、其処から何か月も、丸木舟から海賊船まで、あらゆる船を乗継いで、やっとのことでデラウェア河畔の新城《ニューキャッスル》に辿り着き、月もない闇夜に陸へ降立ちました、——聞けば此処の人びとは、仏蘭西や西班牙《スペイン》の海賊の到来に怯える日々、こういう夜中の上陸には関ろうとせぬそうで……。」

「いざ今、浅ましき蛙野郎《アシュワール》！」一同がやれやれと呻き声を漏らす。短剣を手にしたディムダウン氏。仏蘭西人も刻み包丁を取り、片方の眉を吊上げる。

（下巻に続く）

＊ エクス＝ラ＝シャペルの講和：オーストリア継承戦争（一七四〇—四八）の終結に際して結ばれたエクス＝ラ＝シャペル和平条約を指す。

M&D

Thomas Pynchon Complete Collection
1997

Mason & Dixon I
Thomas Pynchon

メイスン&ディクスン［上］

著者　トマス・ピンチョン

訳者　柴《しば》田《た》元《もと》幸《ゆき》

発行　2010年 6 月 30 日

発行者　佐藤隆信
発行所　株式会社新潮社　〒162-8711 東京都新宿区矢来町 71
電話　編集部 03-3266-5411　読者係 03-3266-5111　http://www.shinchosha.co.jp
印刷所　大日本印刷株式会社
製本所　大口製本印刷株式会社

乱丁・落丁本は、ご面倒ですが小社読者係宛お送り下さい。
送料小社負担にてお取替えいたします。
価格はカバーに表示してあります。

ISBN978-4-10-537202-6 C0097

Thomas Pynchon Complete Collection
トマス・ピンチョン全小説

1963 V.
新訳『V.』［上・下］ 小山太一＋佐藤良明 訳

1966 The Crying of Lot 49
新訳『競売ナンバー49の叫び』 佐藤良明 訳

1973 Gravity's Rainbow
新訳『重力の虹』［上・下］ 佐藤良明 訳

1984 Slow Learner
新訳『スロー・ラーナー』 佐藤良明 ほか 訳

1990 Vineland
決定版改訳『ヴァインランド』 佐藤良明 訳

1997 Mason & Dixon
訳し下ろし『メイスン＆ディクスン』* ［上・下］ 柴田元幸 訳

2006 Against the Day
訳し下ろし『逆光』［上・下］ 木原善彦 訳

2009 Inherent Vice
訳し下ろし『インヒアレント・ヴァイス』 栩木玲子＋佐藤良明 訳

*は既刊です。

書名は変更になることがあります。